서설

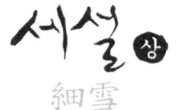
細雪

다니자키 준이치로 장편소설   송태욱 옮김

SASAME YUKI
by TANIZAKI JUN'ICHIRO (1944~1948)

Copyright (C) Emiko Kanze
All rights reserved.
Korean Translation Copyright (C) The Open Books Co., 2007
Originally published in Japan by CHUOKORON-SHINSHA, INC., Tokyo.
Korean translation rights arranged with
CHUOKORON-SHINSHA, INC., Japan.
through THE SAKAI AGENCY and SHINWON AGENCY.

이 책은 실로 꿰매어 제본하는 정통적인 사철 방식으로 만들어졌습니다.
사철 방식으로 제본된 책은 오랫동안 보관해도 손상되지 않습니다.

제1부

7

제2부

253

제1부

1

「다에코, 이것 좀 해줘…….」

 복도에서 들어온 다에코가 등 뒤로 거울에 비치자 사치코는 그쪽은 돌아보지도 않고 목덜미에 바르고 있던 분 브러시를 건넸다. 그리고 눈앞에 비친, 깃을 뒤로 젖혀 목덜미가 드러나도록 입은 긴 속옷 바람의 자기 얼굴을 마치 다른 사람의 얼굴이라도 보는 듯 물끄러미 바라보면서 둘었다.

「유키코는 아래서 뭐 하니?」

「에쓰코 피아노 치는 걸 봐주고 있는 것 같은데.」

 아닌 게 아니라 아래층에서 연습곡 소리가 들려왔다. 먼저 몸단장을 끝낸 유키코가 에쓰코에게 붙들려 연습하는 걸 봐주고 있는 모양이었다. 에쓰코는 엄마가 외출해도 유키코만 집에 있어 주면 얌전하게 집을 보는 아이인데, 오늘은 엄마와 유키코, 다에코, 이렇게 셋이서 다 같이 나간다고 하니까 기분이 썩 좋지 않았다. 그러나 2시에 시작하는 연주회가 끝나자마자 저녁 식사 전까지 유키코만 먼저 들어오겠다고 했으므로 간신히 받아들였다.

「저 말이야, 다에코, 유키코한테 또 혼담이 들어왔대.」
「그래?」
다에코는 언니의 목덜미에서 양어깨까지, 산뜻한 브러시 자국을 내가며 분을 발라 주고 있었다. 새우등은 절대 아닌데 살집이 좋아서 두두룩해 보이는 사치코의 어깨에서 등까지 이르는 촉촉한 피부 표면에 맑은 가을 햇살이 비치고 있었다. 윤기 있는 피부는 서른이 넘은 사람 같지 않게 탄력 있어 보였다.
「이타니 씨한테 들은 얘긴데 말이야……」
「그래……?」
「월급쟁이인데 MB화학 공업 회사 사원이래.」
「얼마나 버는데?」
「월급이 170~180엔, 보너스까지 합하면 250엔 정도래.」
「MB화학 공업이라면 프랑스계 회사잖아.」
「그래……. 잘 아네, 다에코.」
「잘 알지, 그런 건.」
가장 나이가 어린 다에코는 두 언니들보다 그런 사정에 밝았다. 그리고 의외로 세상 물정 모르는 언니들을 좀 만만하게 보고 있어서 가끔은 마치 자신이 손윗사람이라도 되는 것 같은 말투를 썼다.
「난 그런 회사 이름 같은 건 들어 본 적이 없어……. 본점은 파리에 있고 대자본 회사라던데.」
「일본에도 고베 해안 도로에 커다란 빌딩이 많이 있잖아.」
「그래, 거기서 근무한대.」
「그 사람, 프랑스어 할 줄 안대?」
「응. 오사카 외국어대 프랑스어과 출신이고 파리에서도 좀 있었나 봐. 회사일 말고도 야간 학원에서 프랑스어를 가르치는데 그 월급이 백 엔 정도라니까 다 합치면 350엔 정도는 되는 모양이야.」

「재산은?」

「특별히 재산이라고 할 만한 것은 없어. 시골에 모친이 한 분 계시는데 그분이 살고 있는 옛날 집과 대지, 그리고 롯코에 자기가 살고 있는 집과 대지가 전부래……. 롯코에 있는 집은 해마다 갚아 나가는 조건으로 대출을 받아서 산 조그만 문화 주택[1]인데, 그야 뻔하지 뭐.」

「그래도 집세는 안 내도 되니까 4백 엔 이상의 생활은 할 수 있겠네.」

「어떨까, 유키코한텐. 딸린 식구는 어머니 한 사람뿐이고, 그것도 시골에만 계시지 고베로는 통 나오시지 않는대. 당사자는 마흔하나에 초혼이고…….」

「왜 마흔한 살이 되도록 결혼을 안 했을까?」

「너무 미인을 고르다가 그렇게 늦어졌대.」

「그래? 좀 수상한데, 자세히 조사해 봐야 하는 거 아냐?」

「그쪽에서는 굉장히 마음이 있어 한다나 봐.」

「키 언니 사진, 보냈어?」

사치코 위로도 큰집에 큰언니 쓰루코가 있어서 다에코는 어렸을 때부터 습관처럼 사치코를 〈둘째 언니〉, 유키코를 〈유키 언니〉라고 불러왔다. 그 〈유키 언니〉가 줄어들어 〈키 언니〉로 들린 것이다.

「전에 이타니 씨한테 맡겨 뒀는데 자기 마음대로 그쪽에 갖다 줬나 봐. 그런데 굉장히 마음에 들어 하는 것 같더래.」

---

1 외관과 응접실만 서양식으로 하고 나머지는 일본식으로 지은 절충식 주택이었는데, 동경의 대상이 되기도 한 반면 서양물이 든 엉터리 주택이라는 악평도 받았다.

「그쪽 사진은 없어?」

아직도 아래층에서 피아노 소리가 들리는 것으로 보아 유키코가 올라오지 않을 것 같아서 사치코는,

「저기 맨 위 오른쪽에 있는 조그만 서랍 좀 열어 봐······」

하며 립스틱을 들고 거울 속 얼굴에 키스라도 할 듯이 입술을 작게 오므렸다.

「거기 있지?」

「응······. 이거 유키 언니한테 보여 줬어?」

「그럼.」

「뭐래?」

「늘 그렇지 뭐, 뭐가 어떻다는 말은 안 하고 그냥 〈아, 이 사람!〉 하고 그만이야. 너는 어때?」

「이 정도면 보통이지······. 아니, 좀 괜찮은 편인가······. 근데 아무리 봐도 월급쟁이 타입인데.」

「그래, 실제로 그런걸 뭐.」

「유키 언니한테도 한 가지 좋은 점은 있네······. 프랑스 말도 배울 수 있고.」

얼굴 화장이 대충 끝나자 사치코는 〈고즈치야 포목전〉이라고 쓰인 포장지 끈을 풀다가 문득 생각난 듯 말했다.

「아 참, 나 〈B 부족〉이야. 다에코, 아래층에 가서 주사기 소독 좀 해놓으라고 할래?」

각기병[2]은 한신[3] 지역의 풍토병이라고 하는데 그 때문인지는 모르지만 이 집에서는 사치코 부부를 비롯해 올해 소학교

---

2 에도 시대 중기부터 흰쌀을 주식으로 한 에도(도쿄), 교토, 오사카에서 많이 발생했다. 〈한신 지역의 풍토병〉이라고 한 것도 흰쌀을 주식으로 했기 때문일 것이다.
3 아시야나 니시노미야 등 오사카와 고베 사이에 위치한 고급 주택지.

1학년인 에쓰코까지 매년 여름에서 가을에 걸쳐 각기병에 걸리곤 했으므로 비타민 B 주사를 맞는 것이 습관이 되어 있었다. 요즘에는 병원에 갈 것도 없이 강력한 베타신 주사약을 준비해 놓고 아무것도 아닌 일에도 가족들은 금방 주사를 맞고는 했다. 그리고 조금이라도 몸 상태가 안 좋다 싶으면 곧바로 비타민 B가 결핍된 탓으로 돌렸는데, 맨 처음 누가 그렇게 말했는지는 몰라도 모두들 그것을 〈B 부족〉이라고 부르고 있었다.

피아노 소리가 그치자 다에코는 사진을 다시 서랍에 넣어두고 계단 앞까지 갔다가, 내려가지는 않고 아래층을 내려다보며,

「거기 누구 없어?」

하고 큰 소리로 불렀다.

「……언니 주사 맞는대……. 주사기 소독 좀 해줘!」

2

이타니라는 사람은 고베의 오리엔탈 호텔 근처에 있는 미용실 여주인인데, 사치코 자매들은 그 미용실의 단골손님이었다. 중매 서는 것을 좋아한다고 해서 사치코는 진작부터 그녀에게 유키코의 사진을 건네며 신신부탁을 해두었다. 그런데 일전에 머리를 손질하러 갔을 때 이타니는 〈저어, 같이 차라도 마시지 않겠어요?〉라며 한가한 틈을 타 사치코를 호텔 로비로 불러냈다. 이타니가 들려준 이야기는 이러했다.

사실 댁과 의논도 하지 않고 일을 벌이는 것이 실례인

줄 알지만, 우물쭈물하고 있다가는 좋은 인연을 놓칠 것 같아서 가지고 있던 아가씨 사진을 별 뜻 없이 그쪽에 보여 준 것이 한 달 보름 정도 된다. 그 뒤로 한참 동안 아무 소식이 없어서 잊어버리고 있었는데, 그쪽에서는 그사이에 댁의 집안에 대해 조사한 모양이다. 오사카의 큰댁, 분가한 댁, 그리고 아가씨에 대해서는 여학교[4]는 물론이고 습자 선생님이나 다도 선생님 집까지 찾아가 물어본 것 같다. 그래서 가정사에 대해서는 뭐든지 알고 있고 언젠가 신문에 난 사건 같은 것도, 그 기사가 잘못된 것이라는 걸 일부러 신문사까지 찾아가 조사해 봤을 정도니까 잘 알고 있을 거다. 그리고 나도 그런 일을 할 만한 아가씨인지 아닌지 직접 만나 보라고 하면서 납득할 수 있도록 설명은 해두었다. 그쪽도 겸손한 사람이어서 유키코 씨와 자신은 신분 차이도 있고 또 박봉 신세인지라 그런 훌륭한 아가씨한테 아내가 되어 달라고 할 수도 없는 처지라는 걸 잘 알고 있고, 설사 승낙해 준다고 해도 가난한 살림에 고생시키는 것이 참 안된 일이긴 하다면서, 만약 인연이 닿아서 결혼을 할 수 있다면야 그보다 고마운 일은 없을 테니 이야기만이라도 넣어 달라고 하더라. 내가 본 바로는 그쪽도 조부 대까지는 어느 중부 지방의 조그만 번(藩) 다이묘의 가신이었다던가 해서 실제로 집과 대지 일부가 남아 있으니까 가문을 보면 그렇게 기우는 것도 아니다. 댁이야 오래된 가문이고 오사카에서 〈마키오카가〉라고 하면 한때

---

[4] 고등여학교를 말한다. 전쟁 전에는 남녀가 구별된 학제였으며, 남자만 다니는 구제(舊制) 중학교(5년제)에 대응하는 것이 고등여학교(4~5년제)였다. 중등 교육인데도 고등여학교라는 이름이 붙은 것은 〈여자치고는〉 고등하다는 뜻이다.

유명했던 집안인 것만은 분명하나, 이런 말을 하면 실례인 줄 알지만, 언제까지나 그런 옛날 일만 생각하고 있다가는 결국 아가씨의 혼처는 좀처럼 찾을 수 없을 거다. 그러니 웬만하면 이쯤에서 결정하는 게 어떻겠느냐. 지금은 월급도 적고 하지만, 아직 마흔하나이니까 승진할 가망이 없는 것도 아니고, 게다가 일본 회사와 달리 비교적 시간적인 여유도 있으니까 야간 학원 수업 시간을 좀 늘려 월수입을 4백 엔 이상으로 만드는 것은 어렵지 않다고 하니 식모를 두고 신혼살림을 꾸려나가는 데는 별 지장 없을 것이다. 내 둘째 동생과 중학교 동창이어서 어렸을 때부터 잘 알고 있으니까 사람 됨됨이는 확실히 보증할 수 있다. 그래도 일단 댁에서 직접 알아보는 게 좋을 텐데, 결혼이 늦어진 이유는 전적으로 그 사람이 미녀를 좋아해서라는 것 외에 다른 이유는 없는 것 같다. 파리에도 있었고 또 마흔이 넘었으니까 여자를 통 모른다고는 할 수 없겠지만 내가 요전에 만나 본 느낌으로는 그야말로 착실한 월급쟁이고 여자 맛을 아는 사람 같지는 않았다. 그렇게 성실한 사람 중에는 흔히 미녀를 밝히는 사람이 있는데, 그 사람도 파리에 갔다 와서 더 그렇게 된 건지 모르겠지만 아내는 반드시 순 일본식 미인이어야 하고, 양장 같은 것은 어울리지 않아도 좋으나 정숙하고 얌전하고 몸매가 좋고 기모노를 맵시 있게 입을 줄 알고, 얼굴은 물론이지만 무엇보다도 손발이 예쁜 사람이 좋다는 주문이어서 댁의 아가씨라면 안성맞춤인 것 같다.

오랫동안 중풍으로 누워 있는 남편 수발을 들면서 미용실을 운영하는 한편 동생 하나를 의학 박사로 키워 놓고 올봄에는 딸을 메지로에 있는 일본여자대학에 입학시킬 만큼, 이타니는 보통 부인들보다 몇 배나 두뇌 회전이 빠르고 만사에 요령이 좋은 여자였다. 대신 장사에는 어떨까 싶을 정도로 여자다움이 결여되어 있었고, 말을 꾸며 에둘러 말하지 않고 뭐든지 마음에 있는 것을 노골적으로 말해 버리는데, 그 말투가 악랄하지 않고 필요에 따라 진실을 말할 뿐이어서 상대에게 그다지 나쁜 인상을 주지는 않았다. 사치코도 처음 이타니가 여느 때의 서둘러 대는 빠른 말투로 말하는 것을 들으면서, 이 사람도 참, 하고 생각할 때가 있었지만 듣고 있노라니 점점 남자들 뺨치는 두목 기질의 기상에서 나오는 호의가 느껴졌고, 무엇보다도 이야기가 논리 정연하고 빈틈이 없었기 때문에 옴짝달싹 못 하게 제압당하는 느낌이었다. 그래서 그때도 즉시 큰집과 의논하고 또 자기도 그 사람의 신원을 알아보는 데까지 알아보겠다고 말하고 헤어졌던 것이다.

사치코의 바로 아래 동생 유키코가 어느새 혼기를 놓치고 벌써 서른이나 된 데는 특별한 이유가 있는 것 같다고 의심하는 사람도 있지만, 사실 이렇다 할 이유는 없었다. 다만 가장 큰 이유라고 한다면, 큰집 언니 쓰루코도, 사치코도 또 본인인 유키코도 노년인 아버지의 호화로운 생활, 마키오카라는 오래된 집안의 명예, 요컨대 지체 높은 집안이었다는 옛날 격식에 사로잡혀 집안에 어울리는 혼처를 바랐다는 데 있었다. 처음에는 혼담이 빗발쳤으나 모두 어딘가 좀 아쉬운 듯해서 거듭 거절해 버리자 그 뒤로는 사람들도 점차 정나미가 떨어졌는지 혼담도 뜸해졌고, 그러는 동안 가세도 더욱 기울어 갔던 것이다. 그러므로 〈옛날 일은 생각하지 마시라〉는 이타니의 말은 정말이지 상대를 위해서 해준 친절한 충고인 셈이었다. 마키오카 집안의 전성기는 기껏해야 다이쇼 말기까지로, 지금은 그 무렵의 일을 알고 있는 일부 오사카 사람들의 기억 속에만 남아 있다. 아니, 좀 더 솔직하게 말하자면 이 집안이 전성기였다는 다이쇼 말기 무렵에는 생활에서나 영업에서나 방종했던 아버지의 방식에 마침내 재앙이 내렸는지 이미 파탄이 시작되고 있었다. 그리고 얼마 안 가 아버지가 세상을 뜨자 영업이 정리되고 축소되었으며, 이어서 구막부 시대부터 내려온 유서 깊은 센바[5]의 점포도 다른 사람 손에 넘어가고 말았다. 사치코나 유키코는 그 뒤로도 오랫동안 아버지가 살아 계실 때 일을 잊지 못하고, 지금의 빌딩으로 개축되기 전까지는 대체로 옛날 모습을 간직하고 있던, 회반죽을 칠한 그 점포[6] 앞을 지날 때마다 어둑어둑한 포렴 안쪽을 정겨운 듯 들여다보곤 했다.

아들을 얻지 못하고 딸뿐이었던 아버지는 말년에 은거했는데, 양자로 들여 큰딸과 결혼시킨 다쓰오에게 집안을 물려주었고 둘째인 사치코도 짝을 지어 준 후 분가시켰다. 그런데 셋째 딸 유키코의 불행은, 그 무렵 이미 결혼 적령기에 들어섰지만 아버지가 직접 좋은 혼처를 찾아주지 못했다는 것, 그리고 양자로 들어온 형부 다쓰오와의 사이에 감정의 알력이 생겼다는 것 등이 시초였다. 원래 다쓰오는 은행가의 아들로 양자로 들어오기 전까지는 오사카의 어느 은행에 다니고 있었다. 양부의 가업을 이어받은 후에도 실제 일은 양부나 지배인이 하는 거나 다름없었다. 양부가 죽은 후에는 처

---

[5] 옛날부터 오사카의 상업과 금융 중심지로 호상의 집들이 즐비했던 지역이다. 센바의 유서 깊은 집안은 격식이 있었고 독특한 관습이나 전통을 가졌다.
[6] 화재로 연소되는 것을 막기 위해 목재를 그대로 노출시키지 않고 흙이나 회를 두껍게 발랐다. 1720년 이후 에도 막부가 방화 대책으로 장려했으나 건설비가 워낙 비쌌기 때문에 부유한 상인들만 이용할 수 있었다.

제들이나 친척 등의 반대를 무릅쓰고, 잘만 버틴다면 유지할 수 있었을지도 모르는 점포를 동업자에게 양도해 버렸다. 그 동업자는 마키오카 집안에서 보면 아랫사람쯤 되는 사람이었다. 그리고 다쓰오는 다시 예전처럼 은행원이 되었다. 그것은 호사스러운 양부와 달리 견실하기만 하고 겁이 많은 자신의 성격에 비춰 볼 때, 경영난과 싸우면서 익숙지 않은 가업을 다시 일으키기 어렵다고 판단해서 내린 안전한 선택이었다. 당사자의 입장에서 보면 양자로서의 책임을 중시해서 내린 결정이었지만, 유키코는 옛날 일을 너무 그리워한 나머지 마음속으로 형부의 그런 행동을 못마땅해했고, 돌아가신 아버지도 자신처럼 아마 무덤 속에서 형부를 비난하고 있을 거라고 생각했다. 마침 아버지가 돌아가신 지 얼마 되지 않은 무렵, 형부는 아주 열심히 그녀에게 결혼을 권유했다. 형부가 권한 사람은 도요바시 시 재산가의 상속자로 그 지방 은행의 중역이었는데, 형부가 근무하는 은행이 그 은행의 본점인 관계로 형부는 그 사람의 됨됨이나 재산 상태 등을 잘 알고 있다는 것이었다. 그리고 도요바시의 사이구사 집안이라고 하면 격식에서 봐도 나무랄 데 없고 현재의 마키오카 집안에는 분에 넘치는 상대이며 사람도 아주 호인이라고 해서 맞선을 보기로 이야기가 되었다. 그러나 그 사람을 만나 본 유키코는 아무래도 마음이 내키지 않았다. 왜냐하면 남자로서 어떻다는 것은 아니지만 너무나도 시골 신사 같은 느낌이었고, 말마따나 사람은 좋아 보였으나 지적인 데가 전혀 없는 얼굴이었던 것이다. 이야기를 들어 보니 중학교를 졸업했을 때 병을 앓았다던가 해서 상급 학교에 진학하지 않았다고 하는데, 아마 공부 쪽 머리가 좋지 않은 모양이었다. 그러니 여학교를 졸업한 후에 영문 전공과[7]까지 우수한 성적으로 졸업한 유키코로서는 앞으로 그 사람을 존경할 수 없을 것 같은 걱정이 들었다. 게다가 자산가의 상속자여서 생활이야 보증된다고 해도 도요바시라는 지방 소도시에서 살게 되면 쓸쓸함을 견딜 수 없을 것 같았고, 또 사치코도 동생을 동정하는 마음에서 그런 가엾은 일은 시킬 수 없다고 거들고 나섰다. 형부 입장에서 보면, 처제는 공부는 잘했는지 모르지만 너무 낡은 인습에 얽매여 있어 매사에 소극적이고 일본 취미가 강한 여자이므로 자극이 적은 시골에서 안온하게 살아가는 것이 적합하고 아마 본인도 이의는 없을 거라고 믿고 있었다. 그러나 예상은 빗나갔다. 내성적이고 부끄럼을 잘 타며 사람들 앞에서는 제대로 말도 못하는 유키코도 보기와 다른 데가 있었던 것이다. 그녀가 꼭 인종(忍從)만을 미덕으로 아는 아가씨가 아니라는 걸 형부가 안 것은 그때가 처음이었다.

그러나 유키코도 마음속으로 확실히 〈아니〉라고 결심했다면 빨리 그렇게 말하면 되었을 것을, 이렇게도 저렇게도 받아들일 수 있는 어정쩡한 대답만 했다. 그러다가 막판에 가서는 형부나 큰언니에게 말하지 않고 사치코에게 털어놓았는데, 그렇게 한 것은 너무나 열심인 형부 앞에서 그런 말을 꺼내기가 쉽지 않은 탓도 있었다. 이렇게 말없는 성격이 그녀의 나쁜 점이었다. 그래서 형부는 형부대로 그녀가 마음속으로는 싫어하지 않는다고 착각했고, 남자 쪽도 맞선을 본 후에는 갑자기 적극적으로 나와 꼭 성사시켜 달라고 간청해 왔다. 결국 혼담은 되돌릴 수 없는 데까지 진행되었다. 그러나 유키코가 일단 〈싫다〉는 의사 표시를 하자 형부와 언니가 번갈아 가며 입이 닳도록 부탁하듯 설득했다. 그래도 그

---

7 고등여학교를 졸업한 후에 공부를 계속하고 싶은 여학생을 위해 설치된 것으로 2년제나 3년제의 고등과를 말한다.

녀는 끝까지 〈좋다〉는 대답을 하지 않았다. 이번에야말로 지하에 계시는 양부도 기뻐할 거라고 기대한 혼담이었던 만큼 형부의 실망은 대단히 컸다. 그러나 그보다 곤혹스러웠던 것은 중간에서 알선해 준 은행 상사에게 이제 와서 뭐라고 해야 좋을지 몰라 진땀을 흘린 일이다. 그것도 그럴듯한 이유가 있었다면 또 모르겠으나 얼굴이 지적이지 않다는 둥 말도 안 되는 트집을 잡아 두 번 다시 올 것 같지 않은 아까운 혼처를 마다한 것이다. 이는 오로지 유키코가 버릇이 없어서이고, 나쁘게 보자면 형부를 일부러 난처하게 하겠다는 저의가 있는 게 아닐까 하는 생각마저 들었다.

그 일이 있은 후 형부는 유키코의 혼담에는 질색을 했고, 다른 사람이 주선하는 혼담에는 기꺼이 귀를 기울였으나 자신이 적극적으로 주선을 한다거나 앞에 나서서 좋으니 나쁘니 의견을 말하는 것은 되도록 피하려고 했다.

3

유키코의 혼담이 줄어든 또 한 가지 이유는 이타니의 이야기 속에 나온 〈신문에 실린 사건〉이었다.

대여섯 해 전 일로, 당시 스무 살이었던 막내 다에코가 같은 센바에 있는 유서 깊은 집안인 귀금속상 오쿠바타케가의 아들과 사랑에 빠져 가출한 사건이었다. 유키코를 제쳐 두고 다에코가 먼저 결혼하려면 보통 방법으로는 어렵다고 보고 두 젊은이가 미리 짜둔 비상수단을 썼던 것이다. 동기는 순수했던 것 같지만 양쪽 집안 모두 도저히 그런 일은 허락할 수 없었으므로 곧바로 찾아내 데려왔고, 사건은 그것으로 아무 일 없이 끝나는가 싶었다. 그러나 재수 없게도 그 일이 오사카의 한 대중 신문에 실리고 말았다. 게다가 실수로 유키코의 이름이 실렸고 나이도 유키코의 나이였다. 당시 마키오카 집안에서는 유키코를 위해 취소를 요구해야 할 것인지, 그렇게 되면 오히려 다에코가 저지른 일이 사실이라는 것을 뒷받침해 주는 꼴이 되니 그것도 현명하지 못한 일이므로 차라리 묵살해 버리는 게 나을지, 가장인 다쓰오는 몹시 고민했으나 잘못을 저지른 사람은 어떻든 간에 죄도 없는 사람에게 불똥을 튀게 할 수는 없다고 생각해서 취소를 요구했다. 그런데 신문에 실린 것은 취소 기사가 아니라 정정 기사여서, 예상한 대로 다시 다에코의 이름이 나왔다. 다쓰오는 그 전에 유키코의 의견도 들어 봐야 한다고 생각하고는 있었으나, 물어본들 유난히 자기한테 입이 무거운 유키코가 명확한 답을 해줄 것 같지도 않았고, 처제들과 의논하던 이해가 엇갈리는 유키코와 다에코 사이에 앙금이라도 생길까 봐 아내 쓰루코한테만 이야기했을 뿐이다. 그래서 자기 혼자 책임질 요량으로 그런 수단을 쓴 것인데, 솔직히 말하던 다에코를 희생시켜서라도 유키코의 억울함을 풀어줌으로써 얼마간 유키코에게 잘 보이고 싶다는 저의가 작용했는지도 모른다. 왜냐하면 양자인 다쓰오에게는 얌전한 듯하면서드 사실 언제까지나 마음을 터놓지 않는 유키코가 가장 대하기 힘들 뿐 아니라 속내를 알 수 없는 처제여서 이런 기회에 환심을 사두고 싶기도 했기 때문이다. 그러나 그때도 기대는 빗나갔고, 유키코와 다에코 모두 그에게 좋지 않은 감정을 갖게 되었다.

 유키코의 말은 이랬다.

 신문에 잘못된 기사가 난 것은 나에게 운이 없어서 일어난 일로 생각하고 체념하는 수밖에 다른 도리가 없다. 취소 기사 같은 것은 항상 눈에 띄지 않는 귀퉁이에 조그맣게 실리는 것이라서 아무런 효과도 없으므로 자기들로서는 취소든 뭐든 간에 한 번이라도 신문에 더 실리는 것이 불쾌할 따름이다. 그러므로 그냥 조용히 묵살해 버리는 것이 현명한 일이었다. 형부가 내 명예를 회복해 주려고 한 것은 고마운 일이지만 그렇게 하면 다에코는 어떻게 된단 말인가. 다에코가 저지른 일이 잘못된 일인 것만은 분명하지만, 나이 어린 사람들이 분별이 없어서 저지른 일이라면 책망을 받아야 하는 것은 감독을 소홀히 한 양쪽 집안이고, 적어도 다에코에 대해서는 형부는 물론이고 나도 일부 책임이 없다고는 말할 수 없다. 이렇게 말하면 좀 뭐하긴 하지만, 알 만한 사람들은 나의 결백을 믿어 줄 것이라고 생각하고 있으므로 그 정도의 기사로 내가 그렇게 심한 상처를 받을 거라고는 생각하지 않는다. 그보다 이번 일로 다에코가 삐뚤어져 불량해지기라도 한다면 어쩔 셈인가. 형부는 매사에 이치만 따지고 인정미라고는 찾아볼 수 없다. 먼저 이렇게 중요한 일을 이해관계가 가장 깊은 나와 한마디도 의논하지 않고 처리해 버린 것은 지나친 독단이다.

다에코는 또 다에코대로, 형부가 유키코 언니의 결백을 입증해 주는 것이야 당연한 일이지만 자기 이름을 내지 않고도 해결할 수 있는 방법이 있지 않았을까, 상대는 통속적인 신문이니까 이리저리 수단을 강구하면 덮어 버릴 수도 있는 일을, 그런 경우에도 형부는 돈을 아끼려고 하니까 안 되는 거라고 했다. 이때부터 다에코가 말하는 걸 보면 여간 되바라진 게 아니었다.

다쓰오는 그 신문 기사가 났을 때, 세상에 면목이 없다며 사직서를 냈을 정도였다. 하지만 그렇게 한 것이 오히려 〈그렇게까지 안 해도 된다〉는 식이 되어 무사히 처리됐지만, 유키코가 받은 상처는 도저히 보상할 길이 없었다. 몇 사람인가는 우연히 정정 기사를 보고 그녀의 억울함을 알았겠지만, 결백이 입증되었다고 해도 그런 여동생이 있다는 사실이 널리 알려진 일은 그녀를, 그 자부심에도 불구하고 점점 더 혼담에서 멀어지게 하는 원인이 되었다. 다만 유키코 자신은 속마음이야 어떻든 겉으로는 〈그까짓 일로 상처 받진 않아요〉 하는 태도였으므로 그 사건으로 다에코와 감정이 상하는 일은 없었다. 오히려 형부에 맞서 다에코를 감싸는 식이었다. 그리고 이 두 사람은 우에혼마치 9가(街)에 있는 큰댁에서 한큐 아시야가와에 있는 분가, 즉 사치코네 집으로, 전부터 늘 한 사람이 가면 다른 한 사람이 오는 식으로 교대로 가 있었는데, 이 사건을 계기로 사치코네 집으로 가는 일이 점차 빈번해지더니 두 사람이 함께 찾아가 보름 넘게 지내는 일도 있게 되었다. 왜냐하면 사치코의 남편 데이노스케는 계리사[8]여서 매일 오사카의 사무실로 출근하고 그 밖에도 장인한테 물려받은 약간의 자산을 살림에 보태며 생활하고 있었는데, 엄격하기만 한 큰집의 형부와 달리 상과대학 출신답지 않게 문학에도 취미가 있어서 와카 같은 것을 짓기도 했고 큰집의 형부 같은 감독권을 갖지 않았으며 여러 가지 점에서 유키코 등에게는 그렇게 무섭지 않은 사람이었다. 다만 유키코 자매가 너무 오래 머무르게 되면 데이노스케는 큰집이 마음 쓰여 〈한번 갔다 오게 하는 게 어떠냐〉고 사치코에게 넌지

---

8 지금의 공인회계사를 말한다. 데이노스케는 1925년에 사치코와 결혼했으므로 계리사가 된 것은 결혼 후일 것이다.

시 운을 떼는 일은 있었지만, 사치코는 매번 그 일이라면 언니가 이해해 주니까 걱정하지 않아도 된다, 지금은 큰집도 아이가 늘어서 집이 비좁아졌고 때로 동생들이 집을 비워야 언니도 한숨 돌릴 수 있을 거다, 그러니 당분간은 개네들 좋을 대로 하게 내버려 둬도 별일 없을 거라고 했다. 그런데 어느새 그런 상태가 예삿일이 되어 버렸다.

그런 식으로 몇 년이 지나는 동안 유키코의 신상에는 특별한 변화가 없었지만 다에코에게는 생각지도 못한 발전이 있었다. 결국 그것이 유키코의 운명과도 어떤 관련성을 갖게 되었다.

다에코는 여학교 시절부터 인형을 아주 잘 만들었고 틈만 나면 헝겊 조각을 가지고 놀았는데 그 기술이 점점 늘어나 백화점 진열장에 작품을 전시하게 되었다. 그녀가 만드는 것은 프랑스 인형, 순 일본식 가부키풍 인형, 그 밖에도 여러 가지가 있었는데 그 어느 것에나 다른 사람들이 따라올 수 없는 독창적인 재능이 번뜩였다. 어떤 면에서 보면 그것은 영화, 연극, 미술, 문학 등에 걸친 다에코의 평소 기호를 말해 주는 것이기도 했다. 어쨌든 그녀의 손에서 태어나는 사랑스럽고 조그만 예술품들은 점차 애호가들을 불러 모으게 되어 작년에는 사치코가 주선해 신사이바시 근처의 어느 화랑을 빌려 개인전을 열 정도였다. 처음에 그녀는, 큰집은 아이들이 많아서 시끄러우니까 사치코 언니네 집에서 만들겠다고 하더니 이젠 좀 더 완전한 작업실이 있었으면 했다. 그래서 사치코네 집에서 채 30분도 걸리지 않는, 같은 전차 연선인 슈쿠가와에 있는 쇼토 아파트의 방 하나를 빌렸다. 큰집의 형부는 다에코가 직장 여성[9]같이 되는 데는 반대했고 특히 방을 빌리는 것을 못마땅하게 생각했다. 그러나 이때도 사치코가 중간에 나서서, 과거에 사소한 오점이 있는 다에코는 유키코 이상으로 결혼이 쉽지 않으니까 뭔가 일을 하게 하는 것도 좋을지 모른다, 방을 빌렸다고 하나 일을 하러 갈 뿐이지 거기서 자는 것은 아니다, 다행히 혼자된 친구가 관리하고 있는 아파트가 하나 있으니까 잘 부탁해서 거기를 빌리면 어떻겠는가, 그곳이라면 가까우니까 나도 가끔 보러 갈 수도 있다, 이렇게 말하며 사후에 승낙을 받는 식으로 일을 진행시켰던 것이다.

원래 명랑한 성격의 다에코는 유키코와는 반대로 기발한 경구(警句)나 농담을 잘 날리곤 했는데, 사건을 일으킨 그때는 음울했고 이상하게 상념에 빠져 있기만 했다. 그런데 그런 새로운 세계가 열림으로써 요즘에는 예전의 명랑함을 되찾아 가고 있었다. 그런 점에서 사치코의 예상이 적중한 셈이었다. 그러나 큰집에서 매월 용돈을 받고 있었고 그 밖에 작품이 상당한 가격에 팔리기도 해서 자연스럽게 주머니 사정이 좋아져 가끔 깜짝 놀랄 정도로 비싼 핸드백을 들고 다닌다거나 박래품[10] 같은 훌륭한 구두를 신고 다니기도 했다. 그래서 유키코나 사치코가 걱정하며 저금을 권한 적도 있는데, 사실은 전혀 그럴 필요도 없는 것이 이미 저축도 빈틈없이 하고 있었던 것이다. 유키코에게는 비밀이라며 우편저금[11] 통장을 사치코에게만 보여 주며 〈언니, 용돈 없으면 빌려 줄게〉

---

9 당시 양갓집 여성은 가사와 육아에 전념하는 것이 당연시되었고, 직업을 갖는 것은 가난 때문에 어쩔 수 없이 해야 하는 부끄러운 일로 여겨졌다.

10 원래는 배로 운반되어 온 물품이라는 뜻이나 메이지 시대 이후에는 오로지 구미에서 수입된 물품만을 지칭했고 고급이라는 뉘앙스가 강했다.

11 1875년에 창설. 1927년 금융 공황으로 은행의 신용이 떨어졌으므로 안전하게 돈을 맡기기 위한 기관으로 국영인 우편저금의 인기가 높았다.

라고 말하는 데는 천하의 사치코도 벌어진 입을 다물 수가 없었다. 언젠가 한번은 〈댁의 막내가 오쿠바타케의 아드님과 슈쿠가와의 둑을 걷는 것을 봤다〉고 귀띔해 준 사람이 있어서 사치코는 깜짝 놀란 적이 있었다. 사실 일전에 다에코의 호주머니에서 손수건과 함께 라이터가 나온 것을 보고 다에코가 몰래 담배를 피우는 것은 짐작하고 있었으나, 스물대여섯이나 되어 그 정도의 일은 어쩔 수 없는 일이겠거니 하던 참이라 당사자를 불러 아무렇지 않은 듯 물어보니 사실이라고 하는 게 아닌가. 그리고 점점 캐어물으니, 그 사건 이후로 오쿠바타케와는 전혀 연락하지 않고 지냈는데 저번에 인형 개인전 때 보러 와 제일 큰 작품을 사주기도 해서 다시 사귀게 되었다, 하지만 물론 깨끗한 교제를 하고 있고 그것도 아주 가끔 만나는 정도다, 옛날과 달리 나도 이제 어른이 되었으니까 그 점은 믿어 줬으면 좋겠다, 하고 말했다. 그러나 사치코는 이렇게 되니 아파트에 방을 빌리게 한 일이 좀 불안하기도 하고 큰집에 대해서도 책임감 같은 걸 느꼈다. 원래 다에코가 하는 일은 기분에 따라 하는 일이고 게다가 본인은 마치 예술가라도 되는 양했는데, 인형 제작이라고 해도 매일 나가서 규칙적으로 하는 것도 아니고 며칠씩이나 계속해서 쉬기도 하고 마음이 내키면 밤을 새워 일하고 다음 날 아침 푸석푸석한 얼굴로 돌아오기도 했다. 거기서 자게 하지는 않을 생각이었으나 그게 점차 마음먹은 대로 되지는 않았다. 더구나 우에혼마치에 큰집이 있고 아시야가와에는 사치코의 집이 있으며 슈쿠가와에는 아파트가 있어서, 일일이 다에코가 몇 시에 그곳에서 나왔으니까 몇 시에는 이곳에 올 거라는 식으로 연락을 취할 수도 없는 일이었다. 그것을 생각하면 사치코는 다소 자신이 너무 안일했는지도 모른다는 생각이

들어, 어느 날 다에코가 없는 틈에 아파트로 찾아가 친구인 여주인을 만나 넌지시 이것저것 물어보았다. 여주인의 말로는, 다에코도 요즘엔 유명해져서 제작법을 배우러 오는 제자가 두세 명이나 생겼는데 모두가 부인네나 아가씨들이고, 남자라고는 상자 만드는 직인이 가끔 주문을 받으러 오거나 납품하러 오는 정도이며, 일은 일단 시작하면 집중하는 편이어서 새벽 서너시가 되는 일도 드물지 않은데, 그런 때는 묵을 준비가 되어 있지 않아서 잠시 쉬었다가 날이 새기를 기다려 첫 전차로 아시야가와로 돌아간다는 이야기였다. 시간 같은 것도 대체로 맞아떨어졌다. 방은 다다미 여섯 첩[12]이 깔린 일본식 방이었는데 얼마 전에 넓은 방으로 옮겼다고 해서 가보니, 서양식 방이었는데 한 단 높게 다다미 네 첩 반짜리 일본식 방이 붙어 있었다. 참고서, 잡지, 재봉틀, 헝겊 조각 등의 재료에다 아직 완성하지 않은 작품들이 방에 가득 차 있었고 벽에는 수많은 사진이 핀으로 꽂혀 있는 등 예술가의 공방답게 어수선했으나 역시 젊은 여자의 작업실다운 화려한 색채도 느껴졌고 청소도 정리도 말끔하게 잘되어 있었다. 재떨이에도 담배꽁초 하나 담겨 있지 않았고 그 주변의 서랍이나 편지꽂이 등을 살펴봐도 의심할 만한 것은 전혀 없었다.

사실 사치코는 여기에 올 때만 해도 뭔가 증거 같은 것을 발견하게 되지 않을까 하는 두려움에 마음이 내키지 않았으나, 이렇게 되고 보니 차라리 와보길 잘했다는 안도의 한숨이 나왔다. 그리고 전보다 더욱 다에코를 믿게 되었다. 그대로 한두 달이 지나고 이제 그 일을 잊어버릴 만한 어느 날이었다. 다에코가 슈쿠가와에 가고 집에 없을 때, 오쿠바타케가 불쑥 찾아와 〈사모님을 뵙고 싶다〉는 말을 전했다. 센바

12 다다미의 단위, 1첩의 크기는 90×180센티미터.

시절에는 두 집이 가까운 데 있었던 관계로 사치코도 전혀 모르는 사이가 아니었으므로 거절할 수 없어 어쨌든 만나 보았더니 대뜸 이런 얘기를 했다.

갑자기 실례인 줄 알지만 긴히 양해를 구할 일이 있다. 예전에 우리가 한 일이 지나쳤다고는 생각하지만 절대 한때의 들뜬 마음에서 저지른 일이 아니었다. 그때 우리는 어쩔 수 없이 떨어지게 되었지만 저와 막내(〈막내〉란 〈작은 아가씨〉라는 뜻으로 오사카의 가정에서는 막내딸을 부르는 데 쓰는 보통명사인데, 그때 오쿠바타케는 다에코를 〈막내〉라고 불렀을 뿐 아니라 사치코를 〈누님〉이라고 불렀다) 사이에는 부형의 양해를 얻을 때까지 몇 년이고 기다리자는 굳은 약속이 있었다. 우리 부모님은 처음에 다에코가 불량하지나 않을까 하는 오해를 했지만 지금은 예술적 재능이 있는 성실한 아가씨라는 걸 알고 또 우리의 연애가 건전한 것이라고 이해하고 있으므로 결혼에 반대하지는 않는 것 같다. 다에코한테 들으니 댁에서는 아직 유키코 씨의 혼처가 정해지지 않은 것 같은데, 그것이 정해지면 우리의 결혼도 허락해 주었으면 해서 다에코와 의논한 다음, 제가 이렇게 부탁드리러 온 것이다. 우리는 결코 서두르지 않을 것이다. 적당한 시기가 올 때까지 기다릴 텐데, 다만 우리가 그런 약속을 한 사이라는 걸 여기 사치코 누님만은 알아 주었으면 한다. 그리고 우리를 믿어 주었으면 좋겠다. 또 언제든 큰댁 형부나 언니에게 얘기를 잘 해주어서 우리의 희망이 이루어질 수 있게 해주면 더없이 고맙겠다. 사치코 누님은 이해심이 제일 깊고 또 다에코를 동정해 준다는 얘기를 들었으므로 이런 염치없는 부탁을 하는 거다.

 사치코는 일단 잘 알겠다는 식으로 인사를 하며 승낙도 거절도 하지 않고 돌려보냈으나 오쿠바타케가 이야기한 정도의 일이라면 전혀 예상하지 못한 일도 아니었으므로 그렇게 의외의 일이라는 느낌은 없었다. 솔직히 한 번 신문에까지 난 사이인 이상 두 사람을 엮어 주는 게 최선의 길이라는 것은 알고 있었고, 큰집의 형부나 언니도 결국 같은 결론에 이를 것이라고 생각했다. 다만 유키코의 심리에 미칠 영향을 고려해 가능하면 그 문제는 미뤄 두고 싶었다. 그래서 그날 오쿠바타케를 보낸 다음, 할 일이 없어 심심할 때 늘 하는 버릇대로 혼자 응접실에 있는 피아노 앞에 앉아 이것저것 악보를 뒤적이며 치고 있었다. 그때 슈쿠가와에서 막 돌아온 다에코가 아무렇지 않은 얼굴로 들어오는 것을 보고, 사치코는 잠깐 손을 멈추고,
「다에코!」
하고 불렀다. 지금이 적당한 시기라고 생각했던 것이다.
「……방금 오쿠바타케 씨가 다녀갔어.」
「그래?」
「너희들 일, 난 알고 있는데…… 지금은 아두 말 말고 그냥 나한테 맡겨 둬.」
「알았어.」
「지금 그 얘기를 꺼내면 유키코가 가여우니까.」
「응.」
「알겠지? 다에코.」
 다에코는 겸연쩍은 듯 일부러 아무렇지 않은 표정을 지어 보이며 〈응, 응〉 하기만 했다.

4

처음에 사치코는 최근에 다에코와 오쿠바타케 사이에 일어난 일을 유키코한테도 아무한테도 말하지 않았다. 그러나 어느 날 다에코와 오쿠바타케가 산책을 하며 슈쿠가와에서 고로엔으로 가는 도중 한신 국도를 가로지르려고 할 때 운이 나빴던지 마침 지나가던 한코쿠 버스에서 내리는 유키코와 부닥뜨렸는데, 유키코는 그 일에 대해 아무 말도 하지 않았다. 그 일이 있고 보름 넘게 지났을 때 사치코는 다에코한테서 그 이야기를 들었다. 그렇게 되고 보니 아무 말 않고 있다가는 다에코가 이상하게 오해를 받을지도 모른다는 생각에, 얼마 전 오쿠바타케가 찾아온 이래의 사정을 유키코에게 말하고 이렇게 덧붙였다. 〈네 혼처가 정해진 뒤라도 좋으니까 서두를 일은 아니지만, 어쨌든 두 사람은 맺어 줘야 할 것 같다, 그때는 큰댁의 양해를 구해야 하니까 너도 힘을 써주어야 할 것이다.〉 그리고 유키코의 얼굴에 나타나는 반응을 살펴봤으나 유키코는 별다른 기색도 없이 조용히 다 듣고 나서, 〈순서가 아니라는 이유만으로 연기할 이유는 없다, 신경 쓰지 말고 두 사람을 맺어 주는 게 나을 것 같다, 내가 나중에 한다고 해서 타격을 받지도 않을 것이고 희망을 버리지도 않는다, 나는 나대로 행복한 날이 올 거라는 예감이 있다〉고 말했다. 비꼬거나 억지를 부리는 것처럼 들리지는 않았다. 그러나 본인이 어떻게 생각하든 간에 자매의 순서에 따라 시집을 보내야 하고, 다에코 쪽이 이미 정해진 것이나 다름없다고 한다면 더더욱 유키코의 혼담을 서두를 필요가 있었다.

대충 이상과 같은 사정이 유키코가 혼기를 놓친 원인이었다. 그 밖에 또 하나 유키코를 불행하게 한 것은 그녀가 양띠라는 것이었다. 일반적으로 말띠인 병오생(丙午生)[13]을 기피하는데, 간토 지방에는 양띠를 기피하는 미신이 없어서 도쿄 사람들은 기이하게 생각하겠지만 간사이에서는 양띠 여자는 운수가 사나워 혼처를 찾기가 힘들다고들 한다. 특히 도시 상인층의 아내로는 피하는 게 좋다고 알려져 있고, 〈양띠 여자는 문 앞에 나서지 마라〉는 속담까지 있어서 상인이 많은 오사카에서는 옛날부터 양띠를 기피하는 풍습이 있었다. 그래서 실제로 큰집의 쓰루코 언니는 유키코의 결혼이 힘들어지는 것이 그 탓인지도 모르겠다는 말을 했다. 이러저러한 일로 점점 형부나 언니 들도 예전처럼 어려운 조건을 내걸어서는 무리라는 것을 알게 되었고, 이쪽이 초혼이니까 그쪽도 초혼이어야 한다고 했다가 재취라도 아이만 없으면 된다는 말이 나왔고, 이어서 아이도 둘까지는 괜찮다는 얘기까지 나왔다. 그리고 나이도 둘째 형부인 데이노스케보다 한두 살 위라도 외모가 그리 늙어 보이지만 않는다면 괜찮다는 데까지 물러섰다. 유키코는 형부들이나 언니들의 의견만 일치한다면 어디든지 말하는 대로 시집가겠다는 입장이어서, 그러한 조건에도 따르겠다고 했으나 다만 아이가 있는 경우에는 되도록 그 아이가 귀여운 얼굴의 여자아이였으면 좋겠다고 했다. 그러면 자신이 정말 귀여워할 수 있을 것 같다는 얘기였다. 그리고 그녀는, 마흔이 넘은 남편을 맞이한다면 벌써 그 사람이 출세할 수 있는 한도도 대충 내다보이고 앞으로 수입이 늘어날 가망도 거의 없을 것이며 이쪽이 미망인이 될 가능성도 크기 때문에 많은 재산이야 필요하진 않더라도 노후 생활을 보장할 수 있을 만큼은 준비되어 있

---

13 이해에는 화재가 많고 이해에 태어난 여자는 남편의 수명을 줄인다는 미신이 있다.

는 것이 바람직하다고 말했는데, 이 마지막 주문은 큰집이나 사치코네도 지극히 당연한 것으로 여겨 하나의 조건으로 덧붙이고 있었다.

이쯤해서 이타니가 소개한 혼담이 들어온 것인데, 대체로 이쪽의 주문과 그렇게 동떨어진 것은 아니었다. 재산이 없다는 것만이 조건에서 벗어나 있는데, 그 대신 마흔하나라고 하니까 데이노스케보다 한두 살 젊고, 따라서 아직 미래가 없는 나이는 아니었다. 언니의 남편보다 나이가 많아도 괜찮다는 말은 했지만, 물론 그렇지 않은 편이 모양도 좋고 더 이상 바랄 나위가 없는 일이다. 무엇보다도 가장 좋은 것은 상대가 초혼이라는 것인데, 이것은 어쩌면 바랄 수 없는 게 아닐까 하고 단념하고 있었던 만큼 이쪽의 구미를 당기는 점이었고 어쩌면 앞으로 그런 자리는 좀처럼 있을 것 같지 않았다. 요컨대 그 밖에 다소 만족스럽지 못한 점이 있다고 해도 초혼이라는 한 가지 사실이 그 모든 것을 벌충하고도 남았다. 그리고 그 사람이 월급쟁이라고 하지만 프랑스에서 공부했고 그곳의 미술과 문학에도 다소 조예가 있음 직한 점은 아마 유키코도 마음에 들어 할 것이라고 사치코는 생각했다. 왜냐하면 모르는 사람들은 모두 유키코를 순 일본 취향의 아가씨로만 생각하는 경향이 있는데, 그것은 복장이나 몸매, 말이나 몸짓에서 받은 표면적인 인상일 뿐 사실은 꼭 그렇지만도 않았기 때문이다. 실제로 유키코는 지금도 프랑스어를 배우고 있고 음악 같은 것도 일본 음악보다 서양 음악에 더 이해가 깊었다.

사치코는 은밀히 MB화학 공업 회사에 연줄을 찾아서 세코시라는 성을 가진 사람의 평판 등을 알아보고 회사 밖으로도 손을 써서 조사해 봤는데, 어느 쪽에 묻든 인격에 대해 나쁘게 이야기하는 사람은 한 사람도 없었다. 이만하면 좋은 혼처인지도 모르겠으니 일단 큰집과 상의를 하자고 생각하고 있었더니, 일주일쯤 전에 갑자기 이타니가 택시를 타고 아시야가와로 와서, 지난번 얘기는 생각해 보셨느냐고 물으며 재촉했다. 이번에는 그쪽 사진까지 가져와 보였다. 예의 속사포처럼 퍼붓는 이타니의 말투 앞에서, 우리는 앞으로 큰댁과 의논할 거라고 느긋하게 말할 수도 없는 노릇이라서 그만, 아주 좋은 혼처라고 생각해 지금 큰댁 쪽에서는 그쪽에 대해 알아보고 있으니까 일주일만 기다리면 응답이 있을 거라고 말해 버렸다. 그러자 이타니는 이런 이야기는 빠를수록 좋으니까 마음만 있다면 되도록 서두르는 편이 나을 거라고 부추겼다. 그리고 세코시 씨는 매일 전화로 〈아직인가요?〉 하고 성화인데 자기 사진도 보여 드릴 겸 동정도 좀 살피고 오라고 해서 일부러 들렀다는 것이었다. 그러면서 일주일 후에는 꼭 답을 해달라는 말을 했다. 이타니는 단 5분 동안 이만큼의 이야기를 간략하게 말하고는 세워 둔 택시를 타고 그대로 돌아갔다.

사치코는 교토식으로 모든 일에 느긋한 편이어서 가령 여자 일생의 대사를 그렇게 사무적으로 진행하는 것은 도리가 아니라는 생각도 했지만, 이타니에게 재촉을 당한 꼴이고 보니 행동이 느린 그녀로서는 아주 드물게, 바로 다음 날 우에혼마치로 가서 언니에게 대강의 사정 이야기를 털어놓을 수밖에 없었다. 그러나 답이 급하다는 사정 같은 것도 털어놓았지만 언니는 사치코보다 더 느긋한 성격이었고 그런 일에는 더욱 신중했다. 언니는 나쁘지 않은 이야기라고 생각하지만 일단 남편과도 의논해 보고, 가능하다면 흥신소 같은 데 부탁해서 조사도 해보고 또 그 사람 고향에도 사람을 보내 알아봐야 한다는 둥 꽤 시간이 걸릴 듯한 이야기를 하는 것이었다. 큰집이 이렇게 나온 이상 일주일 정도로는 도저히 결말이 나지 않을 것이고 빨라야 한 달은 걸릴 것 같아 사치코는 어떻게든 시간을 벌어 볼 심산이었다. 그러고 있다가 바로 약속한 일주일이 지난 어제, 또 택시가 집 앞에 섰으므로 가슴이 덜컥했는데 짐작한 대로 이타니가 들어왔다. 사치코는 당황해서 어제 또 큰집에 재촉을 했는데 대체로 별다른 이의는 없는 것 같지만 아직은 미처 알아보지 못한 점이 있으니 너댓새만 기다려 달라고 하더라는 말을 했다. 그러자 이타니는 해명하는 것을 다 듣지도 않고 대체로 이견이 없다면 세세한 조사는 나중에 하고 일단 본인들끼리 만나게 하는 건 어떠냐고 물었다. 그러면서 선을 보는 것 같은 형식이 아니라 자기가 두 사람을 저녁 식사에 초대하는 식으로 할 테니까 큰집 쪽 사람들은 참석하지 않더라도 사치코 부부만 자리를 같이해 달라고 했다. 그리고 그쪽에서는 그것을 굉장히 바라고 있다는 말을 덧붙임으로써 옴짝달싹할 수 없게 해버렸다.

이타니가 보기에 이 자매들은 너무 교만했다. 사람이 열심히 뛰어다니는데 언제까지 그렇게 느긋한 말만 늘어놓고 있을 것인가, 그런 식으로 하니까 혼기를 놓치는 게 아닌가, 그래서 좀 정신이 번쩍 들도록 해줘야겠다는 생각에 한층 위압적인 태도로 말했던 것이다. 사치코도 어렴풋이 그런 마음을 짐작했으므로, 〈그럼 언제?〉 하고 물었다. 그러자 이타니는, 갑작스러운 이야긴지도 모르겠으나 내일 일요일로 해주면 세코시 씨도 그렇고 자신도 아주 좋겠다고 대답했다. 내일은 선약이 있다고 하자, 그러면 모레로 하자고 곧장 밀고 나왔다. 그렇다면 우선 모레로 해놓고 확실한 것은 내일 오후쯤 전화로 연락하겠다고 말하고 돌려보낸 것이 바로 어제 일이었다.

「얘, 다에코!」
사치코는 한번 입어 본 의상이 마음에 들지 않아서 속옷 상의를 홀딱 벗어 던지고 다른 종이 상자를 풀어 보기 시작했는데 한동안 끊겼던 피아노 소리가 아래 층에서 다시 들려오는 걸 깨닫고 문득 생각난 듯 말했다.
「사실 그 일 때문에 걱정이야.」
「그 일이라니, 무슨 일?」
「지금, 나가기 전에 이타니 씨한테 전화로 무슨 말이든 해 줘야 하거든.」
「왜?」
「그 사람, 어제 또 와서는 오늘이라도 맞선을 보자고 했거든.」
「그 사람은 항상 그렇다니까.」
「정식 맞선은 아니고 같이 식사만 하자는 거니까 그렇게 거북하게 생각하지 말고 꼭 승낙해 달라고 해서, 내일은 사정이 좋지 않다고 했더니, 그럼 모레는 어떠냐고 하는데 거기다가 안 된다고 할 수도 없잖아.」
「큰집에서는 뭐래?」
「언니가 전화로, 가려면 우리보고 따라가래, 자기들이 따라가면 나중에 옴짝달싹하지 못하게 된다고……. 이타니 씨는 그렇게 해도 괜찮다고 하긴 하는데.」
「유키 언니는?」
「글쎄, 그게 좀.」
「싫대?」
「싫다고는 안 하지만……. 뭐랄까, 어제 와서는 오늘내일 안에 갑자기 맞선을 보자고 했으니, 그렇게 함부로 취급당하고 싶지 않은 게 본심 아닐까? 어쨌든 확실히 말하지 않으니까 속은 모르겠지만, 좀 더 그 사람에 대해 조사해 보고 나서도 괜찮지 않느냐면서 아무리 권해도 간다는 말을 안 해.」

「그럼, 이타니 씨한테는 뭐라고 할 거야?」

「뭐라고 하지? 뭔가 확실한 이유를 대지 않으면 끝까지 추궁하고 들 게 뻔한데……. 이번 일이 어떻게 되든 간에 그 사람을 화나게 해서 앞으로 도와주지 않으면 우리가 곤란하고……. 얘, 다에코! 오늘이나 내일이 아니라도 너댓새 안에 갈 수 있게 네가 한번 유키코한테 말해 볼래?」

「말해 보긴 하겠지만, 유키 언니, 그렇게 말하면 안 되는 거 아냐?」

「아냐, 그렇지 않아. 이번 일은 너무 갑작스러워서 마음에 들지 않은 거고, 마음속으로는 꼭 싫은 것만은 아닌 것 같아. 편하게 이야기하면 승낙할 것 같기도 해.」

장지문이 열리고 유키코가 복도에서 들어왔으므로 혹시 들었을지도 모른다고 생각하면서 사치코는 그대로 입을 다물었다.

5

「사치코 언니, 그 오비 매고 갈 거야?」

사치코 뒤에서 다에코가 오비를 매주는 것을 보고 유키코가 말했다.

「그 오비…… 아, 언제였더라, 예전에 피아노 연주회 때도 매고 갔잖아.」

「응, 매고 갔어.」

「그때 언니 옆에 앉았는데 언니가 숨을 쉬면 후쿠로오비[14]가 배 있는 데서 뽀드득, 뽀드득 소리를 냈는데.」

「그랬나? 나는 모르겠는데.」

「그게 아주 희미한 소리였는데 뽀드득, 뽀드득 하고 숨을 쉴 때마다 귀에 거슬려 혼난 적이 있어. 그래서 음악회에는 그 오비를 매고 가서는 안 되겠구나, 하는 생각을 했거든.」

「그럼 어떤 걸로 매고 가지?」

그러자 다에코는 옷장 서랍을 열고 몇 개의 종이 상자를 꺼내 주변에 가득 늘어놓고 풀기 시작하더니,

「이걸로 해」

하고 말했는데, 물이 소용돌이치는 무늬의 오비였다.

「그거 어울릴까?」

「이거 괜찮아, 이거면 됐어. 그냥 이걸로 해.」

유키코와 다에코는 먼저 몸단장을 다 했고 사치코만 늦어졌으므로 다에코는 아이를 어르듯이 말하면서 다시 그 오비를 들고 언니 뒤로 갔는데, 겨우 다 입었을 때 사치코는 다시 한 번 거울 앞에 앉는가 싶더니,

「안 되겠어」

하고 괴상한 소리를 질렀다.

「이것도 안 되겠어.」

「왜 그러는데?」

「왜라니? 잘 들어 봐. 자, 이것도 뽀드득, 뽀드득 소리가 나잖아.」

그렇게 말하고 사치코는 일부러 크게 숨을 쉬어 오비의 배

---

14 통 모양으로 속이 비게 만들어 그 안에 심을 넣지 않은 띠로 기모노를 입을 때 두른다.

부분에서 소리가 나게 해 보였다.
「정말, 소리가 나네.」
「그럼 풀잎에 물방울이 맺힌 무늬, 그 오비는?」
「그건 어떨까? 어디 좀 찾아 봐, 다에코.」
세 사람 가운데 혼자 양장을 하고 있는 다에코는 경쾌한 몸놀림으로 주변에 흩어져 있는 종이 상자 속을 이리저리 살펴보더니 그것을 찾아내 다시 언니 뒤로 갔다. 사치코는 다맨 오비 위에 한 손을 대고 선 채 두세 번 숨을 쉬어 보고,
「이건 괜찮은 것 같은데」
하고 입에 물고 있던 오비 묶는 끈으로 단단히 묶었는데 다시 그 오비도 뽀드득, 뽀드득 소리를 냈다.
「왜 이러는 거야, 이것도 그래.」
「정말, 호호호호.」
사치코의 배 있는 데서 뽀드득 소리가 날 때마다 세 사람은 배를 잡고 웃었다.
「호호호호, 후쿠로오비로 두르면 안 되겠어, 후쿠로오비가 이상한 거야.」
유키코가 말했다.
「아니야, 후쿠로오비 때문에 그런 게 아냐. 천의 질이 나빠서 그런 거야.」
「하지만 요즘 후쿠로오비는 다 그 천뿐이잖아. 그런 천이 주머니처럼 겹쳐 있으니까 뽀드득, 뽀드득 소리가 나는 거거든.」
「알았다! 사치코 언니, 알았어!」
다에코가 다시 다른 오비를 꺼냈다.
「이걸로 해봐. 이걸로 하면 소리가 안 날 거야.」
「그것도 후쿠로오비잖아?」
「일단 내가 하라는 대로 해봐, 왜 소리가 나는지 알았으니까.」

「벌써 1시가 지났어. 서두르지 않으면 끝나겠어. 오늘 같은 연주회는 실제 연주 시간이 얼마 안 되는데.」
「하지만 유키코, 오비 얘기는 네가 꺼냈잖아.」
「그래도 모처럼 연주회에 가는데 그런 소리가 귀에 거슬리면 견딜 수가 없으니까 그렇지.」
「아아, 바쁘다 바빠. 풀었다 맸다 몇 번이나 해야 하는 거야. 땀이 다 나네.」
「애개개, 내가 더 힘들지.」
다에코가 뒤에서 무릎을 꿇고 꽉 졸라매면서 말했다.
「주사는 여기서 맞으시겠어요?」
오하루가 쟁반 위에 소독한 주사기, 베타신 상자, 알코올병, 탈지면, 반창고 등을 담아 가져왔다.
「유키코! 주사 좀 놔줘, 주사!」
그렇게 말한 다음 사치코는,
「아, 그리고 말이야」
하고 나가는 오하루의 등에 대고 소리쳤다.
「자동차 말해 놨어? 10분 후에 오게 해!」
유키코는 매번 하는 일이라서 익숙한 손놀림으로 베타신 앰플을 줄로 자르고 주사기로 주사액을 뽑아 올린 후, 아직 거울 앞에 서서 오비를 매고 있는 사치코의 왼팔을 잡고 어깨 근처까지 걷어 올렸다. 그리고 알코올을 묻힌 탈지면으로 팔을 쓱쓱 문지른 다음 능숙하게 주삿바늘을 찔렀다.
「아, 아야!」
「오늘은 좀 아플지도 몰라. 시간이 없어 천천히 할 수도 없으니까.」
한순간 비타민 B의 강한 냄새가 온 방 안에 가득 찼다. 유키코가 반창고를 붙인 부분 위를 톡톡 치며 살을 문질러 주

고 있자니,

「나도 끝났어」

하고 다에코가 말했다.

「이 오비라면 어떤 끈이 좋을까?」

「그거면 되잖아, 빨리, 빨리……」

「그렇게 서두르지 마. 서두르면 더더욱 짜증이 나서 이것저것 아무것도 모르게 된단 말이야.」

「그런데 어때? 언니, 숨 좀 쉬어 봐.」

「응, 정말…….」

다에코가 말하자 사치코는 자꾸 숨을 쉬면서,

「정말, 이걸 하니까 아무 소리도 안 나네. 왜 그렇지, 다에코?」

「오비가 새거니까 뽀드득, 뽀드득 소리를 낸 거야. 이 오비는 오래된 거라서 천이 낡았으니까 소리가 안 나는 거고.」

「정말, 그래서 그렇구나.」

「머리 좀 쓰라고.」

「사모님, 전화입니다. 이타니 씨한테서요.」

오하루가 복도에서 달려와 전했다.

「아, 야단났네, 전화하는 거 깜빡하고 있었어.」

「어머, 벌써 차가 온 것 같은데.」

「어쩜 좋아, 어머 어쩜 좋아.」

사치코는 호들갑을 떨었지만 유키코는 마치 남의 일이라도 되는 양 새침해하고 있었다.

「저 말이야, 유키코, 뭐라고 하지?」

「그냥 적당히 말해.」

「하지만 그 사람은 제대로 얘기하지 않으면 이해하지 못할 텐데.」

「그러니까 그 점을 잘 얘기해 봐, 부탁해.」
「그럼, 어쨌든 내일 약속만 연기해 달라고 한다.」
「응.」
「괜찮다고 했다, 그럼.」
「응.」
 서 있는 사치코는 앉아서 올려다보고 있는 유키코의 표정을 아무래도 읽어 낼 수가 없었다.

6

「에쓰코, 그럼 다녀올게.」
 유키코는 막 나가려는 참에 서양식 방을 들여다보고, 어린 식모 오하나를 상대로 소꿉놀이 물건들을 늘어놓고 있는 에쓰코에게 말했다.
「괜찮지? 집 잘 봐야 돼.」
「선물, 알지? 언니.」
「알고 있어. 얼마 전에 봐둔 밥 짓는 장난감 말이지?」
 에쓰코는 큰집 이모만을 〈이모〉라고 부르고 두 명의 젊은 이모는 〈언니〉, 〈막내 언니〉라고 불렀다.
「꼭 저녁때까지는 돌아와야 해, 언니.」
「그래, 꼭 돌아올게.」
「꼬옥.」
「꼬옥, 엄마와 막내 언니는 고베에서 아빠가 기다리고 있으니까 저녁 먹으러 가지만, 나는 돌아와서 에쓰코와 함께 집에서 먹을 거야. 숙제는 뭐가 있지?」
「작문 숙제 있어.」

「그럼 적당히 놀고 써놓아야 돼, 돌아와서 봐줄 테니까.」
「언니, 막내 언니, 잘 다녀와!」

그렇게 말하며 현관까지 배웅 나온 에쓰코는 슬리퍼를 신은 채 봉당까지 내려가 깔아 놓은 돌 위를 뛰어서 문 앞까지 두 이모를 따라 나왔다.

「빨리 와야 돼, 언니. 거짓말하면 안 돼.」
「몇 번이나 말하는 거야? 알았다니까.」
「안 오면 에쓰코 화낼 거야, 알았지, 언니?」
「아이, 귀찮아, 정말. 알았다니까, 알았다고.」

그러나 유키코는 에쓰코가 자신을 그렇게 좋아하는 것이 기뻤다. 무슨 까닭인지, 이 아이는 엄마가 외출한다고 해도 이렇게까지 뒤를 따라 나오지 않는데 유키코가 외출할 때는 항상 집요하게 따라다니며 이것저것 주문이 많았다. 유키코는 자신이 우에혼마치의 큰집에 있는 것을 싫어하고 아시야 가와에만 있는 것은 큰집 형부와 사이가 좋지 않은 것, 언니 중에서 둘째 언니와 더 마음이 맞는 것 등이 주된 원인이라고, 사람들은 물론이고 자신도 그냥 그렇게 믿고 있었다. 그러나 요즘에는, 사실 에쓰코에 대한 애정이 앞의 두 가지 이유보다 크지 않을까 하는 생각을 하게 되었다. 그리고 그것을 알고 난 다음에는 애정이 한결 더해지는 걸 느꼈다. 그러고 보니 언젠가 큰집 언니가, 유키코는 사치코네 애만 귀여워하고 우리 아이들은 통 귀여워하지 않는다고 불평한 적이 있었는데, 그때는 뭐라 대답해야 좋을지 몰라 무척 곤란했다. 그런데 솔직히 말해서 유키코는 바로 에쓰코만 한 나이에 에쓰코같이 생긴 여자아이가 좋았다. 큰집에는 아이들이 여럿 있지만 여자아이는 올해 두 살 된 아이 하나뿐이고 나머지는 모두 사내아이들이었다. 그래서 그녀의 관심을 끄는 정도는 아무래도 에쓰코와 비교가 되지 않았다. 유키코는 일찍 어머니를 여의고 아버지도 10년쯤 전에 돌아가셔서 지금은 큰집과 사치코네 사이를 오가는 일정한 거처도 없는 신세라서 내일이라도 당장 어딘가로 시집을 간다고 해도 특별히 미련은 없었다. 하지만 만약 결혼하게 되면 누구보다도 가장 친하게 지내 왔고 의지도 해온 사치코 언니와 만나지 못하게 된다는 것, 아니, 사치코 언니와는 만날 수 있겠지만 에쓰코를 볼 수 없게 된다는 것, 본다고 해도 이미 예전의 에쓰코가 아닐 거라는 것, 자기가 미친 감화라든가 쏟아 온 애정을 에쓰코가 점차 잊어버려 예전과는 다른 에쓰코가 될 거라는 것, 이런 것들을 생각하면 엄마로서 언제까지고 이 소녀의 사랑을 독차지할 수 있는 사치코가 부럽기도 하고 분한 마음이 들기도 했다. 그녀가 재취라는 조건으로 결혼하게 된다면 귀여운 여자아이가 있는 데로 가고 싶다고 한 것도 그런 이유에서였다. 그러나 설사 그런 조건에 맞는 곳으로 가서 에쓰코 이상으로 귀여운 여자아이의 엄마가 된다고 해도, 아무래도 에쓰코를 사랑하듯이 그 아이를 사랑할 수 있을 것 같지는 않았다. 그래서 그것을 생각하면 혼기를 놓쳤다는 것도 옆에서 보는 것만큼 자신에게는 그렇게 쓸쓸한 일이 아니었다. 자칫 몸을 낮춰 내키지도 않는 곳으로 억지로 시집을 가느니 이대로 이 집에 있으면서 에쓰코의 엄마인 사치코의 역할을 자신이 할 수만 있다면, 그걸로 고독도 덜어질 것 같다는 생각도 했다.

사실대로 말하자면 유키코를 그런 식으로 사치코와 결부시킨 데는 얼마간 사치코가 그렇게 만든 측면이 있는지도 모른다. 예컨대 아시야가와의 집에는 유키코와 다에코가 같이 쓰는 방이 하나 있는데, 다에코가 그곳을 시종 작업실로만 쓰게 된 것을 빌미로 사치코가 유키코에게 에쓰코와 방을 함께 쓰도록 했던 것이다. 에쓰코의 방은 2층에 있는데 다다미 여섯 첩 반 크기인 일본식 방이었다. 다다미 위에는 키가 작은 어린이용 목재 침대가 있었다. 그때까지는 식모가 혼자 그 침대 옆에 잠자리를 깔고 에쓰코 곁에서 갔다. 그런데 그 후로는 식모 대신 유키코가 접이식으로 된 보료 위에 요 두 개를 깔아 에쓰코의 침대와 거의 같은 높이로 잠자리를 만들어 갔다. 이런 일이 발단이 되어 아플 때의 간호, 학과 공부의 복습, 피아노 연습, 도시락 반찬, 오후의 간식 준비 같은 사치코의 역할이 점차 유키코한테 넘어갔다. 그것은 먼저 유키코가 사치코보다 그런 일에 적합했기 때문이라고 할 수 있다. 에쓰코는 언뜻 보기에 혈색도 좋고 살집도 있어서 건강해 보이지만 엄마와 비슷한 체질로 어딘가 저항력이 약한 듯 임파선이 붓는다거나 편도선에 문제가 생겨 자주 고열에 시달렸는데, 그런 때 이틀이나 사흘 내내 밤을 새워 간호하면서 얼음주머니나 물수건을 갈아 주는 일을 누구보다 잘해 낸 사람이 유키코였던 것이다. 원래 세 자매 가운데 유키코가 가장 몸집이 가냘프고 팔 같은 것은 에쓰코와도 그다지 차이가 없을 정도로 가늘었는데, 마치 가슴에 병[15]이라도 걸린 사람처럼 보였다. 그런 것도 그녀를 지금까지 결혼하기 힘들게 한 원인 중 하나겠지만, 사실은 병에 대한 저항력은 가장 강해서 온 집안 식구가 차례로 독감에 걸렸을 때도 그녀만은 걸리지 않았다. 여태까지 한 번도 병다운 병치레를 한 적이 없었다. 그런 점에서 가장 튼튼해 보이는 사치코는 사실 에

---

15 결핵을 말한다. 당시 일본에서는 결핵이 전염되는 것 외에 유전까지 된다고 생각했기 때문에 가문의 존속을 중시하던 사고방식으로 인해 여성의 경우는 결혼하는 데 커다란 장애가 되었다.

쓰코와 마찬가지로 허울만 그럴듯했지 가장 기력이 약해서 간병을 좀 무리하게 하면 결국 자신이 쓰러지고 말아 오히려 주위 사람들을 성가시게 했다. 그것은 사치코가 선대의 마키오카 집안이 전성기를 구가한 시대에 자랐고 돌아가신 아버지의 총애를 한 몸에 받고 어른이 되었기 때문인데, 일곱 살짜리 아이의 어머니가 된 지금도 어딘가 응석받이 같은 데가 있으며 정신적으로도 체질적으로도 참을성이 없어서 걸핏하면 두 자매에게 핀잔을 듣곤 했다. 그런 형편이다 보니 병간호만이 아니라 아이를 가르치는 모든 일에 맞지 않아 에쓰코를 상대로 심각하게 싸우는 일도 종종 있었다. 그래서 사람들은 사치코가 유키코를 가정교사처럼 취급하고 놓치기 싫어하니까 혼담이 더욱 성사되지 않는다고들 했다. 좋은 이야기가 들어와도 사치코가 옆에서 깨버린다고 하는 사람도 있었다. 그런 소문이 돌고 돌아 큰집에까지 들렸지만, 큰집 언니는 그렇게까지 사치코를 오해하지는 않았다. 다만 유키코가 있으면 아주 편할 테니까 이쪽으로 돌려보내지 않는 거라는 정도의 험담은 들었다. 데이노스케도 그것을 걱정해 사치코에게 유키코가 자기 집에 머무는 것은 좋지만 자기들 세 명의 부모 자식 사이에 끼어드는 것은 바람직하지 않으니까 에쓰코와의 사이를 약간 멀게 하면 어떨까, 에쓰코가 엄마를 멀리하고 유키코를 더 좋아하게 되면 곤란하지 않느냐는 말을 한 적이 있다. 그때 사치코는 데이노스케에게 이렇게 말했다.

그것은 당신의 지나친 생각이다. 에쓰코는 그래 봬도 아이답지 않게 눈치가 있어서 유키코에게 응석을 부리고는 있지만 본심은 역시 나를 가장 좋아하고 있고 어떤 경우에는 나에게 매달리지 않으면 안 된다는 것도, 결국 언젠가는 유키코가 시집을 가야 할 사람이라는 것도 알고 있다. 나도 유키코 덕분에 아이 뒷바라지를 하는 수고도 덜고 많은 도움을 받고 있지만 그런 것은 유키코가 시집을 갈 때까지 당분간만이다. 지금은 유키코가 그토록 아이 보는 것을 좋아하니까 에쓰코를 맡겨 두고 얼마간 혼기를 놓친 불행을 잊게 할 생각이다. 다에코에게는 인형을 만드는 일도 있고 게다가 거기서 나오는 수입도 있는데(그리고 은밀히 결혼을 약속한 사람까지 있는데) 유키코에게는 아무것도 없다. 극단적으로 말하면 몸 둘 곳이 없는 신세가 아니냐, 너무나도 가엾다. 그래서 에쓰코에게 유키코의 고독을 위로할 장난감 역할을 시킨 것이다.

유키코는 사치코가 거기까지 생각하고 있다는 것을 짐작하고 있는지 어떤지는 알 수 없지만 실제로 에쓰코가 병이 났을 때는 엄마나 간호사라도 도저히 할 수 없을 만큼 헌신적으로 간호했다. 그리고 에쓰코가 있으므로 누군가 한 사람이 집을 봐야 하는 경우, 가능하면 자신이 그 일을 맡아 사치코 부부나 다에코가 외출할 수 있게 해주었다. 그러므로 오늘 같은 일요일에도 여느 때라면 그녀가 남았겠지만 공교롭게도 오늘은 한큐 미카게[16]의 구와야마 저택에서 레오 시로타[17]의 연주를 듣는 조그마한 모임에 자매들이 초대받은 거였고 다른 연주회라면 기꺼이 포기했을 테지만 피아노를

---

16 한큐 전차의 미카게 역. 미카게는 고베 시 히가시나다 구의 지명으로 아시야와 견줄 만한 고급 주택지였다.
17 Leo Sirota(1885~1965). 러시아 출신의 미국 피아니스트. 1929년부터 일본에 체재하며 실내악 등의 연주 활동을 했다.

듣는 모임이라서 안 갈 수 없었던 것이다. 그래서 사치코와 다에코는 연주회가 끝나고 아리마 쪽으로 하이킹을 간 데이노스케와 만나 고베에서 저녁 식사를 하기로 약속했고, 유키코는 그것만 포기하고 먼저 들어오기로 한 터였다.

7

「아이참, 사치코 언닌 아직이야?」

두 사람은 아까부터 문 앞에서 기다리고 있는데 사치코가 좀처럼 나올 것 같지 않았다.

「벌써 2시가 다 돼 가는데.」

다에코는 운전수가 문을 열고 서 있는 쪽으로 다가갔다.

「정말 엄청 긴 통화인걸.」

「아직도 끊지 못한 거야?」

「끊으려고 해도 끊어 주지 않으니까 안절부절못하고 있겠지 뭐.」

유키코는 또다시 남의 일처럼 재미있어하면서 말했다.

「에쓰코, 엄마한테 가서 말 좀 해. 전화 적당히 끊고 빨리 오라고.」

「탈까, 유키 언니?」

다에코는 손으로 차 문을 잡으며 말했다. 그런 예의를 잘 지키는 유키코가,

「기다리지 뭐」

하고 말해도 듣지 않았으므로 자신도 할 수 없이 차 앞에 섰다.

에쓰코가 안으로 뛰어 들어가는 것을 보더니 다에코는,

「이타니 씨가 한 이야기, 나도 들었어」
하고 운전수에게 들리지 않도록 말했다.
「그래?」
「유키 언닌 어떻게 생각해?」
「사진만 봐서 알겠어?」
「그야 그렇지만 만나 보는 건 어때?」
「……」
「애써 말했는데 만나기 싫다고 하면 사치코 언니만 난처할걸.」
「그렇지만 그렇게 서두를 필요가 있을까?」
「그야 뭐, 분명히 그럴 일이 아니라고는 했지만……」
그때 우당탕 하는 발소리가 들리더니,
「아, 손수건 놓고 왔다. 누가 좀 가져다줄래? 손수건! 손수건!」
하고 삐져나온 속옷 소매를 매만지며 사치코가 문밖으로 뛰어나왔다.
「오래 기다렸지?」
「정말 기네.」
「뭐라고 변명을 해야 좋을지 알아야지…… 이제야 간신히 끊었어.」
「이제 됐어, 그 얘긴 나중에 듣지 뭐.」
「빨리 타!」
유키코의 말에 이어 곧바로 다에코가 말했다.
사치코의 집에서 아시야가와 정류장까지는 7백~8백 미터 밖에 되지 않아서 오늘처럼 급할 때는 자동차를 타기도 하지만 다른 때는 산책하듯이 어슬렁어슬렁 걸어가기도 했다. 이 세 자매가 간혹 날씨가 좋은 날 같은 때는 그 지역 사람들이

〈스이도미치(水道路)〉라 부르는, 한큐 노선과 나란히 가는 산 쪽에 난 길을 나들이옷을 입고 함께 걸어가는데 그 모습은 역시 사람들의 눈길을 끌었다. 그래서 그 주변에 사는 사람들은 모두 이 세 자매의 얼굴을 기억하고 있어서 이러니저러니 서로 이야기를 했는데, 그래도 세 자매의 진짜 나이를 아는 사람은 많지 않을 터였다. 사치코에게는 에쓰코라는 아이가 있으므로 나이를 숨길 수 없을 텐데도 그런 사치코조차 많아야 스물일곱 정도밖에는 보이지 않았다. 하물며 시집도 안 간 유키코는 기껏해야 스물서너 살, 다에코는 열일고여덟 소녀로 잘못 보기도 했다. 그러므로 유키코 등은 원래라면 이제 〈아가씨〉라든가 〈아씨〉라고 부르는 것이 이상한 나이인데도 모두들 그렇게 부르면서도 이상하게 생각하는 사람은 없었다. 그리고 세 사람 모두 화려한 색상이나 무늬가 아주 잘 어울렸다. 의상이 화려해서 어려 보인다는 것이 아니라 얼굴이나 몸매가 아주 젊어 보였으므로 화려한 것을 입지 않으면 어울리지 않는다는 게 맞을 것이다.

데이노스케는 작년에 이 자매들과 에쓰코를 데리고 긴타이교(橋)로 꽃구경을 갔을 때 세 명을 다리 위에 나란히 세워 놓고 사진을 찍은 적이 있는데, 그때 그가 읊었던 노래는 〈아름다운 세 자매 나란히 사진을 찍었네, 긴타이교 위〉라는 것이었다. 참으로 이 자매들은 그저 닮은 것만이 아니라 각자 다른 장점을 가져 좋은 대조를 이루면서도 공통점이 있어서, 보는 사람들 눈에 너무나도 아름다운 자매라는 느낌을 주었다. 우선 키를 봐도 가장 키가 큰 사람은 사치코, 그다음이 유키코, 그리고 다에코 순으로 조금씩 작아졌는데, 나란히 길을 걸을 때는 그것이 또 하나의 구경거리가 되었다. 그런데 의상, 소지품, 인품에서 보면 가장 일본적인 사람이 유키코이고 가장 서양적인 사람이 다에코이며 사치코는 딱 그 중간이었다. 얼굴 생김새 등도 가장 둥글고 이목구비도 뚜렷하며 몸집도 그것에 어울리게 단단하고 다부진 살집을 가진 사람이 다에코이고 유키코는 또 반대로 가장 갸름한 얼굴에 가냘프고 나긋나긋한 몸매였다. 그리고 양쪽의 장점을 취해 하나로 한 듯한 사람이 사치코였다. 복장도 다에코는 대체로 양장을 입었고 유키코는 항상 기모노를 입었으나 사치코는 여름에는 주로 양장을, 그 밖에는 기모노를 입었다. 비슷한 점에서 보면, 사치코와 다에코는 아버지를 닮아서 대체로 같은 유형으로 눈에 확 띄는 환한 용모의 소유자였으나 유키코는 달랐다. 그런 유키코도 언뜻 보면 쓸쓸한 얼굴이지만 신기하게도 꽃이나 새, 산수 등의 무늬를 화려하게 염색한 궁녀식 기모노가 잘 어울렸고, 도쿄풍의 수수한 줄무늬 기모노 같은 것은 전혀 어울리지 않았다.

    음악회에 갈 때는 항상 몸치장을 하고 가는데, 오늘은 특별히 개인 저택에 초대받아 가는 것이므로 한껏 꾸민 것은 말할 것도 없었다. 때마침 쾌청한 가을날 세 자매가 나란히 자동차에서 내려 한큐역 플랫폼을 뛰어 올라가는 모습을 그곳 사람들은 모두들 돌아보며 눈으로 좇았다. 일요일 오후라서 고베행 전차 안은 텅 비어 있었으나 자매 순으로 나란히 자리에 앉았을 때, 유키코는 바로 자기 앞자리에 앉아 있는 중학생이 수줍어하며 고개를 숙이자마자 순식간에 얼굴이 새빨개지며 불타는 듯 달아오르는 걸 보았다.

8

　에쓰코는 소꿉놀이에도 싫증이 나자 오하나를 시켜 2층 방에서 공책을 가져오게 해 서양식 방에서 작문 숙제를 했다.
　대체로 이 집은 대부분이 일본식 방이고 서양식 방은 식당과 응접실뿐이었는데, 응접실은 방 두 칸을 하나로 튼 것이었다. 그러나 가족끼리 단란하게 지낼 때나 손님을 접대할 때는 물론 서양식 방을 이용했고, 그 외에도 대부분의 시간을 서양식 방에서 보냈다. 게다가 응접실 쪽에는 피아노와 라디오 축음기가 있고 겨울에는 난로에 장작을 지폈기 때문에 추운 계절이 되면 모두들 그곳에만 모여들어 자연스럽게 그곳이 가장 북적거렸다. 그래서 에쓰코도 아래층에 손님이 붐빌 때라든가 병으로 누워 있을 때 외에는 좀처럼 2층 자기 방으로 올라가지 않고 서양식 방에서 지냈다. 2층에 있는 에쓰코의 방은 일본식 방에 서양 가구들이 놓여 있으며 침실과 공부방을 겸하고 있었다. 그러나 에쓰코는 공부할 때도 소꿉놀이를 할 때도 응접실에서 하는 것을 좋아해서 학용품이나 소꿉놀이 장난감을 항상 그곳에 흩뜨려 놓기 일쑤여서 불시에 손님이 오기라도 하는 날이면 으레 야단법석을 피워야 했다.
　저녁 무렵 대문의 벨이 울리자 에쓰코는 연필을 내던지고 현관으로 뛰어나갔다. 약속한 선물 꾸러미를 들고 응접실로 들어온 유키코 뒤를 따라 들어오며,
　「보면 안 돼!」
　하고 서둘러 공책을 탁자 위에 엎었다. 그리고,
　「선물 좀 보여 줘!」
　하고 곧장 꾸러미를 낚아채서 그 안에 있는 장난감을 긴 의자 위에 늘어놓았다.

「고마워. 언니.」

「이거 맞지?」

「응. 이거야. 고마워.」

「작문 숙제는 다 했어?」

「안 돼, 안 돼.」

에쓰코는 공책을 집어 들고는 두 손으로 가슴에 꼭 껴안듯이 안고는 저쪽으로 뛰어갔다.

「이거 보면 안 되는 이유가 있어.」

「뭔데?」

「하하하하, 이거 말이야, 언니 얘기를 썼거든.」

「써도 괜찮아. 어디 좀 보자.」

「나중에, 나중에 보여 줄게. 지금은 안 돼.」

에쓰코가 쓴 작문은 〈토끼의 귀〉라는 제목으로 언니 얘기가 좀 나온다고 했다. 그리고 지금 보면 부끄러우니까 자기가 잔 다음에 천천히 보고, 틀린 데가 있으면 고쳐 주었으면 좋겠으며, 그러면 자기가 내일 아침 일찍 일어나 학교에 가기 전에 깨끗하게 고쳐 쓰겠다고 했다.

유키코는 사치코 등이 어차피 영화관이나 어딘가에 들렀다 아주 늦게 올 거라는 걸 알았으므로 저녁 식사를 마치고는 에쓰코와 함께 목욕을 한 다음 8시 30분경에 침실로 올라갔다. 에쓰코는 어린아이치고 잠을 잘 못 드는 편이어서 침대에 들어가면 20~30분 동안 흥분해서 계속 떠드는 버릇이 있었다. 그래서 에쓰코를 아무 일 없이 재우는 것이 큰일이었다. 그러나 유키코는 늘 에쓰코를 재우면서 이야기 상대가 되어 주다가 그만 자신도 잠들어 버리곤 했다. 그리고 그대로 아침까지 자버리는 때도 있고 한숨 자고 나서 에쓰코를 깨우지 않도록 살짝 혼자 일어나 잠옷 위에 웃옷을 걸치고 내려와 자매들과 차를 마시며 한바탕 이야기를 나누는 일도 있었다. 때에 따라서는 데이노스케도 끼어들어 치즈에 백포도주를 꺼내 각자 한 잔씩 상대를 해주기도 했다. 그러나 가끔 어깨가 결리는 유키코는 오늘 밤에도 통증이 심해 잠을 이룰 수 없었다. 아직 사치코 등이 들어오려면 좀 더 있어야 한다고 생각했지만, 그사이에 작문을 봐둬야지 하고, 적절한 시간에 잠이 든 에쓰코의 숨소리를 들으면서 일어나 머리맡의 스탠드 옆에 놓여 있는 공책을 펼쳤다.

토끼의 귀

나는 토끼를 키우고 있습니다. 이 토끼는 어떤 사람이 〈아가씨께 드립니다〉라며 가져다준 토끼입니다.

우리 집에는 개와 고양이가 있으므로 토끼는 따로 현관에 놓아두었습니다. 나는 매일 아침 학교에 갈 때 반드시 그 토끼를 안고 쓰다듬어 줍니다.

얼마 전 목요일이었습니다. 아침에 학교에 갈 때 현관에 나가 봤더니 토끼의 귀가 하나는 꼬꼬시 서 있고 하나는 옆으로 쓰러져 있었습니다. 나는 〈어, 이상하네, 그 귀도 세워 봐!〉 하고 말했지만 토끼는 모르는 척하고 있었습니다. 나는 〈그럼 내가 세워 줄게〉 하고 손으로 세워 주었는데, 손을 때자 금방 다시 축 늘어졌습니다. 나는 언니에게 〈언니, 저 토끼 귀 좀 세워 줘〉 하고 말했습니다. 언니는 발로 토끼 귀를 잡아 세워 주었습니다. 그러나 언니가 발을 떼자 그 귀는 다시 털썩 쓰러져 버렸습니다. 언니는 〈이상한 귀네〉 하고 웃었습니다.

유키코는 당황하여 〈……언니는 발로 토끼 귀를……〉이라는 대목에서 〈발로〉라는 두 글자를 연필로 지웠다.

에쓰코는 학교에서도 글쓰기를 아주 잘하는 편이었는데 이 글도 아주 잘 쓴 글이었다. 유키코는 자신도 사전을 찾아가면서 〈꼬꼬시〉를 〈꼿꼿이〉로, 〈때자〉를 〈떼자〉로 고쳤을 뿐, 다른 데는 틀린 데가 없었다. 그런데 당황한 것은 이 〈발로〉라는 부분을 어떻게 고칠까 하는 것이었다. 유키코는 〈언니는 발로〉에서 〈세워 주었습니다〉까지를 다음과 같이 고쳐 놓았다.

〈언니도 토끼의 귀를 잡고 세웠습니다. 그러나 언니가 그 귀를 놓자 다시 털썩 쓰러져 버렸습니다.〉

〈발로〉 대신 〈손으로〉라고 하는 것이 가장 간단했겠지만, 사실 그때는 분명히 발로 했으므로 아이에게 거짓말을 쓰게 해서는 안 될 것 같아 살짝 모호하게 읽히도록 이렇게 고쳐 썼다. 그러나 자기가 모르는 사이에 이 글을 학교로 가져가서 선생님이 읽기라도 했다면, 하고 생각하니 가슴이 철렁 내려앉았다. 그건 그렇고 에쓰코가 그런 엉뚱한 일을 썼다는 게 재미있어서 혼자 웃었다.

이 〈발로〉의 유래를 이야기하면 이렇다.

아시야가와 집의 이웃집이라기보다 뜰이 연결되어 있는 집에 반 년 정도 전부터 슈토르츠라는 독일인 일가가 이사 와 살고 있었다. 두 집의 뜰 경계에는 촘촘한 철망으로 된 담이 둘러 있을 뿐이었다. 그래서 에쓰코는 이내 슈토르츠 씨네 아이들과 알게 되었는데, 처음에는 철망을 사이에 두고 동물이 서로 냄새를 맡듯이 코를 들이밀고 노려보기만 하다가 곧이어 양쪽 다 철망을 넘어 출입하기 시작했다. 독일인의 아이는 위가 페터라는 사내아이, 그다음이 로제마리라는 계집아이, 그 밑이 프리츠라는 사내아이였다. 가장 손위의 형인 페터는 얼핏 보기에 열이나 열한 살, 로제마리는 에쓰코와 거의 비슷한 나이로 보였지만, 서양 아이는 몸집이 크니까 실제 나이는 한두 살 어린 것 같았다. 에쓰로는 그 형제들, 그중에서도 특히 로제마리와 친해 매일 학교에서 돌아오면 뜰의 잔디밭으로 불러내 같이 놀았다. 로제마리는 에쓰코를 〈에쓰코, 에쓰코〉라고 불렀지만 누군가 주의를 주는 사람이 있었는지 곧 〈에쓰코 상, 에쓰코 상〉 하고 부르게 되었고, 에쓰코는 로제마리를 부모나 형제들이 부르는 〈루미〉라는 애칭을 사용해 〈루미 상, 루미 상〉 하고 불렀다.

　슈토르츠 씨 집에는 저먼 포인터 종의 개와 유럽 종으로 전신의 털이 새까만 고양이가 있었는데, 그 밖에도 뒤뜰에 상자를 만들어 앙골라 토끼를 키우고 있었다. 에쓰코는 개나 고양이는 자기 집에서도 키우고 있어서 신기하지 않았는데 토끼는 신기했다. 그래서 자주 로제마리와 함께 먹이를 주거나 귀를 잡고 안아 보기도 했다. 그런데 곧 자기도 갖고 싶어져서 토끼를 키우게 해달라고 엄마한테 졸랐다. 사치코는 동물을 키우는 것은 좋지만 잘 다루지도 못하는 토끼를 기르다 죽어 버리면 불쌍하기도 하고 조니와 레이만 해도 여간 손이 가지 않는데 거기다가 토끼까지 기르면 먹이를 주는 것만 해도 성가시고 무엇보다 조니와 레이에게 물려 죽지 않도록 가둬 둔다고 해도 이 집에는 그럴 만한 적당한 장소가 없어 망설이고 있었다. 그걸 알고 드나들던 굴뚝 청소부가 이걸 아가씨한테 주라며 어디서 토끼 한 마리를 가져왔다. 그렇지만 앙골라 토끼가 아니라 그냥 토끼였는데, 대신 새하얗고 깨끗한 토끼였다. 에쓰코는 엄마와 의논해 결국 개나 고양이로부터 격리하기에는 현관 봉당이 가장 안전한 것 같아 거기에 두고 키웠다. 그러나 토끼는 그저 빨간 눈을 뜨고 있을 뿐 아무리 말을 걸어도 반응이 전혀 없었으므로, 에쓰코가 〈개랑 고양이하고는 정말 다르구나〉라고 말하자 어른들은 모두 재미있어했다. 그리고 아무리 해도 개나 고양이처럼 정을 붙일 수 없었으며 사람과는 전혀 관계없는, 뭔가 씰룩씰룩한 기묘한 존재라는 느낌밖에 들지 않았다.

에쓰코가 작문 숙제에 쓴 것은 이 토끼 이야기였다. 유키코는 매일 아침 에쓰코를 깨워 아침밥을 챙겨 주고 가방을 살펴본 뒤에 학교로 보내고 나서 다시 잠자리에 들곤 했다. 그런데 그날은 늦가을 추위가 오슬오슬 스며드는 아침이었으므로 잠옷 위에 비단 나이트가운을 걸치고 버선발로 현관까지 나가 학교 가는 에쓰코를 보려고 했다. 에쓰코는 토끼의 한쪽 귀를 잡고 자꾸만 세우려고 했다. 그리고 아무리 세워도 귀가 서지 않았으므로 〈언니가 좀 해봐〉 하고 말했다. 유키코는 에쓰코가 학교에 늦지 않도록 재빨리 도와 세워 주려고 했다. 그러나 말랑말랑한 귀에 손을 대는 것이 어쩐지 섬뜩했으므로 버선을 신은 발을 들어 엄지발가락으로 귀 끝을 집어 들어 올렸다. 그러나 발을 떼자 곧바로 귀는 다시 축 처지면서 토끼의 옆얼굴 위로 늘어졌다.

「언니, 이거 왜 틀린 거야?」

이튿날 아침 에쓰코는 자기가 쓴 글을 고쳐 놓은 것을 보고 말했다.

「좀 그렇잖아, 에쓰코. 발로 세웠다고 쓰지 않아도 되잖아.」
「하지만 발로 했잖아?」
「그야, 손으로 만지면 기분 나쁘니까 그렇지······.」
「흥!」
에쓰코는 여전히 납득이 가지 않는다는 얼굴로 물었다.
「그럼 그 이유를 쓰면 안 돼?」

「그렇지만 그런 괴상한 짓을 한 걸 어떻게 써. 선생님이 읽어 보시면 행실이 아주 나쁜 언니라고 생각할걸.」
「흐음!」
에쓰코는 여전히 이해할 수 없는 듯했다.

9

「내일 사정이 여의치 않으시면, 16일은 길일이라니까 그날로 정할 수 있을까요?」

사치코는 전날 막 외출하려는 참에 전화에 붙잡혀 그런 말을 듣고 어쩔 수 없이 승낙을 해버렸지만, 유키코의 입에서 가까스로 〈그럼 뭐 가봐도 좋아〉 하는 말을 끌어내는 데는 이틀이나 걸렸다. 그것도 이타니가 양쪽을 아무 뜻 없이 그냥 초대한다는 진작의 약속에 따라, 되도록 맞선을 본다는 느낌을 갖지 않게 한다는 조건에서였다. 그날 시간은 오후 6시, 장소는 오리엔탈 호텔이었다. 참석자로는 주선하는 쪽은 이타니와 이타니의 둘째 동생으로 오사카의 철물상 고쿠부 상점에 근무하는 무라카미 후사지로 부부(이 후사지로가 세코시의 오랜 친구여서 이번 혼담이 나왔으므로 이 사람은 그날 밤 모임에 빠질 수 없는 얼굴이었다)가 나왔다. 세코시 쪽은 당사자 한 사람으로는 좀 적적하고, 그렇다고 일부러 고향에서 가까운 친척을 불러들일 만한 일도 아니었는데, 다행히 세코시의 동향 선배로 후사지로가 일하는 고쿠부 상점의 상무인 이가라시라는 중년 신사가 있어서 후사지로가 부탁해 들러리 역할을 맡겼다. 유키코 쪽은 데이노스케 부부와 유키코, 단 세 명이었다. 그래서 그 자리에는 주객 모두 합해 8명이 참석하게 되었다.
 그 전날, 사치코는 그날의 머리를 손질하기 위해 유키코와 둘이서 이타니의 미용실로 갔다. 사치코는 다듬기만 할 생각이었으므로 유키코에게 먼저 하게 하고 순서를 기다리고 있자니 이타니가 한가한 틈을 타 들어와서는,
「저……」
하고 조그만 소리로 말하면서 그녀의 얼굴 쪽으로 허리를 굽혔다.
「……저, 실은 부인께 부탁 드릴 게 있어서요.」
이타니는 그렇게 말하고 귓가에 입을 갖다 댔다.
「물론 이런 말씀은 드리지 않아도 아실 거라고 생각합니다만, 내일 부인께서는 아무쪼록 아주 수수하게 하고 나오셨으면 해요.」
「아, 예. 그야 알고 있어요.」
이타니는 사치코의 말이 끝나기가 무섭게 말을 이었다.
「하지만 어지간히 수수하게 해서는 아마 안 될 거예요. 정말 아주 수수하게 하셔야 해요. 아가씨도 아름답긴 합니다만, 아무튼 갸름하고 쓸쓸한 얼굴이라서 부인 옆에 있으면 그만큼 빛이 바래니까요. 부인은 또 굉장히 눈에 확 띄는 화려한 얼굴이어서, 그렇지 않아도 사람들 눈에 띄기 쉬우니까 아무쪼록 내일만은 열 살이나 열다섯 살 정도 늙어 보이게 해서, 되도록 아가씨를 돋보이게 해주셔야 해요. 그러지 않으면 부인이 따라 나온 탓에 잘될 일도 안 되는 일이 벌어지지 말란 법도 없으니까요.」
사치코가 이런 주의를 받은 것은 이번이 처음이 아니었다. 지금까지 유키코의 맞선에 따라 나간 일이 몇 번 있었는데, 〈언니 쪽은 밝고 근대적인데 동생은 좀 내성적이고 어두워

보인다〉고 하거나 〈언니의 젊고 밝은 얼굴이 주위를 압도해서 동생 얼굴이 죽는다〉고 하는 말을 자주 들었다. 그중에는 〈본가의 큰언니만 참석해 주시고 둘째 언니는 불참해 주었으면 좋겠다〉고 말하는 사람도 있었다. 사치코는 그런 말을 들을 때마다 이렇게 말했다.

 그건 유키코 얼굴의 장점을 모르고 하는 소리다. 내 얼굴처럼 밝고 화려한 것이 근대적인 얼굴일지는 모르지만 이런 얼굴은 요즘 세상에 쌔고 쌨다. 전혀 진기하지도 않고 특별하지도 않다. 내 동생을 칭찬하는 게 좀 웃긴 하지만 진짜 옛날 규수, 세상 풍파에 찌들지 않고 자란 느낌, 연약하지만 청초한 아름다움을 지닌 얼굴이라면 우선 유키코 같은 얼굴이 아니겠느냐. 그 아름다움을 알아 주고 꼭 그런 사람이었으면 좋겠다는 사람이 아니라면 내 동생을 줄 수 없다.

유키코를 위해 말은 이렇게 했지만, 사치코는 마음속으로는 역시 우월감을 감출 수 없었다. 그래서,
「내가 옆에 있으면 유키코에게 방해가 된대요」
하고 남편 앞에서만은 다소 자랑스럽게 말하기도 했다. 데이노스케도 역시,
「그럼 나만 따라가지 뭐. 당신은 그냥 있어」
하고 말한다거나,
「안 돼, 그대로 안 돼. 좀 더, 좀 더 수수하게 안 하면 또 동생을 망친다는 소릴 듣는다니까」
하고 화장이나 옷매무시를 다시 하라고 했지만 속으로는 그런 화려한 아내를 가졌다는 것을 무척 기뻐하는 듯했다.

사치코의 눈에는 그것이 여실히 보였다. 이런 이유로 사치코는 유키코가 맞선을 보는 자리에 나가는 것을 삼간 적도 한두 번 있었는데, 대개의 경우 본가의 큰언니 대신 어쩔 수 없이 나가야만 했고, 또 유키코가 자기와 같이 나가야 한다고 조른 적이 많았다. 그러므로 그런 때는 아주 수수한 차림으로 가려고 애를 썼지만, 평소 가지고 있는 옷이 화려한 것들뿐이라서 역시 한계가 있었다. 결국 나중에 〈그래도 아직 멀었어〉 하는 말을 자주 들었다.

「……음…… 음, 항상 여러 사람한테 그런 말을 들어서 잘 알고 있어요. 말씀 안 하셔도 내일은 정말 수수하게 하고 갈 생각이에요.」

기다리는 방에는 사치코 혼자 있을 뿐이어서 듣고 있는 사람은 없었지만 바로 옆방과의 칸막이에 드리워진 커튼이 한쪽으로 밀쳐져 있어 유키코가 그 방 의자에 앉아서 머리에 머리 건조기를 쓰고 있는 모습이 정면으로 거울에 비쳤다. 이타니의 생각으로는 유키코가 머리 건조기를 쓰고 있어 이야기를 들을 수는 없을 것 같았지만, 두 사람이 이야기를 나누는 모습이 유키코에게도 잘 보여, 무슨 이야기를 하는지 알려고 눈을 치뜨고 물끄러미 이쪽에 시선을 고정하고 있는 듯했다. 그래서 사치코는 입술이 움직이는 모양만으로도 추측할 수 있지 않을까 해서 조마조마한 마음이었다.

그날 유키코는 자매들의 도움으로 3시부터 몸단장을 시작했는데, 데이노스케도 사무실 일을 일찌감치 마치고 돌아와 화장하는 방에서 대기하는 의욕을 보였다. 데이노스케는 기모노의 무늬라든가 옷매무새, 머리 모양 같은 것에 흥미를 가지고 있어서 여자들이 단장하는 모습을 보는 걸 좋아했다.

그러나 무엇보다도 이 자매들은 매번 시간관념이 없었으므로 그것에 질린 나머지 오후 6시 약속에 늦지 않도록 감독하기 위해서이기도 했다.

에쓰코는 학교에서 돌아오자 가방을 응접실에 내팽개치고 위층으로 올라가,

「언니, 오늘 신랑하고 만나지?」

하며 기세 좋게 들어섰다. 사치코는 깜짝 놀라, 거울 속에서 유키코의 안색이 금세 변하는 것을 간파하고 천연덕스럽게,

「그런 얘기, 누구한테 들었니?」

하고 물었다.

「오늘 아침에 오하루한테 들었는데…… 그렇지, 언니?」

「그런 거 아냐.」

사치코가 말했다.

「오늘은 이타니 아줌마가 엄마와 언니를 오리엔탈 호텔에 초대해서 맛있는 거 사준대.」

「그렇지만 아빠도 가잖아?」

「아빠도 초대를 받았어.」

「에쓰코, 아래층에 내려가 있어!」

거울을 응시한 자세로 유키코가 말했다.

「……내려가서 오하루한테 좀 올라오라고 해! 에쓰코는 올라오지 않아도 돼…….」

평소 같으면 저리 가라고 해도 좀처럼 말을 듣지 않지만 유키코의 어조에서 뭔가 심상치 않은 낌새를 알아채고,

「응」

하고 에쓰코는 나갔다. 그리고 좀 있다가,

「무슨 일로……」

하고 오하루가 쭈뼛쭈뼛 장지문을 열고 문지방 옆에 손을

짚고 앉았는데, 에쓰코에게 무슨 이야기를 들었는지 안색이 변해 있었다. 그사이에 데이노스케도 다에코도 분위기가 험악해진 걸 보고 서둘러 자리를 떴다.

「오하루, 네가 에쓰코한테 오늘 일에 대해 무슨 말을 한 거니?」

사치코는 오늘 선을 본다는 걸 식모들에게 얘기한 기억은 없지만 그렇다고 그녀들이 알 수 없도록 주의하지 못한 잘못은 있었다. 그래서 이렇게 되고 보니 유키코의 체면을 생각해서라도 자신이 오하루를 닦달해야 할 것 같은 책임감을 느꼈다.

「얘, 오하루!」

「……」

오하루는 고개를 숙인 채 〈잘못했습니다〉라는 뜻을 황송하다는 몸짓으로 보여 주고 있었다.

「너, 에쓰코한테 언제 말했니?」

「오늘 아침입니다…….」

「무슨 생각으로 그런 말을 한 거니?」

「……」

오하루는 아직 열여덟 살짜리 계집아이였는데, 열다섯 살부터 일하러 와서 지금은 집안 사람들 가까이서 시중을 들고 있으므로 거의 가족처럼 지내고 있었다. 그런 탓은 아니지만 이 아이만 처음부터 특별히 이름 뒤에 〈야〉라는 말을 붙여서 불렀다(에쓰코는 〈오하〉라는 애칭으로 불렀다). 그리고 매일 에쓰코가 학교를 오가기 위해서는 교통사고가 많은 한신 국도를 건너야 하기 때문에 꼭 누군가가 데려다주고 데려와야 했는데, 대개 오하루가 그 일을 했다. 점점 추궁하자 오늘 아침 학교에 데려다주러 가는 길에 에쓰코에게 얘기했다고 실토했다. 그런데 평소에는 아주 애교 있는 아이인데 꾸중을 들자 갑자기 불쌍할 정도로 풀이 죽어 버리는 것이, 옆에서 보기에는 오히려 우스꽝스러워 보였다.

「뭐, 나도 얼마 전부터 너희들 있는 데서 전화를 걸기도 했는데 그게 불찰인지도 모르지. 하지만 그 통화 내용을 들었다면 더욱 그렇지, 오늘은 특별히 그렇게 정식 모임도 아니고, 그저 명색뿐인 은밀한 모임이라는 건 너도 알 거 아니니. 설사 또 그게 뭐든 간에, 해도 되는 말과 해서는 안 되는 말이 있는 거 아냐. 아직 어떻게 될지도 모르는 얘기를 어린아이한테 하다니 말이야. 너, 이 집에 언제부터 있었니? 이 집에서 하루 이틀 일한 것도 아니잖아. 그런데 그 정도 일도 모른단 말이야.」

「이번 일만이 아니야.」

이번에는 유키코가 말했다.

「애당초 넌 항상 말이 너무 많아. 말하지 않아도 될 걸 지껄이는 거, 그거 아주 나쁜 버릇이야……」

두 사람이 번갈아 가며 쏘아붙이는 동안, 듣고 있는지 안 듣고 있는지도 모르게 고개를 숙인 채 가만히 미동도 하지 않고 있던 오하루는,

「이제 됐어, 저리 가!」

하는 말을 듣고 나서도 잠시 죽은 듯이 있다가,

「이제 가!」

하고 두어 번 듣자 간신히 알아들을 수도 없을 만큼 희미한 목소리로 잘못했다는 말을 하더니 일어서서 나갔다.

「늘 꾸중을 듣는데도, 어쩌면 그렇게 주둥아리를 놀리는지.」

사치코는 아직도 언짢은 기분이 풀리지 않은 유키코의 안색을 살피며 말했다.

「역시 내 불찰이야. 전화를 할 때도 어떻게든 저 애들이 알아들을 수 없게 했어야 했는데, 설마 어린애한테 얘기할 거라고는 생각도 못 했으니까……」

「전화도 그렇지만, 얼마 전부터 오하루가 듣는 데서 선이 다 뭐다 의논한 게 마음에 걸렸어.」

「그런 일이 있었구나, 난 몰랐네.」

「몇 번이나 그랬어. 이야기하고 있는 중에 들어오면, 그때는 다들 멈추었지만 나가자마자, 아직 문밖에 있는데도 큰 소리로 이야기하셨으니까. 그게 들렸을 거야.」

그러고 보니 얼마 전부터 몇 번, 항상 에쓰코가 잠들고 나서 밤 10시가 지났을 무렵, 데이노스케, 사치코, 유키코, 때로는 다에코까지 응접실에 모여 오늘 볼 선에 대해 의논한 일이 있었다. 그 자리에 때로 오하루가 마실 것을 들고 식당을 통해 들어왔는데, 그 식당과 응접실 사이에는 세 장으로 된 미닫이문이 있을 뿐이었다. 그런데 문과 문 사이에는 손가락이 들어갈 정도로 틈이 벌어져 있어서 식당에 있으면 응접실에서 하는 이야기가 아주 잘 들렸다. 하물며 밤이 깊어 조용할 때는 더욱 잘 들리기 때문에 그만큼 조그만 소리로 이야기했어야 하는데도 아무도 그런 것에 주의를 기울이지 않은 게 사실이었다. 유키코가 그것을 예민하게 의식하고 있었다면 이제 와서 그런 말을 꺼낼 게 아니라 그때 그 자리에서 주의를 주었다면 좋았을 것이다.

〈유키코는 원래 목소리가 작으니까 그때라고 특별히 조그만 목소리로 이야기한 것으로 느껴지지는 않았고, 잠자코 있었다면 아무도 알 수 없다. 정말이지 오하루처럼 수다스러운 것도 곤란하지만 유키코처럼 항상 말수가 적은 것도 곤란하다.〉 사치코는 이렇게 생각하지 않을 수 없었다. 그래도 유키코가 〈큰 소리로 이야기하셨다〉고 경어를 쓴 것을 보면, 그녀의 비난은 오직 데이노스케를 향한 듯했다. 그리고 그때 잠자코 있었던 것도 데이노스케가 있어서였다고 이해하면 수긍할 수 없는 것도 아니었다. 실제로 데이노스케의 목소리는 이상할 정도로 잘 들리는 새된 목소리여서 그런 경우 사람들에게 가장 들리기 쉬웠기 때문이다.

「네가 그걸 알고 있었다면 그때 말해 주었으면 좋았을 텐데……」

「어쨌든 앞으로 그 애들 앞에서 그런 얘기는 안 했으면 좋겠어. 나도 선보는 건 싫지 않아…… 그때마다 그 애들이 이번에도 또 안 됐구나 하는 식으로 보는 게 괴로워서 그렇지…….」

갑자기 유키코의 목소리가 코맹맹이 소리가 되더니 눈물 한 방울이 거울에 흔적을 남기면서 떨어졌다.

「하지만 지금까지 거절당한 적은 한 번도 없잖아. 그렇지, 유키코, 너도 알잖아. 항상 선을 본 다음 그쪽에서는 꼭 성사되게 해달라고 하지만 우리 쪽에서 마음에 들지 않아 깬 거잖아.」

「그래도 그 애들은 그렇게 생각하지 않을 거야. 이번에도 안 됐다고 하면 그 애들은 아마 또 거절당했다고 생각할 거고, 그렇게 생각하지 않더라도 그런 소문을 퍼뜨릴 게 뻔하니까…… 그러니까…….」

「이제 알았어. 알았어. 그러니까 그 얘기는 이쯤에서 그만두자. 우리가 나빴으니까 앞으로는 절대 그렇게 하지 않을게. 화장이 엉망이 되잖아.」

사치코는 다가가 화장을 고쳐 주려고 했으나 지금 바로 고치면 더 눈물을 흘리게 할 염려가 있어 그만두었다.

10

 별채에 있는 서재로 피해 있던 데이노스케는 4시가 지나도 아직 여자들의 준비가 끝나지 않은 것 같아 슬슬 시간에 신경을 쓰고 있었다. 그런데 문득 앞뜰의 마른 팔손이나무 잎 위에 후드득 뭔가 떨어지는 소리가 들렸다. 책상에 기댄 채 팔을 뻗어 바로 앞의 장지문을 열고 보니, 조금 전까지 맑았던 하늘이 흐려져 희미한 빗줄기가 추녀 끝에 획획 성긴 선을 긋기 시작했다.

「이봐, 비야!」

 데이노스케는 안채로 달려가 계단에서부터 소리를 지르며 화장하는 방으로 들어갔다.

「정말 비가 오네.」

 사치코도 창밖을 내다보았다.

「오락가락하는 비니까 아마 곧 그칠 거예요……. 하늘에 파란 데가 보이잖아요.」

 그러나 그렇게 말하는 중에 순식간에 창밖의 기와지붕이 온통 젖고 쏴 하며 본격적인 빗소리로 바뀌었다.

「자동차를 부르지 않았다면 지금 당장 불러야겠는데. 5시 15분에 정확히 오도록 말이야. 비가 오니까 난 양복을 입어야겠어. 감색 양복이면 괜찮겠지.」

 항상 소나기가 내리면 아시야의 모든 자동차가 동이 나므로 데이노스케가 주의를 줘서 곧장 전화를 해두었지만 세 사람의 몸단장이 끝나고, 5시 15분이 되고 20분이 되어도 자동차는 오지 않았고 비는 점점 거세졌다. 모든 차부에 전화를 해봤지만, 오늘은 길일이어서 결혼식이 수십 쌍이나 되고 또 공교롭게도 비가 내려서 다 나갔으니까 돌아오면 곧 보내 드리겠다는 대답이었다. 오늘은 고베까지 자동차로 직행하기로 했으니 5시 30분에 출발하기만 한다면 6시 약속 시간에는 딱 맞출 수 있을 텐데, 이미 5시 30분이 지났으므로 데이노스케는 안절부절 제정신이 아니었다. 이타니 씨에게 재촉을 받기 전에 어떻게든 미리 알려야 한다고 생각해 오리엔탈 호텔로 전화를 걸자 그쪽은 벌써 모두들 나와 있다고 한다. 이럭저럭하는 사이 6시 5분 전이 되었고 겨우 차가 왔다. 그러나 때마침 억수같이 비가 쏟아졌고, 운전수가 씌워 주는 종이우산을 받치고 한 사람씩 차례로 달려가 차에 탔다. 목덜미에 차가운 빗물 세례를 받은 사치코는 차 안으로 들어가 안도의 한숨을 내쉬었다. 그러고 보니 유키코가 선을 보는 날은 이전에도, 또 그전에도 비가 내렸다는 사실이 떠올랐다.

「아 이거 참, 30분이나 늦었습니다.」
데이노스케는 외투를 보관하는 데까지 마중 나와 있는 이타니를 보자 인사보다 먼저 사과의 말부터 늘어 놓았다.
「오늘이 길일이라서 결혼식이 많은 데다 또 갑자기 비까지 와서 좀체 차가 와야 말이죠……」
「사실, 저도 여기로 오는 도중에 신부를 태운 차를 여러 대 나 봤어요.」
그렇게 말하고 이타니는 사치코와 유키코가 코트를 맡기고 있는 틈에,
「저, 잠깐만요」
하고 데이노스케에게 눈짓을 해 뒤쪽으로 불러냈다.
「곧 저쪽에서 세코시 씨 일행을 소개해 드리겠습니다만…… 저, 그전에 잠깐 여쭤 볼 게 있어서요. 마키오카 씨댁에서는 알아볼 건 다 알아보셨는지요?」

「예, 그게 좀, 사실은 말이죠, 세코시 씨 본인에 대해서는 다 알아봤는데요, 나무랄 데 없는 분이라고 해서 아주 기쁘게 생각하고 있습니다. 그런데 그 사람 고향 쪽은 아직 큰댁에서 알아보고 있는 중이라서…… 그렇지만 대체로 별문제는 없을 거라고 합니다. 다만 어떤 곳에 부탁해 둔 보고가 하나도 오지 않아서 일주일만 더 기다려 달라고 합니다.」

「아, 그러세요…….」

「참, 여러 가지로 수고만 끼치고 늦기까지 해서 정말 죄송합니다. 좌우간 큰댁 사람들은 옛날식인 데다 느긋해서요…… 그러나 저는 당신의 친절한 마음을 잘 알고 있고 이번 혼담도 대찬성입니다. 요즘 세상에 너무 케케묵은 얘기만 하고 있다가는 점점 혼기만 놓칠 뿐이니까요, 그 사람만 훌륭한 사람이라면 나머지 조사는 적당히 해도 되지 않느냐고 저는 적극 권하고 있습니다만, 그럭저럭 오늘 밤 당사자들의 이의만 없다면 이번에는 아마 성사되지 않을까 싶습니다.」

데이노스케는 미리 사치코와 입을 맞춰 두었으므로 유리하게 변명을 했으나 그래도 나중에 한 이야기는 자신의 솔직한 심정이었다.

시간이 늦어졌으므로 로비에서의 소개가 간단히 끝나자 곧바로 여덟 명이 엘리베이터를 타고 2층의 조그만 연회장으로 올라갔다. 식탁 양 끝에 이타니와 이가라시, 한쪽에 세코시, 후사지로 부인, 후사지로, 그 맞은편에 세코시를 마주하고 유키코, 사치코, 데이노스케가 앉았다. 어제 미용실에서 이타니가 사치코에게 의논해 왔을 때 자리 순서는 한쪽에 세코시, 좌우로 후사지로 부부, 다른 한쪽은 유키코, 좌우로 데이노스케 부부로 하자고 했는데, 그렇게 해서는 너무 격식을 차리는 것 같다는 사치코의 제안으로 그렇게 바뀐 것이다.

「오늘 뜻밖에 자리를 같이하게 되었습니다만⋯⋯.」

이가라시가 적당한 기회를 보아, 수프를 떠 넣으면서 입을 열었다.

「원래 저는 세코시 군과 동향입니다만, 보시다시피 나이로 보면 제가 한참 선배고 또 특별히 학교가 같은 것도 아닙니다. 굳이 인연을 찾자면, 같은 동네에서 자랐고 또 집이 아주 가까웠다는 것 정도겠지요. 그러므로 오늘 이런 자리에 참석하게 된 것은 무척 영광스러운 일입니다만, 너무 주제넘게 나선 것 같아서 송구스럽습니다. 그러나 사실 이 자리에 저를 억지로 끌어들인 것은 다름 아닌 무라카미 군입니다. 아무래도 무라카미 군은, 뭡니까⋯⋯ 누님인 이타니 씨도 남자 이상의 상당한 웅변가이십니다만, 동생분도 그에 못지않게 말주변이 좋아서, 오늘같이 의미 있는 자리에 출석을 권유받고도 승낙을 망설이다니 이 무슨 일인가, 그럼 모처럼의 모임에 마가 낀다, 이런 자리는 반드시 늙은이가 한 사람 있을 필요가 있으니까, 당신의 그 대머리 체면을 봐서도 핑계는 용서할 수 없다, 이렇게 막무가내로 나오는 바람에⋯⋯.」

「하하하하, 그러나 상무님!」

하고 후사지로가 말을 받았다.

「그렇게 말씀하시는 상무님도 이렇게 참석해 보시니까 절대 나쁜 기분은 안 드시죠?」

「아니, 이 자리에서〈상무님〉이란 말은 안 되지요. 오늘 밤에는 사업 같은 건 잊어버리고 천천히 좋은 음식이나 먹고 싶네요.」

사치코는 처녀 시절, 센바의 마키오카 점포에도 이런 유형에 속하는 익살맞은 대머리 지배인이 있었다는 사실이 떠올랐다. 대체로 큰 상점들이 주식회사가 된 오늘날에는〈지배인〉이 〈상무〉로 승격되어 하오리와 앞치마 대신 양복을 입고 센바 사투리 대신 표준어를 구사하지만 그 기풍이나 기질은 역시 회사의 중역이라기보다 점포의 점원이었다. 옛날에는 어떤 점포에나 흔히 이런 식으로 저자세이고 입이 가벼우며 주인의 비위를 맞추거나 사람들을 웃기는 일에 능숙한 지배인이나 점원 한둘은 꼭 있었다. 이타니가 오늘 밤 이 사람을 참석시킨 것도 이 자리의 분위기가 어색해지지 않게 하려고 배려한 것임을 알 수 있었다.

이가라시와 후사지로가 주고받는 말을 히죽거리며 듣고 있는 세코시의 인품은 데이노스케나 사치코 등이 사진을 보고 대체로 상상하던 대로였다. 다만 사진보다는 실물이 젊어 보여 기껏해야 서른일곱이나 여덟 정도밖에 안 돼 보였다. 이목구비가 단정하나 애교가 적고 입이 무거운 느낌이었는데, 다에코가 평한 대로 〈평범〉한 얼굴이었다. 그러고 보니 몸집이나 신장, 살집, 양복이나 넥타이 취향 등에 이르기까지 모두 평범한, 파리에서 공부했다는 느낌이라곤 전혀 찾아볼 수 없는 대신 호감이 가는 견실한 회사원 타입이었다.

데이노스케는 우선 이만하면 첫인상은 합격이라고 생각하면서 물었다.

「세코시 씨는 파리에 몇 년이나 계셨는지요?」

「꼬박 2년 있었습니다만, 하도 오래전 일이라서요.」

「그렇다면 그때가 언제쯤이었나요?」

「벌써 열대여섯 해 전 일입니다. 학교를 졸업하고 곧바로 갔으니까요.」

「그럼 졸업하고 곧바로 본점에 근무하신 건가요?」

「아뇨. 그렇지 않습니다. 지금 회사에 들어간 것은 귀국하고 나서입니다. 프랑스에 간 것은 그저 막연한 생각으로……

사실 뭐랄까요, 그때 아버지가 돌아가셨는데, 유산이라고 할 만한 것은 못 됩니다만 제가 자유롭게 쓸 수 있는 돈이 좀 생겨서 그것을 가지고 나갔던 겁니다. 그런데 뭐랄까요, 굳이 목적이라고 한다면, 프랑스어를 좀 더 잘하고 싶었다는 것, 뭔가 일자리라도 얻으면 거기서 취직해도 괜찮지 않을까 하는 막연한 생각에서였습니다. 그러나 결국 어떤 목적도 달성하지 못하고 전적으로 유람으로 끝나고 말았습니다.」

「세코시 군은 특이해요.」

그 순간 후사지로가 옆에서 주석을 달았다.

「대개 파리에 간 사람들은 돌아오는 게 싫어진다고 합니다만, 세코시 군은 파리라는 곳에 완전히 환멸을 느끼고 아주 맹렬한 향수병에 걸려 돌아왔으니까요.」

「아, 그래요? 그건 또 무슨 이유로?」

「무슨 이유였는지 저 자신도 설명하기가 참 어렵습니다만, 간단히 말하자면 최초의 기대가 너무 컸던 탓일 겁니다.」

「파리에 가서 오히려 일본의 좋은 점을 깨닫고 돌아오는 것……, 그것도 결코 나쁘지 않은 것 같군요. 그래서 세코시 군은 순 일본식 아가씨를 좋아하게 된 건가요?」

이렇게 식탁 이쪽 구석에 있던 이가라시가 살짝 놀리면서, 그 순간 부끄러워 고개를 숙이고 있던 유키코의 옆얼굴을 쳐다봤다.

「귀국하고 나서도 지금 회사에 근무하고 계신다면 프랑스어는 잘하시겠네요?」

데이노스케가 다시 물었다.

「그게 그렇지도 않습니다. 회사는 프랑스 회사입니다만 일본인이 대부분이고 프랑스 사람은 중역급 두세 명 정도라서요.」

「그럼 프랑스어를 쓸 기회는 없습니까?」

「뭐, 우선회사(郵船會社)의 배가 들어올 때 나가서 얘기하는 정도지요. 상업용 편지는 늘 씁니다만.」

「유키코 아가씨는 지금도 계속 프랑스어를 배우고 있으신가요?」

이타니가 물었다.

「네…… 언니가 배우고 있어서, 그냥 같이…….」

「선생님은 어떤 분인가요, 일본 사람? 아니면 프랑스 사람?」

「프랑스 사람인데…….」

유키코가 반쯤 말을 꺼낸 다음 사치코가 뒤를 받아서,

「……남편이 일본 사람이에요」

하고 덧붙였다. 그렇지 않아도 사람들 앞에 나가면 더욱더 말을 할 수 없게 되는 유키코는 이런 자리에서는 〈습니다〉라고 도쿄 말로 이야기하는 것이 어색해서 자연히 말꼬리가 모호해졌다. 그에 비해 사치코는 역시 얼마간 거북하다는 듯 말꼬리를 흐리긴 했지만 그래도 오사카식 악센트로 그다지 귀에 거슬리지 않게 무슨 말이든 비교적 자연스럽고 요령 있게 말했다.

「그 부인은 일본 말을 할 수 있습니까?」

세코시가 유키코의 얼굴을 정면으로 쳐다보면서 물었다.

「예, 처음에는 말을 못했습니다만, 점점 말을 배워 요즘에는 아주 능숙하게…….」

「그게 오히려 도움이 안 돼요.」

사치코가 또 말꼬리를 잡았다.

「수업 중에는 절대 일본 말을 쓰지 않기로 약속했습니다만 역시 그렇게 되지 않고 그만 일본 말이 나와 버려서…….」

「저는 옆방에서 수업을 들어 본 일이 있습니다만, 세 사람이 거의 일본 말로만 하고 있더군요.」

「어머, 언제 그랬어요?」

사치코는 무심코 오사카 사투리로 말하며 남편을 향해 몸을 돌렸다.

「프랑스 말도 쓰는데 당신 있는 데까지 들리지 않은 거예요.」

「그런 것 같습니다. 가끔 프랑스 말도 하는 것 같은데 그때는 항상 모깃소리만 하게 작은 소리로 쑥스러운 듯 말하니까 옆방까지 들릴 리가 있겠습니까? 그렇게 해서는 아무리 해도 늘지 않겠지만, 어차피 부인네들이나 아가씨들의 어학 수업이라는 게 어디나 다 그렇지요.」

「어머, 잘난 척하는 것 좀 봐……. 하지만 말예요, 어학 연습만 하는 게 아니에요. 요리나 과자 만드는 법, 뜨개질이라든가, 아무튼 일본 말로 할 때도 여러 가지를 배워요. 당신, 얼마 전에 그 오징어 요리 굉장히 맛있다며 다른 것도 배우라고 했잖아요?」

부부의 말다툼이 여흥이 되어 모두들 웃어 댔는데,

「그 오징어 요리는 뭔가요?」

하고 후사지로 부인이 묻자, 오징어를 토마토와 함께 삶고 마늘을 약간 넣어 맛을 낸다는 프랑스 요리에 대한 설명이 한동안 이어졌다.

11

사치코는, 따르는 대로 얼마든지 잔을 비우고 있는 세코시를 보면서 저렇게 마시는 걸로 보아 술깨나 마시는 게 틀림없다고 생각하며 아까부터 쭉 지켜보고 있었다. 후사지로는 전혀 술을 못하는 듯했고 이가라시도 귀밑까지 빨개져, 〈아뇨, 저는 이만〉 하고 종업원이 돌아올 때마다 손을 내젓고 있었다. 그러나 세코시와 데이노스케는 좋은 짝이 되어 아직도 얼굴이나 태도에 전혀 취기가 드러나지 않았다. 하긴 이타니의 얘기로도 세코시는 매일 마시는 것 같지는 않지만 술을 싫어하는 것은 아닌 편으로, 기회가 있으면 꽤 마신다는 것이었다. 사치코는 그것도 꼭 나쁘다고는 생각하지 않았다. 왜냐하면 사치코의 자매들은 어머니가 일찍 돌아가셔서 말년인 아버지의 식사 시중을 하면서 매일 밤 반주 상대를 해야 했으므로 큰언니 쓰루코를 비롯해 모두들 조금씩은 술을 마실 줄 알았고, 또 쓰루코의 남편 다쓰오도, 사치코의 남편 데이노스케도 모두 남 못지않은 주당이라 술을 전혀 마시지 않는 사람에 대해서는 어쩐지 섭섭한 마음이 들었다. 사치코에게는 술을 마시고 저지르는 나쁜 일을 논외로 치면, 역시 얼마간 즐기는 남편이 더 좋았다. 유키코는 그런 주문을 하지는 않았지만 사치코가 보건대 대체로 유키코도 내심 그렇게 생각할 것 같았다. 게다가 유키코처럼 가슴속에 있는 것을 이러쿵저러쿵 발산하지 않고 꾹 담아 두는 사람은 때로 술 상대라도 하게 하지 않으면 더욱더 풀이 죽을 것이고, 남편이라도 이런 사람을 아내로 맞이해서 그런 일이라도 없으면 울적해서 견딜 수 없을 듯했다. 아울러 유키코가 전혀 술을 못하는 남편을 가졌다고 상상하자 매우 쓸쓸하고 안됐다는 느낌이 들었다. 그래서 오늘 밤도 사치코는 유키코가 너무 침묵 속으로 빠져들지 않게 하려고,

「유키코, 그거 좀 마시지 그래……」

하고 속삭이면서 그녀 앞에 따라 놓은 백포도주 잔을 눈으로 가리키며 자신도 조금씩 마셔 보이기도 하고,

「여기도 포도주 좀 따라 드려……」

하고 종업원에게 귓속말을 하기도 했다. 유키코 자신도 은밀히 세코시가 술을 먹는 모습을 보며 마음을 강하게 먹고 좀 더 명랑해지고 싶은 마음도 들어 눈에 띄지 않게 이따금 술을 입에 대고 있었다. 그러나 비에 젖은 버선 끝이 아직도 축축하게 젖어 있는 것이 불쾌하고 술이 머리 쪽으로만 올라와 적당한 상태로, 거나하게 취하지는 않았다.

그러자 아까부터 못 본 척하고 있던 세코시가,

「유키코 씨는 백포도주를 좋아하십니까?」

하고 물었다.

유키코는 웃음으로 얼버무리며 고개를 숙이고 말았지만,

「예, 한 잔이나 두 잔 정도……」

하고 사치코가 대답했다.

「세코시 씨는 상당히 강한 것 같습니다만 어느 정도 하시나요?」

「글쎄요, 마시면 일고여덟 잔은 마실 수 있을지도 모르겠습니다.」

「취하면 뭔가 숨겨 놓은 장기라도 나올라나.」

이가라시가 말했다

「그런데 전 장기라곤 전혀 없습니다. 뭐 평소보다는 말수가 좀 늘어나는 정도지요.」

「그럼 마키오카 씨 댁 아가씨는요?」

「아가씨는 피아노를 치세요.」

이타니가 답했다.

「마키오카 씨 댁에서는 모두 음악은 서양 취미여서 말이지요.」

「아뇨, 그렇지만도…….」

이번에도 사치코가 말을 받았다.

「……어렸을 때는 고토[18]를 배웠는데, 요즘 들어 다시 배우고 싶어졌어요. 왜냐하면 최근 동생이 야마무라 춤을 배우기 시작해서 고토나 민요를 접할 기회가 많아졌기 때문이에요.」

「어머, 다에코 씨가 춤을 추시나요?」

「네, 좀 고풍스럽긴 하지만 점점 어린 시절의 취미가 되살아나는 것 같아요……. 아시겠지만 다에코는 재주가 있는 애라서 꽤 잘 춰요. 어렸을 때 배운 적이 있어서 그런지는 모르겠지만요.」

「전 전문적인 것은 잘 모르지만, 야마무라 춤은 참 좋더군요. 뭐든지 간에 도쿄의 것을 흉내 내는 것은 좋지 않은 것 같습니다. 그런 향토 예술[19]은 크게 일으켜야겠지요…….」

「아, 그럼요, 이래 봬도 우리 상무님…… 그게 아니라 이가라시 씨라고 해야 하나…….」

후사지로가 머리를 긁적이며 말했다.

「이가라시 씨는 우타자와(歌澤)[20]를 아주 잘하십니다. 벌써 몇 년 동안이나 가르치고 있거든요.」

「그럼 그런 것을 배우면…….」

데이노스케가 말했다.

「이가라시 씨처럼 아주 잘하게 되면 또 모를까, 처음에는 무턱대고 사람들한테 들려주고 싶어서 발길이 그만 고급 요정 같은 데로 향하지는 않습니까?」

18 나라(奈良, 710~794) 시대에 중국에서 전래된 현악기.
19 향토 특유의 풍물이나 전통 등의 표현을 주장한 것으로 19세기 독일에서 시작된 *Heimatkunst*의 번역어다. 일본의 농민 문학 운동 등에도 영향을 주었다.
20 에도 시대 후기에 유행했던 짤막한 속곡의 한 가지로 샤미센 음악의 일종이다.

「아, 예, 분명히 그런 점이 있지요. 가정적이지 않다는 것이 일본 음악의 결점이라서요. 그렇지만 저는 달라서 절대 부인네들을 후리겠다는 야심으로 배운 건 아닙니다. 그 점에 대해서는 견실한 사람이니까요. 그렇지 않나, 무라카미 군?」

「예, 직업이 철물상이니까요.」

「하하하하…… 아니, 그래서 생각이 났습니다만, 제가 한 번 부인께 여쭤 보고 싶은 건, 저어…… 모두들 가지고 계시는 콤팩트[21]라는 게 있잖습니까? 그 안에 들어 있는 분은 그냥 분가루인가요?」

「예에, 그냥 분가루인데요.」

이타니가 말을 받았다.

「그게 어떻다는 건가요?」

「실은 말입니다, 일주일쯤 전 일인데요, 어느 날 제가 한큐 전차를 탔습니다. 그런데 바람이 불어오는 쪽 옆자리에 성장을 한 부인이 앉아 있었습니다만 핸드백에서 콤팩트를 꺼내더니, 이렇게…… 콧등을 톡톡 두드리기 시작했습니다. 그 순간 전, 두세 번 연거푸 재채기를 했습니다. 그런 일이 있을 수 있을까요?」

「하하하하, 그건 그때 이가라시 씨의 코가 어떻게 된 게 아니었을까요? 콤팩트 때문인지 아닌지는 모르잖아요.」

「뭐, 저도 그런 일이 한 번이라면 그럴 수 있다고 생각합니다만, 전에도 그런 경험이 있었거든요. 그때가 두 번째라서…….」

「아아, 그게 정말입니까?」

사치코가 물었다.

「……저도 전차 안에서 콤팩트를 열어 옆 사람한테 재채기

---

21 당시 콤팩트의 분은 고체형이 아니라 가루분을 넣은 것이 많아 바람이 불면 분가루가 날렸다.

를 하게 한 일이 두세 번 있습니다. 제 경험을 말씀드리자면, 고급스러운 향기가 나는 분일수록 더 그런 것 같아요.」

「하하하, 역시 그런 거였군요······. 아니, 얼마 전의 부인은 다른 분이었습니다만, 그 전에는 혹시 부인이 아니었는지 모르겠습니다.」

「정말, 그랬는지도 모르겠군요. 그렇다면 그때는 정말 큰 실례를 범한 것 같군요.」

「전 그런 얘기 처음 듣습니다만······.」

후사지로 부인이 말했다.

「그럼 어디 한번 되도록 고급 분가루를 넣어서 시험해 볼까요?」

「농담이 아니에요, 그런 게 유행하기라도 하면 곤란하니까요. 앞으로 부인네들은 전차 안에서 바람이 부는 방향에 사람이 있을 때는 절대 콤팩트를 쓰지 않기를 바랍니다. 마키오카 부인은 지금 죄송하다는 말을 했으니까 괜찮지만, 요전의 부인 같은 사람은 저에게 두세 번이나 재채기를 하게 해 놓고도 시치미를 뚝 떼고 있었으니 괘씸한 일이지요.」

「저어, 제 동생은 전차 안에서 남자 양복의 옷깃에서 말총이 꼿꼿이 튀어나와 있는 걸 보면 그만 뽑아 주고 싶다고 하네요.」

「아하하하.」

「하하하하.」

「왜, 어렸을 때 솜이 든 옷에서 솜이 삐져나오면 자꾸 뽑아내고 싶은 기억이 있잖아요.」

이타니가 말했다.

「사람에게는 그런 묘한 본능 같은 게 있나 보네요. 취하면 누구나 다른 사람 집 초인종을 누르고 싶어진다거나, 정류장

플랫폼에 〈이 벨에 손대지 마세요〉라고 쓰여 있으면 꼭 누르고 싶어져서 되도록 그 근처로 가지 않으려고 하잖아요.」

「아, 오늘 밤은 정말 많이 웃었네요.」

이타니는 한숨을 내쉬면서 말했는데 식후 과일이 나온 다음에도 수다가 부족한 듯,

「마키오카 부인!」

하고 부르면서 말을 이었다.

「다른 얘깁니다만, 부인은 그렇게 느낀 적 없습니까? 요즘 젊은 부인들…… 아니, 부인도 아직 젊습니다만, 부인보다 한 세대 뒤, 그러니까 2~3년 전에 결혼한 정도의 20대 부인들…… 그런 부인들은 뭐랄까, 경제 문제나 육아 문제에 아주 과학적이고 또 머리 좋은 분들이 많아서 저 같은 사람은 세대 차이를 절실하게 느낍니다.」

「네 그렇지요, 정말 말씀하신 대롭니다. 제가 자란 시절과는 여학교 교육 방식 같은 것도 굉장히 달라진 것 같고, 지금의 젊은 부인들을 보면 저 같은 사람도 시대가 참 달라졌구나 하는 생각을 하니까요.」

「제 조카 중에 처녀 때 고향을 떠나 제 감독을 받으며 고베의 여학교를 졸업한 애가 있습니다. 최근에 졸혼을 해서 한신의 고로엔에 살림을 차렸습니다만, 남편은 오사카에서 어떤 회사에 다니고 있고 월급이 90엔, 그 밖에 보너스가 좀 있습니다. 그래 봐야 매달 집세로 30엔을 고향에서 보내 주고 있으니, 뭐 전부 합하면 월평균 150엔에서 160엔 정도로 생활하고 있는 셈입니다. 그래서 저는 매달 살림을 어떻게 꾸려 나갈까 이리저리 생각해 봤습니다. 그런데 가봤더니 월말에 남편이 월급 90엔을 가지고 오잖아요. 그러면 가스비, 전기세, 옷값, 용돈 등이라고 적힌 봉투를 여러 개 만들어 그 월급

을 곧바로 각각 구분해서 봉투에 넣어 두고 그것으로 다음 달 생계를 꾸려 가는 식이었습니다. 그렇게 상당히 검소한 생활을 한 거죠. 그런데 제가 저녁 식사에 초대를 받아 가보면 의외로 근사한 요리가 나오는 겁니다. 그리고 실내 장식 같은 것도 그렇게 볼품없는 것이 아니고 상당히 신경을 쓴 것이었습니다. 물론 한편으로는 상당히 약삭빠르기도 합니다. 요전에 같이 오사카에 갔을 때 전차표를 사달라고 하고 지갑을 건넸더니 턱하니 회수권을 사고 나머지는 자기가 가져 버리는 겁니다. 거기엔 저도 아주 감탄하고 말았습니다. 저 같은 사람이 감독한다거나 걱정한다는 게 얼마나 주제넘은 짓인지, 제가 참 부끄러워졌습니다.」

「정말, 요즘은 젊은 사람들보다도 오히려 아줌마들이 더 돈을 헤프게 쓰는 것 같아요.」

사치코가 말했다.

「우리 집 근처에도 젊은 부인이 사는데, 두 살배기 여자아이가 있어요. 얼마 전에 일이 있어서 집 앞까지 찾아갔더니 자꾸 놀다 가라고 해서 들어가 봤어요. 그랬더니 식모도 없는데 집 안이 아주 잘 정돈되어 있더라고요. 그리고 그래요, 그런 부인은 집 안에서도 꼭 양장을 하고 의자에 앉아 있는 경우가 더 많은 것 같더라고요. 그렇지 않은가요? 어쨌든 그 사람은 항상 양장을 하고 있었는데, 그날은 방 안에 유모차를 놓아두고 거기서 갓난아기가 기어 나오지 않도록 교묘하게 해놓고는, 제가 아이를 어르고 있었더니, 〈죄송합니다만 잠깐 부탁합니다. 곧 차를 내올게요〉 하고 저에게 아이를 보게 하고는 일어나서 가버리는 거예요. 그리고 잠시 있었더니 홍차를 끓이고…… 동시에 아이한테 줄, 우유 안에 빵을 걸쭉하게 갠 것을 데워 가지고 와서, 〈정말 고맙습니다. 자, 차 좀 드세요〉 하고 말하면서 의자에 앉는가 싶더니, 이번에는 손목시계를 보고, 〈아, 지금부터 쇼팽 음악이 시작될 거예요. 부인도 들으시겠어요?〉 하고 라디오를 켜더라고요. 그러니까 음악을 들으면서 또 그동안에도 손을 놀리지 않고 우유를 숟가락으로 떠서 아이에게 먹이더라니까요. 그런 식으로 늘 시간을 쓸데없이 낭비하지 않도록 일의 순서를 정해서 손님을 상대하고 라디오 음악을 들으며 어린아이에게 먹을 것을 주는 세 가지 일을 한꺼번에 끝내는 것을 보고, 정말 머리가 잘 돌아가고 기민한 방식이라고 생각했어요⋯⋯.」

「아이 키우는 방법도 현대식은 완전히 다르지요.」

「그 부인도 그런 말을 하더라고요. 친정어머니가 가끔 손자를 보러 온다며 찾아오는 것은 좋지만, 애써 안아 주지 않는 습관[22]을 들여 놨는데 노인네가 오면 무턱대고 안아 주니까 그다음 한동안은 안아 주지 않으면 울게 되고, 다시 원래 습관을 들이기까지 아주 애를 먹어야 한다고 하더군요.」

「그러고 보니 요즘 갓난아기들은 옛날처럼 울지 않게 된 것 같아요. 길거리를 데리고 다닐 때 발이 걸려 넘어지거나 해도, 혼자 걸을 수 있는 아이라면 절대 옆으로 다가가 안아서 일으켜 주거나 하지 않는다더군요. 아이 엄마는 그대로 모른 척하고 계속 걸어가면 아이는 오히려 울지도 않고 혼자 일어나 쫓아온다고 하더라고요.」

모임이 끝나고 아래층 로비로 내려갔을 때 이타니는 데이노스케 부부에게,

「혹시 별 지장이 없으면 15분이나 20분쯤 아가씨와 둘이서 이야기해 보고 싶다고 하는 데 어떻게 생각하시나요?」

22 시간을 정해 젖을 먹이고 보채거나 잠들지 않아도 안아 주지 않는 등의 육아법은 미국식으로 당시는 최신식 육아법이었다.

하고 세코시의 희망 사항을 전했다. 유키코도 별 이의가 없었으므로 잠시 둘이서 다른 자리로 떠나는 동안 나머지 사람들은 다시 잡담을 나누었다.

「아까 세코시 씨하고 무슨 얘기를 했니?」
사치코는 돌아가는 자동차 안에서 유키코에게 이렇게 물었다.
「이런저런 얘기를 했지 뭐……」
유키코는 머뭇거리면서 말했다.
「……특별히 어떤 정리된 이야기는 없었어……」
「어머, 멘탈 테스트[23]를 했구나.」
「……」
밖은 비가 가늘어져 봄비처럼 부슬부슬 조용히 내리고 있었다. 유키코는 조금 전에 마신 백포도주가 이제야 올라온 듯 두 뺨이 발그레 달아오르는 것을 느끼며, 이미 한신 국도를 달리고 있는 차창으로 거나하게 취해 깜박깜박하는 눈으로 비에 젖은 포장도로에 비치는 무수하게 뒤엉킨 헤드라이트를 넋을 잃고 바라보고 있었다.

12

이튿날 저녁 무렵이었다.
「오늘 이타니 씨가 사무실로 찾아왔어.」
데이노스케는 집으로 돌아와 사치코의 얼굴을 보자마자 말했다.

23 지능 측정 검사. 쇼와 6년(1931) 무렵의 유행어였다.

「왜 또 사무실로 찾아왔을까요?」
「집으로 찾아가야 하는데 오늘 볼일이 있어 오사카까지 온 김에 당신보다는 나한테 이야기하는 게 더 빠를 것 같아서 갑자기 찾아왔다고 하던데.」
「그래서 무슨 얘기를 했어요?」
「대체로 좋은 얘기였는데…… 잠깐, 저쪽으로 와봐.」
데이노스케는 사치코를 서재로 데리고 가서 달했다.
이타니는 이런 걸 물었다는 것이다.

어젯밤 데이노스케를 비롯한 세 명이 돌아가고 나서 그 밖의 사람들은 남아서 20~30분 더 이야기를 나눴다. 요컨대 세코시는 아주 적극적이었다. 다만 아가씨의 인품이나 용모에 대해서는 전혀 나무랄 데가 없으나 직접 만나 본 느낌으로는 너무 약해 보이는 게 마음에 걸린다는 얘기였다. 그러면서 혹시 무슨 병이라도 있는 게 아니냐고 물었다. 그러고 보니 동생인 후사지로도 언젠가 여학교에 가서 아가씨의 재학 중 성적표를 봤는데 결석 일수가 좀 많은 것 같았다. 혹시 여학교에 다닐 때 자주 앓은 것은 아니었느냐?

그래서 데이노스케는 이렇게 대답했다고 했다.

여학생 시절의 일은 나도 잘 모르기 때문에 결석 일수 같은 것에 대해서는 아내나 본인에게 직접 물어보지 않고는 어떤 말도 할 수 없지만, 적어도 내가 알게 된 이후 유키코는 여태까지 한 번도 병이라 할 만한 병은 앓은 적이 없다. 하기야 가냘프고 마른 것은 사실이니까 절대 강건한 체질이라고는 말할 수 없다. 하지만 어쨌든 감기 한 번 걸리지 않는다는 점에서 보면 네 자매 가운데 가장 건강하고 육체적인 일을 견디는 점에서도 큰댁의 큰언니를 제외하면 유키코가 가장 낫다는 것은 내가 보증한다. 그러나 허약한 몸을 보고 폐병이라도 걸린 게 아닌가 하고 의심하는 사람이 그동안에도 있었을 정도이니 충분히 걱정할 수 있는 문제라고 생각한다. 그러니 당장 집으로 돌아가 아내나 본인과 의논하고 큰댁에도 양해를 구해, 안심할 수 있도록 병원에 가서 건강 진단서를 떼고 가능하다면 엑스레이 사진도 찍어서 보여 드리도록 권해 보겠다.

데이노스케가 이렇게 대답하자 이타니는 〈그렇게 말씀하시니, 아니 그렇게까지 하지 않아도, 그냥 그 설명을 들은 걸로 충분하다〉고 했다. 그러자 다시 데이노스케는 이런 식으로 말했다.

아니다, 이런 일일수록 확실히 해두는 편이 좋다. 내가 보증한다고 했지만 아직 정식으로 의사의 의견을 들은 것도 아니고, 마침 좋은 기회니까 좌우간 그렇게 하는 편이 우리도 안심할 수 있고 큰댁도 그럴 것이라고 믿는다. 당신 쪽에서 봐도 가슴에 흐릿한 게 아무것도 없는 사진을 일목요연하게 봐버려야 개운하지 않겠는가.

데이노스케는 이타니와 주고받은 얘기를 들려주고 사치코에게도 다시 이렇게 덧붙였다.

만일 이 혼담이 성사되지 않는다 해도 앞으로 또 그런 의심을 하는 사람이 있을지도 모르니까 이참에 엑스레이 사진을 찍어 두는 것도 나쁘지 않을 것이다. 큰댁에서도 설마 반대하지는 않을 것이다. 그러니 내일이라도 오사카 대학으로 데리고 가는 것이 어떻겠는가.

「여학교 다닐 때는 왜 그렇게 결석을 한 거지? 그때 앓기라도 했나?」
「아니에요. 그 시절 여학교는 말이에요, 지금처럼 까다롭지 않았거든요. 그래서 아버지가 항상 꾀를 부려 결석하게 하고는 연극을 보러 데리고 다녔어요. 저도 만날 데리고 갔으니까 결석 일수를 조사해 보면 유키코보다 제가 더 많을걸요.」
「그럼 엑스레이 사진 찍는 것 말이야, 처제도 이해하겠지?」
「하지만 꼭 오사카 대학이 아니라도 상관없지 않나요? 구시다 선생님 병원에도 기계는 있잖아요.」
「아, 그래. 그리고 또 한 가지…… 여기 얼룩이…….」
데이노스케는 자기 왼쪽 눈 가장자리를 짚었다.
「문제가 되었대. 이타니는, 자기는 전혀 알아채지 못했지만 남자들이 의외로 세세한 데까지 보는 법이라 어제 거기서 처제의 왼쪽 눈 가장자리에 아주 희미한 얼룩이 있는 것 같다는 사람이 있었고, 정말 그렇게 생각했다느니, 아니다, 그렇지 않다, 조명 때문에 그렇게 보였을 뿐이라느니, 여러 가지로 말이 많았나 봐. 그런데 정말 그런 얼룩이 진짜 있느냐고 묻더라고.」
「어젯밤에는 그게 조금 보여서 저도 하필이면 이런 때에, 하고 생각했더니 정말 문제가 되었네요.」
「뭐 그리 크게 문제 삼는 눈치는 아니었으니까.」
유키코의 왼쪽 눈 가장자리, 정확하게 말하면 눈썹 아래 눈꺼풀 위에 때로 희미한 그늘 같은 것이 나타났다 사라졌다

한 것은 아주 최근의 일이었다. 그래서 데이노스케가 그것을 알게 된 것도 3월인가, 아무튼 한 6개월 전 일이었다. 데이노스케는 그때 사치코에게 언제부터 처제 얼굴에 그런 게 나타나기 시작했느냐고 물었으나 사치코가 그것을 안 것도 그 무렵이었다. 그 전에는 그런 게 없었던 것이다. 요즘에도 늘 그런 게 아니라 평소에는 일부러 주의해서 봐도 거의 알아볼 수 없을 정도로 희미하거나 전혀 보이지 않았는데, 그러다가 문득 일주일 정도 진하게 나타나곤 했던 것이다. 사치코는 얼룩이 진하게 나타나는 기간은 월경 전후인 것 같다고 짐작했다. 그리고 그녀는 무엇보다도 유키코 자신이 그것을 어떻게 느끼고 있는지, 자기 얼굴이니까 누구보다 먼저 그런 현상을 발견했을 텐데, 그것이 뭔가 심리적인 영향이라도 주지 않았으면 좋겠다고 염려하고 있었다. 대체로 유키코는 지금까지 결혼이 늦어진다고 해서 그렇게 비관하거나 삐딱하게 생각하지 않았다. 그도 그럴 것이 유키코는 내심 자신의 용모에 자신감을 가지고 있는 듯했기 때문이다. 그런데 그런 생각지도 못한 결점이 생긴 것을 알면 어떤 심정일까? 사치코는 은밀히 그런 걱정을 했지만, 그렇다고 본인에게 물어볼 수도 없는 노릇이라서 이따금 아무렇지 않게 유키코의 안색을 살피며 날을 보내고 있었다. 겉으로 보기에 유키코의 표정에는 아무런 변화도 나타나지 않았다. 그것을 알지 못하거나 전혀 문제 삼지 않는 듯했다.

「언니 이거 읽어 봤어?」

언젠가 다에코는 이렇게 물으면서 두세 달 전 발간된 어떤 부인 잡지를 가지고 온 일이 있었다. 사치코가 보니까 그 잡지의 〈고민 상담〉란에 29세의 미혼인 한 아가씨가 유키코와 똑같은 증상으로 고민하고 있다는 호소를 하고 있었다. 그 아가씨도 최근에야 그것을 알았고 역시 한 달 중에 희미해질 때, 완전히 사라질 때, 진해질 때가 있는데 대체로 월경 전후에 가장 심하다는 얘기였다. 그 답은 이런 것이었다.

 당신 같은 증상은 적령기를 지난 미혼의 아가씨에게 자주 생기는 생리적 현상으로 그렇게 걱정할 일은 아닙니다. 대개의 경우, 결혼을 하면 금방 없어지기도 합니다. 그렇지 않더라도 여성 호르몬 주사를 계속해서 맞으면 낫는 경우도 많습니다.

사치코는 이런 지식을 얻고 일단 안심했다. 그러나 사실 사치코도 예전에 그와 비슷한 경험을 한 적이 있었다. 그녀의 경우는 결혼한 후, 그러니까 지금부터 몇 년 전 일인데, 아이들이 팥소를 먹다가 입언저리가 엉망이 된 것처럼 입술 주위에 검푸른 얼룩이 나타난 일이 있었다. 의사에게 보였더니 그때 나타난 것은 아스피린 중독으로 가만히 놔두면 저절로 없어진다고 했다. 그래서 그냥 내버려 두었더니 1년 정도 지나자 사라져 버렸고 재발하지도 않았다. 그 일과 관련지어 생각하자, 자매가 모두 얼마간 그런 얼룩이 나타나는 체질인지도 모른다고 생각했지만 사치코는 자신도 과거에 그런 경험이 있고 그것도 유키코의 눈꺼풀의 얼룩보다는 자기 입가에 나타난 것이 훨씬 진했는데도 곧 나은 예가 있기 때문에 애당초 그렇게 걱정하지는 않았던 참에 그 잡지 기사까지 읽었으므로 마음을 푹 놓았던 것이다. 그러나 다에코가 이 오래된 잡지를 꺼내 온 목적은, 어떻게든 유키코 언니가 그 기사를 읽었으면 좋겠다, 유키코 언니는 겉보기에 별다른 기색이 없는 것 같지만 속으로는 혼자 끙끙 앓고 있을지도 모르니까, 여기에 이렇게 쓰여 있으니 전혀 걱정할 필요 없다는 걸 알려 주고 싶다는 것이었다. 그리고 결혼하면 곧 낫는다고 하지만 가능하면 그 전에 치료하는 것이 더 나으니까 먼저 치료를 받게 하고 싶고, 이런 마음이어도 유키코 언니 일이니까 아무래도 가볍게 움직일 수 없지만…… 그래도 기회를 봐서 설득하고 싶다는 것이었다.

사치코는 유키코의 얼룩에 대해 지금까지 누구와도 얘기한 적이 없었다. 다에코와 얘기한 것도 그때가 처음이었다. 사치코는 다에코 역시 얼룩에 대해 자신처럼 몰래 속을 태우고 있었다는 것을 알았다. 하지만 다에코의 경우는 유키코를 생각하는 가족의 애정 외에도 유키코가 빨리 결혼을 하지 않으면 자기와 오쿠바타케의 결혼이 늦어진다는 타산도 있었을 거라고 사치코는 짐작하고 있었다. 그렇다면 그 잡지를 누가 유키코에게 보여 줄 것인가. 두 사람이 의논한 결과 다에코가 하는 게 낫겠다고 결정했다. 사치코가 한다면 오히려 호들갑을 떠는 것처럼 되고 또 당연히 데이노스케까지 그 이야기에 관련되어 있다고 의심할 염려도 있으므로 다에코가 아무렇지 않게 가볍게 말을 꺼내는 것이 좋을 듯해서였다. 그래서 그 후 다시 유키코의 얼굴에 얼룩이 진해진 어느 날, 유키코 혼자 화장하는 방에서 거울을 보고 있을 때였다.

「유키 언니! 눈가에 생긴 거 걱정하지 않아도 된대.」

우연히 다에코가 마침 거기에 있었던 것처럼 조그만 소리로 말해 보았다. 유키코는 그냥 콧소리로,

「응」

할 뿐이었다. 그러나 다에코는 애써 그녀와 시선을 맞추지 않으려고 고개를 숙인 채 이렇게 물었다.

「그거, 부인 잡지에 나왔거든. 유키 언니, 읽었어? 아직 안 읽었으면 보여 줄까?」

「읽었을지도 모르겠는데.」

「으음, 읽었구나……. 그거 결혼하면 그냥 낫는대. 주사를 맞아도 낫고.」

「응.」

「알고 있었어, 유키 언니?」

「응.」

다에코에게는 유키코가 그 문제에 대해 그다지 말하고 싶지 않아서 냉담하게 흘려듣고 있는 것 같기도 했지만, 역시 그 〈응〉이라는 대답은 긍정의 〈응〉이었다. 다만 어느새 그런 잡지를 읽었다는 사실을 들킨 겸연쩍음에 시치미를 떼고 있는 것 같았다.

조심조심 유키코를 한번 떠본 다에코는 그것으로 마음이 완전히 놓였으므로,

「그거 읽었다면서 왜 주사 안 맞아?」

하고 권했지만, 유키코는 그럴 생각이 없는 듯 그 충고에 대해서도,

「어? 으응」

하고 쌀쌀맞게 대할 뿐이었다. 그것은 우선 그녀의 성격으로 보아 누군가 손을 잡고 억지로 끌고 가지 않는다면 낯선 피부과 의사한테 진료받으러 가는 게 싫어서일 터였다. 하지만 주위에서 먼저 마음을 졸이고 있는 데 비해 본인은 그 얼룩에 그다지 신경을 쓰고 있지 않았다. 그러고 보니 다에코가 그런 충고를 한 후 어느 날, 에쓰코가 처음으로 그것을 알았는지 이상하다는 듯 유키코의 얼굴을 응시하면서,

「어, 언니, 눈가가 왜 그래?」

하고 큰 소리로 물은 적이 있었다. 공교롭게도 그 자리에는 사치코 외에도 식모들까지 있었는데, 갑자기 모두들 잠잠해졌다. 그러나 그때도 유키코는 의외로 태연했고, 뭔가 입속에서 우물우물 중얼거리며 넘겨 버렸을 뿐 안색 하나 바뀌지 않았다. 사치코가 가장 마음을 졸이는 것은 그런 식으로 얼룩이 확실히 나타난 날 유키코와 함께 거리를 걷는다거나 백화점 같은 데 가는 일이었다. 자매들의 입장에서 보면 유키코는 지금이 결혼 전 가장 중요한 때였다. 그래서 꼭 맞선이 아니더라도 단장을 하고 외출하면 어디서 누구를 만날지 모르기 때문에 그 앞뒤로 일주일 정도는 되도록 집에 틀어박혀 있게 하려고 했다. 만약 외출을 하게 되면 화장으로라도 눈에 띄지 않게 하면 좋으련만 당사자는 그런 점에 전혀 아랑곳하지 않았다. 사치코나 다에코가 볼 때, 유키코의 얼굴은 원래 진한 화장이 어울리는 타입이었지만 그 얼룩이 나타나는 동안은 하얀 분을 바르면 비스듬히 빛을 비추었을 때 오히려 새하얀 맨살 안으로 납빛 부분이 뚜렷하게 보이기 때문에 그 기간만큼은 분을 살짝만 바르고 대신 볼연지를 진하게 바르는 게 나을 듯했다. 그런데 유키코는 평소부터 볼연지를 싫어했으므로(그녀가 폐병이 아닌가 의심을 받는 것도 우선은 그런 창백한 화장 탓이다. 반대로 다에코는 하얀 분은 바르지 않더라도 볼연지만은 꼭 찍어 발랐다.) 여전히 진한 화장을 하고 외출했다. 그러면 꼭 그럴 때 재수 없게도 아는 사람을 만나곤 했다. 언젠가 다에코가 유키코와 같이 전차를 탔을 때 보니 그날은 특히 더 얼룩이 눈에 띄었으므로, 살짝 립스틱을 꺼내,

「이거 발라」

하며 건넨 적이 있었다. 그러나 그렇게 권해도 본인은 처

음부터 그다지 이상하게 느끼지 못하는 것 같았다.

13

「그럼 당신은 뭐라고 했어요?」
「있는 그대로 솔직하게 말했지. 항상 그런 것도 아니고 조금도 걱정할 것 없다는 것은 이런 잡지에도 쓰여 있고 다른 잡지에서도 본 적이 있다고 했거든. 그래서 말인데, 어차피 엑스레이 사진을 찍을 거니까 역시 오사카 대학으로 가서 피부과 의사한테 진찰을 받아 보고, 진짜 잡지에 쓰여 있는 대로 나을 수 있는지 확인해 보는 거야. 얼룩이 이미 문제가 되었다면 그만큼의 일은 해야 할 것 같으니까 그렇게 하도록 권해 보겠다고 했거든.」

유키코는 이번 달 대부분을 사치코네 집에서 보내고 있었으므로 큰집 언니 부부가 모르는 것이야 당연하다고 하겠지만, 지금까지 그것을 알면서도 내버려 둔 것은 자신의 실수였다고 데이노스케는 생각했다. 그러나 뭐라고 하든 최근에 시작된 일이므로 지금까지 선을 볼 때는 한 번도 문제가 된 적이 없었고 게다가 데이노스케는 사치코에게 그런 증상이 생겼을 때도 금방 낫는 것을 봤기 때문에 가볍게 생각한 탓도 있었다. 사치코의 경우에도, 유키코의 얼굴에 얼룩이 주기적으로 나타나는 시기는 전부터 날짜를 헤아려 예측할 수 있었으므로 선보는 날을 그런 기간에 잡지 않아도 되었을 터였다. 그런데 이타니가 몹시 재촉하기도 했고 또 자신들도 다소 방심했던 것이다. 그날쯤이면 다 사라지지 않고 좀 남아 있다고 해도 사람들 눈에 띌 정도는 아닐 거라고 대수롭지 않게 여겼던 것이다.

 사치코는 오늘 아침 남편이 출근한 다음 유키코에게 살짝 어제 느낌을 물어보았더니, 대체로 형부들이나 자매들의 의견에 맡기겠다는 것이었다. 그런 이야기를 들었던 참이라 사치코는 모처럼 좋은 쪽으로 진행되는 혼담이 저자세로 나갔다가 틀어지지나 않을까 염려했다. 그래서 그날 밤 에쓰코가 잠든 후 데이노스케에게도 자리를 피해 달라고 하고 엑스레이 사진 건과 피부과에 가보자는 얘기를 유키코에게 꺼냈더니 의외로 선뜻 승낙하고는, 언니가 같이 가주기만 하면 진료를 받으러 가겠다고 했다. 그러나 그러는 사이에 날마다 눈가의 그늘이 점점 엷어져 거의 사라졌기 때문에 이왕 진료를 받을 거라면 좀 기다려 얼룩이 확실히 나타날 때 받는 것이 좋을 듯했다. 그런데 이타니의 계획이 들어맞아선지 이번에는 데이노스케가 하루라도 빨리 하라고 성화였으므로 이튿날 맞선을 본 것도 보고하고 신원 조사 재촉도 할 겸 우에혼마치의 큰집으로 가서 유키코를 오사카 대학 병원으로 데리고 가겠다는 것을 일단 큰언니에게 미리 알려 두었다. 그리고 그 이튿날 일부러 식모들에게 유키코와 잠깐 미쓰코시 백화점에 갔다 온다고 일러두고 집을 나섰다.

 진찰한 결과는 내과 쪽도 피부과 쪽도 모두 예상한 대로였다. 엑스레이 사진은 그날 기다리는 동안 네거티브 필름이 현상되어 흉부에는 한 군데도 흐릿한 곳이 없다고 나왔다. 그리고 며칠 지나 혈액 침강 속도 13, 그 밖의 반응도 음성이라는 보고가 날아왔다. 피부과에서는 진찰 후 의사가 사치코를 불러, 불쑥 유키코를 빨리 결혼시키는 게 좋을 것 같다는 말을 했다.

「주사로도 고칠 수 있다는 말을 들었는데요……」

사치코가 이렇게 말하자 의사는,

「예, 주사로도 낫기는 합니다만 그 정도라면 남들도 잘 모르잖습니까? 그보다는 빨리 결혼시키는 것이 그 증상을 낫게 하는 가장 좋은 방법입니다」

하고 말했다.

이런 식으로 끝났으니 결국 잡지에 실린 것이 진짜인 모양이었다.

「그럼 당신이 이걸 이타니 씨한테 갖다 줄 거야?」

데이노스케가 사치코에게 물었다.

「제가 가져가도 되겠지만 그쪽에서 당신한테 이야기하는 것이 빠르다고 당신을 지목했으니까 이것도 당신이 가져가는 게 좋지 않을까요? 저를 따돌렸다고 특별히 기분 나쁜 건 아니지만, 사실 저는 그런 식으로 조급하게 굴면 이야기하기가 어려워서요.」

「뭐, 그렇다면 간단해. 이쪽에서도 사무적으로 나가기로 하자고.」

다음 날 데이노스케는 사무실에서 전화로 대강 이야기를 하고 사진과 보고서를 속달 우편으로 이타니에게 보냈다. 그러자 그 이튿날 오후 4시경, 지금부터 한 시간쯤 후에 찾아뵙겠다는 전화가 왔고, 5시 정각에 이타니가 다시 사무실에 나타났다.

「어제는 서둘러 처리해 주셔서 감사했습니다. 그건 제가 곧장 세코시 씨한테 보냈습니다. 자세한 보고서와 특히 엑스레이 사진까지 그렇게 일부러 찍어 보내 주셔서 아주 황송하다고 하면서, 이제 완전히 안심한 것은 물론이거니와 엄청 실례되는 말씀을 함부로 한 것에 대해서 정중히 사과드린다고 전해 드리랍니다……. 그리고 이런 인사 말씀 뒤에 정말 말씀 드리기 어렵지만 세코시 씨가 다시 한번 유키코 씨와 둘이서 전보다는 좀 더 여유 있게 한 한 시간 정도 이야기를 나누고 싶다고 하는데 승낙해 주실 수 있는지요?」

이타니는 또 이렇게 덧붙였다.

「세코시 씨는 그 나이입니다만 결혼 경험이 없으니까 풋내기 같은 구석이 있어서 요전에는 어쩐지 흥분해서 무슨 말을 했는지조차 기억하지 못한답니다. 게다가 아가씨도 그렇게 내성적인 분이라…… 아니, 내성적인 성격이야 괜찮습니다만 그때는 아무래도 첫 대면이라 조심스러웠기 때문에 다시 한 번 만나 뵙고 서로 좀 더 마음을 터놓고 이야기를 나누고 싶다는 것인데…… 승낙하신다면 호텔이나 음식점은 눈에 띄기 쉬우니까 누추한 곳이지만 한큐 오카모토에 있는 저희 집으로 오셔서 만나면 어떨까요? 그쪽은 다음 일요일쯤이면 좋겠다고 하는데요.」

「글쎄, 어떻게 하지. 처제가 이해해 줄까?」
「유키코보다 큰댁이 어떻게 말할지 모르겠어요. 아직 확실히 정해진 것도 아닌데 너무 깊숙이 들어가지 않는 편이 낫다고 말하지 않을까요?」
「그쪽 속셈은 얼굴의 얼룩이 어느 정도인지 다시 한번 보고 싶어진 건지도 모르지.」
「분명히 그럴 거예요.」
「그렇다면 만나 보는 게 낫지 않을까? 지금이라면 전혀 모를 테니까. 늘 이렇다는 걸 보여 주지 않으면 손해일 거 아냐.」
「그래요. 그걸 거절하면 어쩐지 보여 주기 싫어하는 것처럼 보일 테니까요.」

부부 사이에 그런 대화가 있었으므로 이튿날 사치코는 집 전화로 하면 또 나중에 성가신 일이 생길 것 같아 근처의 공중전화로 가서 큰언니에게 전화를 했다. 그러자 짐작했던 대로 왜 그렇게 몇 번이나 만나느냐는 것이었다. 그래서 다섯 통화나 하면서 그 이유를 설명하자, 그것은 그럴지도 모르겠으나 앞으로 어떻게 될지도 모르는데 둘이서만 만나는 것을 허락해도 되는지 어떤지 자기는 모르겠으니 오늘 밤 형부와 의논해서 내일 답을 주겠다고 했다. 그래서 사치코는 다음날 아침 큰집에서 전화가 걸려오기 전에 또 공중전화로 달려갔다. 형부가 시간, 장소, 감독 등 여러 가지 조건을 붙여 가까스로 허락한 것을 확인하고 유키코에게 의견을 물으니 금방 허락했다.

 그날도 사치코가 선물로 꽃 한 다발을 사들고 이타니의 집까지 따라갔다. 처음에는 홍차 접대를 받으며 넷이서 잠시 잡담을 나누었다. 그러고 나서 세코시와 유키코는 2층으로 안내되었고 사치코는 아래층에서 이타니와 이야기를 나누며 기다렸다. 한 시간뿐이라는 약속 시간에서 30~40분이 더 지났을 무렵 두 사람이 내려왔다. 돌아올 때는 세코시가 잠시 뒤에 남기로 하고 자매가 먼저 인사를 하고 나왔다. 오늘은 일요일이어서 에쓰코가 집에 있다는 점을 생각하고 사치코는 그대로 고베로 나가 오리엔탈 호텔 로비로 가서 다시 한 번 차를 마시면서 유키코에게 만나 본 소감을 물었다.

「오늘은 정말 많은 이야기를 했어.」

 유키코도 이날은 비교적 여러 가지 이야기를 브담 없이 했다.

  세코시는 네 자매 사이의 관계에 대해 물었는데, 왜 나나 다에코가 큰댁보다 주로 사치코 언니 집에서 생활하느냐, 언젠가 신문에 난 다에코의 사건, 그 후 그 사건은 어떻게 되었느냐, 이런 걸 상당히 자세히 묻기에 지장이 없는 한에서는 대답했으나 큰댁 형부가 나쁘게 보일 말은 한마디도 안 했다. 세코시는 자기만 묻게 하지 말고 자꾸 물어보라고 했으나 내가 조심스러워하자 자신에 대해 이야기했는데, 자신은 이른바 〈근대적인〉 느낌의 사람보다 〈고전적인〉 느낌의 사람을 찾았기 때문에 지금까지 결혼이 늦어졌지만, 나 같은 사람을 맞이하는 것은 과분한 일이라며 〈신분이 다르다〉는 말을 두세 번 반복했다. 그리고 자신은 과거의 여자 관계에 있어 거리낄 만한 것이 없지만 한 가지 알려 두고 싶은 것이 있다며 의외의 일을 털어놓았는데, 파리에 있을 때 백화점 판매원이었던 어떤 프랑스 아가씨와 결혼을 약속한 일이 있다고 했다. 그는 자세한 이야기는 하지 않았지만 결국 그 아가씨에게 속은 모양으로 향수병에 걸린 것도, 순 일본 취향을 동경하게 된 것도 그 일에 대한 반동이라는 생각이 들었다. 세코시는 이 이야기를 알고 있는 것은 오랜 친구인 후사지로뿐이고 그 친구 말고는 오늘 처음 이야기한다고 말하며 다만 그 아가씨와의 교제는 깨끗하게 끝났으니까 그 점만은 믿어 달라고 했다.

사치코가 유키코한테 들은 이야기는 대체로 이런 것이었는데, 그런 이야기까지 유키코에게 털어놓는 세코시의 마음은 물어볼 것도 없었다.

이타니는 다음 날 곧바로 데이노스케에게 전화를 걸어, 〈어제 충분한 기회를 주셔서 세코시 씨는 이제 뭐라 할 처지가 못 된다. 얼굴의 얼룩은 말씀하신 대로 문제가 될 만한 것이 아니라는 것은 어제 잘 알았다. 이제 자신이 아가씨의 남편으로 합격할지 어떨지 답변이 오는 것을 기다릴 뿐이다〉라는 세코시 쪽의 말을 전하면서 아직 큰댁에서 하고 있다는 조사가 다 끝나지 않았는지 다시 한번 물었다. 이타니의 입장에서 보면 처음 이 혼담이 있고 나서 벌써 한 달 이상이나 되었고 요전에 아시야를 방문했을 때도, 그리고 그 며칠 후 오리엔탈 호텔에서 선을 볼 때도, 〈일주일 정도만 기다려 주었으면 좋겠다〉는 말을 들었으므로 기다리는 데 어지간히 지친 것도 당연했다. 그러나 사실 사치코가 처음으로 큰집에 이 일을 의논한 것은 기껏해야 열흘이나 보름쯤 전의 일이었다. 그렇지 않아도 이런 조사에는 신중을 기하려는 큰집이 그렇게 재빨리 답을 할 리가 없었다. 요컨대 사치코가 이타니에게 재촉을 받고 아무렇게나 〈일주일만 더〉라고 말해 버렸고, 데이노스케가 또 어쩔 수 없이 그 말에 맞장구를 친 게 나빴던 것이다. 그러므로 솔직히 큰집에서는 세코시의 호적 등본을 보내 달라고 원적지의 지방 사무소에 말해 두었는데 그것이 도착한 것도 고작 이삼일 전이었던 형편으로, 흥신소의 보고도 고향 쪽을 조사한다면 상당한 시간이 걸릴 것이고, 또 나중에 결국 결정을 하게 되면 다시 한번 만약을 위해 그 사람 고향으로 사람을 보내야 한다는 입장이었다. 데이노스케 부부는 이제 더욱 난처했는데, 너댓새만 더, 너댓새만 더 하며 연기하는 것 외에 달리 방법이 없었다. 그러나 이타니는 그동안에도 아시야에 한 번, 오사카의 사무실로 한 번 재촉하러 와서는, 〈이런 이야기는 일찌감치 해치우는 게 좋습니다. 자칫 마가 끼기 십상이니까요〉라고 한다거나 〈괜찮으시면 올해 안에라도 식을 올릴 수 있겠네요〉라는 말까지 하고 돌아갔다. 그리고 어지간히 기다리기 힘들었는지, 아직 만나 본 적도 없는 큰언니에게 직접 전화를 해서 재촉을 한 모양이었다. 놀란 언니가 그 뒤 곧바로 사치코에게 전화로 알려 왔다. 사치코는 자신보다 훨씬 느긋한, 무슨 질문을 받으면 5분 이상이나 지난 다음에 대답을 하는 큰언니의 쩔쩔매는 얼굴이 눈에 선해 우습기도 했다. 그런데 이타니는 언니에게도, 좋은 일에는 마가 끼기 쉽다는 말을 하면서 여느 때의 그 빠른 말투로 설득해 댄 모양이었다.

14

이럭저럭하는 사이에 달이 바뀌고 12월로 접어든 어느 날, 큰집 언니한테서 전화가 왔다고 해서 사치코가 받았다. 요전의 혼담에 대해 조사가 아주 늦어졌지만 드디어 대략적인 것들을 알았으니까 오늘 그쪽으로 가겠다고 말한 다음 좀 더 말을 이었는데, 좋은 얘기는 아니니까 기뻐할 건 없다는 것이었다. 사치코는 그런 예고를 들을 것까지도 없이 언니의 목소리를 들은 그 순간부터, 〈아, 이번에도 틀렸구나!〉 하는 걸 느꼈다. 전화를 끊고 응접실로 돌아오자 저절로 한숨이 흘러나와 안락의자에 털썩 주저앉고 말았다. 지금까지 이런 일이 몇 번이나 있었는지 모른다. 마지막 순간까지 와서 거절하는데 거의 이골이 났으므로 그때마다 사치코는 그리 심하게는 낙담하지 않았다. 그러나 이번에는 웬일인지 특별히 아쉬워할 정도의 인연은 아니라고 생각하려고 해도 마음속 깊은 데서 낙담하고 있다는 게 느껴졌다. 왜냐하면 지금까지는 자신도 큰집과 같은 생각이어서 혼담을 깨는 데 찬성하는 쪽이었지만 이번에는 틀림없이 성사될 것 같았기 때문이다. 이번에는 이타니라는 중매쟁이가 있기도 했고, 또 묘하게 자신들의 열의도 남달랐던 것이다. 데이노스케도 지금까지는 대체로 일정한 거리를 두고 있다가 일이 있을 때나 끌려 나오는 정도였는데, 이번에는 열의를 가지고 알선했고, 게다가 유키코도 예전과 다른 점이 있었다. 그렇게 서둘러 진행한 맞선에도 응했고 다시 둘이서만 이야기를 했으면 좋겠다는 요청도 승낙했으며 엑스레이 사진 촬영이나 피부과 진료도 싫은 내색 없이 받아들였던 것이다. 이것은 지금까지 유키코에게서는 볼 수 없는 태도였다. 역시 결혼에 대해 초조한 마음이 가슴속에 은근히 싹트기 시작했다는 심경의 변화일까? 눈가에 나타난 얼룩 같은 것도 겉으로는 아무것도 아닌 것처럼 보이지만 사실은 다분히 영향을 주고 있는 게 아닐까? 어쨌든 이것저것 여러 가지 이유에서 이번 혼담만은 꼭 성사시키고 싶었고 또 그렇게 될 것으로 생각하고 있었다. 그래서 사치코는 언니를 만나 자세한 이야기를 들을 때까지는, 어떻게든 될 것이라 생각했고 희망을 완전히 버리지는 않았다. 그런데 이야기를 듣고 보니 역시 어쩔 수 없는 일이라 생각하지 않을 수 없었다.

사치코와 달리 아이들이 많은 언니는 아이들이 중학교와 소학교에서 돌아올 시간까지의 오후 한두 시간을 이용해 찾아왔다. 마침 유키코도 그날 2시부터 다도를 배우러 외출한다는 것을 알고 왔으므로 한 시간 반 정도 응접실에서 둘이서만 이야기를 나누었다. 그리고 에쓰코가 학교에서 돌아온 모습을 보자, 〈그럼 어떤 식으로 거절할지는 너희 부부에게 맡길 테니까 제부와 잘 의논해 봐〉 하고 돌아갔다. 언니의 말에 따르면, 세코시의 어머니는 십몇 년 전에 남편을 잃고 나서 쭉 옛집에 틀어박힌 채 병이라는 이유로 세상에 얼굴을 내밀지 않고 지내는데, 아들인 세코시도 좀처럼 고향에 내려가는 일은 없고, 미망인이 된 세코시의 이모가 어머니를 보살피고 있다고 한다. 세코시 어머니의 병은 표면적으로 중풍이라고 하는데 그 집에 드나드는 장사꾼들 말에 따르면 아무래도 그건 아닌 것 같고 사실은 일종의 정신병으로 아들의 얼굴을 봐도 알아보지 못한다는 것이었다. 이러한 사실은 흥신소에서 보내온 보고서에도 어렴풋이 암시되어 있으나 아무래도 납득할 수 없는 점이 있어서 이쪽에서 일부러 사람을 보내 정확한 사정을 조사했다고 한다. 언니는 또 이렇게 말했다.

친절한 사람이 애써 여러모로 걱정해서 혼담을 가져왔는데 큰집인 우리가 늘 깨버리는 것으로 생각할까 봐 괴롭지만, 우리는 절대 그럴 생각이 없다. 요즘 세상에 특별히 가문이니 재산 같은 것에 그렇게 구애받을 생각이 없다. 그래서 이번 혼담은 아주 좋은 인연이라고 생각했다. 우리도 어떻게든 성사시키고 싶었기 때문에 시골에까지 사람을 보내 조사해 본 것인데, 다른 일이라면 모를까 정신병의 혈통이 있다면 단념할 수밖에 없지 않느냐. 유키코의 혼담은 항상 여러 가지로 피치 못할 문제가 생겨 아무래도 거절할 수밖에 없는 처지에 빠지게 되는데, 참 이상하다. 역시 유키코가 그만큼 인연이 박한 사람인지, 양띠라는 속설도 미신이라고만은 할 수 없는 것 같다.

사치코는 언니가 돌아가자마자 돌아온 유키코가 다기 닦

는 명주 수건을 품에 넣은 채 서양식 방으로 들어오는 것을 보자, 마침 에쓰코가 슈토르츠 씨 뜰로 놀러 나간 것이 다행이라고 생각하며,

「아까 큰언니가 왔다가 지금 막 돌아갔어」

하고 말했다. 잠깐 시간을 두었지만 유키코가 예의 그,

「응」

했을 뿐이어서 할 수 없이 말을 이었다.

「그 혼담 말이야, 틀렸대.」

「그래?」

「그 사람 어머니가…… 중풍이라고 했는데 사실은 정신병 같대.」

「그래?」

「정말 그러면 문제가 되니까…….」

「응.」

멀리서 에쓰코가 〈루미, 이리 와〉 하고 말하는 소리가 들리고 두 소녀가 잔디밭을 지나 이쪽으로 달려오는 것을 보면서 사치코는 목소리를 낮추며 말했다.

「뭐, 자세한 이야기는 나중에 할 테니까 우선 그것만 알고 있어.」

「다녀왔어? 언니.」

에쓰코가 테라스로 뛰어올라 서양식 방 입구의 유리문 밖에 서자 뒤따라온 로제마리도 그 옆에 나란히 섰다. 크림색 모직 양말을 신은 귀여운 다리 네 개가 나란하다.

「에쓰코, 오늘은 안에서 놀아, 바람이 차니까…….」

유키코는 일어나 유리문을 안에서 열어 주며,

「자, 루미도 들어와」

하고 평소와 다름없는 목소리로 말했다.

유키코 쪽은 그런 식으로 끝냈지만 데이노스케는 그렇게 간단히 수습되지 않았다. 저녁에 돌아온 그는 아내의 입에서 큰집에서 허락하지 않는다는 이야기를 듣자, 〈이번에도 또 거절하는 거야!〉 하며 일단 인정할 수 없다는 표정이었다. 데이노스케는, 이번에는 이타니에게 지목되어 자기가 직접 교섭에 나섰으므로 이 혼담에 점점 열의가 생겨, 혹시 큰집이 또 시대에 뒤떨어진 격식이나 체면을 들고 나온다면 자신이 직접 큰집에 가서 어떻게든 처형 부부가 생각을 바꾸도록 해볼 생각이었다. 그렇게 하려는 데는 세코시가 초혼이라는 점, 실제 나이에 비해 겉모습이 비교적 젊고, 유키코와 같이 놓고 생각해 봐도 부자연스러운 느낌이 거의 없다는 점, 그 밖의 점에서는 앞으로 좀 더 좋은 혼담이 있다고 해도 이 두 가지는 너무 아까웠기 때문이다. 그러므로 사치코한테 사정을 차분히 듣고 나서도 한동안은 단념해 버릴 수 없었다. 그러나 어떻게 생각해 봐도 큰집이 이해해 줄 것 같지 않고, 가령 동서가 〈그럼 자네가 책임질 건가? 그런 혈통을 가진 사람과 결혼시켜서 그 남자한테, 그리고 앞으로 태어날 아이한테 아무 일 없을 거라고 보증할 수 있나?〉 하고 반문한다면 데이노스케도 불안해지지 않을 수 없었다. 그러고 보니 작년 봄이었나, 역시 마흔에 초혼이라는 남자와도 이번과 비슷한 일이 있었다. 게다가 재산가라고 해서 그때는 모두들 마음에 들어 했으며 예물을 교환하는 날까지 정했다. 그런데 갑자기 어떤 소식통으로부터 그 남자에게는 심각한 관계를 맺고 있는 아가씨가 있는데 사람들을 속이려고 아내를 맞이하려 한다는 것을 듣고 서둘러 취소한 적이 있었다. 유키코에게 오는 혼담은 이렇게 끝까지 가면 이상하게 암흑 같은 것에 부딪히는 일이 많았다. 그 때문에 큰집의 다쓰오 부부는 더욱 더 신중한 태도를 취하게 되었는데, 이번 일도 결국 이쪽에서 너무 까다로운 조건을 내걸어 걸맞지 않게 좋은 상대를 구하려고 한 데서 오히려 묘한 유혹에 빠지게 된 것이었다. 마흔을 넘은 초혼의 재산가라는 따위의 이야기는 어초에 의심해보는 게 정상이다.

 세코시의 경우도 혈통에 그런 약점이 있었으므로 여태 결혼하지 않았을지도 모르지만 이쪽을 속이려는 생각이 있었던 게 아니라는 것만은 분명했다. 아마 그쪽에서 보면 이렇게 오랜 기간에 걸쳐 고향 쪽을 조사한다고 한 이상 어머니에 대해 알았을 거라고 생각하고, 당연히 그것을 알고 이야기를 진행 중일 거라고 이해했을 것이다. 〈신분의 차이〉라든가 〈자신에겐 과분하다〉는 겸손의 말은 그런 감격스러운 심정을 담고 있었을 것이다. 이번에 세코시가 아주 좋은 집안에서 아내를 맞게 된다는 소문이 벌써 MB회사의 동료들 사이에도 퍼졌고, 세코시 자신도 그것을 부정하지 않았다. 그런데 그렇게 착실하던 사람이 요즘은 일이 손에 잡히지 않아 안절부절못하고 있다는 이야기도 이쪽 귀에 들려왔다. 그러므로 데이노스케는 그런 말을 들을 때마다 세크시가 안됐다는 생각이 들었고, 어엿한 신사에게 공연히 창피를 당하게 하는 것 같아 견딜 수 없었다. 요컨대 좀 더 일찍 알아보고 하루라도 빨리 거절했더라면 아무렇지 않게 끝났을 것을, 먼저 사치코가 지체했고 큰집으로 넘어가고 나서도 결코 일을 신속하게 진행하지 않았던 것이다. 더 나쁜 것은 그사이를 잇기 위해 그동안 줄곧 상대에게 거의 조사가 끝난 것처럼 말했고 가급적 희망을 갖도록 거의 8~9할은 성사될 것 같은 이야기로 들리는 인사말만을 했다는 것이다. 이는 자신들도 입에서 나오는 대로 막 말한 것이 아니라 받아들일 생각이었으므로 그렇게 말한 것인데, 결과적으로 그쪽에 대해 굉장히 죄 많은 장난을 한 것이 되어 버렸고, 이 점에 대해 데이노스케는 사치코나 큰집을 공박하기보다는 먼저 자신의 경솔함을 자책하지 않을 수 없었다.

데이노스케는 다쓰오와 마찬가지로 양자 신분이므로 지금까지 처제의 혼담 등에는 애써 깊이 관여하지 않으려고 해 왔다. 그런데 우연히 소용돌이 속에 휩쓸린 이번 혼담이 깨지는 것이야 피하기 힘들다고 해도, 자신의 실수도 있었으므로 관계된 사람들에게 거북한 느낌을 남겼고, 그리하여 그것이 처제의 앞날을 더욱 불행하게 하지나 않을까 하는 생각을 하자 차마 입 밖으로 내뱉을 수는 없었지만, 특히 유키코에게 미안한 마음이 들었다. 대체로 이번 일만이 그런 것은 아니지만, 남자 쪽이 거절하는 것은 괜찮지만 여자 쪽에서 거절하는 것은 아무리 완곡하게 구실을 둘러 댄다 한들 남자에게 치욕스러움을 안겨 줄 수밖에 없다. 그렇다면 이미 마키오카가는 지금까지 상당히 많은 사람들에게 원망을 받았다고 생각해야 한다. 그것이 또 항상 큰댁의 언니나 사치코 등이 세상물정을 모르고 느긋하게 실컷 상대를 잡아 놓고 질질 끌다가 마지막 순간에 이르러 거절하는 방식이어서 더더욱 그러했다. 그래서 데이노스케는 그런 일이 쌓이고 쌓이면 마키오카가가 원망을 살 뿐만 아니라 사람들의 원망 때문에 유키코가 불행해지지나 않을까 하는 것이 두려웠다. 그리고 무엇보다 사치코가 이번 일을 거절하는 역할을 하지 않으려고 할 것이라는 점은 분명하기 때문에, 얼마간 자신의 실수를 보상한다는 의미에서 데이노스케가 가장 불리한 역할을 받아들여 이타니에게 어떻게든 양해를 구하는 수밖에 도리가 없었다. 그런데 어떤 식으로 말해야 좋을 것인가. 지금에 와서는 이제 세코시가 어떻게 생각하든 어쩔 수 없는 일이다. 그러나 이타니에게만은 나중의 일도 있으므로 나쁜 감정을 갖게 하고 싶지 않았다. 생각해 보니 이번 일에 이타니도 상당한 시간과 노력을 들인 셈이었다. 그동안 아시야의 집이나 오사카의 사무실로 왕래한 횟수도 적지 않았다. 미용실 경영에는 여러 제자들을 쓰고 있고 상당히 바쁜 것 같았는데도 짬을 내 그런 식으로 바지런하게 뛰어다니는 걸 보면 확실히 소문처럼 남의 일 돕는 걸 좋아하는 모양이지만, 역시 웬만한 친절함이나 의협심으로는 할 수 없는 일이다. 세세한 것까지 말하자면 택시비나 그 밖의 교통비만 하도 꽤 들었을 것이다. 데이노스케는 지난번 오리엔탈 호텔에서 선을 봤을 때 명목상으로는 이타니의 초대였으나 실제 비용은 세코시 측과 자신들이 분담해야 한다고 생각해 돌아올 때 그 말을 꺼냈다. 그랬더니 이타니는 〈아니요, 이건 제가 초대한 거니까요〉라며 아무리 말해도 듣지 않았다. 어차피 이 혼담이 성사되기까지는 중매자로서 아직 여러모로 애틀 써주어야 할 것이니 가까운 시일 안에 한꺼번에 사례할 기회가 있을 것으로 생각해 그때는 그대로 두었던 것인데 이제는 그것도 그대로 내버려 둘 수 없었다.

「정말, 돈은 받으려고 하지 않을 것이고, 선물이라도 준비해 가는 수밖에 없는데……」
사치코가 말했다.
「지금 말해 봤자 뾰족한 수가 없으니까 이렇게 하면 어떨까요? 어쨌든 당신은 아무것도 가져가지 말고 그냥 얘기만 하고 돌아와요. 사례는 나중에 언니와 의논해서 그 사람한테 어울릴 만한 걸로 준비해 가면 되니까요.」

「당신은 좋은 역할만 하게 되는군.」
데이노스케는 불만스러운 듯했지만,
「그럼, 뭐 그렇게 할까」
하며 아내의 뜻에 따르기로 했다.

15

이타니는 12월이 되고 나서는 발길을 뚝 끊고 재촉하러 오지 않았다. 어쩌면 대충 형세가 좋지 않다는 것을 알아챘을지도 모르는 일인데, 그렇다면 오히려 잘된 일이었다. 데이노스케는 남이 들을까 무서워 미용실이 아니라 오카모토에 있는 이타니의 집으로 찾아가려고 한다고 말했다. 이타니가 집에 있는 시간을 확인해 두고 저녁때쯤 평소보다 느지막하게 사무실을 나와 바로 오카모토로 향했다.

안내받은 방에는 벌써 불이 켜져 있었는데, 스탠드에 짙은 초록색의 큰 갓을 씌워 놓아서 실내의 윗부분은 침침하고 그 그림자 속 안락의자에 앉아 있는 이타니의 얼굴이 보였는데 확실한 표정은 알 수 없었다. 그러나 직업과는 어울리지 않게 문학청년 같은 순수함을 지닌 데이노스케에게는 말을 꺼내기가 한결 쉬웠다.

「오늘은 참 거북한 말씀을 드리러 찾아왔습니다만…… 실은 그 후에 세코시 씨 고향 쪽을 알아봤습니다. 그런데 다른 것은 다 좋은데 아무래도 그분 어머니의 병환이 그런 병이라서…….」

「네?」

이 말에 이타니는 고개를 갸우뚱했는데 데이노스케가,

「저어, 중풍을 앓고 계신다고 들었습니다만 사람을 보내 알아본 바로는 정신병인 것 같다고 해서요」

하고 말하자,

「아, 그래요?」

하고 이타니는 갑자기 이상할 정도로 당황한 듯한 목소리로 말하고 잇따라 〈그래요?〉를 연발하면서 고개를 주억거렸다.

데이노스케는 이타니가 과연 정신병이라는 걸 알고 있었는지 아닌지 의심하고 있었는데, 얼마 전부터 두턱대고 혼담을 서두른 모양이나 바로 지금 낭패한 듯한 태도를 보이는 걸 보면 역시 알고 있었을 거라고 생각하지 않을 수 없었다.

「오해를 하시면 참 곤란합니다만, 이런 얘기를 드린다고 해서 절대 비난 같은 것으로 받아들이지 않으셨으면 합니다. 보통이라면 무탈한 구실을 들어 거절하는 것이 상식인지도 모른다고 생각하겠지만, 전부터 무척 애써 주신 데 대해 납득할 만한 이유를 들어 거절하지 않으면 저희도 마음이 홀가분하지 않을 것 같아서……」

「네, 네, 그 심정은 잘 알겠습니다. 오해는커녕 저야말로 충분히 알아보지도 않고 경솔한 짓을 해서 참 죄송스럽습니다.」

「아니, 아닙니다. 그렇게 말씀하시면 저희가 송구스럽습니다. 다만 저희는, 사람들이 마키오카 집안은 뭔가 격식 같은 것에 사로잡혀 괜찮은 혼담이 들어와도 모두 거절해 버린다는 식으로 생각하는 것 같아서 괴로운데…… 절대 그래서가 아니라 이번 일은 정말 어쩔 수 없는 사정이라는 것을, 사람들이야 그렇다 치더라도 적어도 당신께는 양해를 구해야 할 것 같아서 말씀드립니다. 그러니 아무쪼록 불쾌하게 생각지 마시고 앞으로도 잘 부탁드리겠습니다. 물론 이 이야기는 혼자만 알고 계시고 그쪽에는 무슨 적당한 구실을 붙여 거절해 주셨으면 합니다.」

「그렇게 정중하게 말씀해 주시니 송구할 따름입니다. 사실 저는, 어떻게 생각하실지 모르겠지만 정신병이라는 것은 지금 처음 듣는 이야기고 전혀 몰랐습니다. 하지만 정말 잘 조사하셨네요. 아니, 그거야 뭐 그렇다면 거절하시는 게 당연합니다. 그쪽이야 참 안됐지만 어떻게든 제가 적당히 말할 테니 그 점은 심려하지 마세요.」

데이노스케는 이타니의 붙임성 있는 말에 안심하고 용건을 끝내자 총총히 물러났으나 그녀는 현관까지 나와 배웅하면서 기분 나빠하기는커녕 오히려 자신이 죄송하다는 말을 거듭했다. 그리고 〈이번 실수를 만회하기 위해서라도 꼭 좋은 혼담을 가지고 갈 테니 기다려 주세요. 뭐, 그렇게 걱정하지 않으셔도 그런 아가씨라면 반드시 제가 책임질 테니까 아무쪼록 아가씨께도 그렇게 말씀해 주세요〉 하고 열성을 보였다. 평소 이타니의 성격으로 보아 그것이 꼭 입에 발린 말은 아닌 듯했다. 사실 그 모습으로 보면 그렇게 감정이 상한 것 같지 않았던 것이다.

그 며칠 후 사치코는 선물로 할 옷감을 준비하러 오사카의 미쓰코시 백화점에 갔다. 거기서 선물을 사서 오카모토로 갔으나 이타니가 아직 돌아오지 않았으므로 전해 달라며 물건만 놓고 그대로 돌아왔다. 그러자 다음 날 사치코 앞으로 이타니가 보낸 정중한 감사 엽서가 왔다. 〈아무 도움도 되지 못했을뿐더러 저의 부주의로 오히려 여러 가지로 헛수고만 끼친 결과가 되었는데도 이렇게 배려까지 해주시니 송구스러울 따름입니다〉라는 글 뒤에 다음에는 꼭 이번 실수를 만회하겠다는 말이 여기에도 되풀이되어 있었다.

그리고 열흘도 지나지 않은, 올해도 거의 끝나 가는 어느 날 저녁, 여느 때처럼 아시야의 집 앞에 황망히 택시를 세우고, 잠깐 인사하러 들렀다며 이타니가 현관에서 말을 건넸다. 사치코는 하필이면 감기가 들어 누워 있었지만 다행히 데이노스케가 퇴근해 집에 있었으므로, 현관에서 그대로 돌아가겠다는 것을 한사코 응접실로 안내해 잠시 이야기를 나누었다.

「그 후 세코시 씨는 어떻게 지내시나요? 아주 좋은 분이었는데 그런 일로 참 유감입니다…… 정말 안됐어요」

하는 말과 함께,

「그러나 그분은 자기 어머니가 그런 병이라는 걸 저희가 이미 알고 있다고 생각했나 봅니다」

하고 데이노스케가 말하자,

「그러고 보니 처음에 세코시 씨는 묘하게 조심스러워하고 내키지 않아 하는 것 같았는데 나중에는 점점 열의를 보였어요. 역시 처음에는 어머님 때문에 소극적이었는지도 모르겠어요」

하고 이타니도 말했다.

「그렇다면 우리 쪽에서 조사하는 데 시일이 걸렸기 때문에 착각을 하게 한 거군요. 우리 쪽 잘못이 참 큽니다.」

데이노스케는 이렇게 말하고 나서,

「아무쪼록 이번 일로 낙담하지 마시고 다음에도 또 잘 부탁드립니다」

하고 일전에도 했던 인사말을 또 건넸다. 그러자 이타니는 갑자기 목소리를 낮추며,

「아이가 많다는 것만 상관하지 않으신다면 지금도 한 군데 좋은 자리가 있긴 한데……」

하고 넌지시 마음을 떠보는 듯이 말했다. 그러고 보니 이

타니는 그 말을 할 속셈으로 온 것 같았다. 자세히 들어 보니 그 사람은 나라 현 시모이치의 모 은행 지점장이며 아이가 다섯인데 첫째가 남자아이로 지금 오사카의 어느 학교에 다니고 있고 둘째는 여자아이인데 벌써 결혼 적령기에 가까워서 어디로 시집을 간다고 하니까 집에는 세 명밖에 남지 않는다. 그리고 그 지방에서 일류 자산가이므로 생활에는 걱정할 게 하나도 없다는 얘기였다. 그러나 아이가 다섯이라는 것과 시모이치라는 말만 듣고도 전혀 이야기할 가치가 없다는 생각이 들어 데이노스케는 이야기 도중에 흥미가 없다는 표정을 지었다. 이타니도 그것을 간파하고, 〈아무래도 이런 데는 싫으시겠죠〉 하고 곧바로 거둬들이고 말았다. 그런데 아무리 그렇다고 해도 무슨 생각으로 이쪽에서 받아들일 리가 없는 나쁜 조건의 혼담을 가지고 온 것일까? 역시 이타니는 저번 일에 내심 불쾌감을 느끼고, 〈이런 자리가 딱 맞는 자리예요〉 하고 은근히 비꼬아 준 것이었는지도 모른다.

이타니를 보내고 나서 데이노스케는 2층 방으로 올라갔다. 사치코는 누운 채 목욕 수건으로 얼굴을 덮고 흡입기[24]를 사용하고 있다가,

「이타니 씨가 혼담을 갖고 왔다면서요?」

하고 흡입기를 떼고는 수건으로 눈과 코를 닦으면서 말했다.

「응…… 누구한테 들었어?」

「좀 전에 에쓰코가 와서 말해 줬어요.」

「뭐라고! 허, 참…….」

아까 데이노스케가 이타니와 이야기하고 있는 데로 에쓰코가 쓱 들어오더니 의자에 앉아 있었으므로, 〈넌, 저리 가거라. 아이가 이런 얘기 듣는 게 아니다〉 하고 말하고 데이노스

24 치료를 위해 가스, 약물, 증기 등을 흡입하는 기구.

케는 에쓰코를 내쫓았는데, 아마 식당으로 가서 계속 이야기를 엿들은 모양이었다.

「역시 여자아이라서 이런 이야기에 호기심을 갖는다니까.」

「아이가 다섯이나 있다면서요?」

「뭐라고! 그런 말도 했어?」

「네에, 장남이 오사카에 있는 학교에 다니고 있고 장녀가 곧 시집갈 나이고…….」

「뭐?」

「나라 현 시모이치 사람이고 무슨 은행 지점장이라고…….」

「이거야 원, 놀라워. 전혀 방심할 수가 없겠어.」

「정말 그래요. 앞으로 더욱 조심하지 않으면 큰일 나겠어요. 오늘은 유키코가 없어서 다행이지만 말예요.」

매년 연말에서 정월까지 세 달 동안 유키코와 다에코는 큰집에 가 있기로 했으므로 유키코는 다에코보다 한 발 앞서 어제 큰집으로 돌아갔다. 유키코가 있었다면 정말 무슨 일이 일어났을지 모른다고 생각하며 데이노스케 부부는 가슴을 쓸어내렸다.

사치코는 항상 겨울에는 카타르성 기관지염을 앓았다. 자칫하면 폐렴이 될 수 있다는 의사의 경고에 따라 한 달 가까이 누워 있는 것이 상례였다. 그래서 사소한 감기에도 몹시 주의했는데 이번에는 다행히 목에서 멈추었는지 점차 정상으로 돌아오고 있었다. 세밑이 임박한 25일, 아직 하루 이틀은 방에 틀어박혀 있을 생각으로 잠자리에 앉아 신년호 잡지를 보고 있자니, 지금 큰집으로 가겠다며 다에코가 인사를 하러 들어왔다.

「무슨 일이야, 다에코? 설날은 아직 일주일이나 남았는데.」

사치코는 살짝 미심쩍다는 듯 물었다.

「작년에는 그믐날에 갔잖아.」
「그랬나? 모르겠는데…….」
다에코는 내년 정초에 세 번째 개인전을 열기 위해 요즘 쭉 제작에 열중하고 있었다. 벌써 한 달 전부터 매일 대부분의 시간을 슈쿠가와의 아파트에서 보내고 있었는데, 그사이에 또 춤을 배우러 다니는 것도 포기할 수 없다며 일주일에 한 번씩 오사카의 야마무라 춤 교습소에 다니고 있었다. 그래서 사치코는 다에코와 한동안 마음 놓고 얼굴을 마주한 적이 없는 것 같았다. 사치코는 큰집이 자매들을 오사카로 불러들이고 싶어 하는 줄 알기 때문에 결코 자기 집에 붙들어 놓을 생각은 없었다. 하지만 유키코 이상으로 큰집에 가기 싫어하는 다에코가 예년과 다르게 빨리 간다고 하니까 왠지 모르게 이상하게 생각되었던 것이다. 그렇다고 오쿠바타케와 무슨 약속이라고 한 건 아닐까 하는 이상한 의심을 한 것은 아니었다. 다만 이 조숙한 막내 동생이 해마다 진짜 어른이 되어 가고 있고, 누구보다 가장 의지하고 있던 자신의 곁을 떠나가는 듯한 섭섭함을 희미하게 느꼈을 뿐이었다.

「이제야 일이 좀 끝났으니까 오사카로 돌아가서 당분간 매일 춤 교습소에 다니려고 해.」

다에코는 변명도 안 되는 말을 했다.

「지금 뭘 배우고 있는데?」

「설이니까 〈반자이(萬歲)〉를 배우고 있어. 언니는 그 곡 연주할 줄 알지?」

「응. 대강은 외우고 있을걸.」

사치코는 곧 입으로 샤미센 소리를 내며 흥얼거리기 시작했다.

「언제까지나 젊게 만세를 누리소서, 성대(聖代)도 번창하

소서, 딩댕동, 사랑스러운 옥돌의…….」

다에코는 그 가락에 맞춰 일어나 몸짓을 하기 시작하다가,

「기다려, 기다려 봐, 언니」

하고 자기 방으로 뛰어가 재빨리 양장을 기모노로 갈아입고 춤출 때 쓰는 부채를 들고 돌아왔다.

「……칭동칭동, 동, 치링, 치링, 음전하고 아름다운 아가씨, 아름다운 아가씨, 교토의 아름다운 아가씨…… 큰 도미 작은 도미, 큼지막한 방어, 전복, 소라, 새끼 대합, 새끼 대합, 대합, 대합 드셔 보시라고 팔고 있는 아름다운 아가씨…… 그곳을 지나며 옆에 있는 선반을 보면 금란단자〈金襴緞子〉, 히사아야히치리멘, 돈톤치리멘, 돈치리멘…….」

이 〈음전하고 아름다운 아가씨, 아름다운 아가씨〉 하는 구절이나 돈톤치리링, 돈치리링 하는 샤미센 연주에 맞춰 부르는 〈돈톤치리멘, 돈치리멘〉 하는 구절이 재미있어서 어린 시절 사치코 자매들은 이 노래를 입에 달고 살았으므로 이 속요만큼은 아직도 잊지 못하고 있었다. 그런데 지금 이렇게 부르고 있자니 20년 전 센바에 있던 집이 뚜렷하게 떠올랐고 그리운 부모님의 모습도 눈에 선했다. 다에코는 그 시절에도 춤을 배우고 있어서 설날에는 어머니와 언니의 샤미센 반주로 이「반자이」를 추곤 했다. 〈정월 초사흘 새벽하늘에, 딩동, 계시는 에비쓰 신……〉 하며 귀여운 오른손 집게 손가락을 똑바로 들어 하늘을 가리키던 천진난만한 모습도 바로 어제 일인 듯 눈에 선한데, 지금 자기 앞에서 부채를 펴들고 있는 이 동생이 그때 그 아이란 말인가(그리고 이 동생도 그 위의 동생도 아직 〈아가씨〉로 있는 모습을 지하에서 부모님은 어떻게 보고 계실까?), 이런 생각을 하자 사치코는 이상하게 견딜 수 없는 마음이 되어 눈물이 핑 돌았으나,

「다에코! 설 지나고 언제 올 거야?」
하고 억지로 눈물을 숨기려고도 하지 않고 말했다.
「4일에는 돌아올게.」
「그럼 그때 너 춤추는 거 구경할 테니까 잘 배워 와. 나도 샤미센 연습 좀 해둘 테니까.」

아시야에 집을 갖게 된 후로는 오사카에 있었을 때처럼 연초에 손님도 오지 않고, 게다가 두 자매들까지 집에 없으니 요즘에는 설이라고 해도 쥐 죽은 듯 적막한 날을 보내게 되었다. 부부에게는 모처럼 조용히 보낼 수 있어 좋았으나 에쓰코는 심심해 죽겠다며 〈유키코 언니〉나 〈막내 언니〉가 돌아오기를 애타게 기다렸다. 사치코는 설날 오후가 지나자 샤미센을 꺼내 손끝으로 「반자이」를 연습했고, 이를 사흘 내내 계속하자 나중에는 에쓰코도 귀동냥을 해 〈히사아야히치리멘……〉 부분이 되면,
「돈톤치리멘, 돈치리멘」
하고 따라 불렀다.

16

다에코는 이번 개인전을 고베의 고이카와 근처에 있는 화랑을 빌려 3일 동안 열었다. 한신 지역에 발이 넓은 사치코도 뒤에서 도와 첫째 날에 대부분의 작품이 예약 판매되는 성과를 올렸다. 사치코는 3일째 되는 날 저녁 무렵 전시장의 정리도 도와줄 겸 유키코와 에쓰코를 데리고 갔는데, 잔무를 끝내고 밖으로 나오자,
「에쓰코! 오늘 저녁은 막내 언니한테 한턱내라고 하자. 막

내 언니는 부자니까」

하고 부추겼다.

「그래, 그래」

하고 유키코도 덩달아 합세했다.

「어디가 좋을까, 에쓰코? 양식? 아니면 중화요리?」

「하지만 아직 돈을 받지 못했어……」

다에코는 시치미를 떼려고 했으나 그렇게 되지 않아 싱글 벙글하면서 말했다.

「괜찮아, 다에코. 돈이라면 내가 대신 내줄 테니까.」

사치코는 다에코의 호주머니에 여러 가지 잡비를 빼고도 적잖은 수입금이 들어왔다는 것을 알고 있었으므로 어떻게 해서든지 한턱내게 할 생각이었다. 그러나 꼭 이타니의 이야기가 아니더라도 사치코와 달리 현대식으로 빈틈없는 다에코는 이런 경우 살짝 부추긴다고 해서 그렇게 쉽사리 지갑 끈을 풀지 않는 편이었다.

「그럼 동아루로 갈까? 거기가 제일 싸니까.」

「구두쇠라니까, 다에코는. 큰맘 먹고 그냥 오리엔탈 호텔 그릴에서 한턱내라.」

동아루는 난킨마치의 대로에 면해 있는 가게인데 쇠고기와 돼지고기도 썰어 팔고 광둥요리도 하는 간이식당이었다. 네 사람이 안으로 들어가자,

「안녕하세요?」

하고 계산기 앞에 서서 계산을 하고 있던 젊은 서양인 여자가 말했다.

「아아, 카타리나 씨, 마침 잘 만났어요. 소개할게요.」

다에코는,

「이 사람이에요. 저번에 말한 러시아 사람…… 여기는 제

둘째 언니…… 여기는 셋째 언니……」

하고 언니들을 소개했다.

「아아, 그래요? 저는 카타리나 기리렌코…… 오늘 전시회 보러 갔었어요. 다에코 씨 인형 다 팔렸지요. 축하해요.」

「저 서양 사람은 누구야? 막내 언니.」

그 서양 사람이 나가자 에쓰코가 물었다.

「저 사람은 막내 언니 제자야.」

사치코가 대답했다.

「아니 저 사람은 전차에서 자주 봤는데.」

「정말 귀엽게 생겼지?」

「저 서양 사람은 중국요리를 좋아하나 보지?」

「저 사람은 상하이에서 자라서 중국요리엔 아주 정통한걸. 중국요리라면 보통 서양 사람들이 가지 않는 더러운 집일수록 맛있다면서 고베에서는 이 집이 제일이래.」

「러시아 사람이야, 저 사람? 전혀 러시아 사람 같지 않은데.」

유키코가 말했다.

「응. 상하이에서 영국 학교를 다녔고 영국 병원 간호사가 되었어. 그러고 나서 한 번 영국 사람과 결혼한 적이 있대. 아이도 있어.」

「그래? 나이는 어떻게 되는데?」

「글쎄, 몇 살일까? 우리보다 위일까 아랠까?」

다에코의 말에 따르면 이랬다.

이 백계 러시아인[25] 기리렌코 일가는 슈쿠가와의 쇼토 아파트 근처에 있는 상하 네 칸 정도밖에 안 되는 조그마한 문화 주택에서 노모와 오빠 그리고 카타리나, 이렇게 셋이서 살

---

25 1917년 러시아 혁명 후 소비에트 정권에 저항한 백위군을 지지했고 백위군이 패배한 후 국외로 망명한 러시아인을 말한다.

고 있다. 카타리나만은 전부터 길에서 마주치면 목례를 하는 정도의 사이였는데 어느 날 불쑥 다에코의 작업실로 찾아와 자기도 인형, 특히 일본풍 인형 제작 방법을 배우고 싶으니 제자로 삼아 달라고 했다. 다에코가 승낙하자 당장 그 자리에서 다에코에게 〈선생님〉이라고 불렀으므로 다에코는 당혹스러워서 그냥 〈다에코 씨〉라고 불러 달라고 했다. 이것이 대충 한 달쯤 전 일이다. 그 후로 다에코는 갑자기 그녀와 친해졌고 최근에는 아파트 오가는 길에 가끔 카타리나의 집에도 들르게 되었다.

「〈난 다에코 씨 언니들과는 늘 전차에서 봐서 잘 알고 있어요. 언니들, 아주 예뻐서 난 좋아해요. 꼭 소개시켜 주세요〉라면서 요전부터 부탁하더라고.」
「뭘 해서 먹고살지?」
「오빠는 모직물 무역 같은 걸 한다는데, 집 안을 보니까 그리 넉넉하진 않은 것 같아. 〈영국인 남편과 헤어질 때 돈을 받았어요. 전 그걸로 살고 있어요. 오빠한테 신세 지고 있지는 않아요〉라고 말하던데. 옷차림도 깔끔하고.」
에쓰코가 좋아하는 새우튀김, 비둘기 알 수프. 사치코가 좋아하는, 집오리 껍질을 구워서 된장과 파와 같이 전병에 싸서 먹는 요리. 일행은 이런 음식들을 가득 담은 주석 식기를 둘러싸고 한동안 기리렌코 일가에 대한 이야기로 신나게 떠들어 댔다. 카타리나의 아이는 사진으로 보면 올해 네댓 살 정도 되는 여자아이인데 아버지가 영국으로 데려갔다고 한다. 카타리나가 일본 풍속 인형을 제작하고 싶어 하는 것도 단순한 취미인지 아니면 훗날 그 기술로 생활의 방편이라도 삼을 요량인지 잘 모르지만, 외국인치고는 손재주가 있고 영리해서 일본 기모노의 무늬나 색상 같은 것에 대해서도 이해가 빨랐다. 그녀가 상하이에서 자랐다는 것은 혁명[26]이 일어나 일가가 뿔뿔이 흩어졌을 때 할머니를 따라 상하이로 도망갔기 때문이다. 그러나 오빠는 어머니를 따라 일본에 왔고, 일본 중학교에 다닌 적도 있어서 한자도 좀 알고 있었다. 그런 까닭에 카타리나는 영국에 물들어 있으나 오빠와 어머니는 굉장한 일본 숭배자로, 집에 가보면 아래층 한 방에는 두 폐하[27]의 사진을 모셔 두었고 다른 방에는 니콜라이 2세[28]와 황후의 사진을 모셔 두고 있었다. 오빠 기리렌코가 일본어를 잘하는 것은 당연하고 카타리나도 일본에 온 지 얼마 되지 않은 것에 비하면 상당히 능숙했다. 그러나 제일 알아듣기 힘들고 우스꽝스러운 것은 어머니의 일본어였다. 다에코도 카타리나 어머니의 일본어에는 적잖이 시달렸다.

「그 할머니가 일본어를 하면 말이야, 얼마 전에는 〈당신 참 안됐습니다[기노도쿠(キノドク)]〉라고 한다는 것이, 발음이 괴상하고 빨라서 〈당신 고향이 어디입네까[구니도코(クニドコ)]?〉라고 들리더라니까. 그래서 〈전 오사카입니다〉라고 해버렸어.」

다에코는 다른 사람 흉내를 잘 냈는데, 누구의 흉내든 금방 해 보여서 모두를 웃기는 것이 특기였다. 그 〈기리렌코 할머니〉의 몸짓이나 말을 흉내 내는 것이 너무 재미있어서 사치코와 에쓰코는 아직 만난 적도 없는 서양 할머니를 상상하고는 배꼽을 잡고 웃었다.

「그런데 그 할머니 말이야, 제정 시대 러시아의 법학사[29]인

---

26 1917년 11월에 있었던 러시아 사회주의 혁명을 말한다.
27 쇼와 천황과 황후의 사진을 말한다.
28 Nikolai II(1868~1918). 제정 러시아 로마노프 왕조 최후의 황제다.

데 아무튼 굉장한 할머닌가 봐. 〈전 일본어 서툽네다. 프랑스 말 독일 말 합네다〉 그러더라니까.」

「옛날에는 부자였나 보네. 그 할머니 연세는 어떻게 돼?」

「글쎄, 예순은 넘었을걸. 그렇지만 아직 조금도 쇠약하지 않아. 아주 정정하시거든.」

그러고 나서 이삼일 지나 다에코는 또 그 〈할머니〉 일화를 가지고 돌아와 언니들을 재미있게 했다. 다에코는 그날 고베의 모토마치로 쇼핑하러 나갔다가 돌아오는 길에 독일 과자점 유하임에서 차를 마시고 있었는데 그곳에 그 〈할머니〉가 카타리나를 데리고 들어왔다. 그리고 이제 신카이치(新開地)의 슈라쿠관 옥상에 있는 스케이트장으로 간다며, 〈당신도 시간이 있으면 같이 가자〉고 자꾸 권했다. 다이코는 스케이트를 타본 적이 없었으나, 〈우리가 가르쳐 줄게요. 금방 배울 거예요〉라며 카타리나가 권했고, 그런 운동에는 자신이 있었으므로 어쨌든 같이 가보기로 했다. 다에코는 거기서 한 시간쯤 배우는 동안 대강 요령을 터득했고,

「당신 아주 잘합네다. 당신 처음이라는 것 믿기지 않습네다」

하는 대단한 칭찬을 들었다. 그것보다 다에쿄가 깜짝 놀란 것은 그 〈할머니〉가 스케이트장에 들어서자마자 젊은이를 능가하는 기세로 경쾌하게 스케이트를 탔기 때문이다. 한번 익힌 솜씨는 어디 안 간다더니 허리가 흐트러짐 없이 틀이 잡혀 조금도 불안감을 주지 않았을 뿐만 아니라 때때로 아찔할 정도로 아슬아슬한 재주를 부리기도 했다. 그래서 장내에 있던 일본인들의 정신을 쏙 빼놓았다.

그 후 다에코는 또 어떤 때,

「오늘 카타리나 집에서 저녁 식사를 대접받고 왔어」

29 대학의 법학부를 졸업한 사람에게 수여되는 칭호.

하고 밤늦게 돌아왔다. 그리고 러시아 사람의 먹성 좋은 데는 놀랐다며 그때 일을 이렇게 얘기했다.

처음에 전채가 나왔고 그다음에는 따뜻한 요리가 몇 접시가 나왔는데 고기도 야채도 양이 엄청났고 수북하게 담겨 있었다. 빵도 여러 가지 모양을 한 것이 여러 종류나 나왔으므로 다에코는 전채만 먹고도 적당히 배가 불렀다. 그래서 〈이제 됐습니다〉, 〈많이 먹었습니다〉 하고 말해도 〈당신은 왜 먹지 않아요?〉, 〈이거 어때요?〉, 〈이건 어때요?〉 하며 자꾸 권하면서 기리렌코 식구들은 엄청나게 먹어 댔다. 그러는 동안 그들은 정종이나 맥주, 보드카를 벌컥벌컥 마셨다. 오빠 기리렌코가 그러는 것이야 이상하지 않았으나 카타리나도 〈할머니〉도 아들이나 딸에 지지 않을 만큼 마시고 먹었다. 이럭저럭하는 사이에 9시가 되었으므로 돌아가려고 했더니 아직 돌아가선 안 된다며 카드를 꺼내 왔다. 그래서 한 시간 정도 상대를 해주고 나니 10시가 지났고 다시 한번 야식이 나왔는데 보기만 해도 진절머리가 났다. 그러나 그 사람들은 다시 그 야식을 먹고 술을 마셨다. 그 술도 조그만 위스키 잔에 가득 부어 벌컥, 단숨에 마신다기보다는 입안에다 털어 넣었다. 정종은 물론이고 보드카 같은 독한 술도 그런 식으로 마시지 않으면 맛이 없다고 하니 정말 그 대단한 먹성에는 기가 막혀 말이 안 나올 지경이었다. 음식은 그렇게 맛있는 것은 없었으나 중국요리인 훈탕이나 이탈리아 요리인 라비올리와 비슷한, 밀가루를 반죽한 게 떠 있는 수프가 나온 것이 색달랐다. 다에코는 이런 이야기를 하고는,

「〈다음에는 당신의 형부나 언니들을 초대하겠습니다. 꼭 모시고 와주세요〉라고 하더라고. 한번 가보지 않겠어?」

하는 것이었다.

그 무렵 카타리나는 다에코에게 모델이 되어 달라고 해서, 긴 소맷자락의 기모노에 머리를 둥글게 틀어 올린 소녀가 배드민턴 라켓과 비슷한 하고이타 채를 들고 서 있는 모습을 제작하는 데 열중하고 있었다. 다에코가 슈쿠가와로 가지 않을 때는 아시야의 집으로 달려와 지도를 받기도 했으므로 자연스럽게 가족들과도 점점 친해졌다. 데이노스케도 어느새 얼굴을 알게 되어서 그런 외모라면 할리우드라도 가면 좋을 텐데 하는 말까지 했다. 그러나 카타리나는 양키 같은 데퉁한 면이 없고 어딘가 일본 아가씨들과도 잘 어울릴 수 있는 얌전함과 상냥함을 지니고 있었다.

기원절[30]날 오후에는 고자 폭포까지 하이킹을 가는 길인데 문 앞까지 같이 왔다며 오빠인 기리렌코가 니커보커스 차림으로 카타리나를 따라 들어왔다. 그는 집 안으로는 들어오지 않고 뜰을 돌아 테라스에 있는 의자에 앉았다. 그리고 데이노스케와 첫인사를 나누고 칵테일을 두세 잔 마시며 30분 정도 이야기를 나누다 갔다.

「이렇게 되면 그 〈할머니〉도 한번 만나 보고 싶은데」

하고 데이노스케가 말했다.

「정말.」

사치코도 그 말에 찬성하면서,

「그래도 항상 다에코가 흉내를 내서 보여 주니까 만나지 않아도 벌써 만나 본 것 같아요」

하고 재미있어했다.

---

30 2월 11일. 『일본서기』에 기록된 진무 천황 즉위일인 1월 1일을 태양력으로 환산해 기원전 660년 2월 11로 산정해 제정한 일본의 건국 기념일.

17

처음에는 진지하게 초청에 응할 생각이 없었으나 다에코의 이야기를 듣고 점점 호기심이 발동했고 또 그쪽에서 재차 초대를 해와서 거절하기 힘들기도 했으므로 드디어 기리렌코 집으로 가게 되었다. 한창 오미즈토리[31] 행사가 진행 중인, 봄이라고는 해도 다시 추워진 어느 날이었다. 그쪽에서는 가족이 모두 와주었으면 했는데, 밤이 늦어서야 돌아오게 될 것 같아 에쓰코는 집에 있게 하고 유키코도 집에서 에쓰코를 보기로 했으므로 데이노스케 부부와 다에코만 가기로 했다. 한큐 슈쿠가와 역에서 내려 주택지 쪽으로 육교를 지나 똑바로 5백~6백 미터만 가면 별장들이 죽 늘어선 동네가 나오고 그곳을 지나면 논둑길이 나오는데 그 건너편에 솔밭이 있는 언덕이 보인다. 그 언덕 기슭에 여러 채의 조그마한 문화 주택이 마주 보고 있는데 기리렌코의 집은 그중에서 가장 작지만 벽을 새로 칠한, 마치 옛날이야기 책에 나오는 삽화 같은 집이었다. 데이노스케 일행이 도착하자 곧 카타리나가 나와서 두 칸이 이어진 아래층 안쪽 방으로 안내했다. 한가운데 놓여 있는 주물 난로를 둘러싸고 주인과 손님 네 명이 자리를 잡고 앉자 몸을 움직일 수조차 없을 정도로 비좁았다. 네 명은 각자 긴 의자의 양쪽 끝, 하나밖에 없는 안락의자, 딱딱한 나무의자 등에 적당히 걸터앉았다. 그러나 무심코 몸을 돌리면 난로 연통에 닿는다거나 탁자 위에 놓인 물건을 팔꿈치로 떨어뜨릴 위험이 있었다. 위층은 아마 세 사람의 침실인

---

31 나라 시의 도다이지(東大寺) 니가쓰도(二月堂)에서 하는 행사. 3월 12일 밤부터 13일 새벽까지 니가쓰도 아래에 있는 와카사이(若狹井)의 물을 길어 불전에 바치는 의식이다.

듯하고 아래층은 하나로 연결된 두 방 외에 안쪽에 부엌이 있을 뿐인 것 같았다. 그러니 그 자리에서 보이는 다음 방이 식당으로 사용되는 모양인데, 그 방도 이 방과 거의 같은 크기였다. 데이노스케 일행은 거기에 어떻게 여섯 명이 앉을 것인지 걱정되었다. 그건 그렇다 하더라도 이상한 것은 집에는 카타리나밖에 없는 것 같다는 점이었다. 오빠인 기리렌코도 문제의 그 〈할머니〉도 전혀 나타날 기미가 보이지 않았다. 서양인의 만찬 시간은 일본인보다 늦는 게 보통인데 확실한 시간을 묻지 않았으므로 너무 빨리 온 것인지도 모른다. 하지만 벌써 창밖은 캄캄해졌는데 집 안은 고요했고 식당 쪽에도 아무런 준비도 되어 있지 않았다.

「이거 좀 봐주시겠어요? 제가 처음으로 만들었습니다.」

카타리나는 그렇게 말하고 삼각 선반 아랫단에서 첫 번째 시작품인 춤추는 소녀 인형을 꺼냈다.

「와, 이거 정말 당신이 만들었어요?」

「그렇습니다. 그러나 잘못된 점이 참 많았습니다. 모두 다 에코 씨가 고쳐 주었습니다.」

「형부, 그 오비 모양 좀 보세요.」

다에코가 말했다.

「그거 내가 가르쳐 준 것과는 달라요. 카타리나 씨가 혼자 구상해서 자기가 직접 그린 거예요.」

인형이 매고 있는 축 늘어뜨린 오비는 아마 오빠 기리렌코한테서라도 지혜를 빌린 모양이었다. 검은 천에 페인텍스로 장기의 말인 계마(桂馬)와 비차(飛車) 그림이 그려져 있었다.

「이거 좀 봐주세요」

하고 카타리나는 또 상하이 시절의 사진첩을 가지고 왔다.

「이 사람은 저의 전남편입니다」

「이 아이는 저의 딸입니다」

하는 말도 했다.

「이 아이는 카타리나 씨를 많이 닮았어요. 예쁘네요.」

「당신, 그렇게 생각합니까?」

「예, 정말 많이 닮았어요. 딸이 보고 싶겠네요.」

「이 딸, 지금 영국. 만날 수 없습니다. 어쩔 수 없습니다.」

「영국 어디에 있는지는 알아요? 혹시 당신이 영국에 가면 딸을 만날 수 있나요?」

「그건 모릅니다. 하지만 저는 만나고 싶습니다. 저는 만나러 갈지도 모르겠습니다.」

카타리나는 그다지 감상적이 되지 않고 아무렇지 않다는 듯이 말했다.

데이노스케와 사치코는 아까부터 내내 배가 고팠으므로 살짝 손목시계를 보고 서로 눈짓을 주고받았는데, 대화가 끊긴 틈을 타 데이노스케가 물었다.

「당신 오빠는 무슨 일이 있나요? 오늘은 안 계시나요?」

「저의 오빠, 매일 밤늦게야 돌아옵니다.」

「어머님은요?」

「엄마, 고베에 뭘 사러 갔습니다.」

「아아, 그래요?」

그렇다면 그 〈할머니〉는 식사 대접을 위해 음식 재료를 사러 간 것이 아닐까 하는 생각도 들었으나 이윽고 괘종시계가 7시를 알려도 돌아올 것 같은 기미가 보이지 않았으므로 여우에 홀린 듯한 기분이었다. 다에코는 자신이 끌고 온 책임이 있으므로 점점 안절부절못했는데, 아무런 준비도 안 된 식당 쪽을 실례를 무릅쓰고 들여다보기도 했으나 카타리나는 그것을 아는지 모르는지, 난로가 작아서 석탄이 금방 타

버렸으므로 연달아 석탄을 던져 넣고 있었다.

잠자코 있자니 배고픔이 한층 더 절실하게 느껴졌으므로 뭔가 화제를 찾아 이야기를 계속해야만 했다. 그러나 언제까지나 그렇게 이야기할 거리도 없어서 문득 네 사람 다 아무 말도 하지 않는 순간에는 석탄이 요란하게 타는 소리만이 두드러졌다. 포인터계 잡종 개 한 마리가 코로 문을 밀고 들어와 난로 불기가 가장 잘 닿는 곳을 찾아 사람들 다리와 다리 틈을 비집고 들어와 앞발 위에 머리를 길게 늘어뜨리고 뻔뻔스럽게 웅크리고 앉았다.

「보리스!」

카타리나가 불렀으나 눈으로만 힐끔 그쪽을 쳐다볼 뿐 개는 난로 앞을 떠나려고 하지 않았다.

「보리스!」

데이노스케도 무료한 듯 그렇게 부르며 몸을 숙여 등을 쓰다듬어 주기도 했는데, 그러는 사이에 또 30분이 지나 버렸으므로,

「카타리나 씨……」

하고 불쑥 말을 꺼냈다.

「……저희가 뭔가 실수하고 있는 거 아닙니까?」

「무슨 말인가요?」

「저 말이야, 처제. 우리가 뭘 잘못 들은 게 아닐까? 만약 그렇다면 큰 폐를 끼치는 거잖아……. 어쨌든 오늘은 이쯤에서 실례하는 게 좋을 것 같은데.」

「그럴 리가 없는데…….」

다에코가 말했다.

「저 말이에요, 카타리나 씨…….」

「뭔가요?」

「저 말이야……. 저, 사치코 언니가 좀 말해 봐……. 난 어떻게 말해야 좋을지 모르겠어.」

「사치코, 이런 때 프랑스 말이 도움이 될지도 모르잖아?」

「카타리나 씨가 프랑스 말을 아니, 다에코?」

「몰라. 영어라면 잘하지만…….」

「카타리나 씨, 아이…… 아임, 어프레이드…….」

하고 데이노스케가 어설픈 영어로 말하기 시작했다.

「……유, 웨어, 낫, 익스펙팅, 어스, 투나잇…….」[32]

「왜요?」

카타리나는 눈을 휘둥그레 뜨고 유창한 영어로, 그러나 따지는 듯한 어조로 말했다.

「오늘 밤 우리는 당신들을 초대했습니다. 우리는 당신들을 기다리고 있었습니다.」

시계가 8시를 치자 카타리나는 일어나 부엌 쪽으로 가서 달그락달그락 뭔가 하고 있었다. 그러더니 빠른 손놀림으로 여러 가지 것을 식당으로 옮기고는 세 사람을 그쪽 방으로 불렀다. 데이노스케 일행은 탁자 위에 갖가지 전채…… 언제 준비해 두었는지 훈제한 연어, 안초비를 소금에 절인 것, 정어리를 기름에 절인 것, 햄, 치즈, 크래커, 고기 파이, 여러 종류의 빵 등이 마치 마술처럼 한꺼번에 나타나 다 올려놓을 수 없을 정도로 가득 차려 놓은 것을 보자 우선 안도의 한숨부터 나오는 형국이었다. 카타리나는 혼자서도 능숙하게 홍차를 몇 번이고 끓여 내왔다. 배고픔을 호소하고 있던 세 사람은 눈에 띄지 않도록, 그러나 상당히 바쁘게 먹었지만 너무 양이 많았고 또 차례로 권해 댔으므로 금방 포만감을 느끼기 시작했다. 그래서 때때로 살짝 탁자 밑으로 온 보리스

---

32 *I'm afraid you were not expecting us tonight.*

에게 먹던 것을 던져 주기도 했다.

그때 밖에서 덜컹 하는 소리가 났고 보리스가 현관 쪽으로 뛰어갔다.

「할머니가 돌아오신 모양이야.」

다에코가 작은 소리로 두 사람에게 말했다.

맨 먼저 〈할머니〉가 자질구레한 대여섯 개의 물건 꾸러미를 들고 재빨리 현관을 지나 부엌으로 사라진 뒤를 따라 오빠인 기리렌코가 나이 쉰 줄의 신사를 데리고 식당으로 들어왔다.

「안녕하세요. 벌써 대접을 받고 있습니다.」

「많이 드세요, 많이 드세요…….」

기리렌코는 두 손을 비비면서 인사를 했다. 서양인 남자치고 작고 가냘픈 체격인 기리렌코는 우자에몬[33] 타입의 갸름한 두 볼이 봄의 찬 밤바람을 맞았는지 새빨갰다. 그리고 카타리나와 러시아어로 뭔가 두세 마디를 했는데, 일본 사람에게는 〈마마티카, 마마티카〉라는 말만 들렸다. 아마 러시아어로 〈어머니〉라는 말의 애칭인 듯했다.

「전 지금 고베에서 어머니를 만나 같이 돌아왔습니다. 그리고 이 사람…….」

기리렌코는 신사의 어깨를 두드리며 말했다.

「다에코 씨는 이분 아시죠. 제 친구인 브론스키 씨.」

「아, 예 알아요……. 여기는 제 형부와 언니…….」

「브론스키 씨입니까? 『안나 카레니나』[34]에도 나오지요.」

---

33 十五世羽左衛門(1874~1945). 뛰어난 용모와 말, 그리고 화려한 연기로 다이쇼와 쇼와 시대를 대표하는 가부키의 미남 배우.

34 톨스토이의 『안나 카레니나』에서 브론스키는 귀족 청년 장교로 여주인공인 안나 카레니나와 사랑에 빠진다.

데이노스케가 말했다.

「오오, 그래요. 잘 아시네요. 톨스토이를 읽었습니까?」

「톨스토이, 도스토옙스키, 일본 사람들은 다 읽습니다.」

기리렌코가 브론스키에게 말했다.

「다에코, 브론스키 씨는 어떻게 아니?」

사치코가 물었다.

「이 사람, 이 근처 슈쿠가와 하우스라는 아파트에 사는데, 아이들을 무척 좋아해서 어떤 아이든 귀여워하니까 〈아이들을 좋아하는 러시아 사람〉이라고 하면 이 근처에서 모르는 사람이 없어. 그래서 다들 〈브론스키 씨〉라고 하지 않고 〈고도모스키(コドモスキ)[35] 씨〉라고 해.」

「부인은 계셔?」

「안 계셔. 무슨 딱한 사정이 있는 모양이야…….」

브론스키는 역시 아이들을 좋아하는 듯 부드럽고 어쩐지 온순해 보이는 쓸쓸한 눈매에 눈가에 잔주름을 만들면서 미소를 머금고 자기에 대한 이야기를 잠자코 듣고 있었다. 기리렌코보다는 덩치가 컸으나 단단한 몸집에 잘 그을린 다갈색 피부, 희끗희끗하게 센 머리, 검은 눈동자 등이 일본인과 비슷한 느낌이었는데 어딘가 선원 출신 같은 분위기였다.

「오늘 에쓰코는 안 왔습니까?」

「예, 그 아인 학교 숙제가 있어서요.」

「그거 참 유감이군요. 전 브론스키 씨한테 오늘 밤에는 굉장히 귀여운 아가씨를 보여 준다며 데리고 왔거든요.」

「어머, 큰 실례를 했네요.」

그때 〈할머니〉가 인사를 하러 들어왔다.

「저는 오늘 밤 대단히 기쁩네다……. 다에코 씨의 다른 언

---

[35] 〈아이를 좋아하다〉라는 뜻의 일본어.

니와 꼬마 아가씨, 왜 올 수 없었습네까?」

데이노스케와 사치코는 그 〈……네다〉라는 말을 듣고 다에코를 보면 웃음이 나올 것 같아서 되도록 다에코와 눈을 마주치지 않으려고 했으나 다에코가 없는 쪽을 향해 열심히 시치미를 떼고 있는 표정이 더 우스웠다. 그런데 〈할머니〉라고는 하지만 서양의 노부인들처럼 비만형이 아니라 뒷모습은 산뜻해서 예쁜 모양의 가는 다리에 굽이 높은 구두를 신고 똑똑똑 소리를 내면서 사슴처럼 경쾌하게, 거칠다고 해도 좋을 정도로 기세 좋게 걷는 모습은 언젠가 다이코가 얘기한 스케이트장에서의 시원한 동작을 상상케 하는 데가 있었다. 웃으면 빠진 이가 드러났고 목에서 어깨에 걸친 살은 늘어져 있었으며 얼굴에도 오글오글한 잔주름이 가득했지만 피부가 없는 것처럼 새하얘서 멀리서 보면 그런 잔주름이나 늘어진 피부는 잘 보이지 않았다. 그래서 경우에 따라서는 스무 살 정도는 어리게 보이는 일도 있을 것 같았다.

〈할머니〉는 탁자 위를 한 번 정리하고 새롭게 자신이 장만해 온 생굴이나 연어알젓, 식초에 절인 오이, 돼지고기 소시지, 닭고기 소시지 또 여러 종류의 빵 등을 늘어놓았다. 드디어 술이 나왔는데 보드카와 맥주, 맥주잔에 가득 담긴 뜨겁게 데운 정종을 이것저것 권했다. 러시아인 중에서도 〈할머니〉와 카타리나는 정종을 즐겨 마셨다. 역시 걱정한 대로 탁자에 다 앉을 수 없어서 카타리나는 불을 지피지 않은 난로에 기대서서 〈할머니〉가 준비를 하는 틈틈이 사람들 뒤에서 손을 뻗어 먹고 마셨다. 포크나 나이프가 제대로 갖추어지지 않아서 카타리나는 때때로 손으로 집어 먹기도 했는데, 손님이 우연히 그런 모습을 보기라도 하면 얼굴이 빨개졌으므로 데이노스케 일행은 그것을 모르는 척하느라 애를 먹었다.

「여보, 이 굴 좀 먹어 줄래요?」

사치코는 데이노스케에게 살짝 귀엣말을 했다. 생굴이라고 해도 특별히 골라서 산 심해에서 난 굴이 아니라 근처 시장에서 사온 것임이 틀림없는 색을 띠고 있는데도 용감하게 그것을 먹고 있는 러시아 사람들은 그런 점에서 일본인보다 훨씬 야만스러워 보였다.

「아아, 이제 너무 배가 부릅니다」

하면서 일본인 일행은 열심히 주인 측 눈을 피해 처치 곤란한 음식을 탁자 밑에 있는 보리스에게 주었다. 그러나 데이노스케는 여러 가지 술을 섞어 마신 탓에 술기운이 오른 듯,

「저 사진은 뭡니까?」

하고 러시아 황제의 초상과 나란히 걸려 있는 장엄한 건축물 사진을 가리키며 아주 높은 어조로 물었다.

「저건 차르스코예 셀로 궁전입니다. 페테르그라드[36](이 사람들은 절대 〈레닌그라드〉라고 하지 않는다) 근처에 있던 황제의 궁전입니다.」

기리렌코가 대답했다.

「아아, 저게 그 유명한 차르스코예 셀로……」

「우리 집은 차르스코예 셀로 궁전에서 아주 가까웠습네다. 황제가 마차를 타고 차르스코예 셀로 궁전을 나오시면, 우리는 그것을 매일 보았습네다. 황제가 말씀하시는 소리도 우리는 들을 수 있었습네다.」

---

36 1712년 표트르 대제가 건설해 혁명 때까지 러시아의 수도였다. 원래는 페테르스부르크로 불렸으나 1914년 페테르그라드로 바뀌었다가 혁명 후 1924년에 레닌그라드로 바뀌었다. 기리렌코 가족은 러시아 혁명을 인정하지 않기 때문에 레닌그라드라는 이름도 인정하지 않는다. 지금은 다시 상트페테르부르크로 바뀌었다.

「마마티카……」

기리렌코는 어머니를 불러 러시아 말로 설명을 들은 뒤에 말했다.

「마차 안에서 황제께서 하신 말을 정말 들은 건 아니지만 꼭 들리기라도 하는 것 같았는데, 마차가 그만큼 가까운 곳으로 지나갔다고 말씀하시네요. 어쨌든 우리 집은 그 궁전 바로 옆에 있었습니다. 제가 아주 어렸을 때 일이라서 어렴풋하긴 합니다만.」

「카타리나 씨는요?」

「저요? 아직 소학교도 들어가기 전이어서 아무 기억도 없습니다.」

「저쪽 방에 일본 천황 폐하 부부의 사진이 걸려 있던데, 저건 무슨 생각에선가요?」

「아아, 그거요, 당연한 일입네다. 우리 백계 러시아인, 생활합네다, 천황 폐하 덕분입네다.」

〈할머니〉는 갑자기 엄숙한 표정으로 말했다.

「백계 러시아인은 누구나 그렇게 생각해요, 공산주의에 대해 마지막까지 싸운 나라는 일본이라고요.」[37]

기리렌코는 이렇게 말하고 나서 다시 말을 이었다.

「여러분은 중국이 앞으로 어떻게 될 것 같습니까? 그 나라는 머지않아 공산주의가 되지 않을까요?」

「글쎄요. 우리는 정치에 대해서는 잘 모르지만, 하여튼 일본이 중국과 사이가 좋지 않은 것은 곤란한 일이지요.」

「여러분은 장제스[38]에 대해서는 어떻게 생각합니까?」

---

37 일본은 1917년 러시아 혁명에 반대하여 시베리아토 출병해 무력 간섭을 시도했고 일본 내에서도 치안 유지법(1925년) 등으로 공산주의를 철저하게 탄압했다.

하고 아까부터 빈 잔을 손바닥으로 가지고 놀면서 듣고 있
던 브론스키가 물었다.

「작년 12월, 시안에서 있었던 사건[39]은 어떻게 생각합니까?
장쉐량[40]이 장제스를 포로로 잡았잖아요. 하지만 목숨만은
살려 줬습니다. 그건 또 무슨 이유일까요?」

「글쎄요…… 어쩐지 신문에 쓰여 있는 것만이 다는 아닌 것
같은 생각은 듭니다만……」

데이노스케는 정치 문제 중에서도 국제적인 사건에 대해
서는 상당히 흥미를 느끼고 있어서 신문이나 잡지에 실린 정
도의 지식은 가지고 있었지만 어떤 경우에나 결코 방관자의
태도에서 한 발짝도 나간 적이 없었다. 시국이 시국인지라[41]
무심코 이상한 말을 지껄였다가 말썽이라도 나면 성가실 뿐
이라는 경계심이 컸으므로, 특히 속내를 모르는 외국인 앞에
서는 어떤 의견도 말하지 않기로 마음먹고 있었다. 그러나 고

---

38 蔣介石(1887~1975). 중국 국민당 지도자로 국내를 군사적으로 통일
하려 했고 군벌이나 중국 공산당과의 내전을 수행했다. 1937년 중일 전쟁 때
는 공산당과 항일민족통일전선을 맺지만 일본이 패전한 후에는 다시 공산당
과의 내전을 시작했다. 그러나 여기서 패해 대만으로 도피했다.

39 1936년 12월 12일부터 25일까지 일어났던 시안 사건을 가리킨다. 당
시 중국에서는 국민당 정부군과 중국 공산당군의 대립과 항쟁이 계속되고 있
었는데, 공산당이 말하는 항일 통일 전선에 공명한 장쉐량이 공산군 공격을
격려하러 온 국민당 정부의 주석 장제스를 시안에 감금하고 내전의 종식과
항일 정치범 석방 등 항일전을 요구했다. 그러나 공산당 저우언라이의 알선
으로 장제스는 석방되었다. 이 사건의 진상은 아직도 정확히 밝혀지지 않고
있다.

40 張學良(1898~2001). 1928년 중국 동북 군벌의 주령이었던 아버지 장
쭤린이 일본군에 암살당하자 그 뒤를 이었다. 항일을 중시했고 시안 사건을
일으켰다.

41 만주 사변 후인 1933년 국제연맹 탈퇴 등 일본의 국가적 위기가 심화
되어 정부나 군부가 신경을 곤두세우고 있던 상황을 가리킨다.

국에서 쫓겨나 유랑하고 있는 사람들에게 이런 문제는 하루도 내버려 둘 수 없는, 사활이 걸린 문제일 것이다.

 그 뒤 한동안 그들끼리의 논의가 이어졌는데, 브론스키가 그 방면의 소식을 가장 많이 알고 있었고 뭔가 자기주장 비슷한 것을 가지고 있는 듯했고 다른 사람들은 대체로 듣는 입장이었다. 그들은 데이노스케 일행을 위해 애써 일본어로 이야기를 나누었는데 브론스키는 깊은 이야기로 들어가면 러시아 말을 사용했으므로 기리렌코는 때때로 데이노스케에게 그 내용을 통역해 주었다. 〈할머니〉도 상당한 논객이어서 남자들이 말하는 것을 얌전히 듣고만 있는 것이 아니라 격렬하게 논의에 참여했는데, 열기가 오르면 그녀의 일본어는 점점 지리멸렬해져서 일본인도 러시아인도 알아들을 수 없었다. 그러자,

「마마티카, 러시아 말로 해요!」

 하고 기리렌코가 주의를 주었다. 그리고 어떤 계기로 그렇게 됐는지 데이노스케는 알지 못했으나, 논쟁은 어느새 〈할머니〉와 카타리나의 모녀간 싸움으로 발전했다. 〈할머니〉가 무엇이든지 영국의 정책과 국민성을 공격하기 시작한 것에 대해 카타리나가 기를 쓰고 반대하는 것 같았다.

 카타리나의 말은 이랬다.

 나는 러시아에서 태어났지만 나라에서 쫓겨나 상하이로 갔고 영국인의 은혜를 입어 성인으로 성장했다. 영국 학교는 나에게 학문을 가르쳐 주었는데, 그것도 월사금 같은 건 한 푼도 받지 않았다. 나는 학교를 졸업하고 간호사가 되었고 병원에서 월급을 받게 되었는데 그 모든 것이 다 영국 덕분이었다. 그런 영국이 어째서 나쁘다는 것이냐.

 이 말에 대해 〈할머니〉는 〈너는 아직 나이가 어려서 진실을

알지 못한다)고 했다. 모녀는 점차 흥분하여 안색이 창백해졌으나 오빠와 브론스키가 적당히 중재해 그 자리의 분위기가 깨지지 않을 정도로, 타지 않고 피시식 연기만 피우는 선에서 끝났다.

「마마티카와 카타리나는 항상 영국 문제로 논쟁을 벌입니다. 저는 정말 난처합니다.」

논쟁이 정리되자 기리렌코가 이렇게 말했다.

그러고 나서 데이노스케 일행은 다시 한번 다음 방으로 자리를 옮겨 한바탕 잡담과 카드놀이를 하느라 시간을 보냈고, 또다시 식당으로 불려갔다. 그러나 일본인 측은 더 이상 어떤 음식도 먹을 수 없었고 다만 보리스의 배만 채워 줄 뿐이었다. 그래도 데이노스케가 술만은 마지막까지 분발해 기리렌코나 브론스키와 대작했다.

「조심해요. 당신 발이 휘청휘청해요.」

이럭저럭 11시가 지나서 어두운 논두렁길을 걸어 돌아오면서 사치코가 말했다.

「아아, 찬바람이 참 상쾌하군.」

「정말 그러네요. 아까는 정말 어떻게 될까 하고 걱정했어요. 집에는 카타리나뿐이지, 아무리 기다려도 먹을 것도, 마실 것도 나오지 않지, 배는 점점 고파 오지…….」

「그러던 차에 여러 가지 음식이 나와서 그만 걸신들린 사람처럼 먹고 말았어. 러시아 사람들은 왜 그렇게 많이 먹을까? 마시는 거라면 지지 않겠지만 먹는 거라면 두 손 두 발 다 들겠더라고.」

「그래도 모두가 초청에 응해 줘서 할머니가 기쁘신 모양이야. 러시아 사람들은 그렇게 조그만 집에 살아도 손님 접대하는 걸 좋아하나 봐요.」

「그 사람들 역시 그렇게 사는 게 쓸쓸해서 일본 사람들과 사귀고 싶어 하는 거야.」

「형부, 브론스키라는 사람 말예요.」

두세 걸음 뒤의 어둠 속에서 다에코가 말했다.

「그 사람, 참 딱한 사정이 있다나 봐요. 확실히는 모르지만 젊었을 때 애인이 있었는데 혁명 때 서로 행방을 알 수 없게 됐대요. 그 사람, 호주까지 찾아갔다나 봐요. 마침내 어디 있는지를 알아내서 만나긴 했는데, 곧바로 그 애인이 병이 들어 죽고 말았대요. 그래서 평생 지조를 지키면서 독신으로 생활하고 있다나 봐요.」

「역시, 그러고 보니 확실히 그런 느낌이 드는 사람이야.」

「호주에서 한때 고생을 했는데, 광산에서 광부 생활까지 했고 나중에는 장사를 해서 돈을 벌어 지금은 50만 엔이나 가지고 있대요. 그 사람이 카타리나의 오빠한테 얼마쯤 자금을 대주고 있나 봐요.」

「아니, 어디서 정향나무 냄새가 나네요.」

별장지의 생울타리가 이어진 길로 들어서자 사치코가 말했다.

「아아, 아직 벚꽃이 피려면 한 달이나 더 있어야 해요, 정말 기다려져요.」

「저도 기다려집네다.」

데이노스케가 〈할머니〉의 일본어 말투를 흉내 냈다.

18

　본적　효고 현 히메지 시 다테마치 20번지.
　현주소　고베 시 나다 구 아오야 4가 559번지.
　　　　노무라 미노키치.
　　　　메이지 26년 9월생.
　학력　다이쇼 5년 도쿄 제국 대학 농과 졸업.
　현직　효고 현 농림과 근무 수산 기사.
　가정 및 근친 관계　다이쇼 11년 다나카가의 차녀 노리코를 아내로 맞아 1남 1녀를 둠. 장녀는 세 살 때 사망. 아내 노리코는 쇼와 10년 유행성 독감으로 사망. 이어서 쇼와 11년 장남도 열세 살 때 사망. 양친은 일찍이 세상을 떴고 누이가 한 명 있는데 오타가로 시집가서 현재 도쿄에 거주하고 있음.

이상

　뒷면에 본인이 직접 펜으로 이런 사항을 적어 넣은 명함 크기의 사진이 우송되어 온 것은 3월 하순 무렵이었다. 사치코의 여학교 동창인 진바 부인이 보낸 것이었다. 사치코는 그 사진을 받기 전까지만 해도 까맣게 잊어버리고 있었는데, 그러고 보니 작년, 그러니까 바로 세코시와의 혼담이 지체되고 있던 11월 말 어느 날, 오사카의 사쿠라바시 교차로에서 진바 부인과 우연히 마주친 일이 있었다. 그때 20~30분 서서 이야기를 나누면서 유키코 얘기가 나왔고 〈응, 그 동생은 아직 결혼 안 했어요?〉라고 진바 부인이 물어서 〈좋은 자리 있으면 소개해 줘요〉라고 말하고 헤어진 적이 있었다. 하지만 그때는 세코시와의 혼담이 잘될 것 같았으므로 반쯤은 인사치레로 건넨 말이었는데 진바 부인은 그 말을 마음에 담아 두었던 모양이었다. 그녀가 보낸 편지에는 다음과 같은 내용이 쓰여 있었다.

그 뒤 동생은 어떻게 되었느냐. 사실 그때는 깜박 잊고 있었는데 우리 남편의 은인이기도 한 간사이 전차 사장 하마다 조키치 씨한테는 몇 해 전 아내를 잃고 지금은 재취 자리를 찾고 있는 사촌이 있다. 하마다 씨도 꼭 좋은 인연을 찾아 달라고 열성적으로 부탁을 하더라. 그 사람 사진도 갖고 있는데 문득 동생분 생각이 났다. 남편은 그 사람을 잘 알지 못하지만 하마다 씨가 보증하는 사람이니까 틀림없는 사람일 거란다. 어쨌든 다른 편에 사진을 보내 볼 테니까 마음이 있으면 사진 뒷면에 쓰인 사항에 근거해서 자세한 것은 그쪽에서 알아봤으면 좋겠다. 그리고 적당한 인연이라고 생각되면 알려 달라. 그러면 언제든지 소개하겠다. 이런 이야기는 직접 만나서 하는 게 좋겠지만 억지로 떠맡기는 것 같아 일단 편지로 묻는다.

그리고 편지가 온 다음 날 사진을 보내왔다.
사치코는 사진을 잘 받았다는 인사를 겸해 글 답장을 보내기는 했지만 작년에 이타니에게 몹시 재촉을 당한 것에 질렸기 때문에 이번에는 경솔하게 나서지 않기로 했다. 그래서 친절한 마음은 감사하지만 답은 한두 달 기다려 달라며 대충 이런 말을 써 보냈다.

최근에 혼담이 있었는데 바로 얼마 전에 깨졌기 때문에 동생의 마음을 생각하면 시간을 좀 둔 다음에 이야기를 꺼내는 편이 좋을 것 같다. 그리고 이번에는 되도록 신중을 기해 조사도 충분히 하고 나서 부탁할 일이 있으면 부탁하겠다. 아시다시피 동생은 혼기가 한참 지났으므로 너무 자주 선을 보고 또 그것이 좋지 않은 결과로 끝나면 언니로서 너무 안쓰럽기 때문이다.

사치코는 솔직한 마음을 썼다.

그래서 이번에는 서두르지 않고 직접 찬찬히 알아보고 괜찮으면 큰집에 이야기를 하고, 그런 다음에 유키코에게 알리자고 데이노스케와도 의논을 해두었다. 그런데 솔직히 그다지 마음이 내킨 건 아니었다. 물론 알아보기 전에는 모르는 일이고 재산 상태도 전혀 쓰여 있지 않았지만, 사진 뒷면에 쓰여 있는 것만을 봐도 세코시보다 조건이 훨씬 나쁘다는 것을 알 수 있었다. 첫째로 나이가 데이노스케보다 두 살이나 위라는 것, 둘째로 초혼이 아니라는 것, 전처 자식은 둘 다 죽었으므로 그거야 홀가분하지만 사치코의 생각에는 무엇보다 유키코가 달가워하지 않을 것 같았다. 왜냐하면 사진 속 인물은 풍채가 아주 늙어 보였고 꾀죄죄한 느낌을 주었기 때문이다. 막상 실물이 나은 경우도 있지만 구혼을 위해 보내 온 사진이 이렇다면 아마 이보다 더 늙어 보였으면 보였지 젊어 보일 리는 없을 터였다.

특별히 미남일 필요도 없고 실제 나이가 데이노스케보다 위라도 상관은 없지만 두 사람이 나란히 술잔을 나눌 때 신랑이 너무 늙어 보이면 유키코가 가엾기도 하고 애써 주선해 준 자신들도 자리를 함께 할 친척들에게 고개를 들 수가 없다. 역시 신랑다운 젊음이 무리라면 어딘가 발랄하고 윤기 있는 얼굴에 활기찬 느낌의 사람이었으면 했다. 이것저것 생각하자니 사치코는 아무래도 이 사진 속 인물에게는 마음이 내키지 않았으므로 당장 서둘러 알아보려고도 하지 않고 그대로 일주일을 내버려 두고 있었다.

그런데 그러는 동안 문득 생각이 미친 것은, 일전에 〈사진 재중〉이라고 쓰인 우편물이 배달되었을 때 유키코가 힐끗 보고 알지 않았을까, 그렇다면 잠자코 있는 것이 오히려 숨기는 것처럼 보여 이상하게 여기지 않을까 하는 것이었다. 사치코는 유키코의 표정으로 보아 겉으로는 특별히 달라진 점이 없었지만 역시 저번 일에 정신적으로 다소 타격을 받았을 것이라는 생각에 그렇게 연달아 다음 혼담을 꺼내는 것은 피하는 게 좋을 듯했다. 그러나 어디선가 사진을 보내왔는데 사치코 언니는 왜 솔직하게 털어놓지 않을까 하고, 애써 배려해 준 자신의 마음을 자연스럽지 못한 농간으로 받아들여도 곤란했다. 그럴 바에야 차라리 먼저 사진을 보여 주고 제일 중요한 당사자의 반응을 보는 것도 방법이리라. 이렇게 마음을 고쳐먹었으므로, 어느 날 고베로 쇼핑을 가려고 2층 화장하는 방에서 옷을 갈아입고 있는 참에 들어온 유키코에게,

「유키코, 사진이 또 왔어」

하고 불쑥 말을 건네고는 답을 기다리지도 않고,

「이거야」

하며 곧장 장롱의 작은 서랍에서 사진을 꺼내 보여 주었다.

「그 뒤에 써 있는 거 있지? 읽어 봐.」

유키코는 잠자코 사진을 받아들고 힐끗 본 다음 뒤집어 뒷면을 읽었다.

「유키코, 진바 씨 알고 있지? 여학교 때는 이가이라고 했는데 말이야.」

「응.」

「언제더라, 그 애를 길에서 만났는데, 유키코 네 얘기가 나

와서 부탁한 적이 있었거든. 그랬더니 신경을 써준 모양이야.」

「……」

「뭐, 지금 당장 대답할 건 없어. 사실 이번에는 먼저 다 알아보고 너한테 말하려고 했는데, 뭔가 숨기는 것처럼 비치면 이상할 것 같아서 그냥 보여 주는 거야.」

손에 들고 있던 사진을 선반 위에 올려놓고 복도 난간 쪽으로 나가서 멍하니 뜰을 내려다보고 있는 유키코의 등 뒤에다 사치코는 말을 이었다.

「지금 당장은 아무 생각 안 해도 좋아. 내키지 않으면 안 들은 걸로 해두고. 일부러 보내온 거니까 알아볼까 하고는 있지만.」

「언니…….」

유키코는 무슨 생각을 했는지, 조용히 이쪽으로 돌아서면서 애써 입가에 미소를 띠우며 말했다.

「……혼담이라면 말해 주는 게 나아. 나도 그런 얘기가 통 없는 것보다 이런저런 말이 있는 게 의욕도 생기는 것 같으니까…….」

「그래?」

「하지만 맞선을 보는 것만은 잘 알아보고 했으면 좋겠어. 그것 말고는 그렇게 어렵게 생각하지 않아도 돼.」

「그래. 그렇게 말해 주면 나도 정말 애쓴 보람이 있지.」

사치코는 몸단장을 끝내자,

「그럼 잠깐만, 저녁 식사 전까지는 돌아올게」

하고 말하고 혼자 나갔다. 유키코는 언니가 벗어 두고 간 평상복을 옷걸이에 걸고 오비나 끈 같은 것을 모아 한쪽으로 치워 둔 다음 한동안 난간에 기댄 채 뜰을 바라보고 있었다.

이곳 아시야 부근은 원래 대부분이 숲이나 밭이었는데 다이쇼 말 무렵부터 조금씩 개발한 땅이다. 그래서 이 집의 뜰도 그렇게 넓지는 않으나 옛 모습을 전해 주는 아름드리 소나무가 두세 그루 들어서 있고 서북쪽으로는 이웃집 정원수들 너머로 롯코 일대의 산이나 구릉이 바라다보이기 때문에, 유키코는 우에혼마치의 큰집으로 돌아가 너댓새 있다가 돌아오면 마치 사람이 달라진 것처럼 생기에 넘치는 기분이 되곤 했다. 그녀가 지금 서서 내려다보고 있는 남쪽으로는 잔디밭과 화단이 있으며 건너편에는 조그마한 동산이 꾸며져 있다. 그 동산에는 희고 가느다란 꽃이 달린 공조팝나무가 정원석 사이에 있는 마른 연못으로 드리워져 있고 연못가에는 벚꽃과 라일락이 피어 있었다. 벚꽃은 사치코가 워낙 좋아하는 꽃이라서 비록 한 그루라도 뜰에 심어 집에서 꽃구경을 하고 싶다고 해 두세 해 전에 심은 것이다. 벚꽃이 필 때는 그 나무 밑에 의자를 내놓거나 모포를 깔았는데 어찌 된 일인지 나무가 잘 자라지 않아 매년 꽃은 빈약하기 짝이 없었다. 그러나 라일락은 눈처럼 만발해서 향기를 내뿜고 있었다. 라일락 나무 서쪽으로는 아직 움이 트지 않은 백단향과 벽오동이 있고 그 남쪽으로는 프랑스어로 〈세랭그〉라고 하는 일종의 관목이 있었다. 유키코의 프랑스어 선생님인 쓰카모토 부인이라는 프랑스 사람은 자기 나라에 흔한 세랭그 꽃을 일본에 와서는 본 적이 없는데 이 뜰에서 보니 신기하다면서 아주 정겨워했다. 그래서 유키코도 이 나무에 주의를 기울이게 되었고, 프랑스어 사전을 찾아보고 〈세랭그〉가 일본어로는 〈사쓰마우쓰기〉라는 댕강목의 일종이라는 것을 알았다. 그런데 이 꽃은 항상 공조팝나무나 라일락이 진 뒤, 별채의 울타리 옆에 있는 황매화나무와 거의 동시에 피어서 이제야 겨우 어린잎이 나오기 시작했다. 〈사쓰마우쓰기〉 너머는 슈토르츠 씨네 뒤뜰과의 경계라서 철망을 쳐놓았는데 그 철망을 따라 벽오동 아래 잔디밭에 오후 햇볕이 화창하게 내리쬐고 있었다.

그 잔디밭 위에서 에쓰코가 로제마리와 둘이서 웅크리고 앉아 소꿉놀이를 하고 있었다. 2층 난간에서 내려다보니 장난감 침대며 옷장이며 의자, 탁자, 서양 인형 등 자질구레한 장난감들이 널려 있는 것이 뚜렷이 내려다보였다. 두 소녀의 새된 목소리도 분명히 들렸지만 두 소녀는 유키코가 내려다보고 있는 것도 모르고 소꿉놀이에 정신이 팔려 있었다. 로제마리가,

「이건 아빠야」

하고 왼손에 남자 인형을 들더니,

「이건 엄마야」

하고 오른손에 들고 있던 여자 인형에 갖다 대고는 입으로 〈쪽!〉 하는 소리를 냈다. 처음에는 뭘 하는지 몰랐으나 자세히 보니 두 인형에게 키스를 시키는 것 같았다. 자기가 〈쪽!〉 하고 소리를 낸 것은 키스 소리였다. 다시 로제마리는,

「아가가 생겼어」

하고는 엄마 인형의 치마 밑에서 갓난아기 인형을 끄집어냈다. 그리고 몇 번이나 똑같은 동작을 반복하면서,

「아가가 생겼어. 아가가 생겼어」

하고 말했으므로 〈생겼어〉라는 말이 〈태어났어〉라는 의미라는 걸 짐작할 수 있었다. 서양에서는 학이 갓난아기를 물고와 나뭇가지에 놓고 간다는 식으로 아이들에게 가르친다고 들었는데 역시 배 속에서 태어난다는 걸 알고 있구나 하고 생각하면서 유키코는 절로 흘러나오는 웃음을 참으며 소녀들이 하는 모양을 언제까지고 몰래 지켜보고 있었다.

19

 예전에 데이노스케와 신혼여행을 갔을 때 하코네의 여관에서 좋아하는 음식과 싫어하는 음식 이야기가 나온 적이 있었다. 〈당신은 생선 중에서 제일 좋아하는 게 뭐야?〉라는 물음에 사치코는 〈도미예요〉 하고 대답해서 데이노스케를 웃게 한 적이 있었다. 데이노스케가 웃은 것은 도미는 너무 흔한 생선이었기 때문이다. 그러나 그녀는 모양으로 보나 맛으로 보나 도미야말로 가장 일본적인 생선이고, 도미를 좋아하지 않는 일본인은 일본인답지 않다고 말했다. 그녀의 말 속에는 내심 자신이 태어난 교토 지방이야말로 일본에서 도미가 가장 맛있는 지방이고, 따라서 일본에서도 가장 일본적인 지방이라는 긍지가 숨어 있었던 것이다. 그녀는 무슨 꽃을 제일 좋아하느냐는 물음에 전혀 망설이지 않고 벚꽃이라고 대답했다.

 『고킨와카슈(古今和哥集)』가 나온 옛날부터 수백수천 수에 이르는 벚꽃에 관한 노래가 있었다. 수많은 옛사람들이 꽃이 피는 것을 애타게 기다리고 꽃이 지는 것을 애석해하며 거듭거듭 한 가지 것을 노래한 그 수많은 노래들. 소녀 시절에는 노래가 어쩌면 이렇게 진부할까 하고 아무런 감동 없이 읽어 온 그녀였지만, 나이가 들면서 옛사람들이 꽃을 기다리고 애석해하는 마음이 그저 말뿐인 〈풍류〉가 아니라는 것을 절실하게 깨닫게 되었다. 그리고 매년 봄이 오면 남편과 딸, 자매들을 데리고 교토로 꽃구경하러 가는 것을 요 몇 년 동안에는 빠뜨린 적이 없었다. 꽃구경은 어느새 연중행사가 되어 있었다. 이 행사에는 데이노스케와 에쓰코가 직장과 학교 문제로 빠진 적은 있지만 사치코, 유키코, 다에코, 이 세 자매가 모이지 않은 적은 단 한 번도 없었다. 사치코는 지는 꽃을 애석해하는 만큼 동생들의 처녀 시절을 애석해하는 마음도 더해졌으므로, 입 밖에 내지는 않았지만 매년, 적어도 유키코와 함께 꽃구경을 하는 것은 올해가 마지막일지도 모른다는 생각을 늘 했다. 유키코도 다에코도 그런 마음이었는지, 대체로 꽃에 대해서는 사치코만큼 관심을 갖지 않았지만 마음속으로는 늘 이 행사를 기다렸다. 그래서 아주 일찍, 그러니까 오미즈토리가 끝나는 무렵부터 벌써 꽃이 피는 것을 기대하며 그때 입고 갈 하오리나 오비, 속옷 따위를 은근히 마음속으로 생각하고 있는 모습이 남의 눈에도 보일 정도였다.

드디어 그 계절이 찾아와 며칠경부터 꽃구경하기에 알맞다느니 하는 소식이 들려도 데이노스케와 에쓰코 때문에 토요일이나 일요일을 택해야 했으므로 꽃이 한창일 때에 딱 맞출 수 있을지 어떨지, 비가 오거나 바람이 불 때마다 그녀들은 옛사람들이 그런 것처럼 〈진부한〉 걱정을 했다. 꽃은 아시야의 집 부근에도 있고 한큐 전차의 차창에서도 얼마든지 볼 수 있었다. 그러니 꼭 교토에 집착할 필요는 없지만 도미도 꼭 아카시 도미여야 하는 사치코는 꽃도 교토의 꽃이 아니면 본 것 같지 않았다. 작년 봄에는 데이노스케가 가끔은 장소를 바꾸자고 우겨서 긴타이교까지 갔다가 돌아왔는데, 사치코는 뭔가를 잃어버린 사람처럼 올해는 봄다운 봄을 맞지 못하고 보내 버렸다는 기분이 들었다. 그래서 사치코는 다시 데이노스케를 졸라 교토에 가서 간신히 오무로[42]의 겹벚나무 꽃을 즐겼다.

매년 하던 대로라면 토요일 오후에 나가서 난젠지의 효테

---

42 교토 시 우쿄 구에 있는 진언종 오무로파의 대본산 닌나지(仁和寺)를 말한다.

이(瓢亭)[43]에서 일찌감치 저녁을 먹는다. 그리고 매년 빠뜨린 적이 없는 미야코오도리[44]를 구경하고 나서 돌아오는 길에는 기온의 밤벚꽃을 보고, 그날 밤은 후야초의 여관에 묵는다. 다음 날에는 사가에서 아라시 산으로 갔다가 나카노시마의 간이음식점에서 사온 도시락을 먹고, 오후에는 시내로 돌아와 헤이안 신궁 경내에 핀 꽃을 본다. 그리고 그때의 형편에 따라서는 에쓰코와 두 자매만 먼저 돌려보내고 데이노스케와 사치코는 하룻밤을 더 묵는 경우도 있다. 그러나 행사는 그날로 끝난다. 자매들이 항상 헤이안 신궁을 마지막 날로 남겨 두는 것은 이 신궁 경내의 꽃이 교토에서 가장 아름답고 근사하기 때문이다. 마루야마 공원의 실벚나무가 이미 늙어 해마다 퇴색해 가는 오늘날에는 정말 이곳의 꽃을 제쳐 두고 교토 안에서 봄을 대표하는 것은 없다고 해도 무방했다. 그래서 그녀들은 매년 꽃놀이 둘째 날 오후에는 사가 방면에서 돌아와 바야흐로 봄날이 저물어 가는, 가장 이별이 아쉬운 황혼의 한때를 택해 반나절의 행락에 다소 지친 다리를 끌며 이 신궁의 꽃그늘을 거닌다. 그리고 연못가, 다리 옆, 길모퉁이, 회랑의 추녀 끝에 있는 거의 모든 벚나무 앞에서 발길을 멈추고 탄식하며 한없는 애착의 정을 표한다. 그러면 아시야의 집으로 돌아와 다시 다음 해 봄이 올 때까지 1년 내내 언제든지 눈을 감으면 그곳 나무들의 가지나 꽃 색깔을 눈앞에 그릴 수 있었다.

43 난젠지는 교토 시 사쿄 구에 있는 임제종(臨濟宗) 난젠지파의 대본산. 효테이는 난젠지 앞에 있는 가이세키요리점이다.
44 도쿄로 천도한 후 교토 진흥책으로 메이지 5년(1872)에 시작되었으며 매년 4월 1일부터 30일까지 가부렌조에서 기온의 게이샤와 무기(舞妓)들이 펼치는 무용 공연을 말한다.

올해도 사치코 일행은 4월 중순 토요일에서 일요일에 걸쳐 그곳으로 떠났다. 소매가 길고 화려한 나들이 기모노를 1년에 몇 번밖에 입지 못하는 에쓰코는 작년 꽃구경 때 입은 옷이 올해는 작아져서, 그렇지 않아도 익숙하지 않은 옷이 더욱 갑갑했다. 이날만큼은 특별히 엷게 화장도 했으므로 에쓰코는 색다른 표정을 짓고, 걸을 때마다 에나멜 조리가 벗겨질까 신경을 쓰고 있었다. 그러나 효테이의 조그만 음식점에 자리를 잡았을 때, 그만 편한 옷만 입던 평소의 버릇이 나와 아무렇게나 앉았는데 겉섶이 쫙 벌어져 무릎이 다 드러났다.

「저런! 에쓰코, 벤텐고조[45] 같구나!」

하고 어른들이 놀렸다. 에쓰코는 아직 젓가락질하는 법을 잘 몰라서 아이들 특유의 이상한 방식으로 젓가락을 쥐었는데 소매가 자꾸 손목에 엉키었다. 서양식 평상복을 입을 때와는 상황이 다른 탓인지 먹는 것도 어색한 듯 나무 쟁반에 담겨 나온 소귀나물을 훌쩍 집어 올리려다 그만 젓가락 사이로 떨어뜨린 바람에 소귀나물이 툇마루에서 뜰로 굴러가 푸른 이끼 위를 데굴데굴 굴러갔다. 에쓰코도 어른들도 큰 소리로 웃었다. 이 일이 올 행사에서 벌어진 첫 번째 우스꽝스러운 해프닝이었다.

이튿날 아침에는 우선 히로사와 연못으로 가서 물 위로 가지를 내민 벚나무 아래에서 헨쇼지 산을 배경으로 사치코, 에쓰코, 유키코, 다에코 순으로 나란히 선 모습을 데이노스케가 라이카 사진기에 담았다. 이 벚나무에는 추억 하나가 있었다. 어느 해 봄 이 연못 부근에 왔을 때 사진기를 가진 어

---

[45] 가와타케 모쿠아미(河竹默阿弥)의 가부키 『아오토소시하나노니시키에(青砥稿花紅彩畫)』에 나오는 인물로 이름은 벤텐고조 기쿠노스케이다. 여장을 하고 공갈, 갈취 등 각종 나쁜 짓을 하는 대표적인 악역이다.

떤 신사가 꼭 사진을 찍고 싶다며 간청해서 두세 장을 찍었는데, 그 신사는 공손하게 예를 표하며 만약 잘 나오면 사진을 보내 드리겠다고 주소를 메모했다. 열흘 후 약속을 어기지 않고 보내온 사진 가운데 아주 근사한 사진이 한 장 있었다. 벚나무 아래서 사치코와 에쓰코가 우두커니 서서 연못을 바라보고 있는 뒷모습을 잔물결이 일렁이는 물을 배경으로 찍은 것이었다. 아무렇지 않게 연못을 바라보고 있는 모녀의 황홀한 모습, 에쓰코의 화려한 기모노 소매 무늬에 흩날리는 꽃의 풍정까지, 가는 봄을 탄식하는 마음을 사진은 꾸미지 않고 담아내고 있었다. 그 후로 그녀들은 꽃구경 철이 되면 꼭 이 연못가로 와서 이 벚나무 아래에서 수면을 바라보는 걸 잊지 않았고, 또 그 모습을 사진에 담는 것도 게을리 하지 않았다. 사치코는 연못을 따라 난 길가의 울타리 안에서 멋진 동백나무가 매년 진홍색 꽃을 피운다는 걸 기억하고 반드시 그 울타리 옆으로도 가보았다.

오사와 연못 제방 위에도 잠깐 올라가 보고 다이가쿠지(大覺寺), 세이료지(淸凉寺), 덴류지(天龍寺)의 문 앞을 지나 올해도 역시 도게쓰교 옆으로 갔다. 사람들이 쏟아져 나오는 교토의 꽃놀이 철에 이색적인 풍경을 더하는 것은 짙은 단색 한복을 입은 반도[46]의 부인들이었다. 이들은 올해도 도게쓰교 건너편 물가 꽃그늘에 삼삼오오 모여 앉아 점심을 먹고 있었다. 그중에는 여자인데도 술에 취해 들떠 있는 사람도 있었다. 사치코 일행은 작년에는 다이히카쿠에서, 재작년에는 다리 옆에 있는 요리점 산겐야에서 도시락을 먹었으나 올해는 〈주산마이리〉[47]로 유명한 고쿠조보살(虛空臟菩薩)이 있는 호린지(法輪寺)의 산을 택했다. 그리고 다시 도게쓰교를

46 조선 반도, 즉 한반도를 가리킨다.

건너 덴류지 북쪽에 있는 대밭 사이로 난 오솔길로 접어들어, 〈에쓰코, 참새 집[48]이야〉 하고 일러 주면서 노노미야 신사 쪽으로 걸어갔다. 오후가 되면서부터는 바람이 일어 갑자기 으슬으슬 추워졌다. 엔리안의 암자를 찾았을 때는 입구에 있는 벚나무에서 자매들의 옷자락으로 꽃잎이 엄청나게 흩날렸다. 거기서 다시 한번 세이료지 문 앞으로 갔고, 샤카도(釋迦堂) 앞의 정류소에서 아타고 전차를 타고 아라시 산으로 돌아갔으며, 세 번째로 도게쓰교까지 와서 잠깐 쉰 다음 택시를 타고 헤이안 신궁으로 향했다.

헤이안 신궁 남쪽 문으로 들어가 다이고쿠덴(大極殿)을 정면으로 보고 서쪽 회랑에서 신궁의 뜰로 한 발 들어선 곳에 있는 몇 그루의 홍실벚나무. 해외에서도 그 아름다움을 칭송한다는 그 유명한 벚나무가 올해는 어떤 모습일까? 벌써 늦지는 않았을까? 해마다 가슴을 졸이면서 회랑 문을 지날 때까지 이상하게 설레는 마음이었는데, 올해도 이런 마음으로 문을 통과한 그들은 홀연히 저녁 하늘에 펼쳐져 있는 다홍 구름을 올려다보고 모두들 〈와아!〉 하고 탄성을 질러 댔다. 이 순간이야말로 이틀간의 꽃놀이의 정점이고, 이 순간의 희열이야말로 작년 봄이 지나가 버린 이후 1년 내내 고대하던 것이었다. 그들은 〈아아! 정말 다행이다〉 하고 올해도 꽃이 만개한 시기에 때맞춰 잘 왔다고 안도의 한숨을 내쉬면서 내년 봄에도 다시 이 꽃을 볼 수 있기를 바랐다. 그러나 사치코

---

47 교토에서 매년 보살의 잿날인 3월 13일(지금은 4월 13일)에 열세 살이 된 소년, 소녀가 호린지에 참배하고 그곳의 고쿠조보살에게 지혜와 복을 기원하는 행사.

48 옛날이야기 「혀 잘린 참새 이야기」에서 참새의 집은 대숲 안에 있는 것으로 되어 있으므로 소학교 2학년인 에쓰코에게 〈참새 집이야〉 하고 말한 것이다.

만은 내년에 다시 이 꽃 아래에 설 무렵에는 유키코는 이미 시집을 가버린 뒤가 아닐까, 꽃놀이 철은 돌아오지만 유키코의 한창때는 올해가 마지막이 아닐까 하는 생각을 했다. 자신은 섭섭하지만 유키코를 위해서는 꼭 그렇게 되기를 바랐다. 솔직히 말하면 그녀는 작년 봄에도 재작년 봄에도 이 꽃 아래 섰을 때 그런 감회에 젖었으며, 그때마다 이번에야말로 유키코와 함께하는 마지막 꽃놀이라고 생각했다. 그런데 올해도 역시 꽃그늘에서 이렇게 유키코를 바라볼 수 있다는 것이 이상하지 않았고, 어쩐지 유키코가 가엾어서 얼굴을 똑바로 쳐다볼 수 없을 것 같았다.

벚나무가 끝난 지점에는 부드러운 움이 돋기 시작한 단풍나무나 떡갈나무, 그리고 둥글게 다듬어 놓은 마취목도 있었다. 데이노스케는 세 자매와 딸을 앞세우고 라이카 사진기를 가지고 뒤따라가면서, 뱟코 연못의 창포가 우거진 물가를 걸어가는 모습, 수면에 그림자를 드리우며 소류 연못 가료교의 돌 위를 건너가는 모습, 세이호 연못 서쪽의 고마쓰 산에서 통로로 가지를 한껏 뻗은 유달리 아름다운 꽃 밑에 나란히 선 모습 등 장면을 담을 만한 곳에서는 꼭 사진을 찍고 갔다. 그런데 여기서도 매년 모르는 사람들이 그녀들 일행을 사진에 담는 것이 상례였는데, 정중한 사람은 일부러 그 뜻을 말하고 양해를 구한 다음에 찍었고 무례한 사람들은 무턱대고 틈을 보아 셔터를 눌러 댔다. 그녀들은 그 전해에 어디서 무엇을 했는지 잘 기억해 뒀다가 아주 시시하고 사소한 일이라도 그 자리에 오면 다시 그대로 했다. 예컨대 세이호 연못 동쪽에 있는 찻집에서 차를 마신다거나 누각의 다리 난간에서 비단잉어에게 먹이를 던져 준 일도 그대로 했다.

「아, 엄마, 신부야!」

갑자기 에쓰코가 소리를 질렀다. 신토(神道)식으로 결혼식을 마친 한 쌍이 식장에서 나오는 모습이 보였다. 신부가 자동차로 옮겨 타고 있는 것을 구경꾼들이 양쪽으로 몰려들어 들여다보고 있었다. 사치코 일행에게는 머리에 쓴 백포와 눈부시게 아름다운 혼례복의 뒷모습이 유리문 안에서 번쩍 빛나는 것이 보였을 뿐이다. 사실 여기서 신랑신부 한 쌍과 마주치는 것도 올해가 처음은 아니었다. 사치코는 뭔가 가슴이 뭉클해지는 느낌으로 그 앞을 지나쳤으나 유키코와 다에코는 의외로 아무렇지 않은 표정이었다. 때로 유키코와 다에코는 구경꾼들 틈에 끼어 신부가 나오는 것을 기다린다거나 신부의 얼굴이 어떻다느니 어떤 의상을 입었다느니 하면서 나중에 사치코에게 얘기해 주기도 했다.

그날 저녁 데이노스케와 사치코는 둘만 남아 교토에서 하룻밤을 더 묵었다. 다음 날 부부는 사치코의 아버지가 전성기에 다카오노지 경내에 건립한 후도인이라는 비구니 절을 찾아 주지인 늙은 비구니와 아버지에 관한 추억담을 나누면서 한적한 반나절을 보냈다. 이곳은 단풍 명소였지만 아직은 신록도 일러 기껏해야 뜰 앞 홈통 옆에 있는 모과나무의 꽃봉오리 하나가 조금 벌어지고 있을 뿐이었다. 비구니 절에 있을 법한 풍경이라고 생각하면서 산속의 맑은 물이 맛이 좋아 입맛을 다시면서 몇 잔이나 더 청해 마셨다. 그러고 나서 날이 저물기 전에 2킬로미터 남짓한 비탈길을 내려왔다. 돌아가는 길에 닌나지 신사 앞을 지나기 때문에 늦게 피는 겹벚꽃을 볼 수 있을 거라는 건 알았지만, 사치코는 나뭇가지 아래에서라도 잠시 쉬었다가, 산초나무의 순을 으깨어 된장에 섞어 두부에 발라서 구워 낸 음식을 먹을 수만 있다면 하는 바람으로 데이노스케를 재촉해 신사 경내로 들어갔다. 우물쭈물하는 사이에 날이 저물면 하룻밤을 더 묵고 싶어진다는 것을 해마다의 경험으로 알고 있었으므로 사가, 야세, 오하라, 기요미즈 등 이곳저곳에 미련을 남기면서 시치조 역으로 달려간 것은 5시가 조금 지나서였다.

그 후 이삼일이 지난 어느 날 아침, 사치코는 데이노스케가 출근한 다음 여느 때와 마찬가지로 서재를 정리하러 들어갔다. 남편 책상 위에 쓰다 만 편지지가 펼쳐져 있는 것이 보였다. 그 여백에는 연필로 이런 글귀가 쓰여 있었다.

　4월 모일 사가에서

　곱게 차려입은 가인들 모여드니
　도읍 사가는 꽃이 만발하구나

사치코는 여학교 시절에 한동안 시가를 짓는 데 골몰한 적이 있는데 남편의 영향으로 요즘 다시 노트에 생각나는 대로 끼적거리면서 혼자 즐기고 있었다. 그런데 남편이 쓴 시가를 읽자 갑자기 흥이 나, 얼마 전에 헤이안 신궁에서 읊다가 끝맺지 못한 시가를 잠시 생각해서는 다음과 같이 정리해 보았다.

　헤이안 신궁에서 지는 꽃을 보고
　가는 봄이 섭섭하여, 지는 꽃
　소맷자락에 숨겨 두었으면 좋았을 것을

사치코는 이 시가를 남편의 시가 뒤의 여백에 연필로 적어 넣고는 원래대로 책상 위에 펼쳐 두었다. 데이노스케는 그것을 알았는지 몰랐는지 저녁에 돌아와 아무 이야기도 하지 않앉고 사치코도 잊어버렸다. 이튿날 아침 그녀가 다시 서재를 정리하러 들어갔을 때 책상 위에 어제 그대로 종잇조각이 놓여 있었다. 그런데 그녀의 시가 뒤에 그것을 이렇게 고쳐 보면 어떨까 싶다는 것인지 다음과 같은 시가가 적혀 있었다.

    자못 꽃놀이가 한창일 때 꽃잎을
    숨겨 두었으면 좋았을 것을, 봄의 흔적으로

20

「여보, 적당히 해두세요. 한꺼번에 그렇게 진을 빼면 지겨워져요.」
「그렇지만 한번 시작한 일이라 쉽게 그만둘 수가 있어야지.」
데이노스케는 일요일인 오늘, 지난달에 바로 꽃구경을 갔다 온 교토에 다시 한번 사치코를 데리고 신록을 보러 갈 생각이었다. 그러나 사치코가 아침부터 속이 좋지 않고 어쩐지 몸이 아주 고단하다고 해서 교토에 가는 것을 보류하고 오후부터 뜰에서 풀을 뽑는 데 열중하고 있었다.
원래 뜰의 잔디밭은 전에 살던 사람한테 양도받았을 때는 잔디가 심겨 있지 않았다. 이곳은 잔디를 심어도 잘 자라지 않는다는 전 주인의 충고를 무시하고 굳이 잔디를 심게 한 것은 데이노스케였다. 정성을 들인 보람이 있어서인지 지금은 가까스로 자리를 잡긴 했으나 여전히 다른 곳에 비하면 잘 자라지 않았고 초록빛이 나오는 것도 일반 잔디밭보다 늦었다. 데이노스케는 자기가 먼저 주장한 일이라 잔디밭을 손질하는 데 남들보다 갑절이나 애를 썼다. 그러다 잘 자라지 않는 원인 가운데 하나는 싹이 돋기 시작하는 이른 봄에 참새가 와서 그 싹을 쪼아 먹어 버리는 탓이라는 것을 알아냈고, 그 후부터 해마다 이른 봄만 되면 참새를 막느라 애를 먹었다. 데이노스케는 참새를 보는 대로 조그만 돌멩이를 던져 쫓는 것을 일삼았고 가족들에게도 아주 성가시게 말했기 때문에 처제들은 이제 형부의 돌 던지기가 시작되는 계절이 돌아왔다는 말을 하곤 했다. 햇볕이 따뜻해지면 데이노스케는 이따금 오늘처럼 해수욕 모자에 몸뻬를 입고 잔디 사이에 번식하는 잡초나 질경이를 뽑았고 잔디 깎는 기계로 쓱쓱 잔디를 깎았다.

「여보, 벌, 벌이에요, 큰 벌이에요.」

「어디?」

「저기, 저기요.」

테라스 위에는 벌써 예년처럼 주름이 차양에 걸쳐 있었다. 사치코는 주름 안쪽에 놓인, 껍질이 붙어 있는 자작나무로 만든 의자에 앉아 있었다. 벌은 그녀의 어깨를 스치고 중국제 도자기로 만든 의자 위에 놓인 작약 화분 주위를 두세 번 선회하고는 윙 하는 소리를 내며 홍색과 백색으로 피어 있는 히라도 철쭉 쪽으로 날아가 버렸다. 데이노스케는 풀 뽑기에 여념이 없는 나머지 점점 이웃집과 경계인 철망을 따라 난 대나무와 떡갈나무 잎이 우거져 어두컴컴한 곳으로 기어 들어가 버렸으므로 사치코가 있는 데서는 한 무더기의 히라도 철쭉 너머로 커다란 해수욕 모자의 가장자리밖에 보이지 않았다.

「벌보다 모기가 더 대단해. 장갑 위로 막 물어 대는데.」

「그러니까 이제 그만하세요.」

「속이 안 좋다더니 어떻게 된 거야?」

「누워 있었더니 더 답답하기도 하고, 이렇게 하고 있으면 기분이 좀 나아질 것 같아서요.」

「답답하다니, 어떻게 답답한데?」

「머리가 무겁고…… 속이 메스껍고…… 손발이 나른하고…… 어쩐지 큰 병에 걸릴 징조 같아요.」

「무슨 말을 하는 거야? 그거 다 신경성이라고.」

데이노스케는 갑자기,

「아아, 이제 그만할까」

하고 한숨 놓는 듯 큰 소리로 말하고는 바스락바스락 대숲을 헤치고 일어났다. 질경이 뿌리를 뽑기 위해 들고 있던 작은 칼을 내던지고는 장갑도 벗었다. 그는 모기에 물린 자국이 남아 있는 손등으로 이마의 땀을 훔치고는 허리를 쭉 펴면서 몸을 뒤로 젖혔다. 그리고 화단 옆에 있는 수도꼭지를 틀어 손을 씻으며,

「모스키톤[49] 있어?」

하고 벌겋게 부은 손목을 긁으면서 테라스 위로 올라왔다.

「오하루! 모스키톤 좀 가져와!」

사치코가 안쪽을 향해 소리를 지르는 사이에 그는 다시 뜰로 내려가 이번에는 시들어 버린 히라도 철쭉을 따내기 시작했다. 이곳의 히라도 철쭉은 너댓새 전이 절정이었고 지금은 반 넘게 시들어 지저분하고 보기에 흉했다. 그중에서도 종이 부스러기처럼 누렇게 더러워져 있는 하얀 꽃이 마음에 걸려 하나하나 다 따버리고 나중에는 수꽃술이 수염처럼 남아 있는 것까지 열심히 뽑아 버렸다.

「여기요! 모스키톤 가져왔어요.」

「응.」

데이노스케는 한동안 더 뽑다가,

[49] 이 무렵 도쇼마치에 있던 마르호 상점에서 시판된, 가려움 치료제.

「여기 청소 좀 하라고 말했어?」

그러고는 드디어 아내가 있는 곳으로 올라와서는 모스키톤을 받자마자,

「이런!」

하고 아내의 눈 속을 들여다보았다.

「왜 그래요?」

「잠깐, 여기 밝은 데로 와봐.」

조금 전부터 이미 날이 저물고 있었으므로 차양 아래는 더욱 어두웠다. 데이노스케는 사치코를 테라스 가장자리로 데려가서는 석양 속에 서게 했다.

「음, 당신 눈이 노란데.」

「노랗다고요?」

「응, 흰자위가 노란걸.」

「그럼 뭘까요? 황달일지도 모르겠네요.」

「그럴지도 모르지. 기름진 거라도 먹었어?」

「어제 비프스테이크 먹었잖아요?」

「그래, 그래서 그럴 거야.」

「음, 음, 이제 알겠어요…… 이렇게 속이 메슥거리고 토할 것 같은 게, 황달이 틀림없어요.」

사치코는 아까 남편이 〈이런!〉 했을 때는 이유 없이 가슴이 뜨끔했으나 황달이라면 그렇게 걱정하지 않아도 된다고 생각하자 갑자기 마음이 편해졌다. 이상한 일이지만 오히려 기쁜 눈빛이었다.

「어디어디.」

데이노스케는 자기 이마를 사치코의 이마에 대보고,

「열은 별로 없는데……. 더치면 안 되니까 누워 있어. 어쨌든 구시다 선생한테 왕진 좀 와달라고 해야겠어」

하고 사치코를 2층으로 올려 보낸 뒤 자신이 직접 전화를 걸었다.

구시다라는 사람은 아시야가와 정류장 근처에 개업한 의사로, 진단을 잘하고 솜씨가 뛰어났다. 이 근처에서는 사방에서 불러 대 매일 밤 11시가 지나도록 밥도 못 먹고 왕진하러 다니는 형편이었으므로 그 사람을 불러오기란 쉬운 일이 아니었다. 그래서 꼭 부르고자 할 때는 데이노스케가 직접 전화를 걸어 우치하시라는 고참 간호사에게 부탁하는데, 그것도 어지간한 중병이 아니면 이쪽이 바라는 시간에 오지 않았고 아예 못 오는 경우도 있었다. 그래서 전화로 상태를 설명할 때는 실제보다 심한 듯이 요령을 부려야 했다. 그날도 의사를 기다리는 동안 어느덧 10시가 넘었으므로,
「구시다 선생은 오늘도 안 올 모양인데」
하고 있자니 11시가 좀 못 되어 자동차 멎는 소리가 들렸다.
「황달이요, 이건. 틀림없소.」
「어제 큼직한 비프스테이크를 먹었어요.」
「그게 원인인 것 같소. 기름진 음식을 너무 많이 먹어서 그런 걸 거요. 바지락 국물을 매일 먹으면 좋아질 거요.」
구시다 선생은 이런 식으로 허물없이 말하는 사람으로, 바쁜 탓이기도 하겠지만 언제나 간단히 진찰하고는 바람처럼 휙 가버리곤 했다.

사치코는 이튿날부터 방에서 누웠다 일어났다 하며 지내고 있었으나 그다지 힘들지 않은 대신 그리 쉽게 낫지도 않았다. 한편으로는 묘하게 무덥고, 비가 내리는 것도 아니고 맑은 것도 아닌, 장마가 시작되기 전의 잔뜩 찌푸린 날씨, 그렇지 않아도 어디를 가든 똑같이 상쾌하지 못한 이런 지겨운

날씨가 계속된 탓도 있는 듯했다. 사치코는 이삼일 목욕을 하지 않았으므로 땀내 나는 잠옷을 갈아입고, 삶은 수건에 알코올을 떨어뜨려 가져오게 해서 오하루에게 등을 닦으라고 했다. 그때 에쓰코가 올라와서는,
「엄마, 도코노마[50]에 꽂아 둔 꽃 있잖아, 그거 무슨 꽃이야?」
하고 물었다.
「양귀비꽃이야.」
「왠지 으스스하고 싫어.」
「왜?」
「보고 있으면 꽃 속으로 빨려 들어갈 것 같으니까.」
「정말……」
과연 어린아이들은 곧잘 훌륭한 말을 한다. 그러고 보니 얼마 전부터 이 방에 있으면 이상하게 머리가 울리는 것처럼 답답한 기분이 들었다. 바로 눈앞에 그 원인이 있는 듯했으나 그것이 뭔지 알아내지 못했는데 에쓰코가 정통으로 알아맞힌 것 같았다. 과연 그 말을 듣고 보니 도코노마의 양귀비꽃 탓도 분명히 있는 듯했다. 밭 같은 데 피어 있는 양귀비꽃은 아름답지만, 도코노마에 이렇게 하나만 달랑 꽃병에 꽂혀 있으면 어쩐지 으스스했다. 〈빨려 들어갈 것 같다〉는 말이 딱 맞는 것 같았다.
「정말, 나도 왠지 그런 기분이 들었는데. 어른들은 오히려 그런 말을 못 하나 봐.」
유키코도 이렇게 감탄하면서 우선 그 꽃을 치운 뒤에 수반에 제비붓꽃과 하늘나리를 꽂아 가져왔다. 그러나 사치코는 그것도 답답하다며 그냥 다 치우라고 했다. 차라리 시가가 적

---

50 다다미방의 정면에 바닥을 한 층 높게 만들어 놓은 곳으로 주로 도자기나 꽃병으로 장식한다.

힌 족자라도 걸면 기분이 개운해질 것 같다고 남편에게 부탁했다. 아직 이른 계절이긴 하지만 데이노스케는 가가와 가게키[51]의 시가,

소나기 아타고 산마루에 내리다,
맑은 폭포 어찌 흐려질쏜가

하는 「산마루의 소나기」를 쓴 족자를 벽에 걸었다. 방을 그렇게 꾸민 것이 얼마간 효과가 있었는지 이튿날은 상당히 거뜬해졌다.

오후 3시가 지나 현관 벨이 울렸고 손님의 발걸음 소리가 들리는가 싶더니 오하루가 올라와,
「니우 부인께서 오셨습니다」
하고 전했다.
「시모쓰마라는 분과 사가라라는 분도 같이 오셨습니다.」

사치코는 니우 부인과는 오랫동안 만나지 못했고, 집을 비웠을 때 두 번인가 찾아온 적도 있어서 그 부인뿐이라면 방으로 올라와도 좋다고 생각했으나 시모쓰마 부인과는 그렇게 막역한 사이도 아니고 특히 사가라 부인이라는 사람은 아직 들어 본 적도 없는 사람이라 약간 당황스러웠다. 이런 때 유키코가 대신 나가 주면 좋겠지만 그녀는 절대 잘 모르는 사람을 상대하지 않으려고 했다. 하지만 아프다며 문전에서 돌아서게 하는 것은, 가끔 헛걸음을 하게 한 니우 부인에게는 참 안된 노릇이기도 하고 마침 무료하던 참이기도 해서, 몸이

---

51 香川景樹(1786~1843). 에도 시대 후기에 교토에서 활약한 가인. 『고킨와카슈』를 이상으로 하는 게이엔파(桂園派)의 가풍을 일으켜 시가의 가락을 중시하는 것과 자신의 실감을 솔직하게 표현할 것을 주장했다.

안 좋아 누워 있다 일어났다 하느라 꼴이 말이 아니라며 미리 양해를 구한 다음, 손님들을 아래층 응접실로 모시게 하고는 서둘러 경대 앞에 앉았다. 그러나 지저분한 얼굴에 분을 바르고 말쑥한 홑옷으로 갈아입고 내려가기까지는 30분이나 걸렸다.

「소개할게요. 이쪽은 사가라 부인······.」

니우 부인은, 한눈에 서양에서 돌아온 사람이라는 걸 알 수 있는 순 미국식 양장을 한 부인을 가리켰다.

「여학교 때 친구예요. 남편은 우선(郵船) 회사에 근무하고 있고 바로 얼마 전까지 부부가 로스앤젤레스에 있었어요.」

「처음 뵙겠습니다.」

사치코는 인사를 하면서 곧바로 이 손님들과 만난 것을 후회했다. 몸이 아파 이렇게 초췌해 있을 때 초면의 사람을 대하는 게 좀 그렇다고 생각하지 않은 건 아니었지만, 설마 그 사람이 이렇게까지 세련된 부인일 거라고는 생각도 못 했기 때문이다.

「몸이 아프다고요? 어디가 아픈데요?」

「황달이래요. 보세요······ 눈이 노랗죠?」

「정말, 아주 노랗네요.」

「마음이 참 안 좋죠?」

시모쓰마 부인이 물었다.

「예······. 하지만 오늘은 많이 좋아진 거예요.」

「죄송해요, 이런 때 불쑥 찾아와서. 니우 씨, 당신이 눈치가 없는 거예요. 현관에서 그냥 돌아갔어야 하는데.」

「어머머, 나한테 뒤집어씌우다니, 사람이 그럼 못써요. 그렇잖아요, 마키오카 씨? 실은 사가라 씨가 어제 갑자기 찾아오셨는데, 이분은 간사이 지방을 잘 모르거든요. 그래서 제가 전적으로 안내 역할을 맡았는데, 〈뭐 보고 싶은 게 있나요?〉 하고 물었더니 한신 지역의 대표적인 부인을 만나게 해달라는 거예요.」

「어머, 대표적이라니, 그 대표적이라는 게 무슨 의미예요?」

「그렇게 말하면 난처하지만, 여러 가지 의미에서 대표적이죠, 뭐. 그래서 전 생각 끝에 여러 명 중에서 특별히 당신을 선택한 거예요.」

「참, 말도 안 돼요.」

「하지만 그렇게 된 거니까, 신임을 받았다고 생각하고 좀 아파도 참고 만나 주셔야 해요. 아, 그리고……」

니우 부인은 집으로 들어오면서 피아노 의자에 놓아두었던 보자기를 풀어 아주 큼지막하고 보기 좋은 토마토가 들어 있는 상자 두 개를 포개 놓았다.

「이거, 사가라 씨가……」

「어머, 정말 좋은 토마토네요. 어디서 이런 토마토가 나오나요?」

「사가라 씨 집에서 재배한대요. 그런 건 좀처럼 팔지 않죠.」

「그러겠어요……. 실례지만, 사가라 씨는 댁이 어디신가요?」

「기타가마쿠라예요. 하지만 작년에야 돌아왔으니까 그 집에는 아직 한두 달밖에 있지 않았지만서두.」

그 〈……지만서두〉라고 말하는 것이 〈……드랬어요〉[52]와도 다른 좀 이상한 말투여서, 사치코는 자신이 흉내를 낼 수 없지만 이런 말버릇을 아주 잘 잡아내는 다에코가 들었다면

---

52 ざあます. 에도 시대 후기에 요시와라 유곽에서 유녀들이 쓰던 말인 〈ざます〉에서 유래한 말로 도쿄의 고급 주택지 유한 부인들이 사용하기 시작했다. 여기서 말하는 〈……드랬어요〉와도 다른 일종의 이상한 말투란 각슈인(學習院) 말로 한때 여학생이나 젊은 부인들 사이에서 유행한 말투였다.

하고 생각하니, 혼자 웃음이 나와 참을 수가 없었다.
「그래 어디 여행이라도 다녀오셨어요?」
「잠깐 입원하는 바람에……」
「어머! 무슨 병이라도?」
「신경 쇠약이 심해서요.」
「사가라 씨 병은 사치병이에요.」
시모쓰마 부인이 말을 받았다.
「하지만 성누가 병원이라면 오래 입원하고 있어도 좋잖아요.」
「바다가 가까워서 시원하고, 특히 거기는 지금부터가 좋아요. 하지만 중앙 시장이 가까워서 때로 비린내 나는 바람이 불어오죠. 게다가 혼간지(本願寺)[53]의 종소리가 귀에 거슬리고……」
「혼간지는 그렇게 지었어도 역시 종을 울리나 보죠?」
「예에. 그렇더라고요.」
「왠지 사이렌이라도 울릴 것 같은데.」
「그리고 교회 종소리도 울려요.」
「아아.」
시모쓰마 부인은 갑자기 한숨을 내쉬면서 말했다.
「전 성누가 병원 간호사라도 될까 봐요. 그거, 어떻게 생각해요?」
「그거 참 괜찮을지도 모르겠네요.」
니우 부인은 가볍게 받아넘겼으나 사치코는 시모쓰마 부인이 가정적으로 좋지 않은 일이 있다는 소문을 들었으므로, 지금 한 말이 뭔가 의미심장한 말인 것 같았다.
「아, 참. 그런데 말이에요, 황달이란 병은 겨드랑이 밑에

---

53 쇼와 9년(1934)에 준공한 절로 본당을 독일풍으로 지었다.

주먹밥을 끼워 놓으면 좋대요.」

「어머!」

사가라 부인은 라이터로 담배에 불을 붙이면서 이상하다는 듯 니우 부인의 얼굴을 보고 말을 이었다.

「정말 괴상한 걸 다 알고 있네요.」

「양쪽 겨드랑이 밑에 주먹밥을 넣어 두면 주먹밥이 노랗게 된대요.」

「아, 그 주먹밥, 생각만 해도 징그럽네요.」

그렇게 말한 것은 시모쓰마 부인이었다.

「마키오카 씨도 주먹밥 넣었나요?」

「아니요, 전 그런 얘기 처음 들어요. 바지락 국물이 좋다는 건 알고 있지만 말예요.」

「어쨌든 돈이 안 드는 병이네요.」

사가라 부인이 말했다.

사치코는 이 세 사람이 선물을 가지고 와서 저녁 식사를 대접받고 갈 심산이라는 건 대충 알았으나 앞으로 저녁 식사 시간까지는 두 시간이나 남았다고 생각하자 처음 예상과는 달리 그 시간 동안 상대하는 것이 괴로울 듯했다. 그녀는 사가라 부인 같은 타입, 기풍이나 태도, 말투에서 몸동작까지 온통 도쿄풍인 부인이 아무래도 상대하기 거북했다. 그녀도 한신 지역의 부인들 중에서는 남부럽지 않게 도쿄 말을 잘 쓰는 축에 들었지만 이런 부인 앞에서는 왠지 위축되었다. 아니 그보다는 어딘지 모르게 도쿄 말이 천박하게 느껴져 일부러 삼가게 되고 오히려 지방 사투리를 쓰게 되었다. 그러고 보니 항상 사치코와 오사카 사투리로 말하는 니우 부인까지 오늘은 보조를 맞춰 줄 생각인지 완전한 도쿄 말을 썼으므로 전혀 다른 사람처럼 보여 마음을 터놓고 얘기할 기분이

들지 않았다. 니우 부인은 오사카 사람이기는 하지만 여학교를 도쿄에서 나와 도쿄 사람들과 교제할 일이 많았으므로 도쿄 말을 잘하는 것은 전혀 이상한 일이 아니었다. 그렇지만 오랫동안 알고 지내 온 사치코도 이렇게까지 능숙한 줄은 모르고 있었다. 그래서 오늘의 니우 부인은 여느 때의 의젓한 면이 전혀 없었다. 도쿄 말은 우선 표정이나 동작부터 그렇게 하지 않으면 잘 어울리지 않는 건지도 모르겠지만, 눈매라든가 입술을 삐죽거리는 모양, 담배를 피울 때의 집게손가락과 가운뎃손가락을 놀리는 모양 같은 것이 어쩐지 인품마저 천박하게 보이는 것 같았다.

여느 때 같으면 살짝 기분이 좋지 않은 정도는 참고 남의 기분을 상하게 하지 않는 사치코였으나 오늘만큼은 세 사람이 떠들어 대는 것을 듣고 있자니 차츰 짜증이 났고, 한번 싫다는 생각을 하자 한층 더 몸이 고단해져서 결국 얼굴에도 그런 기색이 드러났다.

「저어, 니우 씨, 미안하지만 이제 그만 실례해야 할 것 같아요.」

눈치를 챈 시모쓰마 부인이 그렇게 말하며 일어섰을 때, 사치코는 굳이 말리려고 하지 않았다.

21

사치코의 황달은 그리 심하지도 않으면서 오랫동안 낫지도 않다가 장마철이 되어서야 겨우 차도가 있었다. 그러던 어느 날 그녀는 큰집 언니로부터 병문안 전화를 받고 생각지도 못한 이야기를 들었다. 이번에 형부가 도쿄의 마루노우치 지점장으로 영전하게 되어 머지않아 큰집은 우에혼마치를 떠나 온 가족이 도쿄로 이사해야 한다는 것이었다.

「응. 그런데 언제야?」

「형부는 다음 달부터라고 하던대. 그래서 우선 형부만 먼저 가서 살 집을 마련해 놓으면 우린 그때 가면 될 것 같아. 아이 학교 문제도 있으니까 아무래도 8월 말까지는 가야 하지 않을까?」

그렇게 말하는 중에 목소리가 젖어 드는 언니의 모습은 전화로도 금방 알 수 있었다.

「그런 얘기, 전부터 있었어?」

「그게…… 아주 갑자기 나온 거야. 형부도 아무 말도 듣지 못했다고 하니까.」

「다음 달이라면 너무 갑작스러운 일이잖아. 오사카 집은 어떻게 할 거야?」

「어떻게 해야 좋을지 아직 생각도 안 해봤어. 어쨌든 도쿄로 가게 될 줄은 꿈에도 생각해 보지 않았으니까.」

늘 전화로 긴 통화를 하는 버릇이 있는 언니는 이야기를 끊으려다가 다시 잇곤 했다. 태어나서 아직 한 번도 떠난 적이 없는 오사카를 서른일곱이라는 나이에 떠나야 하는 괴로움을, 그때부터 30분에 걸쳐 줄기차게 호소해 댔다.

언니는 이런 말을 했다.

친척이나 남편 동료들이나 모두들 영전하게 되어 잘됐다며 축하만 했지, 내 마음을 알아주는 사람은 한 사람도 없다. 어쩌다 넋두리를 해봐도 요즘 세상에 그런 케케묵은 이야길 하느냐며 다들 일소에 부치고 진지하게 상대해 주지 않는다. 정말 그 사람들이 말하는 대로, 머나먼 외국이나 교통이 불편한 촌구석으로 가는 것도 아니고, 도쿄 한복판인 마루노우치에서 근무하게 되어, 황송하게도 천황 폐하의 곁으로 이사한다는데 뭐가 그리 슬프다고 그러는지, 참. 나도 그렇게 생각하고 스스로 달래 도긴 하지만 그래도 정든 오사카에 이별을 고한다는 게 종잡을 수 없이 슬프고 눈물만 나온다. 그래서 아이들마저 날 우스워하는 것 같다.

이런 이야기를 들으니 사치코 역시 우스웠으나, 한편으로 생각해 보면 그 마음을 이해할 수 없는 건 아니었다. 언니는 일찍부터 어머니 대신 아버지나 자매들을 보살펴 왔다. 아버지가 돌아가시고 자매들이 성인이 될 무렵에는 이미 남편을 맞아 아이 엄마가 되어 있었다. 남편과 함께 기울기 시작한 집안을 다시 일으키기 위해 애를 써야 하는 팔자여서 네 자매 가운데 제일 고생이 심했다. 그러나 한편으로는 가장 구시대 교육을 받은 만큼 옛날 규수 같은 순한 기질을 지금도 그대로 지니고 있었다. 오늘날 오사카 중류 가정의 부인이 서른일곱이 되도록 한 번도 도쿄 구경을 하지 못했다고 하면 이상하게 들리겠지만, 실제로 언니는 도쿄에 가본 적이 없었다. 하기야 오사카에서는 여염집 여자가 도쿄 여자들처럼 여행 같은 걸 가지 않는 게 보통이었다. 사치코와 나머지 동생들도 교토 동쪽으로는 좀처럼 가본 적이 없었다. 그래도 학교의 수학여행이나 다른 기회에 세 자매가 다 한두 번은 도쿄에 가본 적이 있었다. 그런데 언니는 일찍부터 가사를 맡고 있었으므로 여행 같은 걸 갈 틈이 없었다. 그러나 가장 중요한 이유는 오사카보다 좋은 데는 없다고 생각하며 가부키 배우라면 간지로, 요릿집이라면 하리한 가쓰쿠야 하는 식으로 낯선 고장에는 가고 싶어 하지 않았기 때문이다. 그래서 기회가 있어도 동생들한테 양보하고 자기는 기꺼이 집을 지켰던 것이다.

언니가 지금 살고 있는 우에혼마치의 집은 순 오사카식이다. 높은 담장의 문을 들어서면 밖으로 격자 창살이 달린 건물이 나온다. 현관의 봉당에서 뒷문까지 뜰이 이어져 있으며 낮에도 앞뜰에나 살짝 희미한 빛이 들어올 뿐 실내는 어두컴컴했고 반질반질하게 닦아 놓은 솔송나무 기둥이 깊은 빛을 내는 고풍스러운 집이다. 사치코 자매들은 이 집이 언제 지어졌는지 모른다. 아마 한두 대 전의 조상이 지어 별장이나 은거지로 사용하거나 분가한 가족에게 빌려 주거나 한 모양이었다. 그러나 아버지의 말년에, 그때까지는 센바의 가게 안채에 살고 있던 자매들은 집과 점포를 따로 쓰는 시대의 유행[54]을 좇아 그 집으로 옮겨갔다. 자매들은 자신들이 살았던 기간은 그렇게 길지 않았으나 친척이 살고 있던 유년 시절에도 몇 번 가본 적이 있고 아버지가 마지막 숨을 거둔 곳도 그곳이어서, 그 집에 특별한 추억이 있는 셈이었다. 오사카에 대한 언니의 향토애 가운데는 그 집에 대한 애착이 상당히 많은 부분을 차지하고 있을 거라고 사치코는 짐작하고 있었다. 실제로 언니의 구식 기질을 우습게 생각하는 사치코조차 갑자기 전화로 그 이야기를 들었을 때 왠지 가슴이 뭉클해진 것은, 이제 그 집에는 갈 수 없겠구나 하는 생각이 들었기 때문이다. 그러나 평소 유키코와 다에코는 그렇게 햇볕이 안 드는 비위생적인 집은 없을 거라느니, 그런 집에 사는 언니

---

54 상가에서는 점포 안에서 사는 것이 보통이었지만 메이지 시대 이후로 공업화와 인구 밀도의 증가로 도시 환경이 악화되자 부유한 계급은 교외로 주택을 옮겼다.

식구의 속을 모르겠다느니, 우리는 사흘만 있어도 머리가 무거워진다느니 하는 험담을 자주 늘어놓았다. 그래도 오사카의 집이 완전히 없어진다는 것은 태어난 고향의 근거를 잃어버리는 일이므로 사치코의 마음은 말할 수 없이 허전했다. 그리고 보면 큰집 형부가 조상 대대로 이어 온 가업을 그만두고 은행원이 되었을 때부터 지방의 지점으로 전근하라는 명령을 받을 수 있었으므로 언니가 언제 지금의 집을 떠나게 될지 알 수 없는 형편이었다. 그러나 둔감하게도 언니 자신이나 사치코 자매들은 그런 가능성에 생각이 미친 적이 없었을 뿐이었다. 하기는 8~9년 전에 딱 한 번 후쿠오카 지점으로 가게 된 적이 있었는데 그때는 다쓰오가 오사카를 떠나기 힘든 가정 사정이 있다고 호소해서 간신히 넘어갔다. 월급은 오르지 않더라도 현재의 지위에 머물러 있고 싶다는 희망을 피력해 허락을 받은 것이었다. 그 뒤로 은행 쪽도 유서 깊은 집안의 데릴사위라는 다쓰오의 입장을 생각해 주어 그만은 전근시키지 않기로 한 모양이었다. 그러나 확실한 양해를 얻은 것이 아니었는데도 가족들은 어쩐지 계속 오사카에 살 수 있을 거라고 믿고 있었다. 따라서 이번 일은 자매들에게는 청천벽력 같은 일이었다. 먼저 은행 중역진의 인사 이동이 있어 방침이 바뀐 탓도 있고, 다쓰오 자신도 이번에는 오사카를 떠나는 한이 있더라도 승진을 바라고 있었다. 왜냐하면 동년배들이 자꾸 출세하는데 자기만 같은 자리를 맴돌고 있다는 게 너무 한심하기도 하고, 그 후에는 아이들도 늘어나 생활비가 많이 드는 데다 경제계의 변동이다 뭐다 하여 양부의 유산도 이전처럼 힘이 되어 주지 못했기 때문이다.

사치코는 고향에서 쫓겨나는 것처럼 허전해하는 언니의 심정도 가여웠고 그 집과의 이별도 아쉬워서 문병을 겸해 곧 찾아가리라 생각하고 있었다. 그러나 일이 생겨 이삼일 우물 쭈물하고 있는 사이에 언니가 다시 전화를 해서 이런 말을 했다.

언제 오사카로 돌아올 수 있을지 모르겠지만 당분간 이 집은 〈오토〉 가족이 싼 집세로 살기로 했고, 8월도 이제 금방이니까 짐 정리도 해두어야 하니 요즘에는 매일 창고 안에서 살고 있다. 그런데 아버지가 돌아가시고 나서 수많은 가재도구가 쌓여 있어서 어디서부터 손을 대야 좋을지, 어수선하게 어질러져 있는 산더미 같은 물건들을 바라보고 망연한 상태다. 아마 그 물건들 중에 나한테는 필요 없으나 네가 보면 탐날 만한 게 있을 테니 한번 보러 오는 게 어떠냐.

〈오토〉라는 이는 가나이 오토키치라는 사람인데 아버지가 예전에 하마데라의 별장에서 부리고 있던 할아범이다. 지금은 아들이 장가를 들어 오사카의 다카시마야 난카이점에 근무하고 있어 편한 신세가 되었으나 아버지가 돌아가신 후로도 내내 드나들고 있던 터라 그의 가족에게 집을 맡기게 된 모양이었다.

두 번째 전화가 온 다음 날 오후, 사치코는 큰집에 찾아가 보았다. 안뜰 건너편에 있는 창고 문이 열려 있었다.
「언니!」
사치코가 좌우 여닫이식 문 있는 데로 들어가 보았더니, 언니는 그렇지 않아도 장마철이라 축축한 날에 머리에 수건을 쓰고 곰팡내가 진동하는 창고 2층에 웅크리고 앉아 물건을 정리하느라 열심이었다. 언니 주위에는 칠기 소반 20개, 국그릇 20개 등이라 적힌 낡은 상자 대여섯 개가 쌓여 있었다. 그 옆에는 커다란 사각형 궤짝의 뚜껑이 열려 있었는데 그 안을 들여다보니 자질구레한 조그만 상자들이 가득 들어 있었다. 언니는 정성껏 그 상자들의 무명 끈을 풀어 요시노산(產) 과자그릇이나 구다니산 도쿠리 등을 하나하나 살펴보고는 원래 있던 대로 해놓고 가져갈 물건, 놓고 갈 물건, 처분할 물건 등으로 분류하고 있었다.

「언니! 이거 필요 없는 거야?」

이렇게 물어봐도,

「어, 그래」

하고 쓰루코는 건성으로 대답하고, 부지런히 손을 놀렸다. 언니가 꺼낸 상자 안에서 우연히 단계연(端溪硯)이 나오자 사치코는 문득 아버지가 그것을 사던 때의 정경이 떠올랐다. 아버지는 서화(書畫) 골동품에는 전혀 안목이 없어서 무엇이든 비싸기만 하면 틀림없는 물건이라고 생각하는 사람이었다. 그래서 때로 어처구니없는 물건을 사오곤 했다. 이 벼루도 집안을 드나드는 골동품상이 몇 백 엔씩이나 한다는 걸, 달라는 대로 주고 산 것이었다. 그때 그 자리에 사치코도 있었는데 어린 마음에도 이렇게 비싼 벼루가 다 있나 싶었고, 서예가도 아니고 화가도 아닌 아버지가 그런 걸 사서 대체 어디에 쓸 것인가 하는 생각을 했다. 그것보다 더 어처구니가 없었던 것은, 분명히 이 벼루와 함께 도장으로 쓸 계혈석이라는 돌 두 개를 산 일이었다. 친분이 있는 의학 박사 중에 한시를 짓는 사람이 있었는데 아버지는 나중에 그 사람에게 환갑 선물로 주려고 좋은 문구를 파게 했다. 그런데 유감스럽게도 전각가는 이 돌에는 불순물이 들어 있어 팔 수가 없다며 다시 보내왔다. 비싼 값을 주고 산 물건이라 버릴 수도 없어서 오랫동안 어딘가에 처박아 둔 것을 자매들은 그 후에도 종종 보곤 했다.

「언니, 그 계혈석이라는 돌 있었잖아?」

「응…….」

「그거 어떻게 했어?」

「…….」

「저…… 언니!」

「…….」

쓰루코는 〈고다이지 마에키[55] 문갑〉이라고 쓰인 상자를 무릎 위에 올려놓고 굳은 뚜껑의 띳장 사이로 억지로 손가락을 쑤셔 넣으며 뚜껑을 여는 데 정신이 팔려 사치코의 말이 귀에 들어오지 않는 모양이었다.

사치코는 언니의 이런 모습을 보는 것이 그다지 드문 일이 아니었다. 다른 사람들이 하는 말을 듣지 못할 정도로 조금도 빈틈없이 부지런히 일하는 언니를 보면, 모르는 사람들은 누구나 아주 야무지고 바지런한 주부일 것이라고 감동한다. 그러나 사실 쓰루코는 그렇게 야무진 사람이 아니었다. 무슨 일이 터지면 처음에는 우선 멍하니 정신이 나간 듯한 사람처럼 되고, 잠시 그런 시기가 지나고 나면 이번에는 마치 신들린 사람처럼 일을 시작한다. 이렇게 일에 몰두할 때 쓰루코를 보면 고생을 마다하지 않고 활동적이며 살림을 잘하는 주부처럼 보인다. 그러나 이럴 때 사실 쓰루코는 흥분하여 뭐가 뭔지 모르는 상태에서 그저 꿈속에서처럼 일을 하고 있을 뿐이었다.

---

55 칠공예의 하나로 옻칠을 한 뒤에 금가루나 은가루를 뿌려 기물의 표면에 무늬를 나타내는 일본 특유의 공예다.

「언닌 정말 이상하더라. 어제는 전화를 해서 울음 섞인 목소리로, 〈내가 눈물을 흘리며 이야기해도 누구 한 사람 상대해 주지 않아. 사치코, 네가 꼭 와서 내 얘기 좀 들어줘〉 하고 말해 놓고는 오늘 찾아가 봤더니 창고 안에 들어가 짐 정리하는 데 정신이 팔려서 〈언니!〉 하고 불러도 대답조차 안 하더라니까.」

저녁 무렵에 돌아온 사치코는 자매들에게 큰집에 갔던 이야기를 했다.

「언니는 원래 그런 사람이야.」

유키코가 말했다.

「그래도 한번 두고 보라고. 이제 긴장이 풀리면 또 울 테니까.」

그로부터 이틀 후 언니가 잠깐 와달라는 전화를 했다. 이번에는 유키코가, 자기가 보고 오겠다며 가서는 일주일 정도 머물다 왔다.

「짐 정리는 대강 끝낸 것 같은데 아직도 신들린 사람 같아.」

이렇게 말하며 유키코는 웃었다. 유키코의 달에 따르면 이랬다.

언니가 자매를 부른 것은 형부의 나고야 친가에 부부가 작별 인사를 하러 가게 되어 집을 볼 사람이 필요해서였다. 언니 부부는 내가 간 다음 날인 토요일 오후에 떠나 일요일 밤 늦게 돌아왔다. 그런데 그로부터 오늘까지 벌써 너댓새가 지났는데도 그동안 언니는 날마다 책상에 앉아 습자를 하고 있다. 그렇게 습자를 하는 것은, 나고야에서 다쓰오의 친가를 비롯해 친척집을 돌며 여기저기서 대접을 받았으므로 집집마다 사례 편지를 보내는 것이 언니에게는 큰일이었기 때문이다. 특히 다쓰오의 형수, 즉 친가에 있는 형의 아내가 서예를 아주 잘하는 사람이어서 그녀에게 지지 않으려니 더욱 긴장이 되었을 것이다. 나고야의 동서에게 편지를 쓰려고 할 때는 항상 옥편이나 모범서한집을 책상 양쪽에 두고 초서의 흘려 쓰는 방법 하나라도 허투루 쓰지 않으려고 몇 번이고 초안을 써보는 식이어서 편지 한 장을 쓰는 데 꼬박 하루가 걸렸다. 하물며 이번에는 대여섯 장을 써야 하니 초안만 써보는 데도 여러 날을 보내고 있었다. 그리고 〈유키코! 이만하면 될까? 뭐 빠뜨린 건 없을까?〉 하며 나한테까지 초안을 보여 주고 의논을 하는 형편이었으므로 오늘 내가 그 집을 떠날 때까지 겨우 한 통밖에 쓰지 못했다.

「하여튼 언니는 중역 집에 인사하러 갈 때도 이삼일 전부터 인사말을 외워서 혼자 연습해 볼 정도니까.」
「그러면서 한다는 말이, 〈도쿄로 간다는 게 너무 갑작스러워서 그동안에는 어찌나 슬프던지 눈물이 나 견딜 수가 없었는데, 이젠 완전히 각오가 돼 있어서 아무렇지 않아. 이렇게 된 바에야 하루라도 빨리 도쿄로 가서 집안 사람들을 깜짝 놀라게 해줘야지〉 하는 거야.」
「정말 그런 걸 살아가는 보람으로 여기는 사람이라니까.」
세 자매는 언니 이야기를 화제에 올려 한바탕 웃음꽃을 피웠다.

22

7월 1일부터 마루노우치 지점에 출근해야 하기 때문에 다쓰오는 6월 말에 먼저 도쿄로 떠났다. 당분간 다자부의 친척 집에 기식하면서 적당한 셋집을 알아볼 생각으로 주변 사람들한테도 알아봐 달라고 부탁해 놓았다. 얼마 후, 오모리에서 적당한 집 한 채를 찾았는데 대충 그걸로 정했다는 편지를 보내왔다. 그래서 가족은 8월의 지장보살 잿날[56]을 지내고 나서 29일 일요일 밤차로 상경하고, 다스오도 그때는 전날인 토요일에 오사카로 돌아와 출발하는 당일 밤 역에서 다시 친척과 지우 들의 환송을 받고 떠나기로 했다. 8월에 접어들자 쓰루코는 친척이나 남편의 은행과 관계된 사람들의 집을 매일 한두 집씩 방문해 인사를 했다. 돌아야 할 곳을 대충 돌아본 다음 쓰루코는 마지막으로 아시야의 분가, 즉 사치코의 집으로 이삼일 머무르러 찾아왔다. 이것은 형식적인 작별 인사와 달리, 그동안 내내 이사 준비를 하느라 눈코 뜰 새 없이 거의 〈신들린〉 채 일했으므로 휴식을 겸해 오랜만에 집안 식구끼리 느긋하게 간사이를 떠나는 아쉬움을 나눌 생각이었다. 그래서 그 시간만큼은 모든 것을 잊고 싶다며 오토의 부인에게 집을 맡기고 홀가분한 몸으로 서 살 난 막내딸만 아이 보는 식모에게 업혀 데리고 왔다. 정말 네 자매가 이렇게 한지붕 아래 모여 시간 제약도 받지 않고 한가하게 이야기나 하며 지내는 게 몇 년 만의 일인가. 생각해 보면 지금껏 쓰루코가 아시야에 있는 사치코의 집에 온 것은 손가락으로 헤아릴 정도였다. 왔다고 해도 집안일이 없는 시간에 짬

---

56 교토와 오사카 등에서 지장보살의 잿날인 8월 23~24일 거리에 있는 지장보살상 앞에 향을 피우고 아이들이 모여 노는 행사다.

을 내 고작 한두 시간 들렀다 갔을 뿐이었다. 사치코가 우에 혼마치로 찾아가도 여러 아이들이 달라붙어 있었으므로 마음 놓고 이야기를 나눌 여유조차 없었다. 적어도 이 두 자매는 서로 결혼 생활을 하게 된 후로는 차분히 이야기를 나눌 기회도 갖지 못했다고 해도 좋았다. 그러므로 이번에는 언니도 동생들도 전부터 이날이 오기를 손꼽아 기다리며, 이런 이야기도 하자, 저런 이야기도 하자, 하고 처녀 시절부터 지금까지 10년이 넘는 동안 쌓인 갖가지 화제를 생각하고 있었다. 그런데 막상 그날이 되고 보니, 언니는 그동안 〈내내〉라기보다는 10년이 넘게 집안 살림을 하며 쌓인 피로가 한꺼번에 몰려온 형국이었다. 그래서 그녀는 무엇보다 먼저 안마사를 불러 안마를 받았고 대낮부터 2층 침실로 올라가 아무렇게나 나뒹구는 것이 마냥 기쁜 모양이었다. 사치코는 언니가 고베를 잘 모르기 때문에 오리엔탈이나 차이나타운의 중국 요릿집 같은 데로 안내할 생각이었으나, 그런 데로 데려가는 것보다 여기서 아무도 신경 쓰지 않고 느긋하게 두 다리 쭉 뻗고 있고 싶다, 맛있는 음식은커녕 자기는 그저 물에 밥만 말아 먹어도 좋다고 말했다. 폭염 탓도 있었으나 결국 사흘 동안 이렇다 할 이야기도 제대로 하지 못하고 그저 빈둥빈둥 시간만 보내고 말았다.

쓰루코가 돌아가고 며칠 있다가 드디어 출발하는 날이 이삼일 후로 다가온 어느 날, 돌아가신 아버지의 여동생으로 〈도미나가 숙모〉라 불리는 노파가 불쑥 찾아왔다. 사치코는 여태 한 번도 찾아온 일이 없는 숙모가 한창 더운 날 오사카에서 찾아온 데는 뭔가 용건이 있다고 생각했다. 그 용건이란 것도 대충 짐작할 만했다. 역시 생각한 대로 유키코와 다에코의 신상에 관한 문제였다. 숙모는 이런 말을 했다.

지금까지는 본가가 오사카에 있었으니 두 자매가 이쪽 저쪽으로 왔다 갔다 해도 되었지만 앞으로는 그렇게 할 수 없다. 그렇다면 원래 두 사람은 본가에 속한 사람들이니 이 기회에 본가와 함께 도쿄로 가야 할 것이다. 유키코는 그다지 준비할 필요도 없으니까 내일이라도 우에혼마치로 돌아가 가족과 함께 출발했으면 한다. 다에코는 일이 있어 뒤처리도 해야 할 테니 다소 늦어지는 건 어쩔 수 없다. 그래도 한두 달 뒤에는 꼭 따라갔으면 한다. 일 자체를 그만두게 하겠다는 건 아니니까 도쿄에 가서도 인형 제작에 열중하는 덴 지장이 없을 거다. 오히려 그런 일을 하기에는 도쿄가 더 나을지도 모른다. 형부도, 어렵사리 세상의 인정을 받기 시작한 일이니까 본인의 제작 태도만 진지하다면 도쿄에서 다시 작업실을 얻어도 된다고 하더라. 사실 이 문제는 지난번 쓰루코가 왔을 때 상의해야 했겠지만, 쉬러 가서 그런 딱딱한 이야기를 꺼내고 싶지 않아 아무 말도 하지 않았으니 성가시겠지만 숙모가 가서 이야기해 줬으면 좋겠다고 해서 오늘 내가 쓰루코 심부름으로 온 것이다.

숙모가 한 이야기는 큰집이 도쿄로 가게 되었다는 말을 들은 날부터 머지않아 나올 것이라고 예상은 하고 있었다. 그래서 지목된 두 사람은 입 밖에 내서 의논하지는 않았지만 내심 적잖이 우울해하고 있었다. 사실 요전부터 쓰루코가 혼자 이사 준비로 매우 분주했다는 것을 알고 있었으므로 유키코와 다에코는 누가 말하지 않아도 우에혼마치로 돌아가 언니를 도와야 했다. 그러나 둘 다 되도록 큰집에 가는 것을 피했다. 그래도 유키코는 언니가 불러서 일주일 동안 머물다 왔지만 다에코는 갑자기 인형 제작 일이 바빠졌다며 작업실에 틀어박힌 채 아시야에도, 일전에 큰언니가 왔을 때 하룻밤 묵었을 뿐 거의 오지 않았고 오사카 쪽에는 아예 가보지 않았다. 두 사람은 오히려 선수를 쳐서 자신들은 간사이에 남고 싶다는 의지를 표할 심산이었다. 그러나 숙모는 다시 다음과 같은 말을 이었다.

이건 우리끼리만 하는 얘긴데, 유키코와 다에코가 왜 그렇게 본가로 돌아가는 것을 싫어하는지 모르겠다. 다쓰오와 사이가 좋지 않다는 말도 들리던데, 다쓰오는 유키코와 다에코가 생각하는 그런 사람이 절대 아니다. 그 두 사람한테는 아무런 악감정도 가지고 있지 않다. 다만 나고야의 유서 깊은 집안에서 태어난 사람이라 사고방식이 좀 고지식할 뿐이다. 이번 일 같은 경우, 두 사람이 본가를 따라 도쿄에 가지 않고 오사카에 남으면 남 보기에도 좋지 않다. 어렵사리 말하자면 형부로서의 체면에 관한 문제라고 생각하는 것 같다. 말을 듣지 않으면 쓰루코가 양 틈바구니에 끼여 고생해야 한다. 그러니 사치코가 어떻게든 잘 설득해 주었으면 한다. 두 사람은 사치코 말을 잘 들으니 긴히 부탁하는 것이다. 오해하면 곤란한데 이렇게 말한다고 해서 두 사람이 돌아가지 않는 걸 사치코 때문이라고 생각하는 건 아니다. 이제 부인이라 불려도 좋을 어른들이 니만큼 싫다는 걸 억지로 데려갈 수는 없겠지만, 그래도 사치코가 말하면 들을 것 같다는 말이 있어서 그러니 꼭 좀 들어주었으면 좋겠다.

「오늘은 유키코도 다에코도 집에 없나?」

숙모는 옛날 그대로의 센바 말투[57]로 물었다.

「다에코는 요즘 인형 제작하느라 바쁘다며 좀처럼 들어오지 않아요.」

사치코도 고풍스러운 표현에 이끌려 대답했다.

「……유키코는 있는데 불러올까요?」

유키코는 아까 현관에서 숙모의 목소리가 들렸을 때부터 모습이 보이지 않았다. 사치코는 유키코가 아마 2층에 있는 방으로 피해서 의기소침해 있을 거라고 짐작했다. 올라가 보니, 역시 다다미 여섯 첩 크기 방에 있는 에쓰코의 침대에 걸터앉은 채 고개를 숙이고 생각에 잠겨 있는 유키코의 모습이 주름 너머로 보였다.

「기어이 숙모가 오셨어.」

「……」

「어떻게 할래, 유키코?」

달로 보면 벌써 가을에 접어들었으나 통풍이 잘되지 않는 데다 요 이삼일 늦더위가 기승을 부려 삼복더위와 다르지 않는 열기로 가득 찬 방 안에서 희한하게도 유키코는 조젯 원피스를 입고 있었다. 그녀는 가냘픈 자신의 몸개에는 양장이 어울리지 않는다는 걸 알고 있었으므로 웬만한 더위에는 깔끔하게 기모노에 오비를 매고 있었으나 견디기 힘든 한여름에는 열흘 정도 이런 차림을 했다. 그것도 대낮부터 저녁까지 가족들 앞에서만 그럴 뿐이고 데이노스케한테도 양장한 모습을 보이기 싫어했다. 데이노스케는 어쩌다가 그런 모습

---

57 대개 센바 말투는 정중함과 고상함을 특징으로 한다. 예컨대 〈……なさい(하세요)〉, 〈ます(합니다)〉의 의미로 〈お……やす〉, 〈やす〉를 사용하고 〈ございます(입니다)〉의 의미로 〈ごわす〉를 사용한다.

을 보면, 오늘은 참 더운 날인가 보다 하고 생각했다. 그리고 짙은 감색 조젯 원피스 밑으로 어깨뼈가 드러나 애처로울 정도로 야위고 가냘픈 어깨와 팔, 소름이 돋을 만큼 흰 살결을 보면 갑자기 땀이 쑥 들어갈 것만 같았다. 본인은 모를 테지만 곁에 있는 사람들에게는 분명히 일종의 청량제가 되는 모습이라고도 생각했다.

「……내일이라도 돌아가서 다 같이 떠났으면 좋겠다고 하는데…….」

유키코는 잠자코 고개를 떨군 채 벌거벗은 일본 인형처럼 양팔을 아래로 축 늘어뜨리고는 침대 밑에 굴러다니고 있던 에쓰코의 장난감 축구공에 맨발을 올려놓고 발바닥이 따뜻해지면 공을 굴려 다른 데를 밟고는 했다.

「다에코는?」

「다에코는 일이 있으니까 지금 당장은 아니지만 아마 나중에라도 따라가야 한다는 게 형부의 생각인가 봐.」

「…….」

「숙모는 말은 그럴듯하게 하지만 결국 내가 너를 붙들어두고 있다고 생각하시는 모양이야. 그러니 안됐지만 내 입장도 좀 생각해 줘.」

사치코는 유키코를 불쌍하게 생각하는 한편으로, 걸핏하면 자신이 유키코를 가정교사 대신 쓰고 있다고 비난하는 것에도 몹시 거부감이 들었다. 쓰루코가 여러 아이들을 어떻게든 혼자 힘으로 키우고 있는데 사치코는 딸아이 하나를 제대로 건사하지 못하고 남의 손을 빌리고 있다는 식으로 세상 사람들이 본다면…… 혹시라도 유키코마저 그렇게 생각하고 다소라도 은혜를 베풀었다고 생색을 내려는 마음이 있다면…… 그녀는 자신 안에 있는 어머니로서의 긍지가 상처를 입는다고 느꼈다. 지금 유키코가 도움을 주고 있지만 그녀가 없다고 해서 에쓰코를 키우는 데 어려움을 겪을 자신도 아니고, 조만간 시집가 버릴 것이기 때문에 그녀만 믿고 있을 일도 아니었다. 에쓰코도 유키코가 없으면 쓸쓸해하기는 하겠지만 말귀를 알아듣지 못하는 아이도 아니니까 분명히 당장의 적적함은 견뎌 낼 것이고 유키코가 짐작하고 있는 것처럼 울거나 떼를 쓰지는 않을 것이다. 자신은 혼기를 놓치고 있는 동생을 위로해 주고 싶을 뿐, 형부에게 대들면서까지 잡아 둘 마음은 없으니까 큰집에서 데리러 온 이상 그 명령에 따르라고 본인에게 권하는 것이 도리이기도 하고 또 어쨌든 일단 돌아가게 해서 유키코 없이도 잘해 나갈 수 있다는 것을 유키코에게도, 세상 사람들에게도 보여 주는 것이 좋을지도 모른다고 생각했다.

「이번에는 일단 도미나가 숙모님 얼굴을 봐서라도 돌아가.」

유키코는 아무 말 없이 듣고 있을 뿐이었다. 그러나 사치코의 의지가 분명한 이상 그 말을 들을 수밖에 없다고 체념하는 모습이 겉으로 보일 만큼 풀이 죽어 있었다.

「도쿄에 간다고 해서 아주 가는 건 아니니까…… 그래, 언젠가 진바 부인이 가지고 온 혼담 말이야, 그것도 아직 그대로 있으니까, 만약 맞선이라도 보게 되면 꼭 돌아와야 하고, 그게 아니라도 아마 좋은 기회가 있을 테니까.」

「응.」

「그럼, 〈유키코는 내일 틀림없이 갈 겁니다〉 하고 말해도 되지?」

「응.」

「그렇게 하기로 했으면 기분 좋게 숙모님을 만나 봐.」

유키코가 화장을 하고 조젯 원피스를 유카타로 갈아입는

동안 사치코는 먼저 응접실로 내려가서 말했다.
「유키코는 곧 내려올 겁니다. 잘 알아듣고 확실히 승낙했으니까 숙모님께서는 그 얘기에 대해서는 아무 말씀도 하지 말아 주세요.」
「그래? 그렇담 나도 심부름 온 보람이 있겠구나.」
기분이 아주 좋아진 숙모는, 곧 데이노스케도 돌아올 것이니 천천히 저녁이나 드시고 가시라고 권하자, 〈아니, 그보다 빨리 쓰루코를 안심시켜야지. 다에코를 못 보고 가서 참 서운하지만, 사치코 네가 잘 말해 주렴〉 하고는 해 질 녘 땅거미가 지기를 기다려 돌아갔다.

이튿날 오후에 유키코는 사치코나 다에코에게 간단한 인사만 남기고 잠깐 다녀온다는 식으로 떠났다. 아시야에 있을 때는 세 자매가 필요에 따라 나들이옷을 적당히 같이 입었으므로 짐이라고는 갈아입을 얇은 명주옷이나 속옷 두세 벌 뿐이었다. 그것들과 읽다 만 소설책 한 권을 비단 보자기에 조그맣게 싼 것을 오하루가 들고 한큐 역까지 배웅하러 나왔을 때는 이삼일 여행을 떠나는 사람의 아주 가벼운 차림새였다. 에쓰코는 어제 도미나가 숙모가 왔을 때 슈토르츠 씨 댁으로 놀러 가고 없었으므로 밤이 되어서야 비로소 사정 이야기를 들었다. 잠시 도와주러 가는 거니까 곧 돌아올 거라고 해서인지 사치코가 생각한 대로 막무가내로 뒤따라가려는 기색은 보이지 않았다.
떠나는 날은 다쓰오 부부와 열네 살짜리 맏아이를 필두로 여섯 명의 아이들, 유키코, 이렇게 아홉 명의 식구와 식모 하나, 아이 보는 계집아이 하나까지 모두 열한 명이 오사카 역에서 저녁 8시 반에 떠나는 열차를 타기로 했다. 사치코는 전송하러 가면 언니가 울음을 터뜨린다거나 해서 꼴사나운 광경을 연출할 것 같아 일부러 나가지 않았고 데이노스케 혼자 나갔다. 대합실에는 일찍부터 접수하는 사람이 나와 있었고 환송객이 백 명 가까이 모여 있었다. 그중에는 선대의 은혜를 입은 예인, 신마치[58]와 기타노신치[59]의 노기(老妓)나 여주인도 섞여 있었다. 예전의 위세는 사라졌다고 해도 고향을 떠나는 모습은 그 집안이 유서 깊은 집안이었음을 짐작하게 할 정도는 되었다. 다에코는 끝까지 도망다니며 마지막 날까지 큰집에 얼굴을 내밀지 않았고, 떠나기 직전에야 겨우 역으로 달려와 혼잡한 와중에 형부와 언니에게 간단한 인사를 했을 뿐이었다. 돌아가는 길에 플랫폼에서 개찰구로 걸어갈 때였다.

「대단히 실례합니다만, 혹시 마키오카 씨의 따님이 아니신가요?」

뒤에서 누군가 말을 걸어왔다. 돌아보니 춤의 명수로 유명한 신마치의 오에이라는 노기였다.

「그렇습니다. 다에코라고 합니다.」

「다에코 씨라면 몇째 따님인가요?」

「막내예요.」

「어머 그래요? 정말 많이 컸네요. 벌써 여학교를 졸업했나요?」

「예에…….」

---

58 오사카 시 니시 구에 있던 화류가로 에도 시대 초에 늪지대를 매설해 만들었다.
59 난바, 센니치마에, 도톤보리, 시마노우치 일대의 번화가를 〈미나미(南)〉로 부르는 것에 비해 오사카 시 기타 구에 있는 소네자키신치의 화류가에서 우메다 일대는 〈기타(北)〉라고 부른다.

다에코는 웃음으로 얼버무리며 대답했다. 이제 갓 여학교를 졸업한 스무 살도 안 된 여자애로 보는 일이 많았으므로 이런 경우 어물어물 넘기는 일에는 이골이 나 있었다. 그건 그렇고 아버지의 전성기에 이미 노기였던 이 사람은 센바 집으로도 자주 인사하러 왔으므로 가족들도 〈오에이 씨, 오에이 씨〉 하고 친하게 지냈다. 다에코가 겨우 열 살이 될까 말까 하던 때로 그럭저럭 열예닐곱 해 전 일이었다. 그러므로 그때부터 따져 보면 지금의 다에코가 그렇게 어리지 않다는 것은 대충 짐작할 수 있을 텐데, 하고 생각하니 마음속으로 우습기도 했다. 그러나 오늘 밤에는 특별히 어린 여자아이처럼 보이는 모자를 쓰고 옷을 입고 온 탓도 있다는 것을 다에코는 잘 알고 있었다.

「다에코 씨, 나이가 어떻게 돼요?」

「이제 그렇게 어리지 않아요…….」

「저 알아보겠어요?」

「그럼요, 알죠. 오에이 씨잖아요…… 예전 그대로시네요.」

「그대로긴요, 이제 폭삭 늙어서 할머니가 다 되었는데요. 다에코 씨는 왜 도쿄에 안 갔어요?」

「당분간은 아시야의 사치코 언니 댁에 신세를 질 거예요.」

「그래요? 큰댁이 떠나셔서 참 허전하겠어요.」

개찰구를 나와 오에이와 헤어지고 두세 걸음도 못 떼었을 때였다.

「다에코 씨 아닌가요?」

또 한 신사가 그녀를 불러 세웠다.

「안녕하세요. 오랜만입니다. 전 세키하라입니다. 이번에는 마키오카 씨가 영전해서…….」

세키하라는 다쓰오의 대학 동창으로 다쓰오가 마키오카

집안에 양자로 들어왔을 무렵 고라이바시 근처에 있는 미쓰비시 계열의 자회사에 근무하고 있었다. 당시에는 아직 총각이어서 자주 놀러 왔기 때문에 쓰루코의 동생들과도 친하게 지냈다. 그 뒤에 결혼하고 런던 지점에 근무하게 되어 5~6년 영국에 가 있다가 바로 두세 달 전에야 오사카 본사로 돌아왔다. 다에코는 그가 최근에 일본에 돌아왔다는 이야기는 듣고 있었다. 그러니까 지금 그를 보는 것은 8~9년 만인 셈이었다.

「난 아까부터 다에코를 알아봤는데…….」

세키하라는 곧바로 〈다에코 씨〉라고 하지 않고 옛날처럼 〈다에코〉라고 부르면서 말을 이었다.

「정말 오랜만이네. 마지막으로 본 게, 그러니까 그게 언제였더라.」

「귀국, 축하드려요.」

「응, 고마워. 사실 플랫폼에서 힐끔 보고 곧바로 다에코인 줄 알았지. 그래도 너무 어려 보여서…….」

「핫하하.」

다에코는 조금 전과 마찬가지로 얼버무리며 웃었다.

「그럼 마키오카와 함께 기차를 탄 사람이 유키코 씬가?」

「네에.」

「난 그만 인사할 기회를 놓치고 말았는데…… 두 사람 다 정말 어려 보이네. 이런 말 하면 실례인지 모르겠지만 영국에 있을 때 센바 시절 생각이 자주 났거든. 유키코 씨는 물론이고 다에코도 아마 결혼했을 거고, 지금쯤 훌륭한 부인이나 어머니가 되어 있을 거라고 생각했는데, 마키오카가 두 사람 다 아직 아가씨라고 해서, 뭐랄까 내가 5~6년이나 일본을 떠나 있었다는 게 거짓말 같고, 긴 꿈을 꾸고 난 듯했거든. 이런 말을 해서는 안 되는 건지도 모르지만 전혀 나이를 안 먹은 것 같아서 내 눈을 의심할 정도였다니까.」

「핫하하.」

「아니, 정말 이건 듣기 좋으라고 한 말이 아니야. 이렇게 어려 보이니 아직 결혼하지 않은 게 전혀 이상해 보이지 않아…….」

세키하라는 감동한 듯 다에코의 모자 끝에서 발끝까지 쭉 훑어보면서 물었다.

「그러고 보니 사치코 씨는 오늘 밤……?」

「사치코 언니는 일부러 안 나왔어요. 헤어질 때 눈물 바람이라도 하면 우습다고 하면서요.」

「아아, 그랬군. 아까 언니는 나하고 인사하면서도 눈물이 가득 고여 있던데, 지금도 꽤 여린 구석이 있더군.」

「도쿄에 가는데 우는 사람이 다 있느냐고 다들 웃지 않던가요?」

「아니, 그럴 리가. 나 같은 사람도 오랜만에 그런 모습을 보니 정겨운 마음이 들던데…… 다에코는 간사이에 남을 건가?」

「예에, 저는 좀…… 여기에 일이 있어서요.」

「아, 그렇지. 다에코는 예술가라고 했지. 나도 들었어. 정말 훌륭해.」

「시시한 거예요. 그런데 그런 말은 영국에서 배운 건가요?」

다에코는 세키하라가 위스키를 좋아하던 걸 떠올리고 그날 밤도 약간 술을 마신 것 같다고 짐작했다.

「어때? 잠깐 어디서 차라도 한잔…….」

다에코는 세키하라가 이렇게 말하는 것을 능숙하게 뿌리치고 한큐 방향으로 서둘러 걸었다.

23

사치코 언니에게

그동안 편지 쓸 틈조차 없이 바빠서 결국 오랫동안 연락도 못 하고 말았어. 양해해 주길 바라.

출발하던 날 밤, 쓰루코 언니는 기차가 움직이기 시작하자 참고 있던 눈물을 왈칵 터뜨리며 침대의 장막 그늘에 얼굴을 묻었어. 그리고 얼마 안 있어 히데오가 열이 오르고 배탈이 나서 밤중에 여러 차례 화장실을 들락거리는 바람에 언니도 나도 거의 한숨도 자지 못했어. 그보다 난처했던 것은 믿고 있던 오모리의 셋집을 집주인 사정으로 갑자기 해약하게 된 일이야. 그 일은 출발하기 전날 연락이 와서 알고는 있었지만 그때는 이미 다른 방법이 없었기 때문에 일단 출발했던 거래. 그래서 아자부의 다네다 씨 집에 머물게 되었고 지금도 여기에 있어. 갑작스럽게 열한 명이나 되는 식구가 신세를 진다는 게 다네다 씨 가족에게 얼마나 큰 폐일지는 잘 알 거야. 히데오는 즉시 의사에게 진찰을 받았는데 대장염이래. 어제부터는 조금 나아진 것 같아. 집 문제는 여러 사람들에게 부탁해서 백방으로 알아본 끝에 시부야의 도겐자카에 집을 하나 구했어. 세를 놓기 위해 신축한 이층집으로 아래층이 네 칸, 2층이 세 칸이야. 앞뜰도 없는 집이고 세가 55엔이라고 하니까, 아직 보지는 않았지만 얼마나 좁을지는 짐작하고도 남아. 그런 데서 대가족이 살 수 있을지 모르지만 다네다 씨 댁에 너무 폐를 끼치고 있는 것 같아 조만간 다시 옮기는 한이 있더라도 일단 세를 들기로 했어. 이사는 이번 일요일에 해. 다음 달에는 전화도 놓을 수 있을 것 같아. 시부야 구 오와타

초라는 동네는 형부가 마루노우치 빌딩에 출퇴근하기에도, 데루오가 중학교에 다니기에도 비교적 편리하고 건강에도 좋은 곳이래.
우선 소식 전하는 거야.
데이노스케 형부, 에쓰코, 다에코에게도 안부 전해 줘.
9월 8일
유키코 올림

오늘 아침 불어오는 바람의 감촉을 보니 도쿄는 이제 완연한 가을인데 그곳은 어때? 아무쪼록 몸 건강하길.

사치코가 편지를 받은 날 아침은 간사이 지방도 하룻밤 사이에 가을 공기가 상쾌하게 느껴지는 날이었다. 에쓰코가 학교에 가고 난 뒤, 사치코는 데이노스케와 식당 의자에 마주 앉아 신문을 펼쳤다. 일본 함상기가 산터우와 차오저우를 공습했다는 기사를 읽고 있자니 부엌에서 끓고 있는 커피 향이 유달리 향기롭게 풍겨 왔다.
「가을이구나.」
사치코는 신문을 보다 얼굴을 들고 문득 데이노스케에게 말했다.
「오늘은 커피 향이 특별히 강하게 풍기는 것 같지 않아요?」
「응…….」
데이노스케는 신문을 펼친 채 정신없이 읽으며 건성으로 대답했다. 그때 오하루가 쟁반에 커피와 함께 유키코한테서 온 편지를 얹어 들고 들어왔다.
〈벌써 이곳을 떠난 지 열흘이 넘었는데〉 하는 생각을 하던 참이라 사치코는 얼른 겉봉을 뜯었다. 일하는 틈에 서둘러 쓴 듯한 필적을 보고 언니와 유키코가 바쁜 나날을 보내고 있다는 걸 금방 알 수 있었다. 아자부의 다네다라는 사람은 형부의 바로 위 형으로 상공성 관리라는 것은 알고 있었다. 그러나 십 몇 년 전 언니 결혼식 때 딱 한 번 봤을 뿐이어서 얼굴은 생각나지 않았다. 언니도 아마 자주 만나지는 못했을 것이다. 형부가 지난달부터 기식하고 있는 터라 언니도 할 수 없이 들어가긴 했겠지만, 형부는 형제지간이라 그렇다 쳐도 언니와 유키코는 낯선 고장, 그것도 손윗사람 집에 신세를 지고 있으니 무척 답답할 것이다. 게다가 병자까지 생겨 의사를 부르게 되었으니 말해 뭐하겠는가.

「그 편지, 처제한테서 온 거야?」

데이노스케는 그제야 신문에서 눈을 떼고 커피 잔에 손을 가져가면서 말했다.

「왜 편지가 안 오나 했더니, 야단이 난 모양이에요.」

「대체 무슨 일인데?」

「자, 이거 좀 읽어 보세요.」

사치코는 세 장이나 되는 편지지를 남편에게 건넸다.

이날 아침으로부터 다시 대엿새쯤 지났을 때 도쿄에서 우편이 왔다. 활판으로 인쇄한 주소 변경 통지와 함께 뒤늦게나마 지난번에 환송해 준 데 감사하다는 말과 전근 인사를 보내온 것이었다. 그러나 유키코한테서는 그 후 아무 소식이 없었다. 다만 월요일에는 오토키치의 아들 쇼키치가 도쿄의 소식을 전하러 찾아왔다. 이사도 거들어 주고 문안도 여쭐 겸 토요일 밤에 도쿄에 갔다가 아침에야 도착했는데 아시야에 도쿄의 사정을 전해 달라는 부탁을 받았다면서 들른 것이었다. 큰집은 일요일인 어제 무사히 이사를 마쳤다고 했다.

도쿄의 셋집 공사는 오사카보다 훨씬 형편없는데, 특히 건자재가 나쁘고 맹장지 같은 것도 아주 싸구려라고 했다. 이사한 집의 다다미방은 아래층이 두 첩, 네 첩 반, 네 첩 반, 여섯 첩 크기이고 2층이 여덟 첩, 네 첩 반, 세 첩 크기이지만 도쿄식 넓이라서 도쿄의 여덟 첩이래 봐야 오사카의 여섯 첩 크기이고, 도쿄의 여섯 첩은 오사카의 네 첩 반밖에 되지 않아 아주 볼품없다는 얘기였다. 그래도 봐줄 만한 점은 신축 건물이라서 밝은 느낌이고 남향이라 해가 잘 들어 우에혼마치의 어두컴컴한 집에 비하면 위생적이라는 것이었다. 집에 뜰은 없지만 이웃에 근사한 저택이나 정원이 많고 한적하며 고상한 동네라는 점도 좋고 도겐자카까지 조금만 나가면 번화한 상점가가 있고 영화관도 몇 개 있어서 아이들은 모든 것이 신기한 듯 오히려 도쿄에 온 것을 기쁘게 생각하는 것 같다고 했다. 히데오도 이제 완전히 나아 이번 주부터는 아마 근처의 소학교에 다니고 있을 거라고도 했다.

「유키코는 어떻게 지내고 있던가요?」

「잘 있는 것 같습니다. 히데오 도련님이 배탈이 났을 때 간호사보다도 유키코 아가씨가 훨씬 더 간병을 잘한다며 사모님께서 탄복하셨습니다.」

「그 애는 에쓰코가 병치레할 때도 잘 보살펴 주었으니까 아마 언니도 고생 좀 덜었을 거예요.」

「다만 좀 딱한 건 집이 워낙 그 모양이라서 아가씨 계실 방이 없다는 겁니다. 지금은 2층 다다미 네 첩 반짜리 방을 애들 공부방으로 썼다가 아가씨 침실로 썼다가 합니다. 어르신도 빨리 넓은 데로 옮겨서 유키코 아가씨 방을 따로 마련해 줘야지 하시면서 가엾다고 말씀하셨습니다.」

쇼키치라는 이 사내는 말이 많은 편이었는데, 말소리를 조금 죽여서 또 덧붙였다.

「어르신은 유키코 아가씨가 돌아와서 아주 기뻐하시긴 합니다만 이번에는 달아나지 않게 해야겠다고 생각하시는 것 같습니다. 왠지 아가씨 비위에 거슬리지 않고 심기를 건드리지 않으려고 무척 애를 쓰시는 것 같았습니다.」

사치코는 대충 도쿄의 상황을 짐작할 수 있을 듯했다. 유키코한테서는 여전히 아무 소식이 없었다. 하긴 유키코도 언니 정도는 아니지만 편지 쓰는 것을 아주 큰일이라도 되는 양 생각하는 편이라서 여느 때처럼 귀찮아하고 있을 것이고, 자기 방도 따로 없으니 차분히 뭔가를 쓸 수도 없을 거라는 생각도 들었다. 사치코는 그런 생각을 하며,

「에쓰코! 언니한테 편지 한번 보내 봐」

하고 다에코의 인형 그림엽서에 간단한 내용을 써 보내게 했으나 거기에 대한 답장도 없었다.

스무 날이 지나고 달맞이하는 날 밤,

「오늘 밤 여럿이 같이 써서 보내면 어떨까?」

데이노스케의 이 말에 모두들 찬성해서 저녁을 먹은 후 달맞이 제물을 놓아 둔 아래층 일본식 방 툇마루 근처에서 데이노스케, 사치코, 에쓰코, 다에코, 이렇게 넷이 모였다. 오하루에게 먹을 갈게 하고는 두루마리 종이를 펼쳤다. 데이노스케가 시가를 쓰고, 사치코와 에쓰코가 하이쿠 비슷한 것을 썼으나 다에코는 그런 것이 서툴러 소나무 사이에 달이 걸려 있는 경치를 수묵화풍으로 그렸다.

    한 무리 구름 지나가게 내버려 두고,
    기다리던 달을 잡아 두는 뜰 앞 소나무 가지
                                데이노스케

보름달이여, 하나 모자라는 그림자

　　　　　　　　　　　　　　　　　　사치코

　　언니가 도쿄에서 바라보는 오늘 밤의 달

　　　　　　　　　　　　　　　　　　에쓰코

　그다음이 다에코의 수묵화였다. 사치코의 〈보름달이여, 하나 모자라는 그림자〉는 처음에 〈보름달이여, 하나 빠져 있는 그림자〉였고 에쓰코의 〈언니가 도쿄에서 바라보는 오늘 밤의 달〉은 〈언니가 도쿄에서 보는 달밤이구나〉였는데 데이노스케가 그렇게 고친 것이었다.

「오하루도 써!」

　누군가 부추기자 오하루도 곧장 붓을 들고 뜻밖에도 척척,

　　보름달이여, 구름 속에서 나타나누나

　하고 아주 조그맣고 서툰 글씨로 썼다. 그리고 사치코가 달에 비친 참억새 하나를 빼 그 꽃을 잘라 내서는 두루마리 종이 사이에 끼웠다.

24

　여럿이서 써 보낸 편지에는 곧장 사치코 앞으로 답장이 왔다. 편지를 절실한 마음으로 되풀이해서 기쁘게 읽었다는 것, 자신도 얼마 전 보름밤에는 2층 창으로 혼자 달을 바라보았다는 것, 편지를 읽고 작년 아시야 집에서 달맞이했을

때의 정경이 마치 어제 일처럼 떠올랐다는 것 등을 감상적으로 써 보낸 것이었다. 그러나 그 뒤로 다시 한동안 소식이 없었다.

유키코가 도쿄로 가버린 뒤 오하루가 에쓰코의 침대 밑에 잠자리를 깔고 자기로 했으나 보름 정도 지나자 에쓰코는 오하루가 싫다며 오하나로 바꾸게 했다. 그러나 다시 보름 정도 지나자 이번엔 오하나가 싫다며 허드렛일을 하는 오아키로 바꾸었다. 에쓰코가 어린아이답지 않게 쉽게 잠들지 못하고 잠들기 전 20~30분 정도 흥분해서 말을 많이 해대는 버릇이 있다는 것은 앞에서도 썼는데, 식모들은 그 20~30분 동안을 상대해 주지 못하고 늘 에쓰코보다 먼저 잠들어 버리곤 했으므로 그것이 그녀를 짜증 나게 하는 듯했다. 에쓰코는 짜증이 나면 날수록 더욱 잠들지 못하고 밤중에 요란스럽게 복도를 뛰어와 부모의 침실 장지문을 확 열고 떼를 썼다.

「엄마, 에쓰코 하나도 잠이 안 와」

하며 큰 소리로 울기도 하고,

「오하루는 짜증나. 쿨쿨 코를 골며 자잖아. 싫어! 정말 싫어! 에쓰코, 오하루 죽여 버릴 거야!」

하는 말까지 했다.

「에쓰코, 그렇게 흥분하면 오히려 더 잠이 오지 않는단다. 억지로 자야지, 자야지, 하는 생각을 하지 말고 자지 않아도 괜찮다고 생각해 보렴.」

「그래도 지금 자지 않으면 아침에 힘들어서 일어날 수가 없는걸……. 또 학교에 지각하잖아…….」

「뭐야, 그렇게 큰 소리로! 조용히 못 해!」

사치코는 꾸짖으며 침대로 데리고 들어가 재우려고 했으나 에쓰코는 아무리 해도 잠들지 못하고 결국 〈잠이 안 와, 잠이 안 와〉 하면서 울음을 터뜨렸다. 사치코도 그만 신경질이 나서 또 야단을 치고 말았다. 그러자 에쓰코는 한층 더 큰 소리로 울어 댔다. 식모는 그런 소동이 일어난 줄도 모르고 자고 있었다. 늘 이런 식이었다.

그리고 보니 얼마 전부터 생각은 미쳤으나 뭔가 이유도 없이 마음이 분주해 주사 맞는 것을 게을리하고 있었는데, 올해도 역시 〈B 부족〉의 계절이 되어 가족 모두가 조금씩 각기병에 걸려 있는 것 같았다. 에쓰코도 그 탓인지도 모른다. 사치코는 이런 생각을 하면서 에쓰코의 심장 쪽에 손을 대 맥을 짚어 보았다. 심장이 희미하게 두근거렸으므로 다음 날, 아프다는 걸 억지로 붙잡아 베타신 주사를 놓아 주었다. 그리고 하루걸러 한 번씩 네다섯 번 계속 주사를 놓아 주었더니 심장의 두근거림은 진정되었고 다리도 가뿐해졌으며 몸이 나른한 것도 다소 나은 모양이었다. 그러나 불면증은 점점 심해지기만 했다. 진찰을 받으러 갈 필요까지는 없을 것 같아서 구시다 선생님께 전화로 상담을 받고, 잠자리에 들기 전에 아달린[60] 한 알을 먹여 보았으나 한 알로는 좀체 들지 않아서 양을 늘렸더니 약이 너무 셌는지 이번에는 늦잠을 잤다.

아침이 와도 너무 곤하게 자고 있는 게 안쓰러워 그대로 놔두면 잠을 깨자마자 머리맡의 시계를 보고 으앙 하고 울음을 터뜨리며, 〈오늘도 지각이야, 이렇게 늦으면 창피해서 학교에 어떻게 가!〉 하며 아우성을 쳤다. 그렇다고 지각할까 봐 깨우면 또 〈에쓰코, 어젯밤 한숨도 못 잤어!〉 하고 짜증을 내며 이불을 푹 뒤집어쓰고는 자버렸다. 그러고 나서 잠에서 깨면 또 지각이라며 울어 댔다. 그리고 식모들에 대한 애증의 변화가 심해서 싫어지면 극단적인 말을 쓰는데, 〈죽인다〉느

60 바이엘 사의 최면, 진정제.

니 〈죽여 버린다〉느니 하는 말까지 곧잘 입에 담았다. 게다가 한창 클 나이치고는 전부터 식욕이 왕성하지 못했는데, 그런 경향이 심해져 끼니때마다 몇 술밖에 먹지 못하고 반찬도 다시마 조림이나 말린 두부같이 노인들이나 즐겨 먹는 것에나 겨우 손을 대고, 그것도 찻물에 말아서 억지로 떠 넣는 식이었다. 에쓰코는 〈레이〉라는 암고양이를 귀여워해서 밥을 먹을 때는 다리 밑에 두고 이것저것 주는데, 좀 기름기가 있다 싶은 것은 대부분 레이에게 주어 버렸다. 그러면서도 이상스레 결벽이 심해서 식사하는 동안 고양이에게 닿았다는 둥 파리가 앉았다는 둥 시중드는 사람의 소매에 닿았다는 둥 하면서 젓가락을 뜨거운 물에 두세 번 씻게 하기 때문에 시중드는 사람은 미리 알고 식사하기 전부터 뜨거운 찻물을 담은 주전자를 식탁 위에 갖다 두어야 했다. 그리고 파리를 지나치게 무서워해서 음식물에 닿을 때는 물론이고 가까이 날아온 것을 보기만 해도 아무래도 앉은 것 같다며 먹지 않는다거나 파리가 앉지 않았느냐고 주위 사람들에게 집요하게 묻기도 했다. 그리고 젓가락으로 집다가, 빨아서 이제 막 새로 깐 식탁보 위에 떨어진 것이라도 더럽다며 먹지 않았다. 한번은 사치코가 에쓰코를 데리고 스이도미치로 산책하러 나갔다가 구더기가 들끓는 죽은 쥐를 본 적이 있었다. 그 옆을 지나쳐 한 2백 미터쯤 갔을 때였다.

「엄마…….」

에쓰코가 아주 무서운 거라도 물으려는 듯 사치코에게 바싹 붙어서 조그만 소리로 불렀다.

「……나 그 쥐 밟지 않았어?…… 옷에 구더기 묻지 않았어?」

사치코는 섬뜩하여 에쓰코의 눈빛을 살피지 않을 수 없었다. 왜냐하면 두 사람은 죽은 쥐를 피하려고 4~5미터쯤 떨어져 걸었으므로 아무리 생각해도 그것을 밟았을지도 모른다는 착각은 이상했기 때문이다.

아직 소학교 2학년인 소녀가 신경 쇠약에 걸릴 수도 있는 걸까? 그때까지는 그다지 걱정하지도 않았고 오히려 꾸짖기만 했지만 사치코는 이 쥐 일로 문제가 심각하다는 것을 깨닫고 이튿날 구시다 선생을 오시라고 했다. 구시다 선생은 소아 신경 쇠약도 결코 드문 일이 아니라며 아마 에쓰코도 그런 것 같다고 진단했다. 그리고 그다지 걱정할 정도는 아니지만 전문의를 소개해 줄 테니 그 선생님께 진찰을 받아보라고 하면서 각기병 처치만 해주었다. 구시다 선생은 니시노미야의 쓰지 박사가 용하니 오늘이라도 당장 왕진 좀 와달라고 전화로 부탁해 두겠다며 돌아갔다. 쓰지 박사는 저녁 무렵에 왔다. 진찰을 한 후 잠시 에쓰코와 문답을 하더니 신경 쇠약이라는 진단을 내렸다. 그리고 먼저 각기병을 완전히 치료할 필요가 있다는 것, 투약을 해서라도 식욕을 촉진시키고 편식하지 않도록 할 것, 기분에 따라 지각이나 조퇴를 하는 건 괜찮지만 학업을 전폐하고 휴양지로 요양을 가는 것은 오히려 좋지 않다는 것, 왜냐하면 정신이 어떤 한 가지 일에 쏠리면 오히려 이런저런 망상을 할 여유가 없어지기 때문이라는 것, 흥분하게 해서는 안 된다는 것, 답답한 소리를 하더라도 무턱대고 야단치지 말고 찬찬히 타일러서 말을 듣게 하는 것이 좋다는 등의 주의 사항을 설명하고 돌아갔다.

유키코가 도쿄로 떠나고 없는 게 에쓰코를 이렇게 만들었다고 단정하기도 힘들고 사치코 자신도 그렇게 생각하고 싶지는 않았으나 애를 다루는 데 아주 애를 먹어 어떻게 해야 좋을지 몰라 울고 싶을 때면, 유키코라면 이럴 때 참을성 있게 잘 타일러서 잘 달랠 텐데 하는 생각이 절로 났다. 다른 일과 달리 사정이 사정인지라 큰집에서도 잠시 유키코를 보내 주는 데 싫은 내색을 하지 않을 거고, 그전에 유키코에게 편지를 써서 에쓰코의 상태를 알려 주기만 한다면 형부의 허락을 기다릴 것도 없이 달려올 것이 분명했다. 그러나 떠난 지 겨우 두 달이 될까 말까 한데 벌써 두 손 들고 구조를 요청한다는 말이라도 나오면 사치코가 아무리 오기나 의욕이 없다 하더라도 마음이 불편할 수밖에 없었다. 우선 좀 더 상태를 지켜보고…… 뭐, 내가 어떻게든 해보는 데까지는 해보고……. 이런 생각으로 사치코는 하루하루를 보내고 있었다. 데이노스케는 유키코를 불러오는 데는 단호히 반대했다. 애당초 밥을 먹을 때 몇 번이고 젓가락을 뜨거운 물에 소독한다거나 식탁보에 떨어진 것은 먹어서는 안 된다는 식으로 가르친 것은 사치코와 유키코였다. 이렇게 되기 전부터 데이노스케는, 그런 방식은 좋지 않다, 그렇게 하면 애가 신경질적이고 유약해질 테니까 그런 습관은 고쳤으면 좋겠다고 사치코에게 여러 번 말했다. 다소 모험이 되더라도 버릇을 고치기 위해서는 우선 어른들부터 파리가 앉은 것 정도는 먹는 걸 보여 주고, 그렇게 해도 좀처럼 병에 걸리지 않는다는 걸 실제로 보여 주는 게 좋다고 누누이 말했던 것이다. 그리고 소독에 대해서만 까다롭게 굴지 말고 우선 바르고 규칙적인 생활을 하는 것부터 가르치라고 사치코에게 늘 주의를 주었다. 그러나 데이노스케의 주장은 좀처럼 실행되지 않았다. 사치코는 남편처럼 건강하고 저항력이 강한 사람은 자신들처럼 섬약하고 병에 걸리기 쉬운 사람의 마음을 모른다고 생각했다. 반면 데이노스케는 젓가락에 세균이 묻는 정도로 병에 감염되는 일은 거의 없으며 그게 두려워 그런 방식을 고집해서는 점점 저항력만 떨어진다고 생각했다. 한쪽이 여자는 규율보다도 우아함이 중요하다고 말하면 다른 한쪽은 아니다, 그런 생각은 구식이다, 가정에서도 식사나 놀이 시간 등을 규칙적으로 해야 한다, 그런 칠칠하지 못한 일을 계속 하게 해서는 안 된다는 식이었다. 한쪽이 당신은 위생 관념이 없는 야만인이라고 말하면 다른 한쪽은 너희가 하는 소독은 전혀 합리적이지 않다, 젓가락에 뜨거운 물이나 찻물을 붓는다고 병균이 죽지도 않을뿐더러 음식물이 옮겨질 때까지 어떤 데서 어떤 불결한 것에 닿았는지 알 수도 없다, 너희는 구미식 위생 관념을 잘못 알고 있다, 언젠가 그 러시아 사람들은 생굴도 아무렇지 않게 먹지 않더냐, 하고 맞섰다.

데이노스케는 원래 방임주의 쪽인데, 특히 여자아이의 가정 교육은 아이 엄마한테 일임하는 것이 원칙이었다. 그러나 중일 전쟁[61]이 시작된 후로는 부인이 총후(銃後)[62] 임무에 복무해야 하는 시기도 올 것 같고, 그런 경우를 생각해서 앞으로 여자아이는 건강하게 키우지 않으면 쓸모가 없는 사람이 될 수도 있다고 우려했다. 언젠가 데이노스케는 에쓰코가 오하나와 소꿉놀이를 하다가 못 쓰게 된 주삿바늘을 가지고 와서 속이 짚으로 된 서양 인형의 팔에 주사를 놓는 것을 언뜻 본 적이 있었다. 이 얼마나 불결하고 불쾌한 놀이인가 하는 생각이 들었고, 이런 것이 예의 그 위생 교육의 해독이라고 느끼고부터는 더 한층 무슨 수를 써서라도 시정해야 한다고 생각하고 있던 참이었다. 다만 정작 당사자인 에쓰코가 누구

---

61 일본은 〈지나 사변〉이라고 하는데 원문에도 그렇게 표기되어 있다. 일본이 〈전쟁〉이라는 말을 붙이지 않고 선전 포고도 안 한 것은 중국의 항일 운동을 진압하고 유리한 중일 관계를 수립하는 데 전투의 목적이 있었고 미국 등 제삼국에서 군수 물자를 수입하기 어려워지는 상황을 꺼려서였다.

62 비전투원인 일반 국민을 가리킨다. 제1차 세계 대전 이래 전쟁은 국가 총력전이 되어 모든 국민이 전쟁에 협력할 것을 요구받았다.

보다도 유키코의 말을 믿고 있고 유키코의 방식을 아내가 지지하고 있는 마당에 섣불리 간섭하다가는 가정에 풍파만 일으킬 위험이 있으므로 기회를 엿보고 있었던 것이다. 그런 점에서 데이노스케는 유키코가 떠난 것이 은근히 좋았다. 왜냐하면 딸의 가정 교육도 중요하지만 유키코가 상처를 받을까 봐 신경 쓰였고 데이노스케도 유키코의 처지를 은근히 동정하고 있었으므로 에쓰코가 비뚤어지지 않게 하면서도 〈방해를 받는다〉는 느낌이 들지 않도록 둘을 자연스럽게 떨어뜨려 놓는 게 쉬운 일이 아니었기 때문이다. 그런데 그것이 이번에 자연스럽게 해결된 것이다. 유키코만 없다면 아내쯤이야 다루기 쉽다는 속셈이 있었다. 그러나 유키코가 참 안됐다고 생각하는 마음은 그도 아내도 마찬가지였기 때문에 유키코 자신이 돌아오고 싶다면 막지는 않겠지만 굳이 에쓰코를 위해 불러들이는 것은 마뜩잖았다. 하긴 에쓰코를 다루는 데는 익숙하니까 와준다면야 당장 도움이 될 것임에는 틀림없지만, 데이노스케는 에쓰코가 지금과 같은 신경 쇠약에 걸린 근본 원인은 아내와 유키코의 가정 교육 방식이라고 생각했기 때문에 한때 어려움을 겪는다고 해도 이것을 기회로 에쓰코한테서 유키코의 영향을 없애는 편이 낫다고 생각했다. 그다음에 에쓰코를 달래 가며 서서히 가정 교육 방식을 바꿔 가는 게 어떨까? 그렇다면 당분간 유키코가 돌아오지 않는 게 낫다. 데이노스케는 이런 생각으로 사치코를 제지하고 있었다.

11월로 접어들자 데이노스케는 일 때문에 이삼일 도쿄에 가게 되었다. 큰집이 도쿄로 이사한 뒤로 첫 번째 방문이었다. 아이들은 벌써 새로운 생활에 완전히 적응한 모양이었고, 도쿄 말도 능숙해서 가정과 학교에서 말을 구별해서 쓸 정도였다. 다쓰오 부부와 유키코도 좋아 보였다. 모두들 좁은 데라 좀 답답하긴 하겠지만 꼭 자고 가라고 붙잡았다. 그러나 정말 집이 좁아서 데이노스케는 쓰키지 쪽에 숙소를 정해 놓고 체면을 봐서 하룻밤만 묵기로 했다. 다음 날 다쓰오와 큰 아이들이 나가고 유키코가 2층을 정리하러 가버린 틈을 이용해,

「처제가 안정된 것 같아서 참 다행이네요」

하고 데이노스케는 쓰루코에게 말을 건넸다.

「그게 말예요, 그냥 저러고 있으면 아무렇지도 않게 보입니다만……」

하고 쓰루코가 이야기를 꺼냈다. 쓰루코의 이야기는 이랬다.

이곳으로 이사 올 무렵에는 유키코도 기분 좋게 집안일을 도와주었고 아이들 뒤치다꺼리도 해주었다. 물론 지금도 그렇긴 하지만 때때로 2층 다다미 네 첩 반 크기 방에 틀어박혀 내려오지 않을 때가 있다. 좀처럼 모습이 보이지 않아 올라가 보면, 데루오의 책상에 앉아 턱에 팔을 괴고 가만히 생각에 빠져 있기도 하고 훌쩍훌쩍 울고 있기도 한다. 처음에는 열흘에 한 번 정도 그러더니 요즘에는 차츰 빈번해졌다. 그런 날은 아래층으로 내려와도 반나절 정도는 아무 말도 하지 않는다. 가끔은 다른 사람들 앞에서도 눈물을 감추지 못할 때도 있다. 다쓰오도 나도 유키코를 대할 때는 상당히 조심하는 편이니까 특별히 기분을 상하게 하지는 않은 것 같은데……. 그러니 이것은 간사이 생활이 그립다는 것, 말하자면 향수병 같은 것일 거라고 단정할 수밖에 없다. 그래서 다소 기분 전환이라도 될까 해 다

도나 서예를 계속 배워 보는 건 어떠냐고 해봐도 그런 것에는 통 관심을 보이지 않는다.

쓰루코는 말을 이었다.

도미나가 숙모가 중간에서 말을 잘해 줘 우키코가 순순히 도쿄로 온 것을 우리는 정말 기쁘게 생각하지만, 그게 유키코에겐 이렇게까지 괴롭고 싫은 일일 줄은 미처 몰랐다. 이곳에 있는 것이 눈물이 날 정도로 괴롭다면, 우리가 달리 무슨 수를 쓸 수밖에 없겠지만, 도대체 유키코는 왜 그렇게까지 우리를 싫어하는지…….

이 말을 할 때는 쓰루코 자신도 울었다.

유키코가 야속하기도 하지만 생각에 빠져 있는 모습이 한결같아 어찌나 가엾고 안쓰러운지……. 그렇게 간사이가 좋다면 차라리 자기 좋을 대로 하게 해줄까 하는 생각도 든다. 아시야에 영영 맡겨 버리는 것은 남편이 허락하지 않겠지만, 지금 집이 비좁으니까 넓은 데로 이사할 때까지만이라도 가 있게 한다든가, 그렇지 않으면 적어도 열흘이나 일주일만이라도 가게 해준다면 그것만으로도 위로가 되고 기운을 차리지 않을까 싶다. 그래도 뭔가 적당한 구실이 없으면 모양새가 좋지 않겠지만, 어쨌든 유키코가 지금 같은 상태라면 나는 너무 딱해 보고 있을 수가 없다. 저래 가지고는 당사자보다 옆 사람이 견딜 수가 없다.

이것은 잠깐 주고받은 이야기여서 데이노스케는, 〈유키코 처제가 다시 간사이로 내려가면 처형이나 형님도 곤란할 겁니다. 처제가 그러는 데는 제 아내한테도 책임이 있으니 죄송할 뿐입니다〉 하는 정도의 인사말을 했을 뿐, 에쓰코의 병 이야기 같은 것은 하지 않았다.

도쿄에서 돌아온 다음 사치코와 이야기를 할 때 도쿄 이야기가 나왔다. 유키코의 근황에 대한 질문을 받고 보니 사실대로 말하지 않을 수 없어서 데이노스케는 쓰루코가 한 이야기를 하나도 빼놓지 않고 사치코에게 말해 주었다.

「나도 유키코 처제가 그렇게까지 도쿄를 싫어할 줄은 몰랐어.」

「결국 형부와 같이 있는 게 싫은 걸까요?」

「그럴지도 모르지.」

「그렇구나, 에쓰코를 보고 싶어 하는 걸까?」

「이유야 많겠지. 원래 유키코는 도쿄 물이 맞지 않은 사람이니까.」

사치코는 유키코가 어렸을 때부터 참을성이 있어서 아무리 힘든 일이 있어도 입 밖에 내지 않고 그저 훌쩍거리며 울기만 했던 일을 떠올렸다. 지금도 책상에 엎드려 몰래 울고 있는 동생의 모습이 눈에 선했다.

25

에쓰코의 신경 쇠약은 진정제로 때때로 취박(臭剝)[63]을 먹이는 것 외에는 식이 요법에 의존하고 있었다. 기름기가 많은 음식이라도 중화요리라면 즐겨 먹는다는 걸 알고 영양분을

---

63 브롬화칼륨을 말한다. 대뇌피질 중추의 흥분을 억제하는 작용이 있다.

섭취하도록 한 것과 겨울이 되어 각기병이 나았다는 것, 그리고 학교 선생님이 학과 공부에 대해서는 걱정하지 말고 어서 건강을 되찾으라고 일러 준 일, 이런 여러 가지 일이 주효했는지 에쓰코의 신경 쇠약은 생각보다 많이 좋아졌다. 그래서 이제 구조를 요청할 필요도 없어지고 말았는데, 사치코는 도쿄 이야기를 듣고 나서부터는 아무래도 한 번이라도 유키코 얼굴을 보지 않으면 마음이 영 놓이지 않을 듯했다.

지금에 와서 생각해 보니 사치코는 도미나가 숙모가 담판하러 왔을 때 자신이 유키코를 너무 냉혹하게 대한 것 같았다. 그렇게 명령조로 내쫓듯 해서는 안 되는 일이었다. 다에코한테는 두세 달의 유예 기간을 주었으니 유키코한테도 약간의 시간이라도 주도록 알선하는 정도의 인정미를 보였어도 좋았을 것. 천천히 이별을 아쉬워할 만큼의 여유도 주지 못했다. 그날따라 묘하게 유키코가 없어도 잘해 나갈 수 있다는 오기가 강하게 솟아나 그만 그렇게 되었던 것이다. 그래도 유키코가 일언반구 불평도 없이 얌전히 받아들인 것을 생각하면 안쓰럽고 가여워 견딜 수가 없다. 그리고 사치코는 유키코가 비교적 기분 좋게 아주 간단한 여행이라도 떠나는 듯한 가벼운 몸차림으로 떠난 것은 곧 구실을 만들어 불러들이겠다고, 그때 위안 삼아 한 말을 의외로 믿고 있었기 때문이라는 것을 지금에 와서야 깨달았다. 유키코 입장에서 보면 사치코의 말을 믿고 일단 큰집의 마음이 풀리도록 도쿄까지 따라간 것인데, 그 후 사치코 쪽에서 아무런 조치도 취해 줄 것 같지 않다면…… 게다가 따라온 것은 자기뿐이고 다에코에 대해서는 그렇게 문제 삼지도 않고 지금도 간 사이에 남아 그대로 살고 있다고 한다면…… 자기 혼자만 속았고 당했다고 생각하는 것도 당연할지 모른다.

사치코는 쓰루코 언니가 그런 마음이라면 큰집 쪽은 별 문제가 없다고 치고, 남편이 뭐라고 할까, 더 두고 보는 것이 좋다고 할지, 아니면 벌써 네 달이나 지났고 에쓰코도 안정되어 가니까 열흘이나 보름 정도라면 불러도 괜찮다고 할지, 우선 봄이 되면 그때 가서 남편과 의논해 보자고 생각하고 있었다. 1월 10일경, 때마침 그 이후 아무런 연락도 없던 진바 부인한테서 편지가 왔다.

작년에 사진을 보낸 사람 일은 어떻게 되었나요? 그때 이야기로는 금방 회신을 할 수는 없으나 기다려 주었으면 좋겠다고 해서 기다리고 있습니다. 그런데 동생분께서는 마음이 없으신 건지? 만약 인연이 닿지 않는다면 수고스럽겠지만 그 사진을 다시 돌려주었으면 좋겠습니다. 얼마간이라도 마음이 움직인다면 지금도 늦지 않았습니다. 그동안 그쪽에 대해서 알아봤는지 어떤지 모르겠지만 그 사진 뒷면에 본인이 직접 쓴 경력은 틀림없고, 그 밖의 것은 말씀드릴 만한 것이 없습니다. 다만 한 가지 빠진 것은 그 사람한테는 재산이라고 할 만한 것이 하나도 없고 오직 봉급만 가지고 살고 있으니 그 점은 양해해 주셨으면 좋겠다고 하더군요. 동생분한테는 부족할 거라고 생각하지만 그쪽에서는 댁에 대해 다 알아본 모양이고 동생분의 용모도 어딘가에서 본 것 같다고 합니다. 기다리는 것이야 언제까지고 기다릴 테니 꼭 그분과 만나게 해달라고, 하마다 씨를 통해 열심히 부탁해 오고 있습니다. 하여튼 꼭 한번 만나 주신다면, 저도 하마다 씨에게 체면이 좀 설 것 같습니다.

편지는 이런 내용이었는데 사치코에게는 술 익자 체 장수

지나가는 격의 편지였다. 그래서 언젠가 받아 두었던 그 노무라 미노키치라는 사람의 사진에 진바 부인의 편지도 동봉해서, 〈이런 혼담이 있습니다만 어떤가요? 진바 부인은 선을 보게 해달라고 서두르고 있는 것 같습니다만, 유키코는 전의 일도 있고 해서 먼저 다 알아보지 않은 상태에서 만나는 것은 싫다고 합니다. 괜찮으시면 저희가 시급히 알아볼 테니 우선 형부나 언니의 생각을 말씀해 주세요〉라는 내용을 써 보냈다. 대엿새 지나서 언니로서는 아주 드물게 아주 긴 답장을 보내왔다.

사치코에게
늦었지만 새해 복 많이 받아라. 그곳에 있는 분들 모두 기분 좋은 설을 맞이했다니 얼마나 기쁜지 모르겠다. 우리는 처음 온 곳이라 그런지 설다운 기분도 전혀 느끼지 못하고 설 연휴도 황망히 지나가 버리고 말았구나. 도쿄라는 곳은 특히 겨울이 지내기 힘들다고 들었는데, 단 하루도 도쿄의 명물인 세찬 북풍이 불지 않는 날이 없고 소한(小寒)에 접어들고 나서의 추위는 정말 태어나서 처음 겪는다. 오늘 아침에도 수건이 막대기처럼 얼어굳어 으드득으드득 하는 소리가 나더구나. 오사카에서는 경험하지 못한 일이지. 도쿄도 구(舊)시가 안은 다소 견딜 만하다고 하는데 이 근처는 지대가 높고 교외와 가까운 곳이라서 더 춥다고 하더구나. 그 탓에 식구들은 차례로 감기에 들었고 식모들까지 드러누운 형편인데, 나와 유키코만 그럭저럭 콧물감기 정도로 끝났단다. 그렇지만 오사카에 비하면 이곳은 먼지가 적고 공기도 맑은 것 같다. 그래서 그런지 옷자락이 더러워지지 않는단다. 이곳에서는 열흘 정도 한 가지 옷만 입어도 그다지 더러워지지 않는다. 네 형부의 와이셔츠도 오사카에서는 사흘이면 더러워졌는데 이곳에서는 나흘은 끄떡없다.

유키코의 혼담 말인데, 늘 그쪽에서 여러 가지로 걱정해줘서 정말 고맙게 생각한다. 그 편지와 사진을 곧장 형부한테 보이고 의논해 봤는데 형부도 최근에는 심경이 변해서 예전처럼 까다롭게 굴지 않고 대체로 너희한테 맡길 생각인 것 같더라. 다만 농학사로 마흔이 넘어 수산(水産) 기사를 하고 있다면 앞으로도 그렇게 월급이 올라갈 가능성도 없고 출셋길은 막혀 있는 것 같구나. 게다가 재산도 없어서 살아가기에 그리 녹록지는 않을 것 같은데, 그래도 유키코만 좋다면야 형부는 반대하지 않겠다는구나. 유키코가 그럴 마음만 있다면 언제든지 적당한 시기에 맞선을 보게 해도 괜찮다고 한다. 좀 더 잘 알아본 다음 선을 보는 것이 순서일 테지만 그쪽의 희망이 그렇다면 자세하게 알아보는 건 나중에 하기로 하고 우선 만나 보는 게 어떨까 싶다. 제부한테 들었겠지만 나도 유키코 때문에 애를 먹고 있어서 어떻게든 기회를 만들어 한번 그쪽으로 보낼 생각을 하고 있던 참이란다. 어제는 유키코와 잠깐 얘기를 해 봤는데 간사이에 갈 수 있다고 생각해서인지 선보는 것도 금방 승낙하더라. 그러더니 오늘 아침부터는 갑자기 기운이 나서 싱글벙글하는데, 정말 무슨 애가 이러나 싶어 기가 막히더구나.

그쪽에서 대강 날짜를 잡으면 이쪽은 언제든지 떠나게 하마. 맞선이 끝나면 너댓새 후에 돌아오기로 해두겠다만 다소 늦어져도 상관없다. 형부한테는 잘 말해 두마.

도쿄에 오고 나서 아직 한 번도 편지를 부치지 않아서인지 막상 쓰다 보니 길어지고 말았구나. 지금도 등은 찬물을 끼얹은 듯 춥고 붓을 잡은 손은 얼어붙는 것 같다. 아시야는 따뜻하겠지만 아무쪼록 감기 들지 않도록 조심하려무나.

    제부한테도 안부 전해 주고.

정월 열여드레
쓰루코

도쿄를 잘 모르는 사치코에게는 시부야라든가 도겐자카 부근이라고 해도 실감이 나지 않았다. 그래서 언젠가 야마노테 전차 차창으로 본 기억이 있는 교외 방면의 마을들, 골짜기나 구릉, 울창한 잡목림 사이로 깊숙이 들어앉은 지형에 단속적으로 이어지는 집들의 원경, 그리고 그 뒤로 펼쳐진, 보기만 해도 살풍경하고 쌀쌀한 하늘빛 등, 오사카 부근과는 전혀 달랐던 풍경을 떠올리고 멋대로 도쿄를 상상할 수밖에 없었다. 〈등에 찬물을 끼얹은 듯〉하다든가 〈붓을 쥔 손은 얼어붙는 듯〉하다는 문구를 읽으면서 사치코는 문득 만사가 구식인 큰집에서는 오사카 시절부터 겨울에도 거의 난로를 사용하지 않던 일이 떠올랐다. 우에혼마치 집에서는 전열선을 끌어와 거실에 전기스토브를 설치하게 되어 있었지만 실제로 사용하는 것은 아주 드물어 손님이 왔을 때뿐이었다. 그나마 몹시 추운 날에 한해서고 평소에는 화로뿐이었다. 그래서 사치코는 설날 세배하러 가서 언니와 마주 앉아 있으면 늘 〈등에 찬물을 끼얹은 듯한〉 기분이었고 감기에 걸려 돌아오기 일쑤였다. 언니의 말로는 오사카의 가정에 난방이라는 것이 보급되기 시작한 것은 다이쇼 말기[64]였다는데, 만사에

[64] 1920년대 초.

사치스러웠던 아버지조차 거실에 처음으로 가스스토브를 단 것은 고작 돌아가시기 1년쯤 전이었다. 그나마 설치만 했을 뿐 얼굴이 벌게진다고 실제로는 별로 사용하지도 않았다. 그러면서 자기들은 모두 어렸을 때부터 아무리 추운 날이라도 화로로 살았다고 했다. 그 말을 듣고 보니 확실히 사치코 등도 데이노스케와 결혼하고 몇 년 후 지금의 아시야 집으로 이사 왔을 때부터 난로를 사용하기 시작했다. 그런데 한번 맛본 뒤로는 그것 없이는 도저히 겨울을 견딜 수 없게 되었고, 어렸을 때는 어떻게 화로 하나로 견뎠는지 신기하게 느껴지기조차 했다. 그런데도 언니는 도쿄로 가서까지 구습을 그대로 지켜 나가고 있는 것 같아 심지가 굳은 유키코나 되니까 견디지 자기였다면 아마 폐렴이든 뭐든 걸리고 말았을 거라는 생각이 들었다.

맞선 보는 날짜를 정하는 문제는 진바 부인과 노무라 씨 사이에 하마다 씨라는 사람이 중개를 하고 있어서 연락을 취하는 데 시간이 걸렸다. 그러나 가능하면 입춘 전에 봤으면 좋겠다는 남자 쪽 희망이 분명했으므로 이달 29일에 곧 유키코를 보내라는 편지를 보냈다. 사치코는 또 예전에 전화 때문에 낭패를 본 일을 떠올리고 별채에 있는 서재에 서둘러 탁상전화를 놓아 달라고 데이노스케에게 부탁했다. 그런데 30일 오후 엇갈려서 언니한테 엽서가 왔다.

맨 밑의 두 아이가 한꺼번에 유행성 감기에 걸려 네 살배기 여자아이 우메코는 폐렴으로 진행될 것 같아 난리 법석이구나. 간호사를 고용해야겠지만 좁아서 재울 곳도 없고 유키코라면 간호사보다 더 믿을 수 있다는 걸 히데오가 아팠을 때 알았기 때문에 간호사를 부르는 것은 그만두기로 했다. 그래서 실례인 줄 알지만 진바 부인께 부탁해서 잠시 늦춰 달라고 해주면 좋겠구나.

이런 엽서가 온 후 곧바로 다시, 우메코가 결국 폐렴에 걸렸다는 소식을 알려 왔다. 사치코는, 이런 일이라면 일주일이나 열흘로는 안 될 것 같아 진바 부인에게 사정을 말하고 일단 연기해 달라고 부탁했다. 남자 쪽은 언제까지든 기다리겠다고 하니까 걱정은 없지만, 툭하면 간호사 대신 부려 먹으려고 하고 궂은일만 도맡게 되니 사치코는 유키코가 한층 더 측은해졌다.

맞선이 늦어지는 동안 전부터 부탁해 두었던 조사가 끝나서 흥신소에서 보고서를 보내왔다. 보고서 내용은 다음과 같았다.

노무라 씨의 지위는 고등관 3등[65]으로 연봉은 3천6백 엔 정도, 그 밖에 보너스가 약간 있으므로 월수입은 평균 3백5십 엔 전후다. 선친 대에는 고향인 히메지에서 여관업을 한 것 같은데, 현재 고향에는 집이 남아 있지 않다. 친척은 누이동생이 도쿄의 오타 모(某)라는 약제사에게 시집을 갔고 그 밖에 히메지에 숙부가 두 사람 있는데 한 사람은 골동품상을 운영하면서 다도 선성을 하고 있고 또 한 사람은 등기소의 사법서사를 하고 있다. 그 외에 간사이 전차의 사장 하마다 조키치가 그 사람의 종형제에 해당하는데 이 사람이 유일하게 자랑할 만한 친척이기도 하고 보호자이

---

[65] 다이쇼 시대 관리 등급의 하나인데 대체로 육해군 대령, 공사관 일등서기관, 내각 각 성의 서기관, 지방 재판소 판사 검사, 제국 대학 조교수 등이 이에 해당한다.

기도 하다(그리고 이 사람이 또 진바 부인의 이른바 〈은인〉인데, 부인의 남편은 옛날 하마다 댁의 문지기를 하면서 학교를 다녔다는 것이다).

보고서에 기재된 내용은 대강 이러했는데, 이쪽에서 좀 더 알아봤더니 1935년에 죽은 전처의 병은 본인이 말한 대로 유행성 독감이 틀림없다는 것, 두 아이가 죽은 원인도 결코 유전병이 아니었다는 것 등도 판명되었다.

그 사람 성품이나 인물 됨됨이는 데이노스케가 두세 군데 연줄을 통해 알아보았는데 이렇다 할 결점은 없지만 한 가지 기벽이 있었다. 효고 현 현청에 근무하는 동료의 이야기에 따르면, 노무라 씨는 때로 느닷없이 완전히 무의미하다고 해도 좋은 요령부득의 혼잣말을 하는 버릇이 있다는 것이다. 그것은 대개 듣고 있는 사람이 없을 때 중얼거리는 모양인데 본인은 아무도 듣고 있지 않다고 생각하지만 가끔 누군가 듣는 경우가 있어서 지금은 동료들 가운데 그 사실을 모르는 사람은 한 사람도 없다고 한다. 죽은 아내나 아이들도 그 버릇을 잘 알고 있어서 이상한 말을 하는 아버지라며 놀렸다고 한다. 한 가지 예를 들면 언젠가 동료 한 사람이 관청의 변소 안에 쪼그리고 앉아 있는데 옆 칸에 사람이 들어오는 기색이 나고 얼마 안 있어,

「여보세요, 당신은 노무라 씨입니까?」

하고 두 번 반복해서 묻는 소리가 들렸다. 그 동료는 조금 있다가 〈아니요, 저는 모모라는 사람입니다〉라고 대답하려고 했으나

「당신은 노무라 씨입니까?」

하는 목소리가 노무라 씨 자신의 목소리가 틀림없었으므

로 예의 그 혼잣말이라는 걸 알았다. 그와 동시에 아마 노무라 씨는 옆 칸에 사람이 있는 줄 모르는 것이 분명하다고 생각하자 안됐다는 생각이 들어 가만히 숨을 죽이고 있었다. 그러나 상당히 시간이 걸렸으므로 기다리다 못해 먼저 나갔지만 얼굴은 보여 주지 않았다. 아마 노무라 씨도 옆 칸에서 사람이 나오는 것을 알고 〈앗차!〉 했을 텐데, 그 사람이 누구였는지 그는 끝내 알지 못했고 아무 일도 없었던 것처럼 태연히 집무했다고 한다. 그런 식으로 혼잣말을 해도 종잡을 수 없고 순진한 말을 중얼거리는 만큼 그 말을 듣는 사람은 우습다고 생각할 뿐이다. 그리고 무심코 뱉어 버리는 것 같지만 완전히 무의식적으로 중얼거리는 게 아니라는 것은, 다른 사람이 있으면 하지 않는 것을 보면 분명하다. 누군가 듣는 사람이 있을 것 같지 않을 때는 깜짝 놀랄 정도로 큰 소리를 지르는 경우도 있다. 그런 때 마침 보이지 않는 곳에 있다가 우연히 그 장면을 목격한 사람은, 혹시 미친 것이 아닐까 해서 깜짝 놀란다는 것이다. 그러나 특별히 다른 사람에게 폐를 끼치거나 불쾌하게 하는 경향은 없으므로 이러쿵저러쿵 할 정도는 아닐지도 모르지만, 그렇다고 하필이면 그런 사람을 굳이 남편으로 삼을 까닭은 없다. 게다가 사진 속 얼굴이 마흔여섯이라는 나이보다 훨씬 들어 보이고 꾀죄죄하고 늙수그레한 쉰은 넘은 듯한 노인으로 보인다는 점이 문제였다. 사치코가 생각하기에는 이것이 가장 신경 쓰였고, 유키코의 마음에 들지 않을 거라는 것은 거의 확실해 보였다. 첫 번째 맞선에서 상대가 퇴짜를 맞을 운명이라는 것은 분명했다. 그러나 그다지 신통하지 않은 혼담이라도 그것이 유키코를 불러들이는 표면적인 구실이고 보면, 어쨌든 〈맞선〉을 보게 하기는 해야 한다는 것이 사치코 부부의 솔직한 심정이었다.

그리고 어차피 성사되지 않을 혼담이라면 불쾌한 점은 알릴 것까지 없을 듯해 유키코에게 기벽에 관한 이야기는 하지 않기로 했다.

26

금일 가모메[66]로 출발

유키코.

에쓰코가 학교에서 돌아오자 사치코와 오하루는 에쓰코와 함께 서양식 방에 히나 인형[67]을 장식하려고 히나단을 만들고 있었는데, 그때 기다리고 있던 전보가 왔다.

일반적으로 간사이의 히나 행사는 다른 지방보다 한 달 늦게 하는 관습이 있어서 사실은 아직 한 달 빨랐다. 그런데 너댓새 전에 가까운 시일 안에 출발하겠다고 유키코한테서 소식이 왔을 때 마침 다에코가 에쓰코를 위해 기쿠고로[68]의 도조지[69] 인형을 만들어 왔으므로 사치코가 문득 생각이 나서,

---

66 1937년 7월 도쿄와 고베 사이를 운행하기 시작한 특급열차로, 가모메는 갈매기라는 뜻이다.
67 3월 3일 작은 인형을 재단에 장식하고 여자아이의 행복을 비는 행사가 히나 마쓰리인데 그때 진열하는 인형을 말한다.
68 尾上菊五郎(1885~1949). 다이쇼 시대 이래 일세를 풍미한 가부키 배우. 다니자키 준이치로는 그의 팬이었고 자신의 얼굴이 기쿠고로와 닮았다는 이야기를 들으면 순식간에 기분이 좋아졌다고 한다.
69 가부키 무용 「교가노코무스메도조지(京鹿子娘道成寺)」를 말한다. 안친(安珍), 기요히메(清姬) 전설에서 취재한 요쿄쿠(謠曲) 「도조지」를 가부키 무용으로 만든 것이다. 벚꽃이 만개한 도조지에서 종(鐘)을 새로 만들어 타종하는 날 기요히메의 유령이 아름다운 유녀로 변해 나타나 춤을 춘 다음 종 속으

「에쓰코, 이 인형도 같이 히나 인형을 장식하자」
하고 말을 꺼냈다.
「히나 인형도 언니를 환영하고 싶을 테니까.」
「왜, 엄마? 히나 인형은 다음 달 아냐?」
「아직 복사꽃이 피지 않았어.」
다에코도 말했다.
「계절에 안 맞게 히나 인형을 끄집어내면 여자애가 시집을 못 간다고 하잖아.」
「그래, 그래. 어렸을 때 엄마가 항상 그런 말씀을 하시고 그날이 지나면 서둘러 히나 인형을 넣어 두셨지. 하지만 미리 장식하는 건 상관없어. 나중에까지 장식해 두는 게 안 좋은 거지.」
「아, 그래? 그건 몰랐네.」
「잘 기억해 둬. 만물박사인 다에코한테 안 어울리잖아.」
이 집안의 히나 인형은 옛날 에쓰코의 첫 히나 마쓰리 때 교토의 마루헤이[70]에서 만든 것인데 아시야로 이사 오고 나서는 결국 단란한 가족들 방으로 사용하고 있는 아래층 응접실이, 서양식 방이기는 하지만 그것을 장식하는 데 가장 적당해서 매년 거기에 히나단을 설치했다. 사치코는
「유키코가 반 년 만에 돌아오니까 이 행사를 한 달 빨리 양력 히나 마쓰리 때부터 한 달 늦은 음력 히나 마쓰리 때까지 한 달 동안 장식해 두면 기뻐하겠지? 아마 유키코도 그 한 달 정도는 머무를 거야」

로 뛰어들어 끔찍한 뱀의 형상으로 변신한다는 이야기다. 기쿠고로가 맡은 역할 가운데 하나다.
70 에도 시대부터 있었던 히나 인형 가게다. 특히 3대째인 1890년에는 파리 만국박람회에서 금상을 받았다.

하고 제안했는데 모두 찬성해서 양력 3월 3일인 오늘, 막 히나단을 꾸미려는 참이었다.
「거봐, 에쓰코, 엄마 말이 맞지?」
「정말, 역시 오늘이었구나.」
「언니가 하나 마쓰리 날 오는구나. 히나 인형과 같이 말이야.」
「좋은 징조예요.」
오하루가 말했다.
「이번에는 시집갈 수 있을까?」
「에쓰코, 언니 앞에서 그런 말 하면 안 돼.」
「응, 응, 알고 있어. 그런 것쯤은.」
「알았지? 오하루도 조심하지 않으면 또 예전 같은 일이 벌어진다는 거.」
「예, 알겠습니다.」
「어차피 다 알게 될 일이니까, 몰래 이야기하는 건 상관없지만 말이야.」
「예……」
「막내 언니한테 전화해도 돼?」
에쓰코가 들뜬 목소리로 말했다.
「걸고 올까요?」
「에쓰코, 네가 걸려무나.」
「응.」
에쓰코는 전화기로 달려가 〈쇼토 아파트〉를 불러 댔다.
「……응, 그래, 역시 오늘이었어…… 막내 언니, 빨리 들어와…… 〈쓰바메〉[71]가 아니라 〈가모메〉야…… 오사카까지 오하루가 마중 나간대…….」

---

[71] 초특급 〈쓰바메(제비)〉호는 1930년 10월부터 운행을 시작했는데 이 무렵에는 도쿄에서 오사카 구간을 8시간에 달렸다.

사치코는 황후의 모습을 본떠 만든 히나 인형의 머리에 구슬이 달린 금관을 씌우면서 에쓰코의 쨍쨍한 목소리를 듣고 있다가,

「에쓰코!」

하고 전화기 쪽을 보고 소리를 질렀다.

「막내 언니한테 말이야, 시간이 있으면 유키코 언니, 마중 좀 가라고 해.」

「저 말이야, 엄마가, 언니 시간 있으면 마중 좀 가라고 하는데……. 응, 응…… 오사카 9시쯤이야…… 언니 갈 거야?…… 그럼 오하루는 안 가도 되는 거지?」

다에코는 오사카 역까지 유키코 마중을 가라고 한 사치코 언니의 말이 무슨 뜻인지 잘 알았을 것이다. 작년, 도미나가 숙모가 유키코를 데리러 왔을 때 이야기로는 두세 달 후에는 다에코도 도쿄로 불러들인다는 것이었는데 상경한 이래 큰집이 내내 어수선해서 좀처럼 그럴 만한 사정이 못 되었다. 그래서 그대로 있었는데, 덕분에 다에코는 전보다 한층 자유롭고 편한 상태가 되었다. 그만큼 유키코에게 불리한 일만 맡기고 자기 혼자 덕만 보고 있는 것 같아 미안한 마음이 들었으므로 의리를 봐서라도 마중 정도는 나가야 하는 것이었다.

「아빠한테도 전화할까?」

「아빠한테는 안 해도 될 거야. 곧 돌아오실 거니까.」

저녁에 퇴근한 데이노스케도 그때로부터 6개월이 지난 요즘 유키코가 어떻게 지내는지 궁금했다. 그리고 일시적이긴 해도 그녀가 돌아오지 않기를 바라기도 했던 자신을 책망하는 마음까지 들었다. 그래서 집에 오면 바로 목욕을 할 수 있도록 준비해 놓으라는 등 사소한 데까지 신경을 썼고, 그녀가 좋아하는 백포도주를 두세 병 내오게 했으며 스스로 병의

먼지를 닦으며 술의 연도를 살펴보기도 했다. 에쓰코는, 내일 천천히 만날 수 있으니 모두가 자라고 해도 무슨 일이 있어도 기다리겠다며 말을 듣지 않고 버텼다. 9시 반경 가까스로 오하루를 시켜 2층으로 올려 보내고 얼마 지나지 않아 정문의 벨이 울리고 개가 그쪽으로 달려가는 발소리를 듣자 에쓰코는,

「와, 언니다!」

하며 다시 뛰어 내려왔다.

「어서 와.」

「어서 오세요.」

「잘 있었어요?」

조니가 기뻐서 기어오르는 것을 〈가만있어!〉 하고 제지하면서 현관 봉당에 선 유키코는, 옷가방을 들고 뒤따라 들어온 다에코의 요즘 특히 활기찬 혈색에 비하면 기차 여행의 피로 때문인지 얼굴이 무척 수척해 보였다.

「선물은 어디 들었어?」

에쓰코는 재빨리 가방을 열고 속을 살펴보기 시작하더니, 금방 색종이 한 다발과 손수건 상자를 찾아냈다.

「에쓰코가 요즘 손수건을 수집하고 있다고 해서.」

「응, 고마워.」

「하나 더 있어. 그 밑에 좀 봐봐……」

「있다! 있어. 이거지?」

에쓰코는 긴자 아와야 점포의 포장지에 싸인 상자를 끄집어냈는데, 안에서 나온 것은 빨간 에나멜 조리였다.

「어머, 예쁘다. 역시 신발은 도쿄 게 최고야……」

사치코도 신발을 들고 보면서 거들었다.

「이거 잘 됐다가 다음에 꽃구경할 때 신으면 되겠다.」

「응. 정말 고마워, 언니.」
「뭐야 이거, 에쓰코가 고대하던 건 선물이었구나.」
「자, 이제 됐지? 이거 다 2층으로 갖고 가거라.」
「나, 오늘 밤에는 언니랑 같이 자는 거지?」
「알았어, 알았어.」
사치코가 말했다.
「유키코 언니는 이제 목욕해야 하니까 먼저 가서 오하루하고 자고 있어.」
「빨리 와야 돼, 언니…….」
유키코가 목욕을 마치고 나온 것은 12시가 다 되어서였다. 그 후 한동안 데이노스케와 세 자매는 응접실 난로에서 톡톡하고 장작 타는 소리를 들으면서 오랜만에 얼굴을 맞대고 치즈와 백포도주가 놓인 작은 탁자에 둘러앉았다.
「포근하네요, 이곳은……. 아까 아시야 역에 내렸을 때는 역시 도쿄와 다르구나 했어요.」
「이제 간사이는 곧 오미즈토리가 시작되니까.」
「그렇게 다른지 몰랐는데.」
「엄청 달라요. 우선 공기가 닿는 느낌이 그렇게 부드러울 수가 없어요. 도쿄는 명물인 북풍이 워낙 심해서…… 이삼일 전에도 다카시마야에 쇼핑을 갔는데 집에 갈 때 소토보리 선이 다니는 거리로 나왔더니 휙 하고 바람이 불어서 쇼핑백이 날아갔지 뭐예요, 쫓아가서 집으려고 하니까 데굴데굴 계속 굴러가는 통에 집을 수가 있어야지요. 그러느라 옷자락이 또 휙 걷혀 올라갈 것 같아서 한 손으로 그걸 눌러야지…… 정말 도쿄의 북풍은 보통이 아니라니까요.」
「난 작년에 시부야에 폐를 끼치고 있을 때 생각한 건데, 아이들은 어쩌면 그렇게 그 지역 말을 빨리 배우는지……. 그때가 11월이었으니까 도쿄로 이사한 지 불과 두세 달밖에 안 됐는데도 큰집 아이들은 도쿄 말을 무척 잘하더라고. 그것도 어린 아이일수록 잘하던데.」

「뭐 언니 나이쯤 되면 잘 안 될 거야.」

사치코가 말했다.

「그야 안 되겠죠. 우선 언니는 배울 생각이 없는걸요. 얼마 전에도 버스에서 오사카 사투리로 자꾸 말을 거는 바람에 다른 손님들이 모두 언니 얼굴만 쳐다봐서 아주 혼났어요. 언니는 정말 그런 데는 아주 강심장이에요. 누가 쳐다봐도 아무렇지 않게 이야기하니까요. 그런데 그 말을 듣고, 〈오사카 사투리도 나쁘지 않은걸〉, 하는 사람도 있었어요.」

유키코는 〈오사카 사투리도 나쁘지 않은걸〉이라는 도쿄 말의 억양을 능숙하게 흉내 냈다.

「여자는 나이 들면 모두 강심장이 되지. 내가 아는 기타(北)의 게이샤가 있는데, 그 사람은 벌써 마흔이 넘은 노기야. 그런데 도쿄에 가서 전차를 타면 일부러 오사카 사투리로 〈내립니다〉 하고 큰소리로 외친다나. 그러면 반드시 내려 준다는 거야.」

「데루오 같은 애는 엄마가 오사카 사투리를 쓰니까 엄마와 같이 다니는 걸 싫어해요.」

「아이들은 그럴지도 모르지.」

「언니는 여행이라도 간 기분이었어?」

다에코가 물었다.

「응, 오사카와 달리 무슨 일을 하든 아무도 뭐라고 하지 않아서 마음이 편한 점은 있는 것 같아. 게다가 도쿄라는 곳은 여자가 각자 개성을 존중하고 유행에 얽매이지 않거든. 그래서 자기한테 어울리는 것을 입는 식이니까, 그런 점은 오사카보다 좋은 것 같더라고.」

포도주 탓인지도 모르지만 유키코는 아주 들떠서 여느 때와 달리 말을 많이 했다. 그런 모습에는 입 밖에 내지는 않았으나 반 년 만에 간사이로 돌아온 기쁨…… 아시야 집의 응접실에서 사치코, 다에코와 이렇게 밤을 보내고 있다는 기쁨이 배어났다. 데이노스케는,

「이제 슬슬 잠자리에 들어야지」

하고 말했으나 이야기가 활기를 띠자 다시 일어나 장작 몇 개를 더 지폈다.

「언제 나도 한번 도쿄에 데려갔으면 좋겠는데, 시부야 집은 정말 좁다지? 대체 이사는 언제한대?」

「글쎄…… 집을 구하고 있는 것 같지는 않던데」

「그럼 이사하지 않을 생각일까?」

「그럴지도 몰라요. 작년에는, 집이 이렇게 좁아터져서야 아무래도 안 되겠다며 이사를 가야겠다고 했거든요. 그런데 올해 들어서는 별로 그런 얘기를 안 하더라고요. 뭐, 형부도 언니도 생각이 변한 것 같아요.」

유키코는 이렇게 말하고 뜻밖의 얘기를 꺼냈다.

이건 내가 지켜본 것이고 언니네가 직접 그런 얘기를 한 것은 아니지만, 원래 부부가 그렇게나 떠나기 싫어하던 오사카를 떠나 도쿄로 갈 결심을 한 동기는 형부한테 출세욕이 있었기 때문이다. 그 출세욕이 생긴 원인은 여덟 명이나 되는 식구를 거느리려면 돌아가신 장인의 유산으로는 살아갈 수 없다는 것, 좀 과장되게 말하면 생활난을 느끼기 시작한 데 있다. 그래서 도쿄로 간 당시에는 집이 좁다고 불평하더니 점점 사는 데 익숙해지자 여기서도 견디지 못

할 것도 없다는 생각이 든 게 아니겠느냐. 거기에는 무엇보다도 55엔이라는 싼 집세의 유혹도 있었을 것이다. 형부도 언니도 어쨌든 집이야 좁지만 집세가 무척 싸다고 입버릇처럼 말했는데, 그런 말을 하는 사이에 어느 틈에 그 싼맛에 끌려 그냥 눌러앉을 생각이 들었을 것이다. 그도 그럴 게 오사카에 있으면 체면이나 격식에 신경을 써야 하지만 도쿄에서라면 〈마키오카〉 집안이라고 해봤자 아는 사람이 없으므로 쓸데없이 허영을 부리기보다는 조금이라도 재산을 늘려 나갈 생각을 하는 편이 낫다는 식의 실리주의로 전향한다고 해도 이상할 것이 없기 때문이다. 형부는 이번에 지점장이 되어 월급도 올랐고 그만큼 주머니 사정에 여유가 생겼을 텐데도 오사카 시절과 비교해 보면 모든 일에서 구두쇠가 되었다는 것이 그 증거다. 언니도 형부의 뜻에 따라 놀랄 만큼 검소해졌고, 그날그날의 먹을거리를 사는 것도 눈에 띄게 아꼈다. 하긴 여섯 명이나 되는 아이들의 식사를 마련해 주어야 하니까 야채 하나 사는 데도 머리를 쓰고 안 쓰고에 따라 상당히 차이가 나는데, 좀 초라한 얘기를 하자면 식단 같은 것도 오사카 시절과는 달라져서 스튜라든가 카레라이스, 조림 요리 등 되도록 한 종류를 만들고 적은 재료로 여러 사람들을 배불리 먹이려고 머리를 썼다. 그런 식이었으므로 쇠고기 같은 것도 스키야키 같은 것은 좀처럼 맛볼 수 없었고 기껏해야 고기 조각 한두 개가 떠 있는 국물만 먹을 수 있었다. 그래도 가끔 아이들의 식사가 끝난 뒤에 어른들만 다른 요리로 형부의 상대를 해주면서 천천히 저녁 식사를 즐기는 때도 있었다. 도쿄에서 도미 같은 것은 먹지 못한다고 해도 생선회를 먹을 수 있는 것은 그런 때뿐이었다. 그것도 사실 형부를 위해서라기보다 부부가 나에게 신경을 써서, 항상 아이들 뒤치다꺼리만 하는 게 가엾다는 생각에서 마련한 모양이었다.

「언니네를 보고 있으면, 그런 것이 아닐까 하는 생각이 들어……. 우선 한번 봐. 그 집은 안 변할 테니까.」
「응, 그럴까? 도쿄에 가서 언니네 인생관이 완전히 변해 버렸나?」
「그건 어쩌면 유키코 처제의 관찰이 맞는지도 모르겠어.」
데이노스케도 말했다.
「도쿄로 이사한 것을 계기로 지금까지와 같은 허영심을 버리고 아주 근검저축주의로 살아 보자……. 형부라면 그런 생각을 하는 게 무리는 아니지. 누가 말해도 좋을, 그런 얘기니까. 집이 비좁은 건 사실이지만 참자고 생각하면 못 살 것도 없을 테니까.」
「하지만 만약 그렇다면 그렇다고 분명히 얘기하면 좋을 텐데, 지금도 때때로 〈유키코의 방이 없는 게 미안하네〉 하고 만나는 사람마다 변명하는 게 이상해요…….」
「그야 뭐 사람이란 게 그렇게 한 번에 싹 바뀌는 게 아니니까, 체면도 좀 차려야겠지.」
「나도 곧 그렇게 좁은 데로 가야 하나?」
다에코는 자신에게 가장 뼈아픈 일을 물었다.
「글쎄…… 다에코가 와도 당장 잘 데도 없는 것 같은데…….」
「그럼 당분간은 안 가도 되겠네.」
「어쨌든 지금은 다에코 문제는 잊고 있는 것 같아.」
「자, 이제 그만 자지.」
난로 선반 위에 놓인 시계가 2시 반을 치자 데이노스케는 깜짝 놀란 듯이 일어섰다.

「유키코도 오늘은 피곤하지?」

「맞선 문제로 의논할 게 있는데 그건 내일 하지 뭐.」

유키코는 사치코의 말을 흘려듣고 먼저 2층으로 올라갔다. 침실로 들어가 보니 에쓰코는 머리맡의 테이블 위에 아까 받은 여러 가지 선물들, 아와야의 조리 상자까지 늘어놓고 잠들어 있었다. 스탠드 불빛 아래서 평온하게 잠들어 있는 에쓰코의 얼굴을 들여다보자 그녀는 다시 한번 집에 돌아왔다는 기쁨이 솟아오르는 것 같았다. 그리고 에쓰코의 침대와 그녀의 잠자리 사이에 푹 파묻혀 정신없이 잠들어 있는 오하루를,

「오하루! 오하루!」

하고 두세 번 흔들어 깨워서 가까스로 아래층으로 내려 보내고 잠자리에 들었다.

27

〈맞선은 장소나 시간은 나중에 따로 알려 드리겠습니다만 여드레가 길일이라고 하니 여드렛날로 해주셨으면 좋겠습니다〉라고 진바 부인이 알려 왔으므로 그렇게 할 생각으로 유키코를 불러들였다. 그런데 5일 밤 뜻밖의 사건이 터졌으므로 또다시 연기해 달라고 할 수밖에 없었다. 왜냐하면 5일 아침 사치코는 아리마 온천에서 병후 요양을 하고 있는 어떤 부인의 문병을 하려고 진작부터 약속해 두었던 친구 두세 명과 함께, 전차로 갔으면 좋았을 것을 버스로 롯코 산을 넘어 아리마로 갔다. 물론 돌아올 때는 신유(神有) 전차를 이용했

는데, 돌아온 날 밤 잠자리에 들고 나서 사치코는 갑자기 출혈을 하고 고통을 호소하기 시작했다. 구시다 선생을 불러 진찰해 보았더니 뜻밖에도 유산인 것 같다고 했다. 그 즉시 전문의를 불러 진찰을 받았는데, 역시 구시다 선생의 진찰대로 다음 날 아침 유산을 하고 말았다.

데이노스케는 밤중에 사치코가 고통을 호소하자 자기 잠자리를 치우고 내내 머리맡에 붙어 있었다. 다음 날도 유산 뒤처리를 할 때 잠깐 자리를 비웠을 뿐 아내의 통증이 가라앉은 뒤에도 출근을 하지 않고 내내 병실을 지켰다. 그리고 둥근 화로 가장자리에 양 팔꿈치를 괴고 부젓가락 머리에 양손을 겹쳐 놓은 자세로 고개를 숙이고 앉아서 하루 종일 아무것도 하지 않은 채 가만히 있었다. 때때로 눈물을 가득 머금은 눈으로 아내가 자기 쪽을 올려다보는 것을 느낄 때면 잠깐 마주 보며,

「좀 어때?」

하고 위로하려는 듯한 표정으로 말했다.

「이미 벌어진 일은 어쩔 수 없지 뭐.」

「당신, 용서해 줄 거죠?」

「뭘 말이야?」

「제가 조심하지 않았잖아요.」

「그럴 리가 있어? 나는 오히려 앞날의 희망이 솟아나는 것 같은데.」

그렇게 말하자마자 아내의 눈에 매달려 있던 눈물방울이 점점 커지더니 뺨으로 흘러내렸다.

「그래도 아쉬워요……」

「이제 그만해……. 분명히 또 생길 테니까…….」

부부는 하루 동안 몇 번이고 이런 말을 주고받았다. 그리

고 데이노스케는 핏기 가신 아내의 창백한 얼굴을 지켜보면서 자신도 낙담하는 빛을 감추지 못하고 있었다.

사실대로 말하자면 사치코는 요즘 연달아 두 번이나 월경이 없었으므로 어쩌면 하는 예감이 없었던 것은 아니었으나 에쓰코를 낳은 지 벌써 10년 가까이 되었고 또 경우에 따라서는 수술을 하지 않으면 애가 생기지 않을지도 모른다는 의사의 말을 들었던 터라 설마 하고 방심한 게 나빴던 것이다. 그래도 남편이 아이를 바라고 있다는 것을 알고 있었고, 자신도 언니만큼은 아이 복이 없다고 해도 여자아이 하나로는 아무래도 적적하다고 느끼고 있었다. 그래서 아이가 생긴 거라면 좋겠다는 생각에서 만약을 위해 3월이 되면 검사를 받아 볼 생각이었다. 그래서 어제 같이 간 사람들이 롯코 산을 넘어가자고 했을 때 문득, 신중하게 대처하는 게 낫지 않을까, 하는 기분도 들었지만, 무슨 바보 같은 짓을, 하며 그 마음을 강하게 부정했다. 모처럼 모두들 즐거워하고 있는 계획에 반대할 것까지는 없다고 생각했던 것이다. 그렇게 방심한 것에는 일단 이유가 있었으므로 꼭 그녀가 책망을 받아야 하는 것은 아니지만, 구시다 선생도 〈참 안타까운 일을 했네요〉라고 말했고, 자신도 왜 그런 때 하필이면 아리마 같은 데로 갈 약속을 했을까, 왜 멍청하게 버스를 타고 말았을까, 하는 후회의 눈물을 주체할 수 없었다. 남편은 〈이제 당신 몸에는 아이가 생기지 않을 거라고 포기하고 있었는데 뜻밖에도 임신이 가능하다는 것이 증명되었으니까, 나는 비관하기보다는 오히려 앞으로 희망이 생긴 것을 기쁘게 생각해〉하며 위로해 주었다. 그 모습만 봐도 그렇게 말하는 남편이 내심 굉장히 실망했다는 걸 알 수 있었다. 그래서 자상하게 위로해 준 만큼 더욱, 딱해서 남들이 뭐라 하지는 못해도 자신의 잘

못, 그것도 가볍지 않은 잘못이라는 것은 부정할 수 없는 듯했다.

이튿째에는 남편도 새로이 마음을 다잡아 여느 때처럼 쾌활하게 제시간에 출근했다. 사치코는 혼자 2층에 누워 있자니, 후회해도 소용없는 일이라고 생각하면서도 자꾸만 생각이 한 군데로 쏠리는 것을 막을 수가 없었다. 모처럼 경사스러운 이야기가 있던 참이라 유키코를 비롯해 에쓰코나 식모들에게는 모르게 하고 있었지만, 혼자가 되면 어느새 눈물이 솟아났다.

내가 만약 조심했다면 11월에는 아기가 태어날 텐데, 그리고 내년 이맘때는 어르면 웃을 정도로 자라 있을 텐데……. 아마 이번에는 남자아이가 아니었을까? 그럼 남편은 물론이고 에쓰코가 얼마나 기뻐했을까?…… 내가 전혀 눈치채지 못하고 있는 일이었다면 또 모를까 그때 어쩐지 그런 예감이 들었는데 왜 버스 타는 걸 막지 않았을까? 순간적으로 적당한 구실이 떠오르지 않은 탓도 있었지만, 그렇다면 나 혼자만이라도 뒤따라가는 걸로 했다면 좋았을걸. 구실이야 얼마든지 생각해 낼 수 있었을 텐데, 왜 그렇게 하지 않았을까? 후회해도, 후회해도 이것이 가장 후회스럽다. 남편 말마따나 나중에 또 생기면 좋겠지만, 그렇지 않다면 아마 나는 몇 년이 지나도, 아아 그 아이가 지금 살아 있었다면 이만큼 컸을 텐데, 하는 생각을 하면서 언제까지나 잊지 못하리라. 아마 이 일은 평생 씻을 수 없는 회한이 되어 따라다니겠지…….

사치코는 다시 한번 강하게 자신을 책망하고 남편과 잃어버린 태아에게 속죄할 수 없는 죄를 범했음을 사죄하면서 또다시 새로운 눈물이 가득 차오르는 것을 느꼈다.

진바 부인한테는 원래 누군가 찾아가서 양해를 구해야 했지만 자주 있는 일인 데다 데이노스케는 일면식도 없기도 하고 또 그쪽은 항상 부인이 교섭을 하고 남편인 진바 센타로라는 사람은 아직 표면에 나선 적이 없기 때문에, 우선 6일 밤에 사치코 대신 데이노스케가 서면으로, 〈또다시 연기해 달라는 말씀을 드리기가 무척 난감합니다만, 공교롭게도 아내가 감기로 열이 심해서 참으로 송구하게도 당장 8일은 연기를 해주셨으면 합니다. 만약을 위해 덧붙이자면 오직 그 사정 외에 다른 이유는 없으니 그 점은 오해하지 않으셨으면 합니다. 감기라고 해도 그리 대단한 것은 아닌 듯하니 일주일만 기다려 주시면 괜찮을 것으로 사료됩니다〉 하고 써서 속달로 부쳤다. 그러나 그쪽은 그것을 어떻게 받아들였는지 7일 오후에 갑자기 진바 부인이 찾아왔다.

「문병도 할 겸해서 찾아왔습니다만, 혹시 부인 좀 뵐 수 있으면 잠깐이라도 뵈었으면 하는데요.」

사치코는 그녀를 병실로 안내하게 했다. 왜냐하면 자기가 정말 이렇게 누워 있는 모습을 직접 보이는 것이 오히려 그쪽도 안심하고 양해해 줄 것이라고 생각했기 때문이다. 서로 속속들이 아는 오랜 친구의 얼굴을 보자 사치코는 점차 친밀감이 우러나와 진짜 아픈 게 뭔지 내친김에 말하고 싶어졌다. 그래서,

「경사스러운 이야기가 있던 참이라 편지에는 그렇게 썼지만 사실 당신한테는 숨길 게 없으니까」

하고 말문을 연 다음, 5일 밤중에 일어난 일을 간단히 말하고 자신의 가슴속 괴로운 이야기도 얼마간 털어놓았다.

「이것은 당신한테만 털어놓으니까 그쪽한테는 뭐라고 적당히 둘러 댔으면 좋겠어요. 사정이야 그게 다니까 아무쪼록

기분 나쁘게 생각하지 말았으면 좋겠네요. 게다가 경과도 양호해서 의사도 일주일만 있으면 나다닐 수 있을 거라고 하니까, 그걸 감안해서 다시 한번 날짜를 잡아 주세요.」

「그것참 안타까운 일을 겪으셨네요. 남편분은 얼마나 상심했을까요?」

진바 부인이 이렇게 말하는 순간 사치코의 눈이 젖어 들었다. 그것을 간파하고 진바 부인은 서둘러 화제를 돌렸다.

「일주일만 있으면 된다면 15일은 어떨지 모르겠네요?」

그러고는,

「오늘 아침 속달을 받았기 때문에 여기에 올 때 그쪽과 의논을 하고 왔습니다만, 이번 달은 18일부터 24일까지가 춘분절이니까 그 기간을 피하려면 8일 이후로는 15일밖에 적당한 날이 없습니다. 만약 15일이 안 된다면 그다음은 다음 달로 넘어갑니다. 그러니 지금부터 정확히 일주일이 있으니까 가능하면 15일로 해줄 수는 없나요? 사실 하마다 씨한테서도 그렇게 해달라는 부탁을 받고 왔거든요」

하고 말했다. 사치코는 거기다가 또 자기 형편을 늘어놓기도 뭐하고 의사도 그렇게 말했으니까 조금 무리를 한다면 못 나갈 것도 없을 거라고 생각해 남편에게 의논할 것까지도 없이 대체로 승낙한다는 뜻을 전하고 돌려보냈다.

그런데 그 후 경과는 순조로웠지만 14일이 되었는데도 아직 때때로 출혈이 있었고 누웠다 일어났다 하며 지내는 정도였다. 데이노스케는 처음부터,

「그런 약속을 해도 괜찮을까?」

하고 불안하게 생각했는데 이렇게 되고 보니 중요한 자리에서 실수라도 하면 안 될 것이기에, 다행히 진바 부인만은 사실을 알고 있으니까 사정을 얘기해서 사치크는 빠지기로

하고 자기 혼자 유키코를 따라가는 방법도 생각했다. 하지만 그렇게 하기도 고약한 것이 사치코가 없으면 양쪽을 소개할 사람이 없었기 때문이다. 유키코는 걱정이 되어,

「나 때문에 그렇게 무리하지 않아도 돼. 다시 한번 연기해 달라고 하고, 혹시 그 때문에 혼담이 깨진다면 인연이 그것 뿐이라고 생각하고 포기하지 뭐. 이런 때 그런 일이 생기는 것도 원래 인연이 닿지 않아서인지도 몰라」

하고 말했다. 그러나 사치코는 유키코가 그런 식으로 말하자 얼마 전부터 자신의 슬픔 때문에 잊고 있었던 동생에 대한 동정심이 불쑥 솟아났다. 지금까지도 유키코의 맞선은 사고가 생겨 단번에 순조롭게 진행된 적이 거의 없었다. 이번에도 그것을 예상하고 말하는 것은 이상하지만, 뭔가 그런 일이 생기지 않으면 좋을 텐데 하고 이리저리 생각하던 참에 먼저 큰집 조카가 아픈 바람에 지장을 초래했고 그것이 해결되자 이번에는 유산이라는 불길한 사건이 일어났다. 그 사실을 떠올리자 사치코는 자신들까지 동생에게 얽힌 운명 속으로 휩쓸려 드는 것 같아 다소 찜찜한 기분이었다. 그러나 본인은 의외로 아무렇지 않게 생각하는 것 같아 그 얼굴을 보고 있으면 더욱 안쓰러운 마음이 일었다. 그래서 14일 아침 데이노스케가 출근할 때까지만 해도, 그의 생각은 사치코가 나가지 않는 쪽으로 기울었고 사치코 자신은 무슨 일이 있어도 나가겠다고 해서 어느 쪽으로도 결정을 내리지 못하고 있었다. 그런데 3시경 진바 부인한테 전화가 걸려 왔을 때, 지금은 어떠냐는 말을 듣자 사치코는 그만 이제 대충 나았다고 대답해 버렸다.

「그럼 내일 괜찮겠네요.」

이렇게 말하더니 진바 부인은 곧바로,

「내일, 시간은 오후 5시, 노무라 씨 쪽에서 집합 장소는 오리엔탈 호텔 로비로 정했다고 하니 그렇게 아세요. 그렇지만 호텔은 거기서 잠시 모여 간단히 차를 마실 뿐이고, 어디 요릿집으로 자리를 옮겨 저녁 식사를 할 테니까 내일 호텔에서 만나 어디로 갈지 정해도 좋다고 하네요. 노무라 씨 쪽은 본인 혼자이고 우리 부부가 하마다 씨 대리로 동석하기 때문에 당신 쪽이 세 명이라면 모두 여섯 명이 되겠네요」

하는 것이었다. 사치코는 그 얘기를 듣고 있는 동안 확실히 가기로 마음먹었지만,

「그럼 그렇게 해도 되겠지요?」

하고 그쪽이 다짐을 하자,

「잠깐만요!」

하고 불러 놓고는,

「사실 거의 다 나았긴 하지만 외출하는 건 내일이 처음이고 출혈이 아직 완전히 멈춘 것도 아니라서 정말 죄송하지만 당신이 눈치껏 해서 되도록 걷지 않아도 되게 가까운 거리를 갈 때도 꼭 택시를 타는 쪽으로 했으면 좋겠어요. 이것만 유념해 주시면 별지장은 없을 거예요」

하는 점을 잘 부탁해 두었다.

이 전화가 걸려 왔을 때 유키코는 이타니 미용실로 내일 하고 갈 머리를 하러 가고 없었다. 그런데 집으로 돌아와 이야기를 듣고 유키코는 다른 것은 다 알겠다고 했지만 모이는 장소를 오리엔탈 호텔로 정한 데는 난색을 드러냈다. 얼마 전 세코시와의 혼담 때도 오리엔탈 호텔이었는데 또 같은 장소로 하면 징조가 좋지 못하다든가 하는 문제가 아니라 보이나 여급들이 그때 일을 기억하고 있어서 〈아아, 저 아가씨 또 맞선을 보네〉 하는 눈으로 보면 불쾌할 거라는 얘기였다. 사치

코도 아까 장소 얘기를 들었을 때 그런 이의가 나오지 않을까 하는 생각을 못 한 것은 아니었고, 유키코가 한번 그런 말을 입 밖에 내면 좀처럼 마음을 돌리기 어렵다는 것을 알기 때문에 남편의 서재에서 진바 부인에게 전화를 걸어 오리엔탈 호텔만은 재고해 달라고 요청했다. 그리고 두 시간 정도 지나서 그쪽에서 전화가 왔다.

「노무라 씨와 의논을 해봤는데 오리엔탈 호텔이 안 된다니 당장 적당한 장소가 떠오르지 않는다네요. 직접 요릿집으로 모이면 좋긴 하지만, 그렇게 되면 요릿집을 미리 정해야 하는데 이쪽에서 독단적으로 정하기 뭐하고. 그러니까 댁에서 무슨 좋은 생각이 있으면 알려 주셨으면 좋겠어요. 그냥 저희 생각을 말하자면 오리엔탈 호텔은 잠깐 모이는 장소일 뿐이니까 아무쪼록 유키코 씨에게 양해를 구하고 그곳으로 해주면 정말 좋겠는데, 그렇게는 안 될까요?…… 뭐 그렇게까지 신경 쓸 일이 아닌 것 같은데…….」

사치코는 그때 마침 데이노스케가 퇴근을 했으므로 남편과 의논해 본 결과 역시 유키코의 마음을 존중하는 편이 좋겠다고 얘기가 됐다.

「고집을 피우는 것 같아서 죄송하지만…….」

사치코가 그쪽의 양해를 구했다.

「그럼 좀 더 생각해 보고 내일 아침 다시 상의해 보죠.」

진바 부인은 이렇게 말하고 끊었으나 15일 아침에 전화를 걸어와 토르 호텔은 어떠냐고 했으므로 장소는 가까스로 그곳으로 정해졌다.

28

 그날은 오미즈토리가 끝난 것치고는 좀 추운 날이었는데, 바람은 없었지만 날씨가 잔뜩 흐렸다. 데이노스케는 아침에 일어나자마자 우선 출혈이 멈추었는지부터 걱정했다. 오후에도 빨리 퇴근해서,
 「어때? 출혈은?」
 하고 묻고 또,
 「몸이 안 좋으면 지금이라도 거절하면 돼. 오늘은 나 혼자서도 충분히 해낼 수 있으니까」
 하고 말했다. 사치코는 그런 말을 들을 때마다 상태가 훨씬 좋아졌고 출혈도 점점 줄어들고 있다고 더답은 했지만, 사실 어제 오후부터 전화를 받느라 여러 번 몸을 움직인 것이 화근이었는지 오늘은 오히려 출혈이 많아졌다. 그리고 오랫동안 목욕을 하지 않은 채 얼굴이나 목만 간단히 씻고 경대 앞에 앉아 얼굴을 보니 아무래도 빈혈기가 있는 안색이어서 자기가 봐도 눈에 띄게 수척했다. 그러나 동생이 선보는 자리에 따라갈 때는 가능한 한 수수하게 차리라고 언젠가 이타니에게 주의 받은 일도 있고 해서 차라리 잘된 게 아닐까 하고 생각했다.

 호텔 현관에서 기다리고 있던 진바 부인은, 유키코를 가운데 세우고 부부가 들어오는 것을 보자 금방 다가와,
 「사치코 씨, 남편 좀 소개해 줘요」
 하고 말하면서,
 「여보」
 하며 자기 뒤에 두세 걸음 떨어져서 조심스러운 모습으로

서 있는 남편 센타로를 손짓으로 불렀다.

「처음 뵙겠습니다. 제가 진바입니다. 집사람이 언제나 신세만 져서……」

「아닙니다, 저희야말로……. 이번에도 또 부인께서 여러 가지로 배려를 해주셔서 감사하게 생각하고 있습니다. 특히 오늘은 무리한 부탁을 해서 얼마나 죄송스러운지…….」

「저어, 사치코 씨…….」

그때 진바 부인이 조그마한 소리로 말했다.

「……노무라 씨가 저기 나와 계신데 곧 소개해 드리겠지만, 어쨌든 저희도 사장님 댁에서 한두 번밖에 만난 적이 없어서 그렇게 친하다고 할 수 없으니까 모양새가 좀 이상하긴 해요……. 그래서 말인데, 노무라 씨에 대해서는 저희도 잘 모르니까 뭐든지 직접 물어봤으면 해요.」

부인이 말하는 걸 옆에서 묵묵히 듣고 있던 진바는 내밀한 이야기가 끝나기를 기다려,

「그럼 저쪽으로 가시지요」

하고 받들 듯이 한 손을 내밀며 허리를 숙였다.

사치코 부부는 사진으로 본 적이 있는 신사가 로비의 의자에 혼자 앉아 있는 것을 보았다. 그쪽도 피우고 있던 담배를 급히 재떨이에 두세 번 쓱쓱 문질러 끄고 나서 일어섰다. 체격은 생각보다 건강하고 튼튼해 보였다. 그러나 사치코가 생각한 대로 사진 이상으로 노인 냄새가 나는, 늙수그레한 용모였다. 사진으로는 알 수 없었는데, 머리가 벗어지지는 않았지만 벌써 반백의 곱슬곱슬한 머리카락이 드문드문 몹시 지저분하게 나 있었고 얼굴에는 잔주름이 아주 많았다. 아무리 봐도 쉰네댓 정도는 들어 보였다. 실제 나이는 데이노스케보다 두 살밖에 많지 않은데도 노무라가 한 열 살 정도는

더 들어 보였다. 더구나 유키코는 실제보다 일고여덟 살이나 젊어 보여서 기껏해야 스물네다섯 정도로밖에 보이지 않기 때문에 마치 부녀지간처럼 보였다. 그래서 이런 자리로 동생을 끌고 나온 것만으로도 사치코는 동생에게 뭔가 미안한 일을 한 것만 같았다.

여섯 사람은 양쪽의 소개가 끝나고 나서 그대로 차 테이블을 둘러싸고 이야기를 나누었으나 이야기가 대끄럽게 이어지지 못하고 때때로 모두가 침묵에 빠져들었다. 그것은 노무라가 어딘지 말을 붙이기 힘든 느낌을 주는 사람인 탓도 있었지만, 중매 역인 진바 부부가 또 노무라를 다주 조심스럽게 대하는 바람에 분위기가 딱딱해진 탓도 있었다. 아마 진바는 상대가 은인인 하마다 씨의 사촌이라는 점을 의식하는 것 같았다. 아무리 그렇더라도 너무 비굴하게 보였다. 여느 때 같으면 데이노스케 부부도 이런 때 자리를 어색하지 않게 할 수 있는 정도의 붙임성은 있으나 오늘은 사치코의 기세가 올라가지 않았고 데이노스케 역시 아내의 기분에 영향을 받아 다소 음울했다.

「노무라 씨, 현청에서 하는 일은 주로 어떤 것인지……..」

그래도 이런 질문에서부터 이야기가 띄엄띄엄 흘러나와, 일은 효고 현의 은어 증산에 관한 지도와 시찰 등이 주라는 것, 현 내에서는 어디서 난 은어가 가장 맛있는가 하는 것, 그건 다쓰노나 다키노의 은어라는 것 등의 이야기로 이어졌다. 진바 부인은 그사이에,

「잠깐……」

하고 사치코를 안 보이는 데로 데려가서 뭔가 이야기를 했고 노무라의 옆으로 돌아가 귀엣말을 했으며 전화실로 달려가 또다시 사치코를 불러내는 등 분주했다. 진바 부인이 자

리로 돌아가자 이번에는 사치코가,

「잠깐만요」

하고 데이노스케를 불러냈다.

「무슨 일인데?」

「저기…… 장소 말인데요, 당신, 야마테의 북경루라는 중국요릿집 알아요?」

「아니, 모르겠는데.」

「노무라 씨가 늘 거길 다니는 모양인데, 거기로 했으면 좋겠다는데요. 그런데 중국요리야 상관없지만 오늘 저는 의자에 앉으면 불편할 것 같으니 다다미방으로 해달라고 했어요. 거기는 중국 사람이 운영하는 중국요릿집이지만 다다미방이 한두 개는 있다고 해서 지금 진바 부인이 전화로 다다미방을 예약했어요. 그래도 괜찮죠?」

「당신이 괜찮다면 난 아무 데든 상관없어……. 당신, 그렇게 앉았다 일어섰다 하지 말고 좀 가만히 앉아 있어.」

「어떻게 해요. 자꾸 불러내는걸요…….」

그러고 나서 사치코는 화장실로 가더니 20분이 지나도록 나타나지 않다가 아주 창백한 얼굴로 돌아왔다. 그러자 진바 부인이 또,

「잠깐만요」

하고 불렀으므로 데이노스케는 더 이상 참을 수 없어서,

「아니야, 내가 갈게」

하고 일어섰다.

「저, 집사람은 아직 몸 상태가 좋지 않아서…… 무슨 일인지, 저한테 말씀해 주시겠습니까?」

「아, 그렇습니까? 실은 저…… 자동차가 두 대가 와 있습니다만, 한 대에는 노무라 씨, 유키코 씨 그리고 제가 타고 또 한

대에는 그쪽 부부와 저희 남편이 타는 걸로 하면 어떻겠습니까?」

「글쎄요…… 노무라 씨의 의향인가요?」

「아니요, 그런 건 아닙니다만, 그냥 그렇게 하면 어떨까 해서요.」

「글쎄요…….」

데이노스케는 어쩐지 불쾌해지는 것을 얼굴에 드러내지 않도록 애썼다. 오늘은 사치코가 불편한 몸을 참고 다소 위험을 감수하면서 이 자리에 나왔다는 것을 어제 알렸고 또 아까부터 이따금씩 그런 눈치를 비쳤는데도 진바 부인은 그걸 알면서도 일언반구의 인사말이나 동정의 표시도 하지 않는다는 것이 데이노스케는 불만이었다. 하긴 오늘은 경사스러운 날이라 부정 탈까 봐 일부러 그런 말을 안 하는지도 모르지만, 아무리 그렇다고 해도 뒷전에서 사치코를 위로하는 마음을 보여 줘도 좋을 것 같은데, 너무나 눈치가 없어 보였다. 어쩌면 그런 식으로 생각하는 이쪽이 염치없는 것이고 진바 부인은 자기들이야말로 지금까지 몇 번이나 연기하자고 해서 끌려 다녔기 때문에 지금 여기에 나와서 그 정도 희생을 하는 것은 당연하다고 생각하는 게 아닐까? 하물며 이것은 다른 누구를 위한 것도 아닌 자기 동생을 위한 일이며 자신은 오직 친절함만으로 하고 있는 만큼 언니가 동생의 맞선을 위해 다소 불편한 몸을 참는 정도의 일이 뭐 그리 대수겠느냐, 그런데도 마치 자기한테 은혜라도 베푸는 것처럼 말하는 것은 잘못이라고 생각하고 있는 게 아닐까? 데이노스케는 자신들의 곡해일지도 모르겠지만 이 부부도 역시 이타니와 마찬가지로, 혼기를 놓쳐 어려워하고 있는 아가씨를 자신들이 알선해 주고 있다고 생각해서, 마치 자기네들이 무슨 큰

은혜라도 베풀고 있다고 여기고 있는 건 아닐까, 하는 느낌이 들었다. 그러나 사치코의 말에 따르면 진바라는 사내는 하마다 쇼키치가 사장인 간사이 전차의 전력과장이라고 하니, 사장한테 잘 보이려고 노무라의 비위를 맞추기 위해 너무 열심이다가 그만 다른 일에는 신경도 쓰지 못하고 있는 거라고 해석하는 것이 가장 맞는지도 모른다. 노무라와 유키코를 한 차에 태우려는 것은 진바 부인의 충성심에서 나온 것인지 아니면 노무라의 뜻인지 분명하지는 않았지만, 어쨌든 지금의 경우 약간 비상식적이라서 데이노스케는 바보 취급을 당한 것 같은 느낌이 들었다.

「어떠신가요? 유키코 씨가 싫다고 하지만 않는다면……」

「글쎄요, 유키코는 워낙 성격이 그 모양이라 싫어도 싫다고 하지 못해서요. 이야기가 순조롭게 진행되면 그런 기회는 앞으로 얼마든지 있을 테니까……」

「네, 네.」

진바 부인은 겨우 데이노스케의 안색을 알아차리고 코를 새우등처럼 모으고는 쓴웃음을 지었다.

「그리고 말입니다. 그런 식으로 하면 유키코는 더욱 쑥스러워서 말을 안 하는 성격이라 오히려 결과가 좋지 않을 것 같습니다만……」

「아아, 그렇군요……. 아니, 뭐 그저 잠깐 그러면 좋을 것 같아서 말씀드려 본 것이니까, 그러시다면 뭐……」

그러나 데이노스케의 비위에 거슬린 것은 이것만이 아니었다. 북경루라는 곳은 쇼센[72] 모토마치 역의 산 쪽 높은 지대에 있다고 해서,

---

[72] 전쟁 전에는 철도성과 운수성이 관리하던 국유 철도선의 약칭이다. 현재의 JR 각 노선의 전신에 해당한다.

「차가 문 앞까지 가겠지요?」

하고 다짐을 받자,

「그럼요, 걱정하실 필요 없습니다」

하고 말했는데 막상 가보니 문 앞에까지 가긴 하지만 북경루는 모토마치에서 고베 역으로 통하는 고가선(高架線) 북측을 따라 난 도로에 면해 있어 현관까지 가는 데 또 경사가 상당히 급한 돌계단을 몇 계단이나 올라가야 혔고 현관에서 또 2층까지 계단으로 올라가야 했다. 사치코는 데이노스케의 부축을 받으며 뒤에서 천천히 올라갔지만 2층까지 다 올라가자 복도에 서서 바다 쪽을 바라보고 있던 노무라가 그런 것에는 아랑곳하지 않고,

「어떻습니까? 마키오카 씨. 여기 전망이 참 좋지요?」

하고 썩 기분이 좋은 목소리로 물었다. 그러자 나란히 서 있던 진바가,

「과연 참 좋은 곳을 찾아냈군요」

하고 맞장구를 쳤다.

「여기서 항구를 내려다보면 꼭 나가사키에 있는 듯한 이국 정서를 느끼지요.」

「그래요, 그렇네요. 정말 나가사키 느낌이 나네요.」

「저는 난킨마치의 중국요릿집에는 자주 갑니다만, 고베에 이런 데가 있는 줄은 몰랐습니다.」

「이곳은 현청에서 가까워 우리는 자주 옵니다. 마침 음식 맛도 좋아서요.」

「아아, 그렇습니까? 그리고 이국 정서라고 하니 이 건물은 어딘가 중국의 항구에 있는 듯한 그런 느낌인데, 좀 색다르지 않습니까? 중국 사람이 운영하는 중국요릿집이라고 하면 흔히 살풍경한 데가 많은데, 이 난간하며 난간의 조각하며

내부의 장식하며 다 특색이 있어서 참 재미있네요.」

「항구로 군함 같은 배가 한 척 들어와 있군요…….」

사치코도 지금은 하는 수 없이 맞장구를 치며,

「어머, 어느 나라 군함일까요?」

하고 붙임성 있게 말을 건넸는데, 아래층 카운터로 교섭하러 갔던 진바 부인이 그때 난처한 얼굴로 허둥지둥 올라왔다.

「사치코 씨, 정말 죄송한데요, 다다미방이 다 차서 중국식 방으로 하시면 안 되겠느냐고 하네요……. 아까 전화했을 때는, 〈알겠습니다. 확실히 다다미방을 잡아 놓겠습니다〉라고 했는데, 여기 보이는 중국 사람뿐이라서 말예요, 몇 번이고 다짐을 했는데도 역시 제가 하는 말을 제대로 알아듣지 못한 모양이에요…….」

데이노스케는 2층으로 올라왔을 때부터 복도 쪽에 붙은 중국식 방이 준비되어 있는 것을 보고 이상하다고 생각했는데, 보이가 잘못 들었다면 굳이 진바 부인을 비난할 일은 아니지만, 전화를 받은 사람이 그렇게 미덥지 못한 중국인 보이였다면 어떻게든 그 밖에 다짐을 받는 방법이 있었을 텐데, 결국 사치코를 배려하는 마음이 부족한 데서 생긴 일이라고밖에 생각할 수 없었다. 게다가 남편 진바도 노무라도 약속이 달라진 것에 대해서 일언반구 해명도 하지 않고 자꾸 이곳 전망이 좋다는 말만 늘어놓았다.

「그럼 여기로 해도 괜찮겠어요?」

진바 부인은 가타부타 말도 할 수 없게 두 손으로 사치코의 손을 꼭 쥐고 어린아이가 조르듯이 아양을 떨면서 말했다.

「예, 예. 이곳도 좋은 방이잖아요. 정말로 좋은 장소를 알려 주셔서…….」

사치코는 자기보다 남편의 심기가 불편한 것이 더 걱정되

었기 때문에,

「여보!」

하고 남편 쪽으로 몸을 돌리면서,

「다음에 에쓰코랑 다에코 데리고 여기 한번 오지 않을래요?」

하고 애써 명랑한 척 말했다.

「응, 항구의 배가 보이니까 아이가 좋아하겠는걸.」

데이노스케는 시무룩한 표정으로 대답했다.

노무라와 사치코가 마주 보는 식으로 둥근 테이블에 둘러앉아 정종과 사오싱주[73]와 전채 요리로 만찬이 시작되었고, 진바가 최근 신문을 떠들썩하게 하고 있는 독일과 오스트리아 합병 이야기를 꺼냈는데, 그것을 계기로 오스트리아의 슈슈니크 수상의 사직, 히틀러 총통의 빈 입성 등의 이야기가 한동안 화제에 올랐다. 마키오카 쪽은 가끔 한두 마디 끼어드는 정도였고, 주로 노무라와 진바가 이야기를 주고받는 자리가 되었다. 사치코는 되도록 아무렇지 않은 표정으로 앉아 있었지만 토르 호텔에서 한 번, 이곳에 오고 나서 식탁에 앉기 전에 한 번 살펴봤을 때, 분명히 오늘 저녁 집을 나선 이후 출혈이 많아지고 있었다. 갑작스럽게 몸을 움직인 것이 원인임에 틀림없었다. 게다가 예상한 대로 높고 딱딱한 의자에 앉아 있는 게 불편했고 그 불쾌함을 참으면서 실수를 하면 안 된다는 걱정까지 하고 있으려니 곧바로 우울해지는 것을 도저히 어떻게 해볼 도리가 없었다. 데이노스케는 아내가 이를 악물고 앉아 있다는 것을 잘 알고 있었는데, 생각하면 생각할수록 화가 치밀어 올랐다. 그러나 자신이 무뚝뚝하게 행동하면 그녀에게 더욱 부담이 될 거란 걸 알기 때문에 술의 힘을 빌려서라도 대화에 걸림돌이 되지 않으려고 무척 애를

---

73 찹쌀을 발효시켜 만든 중국 사오싱 지방의 발효주.

써야 했다.

「참 그렇지, 사치코 씬 이거 마실 수 있죠?」

진바 부인은 사내들에게 술을 따라 준 김에 술병을 사치코 쪽으로 돌렸다.

「전 오늘 마시면 안 돼요……. 유키코, 좀 마실래?」

「그럼 유키코 씨, 드실래요?」

「그럼, 이걸로…….」

유키코는 얼음사탕이 들어간 사오싱주 잔을 살짝 입에 댔다.

그녀는 언니 부부가 기분이 가라앉은 것과 노무라가 건너편에서 계속해서 빤히 쳐다보는 것 때문에 한층 쑥스러운 듯 바닥만 쳐다보고 있었고 폭이 좁은 어깨를 점점 종이인형처럼 움츠리고 있었다. 그러나 노무라는 취기가 오르자 점점 말이 많아지는 것이 유키코를 눈앞에서 보고 있어서 흥분한 탓인 것 같았다. 그는 하마다 조키치가 친척인 것을 상당히 자랑스럽게 생각하는 것으로 보였는데, 하마다라는 이름을 몇 번이고 입에 담았다. 진바도 〈사장님, 사장님〉 하며 한바탕 하마다 얘기를 함으로써 암암리에 하마다가 사촌인 노무라를 얼마나 보살펴 주고 있는가를 내비치려고 했다. 그러나 그것보다 데이노스케가 놀란 것은 노무라가 어느새 유키코는 물론이고 자매들, 돌아가신 장인, 큰집의 처형 내외, 신문에 난 다에코의 사건 등 마키오카 집안에 관한 일들을 일일이 조사하여 다 알고 있다는 것이었다. 그리고 의심나는 점은 뭐든지 물어보라고 하자 여러 가지로 자세하게 묻기 시작했는데, 그런 문답을 하는 중에 유키코에 대해 상당히 여러 방면으로 알아봤다는 것을 알 수 있었다. 아마 그의 배후에 하마다가 있어서 충분히 조사할 수 있었던 것 같은데, 노무라가 한 말을 헤아려 보면 이타니의 미용실, 의사인 구시다,

쓰카모토 부인, 예전에 배운 적이 있는 피아노 교사 등에게 사람을 보냈다는 것은 분명해 보였다. 세코시와의 혼담이 무슨 이유로 깨졌는가 하는 것, 유키코가 오사카 대학에서 엑스레이 사진을 찍었다는 것까지 그가 알고 있다는 것은 이타니한테서 들었다고밖에 생각할 수 없었다(그리고 보니 이타니는 어떤 데서 아가씨에 관한 것을 물어 오기에 지장이 없는 선에서 다 이야기해 주었다고 언젠가 사치코에게 이야기한 적이 있었다. 사치코는 유키코의 그 얼룩이 이번에 도쿄에서 돌아오고 나서는 완전히 사라졌으므로 오늘은 안심하고 있었는데 설마 이타니가 그런 것까지 말했다고는 생각되지 않았으나 이때는 좀 섬뜩했다). 데이노스케는 오로지 자신이 맡아서 응대하고 있는 동안 노무라라는 사람이 아주 신경질적인 사람이라는 것을 알게 되었다. 과연 이런 사람이라면 혼잣말을 하는 괴상한 버릇이 있다고 해도 이상할 것 같지 않았다. 게다가 아까부터 그의 태도를 보고 있자니 노무라는 이쪽 속마음은 전혀 개의치 않고 이제 이 혼담은 성사된 거나 마찬가지라고 믿고 그런 식으로 자세한 일까지 묻는 것 같았으며 토르 호텔에서 만났을 때의 그 무뚝뚝한 인상과는 전혀 다른 사람처럼 활기차고 점점 더 기분이 좋아진 듯했다.

데이노스케 등의 솔직한 마음은 이쯤해서 적당히 이 모임을 끝내고 한시라도 빨리 집에 돌아가고 싶었다. 그러나 돌아가려고 할 무렵 다시 한번 당혹스러운 일이 벌어졌다. 원래는 오사카로 돌아가는 진바 부인이 자동차로 데이노스케 일행을 아시야까지 바래다 주고, 거기에서 자기들은 한큐 전차를 탄다는 것이었는데, 자동차가 왔다고 해서 나가 보니 한 대밖에 와 있지 않았다. 그리고 노무라 씨 댁은 아오타니로 같은 방향이니 얼마간 돌아가겠지만 태워서 같이 가달라는 것이었다. 데이노스케는 한신 국도를 타고 일직선으로 돌아가는 것과 아오타니로 돌아가는 것은 거리만 해도 상당히 차이가 날 뿐만 아니라 아오타니 방면은 길도 나쁘고 심한 경사도 많아 흔들림이 심하다는 것을 알고 있었으므로 거듭해서 이렇게 배려하는 마음이 없는 것에 다시 울분을 느끼면서도 차가 확 돌 때마다 아내가 어떤 얼굴로 있는지 조마조마했다. 그러나 남자 셋이 앞쪽 자리에 타고 있었으므로 그때마다 뒤를 돌아볼 수도 없었다. 게다가 아오타니 가까이 왔을 때 노무라가 갑자기,

「어떻습니까? 커피라도 한 잔 대접하고 싶은데 모두들 잠깐 들렀다 가시지 않겠습니까?」

하는 것이었다. 권하는 태도가 아주 극성이어서 이쪽에서 몇 번이나 거절하는데도 듣지 않고,

「누추한 집입니다만 전망이 좋기로는 북경루 못지않습니다. 방에 앉으면 항구가 한눈에 들어오는 게 자랑입니다. 잠깐 들어가셔서 제가 어떻게 사는지 좀 보시겠습니까?」

하고 자꾸만 부추기고 그 옆에서 진바 부인도 말을 거들었다.

「모처럼 저렇게 말씀하시니 꼭 들렀다 가시지요. 노무라 씨 댁에는 할멈과 계집아이만 있다니까 조금도 어려워하실 것 없습니다. 이 기회에 집 안 모양도 좀 보는 것이 참고가 되실 겁니다.」

그런데 데이노스케한테도〈아무리 그래도 인연과 관련된 문제니까 유키코의 생각을 들어 보지 않고서는 일을 망치는 행동을 하고 싶지 않고 또 이 이야기가 어떻게 되든 간에 앞으로 어떤 일로 신세를 질지 모르는데 진바 부인의 체면을

세워 주지 않는 것도 좀 그럴 것이고…… 이 사람도 눈치는 없지만 친절하게 대해 주는 것만은 틀림없으니까……〉 하는 약한 마음이 마음속 깊은 데 있었다. 그래서,

「그럼 잠깐 들러 볼까요?」

하고 먼저 사치코가 말한 것을 계기로 데이노스케도 고집을 꺾고 말았다.

그러나 여기서도 노무라의 집까지는 걷기 힘든 좁다란 언덕길을 40미터쯤 올라가야 했다. 노무라는 아이처럼 아주 신이 나서 바다가 보이는 방의 덧문을 서둘러 열고 또 서재를 보여 주고 내친김에 부엌까지 온 집 안을 안내했다. 그 집은 단층이고 여섯 칸밖에 안 되는 소박한 셋집이었는데 노무라는 불단이 있는 다다미 여섯 첩 크기 다실로 안내해 죽은 아내와 두 아이의 사진이 걸려 있는 모습까지 보여 주었다. 진바는 방으로 들어서자, 〈역시 조망이 훌륭하군요. 말씀하신 대로 북경루보다 훨씬 나은데요〉 하고 재빨리 입에 발린 말을 했다. 그러나 집이 높은 석축 가장자리에 아슬아슬하게 세워져 있어서 툇마루에 있으면 몸이 낭떠러지 밖으로 튀어나간 듯하게 안정감이 없었으므로 데이노스케는 자기 같으면 이런 집에서는 불안해서 도저히 살 수 없을 것 같았다.

커피를 대접받고 나서는 총총히 대기시켜 놓은 자동차에 올랐다.

「오늘 저녁, 노무라 씨는 굉장히 기분이 좋은 모양인데요.」

차가 출발하자 진바가 말했다.

「정말, 노무라 씨가 그렇게 말을 많이 하는 건 지금껏 본 적이 없어요. 역시 젊고 예쁜 사람이 옆에 있어서겠지요.」

진바 부인도 맞장구를 치면서 이렇게 말했다.

「그렇지 않아요, 사치코 씨? 노무라 씨 마음은 물어보지

않아도 알 테니까 여러분 생각에 달렸어요. 재산 없는 것이 결점임에는 틀림없지만 그래도 하마다 씨가 뒤에 있으니까 무슨 일이 있어도 생활이 곤란해질 염려는 없을 거예요. 그 점이 걸린다면 하마다 씨에게 좀 더 확실히 보증해 달라고 할까요?」

「아뇨, 고맙습니다. 정말 여러 가지로 애를 써주셔서……아무튼 상의해 보고 또 큰댁 의견도 물어본 다음에…….」

데이노스케는 깍듯한 말투로 대답했는데, 그래도 차에서 내릴 때는 진바 부인에게 좀 미안한 느낌도 들어서,

「오늘은 정말 실례 많았습니다」

하고 두 번 세 번 실례했다는 인사말을 했다.

29

이틀 후인 17일 아시야의 집으로 찾아온 진바 부인은, 사치코가 그제 무리를 해서 자리에 누워 있다는 말을 듣자 이번에는 아주 미안해하면서 30분 정도 머리맡에서 이야기하고 돌아갔다. 요컨대 〈노무라 씨가 꼭 찾아가서 부탁 좀 해 달라고 해서 왔다. 노무라 씨 생활 정도는 집을 봤으니까 대강 짐작할 것이다. 지금은 독신이니까 그런 데서 살지만 만약 결혼을 하면 좀 더 집다운 집으로 이사를 한다고 한다. 특히 유키코 씨가 결혼해 주신다면 헌신적인 사랑을 바칠 생각이고, 부유하지는 않지만 유키코 씨를 옹색하게 하지 않을 것이라고 한다. 그래서 실은 하마다 씨도 뵙고 왔다. 노무라가 그렇게까지 집착한다면 아무쪼록 일이 성사될 수 있도록 애써 달라고 한다. 노무라에게 재산이 없는 것이 시집올 사

람에게는 좀 안됐으니 어떻게든 생각해 보겠는데, 그 점은 자기에게 맡겨 달라고 하더라. 자기로서는 지금 구체적으로 어떻게 한다는 보장을 하라고 하면 좀 곤란하겠지만 자신이 있는 이상 절대 살면서 고생시키지는 않을 거라고 한다. 그만한 분이 그렇게 말씀하시니까 그 일에 대해서만은 믿어도 되지 않겠는가. 노무라라는 사람은 풍채가 당당하고 무서운 얼굴을 하고 있지만 굉장히 정에 약하고 자상한 데가 있다. 전처도 상당히 아꼈다고 하는데 돌아가실 때 간병하던 모습 같은 걸 보면, 다른 사람이 봐도 눈물이 날 정도였다고 한다. 실제로 그날 밤 부인의 사진이 그렇게 걸려 있지 않더냐. 부족한 점을 보자면 한이 없겠지만 여자는 무엇보다 남편한테 사랑받는 것이 가장 행복한 것이니 부디 잘 생각하셔서 가능한 한 빨리 답변을 주었으면 좋겠다〉 하는 이야기였다.

　사치코는 미리 거절할 때의 복선을 깔아, 〈유키코 자신이야 좋으나 싫으나 하자는 대로 할 테니까 그 점은 그렇게 성가시지 않겠지만 중요한 것은 큰댁이 뭐라고 할지, 우리야 그저 대신하고 있을 뿐이고 노무라 씨의 신원 조사 등도 모두 큰댁이 하고 있으니까〉 하고 유키코를 나쁘게 생각하지 않도록 모든 책임을 큰집으로 전가하는 듯한 인사말을 하고 돌려보냈다. 사치코는 계속해서 몸이 좋지 않은 상태여서 의사의 충고에 따라 절대 안정을 취하고 있었다 그래서 그 즉시 유키코의 생각을 알아볼 기회도 없이 시간을 보내고 있었다. 그러다 맞선을 보고 나서 닷새째 되는 날 아침, 우연히 병실에 두 사람만 남게 된 틈을 타,

「유키코…… 어때, 그 사람?」

하고 넌지시 마음을 떠보았다. 유키코가,

「음」

할 뿐 아무 말도 하지 않아서 그끄저께 아침 진바 부인이 찾아온 뜻을 말해 주면서,

「……뭐 그렇게 말은 하지만 넌 어려 보이는데 그 사람이 너무 늙어 보여서 그 점이 좀……」

하며 안색을 살폈다. 그러자,

「그래도 그 사람이라면 뭐든지 내가 하자는 대로 할 것 같고 내가 하고 싶은 일 하면서 살 수 있을 것 같긴 해」

하고 중얼거리듯 말을 흘렸다. 사치코는 〈하고 싶은 일 하면서 살 수 있을 것〉이라는 유키코의 말이 무슨 말인지 묻지 않아도 알 수 있었다. 언제든지 오고 싶을 때 아시야로 놀러 올 수 있다는 뜻이리라. 보통 시집을 가면 좀체 그렇게 할 수 없지만 그 늙은이라면 그 정도는 마음대로 해도 될 것 같으니까 그런 위안거리는 있다는 뜻이리라. 그런 마음으로 결혼해서는 상대가 참을 수 없겠지만 그 늙은이의 태도를 보면 그래도 상관없으니 와달라고 할지도 모른다. 그러나 일단 시집을 가면 그렇게 자주 올 수는 없을 것이고, 유키코의 일이니 말과는 달리 그 늙은이의 애정에 얽매어 이쪽 일 같은 건 금방 잊어버릴지도 모른다. 그리고 그사이에 아이라도 생기면 더더욱 그럴 것이다. 그러나 혼기를 놓쳐 어려움을 겪고 있는 동생을 그렇게까지 간절하게 원한다는 것은 생각하기에 따라서는 고마운 일일 수도 있는데 무턱대고 그쪽을 싫어하는 것은 황송한 일이기도 하다는 생각이 들었다. 그래서,

「정말 생각하기에 달렸지 뭐. 네가 그렇게 생각한다면 그것도 좋을지 모르지……」

하고 점점 그런 식으로 이야기를 끌고 가서 좀 더 확실히 알아보려고 하자, 유키코는,

「그렇지만 너무 집요하게 추어올리고 얼러 맞춰 주면 뜻대

로 안 될 것이고……」

하고 히죽히죽 웃으며 얼버무리고는 그 이상은 말해 주지 않았다.

그다음 날 도쿄에는 맞선이 끝났다는 내용만 누워서 간단히 몇 자 적어 보냈는데 언니한테서는 아무런 답장도 없었다. 사치코는 춘분절 주간 내내 누웠다 일어났다 하며 보냈는데, 어느 날 아침, 단숨에 봄날 같아진 날씨에 이끌려 병실 툇마루까지 방석을 가져다가 일광욕을 하고 있자니 문득 아래층 테라스에서 잔디밭으로 내려가는 유키코의 모습이 보였다. 그녀는 곧 〈유키코〉 하고 부를까 했으나 에쓰크를 학교에 보내고 난 후의 한적한 오전 한때를 뜰에서 쉬려고 한다고 짐작하고 유리창 너머로 잠자코 보고 있었다. 우키코는 화단 주위를 한 번 돌더니 연못가의 라일락이나 공조팝나무 가지를 살펴본 다음 그곳으로 달려온 고양이 레이를 안고, 둥글게 다듬어 놓은 치자나무 있는 데서 웅크리고 앉았다. 2층에서 내려다보고 있었으므로 유키코가 고양이에게 뺨을 비벼 댈 때마다 고개를 숙인 목덜미가 보일 뿐 어떤 표정인지는 알 수 없었다. 그러나 사치코는 지금 유키코의 마음속이 어떤지 분명히 알 수 있었다. 아마 유키코는 도쿄로 다시 불려 갈 날도 멀지 않았다는 예감을 품고 살짝 봄날의 이 뜰과의 석별을 아쉬워하고 있을 것이다. 그리고 가능하다면 머지않아 필 라일락이나 공조팝나무의 꽃들을 볼 수 있을 때까지만 여기에 있게 해달라고 기도하고 있으리라. 도쿄의 언니한테서는 아직 언제 돌아오라는 말이 없었다. 내심 그런 연락이 오늘 올지 내일 올지 흠칫흠칫하면서 이곳에 하루라도 더 머물고 싶어 한다는 것은 누가 봐도 금방 알 수 있었다. 사치코는 내성적인 동생이 보기와 달리 외출을 좋아한다는 걸 알고 있었으므로 어디 나다닐 수 있을 만큼 몸이 좋아지면 영화관이나 카페 같은 델 같이 갈 정도의 일은 매일이라도 해줄 생각이었는데, 유키코는 그것을 기다리지 못하고 얼마 전부터 날씨가 좋은 날에는 다에코를 불러내 고베로 나가 아무 할 일 없이 모토마치 부근을 어슬렁거리다 오지 않고는 배겨 나지 못하는 듯했다. 그리고 언제든지 쇼토 아파트에 있는 다에코에게 전화를 걸어 만날 장소를 정하고, 그러고 나서 부랴부랴 나가는 것이 자못 즐거운 모양으로, 혼담 같은 건 전혀 염두에 두지 않는 것 같았다.

늘 유키코에게 끌려 다니는 다에코는 때로 사치코의 머리맡에 와서 요즘 일이 바쁜데도 오후의 가장 중요한 시간에 자주 같이 다녀 주어야 하는 게 견딜 수가 없다는 불평을 에둘러 털어놓았는데, 한번은 찾아와서,

「어제 이상한 일이 있었어」

하고 이런 이야기를 했다.

어제저녁 유키코 언니와 모토마치를 걷다가 레이랑 제과점에서 서양과자를 사고 있었는데 갑자기 언니가 당황하면서,

「어떻게 하지, 다에코?⋯⋯ 왔어」

하는 거였다.

「왔다니, 누가 왔다는 거야?」

하고 물어도,

「와 있다니까, 와 있어」

하고 안절부절못하고 있을 뿐이어서 대체 무슨 일인가 하고 있으려니까, 안쪽 커피숍에서 커피를 마시고 있던 한 낯선 노신사가 성큼성큼 유키코 언니 앞으로 와서 정중한 인사를 하고,

「어떻습니까? 방해가 안 된다면 저쪽에 가서 차라도 한잔 대접하고 싶습니다만, 한 15분만 시간을 내주시지 않겠습니까?」

하는 거였다. 유키코 언니는 더 당황해서 새빨개진 얼굴로,

「저어…… 저어……」

하고 쩔쩔매고만 있으니까,

「어떻습니까?」

하고 신사가 두세 번 권하면서 서 있었는데 결국 단념한 모양인 듯,

「아, 정말 실례 많았습니다」

하고 정중히 인사를 하고 돌아가 버렸다. 유키코 언니는,

「다에코! 빨리 하자, 빨리 해」

하고 아주 다급하게 과자를 싸서 바깥으로 뛰어나왔는데,

「누구야, 저 사람?」

하고 물으니,

「그 사람, 얼마 전에 만났어」

하기에, 그 사람이 선을 봤던 노무라라는 사람인 모양이라고 짐작했다.

「하여튼 유키 언니, 그 당황하는 모습이라니, 그냥 거절하면 될 것을, 저어, 저어, 하면서 허둥지둥하고만 있으니 원.」

「유키코는 그런 때 아예 말을 못 하잖니. 그 나이가 되었는데도 열일고여덟 살 먹은 계집아이 같다니까.」

사치코는 마침 이야기가 나온 김에 다에코가 무슨 이야기라도 들었나 싶어,

「유키코는 그 사람을 어떻게 생각하고 있던? 무슨 말 안 했어?」

하고 물었다. 그러자 다에코는,

「그래서 나도 그 사람을 어떻게 생각하고 있느냐고 물어봤더니 혼담은 언니와 큰언니한테 맡겼으니까 가라고 하면 어디든 갈 생각이지만 그 사람한테만은 가고 싶지 않아, 너무 내 멋대로인 것 같지만 제발 이것만은 거절해 주도록, 다에코 네가 언니한테 얘기 좀 해줘, 하고 부탁하던데」

하는 것이었다. 다에코도 노무라라는 사람을 처음으로 보고 이야기로 들었던 것보다 더 늙어 보여서 깜짝 놀랐는데, 역시 이 늙은이라면 유키코 언니가 싫다고 하는 것도 당연하다고 생각할 정도였다는 것이다. 다에코는 유키코 언니가 싫어하는 이유도 거기에 있는 게 틀림없다고 생각하지만, 유키코 언니는 풍채라든가 얼굴 같은 것은 특별히 뭐라고도 하지 않았고, 그보다는 선을 본 날 저녁에 아오타니에 있는 그 사람 집에 억지로 가게 되었을 때 불단에 죽은 전처나 아이들 사진이 걸려 있는 걸 보고 아주 불쾌했다는 말을 했다고 전했다. 그러면서 유키코가, 〈두 번째 결혼이라는 걸 알고 시집을 간다고 해도 전처나 그 아이들의 사진이 걸려 있는 것을 보고 기분 좋을 리 없잖아. 지금은 독신이니까 그런 것은 좀 보이지 않게 걸어 놓고 그들의 명복을 빈다면 그 심정이야 이해하지 못할 바는 아닌데, 나한테 집을 구경시켜 준다고 하면서 그런 걸 특별히 보이는 데다 그렇게 내놓을 건 뭐니? 그 사람은 사진을 서둘러 감추려고 하기는커녕 일부러 그게 걸려 있는 불단 앞으로 안내까지 했어. 그것만 봐도 여자의 섬세한 심리 같은 건 도저히 이해할 수 없는 사람이라고 생각해. 무엇보다 그것 때문에 정나미가 떨어졌던 거야〉 하는 말을 털어놓았다고 전했다.

그리고 나서 이삼일 후 사치코는 그럭저럭 밖으로 나다닐

수 있게 되었다. 그래서 어느 날 점심을 마치고 돋치장을 하며,

「그럼 진바 씨 댁에 거절한다는 말을 하고 올게」

하고 유키코에게 말했다.

「응.」

「그 이야긴 요전에 다에코한테 들었어.」

「그래?」

사치코는 진작부터 생각하고 있던 대로 큰집이 찬성하지 않는다는 이유로 완곡하게 거절한다는 뜻을 알리고 왔다. 유키코에게는 원만하게 이야기를 하고 왔다는 말만 하고 자세한 이야기는 하지 않았다. 유키코도 특별히 물어보려고도 하지 않았다. 진바 씨 댁으로부터는 그 후 외상 결제일이 다가오자 저번에 북경루에서 나온 계산서를 동봉하 와, 외람되지만 이 금액의 반을 부담해 달라며 어음을 보냈다. 이것으로 이 혼담은 정식으로 끝났다.

이 일을 보고하는 편지를 보냈는데도 큰집에서는 아무런 소식도 없었다. 사치코는, 유키코가 이곳에 온 지도 벌써 한 달이 되었고 너무 오래 머물게 해서 나중에 할 말이 없어지면 곤란하니까 다시 온다고 해도 일단 돌아가는 것이 어떻겠느냐고 간혹 권해 보기도 했다. 히나 마쓰리 때는 에쓰코가 학교 친구들을 초대해 다과회를 여는 것이 매년 정해진 일이었는데 그때는 항상 유키코가 손수 파이나 샌드위치를 만들어 주는 것이 관례였으므로 그것이 끝나면 돌아간다고 본인도 말했다. 그런데 그 일이 끝나고 나자 사나흘만 있으면 기온의 밤 사쿠라가 한창이라고 하니 이왕이면 그것까지…… 하는 식이 되고 말았다.

「언니, 꽃구경하고 가. 그때까지는 돌아가면 절대 안 돼. 알았지, 언니?」

에쓰코는 자꾸 이런 말을 했으나 이번에 유키코를 만류하는 데 가장 열심인 사람은 데이노스케였다.

「모처럼 지금까지 있었는데 교토의 꽃도 보지 않고 돌아가면 처제도 섭섭할 것이고 매년 하는 행사에서 중요한 배우 한 사람이 빠져서는 좋지 않으니까.」

그러나 사실 데이노스케는 그런 것보다 아내가 얼마 전 유산한 이래 묘하게 감상적이 되어 우연히 부부만 있게 되면 태아 이야기를 꺼내고는 눈물을 적시는 통에 괴로웠으므로 자매들과 꽃구경이라도 가면 조금은 잊을 수 있을 것이라는 속셈도 있었다.

교토 여행은 9일 토요일과 10일 일요일로 정해졌다. 유키코는 그때까지 돌아가는지 아닌지 예의 그 모호한 태도로 우물쭈물하고 있다가 결국 토요일 아침이 되자 사치코와 다에코와 같이 화장하는 방으로 가서 몸단장을 시작했다. 그리고 얼굴 화장을 끝내자 도쿄에서 가져온 옷가방을 열고 가장 깊은 곳에 넣어 둔 종이 싸개를 꺼내 끈을 풀었는데 안에서 나온 것은 놀랍게도 딱 그럴 생각으로 준비해 온 꽃놀이 의상이었다.

「뭐야, 유키 언니, 그 기모노까지 가져왔네 뭐.」

다에코는 사치코 뒤로 돌아 불룩한 모양으로 띠를 매면서, 유키코가 잠깐 나간 틈에 이렇게 말하며 웃었다.

「유키코는 아무 말도 하지 않으면서 뭐든지 자기 생각대로 다 하는 애야」

하고 사치코가 말했다.

「……두고 봐, 머지않아 남편이 생겨도 아마 자기 뜻대로 하고 살 테니.」

교토에서 데이노스케는 꽃구경하는 혼잡한 인파 속에 있

으면서도 갓난아이를 안은 사람과 스칠 때마다 사치코가 퍼뜩 눈시울을 붉히는 것에 당혹했으나 그런 까닭에 올해는 부부만 따로 며칠 더 머물거나 하지 않고 일요일 밤에 다 같이 돌아왔다. 그러고 나서 이삼일 있다 유키코는 도쿄로 떠났다. 4월 중순이었다.

제2부

1

 작년에 황달을 앓고 나서부터 사치코는 때때로 눈의 흰자위 색을 염려하며 거울을 들여다보는 버릇이 생겼다. 그로부터 1년이 지났다. 올해도 뜰에 핀 히라도 철쭉은 한창 때를 지나 벌써 지저분해지고 있었다. 어느 날 사치코는 무료한 듯, 예년처럼 갈대발로 차양을 한 테라스의 자작나무 의자에 앉아 저물어 가는 초여름 뜰의 초목을 바라보고 있었다. 그러다 문득 작년에 남편이 자신의 눈 흰자위가 노란 것을 발견한 게 바로 이맘때인 것이 생각나자 그대로 아래로 내려가, 그때 남편이 했던 것처럼 지저분해진 히라도 철쭉 꽃잎을 하나하나 뜯어내기 시작했다. 그녀는 남편이 지저분해진 이 꽃을 보는 게 싫었다. 이제 한 시간만 있으면 퇴근할 그 사람의 눈을 기쁘게 하기 위해 뜰을 깨끗이 해두고 싶었다. 불과 30분쯤 그렇게 하고 있으니 뒤쪽에서 신발 소리가 들렸다. 이상스레 시치미를 뗀 듯한 표정의 오하루가 손에 명함을 들고 징검돌을 디디며 다가왔다.
「이런 분이 사모님을 뵙고 싶다고 하세요.」

명함을 보니 오쿠바타케였다.

재작년 봄이었을까? 이 청년이 한 번 찾아온 적이 있었다. 평소 출입을 허락하고 있던 것도 아니었고 식모들 앞에서 그 사람 이름을 입에 담는 것조차 꺼릴 정도였다. 오하루가 이렇게 시치미를 뗀 듯한 표정을 지은 것은 신문에 난 그 사건을 알고 있어서 이 청년과 다에코의 관계를 짐작하고 제 딴에는 마음을 쓰고 있는 게 분명했다.

「지금 갈 테니까 응접실로 오시라고 해.」

꽃잎의 진 때문에 손이 진득진득해진 사치코는 화장실로 가서 손을 씻고 2층으로 가 잠깐 화장을 고치고 나왔다.

「많이 기다리게 했네요.」

한눈에 영국제임을 알 수 있는, 무늬가 없고 거의 순백에 가까운 밝은 홈스펀[74] 윗옷에 회색 플란넬 바지를 입은 오쿠바타케는 응접실로 들어온 사치코를 보고는 다소 부자연스럽게 호들갑스러운 동작으로 일어나 〈차렷 자세〉를 취했다. 다에코보다 세 살이나 네 살 위일 것이므로 올해 서른하나나 둘쯤이다. 전에 만났을 때는 얼마간 소년 시절의 모습이 남아 있었는데, 요 한두 해 사이에 어지간히 살이 찐 것을 보면 점차 신사형의 체형으로 변해 가고 있는 것이리라. 그래도 비위를 맞추기 위해 웃으면서 이쪽의 안색을 살피고 턱을 내밀며 뭔가를 호소하는 듯한 콧소리로 말하는 모습에는 역시 〈센바의 도련님〉다운 응석이 남아 있기는 했다.

「오랫동안 찾아뵙지도 못하고…… 한 번 찾아봬야지 하면서도, 허락도 없는데 찾아와도 되는지 어떤지 몰라서…… 두세 번 댁 앞까지 왔습니다만, 도저히 들어올 수가 있어야지요…….」

[74] 양털로 된 굵은 수방모사를 써서 손으로 짠 모직물.

「어머, 딱하기도 하셔라. 들어오시지 그랬어요, 왜.」

「마음이 약해서요.」

오쿠바타케는 벌써 허물없이 〈으흐흐흐〉 하고 엷은 코웃음을 치기도 했다.

오쿠바타케는 어떻게 생각하는지 몰라도 그에 대한 사치코의 마음은 예전에 방문했을 때와는 좀 달라져 있었다. 이제 오쿠바타케는 옛날과 같은 순진한 청년이 아닌 것 같다는 이야기를 최근에 남편에게 들었기 때문이다. 데이노스케는 이런저런 사업상의 일로 화류계에 출입하는 일이 있는데, 그런 방면에서 오쿠바타케에 관한 소문을 자주 들었던 것이다. 그 이야기에 따르면 오쿠바타케는 늘 소에몬초[75] 근처에 나타날 뿐 아니라 아무래도 단골로 찾아가는 여자까지 있는 것 같다는 얘기였다.

오쿠바타케가 그런 식으로 사는 걸 다에코 처제는 알고 있을까? 만약 처제가 지금도 여전히 유키코 처제가 결혼하기를 기다려 오쿠바타케와 결혼할 생각이고 오쿠바타케도 그런 약속을 했다면, 당신이 다에코 처제한테 주의를 주는 게 낫지 않을까? 오쿠바타케가 다에코 처제와의 결혼이 쉽게 허락되지 않아, 그걸 기다리다 지쳐 자포자기 심정으로 그랬다면 사정을 참작해 줄 여지가 있겠지만, 그런 상태로는 〈성실한 연애〉라는 간판도 다 거짓이지 뭐. 우선 오늘날과 같은 비상시국에 조심성이 없다고 해야 하고, 지금까지는 배후에서 동정해 주었던 우리도 그런 버릇을 고치지 않는 한 장래 두 사람을 맺어 주려고 애를 쓸 수

---

[75] 오사카의 번화가인 도톤보리 북쪽에 있는 고급스러운 화류가로 유명하다.

는 없는 노릇이잖아.

　데이노스케는 이렇게 말하며 내심 애를 태우고 있는 모양이었다. 그래서 사치코는 넌지시 다에코에게 물어본 적이 있었다. 그러나 다에코는, 〈오쿠바타케 일가는 선대의 아버지 때부터 화류계를 가까이 하는 경향이 있고, 오쿠바타케의 형이나 백부도 기생집 출입을 좋아한다. 오쿠바타케 혼자 그런 게 아닌 거다. 게다가 오쿠바타케의 경우는 형부 말대로 나와의 결혼 문제가 순조롭게 진행되지 않아서 그만 그쪽으로 발길이 닿는 것이기도 하니까 그 정도 일은 젊은 오쿠바타케로서는 어쩔 수 없는 문제라고 생각한다. 단골로 찾는 게이샤가 있다는 얘기는 처음 듣지만 아마 소문에 불과할 거고, 확실한 증거라도 있다면 또 모르겠지만, 난 그런 얘긴 안 믿는다. 다만 이런 전쟁 통에 조심성이 없다는 비난은 피할 수 없을 거고, 오해를 사는 원인이 되기도 하니까 앞으로는 기생집에 드나드는 것을 그만두도록 얘기하겠다. 내가 하는 말은 뭐든지 잘 듣는 사람이니까 그만두라고 하면 아마 그만둘 것이다〉라고 말했다. 그리고 특별히 그 때문에 오쿠바타케를 나쁘게 생각하는 것 같지도 않고 그런 일 정도는 전부터 알고 있어 새삼 놀랍지도 않다며 매우 침착한 태도여서 오히려 말을 꺼낸 사치코가 겸연쩍을 정도였다.

　데이노스케는 다에코가 그 정도로 오쿠바타케를 믿고 있다면 자기들이 쓸데없이 참견할 일은 전혀 아니라고 말했으나 그래도 역시 마음에 걸렸는지 그 후에도 기회가 있을 때마다 그 방면의 여자들에게 동향을 묻는 일을 게을리하지 않았다. 그러나 다에코가 충고한 결과인지 어떤지는 모르겠으나 최근에는 그다지 화류계에서 그의 소문이 들리지 않았으므로 내심 기뻐하고 있던 참이었다. 그런데 한 보름 전 밤 10시 무렵, 데이노스케는 우메다 신도(新道)[76]에서 손님을 전송하고 오사카 역으로 가는 도중에 자동차의 헤드라이트 불빛 속에서 술에 취한 걸음걸이로 여급[77]처럼 보이는 여자를 끼고 가는 오쿠바타케의 모습을 언뜻 본 적이 있었다. 그래서 아마 요즘에는 이런 곳에 숨어 향락을 즐기고 있는 모양이라는 걸 알게 되었다. 사치코는 그날 밤 남편한테 그 이야기를 들었을 때, 다에코에게는 아무 말도 하지 말라는 말까지 들었으므로 더 이상 다에코에게는 말하지 않았다. 그리고 지금 이렇게 오쿠바타케와 마주 앉고 보니, 그렇게 생각해서인지 표정이나 말투에도 어딘지 모르게 진솔함이 없는 듯했고〈요즘에는 그 청년한테 호감이 안 가〉하던 남편의 말에 동의하고 싶어졌다.

「유키코 말인가요? 예, 예, 많은 분들이 걱정해 주셔서 얘기는 계속 있습니다만……」

사치코는 오쿠바타케가 자꾸만 유키코의 혼담 얘기를 묻고 싶어 하는 것은 자기들 일도 빨리 진행시켜 달라는 간접적인 재촉이라고 생각했다. 그리고 사치코가〈어차피 그런 목적으로 온 것임에 틀림없으니까 곧 그 말을 꺼낼 텐데, 그러면 뭐라고 대답하지? 요전에도 그저 한번 물어보겠다는 태도로 시종하며 아무런 언질도 주지 않았던 기억은 있는데, 이번에는 남편 생각이 전과 달라졌으니까 더욱 주의해서 말

---

76 이 무렵 한신의 우메다 역에서 사쿠라 교 우메다 신도 외곽 지대까지 2백 개가 넘는 카페, 음식점, 여관이 몰려 있었다.
77 다이쇼 시대부터 쇼와 시대에 걸쳐 카페라 불리는 술집풍의 서양 음식점에서 손님을 접대하던 여성을 여급이라고 했다.

해야 한다. 우리는 두 사람의 결혼을 방해할 생각은 없지만 이젠 두 사람의 사랑을 이해한다든가 동정해 주는 사람으로 보이기 싫어졌으니까 그렇게 착각하지 않게 할 필요가 있으리라〉, 내심 이런 생각을 하고 있으려니 오쿠바타케는 갑자기 자세를 고치고 물부리에 끼운 담뱃재를 엄지손가락으로 톡톡 재떨이에 떨었다.

「사실 전 오늘 다에코 씨 일로 여기 누님께 부탁드려야 할 일이 생겨서 찾아왔습니다만……」

오쿠바타케는 사치코를 여전히 〈누님〉이라고 부르며 이야기하기 시작했다.

「네, 무슨 일인데요?」

「누님께서는 물론 잘 알고 있으리라 생각하지만 요즘 다에코 씨는 다마키 노리코의 학원에 다니며 양재를 배우고 있잖아요. 그거야 뭐 괜찮겠지만 그 때문에 인형 제작은 점점 소홀히 하고 있고 최근에는 거의 일다운 일은 하지 않는 것 같습니다. 그래서 제가 무슨 생각으로 그러는지 물어보았더니, 〈이제 인형 같은 건 싫어졌다. 양재를 좀 더 철저하게 배워서 앞으로는 그것을 전문으로 할 생각이다. 지금으로서는 인형 주문도 충분히 받고 있고 제자도 있으니까 단번에 그만둘 수는 없지만, 차츰 제자에게 물려주기로 하고 나는 양재를 하며 살고 싶다. 그리고 언니들의 양해를 구해 6개월이나 1년 정도 프랑스로 가서, 거기서 배웠다는 간판을 따고 싶다〉는 겁니다……」

「허참, 다에코가 그런 말을 했단 말이에요?」

사치코는 다에코가 인형을 제작하며 한가한 틈에 양재를 배우러 다닌다는 말은 들었지만, 지금 오쿠바타케가 한 말은 금시초문이었다.

「그렇습니다. 저는 다에코 씨가 하는 일에 간섭할 권리는 없지만, 애써 자신의 힘으로 그만한 일을 해서 세상 사람들도 다에코 씨 특유의 예술로 인정하게 된 마당에, 지금 여기서 그만둔다는 게 좀 그렇지 않습니까? 그것도 그냥 그만둔다면 또 모르겠지만 양재를 한다는 게 이해할 수 없습니다. 어쨌든 그 이유로, 〈인형은 아무리 잘 만들어드 한때의 유행에 지나지 않는다. 곧 사람들도 싫증을 내고 사주는 사람도 없어질 거다. 양재는 실용적인 거니까 언제나 수요가 줄어들지 않는다〉고 합니다만, 어째서 좋은 집안의 아가씨가 그런 일을 해서 돈을 벌어야 하는지, 이제 곧 결혼할 사람이니까 자활할 방법을 강구하지 않아도 되지 않습니까? 제가 아무리 생활 능력이 없다고 해도 설마 다에코 씨를 경제적으로 불편하게 하기야 하겠습니까? 그러니 직업 여성 같은 일은 하지 못하게 했으면 좋겠습니다. 그야 뭐 다에코 씨는 손재주가 있는 사람이니까 뭔가 일을 하지 않고는 못 배긴다는 건 압니다만, 돈 버는 게 목적이 아니라 취미로 한다면 적어도 예술이라는 이름이 붙는 일을 하는 게 더 기품 있고 남 보기에도 좋지 않습니까? 인형 제작이라면 좋은 집안의 아가씨나 부인의 여기(餘技)니까 누구한테 무슨 말을 듣더라도 부끄럽지 않겠지만, 양재는 좀 그만두었으면 좋겠습니다. 그래서 아마 이것은 저뿐만이 아니라 아마 큰댁이나 누님도 저와 같은 생각일 거라는 걸 보증할 수 있으니까 의논해 보라고 말은 했습니다만⋯⋯.」

평소의 오쿠바타케는 아주 천천히 말하는 사내였고 거기에 뭔가 대갓집 도련님 같은 의젓함을 과시하는 모습이 보였으므로 불쾌했는데, 오늘은 흥분했는지 여느 때보다 조급하게 서두르는 말투였다.

「그것참, 친절하게 주의를 주시다니 정말 감사합니다. 어쨌든 다에코한테 한번 자세히 물어보기 전에는 뭐라……」

「예, 꼭 좀 물어봐 주십시오. 이런 일까지 말씀드리면 주제넘은 줄 모르겠습니다만, 만약 정말 그렇게 생각하고 있다면 누님께서도 어떻게든 한번 잘 타일러서 단념하게 해주실 수는 없겠습니까? 그리고 양행(洋行)[78]에 관한 겁니다만, 저는 프랑스에 가면 안 된다는 게 아닙니다. 뭔가 좀 더 유익한 것을 공부하러 가는 거라면 한번 갔다 오는 것도 좋은 일이라고 생각합니다. 이렇게 말하면 실례인 줄 모르겠습니다만, 비용 정도는 대줄 수도 있습니다. 그리고 저도 함께 따라가겠습니다. 다만 양재를 배우러 나가는 것은 아무래도 탐탁지가 않습니다. 설마 그런 걸 허락하실 리는 없겠지만 제발 그것만은 단념하게 해주셨으면 합니다. 뭐 양행을 하고 싶다면 결혼하고 나서도 늦지 않고, 저도 그러는 편이 좋겠는데……」

사치코는 사실 다에코에게 물어보기 전에는 그녀가 어떤 생각으로 그런 말을 했는지 이해하기 어려운 점이 많았다. 그러나 그거야 어쨌든 이 청년이 다에코의 장래 남편임을 이미 공공연하게 인정받고 있는 듯이 말하는 태도에는 가벼운 반감과 우스꽝스러움을 느끼면서 듣고 있었다. 오쿠바타케는 자기가 이런 것을 부탁하러 왔다고 하면 사치코에게 크게 동정도 받고 스스럼없이 의논도 해줄 것이라고 믿고, 잘하면 데이노스케한테 소개도 해줄 것이라는 기대를 품고 일부러 이런 시간에 찾아온 듯했다. 그는 〈부탁의 말〉을 다 하고 나서도 좀처럼 물러나려고 하지 않고 이것저것 사치코의 마음을 떠보았다. 사치코는 되도록 요점을 피하며 대응했고, 여러 가

---

[78] 서양에 가는 것인데, 메이지 시대에는 아주 우수하여 국가로부터 유학생으로 선발되어 파견되든가 상당한 재산가가 아니면 쉽지 않았다.

지로 동생에게 마음을 써줘서 고맙다는 식으로, 애써 남남처럼 서먹서먹한 말투를 썼다. 그때 남편이 돌아온 듯 바깥쪽에서 신발 소리가 들렸으므로 그녀는 급히 달려 나갔다.

「여보! 오쿠바타케 씨가 와 계세요.」

사치코는 현관문을 열면서 말했다.

「무슨 일로?」

데이노스케는 현관에 선 채 아내가 간략하게 귓가에 속삭이는 이야기를 들었다.

「그렇다면 내가 만날 필요는 없지 않나?」

「저도 그렇게 생각해요.」

「그럼 적당히 얘기해서 돌려보내.」

그러나 오쿠바타케는 그다음에도 우물쭈물 30분이나 더 있다가 결국 데이노스케가 나올 기미가 없다는 걸 알고 가까스로 공손히 인사를 하고 일어섰다.

「아무 대접도 못 해드리고 정말 실례가 많았습니다.」

사치코는 이런 말만 하고 돌려보냈을 뿐 남편이 나오지 않은 것에 대해서는 아무런 변명도 하지 않았다.

2

오쿠바타케의 이야기가 사실이라면 납득할 수도 있는 일이었다. 다에코는 요즘에도 바쁘다며 아침에는 대개 데이노스케나 에쓰코가 나가는 시간을 전후해서 나갔고 돌아오는 것은 가장 늦었으며 사흘에 한 번씩은 밖에서 밥을 먹고 들어오는 식이었다. 그러나 그날 밤 사치코는 다에코와 이야기할 기회가 없었다. 다음 날 아침 남편과 에쓰코가 나간 뒤였다.

「잠깐만, 다에코!」

사치코는 나가려는 다에코를 불러 세웠다.

「너한테 물어보고 싶은 게 있어.」

사치코는 다에코를 응접실로 데리고 가 이야기를 했다.

다에코는 자신에 대해 오쿠바타케가 언니한테 알려 준 것, 즉 인형 제작을 양재로 바꾸려고 한다는 것, 그 때문에 단기간이라도 프랑스에 가서 양재를 배우고 싶어 한다는 것을 부정하려고 하지 않았다. 차근차근 물어봤더니 거기에는 하나하나 상당한 이유가 있어서 다에코가 심사숙고한 결과라는 걸 알 수 있었다.

인형 제작에 싫증이 났다는 것은, 자기도 이제 어른이 되었으니까 언제까지나 소녀들이나 하는 철없는 일을 하기보다는 뭔가 사회적으로 좀 더 유익한 일을 하고 싶다는 얘기였다. 그리고 자신의 재능이나 기호, 기술 습득의 편의 등에서 볼 때 양재가 낫다고 생각하기에 이른 것이다. 왜냐하면 양재에는 일찍부터 취미가 있었고 재봉틀을 사용하는 것도 능숙했으며 『자르댕 데 모드』[79]나 『보그』 등 외국 잡지를 참고해 자신의 옷은 물론이고 사치코나 에쓰코의 옷 같은 것도 만들어 줄 정도였으므로 양재를 배운다고 해도 완전히 처음부터 시작하는 것이 아니었으니 기술 습득도 빨랐고 또 양재라면 앞으로 어엿한 전문가가 될 자신이 있었기 때문이다. 그녀는 인형 제작이 예술이고 양재가 품위 없는 직업이라는 오쿠바타케의 의견은 일소에 부쳤다. 그녀는 예술가니 하는 헛된 이름은 바라지도 않으며 양재가 품위 없다면 그래도 상관없

---

[79] 프랑스의 출판사. 여기서는 이 출판사가 발행하는 가정주부를 위한 소책자 『카이에 뒤 자르댕 데 모드 Cahiers du Jardin des Modes』를 가리킨다.

다고 생각했고, 애당초 오쿠바타케가 그런 말을 하는 것은 시국[80]에 대한 인식이 부족하기 때문이라고 생각했다. 지금은 뻔한 속임수 같은 인형 같은 걸 만들며 기뻐할 시대가 아니고, 여성이라고 해도 실생활과 관련이 있는 일을 하지 않으면 수치스러운 시대라는 얘기였다.

  사치코는 이런 말을 듣고 보니 너무나 그럴듯했고, 한마디도 반대할 여지가 없는 듯했다. 그러나 헤아려 보건대, 다에코가 그렇게 기특한 생각을 하게 된 이면에는 내심 오쿠바타케라는 청년에게 정나미가 떨어졌다는 게 포함되어 있는 것이 아닐까? 즉 오쿠바타케와의 사이는 신문에까지 실린 사이여서 형부나 언니 들 그리고 세상 사람들에 대한 고집도 있고 해서 그렇게 간단히 그를 버릴 수도 없기 때문에 입으로는 자신의 실수를 순순히 인정하지 않고 억지를 부리지만 사실은 이제 그 청년에게는 가망이 없다고 판단해 단념하고 기회를 봐서 결혼 약속을 파기하겠다는 것이 본심이 아닐까? 그래서 양재를 배우고 싶다는 것은, 그렇게 될 경우 자신이 자립하는 것 외에 길이 없다고 보고 그때를 대비하겠다는 생각이 아닐까? 오쿠바타케는 다에코의 그런 깊은 뜻을 모르기 때문에 〈좋은 집안의 아가씨〉가 왜 그렇지 돈을 벌고 싶어 하는지, 직업 여성이 되고 싶어 하는지 납득할 수 없을 것이다. 사치코는 일단 이렇게 해석했다. 그리고 그렇게 해석하자 프랑스에 가고 싶다는 의미도 수긍할 수 있었고, 다에코의 속셈은 양재를 배운다는 것도 있지만 그것보다는 양행을 기회로 오쿠바타케와 헤어지는 게 주된 목적이고, 따라서 오쿠바타케가 따라가서는 곤란하기 때문에 아마 무슨 구실이든 만들어 혼자 가겠다고 주장할 것으로 보였다.

  80 당시 이 말은 전시(戰時) 의식을 고양하는 말로 유행했다.

그러나 좀 더 이야기를 들어 보니 사치코의 이런 추측은 반은 맞고 반은 맞지 않은 듯했다. 사치코는 다에코가 다른 사람에게 설득당해서가 아니라 자발적으로 오쿠바타케를 단념해 준다면 더 이상 바랄 것이 없는 일이기도 하고 또 다에코에게 그 정도의 분별력은 있다고 믿고 있었기 때문에, 가능하면 마음에 거슬리는 말은 하지 않으려고 조금씩 에둘러 물어볼 뿐이었다. 그런데 그것이 과연 본심인지 자신의 실수를 인정하고 싶지 않아 부리는 억지인지 분명하지는 않았으나 다에코가 겉으로는 아무렇지 않은 듯 흘린 여러 가지 말을 종합해 보면, 어쨌든 지금으로서는 오쿠바타케를 단념할 생각은 없고 역시 가까운 시기에 그와 결혼할 생각이라고 판단할 수밖에 없었다. 다에코의 말은 이랬다.

지금 나는 오쿠바타케라는 사람이 전형적인 센바의 도련님이고 정말이지 아무 쓸모없고 형편없는 사내라는 걸 누구보다 잘 알고 있으니까 형부나 언니가 새삼스럽게 주의할 것도 없다. 하긴 한 8~9년 전 처음으로 오쿠바타케를 사랑했을 무렵, 나는 아직 사려가 깊지 못한 소녀였으니까 사실 그가 이렇게 시시한 인간이라는 것을 알지 못했다. 하지만 연애라는 건 상대가 전망이 있다든가 시시하다든가 하는 것만으로 이루어진다든가 깨진다든가 하는 게 아닐 거다. 적어도 나는 그리운 첫사랑의 상대를 그렇게 공리적인 이유로 싫어할 수는 없다. 오쿠바타케 같은 시시한 사람을 내가 사랑하게 된 것도 뭔가 인연이 있어서라고 생각한다. 그래서 후회도 하지 않는다. 다만 오쿠바타케와 결혼하는 데 걱정이 있다면, 그건 생활 문제다. 오쿠바타케는 주식회사가 된 오쿠바타케 상점의 중역을 하고 있는 것 외에도 결혼하면 큰형한테서 동산이나 부동산을 분배받는다고 한다. 그래서인지 오쿠바타케는 세상을 아주 우습게 생각하고 전혀 걱정하지 않고 있다. 그런데 나는 아무래도 오쿠바타케라는 사람이 앞으로 재산을 탕진해 버릴 것 같아 견딜 수가 없다. 실제로 지금도 오쿠바타케는 결코 경제적 능력에 맞는 생활을 하고 있다고 볼 수 없다. 매달 고급 요정에서 오는 계산서라든가 양복점이나 잡화점에 지불하는 돈만 해도 상당한 액수에 이르기 때문에 늘 어머니한테 매달려 비상금을 융통해 쓰는 모양이다. 그렇지만 그것도 어머니가 살아 계실 때뿐이지, 단약 어머니가 돌아가신다면 큰형이 그렇게 사치하게 내버려 두지 않을 것이다. 오쿠바타케 집안에 재산이 아무리 많다고 해도 오쿠바타케는 그 집 셋째 아들이고 이미 형이 대를 물려받았다면 그렇게 많은 재산을 분배받을 수도 없을 거다. 특히 그 형이 나와의 결혼을 그다지 찬성하지 않을 경우에는 더욱 그렇다. 가령 상당한 재산을 분배받는다고 해도 주식에 손을 댄다든지 다른 사람한테 사기를 당한다든지 하는 일에 걸려들기 쉬운 성격이라서 결국에는 형제들한테 버림을 받아 먹고살기 곤란해질 날이 오지 않는다고 장담할 수도 없다. 나는 어쩐지 그런 불안감이 든다. 만약 그렇게 되었을 때 〈내 그럴 줄 알았지〉 하고 세상 사람들한테 손가락질받고 싶지 않으니까 생활 면에서 그 사람에게 기대지 않고 살아갈 수 있을 만한, 반대로 내가 언제든지 그 사람을 먹여 살릴 수 있을 만한 직업을 갖고, 처음부터 오쿠바타케의 수입에 의존하지 않고 살고 싶다. 내가 양재를 해서 자립하려고 마음먹은 동기 가운데 하나도 이것이다.

한편 사치코는 다에코의 이야기 속에서 그녀가 도쿄의 큰집으로는 절대 가지 않을 각오를 했다는 것도 대충 짐작할 수 있었다. 물론 큰집 형부나 언니는 유키코 하나도 감당하기 힘들 정도니까 당장은 다에코를 불러들일 뜻이 없는 것 같다고 언젠가 유키코도 말했지만, 지금에 와서는 설사 큰집에서 불러들인다고 해도 아마 다에코가 응하지 않을 듯했다. 형부가 도쿄로 이사한 이래 더욱 구두쇠가 되었다는 소문을 듣고, 다에코는 〈나한테는 다소의 저축도 있고 인형을 판 수입도 있으니까 매달 보내 주는 생활비를 좀 더 줄여도 좋다. 큰댁도 여섯이나 되는 아이들이 점점 자라고 유키 언니도 돌봐야 하니까 상당한 돈이 들 거다. 그래서 어떻게든 형부나 언니의 부담을 줄여 주고 싶다. 조만간 생활비를 보내 주지 않아도 살아갈 수 있을 거다. 다만 형부나 언니에게 꼭 승낙을 받고 싶은 것은 내년쯤 양재를 배우러 프랑스로 가는 것을 허락해 주었으면, 그리고 아버지가 맡긴 내 결혼 준비금의 일부나 전부를 양행비로 내주었으면 하는 거다. 나는 형부가 나를 위해 맡아 놓고 있는 돈이 어느 정도인지 모르지만, 6개월이나 1년 동안의 파리 체재비와 왕복 뱃삯 정도만 있다면 어렵게 지내지는 않을 것 같으니까 제발 꼭 내주었으면 좋겠다. 만일 내가 양행 때문에 그 돈을 다 써버리고 결혼 준비를 하는 데 한 푼도 남아 있지 않게 된다고 해도 아무 말도 하지 않을 거다. 그러니 지금까지 말한 내 생각이나 계획을 지금 당장이 아니더라도 적당한 때 사치코 언니가 큰집에 전해서 양해를 얻어 주었으면 한다. 나도 그것을 부탁하기 위해서라면 한 번 도쿄까지 의논하러 가도 좋다〉라고 했다. 다에코는 오쿠바타케가 양행 비용을 내준다고 했다는 말은 전혀 문제 삼지 않았다. 〈오쿠바타케는 늘 양행하게 되면 돈은 자기가 내준다고 하지만, 지금 그에게 그런 능력이 있는지 없는지는 당사자보다 내가 더 잘 알고 있다. 오쿠바타케는 어머니한테 졸라 돈을 마련할 생각인지 몰라도 아직 결혼도 하지 않았는데 그런 돈을 받는 건 내가 싫다. 또 결혼한 뒤라고 해도 나는 오쿠바타케의 재산에는 전혀 손을 대고 싶지 않고 그에게도 손을 대지 못하게 할 생각이다. 나는 어디까지나 내 돈으로 혼자 가고 싶다. 그리고 오쿠바타케에게는 내가 양행에서 돌아올 때까지 어떻게든 얌전히 기다리고 있도록 하고, 앞으로는 사치코 언니한테 귀찮은 이야기를 하지 않도록 잘 타일러서 납득시킬 거다. 그러니 아무쪼록 내 일은 나한테 맡겨 두었으면 좋겠다.〉 다에코는 사치코에게 이런 말을 했다.

데이노스케는 〈다에코가 거기까지 생각하고 있다면 쓸데없이 참견하지 않는 게 좋을 거다. 다만 우리는 다에코의 그 결심이 얼마나 진지하고 확고한 것인지 좀 더 지켜본 다음, 이만하면 됐다고 생각되면 그때 큰댁에 알리든 달리 어떻게 해서든 그때 가서 적극적으로 힘써 보면 된다〉라는 입장이어서 일단 그 문제는 수습되었다.

다에코는 그 후에도 여전히 분주한 생활을 계속하고 있었다. 오쿠바타케의 이야기에 따르면 최근 다에코는 인형 제작에 열성을 보이지 않고 있다고 했는데, 그녀 자신은 그것을 부정하며, 〈아니, 사실은 더 이상 만들고 싶지 않지만 여기저기서 주문이 들어오고 또 조금이라도 저금을 늘리고 싶고 당장 생활비도 상당히 들어가니까 요즘은 전보다 더 열심히 일하고 있어. 나도 조만간 이 일을 그만두기로 했으니까 훌륭한 작품을 하나라도 더 많이 만들어 놓고 싶어서 아주 긴장하고 있어〉 하고 말했다. 그리고 그동안 매일 12시간씩 모토야마무라의 노요리에 있는 다마키 노리코 여사의 양재 학원에 다녔을 뿐 아니라 야마무라 춤도 계속 배우고 있었다.

춤에 대해서도 그녀는 단순히 취미로 배우는 것이 아니라 장래에 그 유파와 관련된 예명을 사용할 수 있도록 허가받아 그 방면에서도 어엿한 선생으로 독립하고 싶다는 야심을 품고 있는 듯했다. 그 무렵 그녀는 2대째 야마무라 사쿠,[81] 즉 4대째 이치카와 사기주로의 손녀에 해당하기 때문에 속칭 〈사기 사쿠 상〉이라 불리는 선생의 연습장으로 대강 일주일에 한 번씩 다니고 있었다. 그곳은 오사카에 〈야마무라〉라는 이름을 사용하는 두세 군데의 춤 가문 중에서 가장 순수하게 옛 형태를 유지하고 있었다. 그 연습장은 시마노우치[82] 다타미야마치의 좁은 골목 안쪽에 있는 기생집 2층에 있었다. 아무래도 장소가 그런 곳이다 보니 거기에 다니는 사람 대부분은 화류계 여자였고, 여염집 여자인 제자, 특히 지체 있는 집안의 〈아가씨〉는 손으로 꼽을 정도였다. 그런데 다에코는 늘 춤출 때 쓰는 부채와 기모노를 넣은 조그만 가방을 들고 와 연습장 구석에서 옷을 갈아입고 자기 차례를 기다리면서 화류계 여자들 사이에 섞여 다른 제자들이 연습하는 걸 구경하거나 낯익은 게이샤나 무희에게 말을 건네기도 했다. 실제 나이를 생각하면 그다지 이상할 것도 없지만, 오사쿠 선생을 비롯해 모두들 그녀를 스무 살쯤 되는 걸로 알았으므로 나이에 비해 침착하고 붙임성 있는 아가씨라고들 생각하는 것을

---

81 이 인물의 모델이 된 사람은 2대째 야마무라 라쿠(山村らく, 1880~1938)다. 4대째 이치카와 에비주로(市川鰕十郎)의 손자에 해당하기 때문에 속칭 〈에비라쿠 상〉이라 불렸다.
82 시마노우치는 센바의 남쪽 끝으로 예부터 오사카의 중심지로 센바에 버금가는 번영을 누렸다. 또 홍등가로도 번창했다.

다에코 자신은 낯간지럽게 생각하고 있었다. 화류계 여자든 여염집 여자든 그곳에 오는 제자들 중에는 최근 교토 춤이 점점 도쿄 춤에 압도되어 가는 경향을 한탄하면서 이대로 가다가는 쇠퇴해 버릴 향토 예술의 전통을 세상에 내보이고 싶다는 생각에서 야마무라 춤에 이상한 동경을 품고 있는 사람들이 많았다. 특히 열성적인 지지자들은 향토회를 조직하고 매달 한 번씩 가미스기라는 변호사의 미망인 집에 모여 춤 발표회를 하고 있었다. 다에코도 가끔 그 모임에 참석해 춤을 추는 열성을 보였다.

데이노스케나 사치코도 다에코가 춤을 출 대는 유키코나 에쓰코를 데리고 구경하러 가기도 했으므로 자연스럽게 그 모임에 나오는 사람들과도 친해졌다. 그런 관계로 그 모임의 간사가 다에코에게 6월의 모임 장소로 아시야의 집을 빌릴 수 없겠느냐고 부탁해 왔다. 사치코가 그 말을 들은 것은 올 4월 말이었다. 사실 향토회도 작년 7월 이후 시국을 고려해 잠시 중단하고 있었는데, 그렇게 학구적이고 검소한 모임이니까 자숙하는 분위기로 개최하면 별지장이 없을 거라는 의견이 있었던 것이다. 그런데 매번 가미스기 씨 집에 폐를 끼쳤으므로 이번에는 장소를 바꿔 보면 어떻겠느냐는 의견이 나왔다. 사치코네 식구들도 좋아하는 일이니만큼, 가미스키 씨 집처럼 충분한 설비는 갖추어지지 않았지만 그것만 괜찮다면 기꺼이 방을 빌려 주겠다고 했다. 가미스기 씨 집에는 노송나무로 만든 무대가 준비되어 있었는데, 그것을 오사카에서 아시야까지 옮겨 오는 것은 여간 성가신 일이 아니었다. 그래서 마키오카네 집에서는 두 칸이 이어진 아래층 서양식 방의 가구를 치우고 식당 뒤에 금박을 입힌 병풍을 세워 그 쪽을 무대로 만들고, 응접실 쪽을 관람석으로 만들어 양탄자 위에 앉아 구경하게 했다. 출연자 대기실로는 2층 다다미 여덟 첩 크기 방을 썼다. 모임은 6월 첫 번째 일요일인 5일 오후 1시에서 5시까지였으며, 그날은 다에코도 출연하여 춤 「눈[雪]」[83]을 추기로 했다.

5월로 접어들자 다에코는 일주일에 두세 번이나 연습장에 다니며 열심히 춤 연습을 했다. 특히 20일부터 일주일 동안은 오사쿠 선생이 매일 아시야의 집까지 와서 연습을 시켰다. 올해로 쉰여덟이 되는 오사쿠 선생은 원래가 허약한 체질인 데다 신장에 지병이 있어 좀처럼 출장 지도 같은 건 하지 않는 사람이었다. 그런데도 이미 초여름 햇볕이 한창 내리쬐는 날, 오사카 미나미에서 한큐 전차를 타고 찾아와 준다는 것은 대단히 파격적인 호의였다. 그것은 우선 다에코가 평범한 〈아가씨〉이면서도 화류계 여자들과 어울려 정진하는 열성에 끌린 탓도 있었지만, 한편으로는 야마무라 춤의 쇠퇴를 만회하기 위해서는 종래와 같은 소극적인 방법으로는 안 된다는 걸 깨달은 결과이기도 한 듯했다. 그렇게 되자 지금까지 교습소 문제로 포기하고 있던 에쓰코까지 배우고 싶다며 나섰다. 〈따님이 배우고 싶다면 앞으로 한 달에 열흘 정도는 제가 이곳으로 올 수 있습니다〉라고 능숙하게 권하는 오사쿠 선생의 조언도 있어서 이 기회에 에쓰코도 초보부터 배우기로 했다.

오사쿠 선생이 오는 시간은 그날그날 사정에 따라 달랐는데, 대체로 〈내일은 몇 시에 오겠습니다〉 하는 식으로 약속하고 돌아갔다. 그러나 시간은 전혀 정확하지 않았고 한 시간이나 두 시간쯤 늦어지기도 하고 날씨가 안 좋으면 아예 오지 않은 적도 있었기 때문에 바쁜 와중에 일찍부터 와서

[83] 남자에게 버림받은 게이샤가 비구니가 된 심경을 노래한 속요.

기다리던 다에코도 나중에는 거기에 익숙해져서 오사쿠 선생이 오면 그때 전화해 달라고 하고, 자기는 에쓰코가 연습하고 있는 동안 슈쿠가와에서 달려오는 식이었다. 그러나 병약한 오사쿠 선생은 사실 여기까지 오는 게 쉬운 일이 아니었을 것이다. 우선 응접실에서 담배 한 대를 피우면서 20~30분 사치코와 세상 돌아가는 이야기를 하고 이윽고 서서히 탁자나 의자를 한쪽으로 치워 놓은 식당 마룻바닥에서 연습을 시작했다. 그러나 입으로 샤미센 소리를 내며 시범을 보여 주는데 숨을 헐떡이며 아주 힘들어할 때도 있고, 또 어젯밤부터 다시 신장이 좀 안 좋아졌다고 하면서 퉁퉁 부은 창백한 얼굴일 때도 있었다. 그러나 그런 몸치고는 비교적 활기찼고 〈내 몸은 춤으로 버티고 있죠〉 하면서 그다지 병을 걱정하고 있는 것 같지도 않았다. 그런데 겸손한 탓인지, 정말 그렇게 생각하는 건지 〈난 말주변이 없어〉라고 말하지만 사실은 굉장한 화술가로, 특히 다른 사람 흉내를 아주 잘 냈고 잠깐 동안의 잡담으로도 사치코 식구들을 크게 웃게 만들곤 했다. 그것은 아마 이 스승의 조부에 해당한다는 4대째 이치카와 사기주로 때부터 내려온 재능일 터였다. 그러고 보니 오사쿠 선생의 얼굴은 왜소한 체구에 비해 크고 길었는데, 언뜻 메이지 시대 배우의 혈통을 이어받고 있는 듯했다. 이런 사람이 옛날에 태어나 눈썹을 밀고 이를 검게 물들이고 옷자락을 길게 늘어뜨린다면 얼마나 잘 어울렸을까 하는 생각이 들었다. 그녀가 다른 사람 흉내를 낼 때는 그 커다란 얼굴이 천변만화해서 흉내 내려는 사람의 표정을 마치 가면을 쓴 것처럼 자유자재로 만들어 보였다.

에쓰코는 학교에서 돌아오자 매년 꽃구경 때 이외에는 좀처럼 입지 않는 기모노를 입고 발에는 맞지도 않는 큼직한 버선을 신고 물이 소용돌이치는 무늬에 사군자 꽃잎 무늬가 있는 야마무라식 부채를 들었다.

> 방 안에 꽃 가득한 춘삼월
> 샤미센은 북으로 흥을 돋우는 도시락
> 서로 마주 보는 얼굴과 얼굴

이런 식으로 시작하는 「도오카에비쓰(十日戎)」[84]의 곡조에 다른 가사를 붙여 부르는 노래에 맞춰 춤을 배웠는데, 해가 긴 때라서 에쓰코 차례가 끝나고 다에코가 「눈」을 출 때가 되어도 뜰은 아직 훤했고 늦게 핀 히라도 철쭉은 불타는 듯 잔디의 푸른빛을 배경으로 빛나고 있었다. 이웃집 슈토르츠 씨의 아이들, 로제마리와 프리츠는 요즘 거의 매일 에쓰코가 학교에서 돌아오기를 기다려 응접실에서 같이 놀았으나 당분간은 좋은 놀이터와 놀이 상대를 빼앗긴 형국이었다. 그래서 신기한 듯 테라스에서 안을 들여다보며 에쓰코와 다에코가 춤을 추는 손놀림을 바라보고 있었고 나중에는 형인 페터까지 구경하러 왔다. 어느 날 프리츠는 드디어 연습장으로 들어와 사치코 등이 오사쿠 선생한테 〈사부님, 사부님〉 하고 부르는 걸 흉내 내어,

「사부님!」

하고 불렀다. 오사쿠 선생도 익살맞게,

「네에」

하고 소리를 길게 빼면서 대답했다. 로제마리도 재미있어

---

[84] 주로 지방의 신사에서 하는 축제인데 1월 10일 상가(商家)의 수호신인 에비쓰에게 제사를 지내는 행사다. 대개 상인들이 영업의 번창을 기원하며 참배한다. 여기서는 그 지역의 자랑거리를 노래한 교토의 속요다.

하면서,
「사부님!」
하고 불렀다.
「네에.」
「사부님!」
「네에.」

오사쿠 선생은 진지한 표정으로 언제까지고 〈네에〉, 〈네에〉 하고 대답하면서 푸른 눈의 소녀와 소년을 상대해 주고 있었다.

3

「막내 언니, 사진사가 들어가도 되느냐고 묻는데?」

에쓰코는 오늘 모임의 흥을 돋우기 위해 〈방 안에 꽃 가득한 춘삼월〉을 첫 번째 순서로 추었고, 아직도 그 춤을 출 때 입었던 복장과 화장 그대로, 대기실로 쓰고 있는 2층 다다미 여덟 첩 크기 방으로 올라왔다.

「응, 들어오라고 해.」

「눈」의 의상을 입고 넘어지지 않도록 오른손으로 기둥을 잡고 선 채 오하루에게 버선을 신기게 하고 있는 다에코는, 쓰부시시마다마게[85]를 튼 머리는 움직이지 않고 허공에 두고 있던 시선만을 흘끗 그쪽으로 향했다. 에쓰코는 늘 양장만

---

85 일본 여성의 머리 모양 중 하나인 시마다마게(島田髷, 일본 여성의 전통 머리 모양 가운데 대표적인 것, 주로 미혼 여성이 이런 머리 모양을 했다)를 누른 듯이 낮게 묶은 것인데, 메이지 시대 이후에는 화류계 여성만이 이런 머리 모양을 했다.

입던 젊은 이모가 공연 준비를 위해 열흘 전부터 미리 일본 전통 머리를 하고 전통 의상을 입기 시작했다는 것은 알고 있었으나 과연 오늘처럼 변한 모습에는 어리둥절한 모양인지 눈이 휘둥그레졌다. 다에코가 입고 있는 의상은 사실 큰집 언니 쓰루코가 오래전 결혼식 때 입었던 세 겹으로 겹쳐 입는 예복 중에서 가장 안에 입은 것이었다. 다에코는 오늘 모임이 춤 발표회라고 해도 모이는 사람은 얼마 되지 않고 또 그렇지 않아도 사치스러운 걸 삼가야 할 시국이라서 새로 의상을 마련할 필요까지는 없다고 생각했다. 그래서 사치코와 의논한 끝에 큰집 언니의 이 의상이 아직 우에혼마치의 창고에 있다는 것을 생각해 내고 그것을 빌리기로 한 것이다. 그것은 아버지가 전성기일 때 장만해 준 것인데, 세 명의 화가에게 밑그림을 그리게 한 일본 삼경(三景) 그림의 세 겹 의상이었다. 가장 위가 검은 바탕에 이쓰쿠시마, 가운데가 붉은 바탕에 마쓰시마, 맨 아래가 흰색 바탕에 아마노하시다테를 그린 것이었다. 지금부터 열예닐곱 해 전, 그러니까 다이쇼 시대가 끝나 갈 무렵 쓰루코가 결혼할 때 딱 한 번 입었던 의상이어서 거의 새것이나 다름없었다. 지금은 고인이 된 가나모리 간요[86]가 그린 아마노하시다테의 경치에다 검은색 공단으로 된 오비를 맨 다에코는 화장 탓인지 여느 때와 같은 처녀티가 사라지고 훌륭하게 성장한 커다란 몸집의 부인처럼 보였다. 이렇게 순 일본식으로 꾸미자 얼굴이 한층 사치코와 닮아 보였는데 통통하게 부풀어 오른 볼 같은 데는, 양장을 했을 때는 보이지 않는 관록이 붙어 보였다.

「사진사 아저씨!」

에쓰코는 계단 중간쯤에 서서 2층 복도 쪽으로 고개를 내

---

86 金森觀陽(1883~1932). 메이지 말에서 쇼와 초기에 걸쳐 활약한 화가.

밀고 다에코의 모습을 들여다보고 있는 스물일고여덟 살쯤 돼 보이는 청년을 불렀다.

「저어, 어서 들어오시라니까요.」

「〈사진사 아저씨〉라고 하면 못써, 에쓰코! 〈이타쿠라 아저씨〉라고 해야지.」

다에코가 그런 말을 하는 틈에 이타쿠라는 〈실례합니다〉 하며 들어왔다.

「다에코 씨, 그냥 그대로 있어 주세요.」

이타쿠라는 곧장 문지방에 무릎을 대고 라이카 카메라를 들이댔다. 그리고 앞에서, 뒤에서, 오른쪽에서, 왼쪽에서 대여섯 번이나 연달아 셔터를 눌렀다.

아래층 회장에서는 에쓰코 다음으로 「구로카미(黑髮)」,[87] 「오케토리(桶取)」, 「다이부쓰(大佛)」가 끝나고 다섯 번째로 〈삭코〉라는 이름의 아가씨가 추는 「에도 선물(江ㅏみやげ)」이 끝나, 지금은 휴식 시간으로 차와 초밥 접대가 시작되었다. 관람석으로 쓰인 응접실에는 오늘 춤을 춘 사람들의 가족 외에는 일부러 안내를 하지 않았으므로 기껏해야 20~30명 정도만이 보일 뿐이었다. 그런데 그중에는 로제마리와 프리츠도 있었다. 로제마리와 프리츠는 맨 앞줄에 자리 잡고 앉아 때때로 책상다리를 했다가 무릎을 풀었다가 하면서 얌전하게 방석을 깔고 앉아 맨 처음에 춘 에쓰코의 춤부터 구경하고 있었다. 바깥 테라스에는 두 아이의 어머니인 힐더 슈토르츠 부인도 있었다. 그녀는 아이들한테 오늘 행사가 개최된다는 얘기를 듣고 꼭 보러 오겠다고 했는데, 아까 에쓰코의 춤이 시작될 때 프리츠가 알려 주러 갔으므로 정원 쪽에서 들어왔다. 그리고 〈안으로 들어오세요〉 하는 것을 〈아니에요,

[87] 혼자 자는 여자의 달랠 길 없는 마음을 호소한 속요.

전 여기서 보는 게 더 좋아요〉하고 테라스로 등의자를 갖다 달라고 해서 거기서 무대를 보고 있었다.

「프리츠! 오늘은 아주 얌전하네.」

흰 옷깃에 옷자락에만 무늬가 있는 전통 의상을 입은 오사쿠 선생이 무대의 금병풍 뒤에서 나온 프리츠에게 말했다.

「정말, 어느 나라 아이들이에요?」

관람석에 있던 가미스기 미망인이 물었다.

「이 댁 따님의 친구인데 독일 아이들이에요. 저랑은 아주 친한 사이여서 늘 〈사부님, 사부님〉하고 불러 준답니다.」

「그래요? 기특하게도 정말 열심히 보는군요.」

「거기다 아주 예의 바르게 앉아 있고…….」

누군가 말했다.

「으음, 독일 아가씨! 이름이 뭐라고 했더라…….」

오사쿠 선생은 로제마리라는 이름이 떠오르지 않아 다시 물었다.

「너도 프리츠도 그렇게 있으면 다리 아프지 않니? 아프거든 다리를 뻗어 봐.」

그런 말을 해도 로제마리와 프리츠는 어쩐 일인지 오늘은 마치 다른 사람이라도 된 것처럼 알 수 없는 표정으로 끝내 묵묵히 있었다.

「부인, 드시겠습니까?」

데이노스케는 슈토르츠 부인이 무릎 위에 초밥 접시를 올려놓고 서투르게 젓가락질하는 것을 보고 이렇게 말했다.

「그런데 드실 수 있겠어요? 불편하시면 그만두세요.」

이렇게 말하며 데이노스케는,

「이봐, 여기 슈토르츠 부인이 드실 만한 거 없어?」

하고 관람석에서 차를 나르고 다니는 오하나에게 물었다.

「왜 양과자 같은 거 있었잖아. 저 초밥은 가져가고 다른 것 좀 갖다드려.」

「아뇨. 저, 먹겠습니다…….」

슈토르츠 부인은 오하나가 초밥 접시를 가져가려고 하자 물리치면서 말했다.

「정말인가요, 부인? 그거 드실 수 있겠어요?」

「예, 먹을 수 있습니다. 전 이거 좋아해요…….」

「그래요? 좋아하세요? 이봐, 그럼 숟가락 같은 것 좀 갖다드려.」

슈토르츠 부인은 정말 초밥을 좋아하는 모양이었다. 오하나가 숟가락을 갖다 주자 접시에 담긴 초밥을 밥 한 톨 남기지 않고 깨끗이 비웠다.

휴식 시간이 끝나면 다에코의 「눈」 차례였다. 그래서 데이노스케는 아까부터 안절부절못하고 몇 번이나 계단을 오르락내리락했는데, 아래층에서 잠깐 손님을 상대하는가 싶더니 다시 올라가 대기실을 기웃거렸다.

「자, 이제 나갈 시간 다 됐어!」

「알아요. 다 준비됐어요.」

다다미 여덟 첩 크기 방 대기실에서도 사치코와 에쓰코, 사진사로 온 이타쿠라가 의자에 앉아 있는 다에코를 둘러싸고 앉아서 초밥을 먹고 있었다. 다에코는 의상을 더럽히지 않으려고 무릎 위에 냅킨을 깔고 두꺼운 입술을 더욱 두껍게 하면서 입을 동그랗게 벌려 밥덩이를 조금씩 입 안으로 밀어 넣었다. 그리고 오하루에게 찻잔을 들린 채 초밥을 입으로 가져갈 때마다 차를 한 번씩 홀짝였다.

「당신은 좀 드셨어요?」

「난 지금 아래에서 먹고 왔어……. 다에코, 그렇게 많이 먹어도 괜찮을까? 〈배고프면 전쟁도 못 한다〉는 말은 들었지만 배가 부르면 춤추기 힘들지 않을까?」

「그래도 얘는 점심도 잘 먹지 못해서 춤을 추면 휘청휘청해서 넘어질지도 모른다고 하네요.」

「분라쿠(文樂)[88]의 배우는 무대가 끝날 때까지 아무것도 안 먹는다잖아. 춤과 분라쿠는 다르겠지만, 그래도 너무 많이 먹지 않는 게 좋을 텐데.」

「형부, 저 그렇게 많이 먹지 않았어요. 연지가 묻으면 안 되니까 조금씩 여러 번 먹다 보니 많이 먹는 것처럼 보이는 거예요.」

「저도 아까부터 다에코 씨가 초밥 먹는 걸 놀라서 보고 있었습니다.」

이타쿠라가 말했다.

「왜요?」

「왜라니요? 이렇게 금붕어가 입을 뻐끔거리며 밀기울을 덥석덥석 먹는 것처럼 입을 동그랗게 벌리고는, 아주 옹색하긴 해도 대신 잔뜩 먹고 있으니까요.」

「뭐예요? 남의 입만 보고 그렇게 생각한 거예요?」

「하지만 사실이야, 막내 언니.」

에쓰코가 소리를 내서 웃었다.

「그래도 이렇게 먹어야 한다고 가르쳐 줬단 말야.」

「누가?」

「사부님께 배우러 다니는 게이샤가…… 그 게이샤가 교토 연지[89]를 발랐을 땐 입술에 침이 묻지 않도록 항상 조심하라고 했어요. 뭘 먹을 때도 입술에 닿지 않도록 젓가락으로 입

---

88 조루리(샤미센을 반주로 하는 이야기와 음곡)에 맞추어 하는 인형극.
89 교토에서 만든 연지. 전통적인 제조법으로 홍화(紅花)로 만든다.

한가운데로 가져가야 하니까 무희 때부터 고야 두부를 가지고 그렇게 먹는 걸 연습한대요. 왜냐고 하니까 고야 두부는 물기를 가장 잘 흡수하니까 그걸로 연습해서 연지가 지워지지 않으면 된대요.」

「음, 정말 굉장한 걸 다 알고 있네요.」
「이타쿠라 씨는 오늘 구경하러 온 건가요?」
데이노스케가 물었다.
「천만에요. 구경도 하지만 그것보다 사진을 찍으러 왔습니다.」
「오늘 찍은 사진도 그림엽서로 만드나요?」
「아뇨, 그림엽서로는 만들지 않습니다. 다에코 씨가 일본 전통 머리를 하고 춤을 추는 모습은 좀처럼 볼 수 없는 일이니까 기념으로 찍어 두려고요.」
「오늘은 이타쿠라 씨의 서비스예요.」
다에코가 말했다.

이타쿠라는 한신 국도 다나카 정류장에서 북쪽으로 조금 들어간 곳에 〈이타쿠라 사진관〉이라는 간판을 내걸고 예술 사진[90]을 표방한 조그만 스튜디오를 운영하고 있는 사진관 주인이었다. 원래 이 사내는 오쿠바타케 상점에서 견습 점원으로 일한 적이 있었고 중학교도 나오지 않았다. 그 후 미국으로 건너가 로스앤젤레스에서 대여섯 해 동안 사진술을 배워 왔다고 하는데, 사실은 할리우드에서 영화 촬영 기사가 되려고 했으나 기회를 얻지 못했다는 소문도 있었다. 그리고 귀국하고 얼마 지나지 않아 지금의 장소에 개업할 때는 오쿠바타케 상점의 주인, 즉 오쿠바타케의 형이 약간의 자금도

---

90 메이지 시대 후기부터 쇼와 시대 초기에 걸쳐 주로 아마추어 사진가들이 제작한 회화적 효과를 중시하는 사진의 총칭.

대주고 단골손님을 소개해 주는 등 여러 가지로 도와준 연고가 있어서 오쿠바타케도 자주 드나들었는데, 마침 다에코가 자신의 작품을 선전하기 위해 마땅한 사진사를 찾고 있었기 때문에 오쿠바타케의 소개로 이 사내에게 부탁하게 된 것이다. 그런데 그때부터 다에코의 작품 사진은 팸플릿용이든 그림엽서용이든 모두 이타쿠라가 도맡아서 촬영하고 있었다. 이타쿠라는 늘 다에코에게 일 주문을 받고 있었고 또 광고도 맡고 있었다. 게다가 오쿠바타케와의 관계도 알고 있으므로 다에코에게도 오쿠바타케에게 하는 말투를 쓰고 있었다. 그래서 옆에서 보면 마치 주종 관계처럼 보이기도 했다. 데이노스케 등과 친해진 것도 다에코와의 관계 때문인 것은 물론이고, 미국에서 배운 대로, 그러니까 틈만 나면 어디라도 파고들어 가는 싹싹한 사내였기 때문에 지금은 이 가정에도 은근슬쩍 들어와 버린 식이었다. 식모들에게도 두루두루 애교를 부려 댔는데, 이제 곧 사치코 씨한테 부탁해 오하루를 색시로 맞이할 거라는 등의 농담도 했다.

「서비스라면 우리도 찍어 달라고 할까?」

「글쎄요, 그럼 어디 한번 찍어 볼까요? 다에코 씨를 가운데 두고 모두들 거기에 나란히 서주시겠어요?」

「어떻게 설까요?」

「데이노스케 씨와 사치코 씨는 다에코 씨 의자 뒤에 서주세요. 그렇습니다. 그래요. 그리고 에쓰코 아가씨는 다에코 씨 오른쪽에 서주세요.」

「오하루도 들어와.」

사치코가 말했다.

「그럼 오하루 씨는 왼쪽으로.」

「도쿄 언니가 있으면 좋을 텐데.」

에쓰코가 불쑥 이런 말을 했다.
「정말!」
사치코도 말했다.
「나중에 언니한테 알리면 얼마나 아쉬워할까?」
「엄마는 왜 유키코 언니를 부르지 않았어? 오늘 일은 지난달부터 알고 있었잖아.」
「생각 안 한 건 아니지만 4월에 돌아갔으니까 얼마 안 되었잖아.」
파인더를 들여다보고 있던 이타쿠라는 사치코의 눈동자가 갑자기 희미하게 젖어드는 것 같아서 퍼뜩 고개를 들었다. 데이노스케도 동시에 그걸 알아챘다. 그러나 무엇 때문에 아내의 표정이 갑자기 그렇게 되었는지, 3월에 있었던 일 이후로 무슨 일이 있을 때마다 태아를 생각하고 눈물을 글썽이는 것이 버릇이 되어 때로 놀라는 일이 있었지만, 지금은 그것도 아닌 것 같고 전혀 짐작할 수가 없었다. 이렇게 의자에 앉아 있는 다에코의 오늘 모습을 보면서 든집 언니가 이 의상을 입고 결혼식을 올린 먼 옛날 일을 생각하고 감개무량해진 것일까? 아니면 이렇게 들뜬 일이 아니라 다에코가 예복을 입고 시집을 가는 건 언제일까 하는 생각을 하고, 아직 유키코가 남아 있는 것을 생각하고 슬퍼지기라도 한 것일까? 아마 그 모든 것이 아내의 머리에 들끓었는지도 모른다고 데이노스케는 생각했다. 그건 그렇다 치더라도 오늘 다에코의 이 모습을 보고 싶어 하는 사람이 유키코 외에도 또 한 사람 있을 거라고 생각하자 역시 데이노스케는 그 남자의 마음속을 안쓰럽게 생각했다. 그러고 보니 이타쿠라가 사진을 찍으러 온 것은 어쩌면 오쿠바타케의 지시가 아니었을까, 문득 그런 느낌이 들었다.

「사토유 씨!」

다에코는 촬영이 끝나자 저편 방구석 거울 앞에서 「눈」이 끝난 다음에 나올 「차 타령」 준비를 하고 있는 스물서너 살의 게이샤로 보이는 사람을 불렀다.

「죄송하지만 부탁할 게 있어요.」

「무슨?」

「저기, 저 방으로 잠깐 가주시겠어요?」

오늘 춤추는 사람 중에는 네다섯 명의 화류계 사람들, 즉 춤 선생을 직업으로 하는 선생 자격이 있는 부인들과 두 명의 게이샤가 있었다. 사토유라는 사람은 소에몬초에서 나온 게이샤인데 오사쿠 선생에게 특별히 귀여움을 받고 있는 야마무라류의 무희였다.

「난 옷자락을 끌면서 춤을 춘 적이 없어서 잘 출 수 있을지 걱정이에요. 잠깐 저 방에 가서 옷자락 처리하는 방법 좀 가르쳐 줄래요?」

다에코는 이렇게 말하고 사토유에게 다가가 뭔가 속닥속닥 귀엣말을 했다.

「저도 신통치 못한걸요.」

「좀 부탁해요, 잠깐만······.」

다에코는 사토유를 복도 저쪽으로 데리고 갔다.

아래층에서는 이미 반주자들이 늘어선 것으로 보였고, 호궁과 샤미센의 가락 맞추는 소리가 들려왔다.

다에코는 그로부터 20분 정도 사토유와 둘이서 장지문을 꼭 닫고 자기 방에 들어가 있었다.

「다에코 씨, 데이노스케 씨가 빨리 끝내라고 합니다.」

이타쿠라가 데리러 가 이렇게 말했다.

「네, 이제 다 됐어요.」

다에코는 장지문을 열었다.

「이타쿠라 씨, 이 옷자락 좀 잡고 와요」

다에코는 이타쿠라에게 옷자락을 잡게 하고 계단을 내려갔다.

데이노스케, 사치코, 에쓰코도 다에코 뒤를 졸졸 따라 내려갔다. 데이노스케는 춤이 시작되자 살며시 관람석으로 들어가, 무대 위에 있는 다에코의 모습을 열심히 올려다보고 있는 독일 소년의 어깨를 두드렸다.

「프리츠, 저 사람 누군지 알겠어?」

프리츠는 여전히 심각한 얼굴인 채, 그래도 훌끗 돌아보고는 고개를 끄덕이더니 다시 무대 쪽으로 시선을 돌려 버렸다.

4

그 춤 모임이 있고 난 지 딱 한 달째인 7월 5일 아침의 일이었다.

올해는 대체로 5월부터 예년보다 강우량이 많았고 장마철에 접어들어서도 계속 비가 내렸다. 7월에 접어들고 나서도 3일에 또다시 비가 내리기 시작했고 4일에도 하루 종일 비가 내리며 저물었는데 5일 새벽부터 갑자기 억수 같은 호우가 내리기 시작해 전혀 그칠 기미가 없었다. 그 비가 한두 시간 후에 한신 지역에 기록적인 참사를 불러온 대수해[91]를 일으키리라고는 아무도 생각하지 못했다. 그래서 아시야의 집에

---

91 1938년 7월 3일부터 5일에 걸쳐 6백 밀리미터가 넘는 호우가 내려 강이 범람하고 잇따라 제방이 붕괴되어 사망자 2백 명, 행방불명자 4백 명의 희생자가 나왔다.

서도 7시 전후에는 우선 에쓰코가 여느 때처럼 오하루의 시중을 받으며, 비옷은 단단히 입었으나 그다지 개의치 않고 억수같이 쏟아지는 빗속을 뚫고 학교로 갔다. 에쓰코의 학교는 한신 국도를 남쪽으로 건너서 3백~4백 미터쯤 간 지점, 그러니까 한신 전차 선로보다도 남쪽에 해당하는 아시야 강 서안 가까운 곳에 있었다. 평상시 같으면 에쓰코가 국도 건너편으로 무사히 건너가면 오하루는 거기서 돌아오는 것이 보통이었으나 오늘은 비가 많이 왔으므로 학교까지 데려다 주고 돌아왔다. 그때가 8시 반쯤이었을 것이다. 도중에 그녀는 비가 내리는 것이 심상치 않고 자경단 청년들이 홍수 경계로 뛰어다니고 있었기 때문에 먼 길을 돌아 아시야 강 제방 위로 올라가 수량이 불어난 강을 보고 돌아왔다. 그리고 나리히라교 근처는 지금 강물이 굉장히 무서운 기세로 불어서 곧 다리까지 차오를 것 같다고 말했다. 그래도 아직 그런 큰일이 일어나리라고는 아무도 예상하지 못했다. 그런데 오하루가 돌아오고 나서 10분이나 20분쯤 후에 이번에는 다에코가 에메랄드빛 오일실크 레인코트에 고무장화를 신고 나가려고 했다.

「다에코, 이렇게 엄청난데 나가려고?」

사치코가 말했다. 오늘은 다에코가 슈쿠가와가 아니라 오전 중에 모토야마무라의 노요리에 있는 양재 학원에 가는 날이었다.

「이 정도 비는 아무것도 아니야. 홍수가 나면 오히려 재미 있지 뭐.」

사치코는 다에코가 이런 농담을 하며 나가는 것을 막지 않았다. 다만 데이노스케만은 빗줄기가 조금 약해지는 걸 기다릴 생각으로 서재에서 서류를 살펴보면서 우물쭈물하고 있었는데 이윽고 요란한 사이렌 소리가 들려왔다.

그때 비가 가장 억수같이 쏟아졌는데, 데이노스케가 보니 이 집에서 가장 낮아 보이는, 비가 조금만 와도 물이 고이는 서재 앞뜰의 동남쪽 구석에 있는 매화나무 밑 두 평 정도가 연못처럼 되어 있는 것 말고는 아무런 이상도 없었다. 그리고 이곳은 아시야 강 서안에서 7백~8백 미터는 떨어져 있으니까 특별히 위험이 닥칠 것 같지는 않았다. 그러나 에쓰코가 다니는 소학교는 여기보다 훨씬 강과 가깝기 때문에 혹시 제방이라도 무너진다면 어디가 무너질까, 그 소학교는 괜찮을까 하는 생각이 가장 먼저 뇌리에 스쳤다. 그러나 사치코가 쓸데없는 걱정을 할까 봐 일부러 침착하게 약간 시간을 두고 별채에서 안채로 갔다(별채에서 안채로 가는 대여섯 걸음 사이에도 옷은 흥건하게 젖었다). 그리고 지금 사이렌은 뭐냐고 사치코가 묻는 말에, 〈글쎄 뭔지 모르겠지만 별거 아닐 거야〉라고 말하면서 어쨌든 학교 근처까지 가볼 요량으로 옷 위에 레인코트를 걸치고 현관 쪽으로 나가려고 하자, 〈큰일 났어요〉 하고 새파랗게 질린 오하루가 허리 밑이 흙투성이가 된 채 뒷문으로 뛰어 들어왔다.

오하루는 아까 물이 불어난 것을 보고 나서 아무래도 소학교 쪽이 걱정되던 참에 사이렌이 울려 곧바로 밖으로 뛰어나갔다. 그런데 물은 바로 이 집 건너편 동쪽 사거리까지 흘러왔고, 산 쪽에서 바다 쪽으로, 북쪽에서 남쪽으로 도도한 기세로 흐르고 있었다. 그녀는 시험 삼아 그 물속을 동쪽으로 향해 나아갔는데 처음에는 정강이까지 찰 정도였으나 두세 걸음 걷자 무릎까지 차버렸고 자칫하면 다리가 떠밀릴 것 같았다. 그때 인가의 지붕 위에서 〈이봐!〉 하고 외치는 사람이 있었다.

「이봐! 그 물속으로 어디까지 갈 셈이야! 여자인 주제에 당치 않은 짓 하지 마!」

서슬 시퍼렇게 호령을 했으므로 누군가 했더니 자경단원 같은 복장을 하고 있으나 안면이 있는 야채 상점 야오쓰네의 젊은 주인이었다.

「뭐예요? 야오쓰네 아저씨 아니에요?」

이렇게 말하자 그쪽도 알아본 모양이었다.

「오하루! 어디 가는 거야, 이 물속을. 정신 나갔어? 그 앞은 남자들도 못 가! 강 가까운 데는 집이 부서지기도 하고 사람이 죽기도 하고 아주 엉망이라고!」

이야기를 들어 보니 아시야 강이나 고자 강 상류 쪽에서 산사태가 난 모양이었다. 한큐 선로의 북쪽 다리까지, 떠내려온 집이나 토사, 암석, 수목이 계속해서 산처럼 쌓였기 때문에 거기서 물 흐름이 막혀 강 양쪽으로 범람했다. 제방 밑 도로는 탁류가 소용돌이쳐서 장소에 따라서는 3미터 정도의 깊이에 달했고 2층에서 구조를 요청하는 집도 많았다고 한다. 오하루는 무엇보다 소학교가 걱정되어서 그 주변은 어떠냐고 물었다.

「글쎄, 그쪽은 잘 모르겠는데 대체로 국도 위쪽이 심하게 당했다고 하니까 강 아래쪽은 그렇게 심하지 않을지도 모르지. 그리고 강 동쪽은 피해가 심하고 서쪽은 동쪽만큼은 아니라고 하지만, 그 소학교 주변은 어떨지……」

오하루는 그런 이야기로는 불안해서 어떻게든 빙 돌더라도 학교까지 가보고 싶다고 했다.

「안 돼! 어디를 어떻게 돌아서 가려고 해도 물이 차서 갈 길이 없어. 더군다나 동쪽으로 가면 갈수록 물이 깊어져. 깊기만 하다면 그래도 괜찮지만 물살이 세서 휩쓸릴 수도 있고 위쪽에서 커다란 재목하고 돌이 떠내려 오니까. 만약 그런 것에 부딪히면 그걸로 끝장이야. 자칫하면 바다까지 떠내려 갈지도 몰라. 자경단원이라면 구명 밧줄이라도 잡고 죽음을 각오하고 건널 수도 있겠지만 여자가, 더구나 그런 복장으로는 절대 안 돼!」

그래서 오하루는 하는 수 없이 그냥 돌아왔다고 했다.
데이노스케는 곧장 소학교로 전화를 걸어 봤지만 이미 불통이었다.
「좋아. 그럼 내가 갔다 오지 뭐.」
그는 사치코에게 말했지만 사치코가 뭐라고 대답했는지는 기억나지 않았다. 다만 현관을 나서려고 할 때 눈물 가득한 눈으로 자신을 지그시 바라보다가 한순간 와락 껴안았던 것을 기억하고 있을 뿐이었다. 그는 기모노를 가장 낡은 양복으로 갈아입고 고무장화를 신고 레인코트에 방수모를 쓰고 나갔는데, 한 50미터쯤 가서 돌아보니 뒤에서 오하루가 따라오고 있었다. 그녀는 조금 전 앗파파[92]라는 간편복 같은 원피스가 흙투성이인 채 물에 빠진 생쥐처럼 돌아왔는데 이번에는 유카타[93]의 옷소매를 걷어 올려 끈으로 매고 옷의 뒷자락은 허리띠에 끼워서 빨간 고쟁이가 드러난 모습이었다.
「뭐야, 넌 따라오지 않아도 돼. 빨리 돌아가!」
호통을 쳤다.
「예. 저기까지만 가보겠어요.」
오하루는 이렇게 말하면서 따라왔다.

---

[92] 간토 대지진 이후 일반 서민의 여름용 옷으로 탄생한 간편복의 속칭이다. 옷깃이 없는 반소매로 허리를 고무로 조인, 호주머니가 달린 목면 원피스다.
[93] 아래위로 걸쳐 입는 두루마기 모양의 긴 무명 홑옷이다.

「저어, 그쪽으로 가시면 안 돼요. 이쪽으로 가셔야 해요.」

오하루는 동쪽으로 가지 않고 남쪽으로 곧장 내려갔으므로 데이노스케도 그녀를 따라 국도까지 나갔다. 그리고 가능하면 남쪽으로 돌아서 갔으므로 한신 전차의 선로 북쪽으로 1백~2백 미터쯤 되는 곳까지는 그다지 물이 차지 않아 갈 수 있었다. 그러나 소학교로 가기 위해서는 그 근처에서 아무래도 동쪽으로 가로질러 가야만 했다. 그런데 다행히 그 주변은 물이 얕아서 장화에 물이 들어올 정도의 깊이밖에 되지 않았는데, 한신 전차 선로를 넘어 예전 국도 바로 앞까지 가자 의외로 물은 더욱 얕아졌다. 그때 간신히 앞쪽에 소학교 건물이 보였고 학생들이 2층 창문으로 얼굴을 내밀고 있는 것이 보였다.

「아아, 학교는 별 이상이 없구나. 아, 참 다행이다.」

뒤에서 아주 흥분한 목소리로 혼잣말을 하는 사람이 있어서 돌아보니 오하루가 아직도 따라오고 있었다. 조금 전에는 데이노스케가 오하루 뒤를 따라갔는데 어디서 오하루를 앞질렀는지 생각나지 않았다. 물살이 상당히 빨랐으므로 한 발 한 발 힘껏 디디면서 가야 했고 장화 속에 물이 차 발이 무거웠으므로 그는 걷는 데 정신이 팔려 있었다. 그런데 데이노스케보다 키가 작은 오하루는 빨간 고쟁이가 거의 물에 잠긴 채, 쓰는 것을 포기한 박쥐우산을 지팡이 대신 짚으며 물살에 휩쓸리지 않도록 전신주나 담벼락을 붙들면서 훨씬 뒤에서 뒤따라오고 있었다. 오하루의 혼잣말은 유명했다. 영화 같은 걸 보러 가도 〈아이, 좋아라!〉라든가 〈저 사람 어떻게 하려나?〉 하고 혼자 감탄하거나 손뼉을 치는 버릇이 있어서 오하루와 영화관에 가는 것은 아주 난처하다는 말을 들었다. 그런데 이 절박한 물살 속에서도 그런 버릇이 나온다고 생각하니 데이노스케는 우습기도 했다.

사치코는 남편이 나간 뒤 자기도 가만히 앉아 있을 수만은 없어서 빗줄기가 다소 가늘어지자 대문 앞까지 나가 보았다. 그때 마침 아시야와 역 앞의 차부 운전수가 지나가면서 인사를 했으므로 우선 소학교가 어떻게 되었는지를 물었다.

「저는 가보지 못했지만 그 소학교는 아마 가장 안전한 모양입니다. 그곳까지 가는 중간에 홍수가 난 구역이 있긴 하지만 소학교는 지대가 높아서 침수되지 않았다고 하니까 아마 괜찮을 겁니다.」

사치코는 이 말을 듣고 조금 마음을 놓았으나 운전수는 또 이렇게 덧붙였다.

「아시야 강도 심각하지만 스미요시 강이 훨씬 더 심하게 범람했다는 게 한결같은 이야깁니다. 전차는 한큐, 쇼센, 국도 모두 불통이니까 확실한 사정이야 알 수 없지만 서쪽에서 걸어온 사람들한테 물어보니 여기서 쇼센 모토야마 역 근처까지는 홍수가 그렇게 심하지 않아서 선로 위를 다라가면 물에 젖지 않고도 갈 수 있다고 합니다. 그런데 거기서부터 서쪽으로 가면 탁류가 넘쳐나서 온통 바다처럼 되었고 산 쪽에서 커다란 파도가 용솟음치며 밀어닥쳐 갖가지 물건을 하류 쪽으로 휩쓸어 내리고 있답니다. 사람들이 다다미 위에 타거나 나뭇가지를 잡고 구조를 요청하면서 떠내려 오지만 어떻게 해볼 도리가 없는 모양입니다.」

이 이야기를 들으니 이번에는 오히려 다에코의 안부가 걱정되었다. 다에코가 다니는 모토야마무라 노요리의 양재 학원은 국도변의 고난 여학교 앞 정류소 부근에서 북쪽으로 약간 들어간 곳에 있는데 스미요시 강에서 2백~3백 미터밖에 떨어져 있지 않았다. 그러니 조금 전 운전수가 말한 대로라면, 아무래도 그 탁류의 바다 속에 있는 것 같았다. 다에코가 양재 학원에 갈 때는 국도인 쓰지까지 걸어가서 거기서 버스를 타고 간다.

「그러고 보니 아까 댁의 다에코 씨가 국도 쪽으로 내려갈 때 거기서 저와 지나쳤습니다. 파란 레인코트를 입지 않았습니까? 그 시간에 나갔다면 그곳에 도착하고 나서 곧바로 홍수가 났을지도 모르겠습니다. 소학교보다는 노요리 쪽이 훨씬 더 걱정이네요.」

사치코는 특별히 어떻게 해야겠다는 생각도 없이 당황한 채 문 안으로 뛰어 들어가, 있는 힘을 다해 오하루를 불렀다.

「오하루!」

「오하루는 어르신을 따라 나간 뒤에 아직 돌아오지 않았는데요.」

그 순간 사치코는 어린아이처럼 얼굴을 일그러뜨리고 울음을 터뜨렸다.

오아키와 오하나가 깜짝 놀란 듯 울고 있는 사치코의 얼굴을 아무 말 없이 쳐다보고 있었다. 살짝 겸연쩍어진 사치코는 응접실에서 테라스로 피해 가 아직도 흑흑 흐느껴 울면서 뜰의 잔디밭 쪽으로 내려갔다. 그때 슈토르츠 부인이 경계선 철망 위로 얼굴을 내밀고 역시 새파랗게 질린 얼굴로,

「부인!」

하고 불렀다.

「부인! 남편분께 무슨 일이라도 있나요? 에쓰코 학교는 어떤가요?」

「남편은 지금 에쓰코를 데리러 갔어요. 에쓰코 학교는 괜찮은 모양이에요. 부인의 남편은요?」

「남편은 페터와 루미를 데리러 고베로 갔어요. 걱정돼 죽

겠어요.」

슈토르츠 씨의 세 아이들 가운데 프리츠는 아직 어려서 학교에 다니지 않았지만 페터와 로제마리는 고베의 야마테에 있는 독일인 클럽 부속 독일 소학교[94]에 다니고 있었다. 슈토르츠 씨가 근무하는 곳도 고베라서 예전에는 곧잘 아이들과 셋이서 같이 나가는 모습을 봤지만, 중일 전쟁이 터지고 나서부터는 장사가 잘 안 되어 나가다 안 나가다 하고 있었다. 그래서 최근에는 두 아이만 매일 아침 고베에 있는 학교를 다니고 있었다. 그런데 오늘 아침도 아버지는 집에 있었으나 아이들의 신상이 걱정되어 어떻게든 고베까지 나가 보겠다며 조금 전에 집을 나섰던 것이다. 물론 그때는 홍수가 어느 정도인지도 모르고 또 전차가 불통인지도 모른 채 나섰는데, 도중에 잘못되지나 않았을까, 부인은 그 걱정을 하고 있었다. 부인의 일본어는 아이들처럼 유창하지 않았기 때문에 이야기를 하느라 무진 애를 썼다. 사치코는 미덥지 못한 영어를 섞어 가며 간신히 말을 주고받았는데, 되도록 부인을 안심시키려고 위로하기도 하고 달래기도 했다.

「당신 남편께서는 반드시 무사히 돌아올 거예요. 게다가 이 홍수는 아시야나 스미요시 근처만 심각하지 고베는 아마 괜찮을 거예요. 그러니 페터나 루미도 괜찮겠지요. 저는 정말 그렇게 믿어요. 안심하세요.」

사치코는 이렇게 말하면서 거듭 기운을 내게 하고는,

「그럼 나중에 봬요」

---

94 1909년에 창립된 고베 독일 학원을 말한다. 당시에는 고베 시 기타노에 있었다. 실제로 다니자키 준이치로의 이웃에 살았으며 슈토르츠의 모델이 된 슐롬봄가의 페터, 로제마리, 프리츠는 1938년 7월까지 실제로 이 학교를 다녔다.

하고 응접실로 돌아왔다. 그리고 얼마 지나지 않아 아까 열어 두었던 바깥문으로 데이노스케와 오하루가 에쓰코를 데리고 들어왔다.

역시 에쓰코의 소학교는 수해로부터 완전히 벗어나 있었다. 다만 학교 주위가 온통 침수되었고 여전히 시시각각으로 물이 불어나는 기색이었으므로 수업은 하지 않고 학생들을 전부 2층 교실로 모이게 했다. 그리고 머지않아 아이의 안부가 걱정되어 데리러 오는 학부형들이 나타났다. 그런 사람들에게는 일일이 아이를 넘겼다. 그러므로 에쓰코는 전혀 무서워하지 않았고 오히려 집에 무슨 일이 있는 건 아닌가 하고 걱정하고 있을 때 아버지와 오하루가 달려왔다. 집에서 아이를 데리러 온 부모들 중에서는 에쓰코의 아버지가 빠른 편이었는데, 데이노스케가 온 뒤에 아이를 찾으러 오는 사람들이 띄엄띄엄 줄을 이었다. 데이노스케는 교장이나 선생들에게 위로와 감사의 말을 하고 에쓰코를 데리고, 올 때와 대체로 비슷한 길을 따라 돌아왔다. 그제야 비로소 오하루가 함께 와준 것이 무척 도움이 된 것을 알았다. 그녀는 학교 복도에서 에쓰코가 무사한 모습을 보자, 〈아가씨!〉 하고 흙투성이가 된 옷으로 붙들고 늘어져 주위 사람들을 깜짝 놀라게 했다. 그러나 돌아오는 길에 오하루는 앞장서서 데이노스케를 비호하면서 걸었다. 왜냐하면 학교로 갈 때보다 물이 5센티미터 정도 더 불었고 물살도 강해졌기 때문이다. 데이노스케는 짧은 구간이긴 하지만 에쓰코를 업어야 했다. 그런데 업어 보니 걷기가 매우 힘들었고 순식간에 발이 물살에 휩쓸릴 것만 같았다. 그래서 오하루가 세찬 물살을 몸으로 가르고 나아가고 그 뒤를 따라가지 않으면 위험해서 한 발짝도 발을 뗄 수 없었다. 앞장을 선 오하루는 깊은 곳에서는 허리께까지 잠겼으므로 걷는 게 보통 일은 아니었다. 둘은 북쪽에서 남쪽으로 흘러내렸으므로 동서로 된 도로를 서쪽으로 가기로 했는데, 두세 군데 네거리를 건널 때 가장 긴장해야 했다. 어떤 데서는 밧줄이 쳐져 있었으므로 그것을 잡고 건넜고 또 어떤 데서는 경계 중인 자경단이 도와주었다. 그러나 어떤 곳에서는 그런 편의가 아무것도 없었으므로 둘이서 몸을 바싹 붙이고, 오하루가 짚고 있던 박쥐우산을 의지하 가까스로 건너기도 했다.

그래도 사치코는 에쓰코가 무사해서 기뻐한다거나 남편과 오하루에게 고맙다는 말을 할 여유도 없었다. 그녀는 남편에게 위의 이야기를 듣는 동안에도 안타까운 듯,

「여보, 다에코가……」

하며 다시 울음을 터뜨렸다.

5

데이노스케가 소학교까지 갔다가 돌아오는 데 걸리는 시간은 보통 때라면 채 30분도 걸리지 않는다. 그러나 그날은 족히 한 시간은 걸렸을 것이다. 그사이에 스미요시 강이 범람한 상황이 조금씩 전해졌다. 국도변인 다나카 서쪽은 온통 큰 강으로 변해 버려 탁류가 소용돌이치고 있다는 것, 그래서 노요리, 요코야, 오기 등이 가장 참혹하다는 것, 국도변 남쪽인 고난 시장과 골프장도 사라져 버렸고 곧장 바다로 이어졌다는 것, 사람과 가축의 죽음과 부상, 가옥의 붕괴와 유실이 엄청나다는 것 등을 어렴풋이 알게 되었다. 요컨대 사치코 등의 귀에 들어오는 보도는 비관적인 것뿐이었다.

그러나 데이노스케는 간토 대지진 때 도쿄에 있었던 경험이 있어서 이런 경우 풍문이 얼마나 침소봉대되어 전파되는지 잘 알고 있었다. 그래서 다에코에 대해서도 그런 예를 들어 가며 거의 절망적인 상태가 된 사치코를 위로했다.

「철도 선로가 복구되면 모토야마 역까지는 갈 수 있다고 하니까 어쨌든 갈 수 있는 데까지 가서 직접 내 눈으로 확인해 봐야겠어. 정말 홍수가 소문대로라면 내가 가도 아무 소용이 없겠지만, 아마 그렇지는 않을 거야. 대지진 때를 봐서 알겠지만 천재지변이 일어났을 때도 사람이 죽는 비율은 의외로 적었으니까. 옆에서 보기에 도저히 살아날 가망이 없어 보이는데도 대개는 살아나는 법이거든. 아무튼 미리 울며불며 하는 것은 성급한 일이니까 침착하게 내가 돌아올 때까지 기다리고 있어. 또 돌아오는 것이 좀 늦어지더라도 내 걱정은 하지 마. 나는 앞뒤 생각 없이 무턱대고 무모한 모험을 하지는 않을 테니까. 앞으로 나아갈 수 없으면 어디에서든 그냥 돌아올게.」

데이노스케는 이렇게 말하고 배가 고플 때를 대비해 주먹밥을 만들게 했고 소량의 브랜디와 두세 종의 약을 호주머니에 넣었다. 장화는 질렸으므로 단화에 니커보커스[95] 바지를 입고 다시 길을 나섰다.

철도 선로를 따라가면 노요리까지는 4킬로미터 남짓일까? 산책을 좋아하는 데이노스케는 그 근처의 지리를 잘 알고 있었고 양재 학원 건물 앞도 자주 지나친 적이 있었다. 그러나 그가 한 가지 희망을 품은 것은, 그 건물은 쇼센 선로의 모토야마 역을 나와 서쪽으로 1킬로미터 정도 가면 도로를 사이에 두고 바로 남쪽에 고난 여학교가 있고, 그 여학교에서 조

95 무릎 근처에서 졸라매게 되어 있으며 품이 넓고 느슨한 바지.

금 서쪽으로 들어간 곳, 선로에서 보면 남쪽으로 직경 1백 미터 정도 되는 지점에 있다는 점이었다. 만약 선로 위로 그 여학교 부근까지 갈 수 있다면 어쩌면 양재 학원까지도 갈 수 있을지도 모른다. 설사 그곳에 이르지 못하더라도 그 건물의 피해 정도는 알 수 있을 것 같았다. 데이노스케가 대문을 나서자 오하루가 또 무모하게 따라왔다.

「안 돼. 이번에는 오면 안 돼. 그보다 사치코와 에쓰코만 있어서는 집이 불안하니까 네가 단단히 지켜야 한다. 부탁이야.」

데이노스케는 이렇게 단호하게 말하며 오하루를 돌려보냈다. 집에서 50미터 정도 북쪽에서 선로 위로 올라갔다. 그때부터 수백 미터 사이는 전혀 홍수 피해가 없었다. 숲 근처에서 양쪽 논이 60센티미터에서 90센티미터 정도의 깊이로 침수된 것이 고작이었다. 숲을 나와서 다나베에 이르자 선로 북쪽만 홍수였고 남쪽은 여느 때와 다름없었다. 그러나 모토야마 역으로 다가갈수록 점차 남쪽에도 홍수가 났음을 알 수 있었다. 그러나 아직 선로 위는 안전해서 데이노스케는 걸어서 가는 데 특별한 위험도 어려움도 느끼지 않았다. 그래도 때때로 고난 고등학교 학생들이 두세 명씩 짝을 지어 오기에, 그들을 붙들고 사정을 물었다.

「이 근처는 아무 일 없어요. 모토야마 역에서부터는 정말 엄청나요. 조금 더 가시면 거기는 온통 바다일 거예요.」

모두들 이런 대답만 했다. 데이노스케는 노요리의 고난 여학교 서쪽으로 갈 생각이라고 말했다.

「글쎄요, 그쪽은 아마 가장 심할걸요. 우리가 학교에서 나올 때도 물이 계속 불어나고 있었으니까요. 서쪽은 지금쯤 아마 선로 위까지 침수되었을지도 몰라요.」

이윽고 모토야마 역까지 가서 보니 과연 역 주변의 홍수는 엄청났다. 데이노스케는 잠시 다리도 쉴 겸 선로에서 역 구내로 들어갔는데, 역 앞 도로는 이미 물이 가득 찼고 구내에도 시시각각 물이 들어차고 있었다. 역 입구에는 흙주머니나 흙을 담은 가마니를 쌓아 올려 놓았고 역무원들과 학생들이 교대로 틈에서 새어 나오는 물을 빗자루로 쓸어 내고 있었다. 데이노스케는 거기서 우물쭈물 있다가는 자기도 빗자루를 들고 도와야 할 터였으므로 일단 담배 한 대를 피우고는 다시 한바탕 세차게 내리치는 폭우를 무릅쓰고 선로 위로 올라가 앞으로 나아갔다.

물은 탁하고 누런 흙탕물인데 마치 양쯔 강 같았다. 누런 흙탕물 속에는 때로 팥소 색 같은 검고 걸쭉한 것도 섞여 있었다. 어느새 데이노스케는 그 물속을 걷고 있었으므로 〈이런!〉 하고 깨닫고 보니 산책을 나왔을 때 본 적이 있는 다나카 근처의 조그만 강이 범람해서 거기에 걸쳐진 철교 위를 넘실거리고 있었다. 철교를 건너 조금 더 가자 선로 위는 다시 물이 없었지만 양쪽의 수면은 상당히 높아져 있었다. 데이노스케는 거기에 멈춰 서서 앞쪽을 바라보았다. 그때 자기 눈앞에 펼쳐진 광경은 아까 고난 고등학교 학생이 〈바다 같다〉고 한 말 그대로였다. 웅대하다거나 웅장하다는 말을 쓰는 것은 이런 경우에는 적절하지 않은 것 같지만, 사실 처음에 느낀 감정은 엄청나다는 것보다는 그런 말들에 가까웠고 놀라기보다는 멍하니 넋을 잃고 바라볼 수밖에 없었다. 대체로 이 주변은 롯코 산기슭이 오사카 만 쪽으로 완만한 경사로 내려가는 남쪽 사면에 전원이 있고 소나무 밭이 있으며 시내가 있고 그 사이에 고풍스러운 농가나 빨간 지붕의 서양식 건물이 여기저기 흩어져 있는 곳이다. 그의 지론에 따르면 한신 지역도 지대가 높고 건조하며 경치가 환해서 산책하기에

쾌적한 지역인데, 그곳이 마치 양쯔 강이나 황하의 대홍수를 연상케 하는 풍경으로 변해 버린 것이다. 그리고 보통의 홍수와 다른 것은 롯코 산에서 흘러내린 큰 산사태 때문에 새하얀 물마루를 세운 성난 파도가 물보라를 날리면서 연달아 들이닥쳐 흡사 전체가 끓어오르는 열탕처럼 보인다는 점이었다. 확실히 이렇게 물결이 이는 곳은 강이 아니라 바다, 거무죽죽하고 탁하며 물결이 크게 너울거리는 흙탕물 바다였다. 데이노스케가 서 있는 철도 선로는 그 흙탕물 바다 속에 부두처럼 뻗어 있어 이제 곧 침수될 것처럼 수면과 스칠 듯한 곳도 있고, 지반의 흙이 씻겨 나가 침목과 레일만 사다리처럼 떠 있는 곳도 있었다. 문득 데이노스케는 발밑에 조그만게 두 마리가 조르르 기어가는 것을 보았는데, 아마 이 게들은 시내가 범람해서 선로 위로 피해 온 것이리라. 만약 이 경우 자기 혼자만 걷고 있었다면 아마 이 근처에서 돌아갔겠지만, 여기서도 그는 고난 고등학교 학생들과 길동무가 되었다. 그들은 오늘 아침 등교해서 한두 시간이 지났을 때 이런 난리가 나 수업을 할 수 없게 되었으므로 수해 속을 걸어 오카모토 역까지 갔다. 그런데 한큐가 불통이라고 해서 다시 쇼센 오카모토 역까지 갔으나 쇼센 전차 역시 다니지 않아서 잠시 역에서 쉬고 있었다(아까 구내에서 빗자루를 들고 돕고 있던 학생들이 바로 그들이었다). 그런데 물이 점점 불어나서 그렇게 있는 것도 불안해져서 고베 쪽으로 돌아가는 사람과 오사카 쪽으로 돌아가는 사람으로 나누어 어쨌든 선로를 따라 걸어가기로 했다고 한다. 이 학생들은 모두 건강한 청소년들이었으므로 그다지 위험을 느끼지도 않았고 한 사람이 물에 빠지기라도 하면 재미있다는 듯 환성을 질러 대기도 했다. 데이노스케는 그들 뒤에 딱 달라붙어 공중에 떠 있는 선로 위를 침목에서 침목으로 건너뛰며 가까스로 건너갔는데, 그 밑으로는 눈이 핑 돌 만큼 빠른 격류가 흘러가고 있었다. 물소리와 빗소리에 묻혀 그때까지는 알 수 없었지만 어디선지 〈야! 야!〉 하고 부르는 소리가 들렸다. 고개를 들고 보니 바로 50미터 정도 앞에 열차가 오도 가도 못 하고 서 있었고 그 차창에서 같은 학교 학생들이 고개를 내밀고 이쪽 학생들을 부르고 있었다.

「너희들 어디로 가는 거냐? 이 앞은 아주 위험해. 스미요시 강은 홍수가 엄청나서 건널 수 없다니까 차 안으로 올라와.」

그래서 데이노스케도 할 수 없이 그들과 함께 기차 안으로 올라갔다.

그것은 하행 급행열차 삼등칸[96]으로 고난 고등학교 학생들 외에도 이러저러한 사람들이 피난해 있었다. 그중에 몇몇 조선인 가족이 한 덩어리가 되어 있었다. 아마 집이 쓸려 내려가 겨우 목숨만 부지하고 이곳으로 피난 온 것이리라. 식모를 딸린 병자 같은 혈색의 노파가 있었는데, 이내 입속으로 염불을 외기 시작했다. 옷감을 짊어지고 돌아다니는 행상 같은 사내는 삼베옷과 홀태바지 하나만 입어선지 부르르 떨면서 흙투성이가 된 커다란 반물 보자기를 옆에 두고 젖은 홑옷과 모직 복대를 객실 의자 등에 걸어 말리고 있었다. 학생들은 친구들이 늘어난 탓인지 한층 활기차게 떠들어 대기 시작했다. 어떤 학생은 호주머니에서 캐러멜을 꺼내 친구들에게 나눠 주었다. 어떤 학생은 장화를 벗어 거꾸로 뒤집어서는 그 안에 가득 찬 모래나 흙탕물을 쏟아 내기도 하고 양말을 벗고 하얗게 불어 터진 발을 들여다보기도 했다. 어떤 학생은 흠뻑 젖은 교복과 셔츠를 벗어 물을 짜고 벗은 몸을 닦

96 당시 여객 운임은 일등, 이등, 삼등으로 구별되어 있었다.

고 있었다. 어떤 학생은 옷이 젖었으므로 의자에 앉는 것을 사양하고 서 있었다. 그들은 차례로 창밖을 내다보며 야단법석이었다.

「저기 봐! 지붕이 떠내려 온다! 다다미가 떠내려 온다! 재목이다! 자전거다! 야, 야! 자동차가 왔어!」

그들 가운데 한 학생이 말했다.

「야! 개가 있어.」

「저 개, 구해 줄까?」

「뭐야! 죽은 거잖아.」

「아냐, 야냐, 살아 있어. 저기 봐! 선로 위에 말이야.」

중간 정도 크기의 테리어 종 잡종견 한 마리가 흙투성이가 되어 비를 피하려고 기차 바퀴 뒤에 몸을 숨기고는 부들부들 떨면서 웅크리고 있었다. 두세 명의 학생들이 살려 주자고 하면서 내려가 데리고 왔다. 개는 실내로 들어오자 푸드득 고개를 흔들어 온몸의 물을 털고 나서 살려 준 소년 앞으로 다가와 얌전히 꿇어앉았다. 그리고 놀란 듯 공포에 가득 찬 눈으로 물끄러미 소년을 올려다보았다. 누군가 코앞에 캐러멜을 갖다 주었으나 살짝 냄새만 맡을 뿐 먹으려 들지 않았다.

데이노스케도 빗물이 옷 속까지 스며들어 추웠으므로 레인코트와 상의를 벗어 의자 등받이에 걸어 놓고 브랜디를 한두 잔 마시고 나서 담배에 불을 붙였다. 손목시계는 1시를 가리켰지만 전혀 배가 고프지 않아서 도시락을 열 생각은 들지 않았다. 그가 앉아 있는 자리에서 산 쪽을 바라보자 바로 모토야마 제2소학교 건물이 물에 잠겨 있는 광경이 정북 방향에 보였고, 1층 남쪽에 나란히 늘어서 있는 창문이 마치 거대한 갑문처럼 어마어마한 탁류를 분출하고 있었다. 그런데 그 소학교가 보인다면, 지금 이 열차가 멈춰 서 있는 위치는 고난 여학교가 여기서 동북쪽으로 불과 50미터밖에 떨어져 있지 않은 지점이라는 게 분명했다. 따라서 여기서 목적지인 양재 학원까지는 평소라면 몇 분도 걸리지 않는 거리일 터였다. 그런데 그러고 있는 사이에 기차 안의 학생들도 점차 전과 같은 활기를 잃었고 모두들 약속이라도 한 것처럼 심각한 얼굴이 되기 시작했다. 왜냐하면 실제 사태가 이제 웃을 일이 아니라는 것을 혈기 왕성한 젊은이들의 눈으로 봐도 부인할 수 없는 지경이 되었기 때문이다. 데이노스케가 고개를 내밀고 보자 아까 자신이 학생들과 함께 건너왔던 길, 모토야마 역에서 이 열차까지의 선로는 완전히 물에 잠겨 사라졌고, 이 열차가 있는 곳만 섬처럼 남아 있었다. 그러나 이곳도 언제 물에 잠길지 알 수 없었고, 자칫하면 선로 밑의 지반이 흔들릴지도 모르는 상황이었다. 살펴보니 이 주변의 선로 둑의 높이는 2미터 정도 되겠지만, 지금은 점차 물에 잠기고 있었다. 산 쪽에서 정면으로 엄청난 기세로 부딪쳐 오는 탁류가 마치 파도가 바위에 부서지듯이 우르르 쾅쾅 물보라를 튀기며 기차 안까지 흠뻑 적시기 시작했다. 그래서 모두들 황급히 창을 닫았다. 창문 밖에서는 탁류와 탁류가 곳곳에서 충돌하고 솟구쳐 오르고 소용돌이치고 흰 물거품을 쏟아 내고 있는 광경이 보였다. 그때 갑자기 앞쪽 칸에서 우편배달부가 이쪽 칸으로 피해 왔고, 이어서 우르르 열대여섯 명의 피난민이 들어왔다. 그리고 그 뒤에 곧바로 차장이 와서 말했다.

「여러분, 다시 한 칸 뒤로 가주세요. 앞쪽 선로에 물이 찼습니다.」

모두들 황급히 짐을 들거나 널어 놓은 옷을 안고 장화를 손에 든 채 뒤 칸으로 옮겨갔다.

「차장님! 이 침대 써도 됩니까?」

이렇게 물어보는 사람도 있었으나 이곳 역시 삼등 침대칸이었다.
「괜찮겠지요? 이런 때니까요.」
　잠깐 침대에 누워 본 학생이 있었지만, 역시 불안했는지 다시 일어나 창밖을 내다보는 사람이 많았다. 요란하게 들리는 물소리는 점점 심해졌고 기차 안에 있어도 귀가 먹먹해질 정도였다. 조금 전의 그 노파는 지금도 열심히 염불을 외고 있었는데 그 소리에 섞여 갑자기 조선인 아이들의 울음소리가 들렸다.
「아! 물이 선로까지 찼다!」
　누가 이렇게 외치자 모두들 일어나 북쪽 창가로 몰려갔다. 물은 아직 이 하행선 선로까지는 오지 않았지만 둑 가장자리로 철썩철썩 밀려들었고 옆 상행선 선로까지 밀려들고 있었다.
「차장님! 여기는 괜찮을까요?」
　한신 지역 주민인 듯한 서른쯤 되어 보이는 아주머니가 말했다.
「글쎄요…… 좀 더 안전한 곳으로 피할 수 있다면 피하는 것이 좋을 듯합니다만…….」
　데이노스케는 소용돌이 속을 손수레 한 대가 빙빙 돌면서 떠내려가는 것을 멍하니 바라보고 있었다. 그는 집을 나올 때 자신은 모험적인 일은 하지 않고 위험해 보이면 중간에 돌아오겠다고 했는데 어느새 이렇게 위험한 상황에 말려든 형국이었다. 그래도〈죽음〉을 생각하지는 않았다. 여자나 아이들이 아니므로 만일의 경우 어떻게든 되겠지, 하고 어딘지 대수롭지 않게 여기는 마음이 있었다. 그것보다 그때 그는 문득 다에코가 다니는 양재 학원 건물이 대부분 단층집이었다는 사실을 생각해 내고 몹시 불안해졌다. 그러고 보니 아까 아내의 지나친 걱정이 다소 상식을 벗어난 것이라고 생각했는데, 역시 핏줄의 직감이었던 것일까?

한 달 전인 지난달 5일 다에코가 「눈」을 추었을 때의 모습이 이상할 정도로 정답고 아리따운 모습으로 떠올랐다. 그날 그녀를 가운데 두고 가족사진을 찍었던 일, 그때도 아내가 아무런 이유 없이 눈물을 글썽였던 일 등이 하나하나 뇌리에 스쳤다. 그건 그렇다 치고 어쩌면 지금쯤 그 건물 지붕에 올라가 한창 구조를 요청하고 있을지도 모르는데 바로 코앞까지 왔으면서 아무것도 할 수 없단 말인가. 언제까지 여기서 이렇게 있어야 하는가. 여기까지 온 이상 다소 위험을 감수하고서라도 어떻게든 다에코를 데리고 돌아가지 않으면 아내에게 얼굴을 들 수 없을 텐데……. 고마워하는 아내의 얼굴과 아까 나올 때 절망적으로 울던 얼굴이 번갈아 눈앞에 어른거렸다.

데이노스케가 그런 생각을 하면서 열심히 밖을 내다보고 있는 사이, 갑자기 가슴을 뛰게 하는 일이 벌어졌다. 어느새 선로 남쪽의 물이 줄어들었고 곳곳에 모래가 드러나기 시작한 것이다. 반대로 북쪽은 점점 물이 불어나 물결이 상행선 선로를 넘어 이쪽 선로까지 밀려들고 있었다.

「이쪽 물이 빠지고 있다!」

한 학생이 외쳤다.

「아, 정말이네. 야, 이 정도면 갈 수 있겠는데.」

「고난 여학교까지 가보자!」

학생들이 앞장서 뛰어내리자 대부분의 사람들이 가방을 들거나 보자기를 매고 뒤를 따랐다. 데이노스케도 그중 한 사람이었지만 그가 정신없이 둑 밑으로 뛰어내림과 동시에 엄청나게 큰 물결이 북쪽에서 열차 쪽으로 덮쳐 왔다. 물이

어마어마한 소리를 내며 폭포처럼 머리 위로 쏟아져 내렸고 재목 하나가 불쑥 가로로 튀어나왔다. 그는 간신히 탁류를 피해 물이 빠진 곳으로 갔지만 갑자기 다리가 모래 속으로 푹푹 들어가 무릎까지 빠졌다. 쑤욱 다리를 뺀 순간 다른 쪽 신발이 벗겨졌다. 발이 쑥쑥 빠지는 길을 대여섯 걸음 나아가자 다시 폭이 2미터쯤 되는 격류가 있었다. 앞에 가는 사람이 몇 번이고 휩쓸릴 듯하면서 건너갔다. 그 센 물살은 아까 에쓰코를 업고 건넜을 때와는 비교가 안 될 정도였다. 도중에 그는 〈아, 이제 떠내려가는구나. 도저히 안 되겠어〉 하고 두세 번 체념하기도 했다. 가까스로 건너편에 도착하니 다시 모래가 허리까지 푹푹 빠졌다. 허겁지겁 전신주를 붙들고 기어올랐다. 고난 여학교 뒷문이 바로 코앞인 10미터 앞에 있었으므로 그곳으로 뛰어들 수밖에 없었다. 그러나 그 10미터 사이에 다시 한 줄기 물줄기가 있어, 뻔히 보면서도 쉽게 건너갈 수가 없었다. 그때 문이 열리고 누가 갈퀴 같은 것을 내밀었다. 데이노스케는 그것을 잡았고, 그 사람은 겨우 그를 문안으로 끌어올려 주었다.

6

그날 빗줄기가 눈에 띄게 약해지기 시작한 것은 오후 1시가 좀 지나서였다. 그러나 물은 아직 줄어들 기미가 보이지 않았다. 결국 3시쯤 되어 비가 완전히 그쳤고 군데군데 파란 하늘이 보이기 시작할 때쯤 조금씩 물이 빠지기 시작했다.

햇살이 비치기 시작했으므로 사치코는 테라스의 갈대발 밑으로 나가 보았다. 비 온 뒤에 한결 푸르러진 뜰의 잔디 위에 하얀 나비 두 마리가 춤을 추고 있었고 라일락과 백단향 나무 사이 잡초 속 물웅덩이에 비둘기가 내려앉아 뭔가를 찾아다니고 있었다. 너무나 한가로운 풍경이어서 이곳만큼은 그 어디에서도 산사태의 흔적 같은 걸 찾아볼 수 없었다. 전기, 가스, 수도가 끊긴 것만은 피해지와 마찬가지였지만, 이곳 집들에는 수도 외에 우물도 있었기 때문에 음료나 그 밖에 물을 쓰는 데는 부족함이 없었다. 그래서 그녀는 남편과 다에코가 흙투성이가 되어 돌아올 것을 예상하고 목욕물을 끓여 놓으라고 해두었다. 에쓰코는 오하루에게 이끌려 그 주변으로 물 구경을 나가고 없었으므로 집 안은 한동안 쥐 죽은 듯 조용했다. 다만 부엌문으로 근처에 사는 일꾼들이나 식모들이 물을 길러 번갈아 드나들었다. 모터가 멎었으므로 텀벙하고 두레박을 떨어뜨리는 소리, 오아키나 오하나를 상대로 피해에 대한 이야기를 하는 소리가 가끔 들려왔을 뿐이다.

4시경이 되자 우에혼마치의 집을 맡아 보고 있는 〈오토〉의 아들 쇼키치가 오사카에서 찾아왔다. 수해 문안으로는 가장 빠른 것이었다. 난카이의 다카시마야에서 근무하는 쇼키치는, 오사카 쪽은 특별한 일이 없었기 때문에 오사카에서 고베로 이어지는 지역이 이런 재난을 당했으리라고는 꿈에도 생각하지 못했다. 정오 무렵 호외가 나온 걸 보고서야 스미요시 강과 아시야 강 연안의 참화가 막대하다는 것을 알았다. 그래서 오후가 되자 가게 문을 닫고 부랴부랴 뛰쳐나왔는데, 이제야 겨우 도착했다. 도중에 어떤 데서는 한신 전차, 어떤 데서는 국도 전차, 한코쿠 버스 등을 갈아타거나 걸어서 강을 건너왔다. 식료품을 넣은 배낭을 짊어진 채 흙투성이가 된 바지를 무릎 위까지 걷어 올리고 신발은 벗어 든 채 맨발로 걸어온 것이다. 이곳으로 오면서 나리히라교 부근의 참상을 보고는 아시야의 집은 어떻게 되었을까 하고 가슴을 졸였다. 그런데 막상 이 동네에 들어서자 마치 거짓말처럼 평온해서 왠지 바보가 된 듯한 기분이었다.

쇼키치는 우선 사치코에게 반갑게 인사말을 했다. 그때 에쓰코가 들어왔다. 평소부터 말이 많고 또 풍부한 표정으로 말하는 사내라서 〈아이고! 우리 아가씨, 무사하셨네요〉 하고 일부러 코가 막힌 듯한 꾸민 목소리로 말했다. 그리고 나서 쇼키치는 이제야 생각났다는 듯이 뭔가 자기가 할 수 있는 일이라면 시켜만 달라고 말하면서, 데이노스케와 다에코의 안부를 묻기 시작했다. 사치코는 그것 때문에 아침부터 걱정하고 있다는 사정을 새삼스럽게 다시 구구절절 이야기했다.

그도 그럴 것이 사치코의 걱정이 오늘 아침보다 한층 심해진 데는 그 후에 또 주워들은 이야기가 있었기 때문이다. 예컨대 스미요시 강의 상류, 하쿠쓰루 미술관에서 노무라 저택[97]에 이르는 지역 주변에 있던 깊이가 3미터가 넘는 계곡이 토사와 바위 때문에 형체도 없이 파묻혀 버렸다는 것, 국도변의 스미요시 강 다리 위에 수백 킬로그램이나 되는 커다란 돌과 껍질이 벗겨져 통나무 재목처럼 된 나무가 첩첩이 쌓여 교통을 방해하고 있다는 것, 거기서 2백~3백 미터 남쪽으로 도로보다 낮은 곳에 있는 고난 아파트 앞에는 수많은 시체가 떠내려 왔다는 것, 그 시체들은 모두 온몸에 토사가 단단히 들러붙어 얼굴도 형체도 알아볼 수 없다는 것, 고베 시내도 엄청난 홍수로 한신 전차의 지하선에 물이 흘러들어 승객 가운데 익사자가 상당히 나온 모양이라는 것 등이었다. 이런 풍문에는 억측과 과장이 가미되었겠지만, 그중에서도 사치

---

[97] 노무라 증권 등 노무라 재벌을 만들어 낸 2디째 노무라 도쿠시치(野村德七, 1878~1945)의 저택을 말한다.

코의 가슴을 철렁하게 만든 것은 고난 아파트 앞의 시체 운운하는 이야기였다. 왜냐하면 다에코가 다니는 양재 학원은 바로 국도를 사이에 두고 그 아파트 맞은편에서 북쪽으로 겨우 50미터 들어간 부근에 있었기 때문이다. 그리고 그 아파트 앞에 그렇게 많은 시체가 떠내려왔다는 것은 거기서 북쪽에 해당하는 노요리 방면에 사망자가 많았다는 것을 말해 주기 때문이다. 사치코의 이런 꺼림칙한 추측은 조금 전 에쓰코와 함께 돌아온 오하루의 보고로 한층 더 신빙성을 띠게 되었다. 오하루 역시 사치코와 같은 생각이었으므로 만나는 사람마다 노요리 방면의 피해 상황을 물어보았는데, 누구의 말을 들어 봐도 스미요시 강 동안은 그 주변에서 피해가 가장 심한 것 같다는 데 의견이 일치했다. 다른 방면은 이미 눈에 띄게 물이 빠지기 시작했지만 그 방면만은 아직도 물이 빠질 기미가 없으며 곳에 따라서는 깊이가 3미터가 넘는다는 얘기였다.

 사치코는 남편이 무모한 행동을 하는 성격이 아니라는 걸 믿고 있었고 집을 나설 때도 모험은 하지 않을 거라는 말도 했으므로 남편은 그다지 걱정하지 않았으나 시간이 지남에 따라 다에코만이 아니라 남편까지 염려되기 시작했다. 노요리의 피해가 그렇게 심하다면 갈 수 없었을 테니까 도중에 돌아와야 하는데, 아직도 돌아오지 않는 건 어찌 된 일일까? 조금만 더…… 조금만 더…… 하고 자기도 모르는 사이에 위험 지구에 발을 들여놓아 홍수에 휩쓸리고 만 게 아닐까? 아니면 또 남편은 신중한 대신 한번 결심한 일은 좀처럼 포기하지 않는 성미니까 어떻게 해서든 목적지에 도달하려고, 이 길이 막히면 저 길로, 저 길이 막히면 이 길로 하는 식으로 나아간다거나 한동안 어딘가에서 물이 빠지기를 기다리고 있는 게 아닐까? 가령 목적지에 도달해서 다에코를 구해 내는 데 성공했다고 해도 물속을 걸어 돌아와야 하니까 시간이 걸리는 것은 당연하고, 6시, 7시가 된다고 해도 이상할 것까지는 없었다. 그러나 사치코에게는 최선에서 최악에 이르는 모든 정경이 펼쳐지면서 그중에 나쁜 쪽 장면만 일어날 것 같았다. 그런데 쇼키치가 〈설마 그런 일이야 있겠습니까만, 그렇게 걱정하시니 제가 한번 가보고 오겠습니다〉 하고 말했으므로, 도중에 만날 수 있을지 어떨지 모르지만 얼마간 위안이라도 될까 싶어, 〈그럼 수고스럽겠지만……〉 하고 곧 채비를 하고 나서는 쇼키치를 뒷문까지 따라가 보낸 것이 5시가 조금 못 되었을 때였다.

이 집은 앞문과 뒷문이 각각 다른 길과 면해 있으므로 사치코는 운동도 할 겸 뒷문에서 앞문으로 한 바퀴 돌아, 오늘은 정전으로 벨이 울리지 않기 때문에 열어 둔 앞문으로 들어와 현관 앞에서 곧장 뜰 쪽으로 걸어갔다. 그때.

「부인!」

하고 슈토르츠 부인이 다시 철망 울타리 너머로 고개를 내밀고 사치코를 불렀다.

「에쓰코 학교는 별일 없었지요? 이제 마음 놓았겠네요.」

「고맙습니다. 에쓰코는 무사하지만 동생이 걱정이에요. 남편이 지금 데리러 가긴 했지만……」

사치코는 거기서 슈토르츠 부인이 알아들을 수 있도록, 쇼키치에게 한 말을 다시 한번 했다.

「아아, 그러시군요.」

슈토르츠 부인은 눈살을 찌푸리고 쯧쯧 혀를 차면서 말했다.

「당신의 걱정, 저는 잘 알아요. 저도 공감이 가요.」

「고마워요. 그런데 남편께서는 어떻게 되셨어요?」

「제 남편도 아직 돌아오지 않았어요. 그래서 아주 걱정이에요.」

「어머, 그럼 정말 고베로 가셨을까요?」

「전 그렇게 생각해요······ 그러나 고베도 홍수가 났어요. 나다도, 롯코도, 오이시 강도 다 홍수, 홍수, 홍수예요······. 남편, 페터, 루미 다 어떻게 되었는지······ 어디 있는지······ 전 정말 걱정이에요.」

슈토르츠 씨는 체격이 좋고 믿음직스럽고 건장한 사람이며 또 이지가 발달한 독일인이기도 하니까 그깟 홍수를 만났다고 해도 별일 아닐 거라는 게 사치코의 생각이었다. 페터나 로제마리의 경우도, 그들이 다니고 있는 학교가 고베에서도 고지대 쪽에 있으니까 아마 재난을 당하지는 않았을 것이다. 다만 홍수 때문에 돌아오는 길이 막혀 있을 뿐일 것이다. 그러나 그 사람의 부인이고 보면 역시 이런저런 일이 상상되는 모양으로, 사치코가 아무리 안심하라고 해도, 〈아니에요. 저도 들었어요. 고베의 홍수도 심각하답니다. 많은 사람들이 죽었어요〉 하고 좀처럼 위로의 말은 들으려고 하지 않았다. 눈물을 머금은 그녀의 얼굴을 보자 사치코도 남의 얘기 같지 않았으나 결국 뭐라 해야 좋을지 몰라 〈아마 괜찮을 거예요······ 진심으로 모두 무사하길 빌게요〉 하고 멋없고 뻔한 말만 되풀이하는 수밖에 없었다.

그녀가 슈토르츠 부인을 위로하는 데 애를 먹고 있을 때 대문 쪽에서 인기척이 났고 조니가 뛰어갔다. 〈혹시 남편과 다에코가······〉 하고 사치코는 가슴이 두근거렸다. 그러나 감색 양복에 파나마모자[98]를 쓴 사람의 그림자가 정원수 너머에서 현관 쪽으로 들어오는 것이 언뜻 보였다.

98 가볍고 통기성이 좋은 여름 모자.

「누구지?」

사치코는 테라스에서 뜰로 내려오는 오하루에게 다가가 물었다.

「오쿠바타케 씨입니다.」

「그래?」

사치코는 잠시 당황했다.

오늘 오쿠바타케가 문안을 오리라고는 미처 생각하지 못했으나 생각해 보면 당연하기도 했다. 그건 그렇다 쳐도 어떻게 응대해야 좋을지 난감했다. 사실 얼마 전 그 일이 있고 난 후 앞으로는 찾아오더라도 가능하면 쌀쌀맞게 현관에서 돌려보내는 것이 좋다고 생각했고 남편도 그렇게 말했다. 그러나 오늘 같은 경우 다에코의 안부를 알 때까지 여기서 기다릴 것만 같았다. 솔직히 오늘만큼은 오쿠바타케를 기다리게 해놓고 다에코의 무사한 얼굴을 보게 하고 싶고 함께 기쁨을 나누고 싶었다.

「저, 다에코 씨 계시냐고 묻기에 아직 돌아오지 않았다고 했더니 그럼 잠깐 사모님을 뵙고 싶다고 하는데요.」

그와 다에코의 그간의 사정은 사치코를 뺀 가족에게는 비밀로 하고 있다는 것은 그 자신도 알고 있을 텐데, 천연덕스럽고 너글너글한 오쿠바타케가 초조한 나머지 평소의 마음가짐도 잊어버리고 그런 것을 식모에게 물었다는 것도 사치코는 오늘에 한해서는 용서할 수 있었고, 그가 그 정도로 도를 넘어선 행동을 했다는 데 오히려 호감을 느끼기까지 했다.

「어쨌든 들어오시라고 해.」

그녀는 그것을 좋은 기회로 삼아 울타리 너머로 아직 고개를 내밀고 있는 슈토르츠 부인에게,

「손님이 오셔서요……」

하고 양해를 구하고, 오늘 아침부터 몇 번이나 울어서 푸석푸석하게 부어 있는 눈 가장자리의 화장을 고치려고 2층으로 올라갔다.

전기냉장고가 아무런 도움이 되지 않았으므로 우물에서 차게 한 보리차를 내가게 해놓고 잠시 기다리게 한 다음, 사치코가 응접실로 들어서자 오쿠바타케는 또 지난번처럼 일어서서 차렷 자세를 취했다. 똑바로 차려입은 서지 바지에는 반듯하게 주름이 잡혀 있었고 흙탕물도 거의 튀지 않았다. 조금 전 흙투성이가 되어 찾아온 쇼키치의 모습과는 전혀 딴판이었다.

「조금 전에 한신 전차가 오사카에서 아오키까지 개통되었다는 말을 듣고, 그걸 타고 한신의 아시야까지 왔고, 거기서 다시 이곳까지 1킬로미터 남짓 되는 길을 걸어서 왔는데, 오는 도중에 아직 물이 빠지지 않은 곳도 조금 있었지만 대수롭지 않아서 거기서만 바지를 걷어 올리고 신발을 벗고 건넜습니다.」

오쿠바타케는 이렇게 말했다.

「좀 더 빨리 찾아뵈었어야 하는데, 전 호외가 나왔다는 걸 전혀 모르고 있다가 조금 전에야 들었습니다. 오늘은 아침부터 양재 학원에 나가는 날인데 아직 나가지 않았을까, 그러면 좋을 텐데 하는 생각을 했습니다만······.」

사실 사치코가 오쿠바타케를 맞아들인 것은, 지금 같으면 자신의 심정을 누구보다 잘 알아 줄 상대를 붙잡고 자기가 얼마나 남편과 다에코의 안전을 빌고 있는가 하는 것을 말하기 위해서였다. 그렇게 하면 이제나저제나 안절부절못하고 초조하게 기다리고 있는 마음이 조금이라도 누그러들지 않을까 하는 저의도 있었기 때문이다. 그러나 막상 테이블을 사이에 두고 마주 앉아 보니, 역시 지나치게 마음을 터놓고 이야기하지 않는 게 낫지 않을까 하는 생각도 들었다. 왜냐하면 다에코의 소식을 알고 싶어 하는 오쿠바타케의 마음에 거짓이야 없겠지만, 걱정하는 표정이나 말투에 어딘가 꾸민 듯한 구석이 있어, 이런 기회에 이 가정으로 파고들겠다는 생각이 있는 게 아닐까, 하는 경계심이 들었기 때문이다. 그런데 그의 질문에 답해 대충, 홍수가 난 것은 다에코가 양재 학원에 도착한 지 얼마 되지 않을 때라는 것, 그 양재 학원 부근이 가장 피해가 심해서 다에코가 무사한지 어떤지 심히 염려된다는 것, 너무 우려한 나머지 남편한테 부탁해 어쨌든 갈 수 있는 데까지 가보고 오라고 해서 남편이 나간 것이 아침 11시쯤이었다는 것, 지금부터 한 시간쯤 전에 우에혼마치에서 문안하러 온 쇼키치라는 사람이 왔다가 다시 나갔다는 것, 그러나 아직 돌아오지 않아 더욱더 애를 태우고 있다는 것 등을 그녀는 애써 사무적으로 이야기했다. 그러자 아니나 다를까 그렇다면 여기서 좀 기다려도 되겠느냐면서 머뭇거리기에 그녀는 그렇게 하라고 기꺼이 승낙하면서 〈그럼 편히 계세요〉라고 인사하고는 2층으로 올라가 버렸다.

사치코는 손님이 한동안 여기서 기다릴 것이니 읽을거리라도 좀 갖다 드리라며 신간 잡지 두세 종류를 내놓게 하고 홍차를 대접하도록 했을 뿐, 자신은 아래층으로 내려가지 않았다. 그런데 에쓰코가 아까부터 그 손님에게 호기심을 느끼고 때때로 복도에서 응접실을 기웃거리던 것을 생각해 내고,

「에쓰코! 잠깐 와볼래」

하고 계단 입구에서 2층으로 오라고 불렀다.

「에쓰코, 너 그거 나쁜 버릇이야. 손님이 오셨을 때 왜 그렇게 응접실을 기웃거리는 거니?」

「기웃거리지 않았어.」
「거짓말 하면 못써, 엄마가 다 봤는데. 손님한테 실례잖아.」
에쓰코는 얼굴이 빨개져서 눈을 치뜨고 고개를 숙였으나 곧바로 다시 내려가려고 했다.
「내려가면 안 돼. 그냥 2층에 있어.」
「왜?」
「2층에서 숙제나 해. 너희 학교는 내일도 수업을 할 거 아냐?」
사치코는 에쓰코를 억지로 다다미 여섯 첩 크기 방에 밀어 넣어 놓고 교과서와 공책을 준 다음 책상 밑에 모기향을 피워 놓았다. 그리고 다다미 여덟 첩 크기 방 툇마루로 나와 남편과 다에코가 돌아올 길 쪽을 바라보고 있을 때였다. 갑자기 슈토르츠 씨 집 쪽에서 〈어이!〉 하는 굵은 목소리가 들려 그쪽을 보니 슈토르츠 씨가 손을 들며 〈힐더! 힐더!〉 하고 부인의 이름을 부르면서 대문에서 뒤뜰 쪽으로 돌아가고 있었다. 슈토르츠 씨 뒤에는 페터와 로제마리도 있었다. 뒤뜰에서 뭔가를 하고 있던 부인도 〈아아!〉 하고 새된 소리를 외치는가 싶더니 갑자기 슈토르츠 씨에게 안겨 연달아 키스를 퍼부어 댔다. 날이 저물고 있었지만 뜰은 아직 환해서 경계선에 있는 벽오동나무와 멀구슬나무 잎사귀 사이로, 서양 영화에서나 볼 수 있는 포옹 장면이 보였다. 부부가 떨어지자 이번에는 페터와 로제마리가 교대로 부인에게 달려들었다. 난간에 기대 웅크리고 있던 사치코는 살짝 툇마루에서 장지문 안으로 숨었으나 슈토르츠 부인은 사치코가 보고 있다는 것을 몰랐던 모양으로, 로제마리를 떼어 놓자 기쁜 나머지 울타리 너머로 고개를 내밀고,
「부인!」

하고 뜰을 두리번두리번 둘러보면서 괴상한 목소리로 불렀다.
「부인, 남편이 돌아왔어요. 페터와 루미도 돌아왔어요.」
「어머! 참 잘되었네요.」
사치코가 무심코 장지문 뒤에서 뛰어나와 난간에 선 것과 동시에 옆방에서 공부를 하고 있던 에쓰코도 연필을 내던지고 창가로 뛰어왔다.
「페터! 루미!」
「만세!」
「만세!」
세 명의 아이들이 아래 위에서 서로 손을 흔들자 슈토르츠 씨도 슈토르츠 부인도 손을 번쩍 쳐들었다.
「부인!」
이번에는 2층에서 사치코가 불렀다.
「남편께서는 고베까지 가신 건가요?」
「남편은 고베로 가는 길에서 페터와 루미를 만났대요. 그래서 같이 돌아왔어요.」
「어머! 길에서 만났단 말이에요? 참 다행이었네요…… 페터!」
사치코는 부인의 일본어가 답답해서 페터에게 말했다.
「너 아빠하고 어디서 만났니?」
「국도 도쿠이 근처에서요.」
「어머! 고베에서 도쿠이까지 걸어서 온 거야?」
「아뇨, 그렇지 않아요. 산노미야에서 나다까지는 쇼센 전차가 다녔어요.」
「아아, 나다까지 운행을 했단 말이지?」
「네, 저는 루미를 데리고 나다에서 도쿠이까지 걸어오다가 아빠를 만났어요.」

「그래도 용케 아빠를 만났구나. 도쿠이에서 여기까지는 어디를 지나 왔니?」

「국도로 왔어요. 국도가 아닌 곳을 지나기도 했어요. 쇼센 선로 위나 그보다 산 쪽으로, 길이 없는 곳으로도요……」

「고생이 많았겠구나. 아직 물이 빠지지 않은 곳도 많던?」

「그렇게 많지는 않고…… 조금은요…… 군데군데…….」

페터에게 자꾸 물어보니 역시 미덥지 못한 구석이 있었다. 어디를 어떻게 지나왔는지, 어떤 데가 아직 물이 빠지지 않았는지, 도중의 상황은 어떤지 등의 일은 그다지 분명하지 않았다. 그러나 로제마리 같은 어린 소녀까지 무사히 걸어온 것을 보면, 또 이 세 사람의 복장이 그다지 심하게 흙투성이가 되지 않은 것을 보면 그들이 여기까지 오는 데 그렇게 심한 위험이나 어려움을 겪었을 것 같지는 않았다. 〈그렇다면?〉 사치코는 남편과 다에코가 아직도 돌아오지 않은 것이 점점 더 의심스러워졌다. 이렇게 어린 소년 소녀조차 고베에서 여기까지 먼 길을 그 시간에 답파할 수 있었다면, 당연히 남편이나 다에코도 벌써 돌아왔어야 한다. 그런데 아직도 돌아오지 않은 것은 뭔가 잘못되었다고 생각할 수밖에 없다. 게다가 그 잘못된 것이란 다에코에게 일어난 일일 것이고, 그래서 남편이 어쩌면 쇼키치도, 다에코를 구해 내거나 찾아내기 위해 시간을 들이고 있는 게 아닐까?

「부인! 당신 남편과 동생은 어떻게 되었나요? 아직 돌아오지 않았나요?」

「아직 돌아오지 않았어요. 슈토르츠 씨 일행이 돌아왔는데 어떻게 된 걸까요? 걱정이 돼서 죽겠어요.」

사치코는 그렇게 말하면서 자신의 목소리가 우는소리가 되어 가는 것을 어떻게 할 수가 없었다. 그러나 얼굴의 일부가 벽오동 잎에 가려 있는 슈토르츠 부인은 예의 그 쯧쯧 하는 소리를 내며 연신 혀를 차고 있었다.

「사모님!」

그때 오하루가 올라와 문지방에 두 손을 짚었다.

「오쿠바타케 씨가 지금 노요리 쪽으로 가보겠다면서 사모님께 말씀드려 달라고 합니다.」

7

사치코가 내려가자 오쿠바타케는 벌써 현관에 서서 금장식이 빛나는 물푸레나무 지팡이를 짚고 있었다.

「저도 이야기를 들었습니다만, 저 서양인 아이도 돌아왔는데, 다에코 씨는 왜 돌아오지 않는 걸까요?」

「글쎄 말이에요.」

「아무래도 너무 늦는 것 같으니까 그 근처까지 가서 상황을 보고 오겠습니다……. 사정이 생기면 다시 들를지도 모르겠습니다.」

「말씀은 고맙습니다만…… 이제 어두워졌으니 여기서 좀더 기다리시는 게……」

「하지만 가만히 앉아 있을 수가 있어야지요. 기다리느니 갔다 오는 게 빠를 것 같습니다」

「아, 그럴까요?」

사치코는 지금 이 순간, 동생을 육친처럼 걱정해 주기만 한다면 그 사람이 누구든 감사하고 싶은 마음이었으므로 그만 이 청년에게도 눈물을 보이고 말았다.

「그럼 다녀오겠습니다…… 누님께서도 너무 걱정하지 마

십시오.」

「고맙습니다. 그럼 조심해서…….」

그녀는 현관으로 따라 나가면서 물었다.

「저…… 회중전등 갖고 있어요?」

「네, 갖고 있습니다.」

오쿠바타케는 현관 마루에 놓아 둔 파나마모자 밑에서 서둘러 뭔가 두 가지 물건을 꺼내서 하나는 재빨리 호주머니에 넣었다. 하나는 회중전등이었지만 호주머니에 집어넣은 것은 분명 라이카나 콘탁스 사진기인 것 같았다. 이런 때 그런 것을 가지고 나왔다는 게 좀 겸연쩍었던 것이리라.

오쿠바타케가 가버린 뒤 사치코는 잠시 문기둥에 기대어 우두커니 저녁 어둠 속을 응시하고 있었다. 남편과 다에코는 여전히 돌아올 기미가 보이지 않았다. 사치코는 안절부절못하는 마음을 가라앉히려고 응접실로 돌아와 초에 불을 붙이고 의자에 앉아 보았다. 오하루가 식사 준비가 되었다면서 안색을 살피며 쭈뼛쭈뼛 물었으므로 이미 저녁 식사 시간이 지났다는 것을 알았지만 도저히 식탁에 앉을 기분이 아니었다.

「난 됐으니까 에쓰코만 먼저 먹일래?」

사치코의 말에 2층으로 물어보러 간 오하루는 금방 다시 내려와 말했다.

「아가씨도 나중에 먹겠답니다.」

2층에서 혼자 있는 것을 늘 심심해하는 에쓰코가 숙제도 벌써 다 했을 시간인데도 신기하게 방에 틀어박혀 얌전히 있는 것이 이상했다. 이런 때 귀찮게 엄마한테 달라붙었다가는 핀잔을 들을 수 있다는 걸 알고 있기에 가까이 오지 않는 것이리라. 사치코는 20~30분을 그렇게 있었으나 마음이 진정되지 않은 듯 뭔가가 생각난 사람처럼 2층으로 올라갔다. 에쓰코에게는 아무 말도 하지 않고 살짝 다에코의 방으로 들어가 촛대에 불을 켰다. 그리고 남쪽 미닫이 틀 위에 걸려 있는 액자 밑으로 빨려 들어간 듯 다가가 그 안에 끼워 놓은 네 장의 사진을 하나하나 들여다보기 시작했다.

지난달 5일 향토회 때 이타쿠라가 찍은 다에코의 「눈」 사진들이었다. 이타쿠라는 그날 다에코가 춤을 추고 있는 동안 시종 렌즈를 들이대고 찍어 댔는데, 해 질 무렵 그녀가 의상을 벗기 전에 다시 한번 금병풍을 배경으로 세워 놓고 온갖 포즈를 취하게 해 몇 장 더 찍었다. 이 액자에 넣은 것은 여러 장 현상해 온 것 가운데 다에코가 직접 골라내 사절지 크기로 확대한 것인데, 네 장 모두 나중에 특별히 포즈를 취하게 해 찍은 사진이었다. 이타쿠라는 이 사진들을 찍을 때 야단법석을 피우며 광선의 효과 등에 심히 고심했는데, 감탄할 만한 것은 춤을 상당히 열심히 보았는지 포즈를 부탁할 때 〈다에코 씨, 얼어붙은 이불이라는 데가 있었죠?〉라든가 〈베개에 울려 오는 싸라기눈 소리 대목의 포즈를 좀 잡아 주세요〉 하면서 직접 그 동작을 취해 보이기도 했다. 이 사진들은 과연 이타쿠라의 걸작이라고 해도 좋은 작품이었다. 이 사진을 보니 사치코는 묘하게도 그날 다에코가 아무렇지 않게 했던 말이나 행동, 사소한 동작이나 눈짓, 말투까지 또렷이 떠올랐다.

다에코는 그날 공개석상에서 처음으로 「눈」을 추었는데, 처음으로 춘 것치고는 아주 잘 추었다. 사치코만 그렇게 느낀 게 아니라 오사쿠 선생도 칭찬했을 정도였다. 물론 선생이 매일 먼 길을 찾아와서 정성을 다해 준 덕분임에는 틀림없지만, 어린 시절 춤을 배운 경험도 있고 선천적으로 소질이 있기 때문이 아닐까? 이렇게 말하면 분명 팔이 안으로 굽는다고 할지 모르겠지만 사치코는 그렇게 생각했다. 무슨 일이든 감격하면 눈물부터 나오는 그녀는 그날도 다에코가 춤추는 모습을 보면서 언제 이렇게 늘었을까 하고 눈물이 나오는 걸 참을 수 없었다. 이 사진들을 보자 다시 그때의 감격이 되살아났다. 그녀는 춤추는 사진 네 장 가운데 〈마음도 아득한 한밤의 종소리〉와 그 뒤의 동작 부분, 즉 활짝 핀 우산을 뒤로 하고 엉거주춤한 자세로 무릎을 꿇은 상태에서 상체를 비스듬히 왼쪽으로 기울이고 양 소매를 모은 채 고개를 갸웃하니, 멀리 눈 내리는 하늘로 사라져 가는 종소리를 듣는 장면을 담은 것이 가장 좋았다. 연습할 때도 오사쿠 선생이 입으로 내는 샤미센 소리에 맞춰 다에코가 이 포즈를 취하는 걸 가끔 보면서 가장 좋다고 생각했는데, 당일에는 의상이나 틀어 올린 머리 덕분인지 연습 때보다 몇 배나 근사해 보였다. 사치코는 자기가 왜 이 장면을 그렇게 좋아하는지 알 수 없었다. 아마 늘 서양 머리를 하는 다에코한테서는 전혀 느껴지지 않던 가련함이 보여서인지도 모른다.

그녀가 보기에 다에코는 자매 가운데 혼자 성격이 달라 활발하고 진취적이며 무슨 일이든 자기가 생각하는 것을 방약무인하게 해치우는 근대적인 아가씨였다. 그것이 때로는 밉살스럽게 보이기도 했다. 그러나 그렇게 춤추는 모습을 보고 있으면 역시 다에코한테도 옛날 일본 아가씨다운 음전함이 있다는 것을 느낄 수 있었고, 지금까지와는 다른 의미에서 귀엽기도 하고 사랑스럽기도 했다. 그리고 자주 묶어 버릇하지 않는 머리를 틀어 올리고 옛날식 화장을 했기 때문인지 평소와 달라 보였다. 얼굴에서 타고난 젊음과 발랄함이 사라져 실제 나이에 어울리는 성숙미가 드러나 보이는 것에서도 매력을 느낄 수 있었다. 그러나 지금 생각하면 정확히 한 달 전에 그 동생이 이렇게 기특한 모습을 하고 이런 사진을 찍었다는 사실이 왠지 우연이 아닌 것 같은 불길한 예감이 스치기도 했다. 그러고 보니 그날 데이노스케와 사치코, 에쓰코가 다에코를 가운데 두고 사진을 찍었는데, 어쩌면 그 사진이 무서운 기념사진이 되는 게 아닐까? 사치코는 그때 쓰루코 언니의 혼례 의상을 입은 동생의 모습을 보고 왠지 모르게 감상적인 기분에 사로잡혀 간신히 울음을 참았던 일을 기억하고 있었다. 그런데 사치코는 이 동생이 언젠가는 이런 의상을 입고 시집가는 모습을 보고 싶어 했던 일도 말끔히 잊어버렸다. 이제 이 사진의 모습이 최후의 성장(盛裝)이 된 게 아닐까? 그녀는 애써 이런 생각을 부정했지만 액자를 너무 오래 보고 있자니 왠지 섬뜩한 기분이 들어서 선반 쪽으로 눈을 돌려 버렸다.

그러자 거기에는 다에코가 최근에 제작한 하네노 가무로(羽根の禿)[99] 인형이 있었다. 벌써 두세 해 전, 6대째 명인 기쿠고로가 오사카의 가부키 극장에서 「하네노 가무로」와 「신이 난 중(浮かね坊主)」[100]을 공연했을 때 다에코는 여러 번 보러 갔다. 그 시절 6대째 명인 기쿠고로의 무용을 아주 잘 관찰했는지 인형의 얼굴은 그다지 닮지 않았지만 몸집이나 느낌이 기쿠고로 명인과 비슷하도록 특징을 정교하게 포착한 듯했다. 정말 뭘 시켜도 이렇게 솜씨가 좋은 동생인데······ 막내로 태어나서 제일 불행하게 자란 탓일까, 자매 중 누구보

---

99 가부키 무용의 제목이다. 에도 시대 어느 해 초봄, 요시와라의 유곽 앞에서 가무로(유녀의 잔심부름을 하는 소녀)가 하네쓰키(배드민턴 비슷한 것)를 하며 천진난만하게 노는 풍경을 묘사한 작품이다. 6대째 오노에 기쿠고로(尾上菊五郎)가 1931년 도구나 동작을 사랑스럽게 보인 후부터 인기곡이 되었다.

100 가부키 무용의 제목이다. 우스꽝스러운 이야기를 하면서 구걸하는 중 이야기를 무용으로 만든 것이다.

다도 세상 물정에 훤해서 오히려 자기나 유키코가 동생 취급을 당할 정도였다. 그러나 어쨌든 자신은 유키코를 불민하다고 생각한 나머지 다에코를 다소 멀리하는 경향이 있었는데, 그건 옳지 못했다. 앞으로는 다에코도 유키코와 똑같이 생각하자. 물론 이상한 일은 일어나지 않았을 테지만, 무사하기만 하다면 남편을 설득해 양행도 하게 해줄 것이고 오쿠바타케와도 맺어 줄 것이다.

밖은 완전히 저물었고 전등을 켤 수 없는 밤은 어둠이 더욱 깊게 펼쳐져 멀리서 개구리 울음소리만이 적막하게 들려올 뿐이었다. 그러나 뜰의 나뭇잎 사이로 빛이 환하게 비쳐 들어와 사치코가 툇마루로 나가 보니 슈토르츠 씨 집 식당에는 촛불이 켜져 있었다. 슈토르츠 씨의 새된 목소리에 섞여 페터와 로제마리의 목소리도 들렸다. 지금 그들 가족은 다들 식탁을 둘러싸고 아버지, 아들, 딸이 번갈아 어머니에게 오늘의 모험담을 들려주고 있을 것이다. 사치코는 이웃이 행복하게 저녁 식사를 하는 모습을 촛불의 깜박거림으로 알 수 있었고 다시 불안이 엄습해 왔다. 그때 조니가 잔디밭으로 뛰어가는 소리가 들렸다.

「다녀왔습니다!」

현관 쪽에서 쇼키치의 활기찬 목소리가 들렸다.

「엄마!」

옆방에서 에쓰코가 갑자기 요란하게 소리를 질렀다.

「아, 왔구나!」

사치코도 말했다. 그리고 다음 순간 두 사람 모두 계단을 뛰어 내려갔다.

현관이 어두웠으므로 잘 볼 수 없었다.

「다녀왔습니다.」

쇼키치 뒤에서 남편의 목소리가 들렸다.

「다녀왔어.」

「다에코는요?」

「다에코도 왔어.」

남편이 곧 그렇게 대답했지만, 사치코는 다에코가 대답하지 않는 것이 마음에 걸렸다.

「웬일이야, 다에코?…… 어떻게 된 거야?」

사치코가 현관을 내다봤을 때, 오하루가 뒤에서 촛대를 내밀었다. 촛불이 흔들렸지만 조금씩 그 주변 이쪽저쪽을 비추자, 사치코가 여태까지 한 번도 보지 못한, 오늘 아침에 나갈 때와는 전혀 다른 까칠한 견직 홑옷을 입고 커다란 눈망울로 이쪽을 똑바로 응시하고 서 있는 다에코의 모습이 보였다.

「언니…….」

다에코는 몹시 감격한 듯 떨리는 목소리로 언니를 부르자마자 긴장이 풀렸다. 그리고 갑자기 숨을 헐떡이며 울음을 터뜨리는가 싶더니 쓰러지듯이 현관 마루에 얼굴을 대고 엎어졌다.

「왜 그래, 다에코?…… 어디 다쳤어?」

「다치진 않았어.」

남편이 대신 대답했다.

「큰일을 당했지만 이타쿠라가 구해 줬어.」

「이타쿠라가?」

사치코는 세 사람의 뒤를 봤지만, 이타쿠라는 거기에 없었다.

「자, 물통에 물이라도 받아 와.」

데이노스케는 온몸이 흙투성이가 되었고 신발을 어떻게 했는지 맨발에 게다를 신고 있었다. 그 게다나 발, 정강이도 온통 흙탕물로 범벅이 되어 있었다.

8

 다에코가 조난당한 전말에 대해서는 그날 밤 다에코와 데이노스케가 번갈아 가며 사치코에게 이야기해 주었다.
 그날 아침 에쓰코를 학교에 데려다준 오하루가 집에 돌아오고 나서 얼마 지나지 않은 8시 45분경 다에코는 집을 나섰고, 여느 때처럼 국도의 정류장인 쓰지에서 버스를 탔다. 그 시간에도 호우는 굉장했지만 버스가 다녔으므로 그녀는 평상시대로 고난 여학교 앞에서 내렸고, 바로 코앞에 있는 양재 학원으로 들어선 것은 9시경이었다. 학원이라고 하지만 한가한 취미 학원 같은 곳이었다. 악천후였고 홍수가 날 것 같다며 술렁거리는 때였으므로 결석자가 많았다. 나온 사람도 마음을 잡을 수 없었으므로 오늘은 그냥 쉬자고 해서 모두들 돌아가 버렸다.
「다에코 씨, 커피나 마시고 가지 않겠어요?」
 다마키 여사가 다에코에게 이렇게 권했다. 두 사람은 옆 건물인 여사의 집에서 잠시 이야기를 나누었다. 다마키 여사는 다에코보다 일고여덟 살 위였고, 그녀의 남편은 공학사로 스미토모 신동소(伸銅所)의 기사였다. 그들 사이에는 소학교에 다니는 아들이 하나 있고 다마키 여사도 고베 모 백화점의 부인 양복부 고문을 하면서 양재 학원을 경영하고 있었다. 학원 옆에는 별도의 작은 문이 딸린 스페인풍의 산뜻한 단층 주택이 있었는데 학원 건물과는 뜰로 이어져 있었다. 다에코는 선생과 제자 이상으로 여사의 귀여움을 받고 있었으므로 늘 이런 식으로 초대를 받았는데, 그때도 응접실로 가서 여사한테 프랑스행에 참고가 될 만한 이야기를 들었다. 파리에서 몇 년간 수업을 받은 경험이 있는 다마키 여사는 다에코에게도 꼭 한번 다녀오라고 권했고 자신도 미흡하나마 소개도 해주겠다면서 눈앞에서 알코올램프에 불을 붙여 커피를 끓였다. 그사이에도 비는 억수같이 퍼붓고 있었다.

「어머, 어떡하지? 이러면 집에 갈 수도 없겠어요.」

다에코가 말했다.

「괜찮아요. 빗줄기가 좀 약해지면 나도 나갈 테니까, 좀 쉬고 있어요.」

여사가 이런 말을 할 때였다.

「다녀왔습니다.」

열 살짜리 아들 히로시가 헐레벌떡 들어왔다.

「아니, 학교는 어떡하고?」

「오늘 수업은 한 시간밖에 못 했어. 홍수가 나면 집에 갈 때 위험하니까 집에 가도 된다고 했어.」

「뭐? 홍수가 난다고?」

「모르고 있었어? 지금 걸어올 때도 뒤에서 둑이 자꾸 밀려와서 잡히면 안 되니까 있는 힘껏 달려왔는데.」

히로시가 말하는 사이에 벌써 쏴아 하는 소리가 들리더니 뜰로 흙탕물이 쏟아져 들어왔다. 순식간에 마루 위까지 차오를 것 같아서 여사와 다에코는 황급히 그쪽 문을 닫았다. 이번에는 반대쪽 복도에서 밀물 때의 파도 소리 같은 시끄러운 소리가 들리더니 조금 전에 히로시가 들어온 문으로 실내까지 물이 밀려 들어왔다.

문을 안에서 잠근 정도로는 곧바로 열려 버리기 때문에 한동안 셋이서 몸으로 버티고 있으나 이윽고 쿵쿵 하고 문을 때려 부술 듯이 물이 부딪쳐 왔다. 세 사람은 힘을 모아 테이블이나 의자 같은 것으로 버팀목을 삼아 막아 내고 있었다. 그리고 곧 안락의자를 문 안쪽에 딱 붙여 놓고 그 위에 책상

다리를 하고 앉아 있던 히로시가 하하하 하고 큰 소리로 웃어 대기 시작했다. 왜냐하면 순식간에 문이 열리고 소년을 태운 안락의자가 물 위로 둥둥 떴기 때문이다.

「어머머, 큰일이네, 레코드 젖지 않게 해!」

여사는 이렇게 말하며 서둘러 캐비닛에서 레코드를 꺼내 높은 데에 올려놓으려고 했으나 선반 같은 것도 없어서 이미 물에 잠기고 있는 피아노 위에 쌓아 두었다. 그러는 사이에 물은 이미 배 정도까지 차올라서 세트로 된 세 개의 테이블, 커피 끓이는 유리 용기, 설탕 넣는 항아리, 카네이션 등 잡다한 것들이 여기저기 둥둥 떠오르기 시작했다.

「어머, 다에코 씨, 그 인형 괜찮을까?」

다마키 여사는 난로 위에 놓아 둔, 다에코가 만들어 준 프랑스 인형을 걱정했다.

「괜찮겠죠 뭐, 설마 거기까지 차겠어요?」

사실 그때만 해도 세 사람은 얼마간 재미 삼아 깔깔거리고 있었다. 히로시가 학교 가방이 떠내려가는 것을 붙잡으려고 몸을 뻗치다가 떠내려온 라디오 모서리에 쿵 하고 머리를 부딪혀 〈아, 아얏〉 하고 외쳤을 때는 여사도 다에코도, 머리를 움켜쥔 히로시도 재미있어하며 자지러지게 웃기도 했다. 어쨌든 30분 정도는 그런 식으로 떠들썩거렸지만 어느 순간부터 갑자기 세 사람은 마치 약속이나 한 듯이 심각한 표정으로 입을 다물어 버렸다. 다에코가 기억하는 바로는 눈 깜짝할 사이에 물이 가슴께까지 차올랐다. 그녀는 커튼을 잡고 벽에 붙어 있었는데 아마 그 커튼이 건드린 모양인지 머리 위에서 액자가 떨어져 바로 눈앞에 떠올랐다. 그 사진은 다마키 여사가 소중하게 간직하고 있는 기시다 류세이가 그린 레이코의 초상화[101]였다. 그 액자는 부글부글 가라앉았다 떠올랐다 하며 방구석 쪽으로 떠내려갔다. 다마키 여사도 다에코도 원망스러운 눈으로 바라보고 있을 수밖에 없었다.

「히로시! 괜찮니?」

다마키 여사가 아까와는 전혀 다른 목소리로 말했다.

「응.」

이렇게 한 마디만 한 소년은 물이 키 높이까지 차올라서 피아노 위로 올라가 있었다. 다에코는 어렸을 때 본 서양 탐정 영화의 한 장면을 떠올리고 있었다. 탐정이 갑자기 지하실로 떨어지는데 그 방은 사방이 밀폐된 상자 같은 방이어서 시시각각 물이 들어와 탐정의 몸이 점점 물에 잠기는 그런 장면이었다. 세 사람은 그때 서로 떨어져 있었는디 히로시는 동쪽 피아노 위, 다에코는 서쪽 창가의 커튼 옆, 그리고 다마키 여사는 버팀목으로 삼은 테이블이 방 가운데르 밀려왔으므로 그 위에 올라가 있었다. 다에코는 물이 키 높이까지 차오를 것 같은 위험을 느끼고 커튼을 붙잡으면서 자신도 뭔가 밟고 서 있을 만한 것을 발로 더듬어 찾기 시작했다. 마침 세 개가 세트로 된 테이블 가운데 하나가 발에 닿았다. 그래서 그 테이블을 옆으로 넘어뜨리고 그 위에 올라섰다(나중에 안 것이지만 그때의 물은 질퍽한 흙탕물이고 대부분이 토사였기 때문에 오히려 물건을 고정시키는 작용을 했다. 물이 빠지고 나서 보니 테이블이나 의자 같은 것은 토사에 파묻혀 한곳에 고정되어 있었다. 집 안에도 토사가 가득 찼으므로 유실되거나 무너지는 것을 면한 경우가 많았다). 방 바깥으로 피하는 방법도 생각하지 않은 건 아니었고 창틀을 부수는 정도는 가능했을지도 모르지만 다에코가 창밖을 내다보니(거

---

101 岸田劉生(1891~1929). 서양화가. 뒤러에게 감화를 받아 세밀 묘사를 이용한 수작들을 발표했다. 딸인 레이코를 그린 작품은 여럿이다.

기는 위아래로 열리는 창으로 아까 비가 쳐들어왔으므로 위쪽만 한 5센티미터 정도 남기고 닫아 두었다) 바깥도 실내의 수위와 비슷했고 또 실내의 물은 점차 늪처럼 괴어 가는 데 비해 유리창 바깥은 엄청난 격류가 흐르고 있었다. 창밖은 창에서 2미터 정도 떨어진 곳에 저녁 해를 막기 위한 등나무 시렁이 있는 것 말고는 온통 잔디밭이었고 키 큰 나무나 건물 같은 것은 없었다. 만약 창밖으로 빠져나가 어떻게든 등나무 시렁까지 헤엄쳐 가서 덩굴 위로 기어오를 수만 있다면 다행이겠지만 덩굴에 도착하기 전에 격류에 휩쓸려 버릴 게 뻔했다. 히로시는 피아노 위에 우뚝 서서 손을 뻗어 천장을 더듬고 다녔다. 천장을 부수고 지붕으로 올라갈 수만 있다면 그것이 지금으로서는 가장 좋은 방법임에는 틀림없었다. 하지만 히로시나 여자들 힘으로는 도저히 할 수 없는 일이었다. 문득 히로시가 엄마한테 물었다.

「가네야는 어떻게 됐어요, 엄마?」

「글쎄, 아까 식모 방에 있는 것 같던데, 어떻게 됐을까?」

「그런데 아무 소리도 안 나잖아요?」

다시 히로시가 말했다. 그러나 역시는 아무 대답도 하지 않았다. 세 사람은 아무 말도 하지 않고 각자 떨어져서 수면을 응시하고 있었다. 수면이 다시 조금 올라갔고 천장과의 사이가 1미터 정도로 줄어들었다. 다에코는 옆으로 쓰러져 있는 테이블을 다시 세우고는 그 위에 올라가(다시 세울 때 테이블이 진흙에 파묻혀 있어 무거웠으며 흙이 발에 휘감겼다) 창끝에 달린 커튼의 쇠 장식을 단단히 붙잡고 있었는데 머리만이 간신히 수면 위로 나와 있는 정도였다. 중앙 테이블 위에 서 있는 역사도 다에코와 비슷했는데 거기에는 마침 머리 위에 세 개의 굵은 쇠사슬로 매달아 놓은 샹들리에가 있었다. 간접 조명으로 쓰는 샹들리에는 두랄루민으로 만든 것이었는데, 잔을 위로 향하게 달아 놓아서 넘어지려고 하면 여사는 그것을 붙잡곤 했다.

「엄마, 우리 죽는 거야?」

히로시가 물었다.

「그래요? 엄마.」

여사가 잠자코 있자 히로시는 다시 물었다.

「우리 죽는 거지? 그치?」

「죽다니? 그런 소리 하면…….」

여사가 무슨 말인가 한 것 같은데 그다음은 입만 우물우물 움직였을 뿐이었다. 그녀 자신도 무슨 말을 해야 좋을지 몰랐을 것이다. 다에코는 수면 위로 머리만 내밀고 있는 여사를 보면서 죽음이 코앞에 다가온 사람의 얼굴은 저런 것이구나 하고 생각했다. 그러나 자신도 지금 저와 같은 얼굴을 하고 있다는 걸 잘 알고 있었다. 그리고 도저히 살아날 가망이 없어서 이제 죽는구나, 할 때가 되면 사람은 의외로 침착해지고 무섭지도 않다는 걸 알았다.

다에코가 그런 상태로 있던 동안, 굉장히 길었던 그 시간은 세 시간이나 네 시간은 되는 것 같았지만 사실은 한 시간도 되지 않았다. 그녀는 자신이 매달려 있는 창의 유리문 위쪽이, 아까도 말했듯이 5센티미터 정도 열려 있어 그곳으로 바깥의 탁류가 들어왔으므로 한 손으로는 커튼을 붙잡고 다른 한 손으로는 열심히 그 유리문을 닫으려고 했다. 바로 그때, 아니 사실은 조금 전부터 자신이 있는 방의 머리 위에서 사람들이 지붕 위를 걷는 듯 삐걱삐걱 하는 칼걸음 소리가 들렸다. 그때 휙 하고 지붕에서 등나무 시렁 위로 뛰어내린 사람의 그림자가 보였다. 〈아아!〉 하는 순간 그 사람은 등나무 시렁의 가장 동쪽, 즉 다에코가 내다보고 있는 창에서 가장 가까운 쪽으로 와서 덩굴 끝을 잡고 탁류 속으로 내려오는 것이었다. 물론 전신이 물에 잠겨 금방이라도 휩쓸릴 것 같았는데, 손은 한시도 덩굴을 놓지 않고 있었다. 그러면서 몸을 창 쪽으로 돌렸는데 다에코와 얼굴이 마주쳤다. 그는 창 안의 다에코를 힐끗 보고 뭔가 동작을 시작했다. 처음에 다에코는 그가 뭘 하려고 하는지 몰랐지만 곧 한 손으로 등나무 시렁을 잡고 격류를 가로질러 어떻게든 한 손을 창까지 뻗치려고 한다는 걸 알 수 있었다. 바로 그때 다에코는 가죽점퍼에다 비행기 조종사가 쓰는 가죽 모자를 쓰고 눈만 끔뻑거리고 있는 그 사내가 이타쿠라라는 걸 알아보았다.

그 가죽점퍼는 이타쿠라가 미국에 있던 시절에 가끔 입었다던 것인데, 다에코는 그가 이런 복장을 한 것을 본 적이 없었고 또 얼굴이 모자에 가려 있어서 그 사람이 이타쿠라라는 걸 금방 알아볼 수는 없었다. 또 이런 때 이런 곳에 이타쿠라가 나타나리라고는 꿈에도 생각하지 못했고 호우와 격류로 이 근처에 자욱하게 안개가 낀 데다 제정신이 아니었으므로 잠시 이타쿠라인 걸 알아볼 수 없었던 것이다. 그 사람이 이타쿠라인 걸 알고 나서, 〈아아! 이타쿠라 씨〉하고 큰 소리로 외쳤는데, 그것은 이타쿠라를 향해서라기보다도 실내에 있는 다마키 여사와 히로시에게 구원자가 나타난 것을 알려서 힘을 북돋아 주기 위해서였다. 다음으로 그녀가 한 것은, 물이 차 무거워진 창문을 혼신의 힘을 다해, 지금까지는 위로 올려 닫으려고 했으나 이제는 밑으로 내려 몸이 빠져나갈 수 있을 만큼 여는 일이었다. 그녀는 가까스로 창문을 열었다. 그러자 눈앞에서 이타쿠라가 손을 뻗어 왔으므로 상반신을 내밀어 오른손으로 그의 손을 붙잡았다. 동시에 몸이 무시무시한 기세로 격류에 휩쓸리기 시작했다. 왼손은 아직 창의 쇠장식을 단단히 붙잡고 있었으나 금방이라도 놓칠 것 같았다.

「그 손을 놓으세요!」

이타쿠라가 처음으로 말을 했다.

「이쪽 손을 단단히 잡고 있으니까 그 손은 놓으세요.」

다에코는 하늘에 운을 맡기고, 이타쿠라가 말하는 대로 했다. 한순간 이타쿠라의 손과 다에코의 손이 사슬을 늘인 것처럼 쭉 뻗쳐 하류로 휩쓸리는 것처럼 보였다. 다음 순간 이타쿠라가 다에코의 몸을 힘차게 자기 쪽으로 끌어당겼다(나중에 이타쿠라는 그런 힘이 어디서 났는지 모를 정도로 사력을 다해 끌어당겼다고 말했다).

「이걸 잡으세요, 저처럼요.」

이타쿠라는 이렇게 말했다. 다에코는 그가 하라는 대로 양손을 뻗쳐 등나무 시렁 끝을 붙잡았지만, 실내에 있던 때보다 훨씬 위험해서 금방이라도 떠내려갈 것 같았다.

「저, 안 되겠어요. 떠내려갈 것 같아요.」

「조금만 견디세요. 놓치면 안 돼요. 그걸 단단히 붙잡으세요.」

이타쿠라는 격류와 싸우면서 등나무 시렁 위로 기어올랐다. 그리고 등나무 덩굴을 비집고 들어가 시렁 한쪽에 구멍을 뚫고 거기서 아래로 양손을 뻗어 다에코를 시렁 위로 끌어올렸다.

〈일단 나는 살아났다.〉 다에코가 순간적으로 느낀 감정은 그러한 안도감이었다. 아직 등나무 시렁 위까지 물이 차지 않는다고 보장할 수는 없지만 여기라면 지붕으로도 피할 수 있고 무슨 일이 있든 이타쿠라가 어떻게든 해줄 것이다. 지금까지 그녀는 좁은 방 안에서 버둥거리고 있었으므로 바깥에서 무슨 일이 벌어지고 있는지 상상도 할 수 없었는데, 등나무 시렁 위에 섰을 때야 비로소 조금 전부터 고작 한두 시간 동안 대체 무슨 일이 벌어지고 있었는지 명료하게 알았다. 그때 그녀가 본 것은, 데이노스케가 다나카의 조그만 강에 부설된 철교 부근의 쇼센 전차 선로 위에서 본 그 〈바다 같은〉 경관과 아마 같은 광경이었으리라. 다만 데이노스케는 동쪽 강변에서 그 바다를 본 것이고, 다에코는 그 바다 거의 한복판에 서서 사방을 둘러싼 성난 물결을 본 것이다. 조금 전에 그녀는 이제 살아났다고 생각했지만 미쳐 날뛰는 자연의 맹위를 보고, 〈살아난 것은 일시적인 것이고 결국 살아나지 못하는 게 아닐까? 나나 이타쿠라는 어떻게 하면 사방으로 포위된 물에서 빠져나갈 수 있단 말인가〉 하는 생각이 들었다. 그리고 당장 다마키 여사와 히로시가 염려되었다.

「아직 안에 선생님과 히로시가 있어요. 어떻게든 해봐요.」

다에코가 자꾸만 재촉하고 있을 때, 쿵 하고 등나무 시렁을 뒤흔드는 것이 있었다. 통나무 하나가 떠내려 오다가 부딪힌 것이었는데, 이타쿠라는 〈잘됐어!〉 하고는 다시 물속으로 들어가 그 통나무를 등나무 시렁에서 건너편 창으로 걸치기 시작했다. 통나무 한쪽 끝을 창문 안으로 밀어 넣고 다른 한쪽 끝을 등나무 시렁의 기둥에 등나무 덩굴로 묶었다. 다에코도 거들어서 다리를 만들었는데, 그는 그 다리를 통해 건너편 창문 안으로 들어가 상당히 오랫동안 모습을 보이지 않았다. 나중에 들으니 창문 있는 데서 커튼 레이스를 뜯어 띠를 만들었다고 했다. 그가 그 띠를 비교적 창문 가까이에 있는 다마키 여사를 향해 던지자 여사가 그것을 잡아 먼 벽쪽의 피아노 위에 있는 히로시에게 던졌다. 이타쿠라는 두 사람에게 그 띠를 붙잡게 하고 우선 창가까지 끌어당겨다 놓은 다음 히로시를 통나무 다리를 이용해 등나무 시렁까지 끌어당기고는 이어서 시렁 위로 안아 올렸다. 그리고 다시 창가로 돌아가 여사를 같은 방법으로 구출했다.

이타쿠라의 이런 활약은 상당한 시간이 걸린 것 같기도 했고 비교적 짧은 시간에 이루어진 것 같기도 했다. 실제로 그렇게 하는 데 얼마나 걸렸을까? 나중에 생각해 봐도 알 수가 없었다. 당시 이타쿠라는, 태엽이 자동으로 감기고 물에 담가도 괜찮다고 늘 자랑하던 손목시계를 차고 있었다. 이것 또한 미국에서 산 것이었다. 그러나 그 시계는 어느새 멈춰 있었다. 어쨌든 일단 세 사람이 구조되어 등나무 시렁 위에 잠시 서 있는 동안에도 비는 맹렬하게 퍼붓고 있었고 물도 여전히 계속해서 불어나고 있었다. 이내 등나무 시렁도 위험해졌다. 다시 통나무 다리를 건너 지붕 위로 피했다(통나무 있는 데로 다시 재목 두세 개가 떠내려 와 뗏목처럼 겹쳐졌는데 그게 상당히 도움이 되었다). 이렇게 위급할 때 이타쿠라가 마치 하늘에서 내려오기라도 한 것처럼 홀연히 나타난 것은 왜일까? 다에코가 그 이유를 물어볼 여유가 생긴 것은 지붕 위로 올라가고 나서였다.

이타쿠라는 아침부터 오늘쯤 홍수가 날 것 같다는 예감이 들었다. 한신 지역에는 대체로 60~70년마다 대규모 산사태가 일어나는 기록이 있고 마침 올해가 그해에 해당한다는 것을 이미 봄쯤부터 예언한 노인이 있었는데, 이타쿠라는 그걸 알고 있었던 것이다. 연일 호우가 계속되자 그는 얼마 전부터 그 이야기를 떠올리고 있었다. 그런데 오늘 아침이 되자 짐작했던 대로 주위가 소란해지면서 스미요시 강의 제방이 무너질 것 같다는 소문이 귀에 들어왔고 자경단원들이 위험을 알리며 뛰어다니고 있었으므로 자신도 가만히 앉아 있을 수만은 없었다. 그래서 그도 사정을 알아볼 요량으로 스미요시 강 근처까지 나가 보았는데, 강의 양안을 보고 걸으며 큰일이 날 것이라는 걸 깨닫고 스이도미치를 따라 노요리까지 되돌아왔을 때 홍수를 만났던 것이다.

그건 그렇다 쳐도(설사 홍수가 날 것을 예상했다고 해도) 그가 처음부터 가죽점퍼 등으로 단단히 채비를 하고 나온 것이나 특별히 노요리 근처를 어슬렁거렸다는 것은 좀 수상쩍었다. 다에코가 오늘 아침 다마키 양재 학원에 가는 날이라는 걸 알고 있었던 그는 집을 나설 때부터 만일 다에코의 몸에 무슨 위험이 닥치기라도 한다면 자신이 제일 먼저 달려갈 생각을 했던 게 아니었을까, 하는 의문도 들었다. 그런데 지금은 그런 걸 묻지 않기로 했다. 뭐니 뭐니 해도 등나무 시렁 위에서 다에코가 들었던 것은, 홍수에 쫓겨 이리저리 피해 다니고 있는 중에 우연히 다에코 씨가 양재 학원에 갔다는 게 생각나서 어떤 어려움이 있더라도 구하러 가야 한다고 마음먹고 죽기 살기로 탁류 속을 달려왔다는 것이었다. 이타쿠라가 학원 건물에 도착하기까지 치른 결사적인 분투에 대해 다에코는 나중에서야 아주 상세한 이야기를 들을 수 있었는데, 여기서는 그것까지 말할 필요는 없을 것이다. 다만 데이노스케와 마찬가지로 이타쿠라 역시 일단 철도의 선로 위로 올라가 고난 여학교 쪽에서 달려왔는데 데이노스케보다 한두 시간 빨랐기 때문에 어떻게든 홍수를 헤치고 올 수 있었던 모양이었다. 그렇지만 그의 말에 따르면 세 번이나 물살에 휩쓸려 죽을 뻔했다는데, 당시 자기 말고는 그런 격류 속으로 뛰어든 사람은 한 사람도 없었다는 것이다. 거짓말 같지는 않았다.

이타쿠라가 가까스로 학원 건물에 도착했을 때는 해일 같은 물결이 절정에 달했다. 그는 잠시 학교 건물 옥상으로 올라가 멍하니 있었는데, 문득 정신을 차리고 보니 다마키 여사의 주택 쪽 식모 방 지붕 위에서 누군가 열심히 손을 흔들었다. 식모인 〈가네야〉였다. 가네야는 이타쿠라가 자기를 본 것을 알자 응접실 창문 쪽을 가리키고는 손가락 세 개를 내보였고 허공에 다에코라는 이름을 써보였다. 이타쿠라는 그것을 보고 창문 안에 세 사람이 있다는 것과 세 사람 가운데 한 사람이 다에코라는 사실을 알았고, 곧바로 다시 격류 속으로 뛰어들었다. 물살에 휩쓸렸다가 빠졌다가 다시 헤엄을 치다가 하면서 간신히 등나무 시렁까지 오는 데 성공했던 것이다.

이 최후의 사투가 특별히 모험적이었다는 것, 이거야말로 그가 목숨을 걸고 한 일이었다는 것을 짐작하기란 그리 어렵지 않았다.

9

이타쿠라가 구조 작업을 했던 시간은 바로 데이노스케가 열차 속에 피난해 있던 그 시간이었다. 데이노스케는 간신히 고난 여학교로 피한 다음 그곳 2층의 일반 이재민 임시 휴게소로 할당되어 있는 한 교실에 수용되어 오후 3시경까지 쉬고 있었다. 드디어 비가 그치고 서서히 물이 빠지기 시작했으므로 거기서 아주 가까운 거리에 있는 양재 학원으로 나가 봤다. 물론 그날은 평소처럼 쉽게 갈 수 있는 건 아니었다. 물이 빠졌다고는 해도 토사가 그대로 남아 있었는데, 곳에 따라서는 퇴적물이 추녀를 덮을 정도여서 눈에 갇혀 버린 북국의 정경 그대로였다. 사정이 더욱 안 좋은 것은 무심코 그 위를 걸어가면 사람을 집어삼키는 늪처럼 어디까지고 푹푹 몸이 빠져든다는 것이었다. 데이노스케는 아까도 그런 수렁에 빠져 한쪽 신발을 잃어버렸다. 그래서 남은 한쪽 신발도 벗어 버리고 양말만 신고 갔는데 평소라면 1~2분이면 갈 거리가 20~30분이나 걸렸다.

그곳에 도착해 보니 양재 학원이 있던 근처는 완전히 변해 있었다. 학원 문은 거의 매몰되어서 겨우 문기둥 머리만 살짝 지면에 드러나 있었다. 단층 건물인 학원 건물도 슬레이트 지붕만 남고 다 매몰된 상태였다. 데이노스케는 그 지붕 위에 피난해 있을 다에코의 모습을 상상했다. 학생들은 어떻게 되었는지, 잘 피했는지, 아니면 떠내려갔는지, 토사 밑에 파묻혀 버렸는지, 옥상에는 한 사람도 없었다. 그는 실망하면서 (그 주변의 토사도 상당히 위험해서 한 발 한 발 걸을 때마다 정강이까지 빠졌다) 학원 건물 남쪽, 이전에는 화단이나 잔디밭이었던 지점을 가로질러 다마키 여사의 주택이 있는 쪽으로 갔다. 그런데 등나무 시렁이 덩굴로 얽힌 시렁 부분만 지면에 스칠 듯 남아 있고 그 옆에는 떠내려온 재목 두세 개가 겹쳐 쌓인 채 고정되어 있었다. 그때 뜻밖에도 주택의 빨간 기와지붕 위에 다에코, 이타쿠라, 다마키 여사, 히로시, 식모 가네야가 있었다.

이타쿠라는 데이노스케에게 자신이 이 세 사람을 구해 낸 무용담을 이야기하고 나서, 이제 이렇게 물이 빠졌으니까 아시야로 다에코 씨를 모셔다 주려고 생각했는데 다에코 씨가 지쳐 있고 또 다마키 선생이나 히로시도 자기가 가버리는 것을 불안해하니까 지금 잠시 형편을 보면서 쉬고 있는 중이라고 말했다. 사실 그런 일을 직접 당해 본 사람이 아니면 알 수 없는 일인데, 당시에는 여사도 다에코도 히로시도 나중에 생각하면 우스꽝스러울 정도로 엄청난 공포에 사로잡혀 있었다. 그래서 눈앞에서 하늘이 맑게 개는 것을 보고 또 물이 빠져나가는 것을 보면서도 여전히 신변의 안전을 믿지 못하고 온몸의 전율이 쉽게 멈추지 않았다. 실제로 다에코는 이타쿠라가 〈형부나 언니가 걱정하고 있을 테니까 빨리 집으로 가셔야 합니다. 제가 바래다 드리겠습니다〉라고 재촉했고 또 자기가 생각해 봐도 그래야 할 것 같았지만, 지붕 아래로 곧장 이어져 있는 지면 위, 즉 추녀까지 덮여 있어서 쉽게 내려갈 수 있는 토사 위에도 뭔가 위험이 도사리고 있을 것만 같아 내려갈 용기가 나지 않았다. 게다가 다마키 여사도 〈다에코와 이타쿠라가 가버리면 저희는 어떻게 하면 좋아요? 곧 남편이 달려오겠지만 이러고 있는 사이에 날이라도 저물면 오늘 밤은 이 지붕 위에서 밤을 새워야 하는 지 아닐까요?〉하는 불안한 마음을 털어놓았고 또 히로시에 가네야까지 〈조금만 더 있어 주면 안 돼요?〉하고 자꾸 조르고 있던 참에 데이노스케가 나타난 것이다. 그러나 데이노스케도 지붕 위로 올라가 한숨 돌리고 녹초가 된 몸을 부리자 한동안은 일어날 기력조차 없었다. 한 시간 이상이나 하늘을 올려다보았다. 점점 해가 비쳐 오기 시작하고 하늘은 파랬다.

4시 30분쯤이라고 생각되는 무렵(데이노스케의 손목시계도 고장 나버렸다), 미카게초 다마키 집안의 친척이 다마키 여사와 히로시의 안부를 염려하여 일꾼을 보내 왔다. 그것을 기화로 데이노스케와 이타쿠라는 다에코를 돌보면서 집으로 돌아왔다. 다에코는 아직 체력이 회복되지 않았고 의식도 좀 몽롱한 것 같아 보였다. 그녀는 시종 데이노스케나 이타쿠라에게 기대거나 업히거나 했다. 돌아오는 길은 스미요시 강 본류가 완전히 드러난 대신 동쪽의 다른 스미요시 강이 생겼고 그 강이 국도변에 있는 고난 여학교 앞 부근에서 다나카 근처까지 흘러내리며 길을 막고 있었다. 아무래도 그곳을 건너는 것은 상당히 어려울 듯했다. 그들이 그 강 중류에 이르렀을 때 운 좋게도 동쪽에서 건너온 쇼키치와 만나 일행은 네 명이 되었다. 그들은 곧 다나카에 이르렀다.

「여기서 저희 집이 가까우니까 잠깐 쉬었다 가는 게 어떻겠습니까? 저도 사실 집이 어떻게 되었는지 걱정입니다.」

이타쿠라가 이렇게 말했으므로 데이노스케는 귀로를 서두르고 싶기는 했으나 다에코의 상태를 봐서라도 좀 쉬게 하려고 이타쿠라의 집에서 한 시간 정도 머물렀다. 독신인 이타쿠라는 여동생과 둘이서 살고 있었는데 2층을 촬영실과 사업장, 아래층을 주택으로 쓰고 있었다. 그런데 가보니 그의 집도 마루 위로 한 30센티미터 정도까지 침수되어 상당한 피해를 입은 것 같았다. 데이노스케 일행은 2층 촬영실로 안내되어 흙탕물 속에서 건져 온 사이다를 대접받았다. 그러는 동안 다에코는 진흙과 빗물에 젖은 보일[102] 옷을 벗고 몸을 닦아 낸 다음 이타쿠라의 권고로 여동생의 견직 홑옷을 빌려 입었다. 데이노스케 역시 지금까지 맨발이었는데 그곳을 나올 때는 이타쿠라의 사쓰마 게다를 빌려 신었다. 이타쿠라는 이제 쇼키치도 있으니 괜찮을 거라는 데이노스케의 말을 물리치고 그 근처까지 전송하겠다고 또 따라 나왔지만 다나카를 벗어난 지점에서 되돌아갔다.

사치코는 어딘가에서 다에코와 엇갈렸을 오쿠바타케가 아마 나중에 다시 안부를 물으러 찾아오지 않을까 하고 은근히 기다리고 있었다. 그러나 그날 밤은 결국 나타나지 않았고 이튿날 아침이 되어서야 대신 이타쿠라를 보냈다.

102 성기게 짜서 비쳐 보이는 얇고 가벼운 직물.

어젯밤 이타쿠라가 다에코를 전송하고 집으로 돌아와 조금 있자니 오쿠바타케가 그의 집으로 찾아왔다. 오쿠바타케는, 〈나는 오늘 저녁 아시야의 마키오카 씨 집에 들러 다에코 씨가 돌아오는 것을 기다리고 있었는데 너무 늦어서 그 근처까지라도 마중을 나가 볼 요량으로 국도를 따라 걷다가 그만 이 근처까지 오고 말았네. 가능하면 노요리까지 가보고 싶지만 벌써 어두워졌고 여기서부터는 길도 강이 되어 버려 거기까지 철벅철벅 건너가는 것도 큰일이어서 자네 집에 오면 소식이라도 알까 하고 들러 봤지〉라고 말했다. 그래서 이타쿠라는 그건 안심하라면서 사실 이차저차해서 이차저차하게 되었다고 아침부터 있었던 일의 자초지종을 들려주었다. 그리고 오쿠바타케가 〈그럼 나는 바로 오사카로 돌아가네. 아시야 쪽은 다시 한번 들러야 하겠지만 사정을 들어 안심했으니까 들르지는 않고 돌아갔다고 내일 아침이라도 자네가 가서 전해 줬으면 좋겠네. 그리고 다에코 씨도 어떤지, 다치지는 않았다고 해도 감기나 걸리지 않았는지, 나 대신 문병하고 오게〉라고 해서 찾아왔다는 것이었다.

아침이 되자 다에코는 벌써 기력을 되찾고 사치코와 함께 응접실로 나와 다시 한번 어제 일에 대한 예를 표하고 그 위험했던 한두 시간의 일을 회상하며 이야기를 나누었다. 그런데 그 지붕 위로 피하고 나서 두 시간 정도는 여름옷 하나로 억수같이 쏟아지는 비를 맞고 서 있었는데도 감기에 걸리지 않은 것은 자기가 생각해도 이상한 일이었다.

「긴장이 돼서 오히려 아무렇지 않았나 봅니다.」

이타쿠라는 이렇게 말하고 곧바로 돌아갔다

그러나 다에코는 아무래도 홍수와 격투를 벌이던 때 몸에 무리가 갔는지 그다음 날부터 여기저기 온갖 다디가 다 쑤셨고, 특히 오른쪽 겨드랑이 밑이 욱신거려 늑막염에라도 걸린 게 아닌가 싶어 불안했다. 다행히 며칠 있자니 그것도 다 나았다. 다만 그로부터 이삼일 만에 잠깐 소나기가 내렸을 때 그녀는 쏴아 하는 빗소리를 듣자 오싹했다. 비가 그렇게 무섭다는 것은 태어나서 처음 겪는 일이었다. 역시 그때의 공포가 마음속 어딘가에 잠재되어 있는 모양인지, 그 며칠 후 밤중에 비가 내리기 시작했을 때도 또 홍수가 나는 건 아닐까 하여 그녀는 밤새 한숨도 자지 못했다.

10

한신 지역에 사는 사람들은 이튿날 아침 신문을 보고 비로소 참화의 전모를 알고 다시 한 번 놀랐다. 아시야의 사치코 집에는 그로부터 너댓새 동안 매일같이 시찰과 문병을 겸한 방문객이 끊이지 않았다. 그래서 그 사람들을 응대하느라 바빴지만 날이 지나고 전화나 전등, 가스, 수도 등 모든 시설이 복구되면서 한때의 소란도 진정되어 갔다. 그렇지만 중일 전쟁 때문에 인력과 화물자동차가 부족하던 때여서, 가는 곳마다 퇴적되어 있는 토사를 치우는 일만은 조속히 진행되지 못했다. 그 때문에 염천에 거리를 걷는 사람들 모두 뽀얗게 먼지를 뒤집어쓰고 있는 광경은 마치 대지진 후 도쿄 거리를 재현해 놓은 것 같았다. 한큐의 아시야가와 역도 홈이 토사에 매몰되었으므로 산처럼 쌓인 토사 위에 임시 홈을 만들었고 토사에 묻힌 다리 위에 다시 높은 다리를 놓아 전차를 달리게 하는 공사를 시작했다. 한큐의 그 다리도, 국도 나리히라 교에 이르는 구간은 강바닥이 거의 양안의 도로 높이까지 올라와서 비가 조금만 와도 범람할 위험이 있어 하루라도 그대로 방치할 수 없었으므로 수많은 인부들이 며칠씩이나 계속해서 토사를 파냈다. 그러나 개미가 설탕 산을 허무는 것처럼 좀처럼 일이 진척되지 않았고 애꿎은 제방의 소나무만 모래먼지를 뒤집어쓰고 있었다. 게다가 공교롭게도 수재 이후 햇볕이 쨍쨍한 날이 계속되어 먼지가 더욱 자욱이 일었으므로 이름난 고급 주택지인 아시야의 풍치도 올해만은 차마 볼 수 없을 만큼 초라했다.

유키코가 대략 2개월 반 만에 도쿄에서 돌아온 것은 그렇게 먼지투성이인 어느 여름날이었다.

수해가 있던 날 도쿄에서는 석간에 기사가 실렸지만 자세한 사정은 알 수 없었으므로 시부야의 집에서는 크게 걱정했다. 신문을 보면 스미요시 강과 아시야 강 연안의 피해가 가장 심하다는 것이 분명했는데, 고난 소학교 학생이 죽었다는 기사를 읽은 유키코는 무엇보다 에쓰코의 안부가 궁금했다. 그런데 다음 날 데이노스케가 오사카의 사무실에서 전화를 걸어 왔으므로 쓰루코와 유키코는 번갈아 가며 전화를 받아 듣고 싶은 이야기를 대강 들었다. 그때 유키코는 염려되어서 내일이라도 출발할까 하던 참이었다고 말하고, 어떻게 해야 할지 의논하는 것 같았다. 데이노스케는 오고 싶어서 오는 거라면 상관없지만 그 일 때문이라면 문병하러 올 정도의 상황은 아니고 또 오사카에서 서쪽으로는 아직 철도도 복구되지 않은 상태라고 말하고 전화를 끊었다. 그러나 그날 밤 데이노스케는 사치코와 도쿄 이야기를 나누면서 〈유키코가 올 것처럼 얘기해서 그럴 것까지는 없다고 말은 해두었지만 문병 온다는 구실도 있고 하니 아무래도 올 것 같은 말투였다〉고 했는데, 예상한 대로 며칠 후 유키코한테서 편지가 왔다.

〈구사일생으로 살아났다는 다에코의 얼굴도 보고 싶고 또 추억이 서린 아시야가 얼마나 황폐해졌는지 실제로 보고 싶기도 해서 역시 한번 가보지 않고는 마음이 놓이지 않아. 그러니 며칠 안에 갑자기 출발할지도 모르겠어〉 하는 편지였다.

유키코는 그런 예고를 해두었으므로 그날은 일부러 전보도 치지 않고 〈쓰바메〉를 타고 도쿄를 출발했다. 그리고 오사카에서 갈아타고 한신의 아시야에 내리자 운 좋게 자동차가 기다리고 있었으므로 6시가 조금 못 되어 사치코의 집에 도착했다.

「어서오세요.」

뛰어나온 오하루에게 옷가방을 맡기고 그 길로 응접실로 들어갔다. 그러나 온 집 안이 쥐 죽은 듯 조용했다.

「언니 있니?」

오하루는 선풍기 바람을 유키코 쪽으로 돌리면서 대답했다.

「아, 네. 잠깐 슈토르츠 씨 댁에…….」

「에쓰코는?」

「아가씨도 다에코 아가씨도 다들 슈토르츠 씨 댁에 가셨어요. 차 대접한다고 불러서요. 이제 곧 돌아오실 시간인데 가서 오시라고 할까요?」

「아니, 그냥 놔둬.」

「그래도 오늘쯤 오실 거라고 해서 아가씨가 손꼽아 기다렸으니까 잠깐 오시라고…….」

「괜찮아. 됐어. 그냥 둬, 오하루.」

마침 슈토르츠 씨 댁 뒤뜰에서 아이들 소리가 들렸으므로 오하루가 부르러 가려는 것을 그만두게 하고 유키코는 혼자 테라스의 갈대발 아래로 가서 자작나무 의자에 걸터앉았다.

조금 전 이곳으로 오는 길에 자동차의 창을 통해 힐끗 봐서도 나리히라교 부근의 참상이 상상한 것보다 훨씬 심했기 때문에 그녀는 깜짝 놀랐다. 그러나 여기서 이렇게 바라본 느낌은 옛날 그대로로 나무 한 그루, 풀 한 포기도 상하지 않은 듯했다. 마침 저녁나절이라 바람이 뚝 그쳐서 그런지 무덥기는 하지만 정지하고 있는 나무들의 색깔이 한결 선명했고 잔디밭의 녹색도 눈에 스며들 것만 같았다. 올봄 그녀가 도쿄로 떠날 무렵에는 라일락과 공조팝나무가 만개했고 댕강목이나 겹벚꽃은 아직 피지 않았다. 그런데 지금은 이미 진달래나 히라도 철쭉도 다 졌고 치자꽃은 한두 송이가 향기를 피우고 있을 뿐 거의 남아 있지 않았다. 슈토르츠 씨네 집과의 경계에 있는 멀구슬나무와 벽오동 잎은 엄청나게 무성해 2층 서양식 건물을 반쯤 가리고 있었다.

두 집 경계에 있는 철망 울타리 저편에는 아이들이 전차 놀이를 하고 있는 모양이었으나 모습은 보이지 않았다.

「다음은 미카게, 미카게 역입니다.」

페터가 차장 흉내를 내는 소리가 들렸다.

「승객 여러분, 이 전차는 미카게에서 아시야가지 정차하지 않습니다. 스미요시, 우오자키, 아오키, 후카에까지 가시는 승객 여러분께서는 전차를 갈아타 주시기 바랍니다.」

이렇게 말하는 것은 완전히 한신 전차 차장의 어투와 똑같았다. 도저히 서양 아이가 흉내를 내는 것 같지가 않았다.

「루미, 그럼 교토로 가자.」

이번에는 에쓰코의 목소리가 들렸다.

「그래. 도쿄로 가지 뭐.」

이렇게 말한 건 로제마리였다.

「도쿄가 아니라 교토야.」

로제마리는 교토라는 지명을 모르는 듯 에쓰코가 아무리

〈교토〉라고 가르쳐 줘도 〈도쿄〉라고 하므로 에쓰코는 조바심을 냈다.
「아니야. 루미, 교토라니까.」
「도쿄에 가자.」
「아니라니까. 도쿄까지 가려면 한 백 번은 멈춰야 해.」
「그래? 묘고니치(明後日)나 도착하겠네.」
「루미, 뭐야?」
〈묘고니치〉라는 로제마리의 발음이 혀에 꼬인 탓도 있겠지만 〈아삿테(모레)〉라는 말에 익숙한 에쓰코는 갑자기 그런 말을 듣자 알아듣지 못한 모양이었다.
「무슨 말이야, 루미? 그런 일본 말은 없어.」
「에쓰코, 이 나무 일본 말로 뭐라고 해?」
그때 갑자기 벽오동 잎을 버스럭거리면서 페터가 그 나무 위로 기어오르기 시작했다. 이 벽오동은 가지를 경계 너머로 뻗고 있어서 아이들은 늘 슈토르츠 씨네 집 쪽에서 철망 울타리에 발을 올리고 가지를 잡고 기어오르곤 했다.
「그거 벽오동이야.」
「벽오동오동?」
「벽오동오동이 아니라 벽오동.」
「벽오동오동…….」
「벽오동.」
「벽오동오동…….」
페터는 장난을 치고 있는 건지 정말 그렇게밖에 말할 수 없는 건지, 아무리 해도 〈벽오동오동〉이라고 하지 〈벽오동〉이라고는 하지 않았다. 에쓰코는 신경질을 내며 다시 말했다.
「오동오동이 아니라니깐. 오동이 한 번[기리잇펜(ギリ一遍)]이야.」

이 말이 〈체면치레[기리잇펜(義理一遍)]〉로 들리는 바람에 유키코는 도저히 참을 수 없어 웃음을 터뜨리고 말았다.

11

곧 여름방학이었으므로 슈토르츠 씨네 아이들과 에쓰코는 매일 서로 불러내 같이 놀며 지냈다. 아침저녁으로 시원할 때는 뜰의 벽오동이나 멀구슬나무 근처에서 전차 놀이나 나무타기를 하며 놀았다. 한낮에는 집 안에서, 여자애들만 있을 때는 소꿉장난을 하고 페터나 프리츠가 가세할 때는 전쟁놀이를 했다. 응접실의 무거운 소파나 안락의자를 네 명이서 이쪽저쪽으로 옮겨 연결하거나 쌓아서 보루나 토치카를 만들어 놓고 공기총을 겨누어 가며 서로 공격하며 놀았다. 페터가 상관이 되어 호령하면 다른 세 명이 일제히 사격을 했다. 그런 때면 독일 소년들은, 아직 소학교에도 들어가지 않은 프리츠 같은 어린아이까지도 적을 꼭 〈프랑크라이히, 프랑크라이히〉라고 했다. 사치코는 그때 그게 무슨 말인지 몰랐다가 나중에 데이노스케가 그것은 독일 말로 프랑스라는 뜻이라고 가르쳐 주었을 때 새삼 독일인 가정의 가정 교육 방식에 생각이 미쳤다. 마키오카 집에서는 이런 놀이 때문에 서양식 방의 가구 장식이 늘 엉망이 되어 적잖이 성가셨다. 갑자기 손님이 들이닥치기라도 하면 식모들은 우선 손님을 현관에서 기다리게 하고 모두 달려들어 보루와 토치카를 정리해야 했다. 언젠가 슈토르츠 부인은 테라스에서 우연히 방 안을 들여다보고 그런 모습에 질려서 이렇게 물었다.

「페터나 프리츠가 댁에 놀러 가면 늘 저렇게 놉니까?」

다른 도리가 없어서 사치코가 그렇다고 하자 슈토르츠 부인은 쓴웃음을 짓고 돌아갔는데, 나중에 아이들을 꾸짖었는지 어땠는지 그들이 날뛰며 노는 모습은 전혀 달라지지 않았다.

사치코를 비롯한 세 자매는 서양식 방을 아이들의 놀이방으로 내주고 낮에는 대개 식당 서쪽에 있는 다다미 여섯 첩 크기 방에서 빈둥거렸다. 그 방은 복도를 사이에 두고 목욕탕과 마주 보고 있어 옷을 벗거나 세탁물을 모아 두는 장소로 사용하고 있었다. 남쪽이 뜰과 면해 있긴 하지만 차양이 길어서 어두침침한 골방 같은 곳이었다. 햇빛이 잘 들어오지 않는 데다 서쪽 벽에 낮은 창문을 열어 놓고 있으므로 대낮에도 시원한 바람이 들어와 집 안에서 가장 서늘한 곳이었다. 그래서 세 자매는 다투다시피 그 창문 앞에 모여서는 다다미에 배를 깔고 누워 제일 더운 오후 한나절을 보내곤 했다. 해마다 자매들은 한여름이 되면 식욕이 떨어져 〈B 부족〉이 되고, 여름을 타서 몸도 몹시 야위었다. 특히 평소에도 야윈 유키코가 가장 심했다. 유키코는 올 6월경부터 걸린 각기병이 좀처럼 나을 것 같지 않아서 우선 요양도 할 겸 찾아온 것이었는데, 이곳에 오고 나서 다리가 더욱 무거워져 언니나 동생이 베타신 주사를 놔주곤 했다. 사치코나 다에코도 약간은 그런 기미가 있었기 때문에 서로 주사를 놓아 주는 것이 요즘에는 거의 일과처럼 되어 있었다. 전부터 사치코는 등이 다 드러나게 뒤가 트인 원피스를 입고 있었는데 7월도 25~26일경이 되자 양장을 싫어하는 유키코까지 드디어 고집을 꺾고 종이 노끈으로 짠 인형처럼 마른 몸에 조젯으로 만든 옷을 입기 시작했다. 다에코는 세 자매 가운데 누구보다 활동적이었지만 홍수의 충격에서 아직 완전히 헤어 나오지 못했는지 올 여름에는 예전과 같은 활기가 없었다. 양재 학원도 그때부터 쭉 쉬고 있었는데, 슈쿠가와의 쇼토 아파트 쪽은 다행히 수해를 면했기 때문에 인형 제작 일을 계속하는 데는 별지장이 없었다. 그러나 요즘 한동안은 일할 마음이 나지 않는지 작업실에도 나가지 않았다.

이타쿠라는 그 일이 있고 나서도 자주 찾아왔다. 홍수 이후로는 사진을 찍으러 오는 손님도 없어 상당히 한가해져 수해 지역의 상황을 찍고 다녔고, 수해 기념 앨범을 만든다며 날씨만 좋으면 매일같이 반바지 차림에 라이카를 메고 사방으로 돌아다니는 것 같았다. 그래서 그런지 까맣게 탄 얼굴에 땀이 범벅이 된 채 느닷없이 뛰어오자마자 우선 부엌 쪽으로 달려가,

「오하루! 물, 물」

하고 외쳤으므로 오하루가 컵에 얼음을 담아 물을 따라 줄 때가 종종 있었다. 그러면 단숨에 들이켜고는 뽀얗게 먼지를 뒤집어쓴 상의와 바지를 정성껏 털면서 부엌에서 나와 사치코 자매들이 있는 다다미 여섯 첩 크기 방으로 가서 이야기를 나누다 갔다. 그 이야기란, 오늘은 누노비키 방면에 갔다 왔다거나 롯코 산 방면, 고시키이와 방면, 아리마 온천 방면, 미노 방면을 갔다 왔다는 식으로 각지의 수해 현장에 대한 보고였다. 때로는 사진을 현상해 오기도 했는데, 그 사람 특유의 기발한 관찰이나 감상 등을 섞어 가며 설명하곤 했다. 그리고 어쩌다가,

「해수욕하러 가지 않겠어요?」

하고 큰 소리를 지르며 방으로 들어와서는,

「자, 일어들 나세요. 그렇게 뒹굴고 있으면 건강에 해롭습니다」

하고 말한 적도 있었다. 사치코 자매들이 건성으로 대답하면,

「아시야 해안까지는 아무것도 아니에요. 그깟 각기병쯤 해수욕하면 금방 낫는다니까요」

하고 손을 잡아끌며 일으키려고 했다.

「오하루! 아가씨들 수영복 내오고 자동차 좀 불러 줘. 해안 해수욕장까지야.」

이타쿠라는 자기가 냉큼 명령을 해서 세 자매와 에쓰코까지 차에 태워 해수욕장으로 데리고 갔다. 사치코는 에쓰코를 데리고 수영하러 가고 싶어도 귀찮아서 내키지 않을 때는 이타쿠라에게 데리고 가달라고 할 때가 종종 있었다. 그렇게 날이 지날수록 이타쿠라는 사치코 가족들과 친해졌고 그에 따라 말투 같은 것도 이상하게 편해졌으며 조심성도 없어졌다. 함부로 벽장 같은 데를 열어 보기도 하는 등 그냥 넘기지 못할 구석도 있었지만, 어떤 일을 부탁하면 그게 무슨 일이든 싫은 내색 없이 다 해주는 매우 요긴한 사람이었다. 게다가 이야기하는 게 재미있고 또 애교가 있는 것도 장점이었다.

어느 날 세 자매가 다다미 여섯 첩 크기 방에서 뒹굴며 여느 때처럼 창문으로 들어오는 시원한 바람을 쐬고 있을 때였다. 뜰에서 커다란 벌 한 마리가 들어와 처음에는 사치코의 머리 위를 윙윙거리며 돌기 시작했다.

「언니! 벌이야.」

다에코가 이렇게 말하자 사치코는 허둥거리며 일어났는데 벌은 유키코 머리 위에서 다에코 머리 위로, 다시 사치코 쪽으로 세 자매의 머리 위를 차례로 옮겨 다니며 춤을 추었다. 거의 벌거벗은 거나 다름없는 세 자매는 방 안에서 이쪽, 저쪽 우왕좌왕 도망만 다녔다. 벌은 희롱이라도 하는 듯 자매들이 도망가는 쪽으로만 따라다녔다. 세 자매가 비명을 지르며 복도로 뛰어나가자 벌도 뒤를 쫓아왔다.

「아아, 따라왔어, 따라와!」

〈엄마야!〉 하는 소리와 함께 복도에서 식당으로, 식당에서 응접실로 뛰어 들어갔으므로 로제마리와 소꿉놀이를 하고 있던 에쓰코가 깜짝 놀라서,

「뭐야, 엄마?」

하고 묻자마자 다시 붕 하고 날아와서 유리창에 부딪혔다.

「아아, 왔어, 왔어!」

이번에는 로제마리와 에쓰코까지 반은 재미 삼아 가세했다. 다섯 명은 벌과 숨바꼭질이라도 하는 듯 〈엄마야! 엄마야!〉 하면서 실내를 도망 다녔는데 벌은 그 소동에 더욱 흥분했는지 당황했는지 아니면 그런 습성이 있어서인지 뜰로 날아가려고 하다가는 돌아와서 다시 쫓아왔다. 다섯은 다시 식당에서 복도를 통해 다다미 여섯 첩 크기 방으로 뛰어들었다. 그런 식으로 온 집 안을 헤집고 다니며 시달리고 있던 참이었다.

「이 무슨 야단인고?」

이타쿠라가 난데없이 부엌문으로 들어와 부엌과 복도 사이의 포럼 밑으로 고개를 내밀었다. 오늘도 바다에 가자고 할 모양인지, 해수욕복 위에 유카타 차림으로 해수욕 모자를 쓰고 목에는 수건을 걸치고 있었다.

「오하루! 무슨 일이야?」

「벌에 쫓겨 다니고 있어요.」

「뭐! 가관이구먼.」

이렇게 말하는 이타쿠라의 코앞으로 다섯 명이 한 덩어리가 되어 달리기 연습이라도 하는 듯 주먹을 불끈 쥐고 양쪽 겨드랑이를 바싹 붙인 채 달려 지나갔다.

「안녕하세요! 큰일 났군요.」

「벌이야, 벌! 이타쿠라 씨, 빨리 좀 잡아 줘요.」

사치코가 거센 소리를 지르면서 쉬지 않고 달려갔다. 다들 입을 벌리고 이를 드러낸 채 눈을 반짝이며 웃고 있는 것처럼 보이면서도 이상하게도 진지했고 또 딱딱하게 굳은 표정이었다. 이타쿠라는 곧 해수욕 모자를 벗어 탁탁 부채질을 하면서 벌을 뜰로 쫓아냈다.

「야아, 놀랐네. 정말 끈질긴 벌이야.」

「바보 같기는. 벌이 더 놀랐겠네요.」

「그래도 웃을 일이 아니에요. 아까는 정말 놀랐다니까요.」

유키코가 아직 숨을 헐떡이며 새파랗게 질린 얼굴로 억지 웃음을 지어 보이며 말했다. 각기병에 걸린 그녀의 심장이 두근두근 뛰고 있는 모양은 조젯 옷 위로도 보이는 것 같았다.

12

야마무라의 오사쿠 선생이 신장병이 악화되어 근처 병원에 입원했다는 엽서를 그녀의 한 제자가 다에코에게 보내온 것은 8월로 접어들고 며칠 지나지 않아서였다.

대체로 야마무라 춤 연습은 매년 7~8월은 쉬는 게 보통이었다. 올해는 6월에 향토회가 열렸을 때 오사쿠 선생의 건강이 좋지 못하기도 해서 9월까지는 쭉 쉬기로 했다. 다에코는 오사쿠 선생의 건강을 걱정하지 않은 건 아니었지만 그만 아무런 소식도 전하지 못하고 있었다. 연습실은 시마노우치에 있었으나 선생의 집은 덴가자야 쪽에 있었으므로 한큐 선 아시야에서는 오사카를 북쪽에서 남쪽으로 빠져 나가 난바에서 다시 난카이 전차를 타고 가야 하는데, 아직 한 번도 그 집을 방문한 적이 없었기 때문이다. 그러던 차에 갑자기 그런 소식을 받은 것이다. 신장병에서 요독증으로 진행되었다는 걸 보면 병세가 상당히 중하다는 걸 알 수 있었다.

「다에코, 병세가 어떤지 내일 문병 좀 갔다 올래? 곧 나도 가긴 하겠지만……..」

사치코는 무엇보다도 지난 오뉴월에 다에코나 에쓰코를 위해 매일 그 먼 길을 다닌 것이 화근인 것만 같았다. 그것이 발병의 원인이 아니면 좋을 텐데, 하고 왠지 그 일이 마음에 걸렸다. 그녀는 그 무렵 오사쿠 선생의 얼굴이 묘하게 퉁퉁 붓고 창백해져서 연습을 시키면서도 숨이 거칠어졌다는 것을 알았다. 그녀 자신은 자기 건강은 춤이 지켜 준다고 했지만 신장병에는 몸을 움직이는 것이 금물일 테니 여기까지 와서 가르치는 것은 거절하는 게 낫지 않을까 하는 생각을 하면서도 모처럼 의욕적으로 배우고 있는 딸과 동생을 실망시키는 것도 안됐고 또 누구보다도 오사쿠 선생 자신의 남다른 열성에 이끌려 결국 그렇게 말하지 못하고 만 것인데, 지금에 와서 보면 역시 그때 말리지 못한 것이 후회가 되었다. 그래서 자신도 조만간 찾아뵙기로 하고 우선 엽서가 온 다음 날 다에코를 보내기로 했다.

다에코는 그래도 시원한 아침나절에 갔다 으겠다고 했으나 문병하러 갈 때 가지고 갈 물건을 고르느니 어쩌니 하면서 시간을 보내더니 결국 더위가 가장 기승을 부리는 오후에야 출발했다. 그리고 5시 무렵 더위에 헐떡거리더 돌아와서는 오사카의 그 동네는 왜 그리 덥냐며 다다미 여섯 첩 크기 방으로 들어가 땀에 절어 몸에 달라붙은 옷을, 마치 허물을 벗듯이 머리에서부터 훌렁 벗어던지고 블루머[103] 하나만 걸친 채 거의 맨몸으로 욕실로 달려 들어갔다. 잠시 후 젖은 수건으로 머리를 동여매고 목욕 수건으로 허리를 감고 나와서는 유카타를 꺼내 걸쳤다. 그러나 띠는 매지 않은 채,

「미안, 미안」

하며 두 자매 앞을 지나 선풍기 옆에 앉더니 옷깃을 풀어 헤쳐 가슴으로 바람을 받으면서 드디어 오사쿠 선생의 병세를 전했다.

오사쿠 선생은 몸이 안 좋다, 안 좋다 하면서도 지난달까지는 별일 없었다. 평소 제자에게 예명과 함께 면허장을 하사하는 일을 그다지 좋아하지 않는 사람이었는데 7월 30일에는 어느 아가씨한테 예명을 하사하게 되어 그 의식을 자택에서 거행했다. 그때 오사쿠 선생은 무더운 날씨에도 불구하고 예복을 단정히 입고 선대의 사진에 예를 갖추고 그 앞에서 조모에게 물려받은 방식에 따라 엄중히 술잔을 나누는 의식을 치렀다. 그리고 다음 날인 31일, 그 아가씨 집으로 인사하러 갔을 때는 어쩐지 안색이 좋지 않았다. 그리고 그다음 날인 8월 1일에 쓰러졌다.

대체로 난카이 전차의 연선은 한신 지역과 달리 수목이 적고 집들이 옹기종기 들어차 있어 다에코는 병원을 찾느라 땀에 푹 젖고 말았는데, 그 병원에서도 오사쿠 선생이 입원해 있는 병실은 석양이 들어와 더워 보이는 방이었다. 오사쿠 선생은 한 제자의 간호를 받으면서 쓸쓸하게 누워 있었다. 부종은 그리 심하지 않았고 얼굴도 생각보다는 붓지 않았다. 그러나 다에코가 머리맡에 꿇어앉아 인사를 해도 이미 알아보지 못하는 것 같았다. 간병하고 있는 사람의 말에 따르면

---

103 발목을 매게 되어 있는 긴 여성용 바지인데, 무릎 위나 아래를 고무줄로 졸라매는 여성용 운동 팬츠도 이렇게 부른다.

간혹 의식을 회복하는 일도 있다고 했다. 그러나 대체로 혼수상태에 빠져 있고 때로 헛소리를 하기도 하는데 그것도 춤과 관계된 이야기뿐이라고 했다. 다에코는 30분 정도 있다가 물러 나왔다. 나올 때 그 제자가 복도까지 따라 나와, 의사도 이번에는 도저히 못 넘길 것 같다고 했다는 이야기를 전했다. 병세를 보고 다에코도 대충 짐작할 수 있는 내용이었다. 다에코는 타는 듯한 더위 속을 헐떡거리며 다시 땀범벅이 되어 돌아오면서, 이렇게 한 번 갔다 오기도 힘든데 오사쿠 선생은 그런 몸으로 매일 이 길을 다녔다니 얼마나 힘들었을까, 하는 생각이 사무쳤다.

그 이야기를 들은 사치코는 바로 다음 날 다에코를 데리고 병문안을 갔다. 그로부터 대엿새 지나서 돌아가셨다는 연락이 왔다. 그제야 비로소 두 사람은 애도를 표하러 돌아가신 오사쿠 선생의 집을 방문할 기회를 얻을 수 있었다. 그런데 이것이 과연 오사카에서 유서 깊은 야마무라류 전통을 이어받은 유일한 사람, 예전에 난치의 구로에몬초에 살아서 구야마무라라고 불린 집안의 2대째인 선생의 집인가 하고 놀랄 만큼 초라하고 쓸쓸한 집이었다. 몰락했다고 해도 좋을 만큼 근근이 지낸 것으로 보였다. 그것도 고인이 예술적 양심에 충실하고 예부터 춤의 형태를 무너뜨리는 일을 극단적으로 싫어하며 시대에 순응하지 않은, 한마디로 말하면 처세에 능하지 못한 사람이었기 때문이리라.

이야기를 들으니 1대째인 사기사쿠는 일찍이 난치의 연무장(演舞場)에서 춤 선생을 하며 아시베 춤[104]을 가르쳤던 사람이었다. 그녀가 죽었을 때 2대째인 오사쿠 선생에게도 유

---

104 매년 4월 연무장에서 난치(오사카의 번화가인 도톤보리 일대의 화류가) 게이샤들이 펼치는 무용 공연.

곽의 춤 선생이 되어 달라는 이야기가 있었던 것 같은데 고인은 딱 질색이라며 거절했다. 왜냐하면 당시는 후지마[105]나 와카야기[106]의 화려한 춤이 전성기를 이루던 무렵으로, 유곽에 속한 선생이 되면 자연스럽게 유곽 관계자들의 간섭을 받을 것이고 그러면 춤의 형태도 요즘 형태로 바꾸지 않을 수 없을 거라는 이유에서였다. 고인은 그게 싫었던 것이다. 고인의 그런 고집이 처세에 크게 화를 미쳤으리라. 그래서 제자 수도 적었다. 어렸을 때부터 부모 없이 할머니 손에서 자랐고 게이샤 시절에 기적에서 빼준 사람이 있었다고는 해도 특별히 정해진 남편이 있는 것도 아니었고 물론 아이도 없었다. 이렇게 가정적으로도 불우한 사람이었으므로 돌아가셨다고 해서 가까운 친척들이 모여든 것도 아니었다.

장례식은 늦더위가 심한 날 아베노에서 아주 적은 사람만 모인 가운데 조촐하게 치러졌다. 그 사람들이 고스란히 근처에 있는 화장장으로 따라갔다. 뼈가 타는 것을 기다리는 동안 고인을 그리워하는 여러 가지 이야기가 나왔다. 오사쿠 선생님은 탈것을 싫어했는데 특히 자동차와 배를 잘 못 탔다는 것. 그래도 신앙심이 깊어 매월 26일에는 빠지지 않고 한큐 연선에 있는 교시코진 신사에 참배하러 다녔다는 것. 또 128 신사 순례라며 스미요시, 이쿠타마, 고쓰, 이렇게 세 신사와 거기에 부속된 작은 신사에 다달이 참배하러 다녔다는 것. 입춘 전날에는 우에마치의 절들에 있는 지장보살을 참배

---

105 후지마 간베에(藤間勘兵衛, ?~1769)가 에도에서 창시한 무용 유파. 주로 가부키 세계에서 성행했다.
106 와카야기 주도(若柳壽童, 1845~1917)가 스승인 하나야기 주스케(花柳壽輔)에게 파문당한 것을 계기로 1894년에 세운 무용 유파. 주로 화류계에서 성행했다.

했는데 자기 나이 수만큼 떡을 바치며 순례했다는 것. 연습은 열성적이었고 요소요소의 기분을 잘 가르쳤는데 「시오쿠미(汐汲)」[107]의 〈그대인지 누구인지 회양목 빗, 드는 밀물을 긷자, 길어 나누며〉 부분 등을 까다롭게 짚으며 〈달은 하나 그림자는 둘〉에서는 물통 안에 달이 비치는 생각을 하라고 말했다는 것. 「가나와(鐵輪)」[108]의 〈새삼 얼마나 분할 건가, 그러니 넌더리 나는 심정을 이해할 수 있네〉 부분과 망치로 못을 박는 모습을 할 때는 허리를 굽히고 시선에 주의하라고 가르쳤다는 것. 모든 일에 구식이었고 보수적인 사람이었긴 해도 근래에는 교토나 오사카 춤이 시대에 뒤떨어지는 것을 보고 역시 가만히 있을 수 없다고 생각하여 기회가 있으면 도쿄로 진출할 생각을 했다는 것. 본인은 아직 죽는다는 것은 생각하지 않았고 환갑이 되면 난치의 연무장을 빌려 화려한 발표회를 개최하겠다는 말을 했다는 것 등…… 그건 그렇지만 다에코는 비교적 새롭게 입문한 제자이고 근년에 와서야 겨우 오사쿠 선생과 친하게 된 것에 지나지 않았기 때문에 사치코와 둘이서 사람들의 이야기를 조용히 듣고 있을 뿐이었다. 그래도 선생은 다에코를 특별히 귀여워해 주었고, 그래서 다에코도 언젠가는 예명을 받고 면허장을 받으리라는 속셈이 없는 것도 아니었다. 그런데 지금은 그 꿈도 물거

---

107 요쿄쿠 「마쓰카제(松風)」에서 소재를 취한 가부키 무용. 일찍이 아리와라노 유키히라의 사랑을 받던 마쓰카제와 무라사메 자매 가운데 마쓰카제의 망령이 달밤에 유키히라의 유품인 두건과 옷을 입은 차림으로 나타나 유키히라를 그린다. 〈달은 하나 그림자는 둘〉은 각각 달이 비치는 두 개의 물통을 자신들에게 비유하고 달은 유키히라에게 비유하는 장면.

108 요쿄쿠 「가나와」에서 소재로 취한 것. 남편에게 버림받은 여자가 귀신이 되어 남편과 새롭게 그의 아내가 된 사람에게 복수하려고 한다. 〈망치로 못을 박는 모습〉은 새벽 2시에 참배하는 것을 모방한 것.

품이 되어 버렸다.

13

「엄마! 슈토르츠 씨가 독일로 돌아간대.」

어느 날 슈토르츠 씨 집에서 놀러 오라고 불러 저녁때까지 놀다 온 에쓰코가 이런 말을 했다.

아이가 하는 말이니 믿을 수 없는 구석도 있었으므로 다음 날 아침 사치코는 뜰의 경계에 있는 철망 너머로 슈토르츠 부인과 얼굴을 마주했을 때,

「어제 에쓰코한테 독일로 돌아가신다는 얘기를 들었는데 사실인가요?」

하고 확인해 보았다.

「사실이에요.」

부인은 이렇게 덧붙였다.

「남편은 일본이 사실상 전쟁[109]을 시작하고 나서 통 장사가 안 된다고 해요. 고베의 가게는 올해 들어 거의 문을 닫고 있는 거나 다름없어요. 곧 전쟁이 끝날 거라고 생각하고 지금까지 기다려 봤는데 아직도 언제 끝날지 모르니까요. 그래서 남편은 여러 가지로 생각해 보고 독일로 돌아가기로 결정한 거예요.」

부인은 또 이런 말도 했다.

「남편은 전에 마닐라에서 장사를 했는데 두세 해 전에 고베로 건너왔어요. 애써 동양을 근거로 해서 기반을 다져 왔

---

109 1937년 7월 7일에 시작된 중일 전쟁을 일본에서는 굳이 〈사변〉이라고 부르고 선전 포고도 하지 않았지만 사실은 전쟁이었다.

는데 몇 년의 노력이 수포로 돌아가고 이제 귀국하게 되니 정말 유감이에요. 게다가 저와 아이들은 당신같이 좋은 이웃을 둔 것이 더없이 행복했는데, 그런 당신과 헤어져야만 하는 것도 무척 괴로워요. 저보다도 아이들이 힘들어해요.」

그들의 예정으로는, 아버지인 슈토르츠 씨와 장남 페터가 이번 달 안에 먼저 출발해 미국을 거쳐 돌아가고, 부인은 로제마리와 프리츠를 데리고 다음 달 1일 마닐라로 가서 거기에 있는 동생 집에 잠시 머물다 유럽으로 떠난다는 얘기였다. 동생의 가족도 이번에 귀국하기로 했기 때문이다. 동생은 지금 독일에서 병이 들어 누워 있으므로 슈토르츠 부인이 동생 집 뒤처리를 하고 짐을 꾸려 자기 아이들과 동생의 세 아이를 데리고 독일로 돌아가기로 했다는 것이다. 부인이나 로제마리가 출발하려면 아직 20일 정도 남아 있지만 슈토르츠 씨와 페터는 이미 선실 예약까지 해놓았는데, 배는 8월 하순에 요코하마를 출항하는 엠프리스 오브 캐나다라고 했다. 아주 급박한 얘기였다.

마키오카 집안에서는 에쓰코가 7월 말경부터, 작년만큼은 아니지만 또 신경 쇠약과 각기병의 기미가 있는지 식욕이 떨어지고 불면증을 호소하기 시작했다. 그래서 병세가 너무 심해지기 전에 도쿄에 한번 데리고 가서 전문가한테 진찰을 받아 볼 생각이었다. 아직 도쿄에 가보지 못한 에쓰코는, 학교 반 친구 중에 니주바시(二重橋)를 본 사람은 누구누구라며 부러워할 정도니까 데려가서 이것저것 구경시켜 주면 그것만으로도 무척 기뻐할 터였다. 게다가 사치코도 아직 시부야의 큰집에 가본 적이 없기 때문에 마침 좋은 기회이기도 했다. 그래서 사치코, 유키코, 에쓰코 이렇게 셋이서 8월에 바삐 떠날 생각이었는데, 오사쿠 선생의 병환 때문에 연기했고,

이제는 이번 달에 갈 수 있을지 없을지 모를 형편이 되었다. 그래도 페터 부자가 조만간 요코하마에서 떠난다면 전송하러 가는 것도 좋겠다고 생각했는데, 공교롭게도 출항하는 날이 지장보살 잿날이어서 사치코는 아무래도 큰집 언니 대신 매년 우에혼마치의 절에서 열리는 공양 행사에 참석해야 할 것 같았다. 그래서 하는 수 없이 17일에 페터를 위한 송별회를 열어 페터, 로제마리, 프리츠를 초대했다. 하루건너 19일에는 슈토르츠 씨 집에서 아이들을 위해 이별 다과회를 열었고, 페터나 로제마리의 친구인 독일 소년, 소녀 들이 모인 가운데 일본인으로는 유일하게 에쓰코가 초대를 받았다. 그다음 날 오후, 페터는 혼자 마키오카 집으로 작별 인사를 하러 왔고 가족 모두와 일일이 악수를 했다. 〈저는 내일 아침 아빠와 산노미야에서 요코하마로 떠나게 되었습니다. 미국을 돌아 독일에 도착하는 것은 9월 상순이 될 것 같은데, 독일에서는 함부르크에 살게 될 것 같으니 다음에 꼭 한 번 함부르크로 놀러 오세요〉라고 인사말을 했다. 그리고 미국을 거쳐 갈 때 에쓰코에게 뭔가 사주고 싶으니까 갖고 싶은 것이 있으면 말하라고 해서 에쓰코는 엄마와 의논해 신발을 사달라고 부탁했다. 그러자 페터는 에쓰코의 신발을 빌려 달라고 해서 가지고 갔는데 곧 그 신발과 함께 종이와 연필과 줄자를 가지고 왔다. 엄마한테 말했더니 신발을 빌리는 것보다 에쓰코의 발 크기를 재오는 것이 더 낫다고 해서 재러 왔다고 했다. 그리고 종이를 펴고 그 위에 에쓰코의 발을 올리고 엄마한테 들은 대로 모양과 치수를 재서 돌아갔다.

　에쓰코는 22일 아침, 유키코를 따라 슈토르츠 부자를 전송하러 산노미야 역까지 갔다 왔다. 그날 밤 저녁 식사를 하면서 그 부자에 관한 이야기가 나왔다. 오늘 아침 페터는 헤어지기가 무척 아쉬운 듯했다. 〈에쓰코는 도쿄에 언제 가느냐? 도쿄에 오면 배에 와줄 수 없겠느냐? 24일 밤에 출발하니까 우리가 만나려고만 한다면 한 번 더 만날 수 있다〉고 페터는 기차가 움직일 때까지 몇 번이고 같은 말을 했다. 그 모습이 왠지 불쌍해 보였다. 이런 이야기를 듣고 사치코가 말했다.

「에쓰코, 그럼 요코하마에 가서 페터를 만나도록 해.」

「엄마는 24일 공양 행사가 끝나지 않으면 못 가니까, 에쓰코 너는 언니와 내일 밤차로 출발해. 그래서 모레 아침에 요코하마에 내려 곧장 배로 가는 건 어떠니? 엄마도 26일경에는 갈 수 있으니까 그사이에 도쿄 구경이라도 시켜 달라고 하고. 시부야에서 기다리고 있으면 될 것 같은데…… 응, 그렇게 하면 좋겠는데…….」

이야기는 갑자기 이런 의논이 되었다.

「어때? 유키코, 내일 밤에 떠날 수 있어?」

「이것저것 살 게 좀 있는데…….」

「내일 낮에 사면 안 될까?」

「글쎄…… 그렇게 늦은 기차로 떠나면 에쓰코가 너무 졸릴 텐데…… 모레 아침에 일찍 떠나도 늦진 않을 것 같기도 하고.」

사치코는 유키코가 이런 경우에도 이 집에 하루라도 더 머물고 싶어 하는 마음이 안쓰러워서,

「그렇긴 해. 그럼 모레 떠나는 걸로 하지 뭐」

하고 아무렇지 않게 말했다.

「너무 빨리 떠나는 것 같은데, 온 지 얼마나 됐다고.」

다에코가 약간 약 올리는 듯한 말투로 말했다.

「천천히 좀 더 있다 가고 싶긴 한데…… 에쓰코와 페터를 위해서라면 어쩔 수 없지 뭐.」

유키코는 7월에 올 때 대체로 두 달 정도는 이곳에 머물 생각이었는데, 모레 떠나야 한다고 하니 기대가 다소 빗나가 내심 풀이 죽어 있었다. 그렇긴 하지만 이번에는 에쓰코가 함께 가고 나중에 사치코도 온다고 하니까 혼자 돌아가는 쓸쓸함은 없었다. 하지만 사치코 모녀는 그리 오래 머물 리도 없고 개학할 무렵이면 에쓰코도 돌아와야 하니까 그다음에는 또 당분간 도쿄에 남아 있어야 한다. 그렇게 생각하니 유키코는 자신이 아시야에 있고 싶은 것은 사치코 언니 가족과 함께 살기 때문이기도 하지만 그보다는 간사이라는 땅 자체에 대한 애착의 결과이고, 도쿄가 싫은 것은 큰집 형부와 기질이 맞지 않은 탓도 있지만 우선 간토의 물 자체가 기질에 맞지 않은 데 있다는 것을 깨달았다.

사치코는 저간의 사정을 잘 알고 있으므로 이튿날이 되어도 일부러 아무 말도 하지 않았다. 어떻게 하든 유키코와 에쓰코가 좋을 대로 하면 된다고 생각한 것이다. 유키코는 아침나절에는 집에서 꾸물거리고 있었지만 에쓰코가 가고 싶어서 자꾸만 눈치를 보는 모습을 보고, 오후가 되자 혼자 부리나케 몸단장을 했다. 그리고 다에코에게 예의 주사를 한 대 놔달라고 한 다음 아무한테도 말하지 않고 오하루를 데리고 어딘가로 훌쩍 나갔다. 그리고 저녁 6시가 넘어 고베의 다이마루인지 모토마치 근처의 어느 상점 포장지로 싼 물건을 잔뜩 들고 돌아와서는,

「이거 사왔어」

하고 오비 사이에서 다음 날 아침에 출발하는 〈후지〉[110] 특급권 두 장을 꺼냈다. 그 기차라면 오전 7시 전에 오사카를

---

110 1929년 9월 개통해 도쿄와 시모노세키 구간을 오가는 전망 차량이 딸린 1, 2등 특별 급행 열차의 애칭이다.

떠나 요코하마에는 오후 3시 전에 도착하니까 3시가 좀 지난 시간에는 부두에 도착할 수 있을 것이다. 그러면 적어도 두세 시간은 만날 여유가 있었다. 그 뒤로는 이야기가 척척 진행되어 서둘러 짐을 꾸리고 슈토르츠 부인한테도 그 일을 알리러 갔다.

유키코는 에쓰코가 흥분해서 쉽게 잠을 자려 하지 않자, 내일 아침 일찍 일어나야 하니까 빨리 자라며 억지로 2층으로 올려 보내고 나서 천천히 자기 옷가방을 정리했다. 데이노스케는 아직 서재에서 일을 하고 있었다. 옷가방을 다 싼 유키코는 언니와 동생과 마주 앉아 12시가 넘을 때까지 응접실에서 이야기를 나누었다.

「이제 자자, 유키 언니.」

다에코가 버릇없이 크게 하품을 했다. 다에코는 세 자매 가운데 가장 버릇이 없다는 점에서 유키코와 대조적이었다. 특히 더운 계절에는 그게 심해서 오늘 밤에도 목욕탕에서 나온 다음 알몸에 유카타 하나만 달랑 걸치고 가끔 가슴을 드러내 놓고 부채질을 하면서 이야기를 하고 있었다.

「졸리면 먼저 자.」

「유키 언닌 안 졸려?」

「오늘은 너무 움직여서 그런가? 너무 피곤해서 졸리지가 않아.」

「주사 한 방 더 놔줄까?」

「내일 아침 떠나기 전에 맞는 게 낫지 않을까?」

「이번에는 미안하게 됐어, 유키코……」

사치코는 유키코의 얼굴을 보며 말했다. 얼굴에는 오랜만에 예의 얼룩이 희미하게 나타나 있었다.

「올해 안에 한 번 더 올 일이 있었으면 좋을 텐데. 내년은 네 액년[111]이니까 말이야.」

슈토르츠 부자는 산노미야 역에서 떠났지만 유키코와 에쓰코는 조금이라도 늦은 시간에 떠나려고 오사카에서 타기로 했다. 그래도 기차 시간에 맞추기 위해서는 6시에는 쇼센 전차를 타야 했다. 사치코는 대문 앞에서 전송할 생각이었으나 슈토르츠 부인이 아이들을 데리고 아시야 역까지 전송한다는 바람에 다음 날 아침 떠날 때는 사치코, 다에코, 오하루가 모두 다 나갔다.
「어젯밤 배에 전보를 쳤어요. 기차 시간도 알려 줬고요.」
전차를 기다리는 동안 슈토르츠 부인이 말했다.
「페터는 갑판에 나와 있겠네요.」
「네, 그럴 거예요. 에쓰코, 정말 친절하게 대해 줘서 고마워.」
이렇게 말하고 부인은 로제마리와 프리츠에게도,
「에쓰코한테 〈당케 쇤(고마워)〉이라고 해야지」
하고 독일어로 뭐라고 했는데, 사치코 등은 〈당케 쇤〉이라는 말밖에 알아들을 수 없었다.
「그럼 엄마, 빨리 와야 해.」
「응, 그래. 26일이나 27일에는 꼭 갈 거야.」
「꼭이야, 꼭.」
「그래. 꼭.」
「에쓰코, 빨리 갓다 와야 해.」
로제마리는 움직이기 시작한 전차를 따라가면서 말했다.
「아우프비더젠(안녕)!」
「아우프비더젠!」

111 세는나이로 남자는 25세와 42세, 여자는 19세와 33세. 특히 남자 42세와 여자 33세를 대액이라고 한다. 이 경우는 여자 33세니까 대액에 해당한다.

에쓰코도 손을 흔들면서 어느새 배운 독일어로 대답했다.

14

27일 아침 〈가모메〉로 떠나기로 한 사치코는 전날 밤에 짐을 꾸리고 보니 시부야에 가지고 갈 선물이다 뭐다 해서 크고 작은 가방이 세 개나 되었다. 사치코는 혼자서 들고 가기에는 불편할 것 같아서 이참에 오하루한테도 도쿄 구경을 시켜 줘야겠다고 생각했다. 다에코가 집에 있으니까 데이노스케의 시중 걱정은 할 것 없었고, 역시 오하루를 데리고 가는 것이 여러모로 편할 듯했다. 경우에 따라서는 개학하기 전에 오하루한테 에쓰코를 데리고 먼저 돌아오게 할 수도 있기 때문이다. 그리고 자신은 한동안 도쿄에 남고 싶었다. 오랜만에 도쿄에 가는 거니까 좀 여유 있게 가부키라도 보고 오고 싶은 마음이 있어서 내심 그런 계획을 세워 두었던 것이다.

「어머, 오하루도 왔어?」

유키코와 큰집의 장남 데루오와 함께 셋이서 도쿄 역으로 마중 나온 에쓰코는 엄마 뒤로 생각지도 못한 오하루가 내리는 것을 보고 환성을 질렀다.

「저게 마루노우치 빌딩, 그 맞은편이 궁성[112]이야.」

택시 안에서도 에쓰코는 완전히 선배 같은 얼굴로 신나게 떠들었다. 사치코는 얼마 지나지도 않았는데 에쓰코의 안색이 눈에 띄게 건강해진 것 같았고 볼에도 다소 살이 붙은 듯하다고 느꼈다.

112 전쟁 전에는 이렇게 불렀으나 전후부터는 황거(皇居)라고 한다.

「에쓰코, 오늘은 후지 산이 잘 보이더라. 그치, 오하루?」
「예. 정말 위에서 아래까지 구름 한 점 없었어요.」
「요전에는 구름이 좀 있어서 위쪽은 안 보였는데.」
「어머, 그랬어요? 그럼 오하루는 운이 참 좋았네요.」

오하루는 에쓰코한테 얘기할 때만 자신을 〈오하루는……〉 하고 했다.

차가 궁성의 수로 근처에 이르자 데루오가 모자를 벗었는데, 그것을 신호로 에쓰코가 말했다.

「저 말이야, 오하루, 저기가 니주바시야.」
「저번에는 저기서 차에서 내려 허리를 굽히고 정중히 절을 했거든.」

유키코가 말했다.

「응. 맞아. 그랬어. 엄마.」
「언제?」
「저번에, 그러니까 24일, 슈토르츠 아저씨와 페터, 언니, 에쓰코, 이렇게 저기에 나란히 선 다음 허리를 굽혀 절을 했어.」
「그래? 슈토르츠 씨와 페터도 니주바시에 왔나 보구나.」
「언니가 데리고 왔어.」
「그럴 여유가 있었니?」
「시간이 빠듯하다고 계속 시계만 보면서 제정신이 아니긴 했지만.」

그날 유키코와 에쓰코가 야단스럽게 부두로 뛰어가자 슈토르츠 부자는 한참 전부터 갑판에 나와 초조하게 기다리고 있었다. 유키코가 출항 시간을 묻자 밤 7시라고 했다. 그럼 아직 4시간쯤 남았으니까 뉴그랜드 호텔에서 차라도 마실까 했지만 차를 마시기에는 너무 시간이 많이 남아 있었다. 그래서 유키코는, 차라리 도쿄까지 가지 않겠느냐, 전차로 왕복하는 데 한 시간이 걸린다고 보고 세 시간은 여유가 있으니까 자동차로 한번 둘러보면 마루노우치 근처는 구경할 수 있다고 제안했다. 페터는 물론이고 슈토르츠 씨도 아직 도쿄에 가본 적이 없다는 것을 알고 있었기 때문이다. 그러자 슈토르츠 씨는 조금 주저하는 모양이었지만, 〈괜찮을까요? 정말 괜찮을까요?〉 하고 두세 번 다짐을 하고 나서 승낙했다. 네 사람은 곧 사쿠라기초로 갔다가 유라쿠초에서 내려, 맨 먼저 제국 호텔에서 차를 마시고 4시 반에 호텔을 나와 한 시간 예정으로 자동차로 달렸다. 우선 니주바시 앞으로 가 차에서 내린 다음 허리를 굽혀 절을 했고 육군성, 제국 의회, 수상 관저, 해군성, 사법성, 히비야 공원, 제국 극장, 마루노우치 빌딩 등을 차에서 혹은 잠깐 내려서 최대한 빨리 구경하고 5시 반에 도쿄 역에 도착했다. 유키코와 에쓰코는 다시 한번 요코하마까지 따라가서 전송할 생각이었지만 슈토르츠 씨가 몇 번이고 거절하기도 했고 또 그날은 아침 일찍부터 움직였으므로 도쿄행이 늦어져 에쓰코를 피곤하게 할 염려도 있었으므로 그냥 도쿄 역에서 헤어졌다.

「페터는 재미있어하고?」
「도쿄가 굉장해서 아주 놀란 모양이던데. 그치, 에쓰코?」
「응, 큰 빌딩이 있으니까 눈이 휘둥그레졌어.」
「슈토르츠 씨는 유럽을 알고 있지만 페터는 마닐라와 고베, 오사카밖에 모르니까.」
「과연 도쿄구나 하는 것 같았어.」
「에쓰코도 그랬지?」
「난 일본 사람이잖아. 보기 전부터 알고 있었어.」

「어차피 도쿄를 알고 있는 건 나밖에 없으니까 설명해 주느라 아주 혼났어.」

「이모, 일본어로 설명했어요?」

데루오가 물었다.

「그게 말이야, 내가 페터한테 말하면 페터가 아빠한테 통역했는데, 내가 제국 의회나 수상 관저라고 하잖아, 그럼 페터는 그게 뭔지 모르는 거야. 그래서 가끔 영어를 쓰기도 했어.」

「제국 의회나 수상 관저를 영어로 뭐라고 하는지 이모는 용케 알고 있었네.」

데루오 혼자 악센트가 정확한 도쿄 말을 쓰고 있었다.

「일본어 사이에 영어 단어를 섞어서 했지. 제국 의회는 알고 있었지만 수상 관저는 〈여기는 고노에[113] 씨가 있는 곳〉이라고 일본어로 하는 식으로.」

「나도 독일어를 썼어.」

「아우프비더젠이라고 했니?」

「응, 도쿄 역에서 헤어질 때 몇 번이나 말했는걸.」

「슈토르츠 씨도 자꾸 영어로 인사를 했는데……」

사치코는 평소부터 말수가 적고 매사에 소극적인 유키코가 화려하고 얇은 기모노를 입고 서양 옷을 입은 에쓰코의 손을 잡은 채 외국인 신사와 소년을 안내하면서 제국 호텔 로비라든가 관청이 몰려 있는 마루노우치 빌딩 거리에 나타난 모습은 아무래도 상상이 되지 않았다. 그리고 아이를 따라 나온 슈토르츠 씨가 말도 통하지 않는 불편함을 참고 초조하게 손목시계를 들여다보면서 묵묵히 따라다녔을 모습

---

113 고노에 후미마로(近衛文麿, 1891~1945). 정치가. 1937년부터 16년간 세 번에 걸쳐 수상 자리에 있었다. 대내적으로 파시즘 체제, 대외적으로는 침략 정책을 추진하여 패전 후 전범으로 지명되어 자살했다.

을 생각하니 얼마나 바보같이 보였을지, 슈토르츠 씨 입장에서 보면 얼마나 귀찮은 일이었을지 대충 짐작이 갔다.

「엄마, 저 회화관[114] 본 적 있어?」

차가 신궁 바깥 정원에 이르자 에쓰코가 물었다.

「그럼. 지금 엄마를 시골뜨기 취급하는 거니?」

그렇게 말하는 사치코도 도쿄에 대해 그리 잘 아는 것은 아니었다. 아주 오래전, 그러니까 열일고여덟 살 때 아버지를 따라 도쿄에 와서 쓰키지 우누메초의 여관에 잠시 머문 일이 한두 번 있었을 뿐이었다. 그때는 여기저기를 꽤 보고 다녔는데, 그것도 다 1923년 간토 대지진 전의 일이었다. 복구한 후 제국의 수도에 온 것은 하코네로 신혼여행을 왔다가 돌아가는 길에 잠시 제국 호텔에 이삼일 묵은 게 전부였다. 그러고 보니 에쓰코가 태어나고 나서 9년 동안 한 번도 도쿄를 보지 못했다. 그녀는 아까 에쓰코나 페터를 놀렸지만 사실 그녀 자신 또한 열차가 신바시 역을 나와 도쿄 역으로 들어서는 동안 고가선 양쪽에 즐비하게 늘어선 고층 건물들을 목도했을 때는 오랜만에 제국의 수도가 가진 위용을 접한 것 같아 다소 흥분했다.

오사카도 최근에는 미도 거리가 확장되었고 나카노시마에서 센바 방면에 속속 근대적인 건축물이 들어섰으며 10층짜리인 아사히 빌딩의 알래스카 식당에서 내려다보면 장관이긴 하지만 역시 도쿄에는 비할 바가 못 되었다. 지난번 사치코는 복구된 지 얼마 되지 않은 제국의 수도를 본 것이 마지막이어서 그 뒤에 발전된 모습은 마음속에 그리고 있지 않

---

114 신궁 바깥의 정원에 있는 쇼토쿠 기념회화관(聖德記念繪畫館)을 말한다. 메이지 천황과 황후의 전 생애에 있었던 사건 중에서 80개의 그림 재료를 선정하고 당시 일류 화가들에게 그리게 해 진열했다.

앉는데 고가선 위에서 내려다보니 그녀가 알고 있는 도쿄와는 전혀 달라 보였다. 그녀는 열차의 차창으로 차례차례 맞이하는 즐비하게 솟은 시가, 그 시가와 시가 사이로 언뜻 보이는 의사당 첨탑을 멀리서 바라보며 새삼 9년이라는 긴 세월, 그동안 제국의 수도만이 아니라 자신과 자기 주변에도 많은 변화가 있었음을 돌아보았다. 그러나 솔직히 말하면 그녀는 그다지 도쿄를 좋아하지 않았다. 도쿄의 매력이라면, 상서로운 구름이 길게 깔린 치요다 성[115]의 평판이야 말하기에도 황송한 일이고, 그 성의 소나무를 중심으로 한 마루노우치 일대, 에도 시대에 축성한 성이 장려한 빌딩숲을 전경 안으로 감싸 안고 있는 웅대한 조망, 성의 망루나 비취색 해자 등이다. 사실 이것만은 교토에도 오사카에도 없는 것이고 아무리 봐도 질리지 않지만 그 외에는 그다지 끌리는 게 없었다. 긴자에서 니혼바시 근처는 멋지긴 하지만 어쩐지 공기가 바싹 말라 있는 것 같아 그녀에게는 살기 좋은 곳이라고 생각되지 않았다. 그녀는 특히 도쿄 변두리 지역의 살풍경한 모습이 싫었다. 오늘도 아오야마에서 시부야 쪽으로 나가는 길이 여름날의 해 질 녘인데도 왠지 황량하게 느껴져 멀고 먼 낯선 나라에라도 온 것 같은 기분이었다. 그녀는 전에 도쿄의 이 주변을 지난 적이 있었는지 생각나지 않았지만, 눈앞에서 보는 거리의 모습은 교토나 오사카, 고베 등과는 전혀 달랐다. 도쿄보다 더 북쪽인 홋카이도라든가 만주 같은 신개지(新開地)에라도 와 있는 듯한 기분이 들었다. 아무리 변두리라고 해도 이 주변은 이제 도쿄의 일부이고, 시부야 역에서 도겐자카에 이르는 길 양쪽에는 점포가 상당히 늘어서 있어 번화한 거리를 형성하고 있었다. 그런데도 어딘지 모르

115 에도 성을 말한다.

게 촉촉한 윤기가 없으며 길을 가는 사람들의 표정도 왠지 싸늘하고 희뿌옇게 보였다. 사치코는 자신이 살고 있는 아시야 일대의 하늘이나 땅의 쾌청한 색, 공기의 부드러운 감촉을 떠올렸다. 여기가 교토 시내라면 어쩌다 처음으로 시가로 나가더라도 전부터 알고 있던 거리 같은 친밀함을 느끼고 문득 주변 사람들에게 말이라도 걸어 보고 싶어지는데, 도쿄라는 곳은 언제 와도 자신과는 아무런 관계도 없는 서먹서먹한 땅일 뿐이었다. 사치코는 이런 도회지에 순수한 오사카 사람인 언니가 지금 실제로 살고 있다는 것이 아무래도 믿기지 않는 듯한…… 꿈속, 전혀 본 적이 없는 길을 걸어 어머니나 언니가 살고 있는 집에 이르러, 아아, 어머니와 언니가 이런 데서 살고 있구나 하고 생각하는…… 바로 그런 것과 비슷한 기분이 들었다. 그러나 어쨌든 언니는 이런 데서 용케 살고 있다고 생각했으나 실제로 거기에 도착할 때까지는 여전히 거짓말처럼 느껴졌다.

자동차가 도겐자카를 거의 다 올라간 곳에서 왼쪽의 한적한 주택가로 돌아들자마자 열 살 정도의 아이를 선두로 두세 명의 아이들이 차를 에워싸면서 우루루 달려 나왔다.

「이모, 이모!」

「이모, 이모!」

「엄마가 기다리고 있어요.」

「우리 집은 바로 저기예요.」

「위험해, 위험해, 저쪽으로 좀 물러서!」

서행하기 시작한 차 안에서 유키코가 소리쳤다.

「어머 언니네 아이들이구나. 저기 제일 큰 애가 데쓰오니?」

「히데오예요.」

데루오가 말했다.

「히데오, 요시오, 마사오예요.」

「다들 정말 많이 컸구나. 오사카 말을 쓰지 않았다면 어디 아이들인지도 모르겠는걸.」

「쟤들 도쿄 말도 아주 잘하는데 이모를 환영한다는 뜻에서 오사카 말을 쓰는 거예요.」

15

시부야의 언니 일가가 생활하는 모습은 유키코한테서 늘 들어 왔지만 아이들 때문에 어떤 방이나 다 난장판이고 발 디딜 틈도 없을 정도로 어질러져 있는 모양은 생각한 것보다 심했다. 집은 역시 새로 지은 거라서 밝기는 해도 기둥이 가늘고 마룻귀틀도 반듯하지 않았으며 그냥 보기에도 세를 놓기 위해 지은 허술한 집이었다. 아이들이 사다리 모양의 계단을 뛰어 내려오기만 해도 온 집 안이 마구 흔들렸다. 여기저기 찢겨 있는 장지문은 허술하고 값싼 자재인 만큼 더욱 처량하고 딱해 보였다. 사치코는 우에혼마치의 집, 방 배치가 구식이고 어두침침한 것은 싫지만 역시 격식이 있는 옛날 집이 이런 집보다는 안정감이 있다고 생각했다. 어두침침하다고 해도 우에혼마치의 집에는 아담한 안뜰이 있다. 안쪽 다실에서 안뜰의 나무 사이로 광 입구가 보이는 풍정은 지금도 눈앞에 정겹게 그려졌다. 이 집에는 앞뒤 담 옆에 화분을 놓을 정도의 공터가 있을 뿐, 뜰이라고 할 만한 것은 없었다. 언니는 사치코를 위해 2층 다다미 여덟 첩 크기 방을 비워 두었다. 아래층은 아이들 때문에 시끄럽다며, 손님을 대접하는 방으로 쓰고 있는 2층에 여행 가방을 옮겨 둔 것이다. 그래도 도코노마에는 오사카에서 가져온 다케우치 세이호[116]가 그린 은어 그림이 걸려 있었다. 돌아가신 아버지는 한동안 다케우치 세이호의 그림을 수집했는데, 정리할 때 대부분은 처분하고 한두 개 남겨 놓은 것 중 하나였다. 눈에 익은 물건은 이것 하나만이 아니었다. 그 그림 앞에 놓여 있는 다리가 여덟 개인 주홍색 탁자도, 미닫이 문 위에 걸어 둔 라이 슌스이[117]의 글씨도, 벽에 달아 놓은 옻칠한 선반도, 그 선반 위에 놓아둔 탁상시계도 그 하나하나를 보면 모두 그것들이 놓인 우에혼마치의 집, 그 구석지고 으슥한 곳이 환영처럼 떠올랐다. 언니가 이런 것을 일부러 오사카에서 가져온 것은 옛 영화의 유물인 이것들만이라도 가까이 두고 보고 싶었기 때문이리라. 그리고 또 손님방이라고 하기에는 너무나 살풍경했으므로, 이 방의 장식으로 할 생각이었으리라. 그러나 아무리 봐도 그것들은 이 방을 돋보이게 하지 않고 오히려 반대 효과를 낳고 있었다. 그런 세간들 때문에 날림으로 공사한 방이 한층 눈에 띄었고, 돌아가신 아버지가 몹시 아끼신 세간들이니만큼 도쿄의 이런 변두리로 가져다 놓은 것이 정말 기묘해 마치 언니의 처지를 상징하는 것 같았다.

「그래도 짐을 잘 정리해 놨네, 언니.」

「그래, 짐이 여기 도착했을 때는 이게 다 정리될까 싶었는데, 어디에 어떻게 들어갔는지 그럭저럭 정리됐어. 집이란 게 좁아 보여도 집어넣으면 어떻게든 들어가는 건가 봐.」

그날 저녁 사치코를 2층으로 안내하고는 언니도 그대로 그 자리에 앉아 이런저런 이야기를 시작했다. 그사이에 벌써

---

116 竹內棲鳳(1864~1942). 교토 화단을 대표하는 일본 화가. 전통적인 화법에 서양화의 묘사 방법을 도입해 독자적인 화풍을 수립했다.

117 賴春水(1746~1816). 에도 후기의 주자학자.

아이들이 올라와서는 두 사람의 목덜미에 매달렸다.

「더워. 아래층으로 내려가. 이모 옷이 다 구겨지잖아.」

언니는 계속해서 꾸짖으며 말을 이어 가야 했다.

「자, 마사오, 너 아래층으로 가서 오히사한테, 이모 마시게 시원한 것 좀 빨리 갖다 달라고 해줄래. 자, 마사오, 엄마 말 잘 들어야지.」

그렇게 말하며 언니는 네 살짜리 우메코를 무릎 위에 올려 안았다.

「요시오는 아래층에 가서 부채 좀 가져와. 히데오! 넌 형이니까 먼저 내려가야지. 자, 엄마는 오랜만에 이모와 할 이야기가 있으니까. 그렇게 들러붙어 있으면 이야기를 할 수 없잖니.」

「히데오는 이제 몇 살이야?」

「아홉 살.」

「아홉 살치고는 큰 편이네. 아까 대문에서 봤을 땐 데쓰오인 줄 알았다니까.」

「몸집은 커도 이렇게 만날 내 옆에만 붙어 있으니까 형 노릇을 전혀 못 해……. 데쓰오는 이제 곧 중학교 입시가 있으니까 공부하느라 바빠서 그렇게 떼를 쓰는 일은 없지만…….」

「식모는 오히사 하나야?」

「응. 얼마 전까지는 오미요가 있었는데 오사카로 돌아가고 싶다고 하고, 또 우메코도 이제 혼자 걸을 수 있으니까 아이 보는 애는 필요 없을 것 같아서…….」

사치코는 언니가 필시 살림에 찌들어 있을 거라고 생각했는데, 생각보다는 머리 모양도 깔끔하고 옷차림도 단정한 것을 보고, 무슨 일이 있어도 몸가짐을 소홀히 하지 않는 언니한테는 감동하지 않을 수 없었다. 첫째가 열다섯이고 밑으로 열둘, 아홉, 일곱, 여섯, 네 살배기까지, 여섯이나 되는 자녀와 남편 뒷바라지를 하면서 식모를 하나밖에 쓰지 않는다면 좀 더 흐트러져 있는 모습, 체면이나 남의 소문에 신경 쓸 겨를이 없는 모습을 하고 실제 나이보다 열 살은 더 들어 보여도 이상할 게 없을 텐데, 올해 서른여덟인 이 언니도 역시 자매들의 언니답게 대여섯은 젊어 보였다. 대체로 마키오카 집안의 네 자매 중에서 장녀인 언니와 셋째인 유키코가 어머니와 닮았고, 둘째인 사치코와 막내인 다에코는 아버지를 닮았는데, 어머니는 교토 사람이었으므로 언니와 유키코의 용모에는 어딘가 교토 여자다운 데가 있었다. 다만 유키코와 달리 언니는 모든 윤곽이 뚜렷했다. 사치코부터 아래로는 차례로 키가 작아졌는데 그것과 비례해서 언니는 사치코보다 키가 커서, 몸집이 작은 형부와 나란히 걸으면 언니가 더 커 보일 정도였다. 그러나 그만큼 팔다리도 포동포동해서 교토 여자라고 해도 유키코처럼 지나치게 가냘파서 애처로운 느낌은 들지 않았다. 언니가 결혼한 것은 사치코가 스물한 살 아가씨였을 때였다. 사치코는 그때의 언니가 얼마나 아름답고 멋졌는가를 지금도 잊을 수 없다. 이목구비가 뚜렷한 데다가 얼굴이 긴 편이고 옛날 헤이안 시대의 여인처럼 서면 땅에 닿을 정도로 긴 머리를 반들반들하게 시마다 머리로 틀어 올린 모습은 실로 당당하고 요염하면서도 위엄이 있었다. 이런 사람이 옛날 궁녀들이 입던 옷을 입으면 얼마나 아름다울까 하는 생각을 했다. 그리고 그 무렵 형부가 기막히게 아름다운 아가씨를 맞이한다고 해서 고향이나 회사에서 평판이 좋았다는 이야기를 듣고, 그런 말을 듣는 것이 당연하다고 자매들끼리 쑥덕거리곤 했다. 언니는 그로부터 열대엿 해 세월을 거치는 동안 여섯 명의 아이를 낳았고 살림 형편도 점점 궁해졌으며 어쩐 일인지 고생이 많아졌으므로 이제 그 무렵의 아름다운 광채는 사라지고 없었다. 그래도 그만한 키와 몸매를 타고 났기 때문에 지금도 이 정도의 젊음을 유지할 수 있구나, 사치코는 이런 생각을 하며 언니에게 안겨 있는 우메코가 손바닥으로 탁탁 두드리고 있는 언니의 앞가슴, 아직 탱탱하고 윤기 있는 하얀 살결을 바라보았다.

데이노스케는 사치코가 도쿄로 떠날 때, 〈아이를 데리고 시부야에 머무르면 언니한테 폐가 되니까 하루나 이틀 정도 머물고 그다음에는 쓰키지의 하마야에 머무르는 게 어떨까? 형편에 따라 내가 하마야의 안주인에게 전화를 걸든 편지를 쓰든 해서 부탁해 둘 테니까〉 하고 말했지만 사치코는 남편과 함께라면 모를까 에쓰코와 둘이서 여관에 머무는 것은 내키지 않았고 오랜만에 언니와 이런저런 이야기를 하려면 언니 집이 편할 것 같았다. 오하루를 데리고 간 것도 자신들이 폐를 끼치고 있는 동안 조금이라도 부엌일을 거들게 하자는 생각에서였다. 그런데 그렇게 이틀 정도 지내다 보니 역시 남편 말을 들을 걸 그랬다는 생각이 들었다. 평소 아이들이 시끄럽다고 해도 이 정도는 아니었다. 언니 말로는, 지금은 여름방학이어서 아침부터 모두 집에 있으니까 시끌벅적하지만 이삼일 지나면 낮에는 한동안 조용해진다는 것이었다. 그러나 요시오와 그 아래로 두 아이는 아직 학교에 다니지 않기 때문에 언니한테 정말 한가한 시간은 있을 것 같지가 않았다. 그런데도 언니는 짬을 내서 얘기하러 2층으로 오곤 했는데, 곧 뒤따라 세 아이가 올라와 엉겨 붙었다. 말을 듣지 않으면 잡아서 볼기를 때리거나 심하게 꾸짖었으므로 소동은 더욱 커졌고, 울어 대는 소리에 귀가 먹먹해지는 일이 하루에 꼭 한두 번은 있었다. 사치코는 언니가 아이들에게 걸핏하면

손찌검을 한다는 걸 오사카 시절부터 알고 있었고 또 그 정도로 하지 않으면 도저히 이렇게 많은 아이들을 건사할 수 없다는 것도 알고 있었지만, 역시 그런 식이다 보니 편안하게 이야기를 나눌 여유가 없었다. 에쓰코도 이삼일 동안 유키코를 따라 야스쿠니 신사나 센가쿠지 등을 돌아봤는데, 더운 철이라 자주 나다닐 수도 없고 해서 곧 지루해하기 시작했다. 사치코는 형제의 정을 모르는 에쓰코가 자기보다 어린 여자아이를 신기하게 여기기 때문에 이런 기회에 사촌들과 친하게 하자는 생각도 있었는데, 이것도 여관을 피한 이유 가운데 하나였다. 그러나 공교롭게도 우메코는 아주 심하게 엄마만 따르는 아이라서 유키코조차 따르지 않을 정도였으므로 에쓰코는 전혀 감당할 수 없었다. 그래서 에쓰코는 이제 곧 개학도 하니 빨리 돌아가지 않으면 로제마리도 마닐라로 떠나 버릴 것이라며 가끔 엄마한테 귀엣말을 하곤 했다. 게다가 에쓰코는 자신이 그런 식으로 가정 교육을 받은 적이 없었기 때문에 큰이모의 야단이 시작되면 두려운 눈빛으로 큰이모의 얼굴을 훔쳐보곤 했다. 사치코는 자매 가운데 가장 상냥하다고 해도 좋은 언니를 혹시 에쓰코가 나쁘게 보지나 않을까, 또 그것이 에쓰코의 신경 쇠약에 나쁜 영향이나 미치지 않을까 걱정되었다. 그래서 에쓰코를 먼저 오하루한테 딸려 보내는 게 나을 듯했다. 하지만 곤란하게도 구시다 선생한테 소개장을 받아 온 도쿄 대학의 스기우라 박사가 지금 여행 중이고 9월 상순에야 돌아온다고 했기 대문에 그 사람을 기다릴 수밖에 없었다. 에쓰코를 도쿄까지 데리고 온 본래의 목적이 그것이었기 때문이다.

생각 끝에 사치코는 〈앞으로 체재가 길어진다면 여관으로 옮기는 것이 좋을지도 모르겠다. 하마야라는 여관은 가본 적이 없지만 그곳 안주인은 전에 오사카의 하리한에서 종업원으로 일했던 사람이고 돌아가신 아버지도 잘 알고 있으며 나도 처녀 시절부터 얼굴을 아는 사이니까 낯선 여관에 머무르는 것 같지는 않을 것이다. 남편 말에 따르면 원래 찻집이었던 것을 여관으로 고쳐서 방 수도 적고 손님도 대부분 속마음을 알 수 있는 오사카 사람들이라니까, 그리고 여종업원들도 오사카 사투리를 쓰는 사람들이 많고 가정적인 분위기여서 숙박한다고 해도 도쿄에 있는 듯한 느낌이 들지 않는다고 했으니까 그러는 편이……〉하고 생각했지만, 언니가 여러모로 마음을 써주는 것을 보니 그런 말을 꺼내기가 쉽지 않았다. 게다가 형부는 집에서는 여유 있게 밥도 먹을 수 없다면서 도쿄에서 소문난 집이라는 도겐자카의 후타바라는 서양식당이나 근처의 북경정이라는 중국요릿집으로 데려가 주기도 했다. 그리고 에쓰코를 위해 자기 아이들까지 데리고 가서 조촐한 연회를 열어 주기도 하는 등 대단한 환대를 해주었다. 원래 형부는 다른 사람에게 대접하는 것을 좋아하는 사람이긴 했지만, 최근에는 구두쇠가 되었다고 했는데 그런 점은 옛날과 하나도 변하지 않은 것일까? 아니면 처제들을 위해 주는 습관이 아직 남아 있어서 특별히 소중하게 대해 주는 것일까? 사치코는 그 어느 쪽인지는 알지 못했으나 형부가 처제들과 사이가 좋지 않다는 소문을 부담스러워하는 것이 어쩌면 이런 식의 행동으로 나타난 것인지도 모른다고 생각했다. 형부는 〈처제들은 하리한이라든가 쓰루야라든가 하는 훌륭한 요릿집밖에 모르겠지만 도겐자카에는 화류계를 겨냥한 조촐한 요릿집들이 수두룩하다. 도쿄는 일류 요릿집보다는 오히려 그런 데의 음식이 더 맛있기 때문에 부인이나 아가씨들을 데리고 온 손님들도 흔히 볼 수 있다. 처제도

다 경험이니까 날 따라가서 도쿄의 기분을 만끽해 보라〉는 얘기를 하기도 했다. 그리고 가끔 언니한테는 집을 보게 하고 가볍게 사치코와 유키코만 데리고 나가 근처의 맛있는 가게로 안내하기도 했다. 사치코는 옛날 이 형부가 막 양자로 왔을 무렵, 자매들과 한통속이 되어 이따금 심술궂은 장난을 하기도 했고 그것을 알고 언니가 운 적도 있었다는 것을 그리운 마음으로 떠올렸다. 사치코는 형부가 성품이 온순한 점이나 언니 이상으로 신경을 써주는 모습 등이 눈에 보였기 때문에 처녀 시절처럼 심술궂게 굴지도 못하고 역시 이번에는 언니 집에 머무를 수밖에 없다고 생각했다. 그리고 스기우라 박사의 진찰이 끝나기만 하면 하루라도 빨리 간사이로 떠나고 싶었다. 이런 생각을 하면서 결국 8월 말까지 시부야에서 지냈다.

16

다음 날인 9월 1일 밤의 일이었다.

그날 밤은 여섯 아이들과 에쓰코에게 먼저 밥을 먹인 다음, 형부 부부와 사치코, 유키코가 집에서 저녁을 먹었다. 마침 그날이 지진 기념일이어서 지진 이야기에서부터 얼마 전에 있었던 산사태 이야기가 나왔고, 다에코가 조난당한 경위, 이타쿠라라는 젊은 사진사의 활약 등이 식탁의 화제였다. 사치코는 〈나는 운 좋게도 무서운 일을 당하지 않아서 모든 걸 다에코한테 들었지만……〉 하고 말머리를 연 다음 당시의 일을 자세하게 이야기했다. 그러나 그런 이야기를 했기 때문은 아니었겠지만, 마침 그날 밤 다이쇼 몇 년 이래 처음이라는 맹렬한 태풍이 간토 지방 일대를 강타했다. 사치코는 그 두세 시간 동안 태어나서 처음이라고 해도 좋을 정도의 공포를 경험했다.

태풍 피해가 적은 간사이 지방에서 자란 사치코는 그렇게 무시무시한 바람이 있다는 걸 알지 못했다. 아마 그 때문에 더욱 놀랐을 것이다. 하긴 네댓 해 전인 1934년 가을이었을 것이다. 오사카 덴노지(天王寺)의 탑을 쓰러뜨리고 교토의 히가시 산을 벌거숭이로 만들어 놓은 그 강풍은 그녀도 알고 있고 20~30분 동안 공포에 떨었던 기억은 있지만, 그래도 그때는 아시야 근처가 그다지 심하지 않았기 때문에 덴노지의 탑이 쓰러졌다는 것을 신문에서 보고 그 정도로 바람이 심했나 하고 의외라고 생각한 정도였다. 그것은 물론 이번에 도쿄에서 경험한 것과는 비교할 만한 것은 아니었다. 그러나 오히려 그때의 기억 때문에 그 정도의 바람에도 5층탑이 무너졌으니까 이 집은 도저히 이 바람을 견디지 못할 거라는 느낌이 들어 공포가 배가되었다. 또 바람의 세기가 강했다는 것은 틀림없지만, 마침 머물고 있는 시부야의 집이 날림 공사로 지은 집이라는 걸 알고 있어서 다섯 배, 아니 열 배나 심하게 느꼈던 것이다.

바람이 불기 시작한 것은 아이들이 아직 잠자리에 들기 전이었으니까 밤 8~9시쯤이었을 것이다. 그리고 굉장히 심해진 것은 10시쯤부터였다. 사치코는 에쓰코, 유키코와 셋이서 2층 다다미 여덟 첩 크기 방에서 자기로 되어 있었다. 그래서 처음에는 셋이서 2층에 있었지만 집이 너무 심하게 흔들렸으므로 에쓰코가 그녀에게 꼭 달라붙었고 〈언니도 이리 와〉 하며 유키코를 사치코의 잠자리 쪽으로 끌어당겨 자신은 그 사이에 끼인 채 두 손으로 두 사람의 목을 꼭 붙들고 있었다.

사치코와 유키코는 에쓰코가 〈무서워!〉 하며 비명을 질러 댈 때마다 〈무서워할 거 없어. 곧 그칠 테니까 안심해〉 하고, 처음에는 그렇게 말했지만 에쓰코가 달라붙는 것과 같은 힘으로 점점 자신들도 꼭 껴안아 어느새 세 사람은 서로 얼굴을 딱 붙인 채 한 덩어리가 되어 있었다. 2층에는 다다미 여덟 첩 크기 방과 그 옆에 다다미 세 첩 크기 방, 그리고 복도를 사이에 두고 다다미 네 첩 반 크기 방이 있었다. 다다미 네 첩 반 크기 방에는 데루오와 데쓰오가 자고 있었는데 잠에서 깼는지 다다미 여덟 첩 크기 방을 기웃거리며,

「이모! 아래층으로 안 내려가요?」

하고 데루오가 물었다.

「아래층으로 내려가는 게 안전하지 않을까요? 가요, 아래로 내려가요. 아래서 모두들 떠들썩한가 봐요.」

정전이 되어 캄캄했기 때문에 데루오의 얼굴은 보이지 않았지만 이렇게 말하는 목소리가 심상치 않았다. 사치코는 에쓰코를 놀라게 하지 않기 위해 입에 담지는 않았지만, 아까부터 이 집이 무너지지 않을까 하는 위기감을 느끼고 집의 뼈대가 흔들릴 때마다 〈지금인가, 지금인가〉 하는 생각이 들어 진땀을 빼고 있었다. 그래서 데루오의 말을 듣자 이러니저러니 할 것도 없었다.

「유키코! 에쓰코! 아래층으로 내려가자.」

사치코를 선두로 세 명이 꼭 붙들고 데루오 뒤를 따라 계단을 내려가기 시작했다. 그런데 계단을 중간쯤 내려갔을 때 이번에야말로 정말 집이 무너지는구나 싶을 정도의 바람이 한바탕 집을 세게 흔들었다. 그녀의 느낌으로는 평소에도 삐걱삐걱하는 얇은 판자 같은 계단이 양쪽에서 돛처럼 부풀어 오르는 벽과 벽 사이에 끼어 우지직 부서지는 것 같았다. 기

둥과 벽의 틈이 벌어져 거기로 모래 먼지와 함께 바람이 들이닥쳤다. 사치코는 자신의 몸이 벽에 끼일 것 같은 기분이 들어 데루오를 떠다밀듯이 뛰어 내려갔다. 2층에 있었을 때는 윙윙거리는 바람 소리와 나뭇잎, 나뭇가지, 함석, 간판 같은 것들이 공중으로 날아가는 소리에 묻혀 들리지 않았지만 아래층으로 내려와 보니 〈무서워! 무서워!〉 하는 소리가 아래층에 가득 차 있었다. 히데오와 그 아래로 세 명의 아이들은 언니 부부의 잠자리인 다다미 여섯 첩 크기 방에 모여 부모를 둘러싸고 모여 있었다. 사치코 등이 그곳으로 들어가서 앉자 〈이모〉 하며 요시오와 마사오가 사치코의 양 어깨에 매달렸기 때문에 에쓰코는 어쩔 수 없이 유키코에게 달라붙었다.

언니는 우메코를 양손으로 감싸듯이 안고 있었고 소맷자락에는 히데오가 매달려 있었다(히데오가 무서워하는 모습은 기묘했다. 바람이 멎으면 어머니의 소맷자락을 쥐어짜듯이 꼭 붙들면서 귀를 기울였고, 멀리서 윙 하는 바람 소리가 들리면 서둘러 소맷자락을 놓으며 아주 낮으나 힘 있고 쉰 목소리로 〈무서워!〉 하며 두 손으로 귀를 막고 눈을 감은 채 다다미 바닥에 엎드렸다). 그런 식으로 네 명의 어른과 일곱 명의 소년 소녀들이 웅크리고 앉아 있는 모습은 공포의 군상처럼 보였을 것이다. 다쓰오는 어떤지 모르지만 쓰루코, 사치코, 유키코는 이렇게 해서 모두가 깔린다면 어쩔 수 없는 일이라고 암묵적으로 각오하고 있었다. 그리고 정말 그 바람이 좀 더 길게, 좀 더 강하게 불어 닥친다면 이 집은 무너질 게 분명해 보였다. 왜냐하면 사치코는 아까 계단을 뛰어 내려올 때 공포 때문에 그런 망상을 한 게 아닐까 생각했는데, 바람이 윙 하고 불 때마다 이 집의 기둥과 벽의 틈이 한 3센티미터에서 6센티미터 정도 벌어지는 것을 다다미 여섯 첩 크기의 이 방에 와서 확실히 목격했기 때문이다. 방에는 회중전등이 하나 켜져 있었는데 희미한 그 빛으로 보니 15센티미터에서 30센티미터 정도의 틈이 벌어진 것처럼 보였다. 3센티미터나 6센티미터라는 건 결코 과장이 아니었다. 다만 그 틈이 벌어진 채 그대로 있는 것이 아니라 바람이 잠잠해지면 틈이 좁혀 들었다가 바람이 불면 다시 벌어지는 것이었다. 횟수를 거듭할수록 벌어진 틈도 커졌다. 사치코는 단고 미네야마의 지진 때 오사카의 집이 상당히 흔들렸다는 걸 기억하고 있지만, 지진의 경우는 순간적이고 바람처럼 시간이 길지 않았다. 하여튼 기둥과 벽이 벌어졌다 붙었다 하는 일은 이번이 처음이었다.

모두가 떨고 있는 와중에 애써 태연하게 있던 다쓰오도 그 벽의 모습을 보고 불안한 모양인지 이런 말을 꺼냈다.

「이 집만 이렇게 흔들리는 게 아닐까? 이웃집은 공사를 튼튼히 했을 테니까 설마 이 집 같지는 않겠지……?」

「고이즈미 아저씨 집은 아마 괜찮을 거예요. 그 집은 튼튼하고 단층집이니까요.」

데루오가 말을 이었다.

「그쵸, 아빠? 고이즈미 아저씨 집으로 피는 가지 않을래요? 여기 있다가 집이 무너지면 우스운 꼴을 당하잖아요……. 설마 무너지지는 않겠지만 혹시 모르니까 피난 가는 게 안전할지도 몰라요.」

「그러나 자고 있는 사람을 깨우는 것도 미안한 일이고…….」

다쓰오는 주저했다.

「그런 말을 하고 있을 때가 아니에요……. 이런 엄청난 폭풍에 고이즈미 씨 댁도 일어났을 거예요.」

쓰루코가 말했다. 그러자 그것을 기회로 이 사람 저 사람

피난 가자는 말을 했다. 고이즈미라는 사람은 뒤쪽 담 하나 너머에 사는 사람인데 부엌문으로 나가면 그 집 뒷문이 바로 코앞에 있었다. 주인은 퇴직한 관리라던가 하는 사람인데, 노부부와 아들 하나 이렇게 세 사람이 살고 있었다. 그런데 우연히 그 집 아들이 다니는 중학교가 데루오가 지금 전학한 중학교였던 관계로 편의를 봐준 일이 있어서 다쓰오도, 데루오도 두세 번 그 집 응접실에 가본 적이 있었다. 그런데 식모 방에 있던 오하루와 오히사가 쑥덕쑥덕 뭔가 의논하는 것 같더니 그제야 나왔다.

「그럼 잠깐 고이즈미 씨 댁에 오히사와 둘이 가서 사정을 알아보고 오겠습니다. 그리고 사정이 괜찮으면 잘 말씀드려서 부탁하고 올게요.」

오하루는 〈고이즈미 씨〉라고 했지만 그 집이 어디에 있는지 알 턱이 없는데도, 그런 일에는 자신이 있었기 때문에 오히사가 데리고 가주기만 하면 그다음은 자기가 부탁하고 올 생각인 듯했다.

「알겠습니다. 그렇게 말하고 오죠. 자 오히사, 바람이 잠잠한 동안에 가보는 게 어떨까?」

오하루는 안에서 가타부타 아무 말도 하지 않았는데도 자기 혼자 그렇게 알고 앞장서서 나갔다.

「다치면 안 되니까, 날아가지 않도록 조심해!」

걱정하는 쓰루코와 사치코의 말을 흘려들으면서 오하루는 오히사를 재촉해 뒷문으로 나갔다. 그리고 곧 돌아왔다.

「전혀 상관없으니까 어서 오시라고 합니다. 자, 빨리 피난 가세요. 정말 데루오 도련님 말씀처럼 그 집은 끄떡도 하지 않습니다. 그쪽은 정말 거짓말 같지 뭐예요.」

오하루는 이렇게 말하면서 에쓰코에게 등을 들이댔다.

「아가씨, 제가 업고 갈게요. 바람이 아주 심해서 도저히 걸어갈 수는 없어요. 저도 두 번이나 뒤로 밀려서 기어서 갔거든요. 별게 다 날아오니까 다치지 않도록 이불 같은 걸 뒤집어써야 해요.」

오하루가 이렇게 말하자 다쓰오는,

「그럼 너희들은 가라. 나는 집을 지키고 있을 테니까」

하며 움직이지 않았으므로, 처음에는 데루오, 데쓰오, 사치코, 유키코, 에쓰코, 오하루가 먼저 피난을 갔다. 쓰루코는 남편을 남겨 두고 가는 것이 마음에 걸렸기 때문에 어떻게 해야 좋을지 몰라 망설이고 있었다. 그때 오하루가 혼자 되돌아왔다.

「자, 도련님 가요.」

오하루는 마사오를 업고 갔다가 또다시 돌아와서는 요시오를 업고 가려고 했다. 결국 쓰루코도 가만히 있을 수 없어 자신이 우메코를 안고 요시오를 오히사에게 업혀 피난했다. 그러는 동안 오하루의 활약이 제일 눈부셨다. 두 번째로 돌아왔을 때는 어딘가의 빨랫대가 골목으로 쓰러져 하마터면 깔릴 뻔했다. 오하루는 오히사가 요시오를 업는 것을 보자,

「히데오 도련님, 어서 가요」

하고 말하며, 그 아이는 다 컸으니까 괜찮다고 말하는 것도 듣지 않고 겁에 질려 떨고 있는 히데오를 업고 뛰었다.

이렇게 오히사까지 피난 가버렸기 때문에, 30분 정도 지나자 무슨 생각을 했는지 다쓰오도 겸연쩍은 얼굴로,

「저도 좀 실례하겠습니다」

하며 부엌문으로 들어왔다. 바람은 그 후에도 한동안 불어 댔고 문밖에는 여전히 윙윙거리는 끔찍한 소리가 들렸다. 그러나 실제로 고이즈미 씨 집에 와보니 기둥도 벽도 끄떡없

었고 집이 무너지지 않을까 하는 걱정 같은 건 전혀 없었다. 제대로 집을 짓고 안 짓고의 문제가 이렇게 다른가 싶어 신기할 정도였다. 마키오카 집안 사람들은 바람이 잦아들기를 기다려 이튿날 새벽 4시경 아주 못마땅한 듯 취약한 그 집으로, 아직도 어쩐지 흠칫거리는 마음으로 돌아왔다.

17

태풍이 지나간 다음 날 아침은 갑자기 가을다운 파란 하늘이었다. 그러나 사치코는 무시무시한 어젯밤 기억이 악몽처럼 머리에 단단히 들러붙어 있어 떠나지가 않았다. 무엇보다도 에쓰코가 잔뜩 겁을 먹어 신경과민이 되어 있는 모습을 보자 더 이상 망설일 수가 없었다. 그래서 오전 중에 오사카에 있는 남편 사무실에 급보[118]로 전화를 해서, 쓰키지에 있는 하마야의 방을 잡아 달라고 부탁했다. 가능하다면 오늘 중에 옮기고 싶었는데, 저녁에 마침 하마야에서 시부야로 전화를 걸어와, 조금 전에 남편의 전화를 받고 방을 준비해 두었다는 사실을 알려 왔다.

「그럼 언니, 저녁은 그쪽에 가서 먹을 테니까 오하루만 사나흘 더 있게 해줘. 언니도 한 번 오고.」

사치코는 인사도 하는 둥 마는 둥 쓰키지로 떠났다.

유키코와 오하루가 숙소까지 바래다주었기 때문에 모두가 긴자로 산책을 나가 서양 식당에서 밥이라도 먹고 오자고

---

118 시외 통화는 전화 교환수에게 신청을 하고 한 시간 이상 기다리는 것이 보통이었다. 1906년부터 보통 통화의 두 배 요금을 지불하면 긴급 통화 서비스를 받을 수 있었다.

이야기가 되었다. 그렇다면 오와리초의 로마이어라는 가게로 가보라고 여주인이 가르쳐 주었으므로 오하루까지 데리고 그곳으로 갔다. 돌아오는 길에는 야시장에 들러 구경한 다음 핫토리 시계점 모퉁이에서 두 사람과 헤어진 사치코와 에쓰코가 하마야로 걸어 돌아온 것은 아홉 시가 지나서였다. 사치코는 남편을 집에 남겨 두고 딸과 둘이서 여행지의 숙소에 머무는 일이 처음인 데다 밤이 깊어 감에 따라 어젯밤의 공포가 다시 떠올랐다. 아달린을 먹어 보기도 하고 항상 복용하는 약처럼 가지고 온 브랜디를 홀짝거려 보기도 했지만 쉽게 잠들지 못하고 결국 새벽 전차 소리가 들릴 때까지 한숨도 자지 못하고 말았다. 에쓰코 역시 그랬던 모양인지 〈잠이 안 와, 잠이 안 와〉 하며 자꾸만 떼를 썼다.

「엄마, 나 내일 돌아갈 거야! 스기우라 박사님께 진찰받으면 되잖아. 여기 있으면 신경 쇠약이 더 심해질 거야. 빨리 돌아가서 루미를 보고 싶어.」

그래도 에쓰코는 아침이 되고 나서는 코까지 골며 잘 잤다. 사치코는 도저히 잠을 잘 수가 없어 포기하고 7시경에 에쓰코의 잠을 깨우지 않도록 살그머니 일어나 신문을 가져와서 쓰키지 강이 내다보이는 복도로 나가 등나무 의자에 앉았다.

그녀는 최근 세계의 이목을 집중시키고 있는 아시아와 유럽의 두 가지 사건, 일본군의 한커우 진공 작전[119]과 체코의 즈데텐 문제[120]가 어떻게 진행되어 가나 하고 아침마다 신문을 애타게 기다리며 읽고 있었다. 도쿄에 오고 나서는 『오사

---

119 1937년 2월 일본군이 수도 난징을 점령하자 중국 국민당 정부는 수도를 한커우로 옮기고 항전을 계속했다. 일본군은 30만의 병력을 동원해 1938년 10월 한커우, 우창, 한양을 점령하고 광둥을 공략했고 국민당 정부는 수도를 충칭으로 옮기며 항전을 계속했다.

카아사히신문(大阪朝日新聞)』이나 『오사카마이니치신문(大阪毎日新聞)』에서 읽는 것과 달리 친숙하지 않아서인지 도쿄 쪽 신문의 기사는 머리에 잘 들어오지 않았고 왠지 친밀감도 생기지 않았다. 신문 읽는 것도 금방 싫증이 나서 사치코는 멍하니 강 양쪽으로 왕래하는 사람들을 바라보았다. 옛날 처녀 시절, 아버지와 머물고 있던 우네메초의 여관도 바로 강 건너, 지금 여기서도 지붕이 보이는 저 가부키 극장 앞을 지나 조금 들어간 골목에 있었으므로, 이 근처는 아주 낯선 곳이 아니어서 조금은 정겨운 마음도 들었다. 도겐자카와 같을 수는 없지만, 그래도 그 무렵에는 도쿄 극장이라든가 연무장 같은 것은 아직 없을 때여서 이 강변의 경치도 지금과는 상당히 달랐다. 게다가 아버지를 따라온 것은 항상 3월의 휴가 때여서 9월인 이맘때 도쿄에 있어 본 적은 없었다. 그런데 이렇게 있어 보니 이 거리의 한복판에서도 살갗에 닿는 바람이 쌀쌀해 이제 제법 가을이구나 하는 느낌이 들었다. 오사카와 고베 지역은 아직 이 정도는 아닐 텐데, 역시 도쿄는 추운 지역인 만큼 가을도 빨리 찾아오는 건가, 아니면 태풍이 지나간 후의 일시적인 현상일 뿐 다시 더위가 기승을 부릴 것인가. 그도 아니면 여행지의 바람은 고향의 바람보다 더 몸에 스며드는 것처럼 느껴지는 것일까? 어쨌든 스기우라 박사의 진찰을 받으려면 아직 너댓새는 있어야 했다. 그동안 어떻게 보내면 좋을까? 사실 사치코는 9월이 되면 기쿠고로의 가부키가 시작될 거라고 생각하고, 〈마침 좋은 기회니까 에쓰코도 데리고 가야지. 에쓰코는 춤을 좋아하니까 분명 무용극도

---

120 당시 체코슬로바키아와 독일 오스트리아의 국경 지대인 즈데텐 지역에는 독일계 주민이 많았으므로 독일이 오스트리아를 합병한 후 할양할 것을 요구하여 문제가 되었다.

좋아할 것이고, 게다가 에쓰코가 성인이 될 무렵에는 가부키 전통 같은 것은 없어질지도 모르니까 지금 기쿠고로 같은 사람의 연기 정도는 봐두어야 하겠지……〉라고, 어렸을 때 아버지를 따라 공연이 있을 때마다 간지로의 연기를 보러 다녔던 자신과 견주어 보며 이런 생각을 하고 있었다. 그러나 신문을 보니 9월에는 아직 일류 가부키 극이 시작된 곳은 아무 데도 없었다. 그렇다면 밤마다 긴자 산책이라도 하는 것 외에 특별히 해보고 싶은 게 없었다. 그러자 불현듯 고향 생각이 났고, 에쓰코의 말을 따르려는 건 아니지만 진찰 같은 건 나중에 하고 오늘이라도 당장 떠나고 싶었다. 모처럼 일주일 정도 떠나왔을 뿐인데도 이렇게 간사이가 그리워지는 걸 보니 도겐자카의 집에 머물고 있는 유키코가 아시야로 돌아가고 싶어 훌쩍이는 마음을 이해할 수 있을 듯했다.

10시경 오하루한테서 전화가 왔다.

「지금 여기 사모님이 찾아간다고 하시는데, 제가 모시고 가겠습니다. 그리고 주인어른께서 편지를 보내셨는데 제가 가지고 갈게요. 뭐 또 가져갈 건 없으신가요?」

「가져올 건 없고, 언니한테 점심은 여기서 먹을 거니까 빨리 오시라고 해.」

사치코는 이렇게 말하고 전화를 끊었다. 에쓰코는 오하루한테 맡기고 오랜만에 언니와 둘이서 천천히 식사하기에 좋은 데가 어딜까, 하고 생각하다가 언니가 뱀장어를 좋아한다는 걸 생각해 냈다. 그러고 보니 옛날, 아버지와 함께 곤냐쿠지마라는 곳에 있는 다이코쿠야라는 뱀장어 요릿집에 자주 간 적이 있었는데, 그 집이 지금도 있는지 안주인에게 물어보았다.

「글쎄요. 어떨까요? 고마쓰라는 집은 들은 적이 있습니다만…….」

안주인은 전화번호부를 뒤지기 시작했다.

「정말 다이코쿠야가 있네요.」

그래서 방을 예약해 두고 언니가 오기를 기다렸다.

「에쓰코는 오하루와 미쓰코시 백화점이라도 다녀와.」

언니가 오자 사치코는 이렇게 말하고는 같이 나갔다.

언니는 유키코가 가까스로 우메코를 얼러 놓고, 2층으로 데려간 사이에 황급히 몸단장을 하고 나온 듯했다.

「지금쯤 아마 유키코가 혼나고 있을 거야. 그래도 일단 나왔으니까 오늘은 천천히 놀다 가지 뭐.」

「여기는 오사카하고 비슷하네. 도쿄에도 이런 데가 있구나.」

언니는 방 바깥을 빙 둘러 흐르고 있는 강을 바라보았다.

「진짜 오사카 같지? 처녀 때 도쿄에 오면 항상 아버지가 데리고 왔어, 여기.」

「곤냐쿠지마(島)라니, 여기가 섬이야?」

「글쎄, 잘 모르겠는데……. 전에는 분명히 강가에 이런 방이 없었던 것 같긴 한데, 장소는 여기가 틀림없어.」

사치코도 이렇게 말하며 장지문 밖으로 눈길을 주었다. 옛날, 아버지와 왔을 때 이 강변 도로는 한쪽에만 집들이 있었다. 그런데 지금은 강을 따라서도 집들이 늘어서 있었다. 다이코쿠야는 도로를 끼고 길 건너 쪽에 있는 안채에서 강을 끼고 있는 방으로 요리를 나르게 되어 있는 것 같았다. 옛날보다 지금 이 방의 전망이 오사카와 훨씬 흡사한 느낌이었다. 이 집은 강이 갈고리 모양으로 구부러져 있는 석축 위에 세워져 있어 갈고리 모양으로 구부러진 지점에서 두 갈래의 강이 다시 열십자를 그리며 모여들였다. 장지문 안에 앉아서 보는 풍경은 요쓰바시의 굴 따는 배에서 보는 경치를 생각나게 했다. 여기서도 그 열십자의 강에서 강으로, 네 개의 다리는 아니지만 세 개의 다리는 걸쳐 있었다. 다만 아쉽게도 에도 시대 때부터 있었던 듯한 이 근처의 서민 주택지는 간토 대지진 전에는 오사카의 나가보리 근처와 비슷한, 오래된 마을에서나 볼 수 있는 차분함이 있었다. 지금은 집들도 다리도 포장도로도 다 새 단장을 했고 거리도 비교적 한산해서 어딘지 새로 개척한 동네 같은 느낌을 주었다.

「사이다라도 가져올까요?」

「예, 저…….」

사치코는 언니의 얼굴을 쳐다보며 말했다.

「어떻게 할까, 언니?」

「사이다도 괜찮을 것 같은데, 낮이니까…….」

「맥주라면 괜찮지 않아?」

「네가 반 정도 마셔 준다면.」

사치코는 언니가 자매 가운데 가장 술을 잘 마신다는 걸 알고 있었다. 언니는 정말 술을 좋아해서, 간절히 마시고 싶을 때가 있는 듯했다. 정종을 가장 좋아했지만 맥주도 꽤 좋아했다.

「언니는 요즘 조용히 술도 마시지 못하겠구나?」

「그렇지도 않아. 매일 밤 형부를 상대로 조금씩은 마셔. 그리고 때때로 손님들이 오시니까…….」

「손님? 어떤 사람들인데?」

「아자부의 아주버니가 오시면 꼭 술판을 벌이니까. 그렇게 누추한 집에다 아이들이 야단법석인 데서 마시는 것도 좋다면서…….」

「그럼 언니가 힘들잖아.」

「그래도 아이들과 같이 있어서, 술만 내주던 되니까 전혀 힘들진 않아. 안주라면 내가 일일이 말하지 않아도 오히사가 준비해 주니까.」

「정말, 그 애도 이제 도움이 되나 보네?」

「처음에는 나처럼 도쿄가 싫다면서 울었거든. 자꾸 오사카로 돌아가게 해달라고 하더니, 요즘에는 통 그런 말을 안 해. 뭐, 시집갈 때까지는 어떻게든 있게 해야지.」

「오하루와 오히사 중 누가 더 나이가 많지?」

「오하루가 몇 살인데?」

「스물이야.」

「그럼 동갑이네. 너도 오하루, 놓치면 안 돼. 그 애는 꼭 붙들어 둬.」

「그 애는 열다섯 살 때부터 있었으니까 햇수로 6년이나 되는 걸 뭐. 다른 데 가라고 해도 갈 애가 아냐. 하지만 사실은 겉보기만 괜찮지 그렇게 감탄할 만한 애는 아니야.」

「유키코한테 들은 얘기도 있어서 그건 아는데, 그래도 그제 밤에 그 애가 한 일을 봐. 그런 일이 일어나면 오히사는 허둥대기만 하지만 오하루는 다르잖아. 그걸 보고 형부도 깜짝 놀라면서, 〈정말 대단한 아가씬데〉 하더라고…….」

「그게 말이야, 그런 때는 정말 친절하고 정도 많고 재치가 있긴 해. 예전에 홍수가 났을 때도 그랬거든.」

언니가 주문한 뱀장어 꼬치구이와 사치코가 주문한 뱀장어 꼬치 산적이 구워지는 동안 사치코는 맥주 안주 삼아 자꾸만 오하루의 허물을 들추었다.

자신이 부리고 있는 아이가 칭찬을 듣는 것은 부리는 사람으로서는 우쭐해지는 일이지 절대 기분 나쁜 일이 아니었다. 괜히 남의 결점을 퍼뜨릴 것까지는 없을 것 같아서 사치코는 항상 오하루를 칭찬하는 이야기를 들으면 특별히 부정하지도 않고 그냥 듣고 있는 게 보통이었다. 또 오하루만큼 다른 데서 좋은 얘기를 듣는 식모도 드물었다. 그도 그럴 것이 붙임성도 좋고 매사에 빈틈이 없는 데다 아주 선심을 잘 쓰는 성미여서 자신의 것이든 주인의 것이든 상관없이 다른 사람에게 주곤 했기 때문이다. 그래서 집에 드나드는 상인이나 직공들은〈오하루 씨! 오하루 씨!〉하면서 아주 좋아했고, 에쓰코의 담임 선생님이나 사치코의 친구들도〈정말 대단한 식모야!〉하면서 일부러 말을 해오는 데는 사치코도 벌린 입을 다물지 못할 때가 종종 있었다. 사치코의 이런 기분을 가장 잘 아는 사람은 오하루의 계모였다. 그녀는 아마가사키에 있는 집에서 때때로 문안을 여쭈러 와서는 이렇게 말했다.

「누가 뭐라고 하든 그렇게 성가신 애를 식모로 써주시니 그 은혜는 잊지 않겠습니다. 지금까지 그 애 때문에 저도 많이 울었습니다. 그래서 사모님이 얼마나 속을 썩이시는지 잘 알고 있습니다.」

그녀는 다시 말을 이었다.

「만약 이 집에서 내쫓으시면 그런 애를 들일 집은 아무 데도 없을 테니 아무쪼록 폐가 되겠지만 참고 써주시길 바랍니다. 월급 같은 것은 주지 않아도 좋고, 어떻게 꾸짖든 상관없습니다. 그 애는 조금만 잘해 줘도 안 되니까 그저 꾸짖고, 꾸짖고, 계속 야단치는 것이 제일 좋습니다.」

그녀는 사치코를 붙잡고 이런 부탁을 하고 돌아갔다. 사치코는 처음에 세탁소 주인이 열다섯이 된 오하루를 집에 두어 달라며 데려왔을 때, 이목구비가 귀엽게 생겨서 써볼 마음이 들었으나 고작 한 달도 지나지 않아 차츰 엄청난 애를 들였다는 사실을 알게 되었다. 그 애 어머니가〈그 골칫덩어리〉라고 한 말이 보통의 겸손함에서 나온 말이 결코 아니었다는 것을 깨달은 것이다. 특히 가족들이 가장 곤란해한 것은 불결하다는 점이었다. 하긴 처음에 인사하러 왔을 때부터 손발에 때가 끼어 아주 새까맸다는 것은 알고 있었지만 그것이 환경 탓이 아니라 목욕과 세탁을 아주 싫어하는, 당사자의 게으른 성격에서 나온 것이라는 게 곧 밝혀졌다. 사치코는 어떻게든 그 나쁜 버릇을 고치게 하려고 무척 까다롭게 주의를 주었고 잠시도 눈을 떼지 않았다. 다른 일꾼들은 하루의 일을 끝내면 모두들 목욕하는 걸 게을리 하지 않는데도 오하루는 밤만 되면 식모 방에서 꾸벅꾸벅 졸다가 잠옷으로 갈아입지도 않고 그대로 자버리곤 했다. 속옷 빠는 것도 귀찮아해서 며칠이고 때 묻은 옷을 입는 게 예사였다. 그녀를 청결하게 하기 위해서는 누군가 옆에 붙어 있으면서 매번 억지로 옷을 벗기고 목욕탕에 넣든가 때때로 고리짝 안을 뒤져 거기에 처박아 둔 더러운 속옷이나 속치마 같은 걸 끄집어내 보는 앞에서 빨게 해야 했다. 한마디로 에쓰코에게 예의범절을 가르치는 것보다 더 귀찮은 일이었다. 이쯤 되니 사치코보다 직접적인 피해자인 동료 식모들이 먼저 비명을 질렀다.

「오하루가 오고 나서 식모 방 벽장이 빨아야 할 옷가지들로 가득해서 견딜 수가 없어요. 오하루는 절대 씻지 않아요. 그래서 우리가 빨아 주려고 그 옷가지들을 꺼냈는데 거기서 사모님의 블루머가 나와서 깜짝 놀랐어요. 그 애는 빨래하는 게 귀찮아서 사모님 옷까지 입고 있었던 거예요.」

「그 애 옆에 가면 냄새가 나서 견딜 수가 없어요. 몸에서 냄새가 날 뿐만 아니라 늘 군것질을 하거나 이것저것 집어먹기 때문에 위가 상했는지 숨을 쉴 때마다 악취가 고약해서 참을 수가 없어요. 밤에 같이 잘 때가 가장 힘들어요.」

「그 애한테서 기어이 이가 옮았어요.」

이런 고충이 끝이 없어서 사치코도 당사자한테 이제 어쩔 수 없다고 사정을 설명하고 아마가사키로 돌려보낸 일이 몇 번 있었다. 그러면 그 아이 부친과 모친이 번갈아 찾아와 교묘하게 사과를 하고는 승낙하든 말든 그냥 그 아이를 놓고 가버렸다. 아마가사키에 있는 집에는 오하루 밑으로 두 남매가 있다고 하는데, 그녀만이 전처의 유복자였다. 천성이 그런 데다 학교 성적 같은 것도 다른 남매에 비해 형편없었기 때문에 아버지도 후처 대하기가 민망했고 계모도 남편 대하기가 어려워졌다. 그래서 그 아이의 부모는, 그 아이를 집에 두면 풍파가 끊이질 않으니 장차 시집갈 나이가 될 때까지 어떻게든 집에 있게 해달라고 사치코에게 통사정을 한 것이었다.

「그 아이는 이웃들에게 평판이 아주 좋고, 동생들도 그 아이 편이어서 자칫하면 저 혼자 의붓자식 취급이라도 하는 것처럼 오해를 받기 쉽습니다. 그 아이한테는 이런저런 불량한 데가 있다고 말해도 그 아이 아비조차 믿으려 들지 않고, 몰래 그 아이를 감싸 주려는 기색이 보여 섭섭할 때가 많습니다.」

특히 모친은 자주 이런 푸념을 늘어놓으면서, 사모님만은 꼭 이해해 주실 거라는 말을 했다. 그 말을 들으니, 사치코 역시 계모의 불리한 입장을 이해할 수 있었으므로 오히려 동정하고 말았다.

「어쨌든 칠칠치 못한 것이야 옷 입는 걸 봐도 알 수 있잖아. 오하루는 앞뒤를 다 드러내 놓고[121] 다닌다고 다른 식모들이 비웃지만 지금도 전혀 고치지 않아. 천성이라는 건 아무리

---

121 기모노를 입을 때는 오늘날처럼 팬티를 입지 않고 속치마만 입었기 때문에 단정하게 입지 않으면 음부가 보이고 만다.

잔소리를 한다고 해도 어쩔 수 없는 건가 봐.」

「그래도 얼굴은 예쁘장하잖아.」

「얼굴만 꾸미고 몰래 화장도 한다니까 글쎄. 내 크림이나 립스틱을 몰래 쓰기도 하고…….」

「이상한 애네.」

「오히사는 아무 말 안 해도 반찬 같은 걸 자기가 생각해서 준비하는데, 그 애는 6년이나 일했으면서도 아직 내가 이래라저래라 하지 않으면 아무것도 못 하거든. 밥때가 되어 돌아와서는 배가 고파, 뭐 좀 만들어 놨느냐고 물으면 아직 아무것도 만들어 놓지 않았다고 대답한다니까.」

「그래? 말하는 걸 들으면 아주 영리할 것 같은데.」

「그냥 바보하고는 좀 달라. 사람들 응대하는 걸 좋아하지만 집안의 세세한 일은 아주 싫어해. 방 청소 같은 건 매일 하는 일인데도 내가 안 보면 금방 어물어물 넘어가거든. 아침에도 깨우지 않으면 일어나지 않고 밤에는 여전히 옷을 입은 채 아무 데서나 쓰러져 자기 일쑤고…….」

이런 이야기를 하는 동안 사치코는 여러 가지 일이 떠올랐고, 반은 재미 삼아 이야기를 이어 갔다. 게걸스러워 손으로 집어먹는 것이 특기이고, 부엌에서 식당까지 음식을 나르는 사이에 달게 졸인 밤 한두 개가 줄어들거나 하는 일은 늘 있는 일이었다. 부엌에 있을 때는 끊임없이 뭔가를 입에 잔뜩 넣고 있으므로 불시에 누가 부르기라도 하면 눈을 희번덕거리며 황급히 뒤로 돌아선 채 대답하는 일도 종종 있었다. 밤에 안마를 시키면 채 15분도 지나지 않아 먼저 사치코에게 기대어 졸다가 점점 뻔뻔하게 다리를 뻗어 눕기 시작하고 마침내 사치코의 이불 위에 쓰러져 자버리기도 했다. 가스를 틀어 놓고 자버린다거나 전기다리미의 전원 끄는 걸 잊어버리고 태워 먹거나 불을 낼 뻔한 일도 여러 번 있었다. 그때만은 기어코 돌려보내려고 생각했으나 역시 부모들이 구슬리는 바람에 그냥 넘어갔다. 심부름을 보내면 가는 곳마다 잡담을 하고 오기 때문에 시간도 많이 걸렸다.

「정말, 그렇게 지내다가 시집이라도 가면 어떻게 하려고 그러는지.」

「시집가서 아이라도 생기면 그러지 않겠지 뭐······. 그러지 말고 그냥 아쉬운 대로 데리고 있어. 귀여운 구석도 있으니까.」

「그거야 6년이나 데리고 있었으니 딸이나 다름없지 뭐. 교활한 구석도 있지만, 계모 밑에서 자랐어도 비뚤어진 구석도 없이 순하고 정도 깊어서, 정말 성가신 계집애구나 하면서도 밉지가 않아. 역시 그 애는 인복이 있는 거지.」

18

다이코쿠야에서 하마야의 방으로 같이 돌아온 후 언니는 저녁까지 이야기를 나누다 돌아갔다. 아이를 구해 준 일로 오하루에게 홀딱 반해 버린 그녀는 그 노고를 치하하는 뜻으로 이런 제안을 했다.

「이번에 오하루와 오히사한테 닛코 구경이나 하고 오라고 하고 싶은데 어떻게 생각해?」

사실 언니는 오사카로 돌아가고 싶어 하는 오히사를 붙잡아 두기 위해, 조만간 닛코 구경을 하게 해준다는 조건을 붙였는데 동행할 적당한 사람이 없어서 여태 미뤄 왔던 참이었다.

「마침 좋은 기회니까 오하루도 같이 가게 해주면 안 될까? 나도 닛코는 잘 모르지만 아사쿠사에서 출발하는 도부 전차인가 하는 걸 타고 가서 내리면, 바로 버스가 있어서 도쇼 궁에서 화엄 폭포,[122] 주젠지 호(湖)까지 구경하고 그날 돌아올 수 있다니까, 형부도 꼭 그렇게 하라면서 비용도 자기가 대준다는데……」

사치코는, 그렇게 되면 오하루가 지나친 대접을 받는다고 생각했지만 오하루를 보내지 않으면 오히사도 갈 수 없게 되고, 그렇게 되면 오히사가 안됐고, 게다가 대강 이야기를 들어 보니 당사자들은 매우 기뻐하고 있다는데 허락해 주지 않는 것도 죄가 될 것 같아서 이 일은 언니의 처분에 맡기기로 했다. 이틀 후 아침, 언니가 전화로, 어젯밤 둘에게 닛코에 갔다 오라는 이야기를 했더니 좋아서 밤에 잠도 자지 않더니 오늘 아침 일찍 떠났다는 것, 만일의 사태에 대한 주의는 줘서 보냈지만 오늘 밤 7시나 8시까지는 돌아올 예정이라는 것, 곧 유키코가 이곳으로 온다고 했다는 것 등을 알려 왔다. 그래서 유키코가 오면 셋이서 미술원[123]과 니카텐(二科展)[124]이라도 보러 갈까, 하면서 수화기를 내려놓았는데, 그때 식모가 장지문 틈으로 속달 우편을 밀어 넣고 갔다. 에쓰코가 이상하다는 표정으로 우편물을 받아들면서 뒷면을 보더니 잠자코 엄마가 기대고 있는 탁자 위에 놓았다. 속달 우편을 보니 사각의 서양 봉투에 분명히 남편 글씨와는 다른 필적으로 〈하마야 여관 내 마키오카 사치코 귀하 친전(親展)〉이라고 적혀 있었다. 사치코는 남편 말고 도쿄의 이 여관

---

122 도치기 현 화엄 폭포는 자살이 빈번하게 일어나 자살의 명소로 불린다.
123 일본 미술원 전람회를 말한다.
124 1914년 아리시마 이쿠마(有島生馬, 1882~1974)와 우메하라 류자부로(梅原龍三郎, 1888~1986) 등이 결성한 민간 미술 단체인 니카카이(二科會)의 전람회.

으로 편지를 보낼 사람이 없을 텐데, 하고 이상하다고 생각했다. 편지를 보낸 사람은 〈오사카 시 텐노지 구 챠우스야마 초 23번지 오쿠바타케 게이자부로〉였다.

사치코는 에쓰코의 눈을 피해 급히 봉투를 뜯었다. 그리고 앞뒤로 빽빽하게 쓰여 있는, 두 번 접힌 딱딱한 석 장의 서양식 편지지를 꺼내서, 발성 영화에서 들어 본 듯한 부스럭거리는 소리를 내면서 편지지를 펼쳤다.

내용은 정말 뜻밖의 것이었다. 그녀가 읽은 전문은 아래와 같다.

마키오카 누님께

갑자기 이런 편지를 올리는 실례를 용서하십시오. 누님이 이 편지를 보시고 깜짝 놀랄 것이라는 건 알고 있습니다만, 그래도 저는 이번 기회를 그냥 지나쳐 버릴 수가 없습니다.

얼마 전부터 저는 누님께 한번 편지를 하려고 생각하고 있었습니다. 그러나 중간에서 다에코 씨가 가로챌 염려가 있어서 삼가고 있었는데, 마침 오늘 슈쿠가와에서 오랜만에 다에코 씨를 만나, 도쿄에 가신 누님께서 지금 에쓰코와 둘이서만 쓰키지의 하마야에 묵고 있다는 이야기를 들었습니다. 하마야는 제 친구가 도쿄에 가면 묵는 집이어서 주소를 알고 있었습니다. 그래서 지금이라면 이 편지가 확실히 누님의 손에 닿을 거라고 생각해, 이렇게 실례를 무릅쓰고 급히 쓰는 것입니다.

가능하면 간단히 쓰고 싶기 때문에, 먼저 제가 품고 있는 의심을 말씀드리겠습니다. 그 의심이라는 것은, 지금으로서는 저 혼자만의 의심에 지나지 않습니다만, 최근 다에코 씨와 이타쿠라 사이에 무슨 일이 있는 것 같습니다. 물론 그것은 정신적인 의미에서입니다. 저는 다에코 씨의 명예 때문에라도 그 이상의 깊은 관계라고 생각하고 싶지 않습니다. 하지만 적어도 두 사람 사이에 연애 감정 같은 게 싹트고 있는 것은 아닐까요?

제가 이런 느낌을 갖게 된 것은 홍수가 있고 나서부터입니다. 나중에 당시의 일을 생각해 보니, 그때 이타쿠라가 다에코 씨를 구조하러 달려간 것이 아무래도 이상합니다. 그때 이타쿠라는 왜 자기 집이나 여동생을 내버려 두고 생명의 위험까지 무릅쓰면서 다에코 씨를 구하러 갔을까요? 아무리 생각해도 단순한 친절이라고는 생각되지 않습니다. 우선 다에코 씨가 그 시간에 양재 학원에 있다는 것을 이타쿠라가 알고 있었던 일이나 다마키 여사와도 무척 친한 것 같은 점도 이상합니다. 그는 그때까지도 양재 학원에 빈번히 드나들었는데, 혹시 거기서 다에코 씨와 만나거나 연락을 취한 건 아닐까요? 저는 그것에 대해 알아본 일도 있고 증거도 있습니다만, 여기에는 적지 않겠습니다. 필요하다면 말씀드리겠지만, 그것보다는 누님께서도 저와 별도로 알아봐 주셨으면 합니다. 아마 여러 가지로 뜻밖의 일들을 알게 되실 겁니다.

저는 이런 의심을 품고 나서 다에코 씨나 이타쿠라를 만나 추궁도 해봤습니다만 두 사람 다 강하게 부정합니다. 그러나 이상한 것은, 제가 그 말을 하고 나서부터 다에코 씨는 묘하게 저와 만나는 걸 피하고 있다는 점입니다. 슈쿠가와에는 좀처럼 가지 않고, 아시야의 집에 전화를 해봐도 진짜인지 거짓말인지 오하루가 받아서는 지금 집에 없다고 하는 일이 많습니다. 이타쿠라 역시 다에코 씨와는 홍수 이후 한두 번밖에 보지 못했고, 앞으로도 그런 의심을 받지 않도록 주의하겠다는 판에 박힌 말만 되풀이합니다. 그러나 그렇게 말해도 저는 또 저대로 이리저리 수단을 강구해 철저히 알아보고 있습니다. 실제로 홍수가 있고 나서 이타쿠라는 거의 날마다 아시야의 집을 찾지 않았습니까? 또 다에코 씨와 둘이서 해수욕도 가지 않았습니까? 저는 모종의 방법으로 사실을 하나하나 알 수 있으니까 숨겨도 소용없습니다. 어쩌면 저와 다에코 씨 사이의 연락 역할을 하도록 제가 이타쿠라에게 시킨 것이라고 여러분은 생각할지도 모르겠습니다. 그러나 저는 그에게 그런 부탁을 한 적이 없습니다. 그가 다에코 씨를 만날 필요가 있다면, 사진 촬영에 대해 의논하기 위해 만나는 때뿐입니다. 그러나 저는 최근에 그에게 다에코 씨 일을 하지 못하도록 금지했기 때문에 이제 그런 용건도 없어졌습니다. 그런데도 요즘 그는 빈번하게 댁에 드나들고 있습니다. 그리고 다에코 씨는 슈쿠가와에는 통 나오지 않습니다. 그래도 누님 부부의 눈이 미치고 있는 동안에는 괜찮습니다만, 불행하게도 이번과 같은 경우, 형님께서는 낮에 집에 안 계시고 누님께서도, 에쓰코, 오하루까지도 도쿄에 가고 없는 경우, 무슨 일이 일어날지 우려하지 않을 수 없습니다(아마 알고 계실 테지만 그는 누님께서 집에 안 계시는 동안 날마다 댁으로 찾아가는 것 같습니다). 다에코 씨는 빈틈이 없는 사람이라서 실수는 없을 거라고 생각합니다만, 이타쿠라는 인물은 전혀 신용할 수 없는 사람입니다. 어쨌든 그는 멀리 미국까지 건너가서 별의별 일을 다 하고 돌아온 사람입니다. 잘 아시다시피 연줄을 찾아 어떤 가정이든 어물어물 파고들어 가는 데는 뛰어난 재주가 있는 사내입니다. 돈을 빌리거나 여자를 속이는 데는 정평이 난 사람입니다. 저는 그가 점원으로 있을 때부터 겪어 봐서 그에 대해서라면 이것저것 다 알고 있습니다.

저와 다에코 씨의 결혼 문제에 대해서도 부탁드리고 싶은 게 많습니다만, 그 문제는 뒤에 다시 말하기로 하고 오늘은 이타쿠라라는 자를 다에코 씨한테서 떨어지게 하는 것이 선결문제입니다. 설사 다에코 씨가 저와의 결혼을 없던 얘기로 할 생각이라고 해도(다에코 씨는 그럴 생각이 없다고 합니다만) 그런 사내와 이상한 소문이라도 난다면, 그거야말로 다에코 씨한테는 파멸과 같은 일입니다. 설마 다에코 씨가 마키오카 집안의 아가씨로서 이타쿠라 따위를 진심으로 상대하고 있다고는 생각하지 않습니다. 저도 처음에 그 사내를 소개한 책임도 있기 때문에 감독자인 누님께 어떻게든 저의 의심을 조용히 알려 드리고 조심하시도록 해야 할 의무감을 느꼈습니다.

누님께서는 언니로서 어떤 생각이 있으실 거고 대책도 있으실 거라고 믿습니다만, 이 일에 대해서 제가 뭔가 도움이 될 일이라도 생기면 알려 주십시오. 그러면 곧 찾아가 뵙겠습니다.

마지막으로 부탁드리고 싶은 것은 아무쪼록 제가 이런 편지를 보냈다는 사실을 다에코 씨에게 비밀로 해주셨으면 하는 것입니다. 만약 다에코 씨가 알게 되면 나쁜 결과를 낳으면 낳았지 절대 좋은 일이 될 것 같지는 않기 때문입니다.

이상, 누님께서 하마야에 계실 동안 이 편지가 닿을 수 있도록 하기 위해 서둘러 썼습니다. 난필이라서 읽기 힘드실 줄 알지만 부디 사정을 이해해 주셨으면 합니다. 두서

없이 뒤죽박죽한 편지가 되었습니다만, 실례되는 말이 있더라도 부디 용서하시기 바랍니다.

9월 3일 밤
오쿠바타케 게이자부로

사치코는 탁자 위에 팔꿈치를 괴고 두 손으로 편지지를 부둥켜안듯이 하면서 군데군데 거듭 읽었다. 뭔가를 알아내려는 듯한 에쓰코의 시선을 피하기 위해 편지를 다 읽자 다시 봉투에 넣어 두 번 접은 후 오비 사이에 넣고 툇마루로 나가 등나무 의자에 앉았다.

너무나 갑작스러운 소식이라서 그녀는 우선 두근거리는 가슴을 진정시키고 마음을 차분하게 가라앉히지 않고서는 아무것도 생각할 수가 없었다. 그건 그렇고 이 편지에 쓰인 건 어디까지가 사실일까?…… 정말 듣고 보니 확실히 우리는 너무 사람 좋게 행동했는지도 모른다. 우리는 이타쿠라는 청년을 너무 허물없이 대하긴 했다. 아무 일이 없는데도 늘 놀러 오는 것을 이상하다고 생각하지도 않고 그냥 좋도록 내버려 둔 건 방심했다고 볼 수밖에 없다. 그런데 우리가 그렇게 한 것은, 그 청년을 그런 뜻에서는 전혀 문제 삼지 않았기 때문이다. 우리는 그 청년의 성(姓)도 내력도 모르고, 알고 있는 것은 오쿠바타케 상점 점원 출신이라는 것뿐이다. 솔직히 말하면 그 청년은 우리와 계급이 다른 사람이라는 생각이 처음부터 있었다. 그 청년 자신도 오하루를 아내로 맞을까 하는 이야기를 했을 정도니까 설마 다에코에 대해 그런 생각을 하고 있을 줄이야. 그런 말을 한 것도 수단이었단 말인가. 설사 그 청년이 그런 생각을 하고 있다고 해도 다에코가 그것에 응할 수 있으리라고는 생각도 하지 못했다. 적어도 다에코에 대해서만큼은, 오쿠바타케의 편지를 읽은 지금도 그렇게 생각할 수가 없다. 아무리 다에코가 과거에 잘못을 저질렀다고 해도 그 정도까지 자존심을 버리고 자포자기할 필요는 없지 않을까? 아무리 영락했다고 해도 다에코 역시 마키오카 집안의 딸이 아닌가(사치코는 거기까지 생각하자 저절로 눈물이 고였다). 상대가 오쿠바타케라면 아무리 미덥지 못한 사람이라고 해도 그런 일이 있을 수 있고 또 허락할 수도 있지만, 설마 다에코가 그 청년과 그런 사이가 될 줄이야……. 그 청년에 대한 다에코의 태도나 말투도 아랫사람 대하는 듯했다는 건 분명하고 그 청년도 그것을 달게 받아들이고 있지 않았던가…….

그렇다면 이 편지의 내용은 그다지 근거 없는 이야기가 아닐까? 알아봤다든가 증거가 있다고 말하면서도 그 증거를 하나도 명시하지 않은 것은 그저 오쿠바타케의 막연한 의심에 지나지 않은 게 아닐까? 그런 일이 일어나면 안 된다고 생각해 일부러 과장해서 경고한 게 아닐까? 오쿠바타케가 어떤 방법으로 사실을 몰래 조사해 봤는지 모르겠지만, 예컨대 다에코가 이타쿠라와 둘이서 해수욕하러 간 〈사실〉은 없다. 내가 아무리 방심했다고 해도 그런 것을 단속하지 않은 건 아니다. 이타쿠라와 둘이서만 해수욕하러 간 것은 에쓰코다. 다에코가 갈 때는 늘 유키코나 에쓰코가 함께 갔다. 그 밖의 경우에도 다에코와 이타쿠라가 단둘이 있는 일은 거의 없었다. 우리는 감독한다는 생각은 별로 없었고 단지 이타쿠라의 이야기가 재미있어서 그가 오면 대개 그 사람 주위에 몰려들었을 뿐이다. 그러나 다에코나 그의 행동이 수상하다고 느낀 적은 한 번도 없었다. 그러니까 오쿠바타케가 주위 사람들의 무책임한 소문 같은 걸 근거로 제멋대로 상상한 것이 아닐까.

사치코는 애써 그렇게 생각하며 지워 버리고 싶었다. 그래도 아까 그 편지를 읽는 순간, 뭔가 퍼뜩 가슴을 치는 게 있었다는 것은 부정할 수 없었다. 사실대로 말하자면, 그녀는 이타쿠라는 사람을 그런 점에서는 자신들과 아구 상관 없는 계급에 속하는 사람이라고 여기고 있었음에 틀림없었다. 그렇다고 이 편지에 쓰여 있는 것을 전혀 생각해 코지 않은 건 아니었다. 적어도 그가 다에코에게 헌신적으로 봉사한 일, 그때부터 자주 집에 드나들게 된 것 뒤에는 뭔가 있을지도 모른다는 막연한 생각이 들기는 했다. 그녀는 조 자신이 다에코의 입장에서 생각해 보면, 그런 때 자신의 목숨을 구해 준 사람에 대한 젊은 여성의 감동이 얼마나 크고 또 감사하는 마음이 얼마나 깊은지에 대해서는 모르지 않았다. 다만 어디까지나 〈신분의 차이〉라는 선입관이 있었기 때문에 눈치를 채고 있었으면서도 문제 삼을 게 못 된다고 생각하고 굳이 알아내려고 하지 않았을 뿐이다. 오히려 알아보려는 것을 피하고 있었다고 하는 게 맞을 터였다. 그러므로 그 편지는 자신이 보지 않으려고 한 것, 보기 두려워하고 있던 것을 오쿠바타케가 느닷없이 코앞에 불쑥 들이밀었다는 점에서 그녀를 몹시 당황하게 했다.

그렇지 않아도 돌아가고 싶은 마음이 굴뚝같았던 그녀는 그런 편지를 받은 이상, 하루도 도쿄에서 꾸물거리고 있을 수가 없었다. 〈무슨 일이 있어도 돌아가는 즉시 진상을 알아봐야 하는데, 그걸 무슨 수로 알아보나? 당사자들을 흥분시키지 않고 캐물으려면 어떤 식으로 운을 떼야 하나? 처음부터 남편과 의논해야 하는 일일까? 아니, 아니 이 일은 마지막까지 나 혼자 책임을 지고, 남편이나 유키코한테는 말하지 않고 비밀리에 진상을 밝혀야 하지 않을까? 그리고 불행히 그것이 사실인 경우에도 당사자들에게 상처 주지 않도록, 아무도 모르게 관계를 끊게 하는 게 최상의 방책이 아닐까?〉 이런 생각들이 머리에 떠올랐으나 그것보다 당장 자신이 돌아갈 때까지 이타쿠라를 집으로 오지 못하게 하려면 어떻게 해야 좋을지가 급한 것 같았다. 왜냐하면 조금 전에 읽은 편지에서 〈그는 누님께서 집에 안 계시는 동안 날마다 댁으로 찾아가는 것 같습니다〉라는 문구가 특히 그녀를 당혹스럽게 했기 때문이다. 실제로 만약 둘 사이에 연애 감정의 싹 같은 것이 잠재해 있다면 그 싹이 틀 절호의 기회였다. 〈형님께서는 낮에 집에 안 계시고 누님께서도, 에쓰코도, 오하루까지도 도쿄에 가고 없는 경우, 무슨 일이 일어날지 우려하지 않을 수 없습니다〉는 말이 특히 그녀를 당황하게 했다.

나는 정말 얼마나 바보 같은 일을 한 건가. 빈집을 다에코한테만 맡겨 놓고, 유키코와 에쓰코에다 오하루까지 데리고 도쿄로 올 생각을 한 것은 다른 누구도 아닌 나 자신이 아닌가. 내가 마치 두 사람을 위해 연애의 온상을 만들어 준 셈이 아닌가. 이런 좋은 기회가 온다면 싹이 없었던 사이에서도 싹이 트지 말란 법도 없다. 이 일로 만약 불상사라도 생긴다면 책망을 들어야 하는 사람은 그 두 사람이 아니라 바로 내가 아닌가. 어떻게 해서든지 잠시라도 내버려 둘 수는 없다. 이러고 있는 동안에도 마음에 걸린다.

그녀는 초조해서 견딜 수가 없었다. 에쓰코를 데리고 돌아가려면 하루나 이틀은 더 기다려야 할 텐데, 그사이에 두 사람이 만나는 걸 어떻게 하면 막을 수 있을까? 가장 손쉬운 방법은 지금 당장 남편한테 전화를 해서, 무조건 자신이 집에 없는 동안 다에코가 이타쿠라를 만나지 못하게 하는 일이다. 그러나 그것 역시 좋지 않다. 어떻게든 남편한테 알리지 않고 일을 마무리하고 싶었다. 부득이한 경우 우키코한테만 알리고 오늘 밤 야간열차로라도 떠나게 해서 넌지시 감시하는 방책도 있었다. 남편이 알게 되는 것보다는 그 편이 더 마음이 편했다. 그러나 그것도 피할 수 있다면 피하고 싶었다. 우선 유키코는 양해해 주겠지만, 시부야로 돌아온 지 얼마 되지도 않아서 다시 서둘러 간사이로 보낼 구실이 없었다. 그렇다면 이 경우 오하루를 먼저 돌아가게 하는 것이 가장 자연스럽고 무탈한 방법이다. 물론 오하루에게는 아무것도 알려 주지 않겠지만 다에코 옆에 오하루가 있어 준다면, 이타쿠라가 찾아오는 것까지 막을 수는 없겠지만 두 사람이 가까이 있는 것을 견제하는 효과는 있을 터였다.

그러나 사치코는 오하루가 입이 무척 싸다는 것을 생각하고는 마지막 방책을 쓰기가 망설여졌다. 오하루를 끌어들일 경우 두 사람 사이에 수상한 점이 전혀 없다면 또 모르겠지만, 그 수다쟁이가 뭐라도 알아채게 되면 여기저기 소문을 퍼뜨릴 게 뻔하기 때문이다. 그렇지 않아도 그런 일에는 비교적 눈치가 빠른 애니까, 무엇 때문에 자신을 한발 앞서 돌아가게 했는지 자연스럽게 알게 될지도 모른다. 게다가 그 애는 오히려 다에코와 오쿠바타케에게 매수당할 것 같은 우려도 있었다. 상냥하고 붙임성이 있는 대신 그런 유혹에는 걸려들기 쉬운 성격이라서, 입담이 좋은 이타쿠라 같은 사람한테는 금세 넘어갈 것이다. 그런 생각이 들자 사치코는 아무래도 이 일은 절대 다른 사람한테 맡길 일이 아닌 것 같았다. 역시 자신이 빨리 돌아갈 수 있도록 준비를 해놓고, 오늘이나 내일 진찰이 끝나면 아무리 늦은 밤기차를 타더라도 그날 안에 떠나는 방법밖에 없었다.

얼마 안 있어 가부키 극장 쪽에서 다리를 건너 강변 도로를 따라 이쪽으로 걸어오는 유키코의 양산이 눈에 들어왔다. 사치코는 차분히 방 안으로 들어가 안색을 살피려고 경대 앞에 앉았다. 브러시에 연지를 묻혀 두세 번 볼에 터치했으나 문득 생각난 듯 옆에 있던 화장품 가방에서 휴대용 브랜디 병을 꺼냈다. 에쓰코에게 들리지 않게 쇠붙이 소리를 내지 않으려고 조심했다. 그리고 병뚜껑에 3분의 1쯤 브랜디를 따라 마셨다.

19

사치코는 이제 전람회에 가고 싶은 마음이 싹 가셨다. 그러나 그런 거라도 보면 다른 일을 다 잊을 수 있지 않을까 하고, 오후가 되자 셋이서 우에노로 나갔다. 두 개의 전람회를 보고 녹초가 되었으나 에쓰코가 간절히 원해서 동물원도 보기로 했다. 기진맥진한 다리를 이끌고 대충 한 바퀴를 돌고 난 다음 숙소로 돌아오니 저녁 6시가 조금 지난 시간이었다. 사실 어딘가에서 저녁을 먹고 들어올까도 생각했으나 그보다는 빨리 숙소에서 편히 쉬고 싶은 생각에 유키코까지 데리고 돌아왔다. 간단히 목욕을 하고 방에서 저녁을 먹고 있었더니, 〈다녀왔습니다〉 하고 오하루가 구깃구깃해진 옷에 땀에 절어 벌겋게 된 얼굴로 들어섰다. 그녀는 지금 닛코에서 돌아오는 길이었다. 오히사와 함께 가미나리몬에서 지하철을 탔는데, 잠깐 사모님을 뵙고 감사 인사라도 드리고 싶어 오와리초에서 자기만 내려 찾아왔다며, 〈이것은 아가씨께〉 하면서 에쓰코에게 줄 닛코 양갱 세 개와 그림엽서를 내놓았다.

「모처럼 이렇게 선물을 사 왔는데, 우리보다는 시부야로 가져가야지.」

「예, 예. 그쪽에 드릴 것도 샀어요. 오히사가 먼저 가지고 갔거든요.」

「뭘 이렇게 많이······.」

「화엄 폭포 봤어, 오하루?」

에쓰코가 그림엽서를 보면서 물었다.

「네. 도쇼 궁하고, 화엄 폭포하고, 주젠지 호도요······ 덕분에 이것저것 다 구경하고 왔어요.」

한바탕 닛코를 구경한 이야기로 떠들썩했다.

「후지 산도 보였습니다.」

오하루가 이 말을 꺼낸 것이 문제가 되었다.

「뭐, 후지 산이?」

「예.」

「어디서 보이던?」

「도부 전차에서 봤어요.」

「도부 전차에서 후지 산이 보이는 데가 있어?」

「정말이야, 오하루? 후지 산 비슷한 산을 본 거 아냐?」

「아뇨. 확실해요. 구경하는 사람들도 모두 후지 산이 보인다고 했으니까요. 틀림없이 후지 산이었어요.」

「그런가? 그럼 어디서 보이긴 하는 걸까?」

사치코는 오늘 아침부터 마음을 쓰고 있었으므로 오하루에게 스기우라 박사님께 전화를 걸도록 했다. 스기우라 박사는 마침 조금 전에 여행지에서 돌아온 참이라면서 6일, 그러니까 내일 아침 집으로 오면 진찰을 해드리겠다고 했다. 5일에 돌아온다고는 했지만 아마 이삼일쯤 늦어질 거라고 예상하고 있었는데 의외로 빨리 진찰을 받을 수 있게 되었다. 그래서 숙소에서 일하는 사람을 불러 내일 밤 침대칸 기차표 석 장을, 가급적 같은 칸에 연속된 번호로 사달라고 부탁했다.

「언니, 내일 돌아가?」

유키코는 깜짝 놀란 듯이 물었다.

「내일 오전에 진찰을 받으면, 좀 바쁘긴 하겠지만 오후에 쇼핑 좀 하고 밤기차로 떠날 수 있을 거야. 내일 특별히 급한 일이 있는 건 아니지만, 에쓰코도 곧 개학하니까 언제까지 이렇게 쉬고 있을 수만도 없고, 빨리 돌아가는 게 좋을 것 같아서. 그래서 그러는데 너는 오하루를 데리고 내일 정오까지 이리 와줄래? 그때는 나도 스기우라 박사님 댁에서 돌아와 있을 거야. 오후에 다 같이 나가서 쇼핑 좀 하자. 한 번 더 시부야에 얼굴을 비쳐야 하는데 도저히 갈 여유가 없으니까, 형부하고 언니한테는 안부 좀 전해 줘.」

저녁 식사가 끝나자 두 사람은 돌아갔다.

다음 날은 상당히 바쁘고 부산한 하루였다. 우선 아침에 혼고 니시가타초에 있는 스기우라 박사 댁을 찾아가 진찰을 받았고, 혼고 약국에서 처방전을 보여 주고 약을 지었다. 아카몬[125] 앞에서 택시를 타고 하마야로 돌아오니 유키코와 오하루가 와서 기다리고 있었다. 유키코는 먼저 진찰 결과를 물었다. 스기우라 박사의 소견도 대체로 쓰지 박사와 같았다.

「이렇게 신경증이 있는 소년, 소녀 중에는 흔히 천재 기질, 그러니까 학술적인 면에서 우수한 아이가 많습니다. 그러니 이 아이도 잘 이끌어 주기만 하면 어떤 방면에서는 보통 사람을 능가하지 말란 법도 없습니다. 그러니 그다지 걱정하지 않으셔도 됩니다. 중요한 것은 이 아이의 재능이 어떤 방면에서 우수한지를 잘 찾아내서 그 한 가지에 집중하도록 하는

[125] 도쿄 대학의 정문.

것이겠지요.」

스기우라 박사는 이런 말을 하면서 꼭 식이요법에 따르라는 말과 함께 처방전을 써주었는데, 그 처방전은 쓰지 박사의 것과 아주 달랐다.

오후에는 넷이서 시노바즈 연못가에 있는 도묘 상점, 니혼바시의 미쓰코시 백화점, 김을 파는 상점인 야마모토, 오와리초의 에리엔, 히라노야, 니시긴자의 아와야 등을 둘러보았다. 공교롭게도 다시 늦더위가 되살아나 바람은 불었지만 햇볕이 내리쬐는 날이었으므로 미쓰코시 백화점의 7층 저먼베이커리,[126] 코롱방[127] 등 가는 곳마다 잠깐씩 쉬면서 갈증을 해소해야 했다. 오하루는 엄청난 물건 꾸러미를 떠안고 그 짐 속에 파묻힌 고개를 내밀면서 오늘도 온 얼굴에 땀을 흘리며 세 사람 뒤를 따랐다. 나머지 세 사람도 모두 한두 개씩 꾸러미를 들고 있었다. 다시 오와리초로 나가 마지막으로 핫토리 지하실에서 또 물건을 몇 개 사고 나니 저녁 먹을 시간이었다. 로마이어로는 갈 마음이 안 생긴다며 스키야바시 근처의 뉴그라운드[128]로 들어갔다. 숙소로 돌아가 먹는 것보다 시간이 덜 걸리기 때문이기도 하고, 또 오늘 밤만은 한동안 못 만날 유키코를 위해, 그녀가 좋아하는 양식을 먹고 생맥주를 마시며 잠시 이별하는 아쉬움을 달래기 위해서였다.

저녁 식사가 끝나자 서둘러 숙소로 돌아와 짐을 꾸리고 도쿄 역으로 뛰어갔다. 전송하러 나와 있던 언니와 대합실에서 5분 정도 서서 이야기를 하고, 사치코는 에쓰코를 데리고 저녁 8시 30분발 급행 침대차에 올랐다. 언니와 유키코는 플랫

126 현재도 긴자에 있는 독일 요리점.
127 당시 긴자에 있던 프랑스 과자나 차를 파는 가게.
128 요코하마의 호텔 뉴그라운드의 지점으로 고급 레스토랑으로 유명했다.

폼까지 따라왔는데, 에쓰코가 차 밖으로 내려가 유키코와 이야기를 하고 있는 사이에 언니는 층계에 서 있는 사치코에게 다가오면서,

「유키코의 혼담은 그 뒤로 아무 소식 없어?」

하고 조그만 소리로 물었다.

「그 뒤로는 통…… 좀 있으면 또 있겠지 뭐.」

「올해 안에 어떻게든 치워야 하는데. 내년은 유키코 액년이잖아.」

「그럴 생각으로 여기저기 부탁해 놓고 있어…….」

「그럼 잘 있어, 언니.」

에쓰코는 층계 위로 올라와 장밋빛 조젯 손수건을 추켜올렸다.

「다음에는 언제 와, 언니?」

「글쎄, 언제 갈 수 있을지 모르지…….」

「빨리 와야 돼.」

「응.」

「꼭이야, 언니…… 알았지? 꼭이야, 꼭…….」

침대는 위 칸이 하나 아래 칸이 두 개였다. 연속된 번호를 샀으므로 에쓰코와 오하루는 마주 보며 자게 했다. 그리고 스스로 위 칸을 선택한 사치코는 곧바로 올라가 속옷만 입은 채 드러누웠다. 어차피 누워 있기만 할 뿐 잠들 수 없을 거라는 걸 알았으므로 억지로 잠들려고 애쓰지 않았지만 망연히 눈을 감고 있자 눈꺼풀 안에서, 조금 전 언니와 유키코가 눈물을 머금고 지긋한 눈으로 자기를 보내던 얼굴이 언제까지고 떠올랐다. 생각해 보니 지난달 27일에 떠났으니까 오늘로 꼭 열하루가 된 셈이었다. 이번 도쿄 여행만큼 불안해서 안절부절못한 여행은 없었다. 처음에 언니 집에 묵을 때는

아이들이 소란스러워 괴로웠고 태풍에 혼이 났으며 허둥지둥 하마야로 피난 가서는 숨 돌릴 여유도 없이 오쿠바타케의 편지를 받고 폭탄 세례를 당한 것 같았다. 그래도 얼마간 조용히 보낸 것은 언니와 함께 다이코쿠야에 간 날 하루 정도였다. 에쓰코가 스기우라 박사의 진찰을 받았으므로 가장 중요한 볼일만은 볼 수 있었지만 결국 가부키 한 번 보지 못하고 말았다. 그리고 어제와 오늘은 먼지투성이인 대낮의 도쿄 거리를 여기저기 돌아다니며 대활약을 했다. 정말이지 눈이 팽팽 돌 정도로 분주한 이틀이었다. 얼마 안 되는 시간에 그렇게 이리저리 돌아다니는 일은 여행지가 아니라면 도저히 할 수 없는 노릇이다. 그녀는 그런 생각만으로도 한층 피로가 몰려오는 것 같았다. 어딘가 높은 곳에서 내동댕이쳐지기라도 한 듯, 누워 있다기보다 쓰러져 있는 느낌이었다. 그런데도 눈은 말똥말똥해질 뿐이었다. 브랜디를 한 모금 마시면 잠깐이라도 잠이 들 것 같기도 했지만 일어나서 병을 꺼낼 기력마저 없었다. 잠들지 못하는 그녀의 머릿속에는 집에 돌아가는 즉시 결정을 내려야 할 성가신 사건, 어제부터 결정을 미뤄 온 문제들이 이러저러한 의심과 우려의 형태로 나타났다가 사라지곤 했다. 그 편지는 사실일까?…… 사실이라면 어떻게 처리해야 좋을까?…… 에쓰코는 뭔가 이상하다고 생각하고 있지 않을까?…… 오쿠바타케한테서 편지가 왔다는 걸 에쓰코가 유키코한테 말하지 않았을까?

20

에쓰코는 돌아온 날 하루만 쉬고 다음 날부터 학교에 다니기 시작했다. 그러나 사치코는 이삼일 지나는 동안 날이 갈수록 점점 더 피곤해졌으므로 안마를 받기도 하고 낮잠을 자기도 하며 지냈다. 적적하면 혼자 테라스의 의자에 앉아 뜰을 내다보며 시간을 보냈다.

이 집의 뜰은 가을보다 봄꽃을 좋아하는 여주인의 취미를 반영한 것인지, 뜰의 조그만 동산 그늘에 드문드문 연꽃만이 피어 있고 슈토르츠 씨네 집과의 경계 근처에 싸리나무 한 무더기만 축 늘어져 있을 뿐이었다. 지금은 특별히 사람의 눈을 끌 만한 정취도 없었다. 여름에는 무성할 대로 무성한 멀구슬나무와 벽오동이 더위에 지친 듯 가지를 늘어뜨리고 있고 짙푸른 잔디가 마치 양탄자를 깔아 놓은 듯 뜰에 가득했다. 그 경치는 그녀가 얼마 전 도쿄로 떠났던 때와 그다지 달라지지 않았다. 그래도 햇살이 다소 약해졌고 아련하게나마 시원하게 불어오는 바람에 실려 어디선가 물푸레나무 냄새가 떠돌았다. 역시 이 주변에도 살며시 가을이 다가오는 듯했다. 햇빛을 가리기 위해 테라스 위에 걸쳐 놓은 발도 이제 치워야 한다. 그녀는 이런 생각을 하면서 늘 보아 오던 이 집의 뜰을 이삼일 동안 무척 정다운 시선으로 바라보았다. 정말, 가끔은 여행도 해볼 만한 일이다. 불과 열흘 동안 집을 비웠을 뿐인데 여행에 익숙하지 않은 탓인지, 왠지 한 달 정도 집을 비운 듯한 기분이 들어 오랜만에 집으로 돌아온 기쁨이 절실하게 밀려왔다. 그녀는 또 유키코가 이 집에 있을 때 걸핏하면 자못 그리운 듯…… 또는 이별이 아쉬운 듯…… 이 뜰 여기저기를 서성거리던 일을 떠올렸다. 그러고 보니 유키코만 그런 게 아니었다. 자신도 순수한 간사이 사람이고, 간사이 풍토에 깊은 애착을 가지고 있다는 걸 깨달았다. 특별히 내세울 만한 운치도 없고 보잘것없는 뜰에 불과하지만 이곳을 서성거리며 소나무 냄새가 짙게 밴 공기를 호흡하고 롯코 방면의 산들을 바라보며 맑은 하늘을 올려다볼 수 있다는 것만으로도 한신 지역만큼 살기 좋고 평온한 고장은 없을 거라는 생각이 들었다. 시끌벅적하고 먼지투성이에 희부옇기만 한 도시 도쿄는 얼마나 싫은가. 도쿄와 이곳은 바람의 촉감부터가 다르다고 유키코가 입버릇처럼 말하는 것도 그럴 만하다. 그런 곳으로 옮겨가지 않아도 되는 자신은 언니 유키코에 비하면 얼마나 행복한가. 사치코는 이런 감상에 젖는 일이 더할 나위 없이 즐거웠다.

「오하루! 넌 닛코 구경까지 해서 좋았겠지만 나는 도쿄라는 데가 전혀 마음에 안 들어. 역시 우리 집이 최고야.」

사치코는 오하루를 붙잡고 이런 말을 하곤 했다.

얼마 전부터 다에코는 여름 내내 쉬고 있던 인형 제작 일을 다시 시작하려고 했으나 집이 비어서 외출을 삼가고 있었다며, 사치코가 돌아온 바로 다음 날부터 슈쿠가와에 다니고 있었다.

「아직 양재 학원은 언제 시작될지 모르고, 오사쿠 선생님도 그렇게 돌아가셨으니 당장은 인형 제작하는 일밖에 없어. 그러니까 이번 기회에 진작부터 할 생각이었던 프랑스어 공부를 해볼까 하는데……」

「그렇다면 쓰카모토 부인을 오시라고 하자. 나도 유키코가 그만둔 뒤로는 하지 않았는데, 네가 시작하면 나도 할 수 있을 거야.」

「나는 초보부터 배우니까 같이하면 불편할 텐데. 게다가 프랑스 사람은 돈도 많이 줘야 하고.」

사치코의 말에 다에코는 웃으며 이렇게 말했다.

다에코가 집에 없을 때, 누님이 돌아오셨다고 해서 인사도 할 겸 들렀다며 이타쿠라가 찾아왔다. 그는 테라스에서 사치코와 20~30분 이야기를 나누고 부엌으로 가 오하루에게 닛코 이야기를 듣고 돌아갔다. 사실 사치코는 피로가 풀리기를 기다리는 한편 좋은 기회를 엿보고 있었다. 그런데 그렇게 날이 지나자 묘하게도 도쿄에서부터 품어 왔던 의혹이 점차 희미해져 갔다. 그날 아침 하마야에서 편지를 읽었을 때의 놀라움, 잇따라 그다음 날도 뼈저리게 가슴을 졸이게 하던 우려, 잠자리에 들고 나서도 악몽처럼 밤새 괴롭히던 문제…… 그때는 그렇게 급박했던, 하루도 내버려 둘 수 없는 사건인 것 같았는데, 이상하게도 집에 돌아와 상쾌한 아침을 맞이한 순간부터 점차 긴장이 풀리기 시작하고 그렇게 허둥거리지 않아도 되는 일처럼 생각되기 시작한 것이다. 문제가 유키코의 행실에 관한 것이었다면 사치코는 아마 누가 뭐라고 하든 문제 삼지 않고 그냥 근거 없는 중상이라며 물리쳐 버렸을 것이다. 그러나 다에코의 경우는 달랐다. 전에도 한 번 사건을 일으킨 적이 있고 또 자기나 유키코와는 배포나 기질이 달랐다. 노골적으로 말하면 전폭적으로 신용할 수만은 없었던 것이다. 그래서 그 편지에 그토록 당황한 것인데, 집에 돌아와 보니 다에코의 태도에는 아무런 변화가 없었다. 사치코는 명랑한 표정을 짓고 있는 동생한테 뒤가 켕기는 구석이 있을 것 같지 않았다. 오히려 그렇게 허둥지둥 돌아온 자신이 우스꽝스럽기까지 했다. 이제 와서 생각해 보니 도쿄에 있는 동안 어쩌면 자신도 신경 쇠약에 감염되었는지도 모른다. 실제로 도쿄의 그 짜증 나는 공기 속에 있으면 자기와 같은 사람은 신경이 이상해질 수밖에 없었다. 역시 그때 걱정한 것은 병적이었고 지금의 판단이 옳은 게 아닐까…… 집으로 돌아오고 나서 일주일쯤 지난 어느 날 그녀는 다에코한테 그 이야기를 꺼낼 기회를 잡았다. 마음이 상당히 편해졌을 때였다.

그날 다에코는 슈쿠가와에서 비교적 이른 시간에 돌아와 2층 자기 방으로 올라갔다. 그리고 조금 전 작업실에서 가져온, 자잘한 무늬의 옷을 입은 중년의 여자가 게다를 신고 석등 아래 웅크리고 앉아 있는 인형을 탁자 위에 올려놓고 들여다보고 있었다. 그 인형은 〈벌레 소리〉라는 제목인데, 여자가 벌레 소리에 귀를 기울이고 있는 느낌을 표현하려고 진작부터 고심해 오던 작품이었다.

「어머, 잘 만들었네…….」

사치코는 이렇게 말하면서 들어갔다.

「괜찮지, 이거?」

「좋은데, 정말. 요즘 만든 것 중에서 걸작이야. 젊은 여자로 하지 않고 중년 여자로 한 게 좋은 생각 같은데? 쓸쓸한 느낌을 주거든…….」

그리고 그녀는 두세 가지 비평을 덧붙이고 나서 잠깐 말을 끊었다가,

「다에코!」

하고 불렀다.

「나, 사실은 얼마 전에, 도쿄에 갔을 때 괴상한 편지를 받았어.」

「누구한테서?」

다에코는 아직 인형 쪽에 시선을 고정한 채 대수롭지 않게 말했지만,

「오쿠바타케 씨」

하고 사치코가 말하자,

「뭐?」

하고 언니 쪽을 쳐다봤다.

「이거야…….」

사치코는 품안에서 서양식 봉투 그대로 편지를 꺼내 다에코에게 건넸다.

「이거, 뭐가 쓰여 있는지 알겠어?」

「대강 알겠어…… 이타쿠라 얘기 아냐?」

「맞아. 읽어 봐.」

이런 경우 다에코는 그다지 안색도 변하지 않고 느긋하며 태연자약했다. 옆에서 속내를 알아내기 힘들었다. 지금도 사치코가 보고 있자니, 세 장의 편지지를 조용히 탁자 위에 펼치더니 눈썹 하나 까딱하지 않고 한 장 한 장 꼼꼼하게 읽어내려갔다.

「기가 막히네, 정말……. 이 편지에 쓴 거라면 요전부터 언니한테 일러바치겠다고 협박하던 거야.」

「아닌 밤중에 홍두깨라더니…… 얼마나 놀랐던지.」

「이런 건 상대를 하지 말았으면 좋겠어.」

「자기가 편지 보낸 걸 너한테는 말하지 말아 달라고 쓰여 있지만 다른 사람과 의논하는 것보다 너한테 직접 말하는 게 제일 빠를 것 같아서 묻는 거야. 설마 사실은 아니겠지?」

「오쿠바타케 씨는 자기가 바람을 피우니까 다른 사람도 그럴 거라고 의심하는 거야.」

「그런데 넌 이타쿠라를 어떻게 생각하니?」

「그런 사람, 신경 안 써. 나, 오쿠바타케 씨가 말하는 의미는 아니지만 이타쿠라한테는 고마운 마음을 가지고 있어. 내 목숨을 구해 준 은인인데 나쁘게 생각하면 안 되잖아.」

「그거라면 알았어. 분명히 그럴 거라고 생각했어.」

다에코의 이야기에 따르면 오쿠바타케가 그녀와 이타쿠라 사이를 의심하기 시작한 것은, 편지에는 〈홍수 이후〉라고 썼지만 사실은 그 전부터인 모양이었다. 오쿠바타케는 다에코한테는 조심하고 있었으나 이타쿠라한테는 이따금 싫은 소리를 했다. 다에코는 나중에야 그 사실을 알았다. 처음에 이타쿠라는, 자기만 아시야의 집에 자유롭게 드나들 수 있고 오쿠바타케한테는 허락되지 않는다는 사실 때문에 아니꼽고 샘이 나서 그가 애들처럼 울분을 터뜨리나 보다고 생각해 가볍게 흘려듣고 말았다. 그런데 홍수가 있고 난 후부터 갑자기 말투가 험악해졌고 이번에는 다에코한테까지 그런 의심을 표출했다. 그러나 오쿠바타케는 〈이건 당신한테만 물어보는 거고 이타쿠라는 모르고 있으니까 그놈한테는 말하지 않았으면 좋겠어〉라고 했고, 자존심이 강한 오쿠바타케가 설마 이타쿠라한테는 말하지 않았을 거라고 생각했기 때문에 다에코는 그 문제를 가지고 이타쿠라와 이야기하는 걸 피하고 있었다. 이타쿠라 역시 자기가 추궁당하고 있다는 것을 다에코에게는 말하지 않고 있었다. 다에코는 그 일 때문에 오쿠바타케와 사소한 말다툼을 했고, 전화가 와도 토라져서 받지 않는다거나 일부러 만날 기회를 주지 않은 적도 있었다. 그러다가 오쿠바타케가 조바심을 내는 게 너무 진지해서 불쌍하다는 생각이 들었고, 그래서 최근, 그러니까 이 편지에 쓰여 있는 대로 이달 3일에 오랜만에 만났던 것이다(그녀가 늘 오쿠바타케를 만나는 곳으로 작업실을 오가는 도중에 어떤 장소가 있는 모양인 듯, 오쿠바타케의 편지에도 〈슈쿠가와에서 만났다〉라고 쓰여 있다. 그런데 어떤 식으로 어디서 만나는지, 자세한 사정은 말한 적이 없다. 사치코가 묻자, 그 근처 소나무밭을 산책하면서 이야기를 하다 헤어진다고 했다). 그때 오쿠바타케는 여러 가지 증거가 있다면서 이 편지에 있는 내용을 들어 다에코를 힐책하며 이타쿠라와 절교하라는 등의 말을 했지만, 다에코는 생명의 은인인 사람과 절교하는 것은 도리가 아니라면서 거절하는 대신 앞으로는 가급적 만나지 않도록 하겠다는 것, 이타쿠라가 아시야에 자주 찾아오지 못하게 하겠다는 것, 일과 관련된 작업(선전 사진의 위촉)도 완전히 끊겠다는 것 등을 약속했다. 그런데 그 약속을 이행하기 위해서는 결국 이타쿠라에게 이유를 설명해야 할 것 같았으므로 그녀는 자기 혼자만의 생각으로 비로소 그에게 사정을 털어놓았다. 이타쿠라와 이야기를 해보니 그는 또 그대로 입을 다물라는 협박을 받고 있었고 그녀와 똑같은 약속을 강요받았다는 걸 알게 되었다.

「대강 이렇게 된 것인데, 그 약속을 하고 나서, 그러니까 이번 달 3일 이후로 나는 한 번도 이타쿠라를 만나지 않았어. 이타쿠라도 나를 찾아오지 않았고. 다만 언니가 돌아왔는데 갑자기 발을 뚝 끊어 버리는 것도 이상하다면서 얼마 전에 한 번 인사하러 찾아왔는데, 그때도 일부러 내가 없는 시간을 택해 온 거야.」

다에코는 이렇게 말했다.

다에코는 그렇다고 치고, 이타쿠라는 다에코를 어떻게 생각하고 있을까? 오쿠바타케가 다에코를 의심하는 것이야 근거 없다고 해도, 이타쿠라를 의심하는 것은 무리가 아닌 점도 있었다.

오쿠바타케는 〈다에코 씨는 이타쿠라가 목숨을 구해 줬다고 해서 그걸 은혜로 여길 필요는 없어요. 왜냐하면 이타쿠라의 영웅적 행동에는 처음부터 목적이 있었거든요. 그 교활한 사내가 뭔가 대단한 보수를 바라지 않고서야 그런 위험을 감수할 리가 있겠어요? 이타쿠라는 그날 아침 일찍부터 복장을 갖추고 그 근처를 어슬렁거리고 있었다고 하는데, 그만큼 그의 행동은 계획적이었어요. 자기 분수도 모르고 앙큼한 야심을 품은 사내한테 감사할 이유가 어디 있겠어요. 우선 그 자신이 예전에 모시던 주인의 연인을 가로채겠다는 배은망덕한 짓을 생각하고 있거든요〉라고 말했다고 한다. 이타쿠라는 오쿠바타케의 말을 전적으로 부정했다. 이타쿠라는 〈오쿠바타케 씨 말은 완전히 오햅니다. 제가 다에코 씨를 구해 준 것은, 다에코 씨가 오쿠바타케 씨의 연인이기 때문이에요. 저는 옛 주인의 은혜를 잊지 않았기 때문에 목숨을 걸고 충성을 다할 생각이었던 거거든요. 그런데 그런 식으로 받아들이면 저도 참고 있을 수만은 없습니다. 저도 상식이 있는 놈입니다. 저 같은 사람한테 다에코 씨가 와줄지 어떨지 하는 것 정도는 잘 알고 있다, 이 말입니다〉라는 말을 했다고 한다. 그렇다면 다에코는 이 두 사람의 이야기를 어떻게 판단하고 있을까?

「솔직히 난 이타쿠라가 날 어떻게 생각하는지 어렴풋이나마 느끼고 있었어. 이타쿠라도 영리하니까 그런 기색을 전혀 드러내지는 않았지만, 그런 모험을 하면서까지 나를 구해 준 것은, 아마 단순히 옛 주인에 대한 보은이나 충성에서만은 아닐 거야. 본인이 그걸 의식하고 있는지 어떤지는 모르지만 오쿠바타케 씨한테 충성을 다한다기보다 나한테 충성을 다하고 있는 건지도 모르지. 그러나 설사 그렇다고 해도 무슨 문제가 되는 건 아니야. 그가 선을 넘지만 않으면 나는 그냥 모른 체하고 있으면 되니까. 봐서 알겠지만 돼 요긴한 사내인 데다 부지런히 심부름도 해주니까 가능한 한 이용하면 돼. 그 사람도 이용당하는 것을 영광으로 아는 것 같으니까 그렇게 생각하도록 내버려 두면 되거든.」

다에코는 이어서 이런 말도 덧붙였다.

「나는 이제껏 그런 생각으로 그를 대해 왔는데 오쿠바타케 씨가 속이 좁아서 질투를 하는 거야. 그래서 쓸데없이 오해를 받는 것도 싫으니까, 이타쿠라와는 절교까지는 아니지만 되도록 왕래하지 않겠다고 오쿠바타케 씨한테 약속한 거고. 이제 오쿠바타케 씨도 의심을 풀고 안심하고 있어. 아마 지금은 언니한테 그런 편지 보낸 걸 후회하고 있을걸.」

「이타쿠라 같은 사람이 날 어떻게 생각하든 맘대로 하라고 그냥 내버려 두면 될 일을. 우습지도 않다니까, 오쿠바타케 씬.」

「너처럼 배짱이 있으면 아무것도 아니겠지만, 오쿠바타케 씨라면 그렇지 않겠지.」

다에코는 요즘 사치코 앞에서도 공공연하게 담배를 피웠다. 오비 안에서 흰색 대모갑 담뱃갑을 꺼낸 다에코는 오늘날에는 귀중해진 박래품 고급 궐련 한 개비를 물고 라이터로 불을 붙였다. 그녀의 매력 포인트인 두꺼운 입술을 동그랗게 하고 담배 연기로 도넛을 만들면서 잠시 생각에 잠겨 있다가,

「그러고 보니 양행 이야기……」

하고 사치코에게 옆얼굴을 보인 채 말했다.

「언니, 생각 좀 해봤어?」

「응, 생각은 해봤는데…….」

「도쿄에서 그 얘기 안 나왔어?」

「쓰루코 언니와 이런저런 얘기를 하다가 그 말이 목구멍

까지 올라오는 걸 돈 문제가 얽혀 있으니까 말을 잘해야 할 것 같고 해서 그때는 그냥 아무 말도 안 했어. 에쓰코 아빠한테 하게 하면 안 될까?」

「형부는 뭐라고 하는데?」

「네 의지만 진지하고 확실하다면 자기가 말하는 것도 괜찮다고는 하는데, 유럽에서 전쟁[129]이 시작되지 않을까 걱정하고 있어.」

「전쟁이 진짜 일어날까?」

「어떻게 될지는 모르겠지만, 좀 더 형세를 지켜보는 게 좋겠다고 했어.」

「그건 그런데, 다마키 선생이 조만간에 가기로 했거든. 나한테 갈 생각이 있으면 같이 가는 건 어떠냐고 해서.」

사실 사치코도, 이렇게 된 이상 이타쿠라하고는 물론이고 오쿠바타케하고도 멀리하는 것이 상책이므로 양행도 한 방책이라고 생각하고 있었다. 그러나 유럽의 풍운이 점점 급박해지고 있다는 것은 신문만 봐도 분명했으므로 그런 곳에 동생을 혼자 가게 하는 것은 그녀로서도 불안하고 큰집도 허락할 리가 없기 때문에 망설이고 있었다. 그런데 다마키 여사가 동행해 준다면 다시 생각해 볼 여지는 있었다.

「다마키 여사도 그리 오래 머무를 생각은 없나 봐. 다마키 여사가 예전에 파리에 간 것은 상당히 오래전 일이니까 기회가 있을 때 다시 한번 나가서 최신 유행을 연구해 오고 싶었는데, 이번 수해 때문에 교사를 개축할 수밖이 없게 되었으니까 그 기간을 이용해 나가려는 거거든. 한 6개월 정도만 있다가 돌아올 건가 봐. 그리고 내가 진짜 간다면 한두 해 머무

---

129 이 장면(1938년 9월)으로부터 정확히 1년 뒤인 1939년 9월, 독일군이 폴란드를 침공했고, 제2차 세계대전이 시작되었다.

르면서 공부하는 게 좋겠지만, 혼자 남는 게 불안하다면 자기와 같이 돌아오면 된다고도 했어. 6개월이라도 가면 그만큼의 소득은 있을 거고, 자기가 여기저기 잘 알아봐서 어떻게든 적당한 간판 하나쯤은 받아 줄 수 있다고. 지금으로서는 내년 정월에 출발해서 칠팔월경에 돌아올 예정이니까 단기간이기도 하고, 또 그사이에 전쟁이 일어나는 일은 없겠지만 진짜 일어난다면 그냥 하늘에 운을 맡길 수밖에 없다고 생각하는 모양이야. 그런 일이 일어나도 둘이면 마음 든든할 거고, 다행히 자기는 독일이나 영국에도 아는 사람들이 있으니까 만약 전쟁이 일어나면 피난할 데를 찾는 것은 그리 어렵지 않을 거라고도 하더라고.」

다에코는 이렇게 말하면서 이런 좋은 기회는 두 번 다시 없을 테니까 자기도 다소의 위험을 감수하고라도 따라가고 싶다고 했다.

「이번에는 오쿠바타케 씨도 이타쿠라 일이 있어서인지 양행에는 찬성하고 있어」

하고 다에코가 말했다.

「나도 찬성은 하지만 네 형부가 뭐라고 할지, 어쨌든 의논해 보지 뭐.」

「꼭 찬성해서 큰댁을 설득해 줬으면 좋겠는데……」

「정월이라면 그렇게 서두를 일은 아니구나.」

「빨리 하는 편이 좋긴 한데…… 도쿄에는 또 언제 갈 거야?」

「올해 안에 한두 번 더 가겠지 아마…… 우선 너는 프랑스어 공부나 해둬」

하고 사치코가 말했다.

21

 슈토르츠 부인은 그달 15일, 로제마리와 프리츠를 데리고 프레지던트 쿨리지호를 타고 마닐라를 향해 떠났다. 로제마리는 에쓰코가 도쿄에 있는 기간이 생각보다 길어졌으므로,

「에쓰코는 아직 안 왔어요? 왜 일찍 안 돌아와요?」

 하고 매일 찾아와 빈집을 지키고 있는 다에코나 식모들을 애먹였다. 그러나 에쓰코가 돌아온 후로는 그녀가 학교에서 돌아오기를 애타게 기다렸다가, 얼마 남아 있지 않은 나날을 하루도 빼먹지 않고 같이 놀았다. 우선 에쓰코는 응접실에 가방을 놓자마자, 예의 그 철망 울타리 밑으로 달려가서,

「루미, 콤(나와)!」

 하고 몇 마디 할 줄 아는 독일어로 불렀다. 그러면 로제마리가 나와서 담장을 넘어 뜰로 왔고, 맨발로 잔디밭 위에서 줄넘기를 했다. 거기에 프리츠나 사치코, 다에코가 끼어드는 때도 있었다. 에쓰코는,

「아인스(하나), 츠바이(둘), 드라이(셋), 피어(넷)……」

 하고 하나에서 스물이나 서른 정도까지는 독일어로 수를 세고,

「슈넬(빨리)! 슈넬(빨리)!」

 이라든가,

「루미, 비테(어서)!」

 라든가,

「노흐 니히트(아직 안 돼!)」

 하는 말 외에도 여러 가지 독일어를 썼다. 어느 날 일이었다. 두 집 사이의 경계에 있는 무성한 숲에서,

「에쓰코, 안녕!」

하고 로제마리가 일본어로 말하면,

「아우프비더젠!」

하고 에쓰코가 독일어로 말하며,

「함부르크로 가면 꼭 편지해야 돼」

하고 대답하는 소리가 들렸다. 이어서,

「에쓰코도 편지 해!」

「응, 할게. 꼭, 꼭!…… 페터한테도 안부 전해 줘!」

「에쓰코!」

「루미! 프리츠!」

이렇게 서로 부르는 소리가 들리는가 싶더니, 갑자기 〈도이칠란트 위버 알레스〉[130]를 합창하는 로제마리와 프리츠의 목소리가 들려왔다. 사치코가 테라스로 나가 보니, 로제마리와 프리츠가 적당한 높이까지 벽오동나무에 올라가 가지 위에 서서 손수건을 흔들고 있고, 그 밑에서 에쓰코가 그것에 답하면서 배가 떠나는 장면을 연기하고 있었다.

「어머머!」

사치코도 곧장 벽오동나무 밑으로 달려가,

「루미! 프리츠!」

하고 부르면서 부두에 선 마음으로 손수건을 흔들어 주었다.

「에쓰코 엄마, 아우프비더젠!」

「아우프비더젠! 안녕, 루미! 일본에 꼭 다시 와야 돼.」

「에쓰코 엄마! 에쓰코랑 함부르크로 놀러 오세요.」

「응, 갈게…… 에쓰코가 크면 꼭 갈게. 루미도 건강하게 잘 있어야 해…….」

사치코는 그렇게 말하는 동안 아이들을 상대로 하는 놀이

---

130 *Deutschland über alles*. 1918년에 제정된 독일 국가의 시작 부분. 〈세계에서 제일가는 독일〉이라는 뜻.

라고 생각하면서도 눈시울이 뜨거워졌다.

   슈토르츠 부인은 아이들의 가정 교육 같은 것도 규칙적이고 까다롭게 시켰는데, 로제마리가 에쓰코 집에 놀러 가 있어도 일정한 시간이 되면 반드시 〈루미!〉 하고 울타리 너머에서 부르러 오곤 했다. 그러나 최근 열흘 동안은 아이들끼리 마지막으로 이별을 아쉬워하는 마음을 특별히 배려하고 있는 듯, 여느 때처럼 엄하게 말하지 않았으므로 날이 저물어도 두 아이는 여전히 집 안에서 놀고 있었다. 아이들은 평소처럼 응접실에 벌거벗은 인형을 늘어놓고 갖가지 옷을 입혀 보고 있었다. 나중에는 고양이 〈레이〉를 데려와서는 인형 대신 옷을 입히기도 했다. 어떤 때는 둘이서 교대로 피아노를 쳤다.

  「에쓰코, 하나 더 줘!」

   로제마리는 이렇게 말했는데, 그건 〈한 곡 더 쳐줘!〉라는 뜻이었다.

   슈토르츠 부인은 남편이 서둘러 떠났으므로 남은 짐을 정리한다거나 가재도구를 처분하는 일 같은 모든 잔무를 혼자 처리하고 있었는데, 매일 분주하게 움직이는 모습이 사치코의 집 2층에서도 들여다보였다. 그러고 보니 사치코는 이 독일인 일가가 옆집으로 이사 온 이후 일부러 들여다볼 마음이 없었는데도 아침저녁으로 2층 툇마루에서 뜰 쪽을 내려다볼 때마다 자연스레 그 집 뒷문이 눈에 들어왔으므로 부인이나 식모가 일하는 모습이라든가 부엌 안의 구조를 손에 잡힐 듯 훤히 알고 있었다. 언제 보아도 부엌의 그릇이 말끔히 정리되어 있는 데는 놀라지 않을 수 없었다. 요리용 스토브와 조리대를 중심으로 주위에는 알루미늄 주전자나 프라이팬 등이 큰 것에서 작은 것 순으로 항상 일정한 자리에 놓여 있었고,

모두 깨끗하게 닦인 무기처럼 반짝이고 있었다. 그리고 세탁, 청소, 목욕물 데우기, 식사 준비 등의 시간이 매일 시계처럼 정확해서 사치코네 식구들은 옆집 사람들이 하고 있는 일을 보면 시계를 볼 필요가 없을 정도였다.

젊은 일본인 식모가 둘이었는데, 그녀들은 한 번 사치코네와 연관된 일로 사소한 말썽을 일으킨 적이 있었다. 지금 있는 식모들이 오기 전에 고용되어 있던 사람들이었는데, 그 식모들은 사치코 같은 사람이 보면 몸을 돌보지 않고 성심껏 일하는 실로 충실한 사람들이었다. 그래서인지 그녀들의 입장에서 보면, 슈토르츠 부인이 너무 심하게 사람들을 부렸기 때문에 예전부터 그것이 불만이었던 듯 이런 말을 했다.

「여기 사모님은 단 1분의 시간도 허비하지 않도록 일의 순서를 정해서 스스로 앞장서서 시키시기 때문에 우리는 일이 하나 끝나면 바로 다음 일로 내몰려요. 우리는 일본인 가정에 고용되는 것보다 더 많은 월급을 받고 있고, 가사에 대해서도 이것저것 도움이 되는 것을 배우기도 하지만, 어쨌든 하루 종일, 숨 돌릴 겨를이 없어요. 여기 사모님은 주부로서는 아주 훌륭한 부인이고 존경할 만하지만, 고용된 사람으로서는 견딜 수가 없어요.」

어느 날 아침의 일이었다. 슈토르츠 씨네 저택의 담장 바깥 청소는 그 집 식모들의 일과였는데, 사치코네에서 허드렛일을 하는 오아키가 이쪽 담장 바깥을 청소하는 김에 그쪽까지 같이 청소해 준 적이 있었다. 오아키는 슈토르츠 씨네 식모들이 매번 이쪽 집 주위까지 쓸어 주었으므로 어쩌다가 딱 한 번 고맙다는 뜻으로 쓸어 준 것에 지나지 않았다. 그러나 슈토르츠 부인이 그것을 보고, 자기들이 맡고 있는 일을 이웃집 식모가 하도록 하다니 얼마나 한심한 일인가, 하고

식모들을 꾸짖었다. 식모들도 여기에 지지 않고,

「우리는 게으름을 피우면서 일을 한 것도 아니고 오아키한테 부탁한 것도 아니에요. 오아키가 호의로 그렇게 해주었을 뿐이에요. 그것도 오늘 아침에만 그런 거예요. 하지만 그게 그렇게 나쁘다면 두 번 다시 그렇게 하지 않도록 조심할게요」

하고 말대꾸를 했다. 그러나 말이 통하지 않는 탓도 있어서인지 부인이 쉽게 용서해 주지 않았다. 그래서 그녀들은 〈그럼 그만두겠어요〉 하고 맞섰고 부인도 〈좋아. 제발 나가 줘〉 하는 데까지 가버렸다. 사치코는 오아키한테서 사정을 듣고 중재에 나서려고 했지만 그쪽 집 식모들이 오히려 강경해서,

「아뇨. 말씀은 고맙습니다만 댁이 상관할 일이 아니니까 아무 말씀도 마십시오. 실은 오늘만 그런 게 아닙니다. 우리는 꽤 열심히 일했다고 생각합니다만 여기 사모님은 조금도 그걸 인정해 주지 않고 말끝마다 우리보고 머리가 나쁘다, 머리가 나쁘다, 하는 말만 합니다. 그거야 뭐, 우리가 아무리 해도 여기 사모님의 좋은 머리를 따라갈 수 없겠지만, 우리가 얼마나 충실하고 쓸모 있는 사람들이었는가는 다른 사람을 고용해서 일을 시켜 보면 아시겠지요. 여기 사모님이 스스로 그것을 깨닫고, 자신이 나빴다는 말이라도 한다면 또 모를까, 그렇지 않으면 마침 좋은 기회니까 그냥 나가기로 하겠습니다」

하는 것이었다. 슈토르츠 부인도 결국 잡으려고 하지 않았으므로 둘이서 한꺼번에 그만두었다. 그리고 얼마 안 있어 지금의 식모들이 왔다. 역시 전에 일하던 식모들이 그렇게 말하며 분개할 법도 할 만큼 그 둘은 머리도 잘 돌아가고 일도 아주 잘했으므로, 부인도 나중에는 〈그 사람들을 내보낸 건

제 잘못입니다〉하고 사치코에게 털어놓은 적이 있었다. 주부로서 부인의 모습은 이 일 한 가지만 봐도 분명히 알 수 있지만, 그렇다고 해서 규칙만 따지고 엄격하기만 한 사람은 아니었으며 정이 깊고 상냥한 면도 있었다. 수해 때 흙투성이가 된 이재민 두세 명이 근처 파출소로 피난을 왔다는 이야기를 듣고 즉시 셔츠나 내의 같은 걸 갖다 주게 한 일, 식모들에게도 유카타가 있으면 갖다 주라고 열심히 권하던 일, 남편이나 아이들의 안부를 염려하고 에쓰코까지 걱정해 주며 새파랗게 질린 얼굴로 눈물을 글썽이던 일, 저녁에 남편과 아이들이 무사히 돌아온 것을 알자 미친 듯이 환호하며 뛰어나간 일 등을 봐도 그건 충분히 알 수 있었다.

사치코는 지금도 그 멀구슬나무 잎사귀 너머로 본, 부인이 기쁨에 겨워 정신없이 슈토르츠 씨에게 달려가 매달리던 광경이 눈에 선했다. 정말 그렇게 정열적인 면이 있다는 것은 감탄할 만했다. 일반적으로 독일 부인들이 훌륭하다고는 하지만 모두가 슈토르츠 부인과 같다고 할 수는 없을 것이다. 역시 그만큼 출중한 사람은 좀처럼 보기 힘들 것이고, 그런 사람을 이웃으로 둔 것은 행운이었다. 그에 비하면 너무 허망한 교제였다. 원래 서양인 가정은 이웃인 일본인 가정과 별로 친하게 지내고 싶어 하지 않지만, 이 일가는 그런 점에서도 빈틈이 없었다. 이사를 올 때도 근사한 피라미드 케이크[131]를 인사 대신 돌릴 정도였다. 그래서 이쪽에서도 허물없이 사귈 수 있었고 아이들의 교제뿐만 아니라 좀 더 친밀하게 왕래했던 것이다. 그때 요리나 과자 만드는 법 등도 배워 둘 걸 그랬다고 사치코는 이제 와서 안타까운 마음이 들었다.

슈토르츠 부인이 누구에게나 그렇게 대했으므로 사치코

[131] 바움쿠헨.

네 가족 외에도 이별을 아쉬워하는 이웃이 적지 않았다. 드나드는 상인들 중에는 재봉틀이라든가 전기냉장고 같은 것을 헐값에 구입하게 되어 좋아하는 사람도 있었다. 부인은 필요하지 않은 가구 같은 걸 되도록 지인이나 드나드는 사람들에게 염가로 넘기려고 했고, 희망자가 없는 물건만 전부 가구점에 팔아 버렸다. 그녀는 겨우 소풍 갈 때 가져가는 바구니에 들어 있는 식기류를 남겨 두고,

「이제 이 집에는 아무것도 없습니다. 우리는 배를 탈 때까지 이 바구니 속 나이프와 포크로만 식사할 겁니다」

하며 웃었다. 이웃 사람들은 부인이 독일로 돌아가면 기념으로 일본식 방을 만들어 거기에 일본 토산물을 장식할 거라는 말을 듣고, 각자 서화나 골동품을 선물했다. 사치코도 조부모 때부터 있었던, 앞면에 수레바퀴 모양이 수놓인 비단보를 선물했다. 그리고 로제마리가 에쓰코한테 자신이 평소 좋아하던 인형과 인형의 유모차를 선물했고 에쓰코는 로제마리에게 얼마 전 춤을 추었을 때 찍은 사진을 채색한 것[132]과 그때 입었던 분홍색 고급 옷감에 꽃으로 장식한 삿갓 무늬의 긴 소매 일본 옷을 선물했다.

드디어 승선 전날 밤, 로제마리는 특별히 허락을 얻어 에쓰코의 방에서 잤다. 그날 밤 두 소녀는 이루 말할 수 없을 정도로 신나게 떠들어 댔다. 에쓰코는 로제마리를 위해 자기 침대를 양보하고 유키코의 요를 썼는데, 둘은 잘 생각도 하지 않았다. 데이노스케는 큰 소리로 떠드는 소리와 쿵쾅거리며 복도를 뛰어다니는 소리 때문에 한숨도 자지 못하고,

「소동 한번 대단한데」

---

132 컬러 필름은 1935년 이스트먼이 코닥크롬을 발명한 것이 처음이었고 1940년경부터 실용화되었다. 그 이전에는 흑백사진에 채색하는 경우가 있었다.

하면서 머리에 이불을 뒤집어썼다. 그러나 점점 심하게 날뛰었으므로 나중에는 불쑥 머리를 내밀고 머리맡에 있는 전등 스위치를 켰다.

「이봐, 벌써 새벽 2시야.」

「네? 벌써 그렇게 됐어요?」

사치코도 깜짝 놀란 듯이 말했다.

「너무 흥분하게 하면 안 되지 않나? 슈토르츠 부인이 화내겠는걸.」

「오늘 하룻밤뿐이니까, 뭐 괜찮겠지요. 부인도 오늘 밤에는 너그럽게 봐주실 테니까요…….」

이런 말을 하고 있는데,

「도깨비다!」

하는 소리가 들리더니 급히 침실 쪽으로 발소리가 가까워졌다.

「아빠!」

에쓰코가 장지문 밖에서 외쳤다.

「아빠! 도깨비를 독일어로 뭐라고 해?」

「여보, 도깨비를 독일어로 뭐라고 하는지 묻잖아요. 알면 가르쳐 줘요.」

「게슈펜스테르!」

데이노스케는 몇 년 전에 배운 그 말을 자신이 기억하고 있다는 것이 신기했으므로, 그만 큰 소리로 말하고 말았다.

「도깨비는 독일어로 게슈펜스터…….」

「게슈펜스터.」

에쓰코는 한 번 말해 본 다음 이렇게 말했다.

「루미, 이거, 게슈펜스터…….」

「우와, 나도 게슈펜스터가 될 거야.」

그리고 더욱 소란스러워졌다.
「도깨비!」
「게슈펜스터!」
 이렇게 온 2층을 이리저리 뛰어다니더니 끝내 로제마리가 앞장서서 데이노스케 부부의 침실로 뛰어들었다. 보니 둘 다 시트를 머리에 뒤집어쓰고 도깨비 모양을 하고 있었다. 그리고 〈도깨비〉, 〈게슈펜스터〉 하면서 깔깔 웃으며 잠자리 주위를 두세 바퀴 돌고는 다시 복도로 나갔다. 그러고 나서 이럭저럭 새벽 3시경이 되어 잠자리에 들었는데, 짐작했던 대로 둘 다 너무 흥분한 나머지 언제까지고 잠들지 못했다. 로제마리는 집 생각이 난 모양인지, 〈나 이제 엄마한테 갈래〉 하고 칭얼거렸으므로 부부는 달래느라 교대로 일어났고 새벽이 되어서야 가까스로 재웠다.
 에쓰코는 배가 떠나는 날, 엄마와 다에코를 따라 꽃다발을 들고 부두로 나갔다. 배 떠나는 시간이 밤 일곱 시가 넘은 시간이었으므로 전송하는 아이들은 그리 많지 않았다. 로제마리의 친구들은 독일 친구인 잉에라는 소녀뿐이었고 일본 친구는 에쓰코뿐이었다. 잉에는 슈토르츠 씨네 집에서 열린 다과회에서 가끔 에쓰코와 자리를 같이한 적이 있었는데, 그녀가 없는 자리에서는 〈인겐마메(강낭콩)〉라고 불리던 소녀였다. 슈토르츠 부인 일행은 낮부터 배에 타고 있었으므로 사치코 일행은 일찌감치 저녁을 먹고 산노미야에서 택시를 타고 갔다. 세관 앞을 지나자 곧 전등으로 장식된 프레지던트 쿨리지호가 부두에 우뚝 서서 불야성을 이루고 있었다. 그들은 곧 슈토르츠 부인의 선실로 찾아갔다. 선실은 벽도, 천장도, 커튼도, 침대도 온통 우윳빛이 도는 초록색이었고 침실은 수많은 꽃다발로 덮여 있어 눈부시게 밝았다. 슈토르츠 부인이 로제마리를 불러 에쓰코에게 배 구경을 시켜 주라고 했으므로 로제마리는 여기저기 안내하고 돌아다녔다. 에쓰코는 이제 15분 남짓밖에 남아 있지 않다고 생각하자 제정신이 아니었다. 다만 굉장히 사치스러운 배였다는 것, 몇 번이고 계단을 오르내렸다는 것 정도밖에 기억나지 않았다. 에쓰코가 선실로 돌아와 보니, 서로 이별의 말을 주고받으며 슈토르츠 부인도 울고 엄마도 울고 있었다. 그리고 곧 떠난다는 신호인 고동 소리가 울리자 그들은 그 소리에 쫓기다시피 배에서 내렸다.

배가 부두를 떠나자,

「와, 예쁘다. 꼭 백화점이 움직이는 것 같아」

하고 다에코가 가을밤 해안에 부는 바람에 하얀 블라우스에 감싸인 어깨를 움츠리며 말했다. 그들은 상당히 오랜 시간 동안, 갑판에 서 있는 부인들의 모습이 전등 장식의 빛 속에 떠올랐다가 점점 작아지면서 끝내 누가 누구인지 알아볼 수 없게 될 때까지 서 있었다. 그래도 아직,

「에쓰코!」

하고 끈기 있게 부르고 있는 로제마리의 가늘고 새된 목소리가 어두운 바다 위를 타고 들려왔다.

22

친애하는 마키오카 부인께

이번 달은 일본에 태풍이 많은 달이어서 저는 댁내의 여러분을 진심으로 걱정하고 있습니다. 저는 여러분이 과거 수개월 동안 이미 많은 재해를 당했기 때문에 이제 더 이

상 그런 일을 당하지 않기를 바랍니다. 이제 국도나 아시야 부근의 산더미 같은 암석이나 토사도 다 치워졌겠지요. 그리고 교통도 다시 원래 모습을 되찾고 사람들도 다시 생활을 즐기고 있겠지요. 제가 살던 집에도 이제 새로운 사람이 들어와 댁에서도 다시 좋은 이웃을 맞이했는지 모르겠네요. 저는 그 집의 예쁘장한 뜰과 우리 아이들이 자전거를 타며 놀던 그 한적한 거리를 가끔 떠올립니다. 정말 아이들은 늘 유쾌한 시간을 보냈습니다. 그리고 아이들은 댁에서 정말 갖가지 재미있는 놀이를 하며 지냈습니다. 저는 다시 한번 댁의 여러분이 저희 아이들에게 베풀어 준 그 모든 친절에 대해 감사하고 있습니다. 아이들은 자주 댁의 식구들 얘기를 하고, 댁이나 에쓰코를 그리워하고 있습니다. 페터가 배에서 편지를 보내왔는데, 저희 식구들이 댁의 동생 유키코 씨, 에쓰코와 함께 도쿄 구경을 하며 매우 즐거운 시간을 보냈다는 이야기를 했습니다. 정말 고마운 일을 해주셨습니다. 깊이, 깊이 감사드립니다. 그들은 지금 무사히 함부르크에 도착한 모양인데, 며칠 전에야 전보를 받았습니다. 그들은 지금 제 동생 집에 임시로 기거하고 있습니다. 제 동생한테는 세 명의 아이가 있으니까 페터는 그 집의 네 번째 아이가 되는 셈이지요.

이 고장에서 우리 식구는 대가족입니다. 여기는 아이들이 여덟 명이나 있는데, 저는 닭장 안에 있는 단 한 마리 암탉인 셈입니다. 아이들은 때때로 싸움을 하기도 합니다만 그래도 대체로 사이좋게 지내고 있습니다. 로제마리는 가장 나이가 많은 아이이고 또 자기도 그것을 잘 알고 있습니다. 우리는 매일 오후가 되면 자전거를 타고 근사한 산책로로 나가는데, 거기에서 아이스크림을 먹기도 합니다.

그럼 댁의 여러분 모두 몸 건강히 잘 지내십시오. 아무쪼록 댁의 남편께도, 동생분께도, 그리고 귀여운 에쓰코한테도 안부 전해 주십시오. 유럽이 다시 평온을 되찾으면 댁의 여러분도 꼭 독일로 오셔서 저희 집을 찾아 주셔야 합니다. 지금 유럽은 곳곳에서 총소리가 울린다고 합니다만, 어떤 국민도 전쟁을 좋아할 리는 없으니까 결국 전쟁은 일어나지 않겠지요. 체코 문제는 히틀러가 잘 처리해 줄 것이라고 저는 확신하고 있습니다.

그럼 댁의 건강을 빕니다. 아무쪼록 제가 댁을 경애하고 있다는 점, 잊지 마시기 바랍니다.

> 1938년 9월 30일, 마닐라에서
> 힐더 슈토르츠

추신. 이 편지와 함께 필리핀 자수가 들어간 테이블보를 보냅니다. 마음에 드시면 좋겠습니다.

사치코에게 영문으로 쓴 슈토르츠 부인의 편지가 온 것은 10월 10일경이었다. 추신에 쓰여 있는 자수가 들어간 테이블보는 이삼일 늦게 도착했는데, 그것은 매우 정교하게 손으로 짠 것이었다. 사치코는 조만간 답장을 하려고 생각하면서도, 쓰는 거야 쓰는 거지만 대체 누구한테 번역해 달라고 할지, 남편은 귀찮아하며 자기 좀 봐달라고 하고, 그렇다고 적당한 사람이 떠오르지 않고, 그러다 보니 귀찮아지기도 해서 자꾸만 미루고 있었다. 그런데 어느 날 저녁 아시야가와의 제방을 산보하다가 예전에 슈토르츠 부인에게 소개받은 적이 있는, 헤닝이라는 독일 사람의 일본인 부인과 우연히 만났다. 문득 편지 생각이 나서 의논을 하자 헤닝 부인은, 〈간단한 일입니다. 저는 잘 쓰지 못하지만 딸은 독일어도 영어도 잘하니까 번역해 달라고 하죠 뭐〉라며 맡아 주었다. 그래도 사치코는 멀리 외국에 편지를 보낸다는 것이 어쩐지 실감이 나지 않아서 한동안 내버려 두고 있었다. 그리고 어느 날 마침내 자신도 쓰고 에쓰코한테도 쓰게 해 헤닝 부인에게 편지를 보냈다.

그 직후 뉴욕에서 에쓰코에게 소포가 왔다. 풀어 보니 페터가 미국을 경유해 귀국하는 도중에 약손한 신발을 사 보낸 것이었다. 그러나 그 신발은 어찌 된 일인지, 그렇게 치수를 재서 갔는데도 에쓰코의 발에는 너무 작아 들어가지가 않았다. 에쓰코는 그 신발이 고급 에나멜가죽으로 만든 것이니만큼 포기하지 않고 몇 번이고 억지로 발을 넣어 보았다. 간신히 들어가기는 하는데 꽉 끼여서 어떻게 해볼 도리가 없었다.

「아, 아깝다. 조금만 더 컸으면 좋았을 텐데…….」

「페터가 왜 잘못 샀을까? 너무 치수에 딱 맞게 쟀는지도 모르지, 뭐.」

「에쓰코 발이 그때보다 자란 건지도 몰라. 다이들 신발은 조금 큰 듯하게 사야 한다는 걸 말해 줬으면 좋았을 텐데. 페터 엄마가 같이 쟀으면 주의했을 거야, 오마.」

「정말 아깝다.」

「이제 그만 좀 신어, 몇 번이나 신어 보는 거야!」

사치코는 에쓰코가 다시 신발을 신어 보려는 것을, 웃으면서 제지했다. 그리고 애써 보내 준 선물에 대해 뭐라고 인사를 해야 좋을지 몰라서 끝내 고맙다는 편지도 보내지 못하고 말았다.

그 무렵, 다에코는 여기저기서 주문을 받고 있는 인형 제작을, 양행할 때까지 전부 완성해야 한다며 하루도 쉬지 않고 작업실에 다녔다. 한편 다마키 여사의 소개로 파리에 6년간 있었다는 서양화가 벳쇼 이노스케 씨의 부인한테서 프랑스어 회화를 배우고 있었다. 일주일에 세 번, 10엔이라는 특별히 싼 수업료였다. 그래서 그녀는 거의 매일 낮에는 집에 없었다. 학교에서 돌아온 에쓰코는 슈토르츠 씨네 가족이 떠난 이래 쭉 비어 있는 그 집과의 경계에 쳐놓은 철망 쪽으로 가서 철망 사이로 뒤뜰을 정겨운 듯 들여다보곤 했다. 지금은 아무렇게나 무성하게 자라고 있는 잡초 속에서 벌레가 울고 있었다. 지금까지 에쓰코는 너무 가까운 데에 좋은 친구가 있었으므로 같은 반 아이들과는 그다지 놀 기회가 없었고, 그들과의 관계도 점차 소원해졌다. 이렇게 되자 외로움을 견딜 수 없는 모양인지 조금씩 새로운 친구를 사귀려고 했으나 갑자기 마음에 맞는 친구를 찾을 수는 없었다. 그러는 사이에 뒷집에 로제마리 같은 아이를 가진 사람이 또 이사 올지도 모른다는 말을 하기도 했다. 외국인을 위해 지은 셋집이었으므로 일본인은 빌리려고 하지 않는 집이었다. 그러나 온 세상에 동란의 징조가 보이는 지금 서양 사람 중에는 슈토르츠 씨와 같은 이유로 동아시아에서 철수하려는 사람이 많았기 때문에 당분간 그 집에 들어올 사람은 없을 듯했다. 사치코도 할 일이 없어 심심하면 습자 연습을 하거나 오하루에게 고토의 기초를 가르쳐 주거나 하면서 지내고 있었다. 어느 날 사치코는 유키코에게 보낸 편지 말미에, 〈에쓰코만 심심한 게 아니야. 나도 올가을에는 왠지 허무해. 그런데 지금까지는 봄이 더 좋았는데 올해 들어 가을의 이런 덧없음에도 정취가 있다는 걸 처음으로 느끼게 된 건 역시 나이 탓인가……〉라고 써보내기도 했다. 대체로 올해는 봄에 유키코의 맞선이 있었고 6월에는 춤 발표회가 있었으며 이어서 홍수, 다에코의 조난, 오사쿠 선생의 죽음, 슈토르츠 가족의 귀국, 도쿄행, 간토 대폭풍, 오쿠바타케의 편지가 불러일으킨 암운…… 등 꽤 여러 가지 일들이 일어났다. 그런데 이곳에 오고 나서 한꺼번에 조용해졌으므로, 그 때문에 뭔가 뻥하니 구멍이 뚫린 듯 무료해진 것이리라.

사치코는 자신의 생활이 내적으로든 외적으로든 두 자매와 얼마나 밀접하게 연결되어 있는지를 느끼지 않을 수 없었다. 다행스럽게 그녀의 가정은 부부 사이도 좋만했고, 에쓰코는 다소 손이 가기는 하지만 외동딸이어서 원래라면 세 식구가 별다른 풍파 없이 평화롭게 지낼 수 있었을 것이다. 그러나 지금까지 끊임없이 이런저런 변화를 몰고 온 것은 두 자매였다. 그렇다고 두 자매가 성가시다는 건 아니다. 오히려 두 사람 덕분에 항상 가정이 풍부해지는 것 같고 분위기 또한 화사해지는 것을 사치코는 기쁘게 생각하고 있었다. 왜냐하면 돌아가신 아버지의 쾌활하고 야단스러운 성격을 누구보다 많이 이어받은 그녀는 적적한 집 안을 몹시 싫어해서 항상 떠들썩하고 발랄하게 살고 싶었기 때문이다. 그래서 자매들이 큰집을 싫어하고 둘째 언니인 자신의 집에서 더 많은 날을 보내고 싶어 하는 것을 그녀는 언니 부부의 체면을 생각해 직접 권유하지는 않았지만 마음속으로는 환영하고 있었다. 그리고 큰집처럼 아이가 많은 데서 살게 하기보다는 비교적 집이 넓고 식구도 적은 자신이 맡는 편이 자연스럽다고 생각하고 있었다. 큰집에 마음을 쓰면서도 아내의 그런 성격을 이해해 주고 흔쾌히 자매들을 받아들여 준 남편 덕분이기도 할 것이다. 그런 이유로 그녀와 두 자매 사이에는 보통의 자매에 대한 관념으로는 이해하기 어려운 점이 있었다. 사치코는 종종 남편이나 딸보다 유키코나 다에코에게 마음을 쓰는 시간이 많은 게 아닐까 하는 생각에 스스로도 깜짝 놀랄 때가 있었다. 솔직히 말해서 그녀에게 이 두 자매는 에쓰코 못지않게 귀여운 딸이자 둘도 없는 친구였다. 이번에 혼자 있어 보니 비로소 자신이 친구다운 친구를 갖지 못했다는 것, 형식적인 교제 이외에는 부인들과도 별로 사귀지 않았다는 것을 깨닫고 이상하다고 느끼긴 했지만, 생각해 보면 그것은 두 자매가 있어서 꼭 그럴 필요가 없었기 때문일 터였다. 그런데 이제는 로제마리를 잃어버린 에쓰코와 마찬가지로 그녀도 별안간 적막감을 느끼기 시작했다.

데이노스케는 아내가 힘없이 풀이 죽어 있는 모습을 진작부터 눈치채고 있었다. 10월 말, 신문 연예란을 훑어보면서 데이노스케는,

「여보, 다음 달에 6대째 기쿠고로가 오사카에 온다는군」

하며 5일쯤 보러 가지 않겠느냐고 물었다. 이번에는 「가가미지시(鏡獅子)」[133]가 나온다니까 다에코도 갈 수 있을지 모른다는 말도 덧붙였다. 그러나 다에코는 다음 달 초에는 더욱 바빠서 다음에 간다고 했으므로 부부는 그날, 에쓰코와 셋이서만 가부키를 보러 갔다. 사치코는 9월에 도쿄에서 보지 못한 불만을 이번 기회에 해소했고 또 에쓰코에게도 기쿠고로의 연기를 보여 주고 싶던 소원도 이룬 셈이었다. 그런데 그날 밤 「가가미지시」가 나온 뒤 막간에 사치코는 복도에 서서 갑자기 눈물을 흘렸다. 에쓰코는 알아채지 못했으나 데이노스케는 알아챘다. 무슨 일에나 감격하기 잘 하는 아내이긴 하지만, 아무리 그렇더라도 이상하다는 생각이 들었다.

「왜 그래?」

133 가부키 무용 「슌쿄가가미지시(春興鏡獅子)」를 말한다.

데이노스케는 살짝 구석진 자리로 사치코를 데려가 물었다. 사치코는 다시 눈물을 뚝뚝 떨어뜨리며,

「여보, 벌써 잊었어요?…… 그게 바로 3월의 오늘이었어요. 그런 일이 없었다면 이번 달이 바로 열 달쩬데……」

하고 솟구치는 눈물을 닦으려고 손가락 끝으로 속눈썹을 찍어 눌렀다.

23

 다마키 여사가 정월에 유럽으로 떠난다고 했는데 벌써 11월 초순도 거의 다 지났으므로 다에코는 제정신이 아니었다. 그래서 사치코에게, 데이노스케 형부는 도쿄에 언제 가느냐고 넌지시 물어보기도 했다. 데이노스케는 보통 두 달에 한 번 정도는 도쿄에 갈 일이 있었지만 공교롭게도 최근엔 그럴 기회가 없었다. 그러다가 「가가미지시」를 본 며칠 후 갑자기 이삼 일 예정으로 도쿄에 갈 일이 생겼다.

 떠나는 일정은 항상 갑자기 정해지기 때문에 사치코도 전날 오후 다른 일로 남편이 사무실에서 전화를 해와 우연히 도쿄에 간다는 말을 들었다. 그런데 남편이 도쿄에 가서 어떤 식으로 이야기를 해야 하는지 잘 생각해 볼 필요가 있었으므로 작업실에 가 있는 다에코에게 전화를 해서 빨리 집으로 오라고 했다. 왜냐하면 제대로 된 양재사가 되기 위해 프랑스로 가고 싶다는 다에코의 소망에는 또 한 가지 깊은 이유가 있었기 때문이다. 양재사가 되려는 데는 앞으로 오쿠바타케와 결혼했을 때 다에코가 오쿠바타케를 부양해야 할 일이 생길 것 같다는 전제가 깔려 있었다. 그래서 제대로 된 순

서를 밟는다면 그 전제 조건, 즉 오쿠바타케와의 결혼부터 허락받는 것이 선결문제였다. 그런데 그렇게 되면 일이 복잡해져서 제시간에 일을 해결할 수 없을 것이고, 말을 전할 데이노스케도 그런 무거운 사명을 떠맡는 것은 싫을 것이다. 또 다에코도 당장 양행만 할 수 있으면 되기 때문에 공연히 사건을 복잡하게 만들지 않으려면 그때 결혼 이야기는 덮어두는 것이 좋지 않을까? 그렇다면 어떤 식으로 이야기해야 하나. 〈나는 예전에 연애 문제로 신문에까지 났으니까, 그렇다고 삐딱하게 받아들이는 것은 아니지만, 어쨌든 좋은 데로 시집갈 수 있을 것 같지 않으니까 직업 부인으로 자립하고 싶다.〉 다에코가 이런 식으로 이야기하더라고 하면 어떨까? 〈물론 말이 그렇다는 얘기지 좋은 자리가 난다면 시집갈 것이다. 그렇지만 직업을 하나 가지고 있으면 조건이 유리해진다. 양행까지 해서 간판을 하나 따서 귀국하면 나를 불량소녀처럼 봤던 사람들도 다시 볼 것이니 일종의 명예 회복도 되지 않겠느냐. 그러니까 꼭 허락해 주었으면 좋겠다. 그리고 그 비용을 대준다면 앞으로 결혼하는 일이 있더라도 절대 결혼 준비금을 받지는 않겠다.〉 이런 식으로 말하더라고 하면 어떨까? 이것은 거의 모두 사치코의 제안이었는데 다에코도 이의가 없었는지 〈어떻게든 언니가 알아서 부탁해〉 하고 말했다.

그러나 사치코는 그날 밤 남편한테 그 일을 부탁할 때, 자기 혼자만의 생각을 한두 가지 덧붙였다. 다에코를 이타쿠라나 오쿠바타케한테서 멀리 떼어 놓는 것이 좋다고 생각하는 사치코는 다에코와는 다른 이유에서 진심으로 다에코의 양행을 바라고 있었다. 그러나 이타쿠라 사건은 남편한테든 그 누구한테든 얘기한 적이 없었으므로 오쿠바타케와 관련된 일 중에서 몇 가지만 이야기하도록 남편에게 부탁했다. 즉 최근 오쿠바타케가 다에코와의 결혼 문제에 대해 양해를 구하려고 한두 번 아시야로 찾아왔다는 것, 사치코가 만나 본 바로는 겉으로는 진지한 듯한 태도를 꾸미고 있었지만, 아무래도 예전의 순진함이 사라진 것 같다는 것, 테이노스케가 은밀히 조사한 바로도 화류계나 카페 같은 데 글잘 들락거리는 모양이니 전도유망한 청년이라고는 볼 수 없다는 점 등의 사정을 이야기하고, 이런 때 다에코의 마음이 양재 기술을 습득하는 쪽으로 기운 것은 좋은 일이니까 차라리 그 희망을 받아들여 양행을 하게 하면 어떻겠는가, 다에코도 이제 스물여덟이나 되었으니 설마 그때처럼 무분별한 짓은 하지 않겠지만, 한 번 실수를 저지른 적이 있으니까 당분간 그 청년의 손이 닿지 않는 데 있게 하는 것이 안전할 것 같다고 말해 달라고 했다. 사치코의 생각으로는, 돈은 다에코의 몫을 달라고 하면 되니까 큰집에서 직접 돈을 내는 것은 아니겠지만, 무슨 일에나 보수적인 큰집이 여자의 양행 같은 걸 간단히 허락해 줄 것 같지는 않기 때문에, 〈또 사랑의 도피라도 하면 큰일이니까〉 하고 다소 협박하는 의미로 말해야 효과가 있을 것 같았다.

테이노스케는 다에코 일 때문에 특별히 체재 기간을 하루 늘려, 3일 오후 2시쯤 시부야의 큰집으로 찾아갔다. 윗동서보다는 처형과 이야기하는 것이 좋을 듯싶어서였다. 처형은 대충 이야기를 듣더니,

「무슨 얘긴지는 잘 알겠어요. 하지만 제가 뭐라고 말할 입장이 못 되니까 그이의 의견을 들어 보고 나중에 사치코한테 편지로 답하면 어떨까요? 다에코가 서두르고 있다니 편지도 되도록 빨리 보내도록 할게요. 매번 동생들 일로 제부한테가

지 여러 가지로 걱정을 끼쳐 죄송해요」

하고 인사말까지 했다. 물론 즉답을 얻을 수 있는 문제가 아니었으므로 데이노스케는 그런 처형의 말만 듣고 돌아왔을 뿐이었다. 사치코는, 언니가 그렇게 말하긴 했어도 느긋한 성격이고 형부도 일을 결정하는 데 시간이 걸리는 편이므로 곧바로 답장이 오지 않을 거라고 예상은 하고 있었는데, 역시 열흘이 지나도 아무런 소식이 없었다. 드디어 11월도 하순이 되어 버렸다.

「당신이 한번 재촉해 보는 게 어때요?」

사치코가 데이노스케에게 물었으나

「시작은 내가 했으니까 그다음은 몰라」

하고 발뺌을 했다. 그래서 사치코는 〈다에코 일은 어떻게 되었습니까? 유럽으로 떠난다면 출발은 정월이에요〉 하는 편지를 보냈다. 역시 감감무소식이었다.

「다에코 네가 도쿄에 갔다 와! 그러는 편이 빠르겠어.」

사치코가 이렇게 말했으므로 다에코도 그렇게 하기로 마음먹고 이삼일 안에 떠날 생각을 하고 있던 참이었다. 그런데 11월 13일이 되어서야 도쿄에서 이런 편지가 왔다.

사치코에게

그 후 소식을 전하지 못했는데 별고 없지? 제부한테 에쓰코의 신경 쇠약은 경과가 좋다는 얘기를 듣고 안심했다. 이제 올해도 얼마 남지 않았구나. 나는 도쿄에서 두 번째 설을 맞이하게 되었다. 또 그 무시무시한 겨울이 다가오고 있다고 생각하니 소름이 다 끼친다. 아자부의 동서 말로는, 도쿄의 추위에 익숙해지려면 3년은 걸린다고 하더라. 동서도 도쿄로 이사 오고 나서 3년 동안은 감기를 달고 살았다더구나. 그러니 아시야 같은 데 사는 너는 행복한 거란다.

지난번에는 바쁠 텐데도 제부가 다에코 일로 일부러 찾아와 말해 줘서 정말 고마웠다. 자매들 일로 걱정을 끼쳐 늘 미안한 마음뿐이야. 사실 좀 더 빨리 답장을 했어야 했는데, 늘 그렇듯이 매일 아이들 뒷바라지하느라 차분히 붓을 들 틈이 없구나. 게다가 모처럼의 일인데 네 형부도 반대를 하니 편지 쓰기가 쉽지 않아서 그만 하루하루 미루고만 있었다. 언짢아하지 말고 네가 용서해라.

네 형부가 반대하는 이유는 한마디로, 신문에 난 사건에 대해 다에코가 계속 그렇게 열등감을 느낄 필요는 전혀 없다는 거야. 그 일은 8~9년이나 된 일이니까 이제 신경 쓸 필요는 없다는 거지. 그 일 때문에 혼처가 없을 거라든가 직업 부인이 되려고 한다는 건 너무 비뚤어진 생각이라는구나. 한 집안 사람을 이렇게 말하면 우스운 일일지 모르지만 인물하며 교양하며 재능하며 다에코라면 훌륭한 신부가 될 수 있다는 건 틀림없는 사실이니까, 아무쪼록 비뚤어진 생각은 하지 말아야 한다고 하더라. 그리고 맡아 두고 있는 돈을 지금 내놓으라고 하면 곤란하대. 별도로 다에코 명의로 된 돈이 있는 것도 아닌가 봐. 다에코가 결혼식을 올릴 때를 생각해 따로 떼어 놓은 돈이 없는 건 아니지만, 이유 여하를 불문하고 청구하기만 하면 내줄 수 있는 그런 돈을 맡고 있지는 않다는 거야.

네 형부는 다에코가 직업 부인처럼 되는 것에는 극구 반대야. 앞으로 좋은 연분을 찾아 정식으로 결혼하고 어디까지나 현모양처가 되는 걸 이상으로 삼아 주길 바라고 있어. 만약 취미로 한다면 인형 제작이나 하면 되고 양재 같은 건 바람직하지 않다는 거지.

그리고 오쿠바타케 일은, 지금으로서는 찬부를 말할 시기가 아니니까 완전히 백지 상태로 두고 싶다는구나. 하긴 다에코도 이제 어엿한 어른이니까 우리도 전처럼 그렇게 까다롭게 굴지는 않을 생각이다. 너희 부부가 뒤에서 감독해 준다면 가끔 교제하는 정도의 일은 너그럽게 봐줘도 좋다고 생각해. 아무쪼록 직업 부인이 되려는 생각만큼은 말려 주었으면 좋겠구나.

중간에 나서서 애써 준 제부한테는 미안하지만, 일이 그렇게 되었으니 다에코한테는 네가 잘 말해 줘. 다에코가 그렇게 갈피를 못 잡고 헤매는 것도 결혼이 늦어져서라고 생각하니 유키코의 혼담이 더욱 다급한 것 같구나. 정말 하루라도 빨리 유키코의 혼처가 정해지면 좋겠는데, 올해도 결국 혼담이 성사되지 못하고 마는가 보다.

아직 하고 싶은 이야기가 산더미 같지만 오늘은 이만 줄일게. 그럼 제부, 에쓰코, 다에코, 모두에게 안부 전해 주렴.

11월 28일

쓰루코

「이 편지, 당신은 어떻게 생각해요?」

그날 밤 사치코는 다에코에게 말하기 전에 먼저 데이노스케한테 보여 주었다.

「돈 이야기, 다에코 처제가 생각하는 것과 큰댁에서 말하는 게 약간 다른 것 같지 않아?」

「바로 그거예요, 문제는.」

「당신은 대체 어떻게 들은 거야?」

「이렇게 되면 누구 말이 진짜인지 저도 모르겠어요. 어쨌든 형부가 아버지한테서 맡아 두고 있는 돈이 있다는 이야기는 들었는데…… 지금 그 애긴 다에코한테는 하지 않는 게 낫지 않을까요?」

「아냐, 그런 중요한 일은 오해가 생기지 않도록 빨리 말해 주는 게 좋아.」

「여보! 그런데 오쿠바타케 일은 어떻게 말했어요?…… 요즘은 예전처럼 그렇게 좋지 않은 것 같다는 얘기는 했어요?」

「응. 우리가 본 걸 대충 말하긴 했는데, 오쿠바타케 일은 그다지 말하고 싶어 하지 않는 것 같아서 그렇게 깊은 얘기는 하지 못했어. 뭐, 지금은 되도록 교제하지 않는 게 좋을 것 같다는 얘기는 해두었지만, 우리가 오쿠바타케와의 결혼에 반대한다는 얘기는 할 수 없었어. 물어보면 말할 생각이었는데 그 이야기가 나오면 피해 버리니까…….」

「오쿠바타케 문제는 백지 상태로 두고 싶다고 썼지만, 언니와 형부는 속으로 오쿠바타케와 결혼시키고 싶은 게 아닐까요?」

「그럴 거야. 나도 그런 느낌을 받았으니까.」

「그럼 결혼 문제부터 먼저 끄집어내는 게 좋았을지도 모르겠네요.」

「글쎄…… 그건 그렇고, 결혼한다면 양행할 필요는 더더욱 없어지게 되는데.」

「정말, 그러네요.」

「하여튼 그런 복잡한 얘기라면, 다에코 처제가 직접 가서 부딪쳐 보는 게 낫지 않을까? 나는 이제 싫어.」

사치코는, 예전 같으면 큰집에 대해 유키코 이상으로 악감정을 가지고 있는 다에코에게 언니 부부의 의향을 그대로 전하는 걸 일단 망설였겠지만, 숨기지 않는 게 좋다는 남편의 의견도 있고 해서 이튿날 그 편지를 다에코에게 보여 줬다. 결과는 짐작한 대로였다.

「난 이제 어린애가 아니니까 앞으로 생활 방침을 결정할 때 언니 부부의 지시 같은 건 받지 않을 거야. 내 일은 누구보다 내가 잘 아니까. 직업 부인이 되는 게 도대체 왜 그렇게 나쁘다는 거야? 형부들은 아직도 집안이라든가 격식에 사로잡혀서 집안에서 여자 양재사가 나오는 걸 아주 명예롭지 못한 일로 생각하는 모양인데, 그거야말로 시대에 뒤떨어진 가소로운 편견 아니야? 이렇게 되면 내가 가서 당당하게 내 생각을 말하고 언니 부부의 잘못된 생각을 고쳐 주겠어.」

다에코는 이렇게 말했다. 그리고 돈 문제에 대해서는 몹시 화를 냈는데, 다쓰오 형부한테 그런 말을 하게 한 큰언니가 더 나쁘다고 했다. 지금까지는 형부를 공격하기는 했어도 큰언니를 비난한 적이 없었는데 이번에는 오히려 창끝을 큰언니한테 돌렸다.

「그거야 그 말대로 내 명의로 되어 있지 않은지는 모르겠지만, 앞으로 나한테 줄 돈을 형부가 맡아 두고 있는 건 도미나가의 숙모한테도 들었고, 언젠가 큰언니도 그런 말 하지 않았어? 그런데 이제 와서 그렇게 애매한 말을 하다니, 괘씸해 죽겠어 정말. 아이들이 계속 늘어나서 생활비가 많이 드니까 형부도 금세 마음이 바뀐 것 같은데, 큰언니까지 아무렇지 않게 그런 말을 전하다니, 그게 말이 돼? 좋아, 큰댁에서 그렇게 말한다면 나도 다 생각이 있어. 그 돈은 반드시 받아 내고야 말겠어.」

다에코는 울면서 씩씩거렸다. 그래서 사치코는 다에코를 달래느라 한바탕 진땀을 흘려야 했다.

「뭐, 둘째 형부가 말한 방식이 서툴렀는지도 모르니까 그렇게 외곬으로 생각하지 마. 네가 하는 말이 무슨 말인지는 다 알겠는데 우리 입장도 좀 생각해 줘야지. 당장 담판 지으러 가는 것도 좋지만, 이왕 이야기할 거면 좀 부드럽게 하는 게 좋아. 네가 큰댁에 가서 시비조로 덤빈다면 우리도 난처해지잖아. 우린 그런 생각으로 네 편이 되어 준 것도 아니고.」

사치코는 이렇게 말하며 다에코를 납득시키려고 했다. 그러나 다에코도 순간적으로 너무 분한 나머지 감정을 발산할 곳을 찾았을 뿐, 그것을 실행할 만큼의 용기는 없는 듯 이삼 일이 지나자 점점 흥분을 가라앉히고 여느 때처럼 차분해졌다. 그 후 다에코가 그 일에 대해서는 전혀 말을 하지 않았으므로 사치코는 안심하면서도 내심 걱정하고 있었다. 그런데 12월 중순경 어느 날 오후 다에코가 갑자기 일찍감치 돌아와서는,

「나, 프랑스 말 배우는 거 그만뒀어」

하고 말했다.

「그래?」

사치코가 이도저도 아닌 태도로 대답하자,

「양행도 그만둘래」

하는 것이었다.

「그래?…… 그거 참, 애써 결심한 일이지만 큰댁에서 그렇게 말한다면 그만두는 게 좋겠지.」

「나, 큰댁에서 어떻게 말하든 상관없는데, 다마키 선생님이 그만두기로 해서 그래.」

「뭐, 왜?」

「1월부터 양재 학원이 시작된대. 그래서 유럽에 갈 여유가 없어졌나 봐.」

다마키 여사는 노요리의 양재 학원을 개축해야 했는데 그

틈에 유럽에 갔다 올 생각이었다. 그런데 피해 상황을 조사해 보니 원래 건물은 거의 쓸모가 없게 되었으므로 애초에 다시 지어야 할 것 같았다. 그러나 인부와 자재가 부족한 때라서 그 일은 경제적으로도, 시간적으로도 쉽지 않았으므로 얼마 전부터 여러 모로 생각하고 있던 참이었는데, 다행히 많은 비용을 들이지 않고도 한큐 롯코에 학원으로 쓸 만한 아주 싼 서양식 건물이 나와 있어서 그것을 구입하기로 했다. 그리고 막상 그런 건물이 손에 들어오자 당장 학원 경영을 시작하고 싶어졌다. 여사의 남편도 유럽의 동란을 걱정해 양행을 그만두도록 권유하기도 했다. 어쨌든 남편의 의견은 최근 유럽에서 돌아온 한 무관(武官)의 말에 따른 거라고 했다. 그 말에 따르면 그 후 독일과 영국, 프랑스의 관계는 지난 9월 말에 있었던 뮌헨 회의[134] 이래 표면적으로 소강 상태를 유지하고 있지만 결코 서로가 진정한 양해에 도달한 것은 아닌 모양이었다. 영국은 아직 전쟁 준비가 되어 있지 않았으므로 독일을 잠시 방심시키기 위해 타협한 것에 지나지 않았고, 독일 역시 영국의 의도를 간파하고 상대의 의표를 찌를 생각이기 때문에 가까운 시일 안에 반드시 전쟁이 일어날 거라는 얘기였다. 하여튼 이런저런 이유로 결국 여사는 양행을 단념하기로 했다. 그래서 다에코는 여사가 그만둔다면 어쩔 수 없으므로 자신도 그만두기로 한 것이다. 다만 양재사가 되는 것은 큰집에서 뭐라고 하든 그만두지 않을 것이고, 1월부터

---

134 1938년 9월 29, 30일 양일간 독일 남부의 뮌헨에서 열린, 즈데텐 문제에 대한 독일, 이탈리아, 영국, 프랑스의 수뇌회담이다. 당사국인 체코슬로바키아를 배제한 채 협의한 결과 나치스의 반소, 반공 노선에 기대하던 영국과 프랑스는 그 이상의 영토 요구는 하지 않는 것을 조건으로 독일의 즈데텐 병합을 인정했다.

양재 학원이 시작되면 배우러 다닐 생각이었다. 댜에코는 이번 일로 하루 빨리 큰집의 생활비 보조를 완전히 끊고 자립할 필요가 있음을 한층 통절하게 느꼈고, 그런 점에서도 서둘러 기술을 습득해야 한다는 말을 했다.

「너는 그래도 괜찮지만 양재 배우는 걸 그만두지 않으면 우리가 큰댁에 할 말이 없게 돼.」

「언니는 그냥 모른 척하고 있었으면 좋겠어.」

「어떻게 그럴 수 있겠니?」

「인형도 계속 제작하고 있는 걸 보면 양재는 그만둔 모양이라고 말하면 돼.」

「들키면 곤란해지는데…….」

사치코는 댜에코가 자꾸만 자립하려고 조바심치고 있는 것과 큰집에서 맡아 두고 있다는 돈을 다소 불손한 태도를 보여서라도 받아 내려고 하는 것 사이에 뭔가 위험한 생각이 숨어 있는 것 같았다. 그리고 머지않아 자신들이 그 틈바구니에 끼여 꼼짝할 수 없이 곤란한 상황이 올 것만 같아서, 그날은 댜에코가 무슨 말을 해도,

「그건 곤란해」

하는 말만 되풀이했다.

24

도대체 댜에코가 직업 부인의 실력과 자격을 얻으려는 진짜 이유는 어디에 있는 것일까? 만약 댜에코 자신이 말한 대로, 지금도 여전히 오쿠바타케와 결혼하고 싶어 한다면 그것과 이것은 양립할 수 없는 게 아닐까? 댜에코의 말로는, 오쿠

바타케같이 미덥지 못한 사람과 부부로 같이 살려면 만약의 경우를 대비해 남편을 먹여 살릴 준비가 되어 있어야 한다고 했다. 그러나 오쿠바타케는 부족할 것 없는 도련님 신분으로, 먹고사는 데 지장이 있다는 것은 정말 〈만약의 경우〉일 뿐이었다. 그렇게 빈약한 이유로 양재를 배우고 싶어 하고 유럽에 가고 싶어 한다는 것은 아무래도 부자연스러워 보였다. 그보다는 사랑하는 사람과 새로운 가정을 꾸릴 날이 하루라도 앞당겨지는 걸 바라야 하는 게 아닐까? 예전부터 조숙한 데다 조심성 있는 태도를 지닌 다에코라서 결혼에 대해서도 먼 앞날에 일어날 일까지 미리 생각하고 준비해 두는 것이야 알겠지만, 아무리 그래도 납득할 수 없는 점이 있었다. 이런 생각을 하다 보니 사치코는 언젠가 느꼈던 것처럼 사실 다에코는 오쿠바타케를 싫어하여 자연스럽게 그와의 결혼 약속을 없던 일로 하고 싶은 게 아닐까, 그리고 유럽에 가겠다는 것은 그 첫걸음이며, 직업 부인이 되려는 것도 오쿠바타케와 헤어진 후에 생활하기 위한 수단이 아닐까, 하는 의심이 다시 짙어졌다.

이타쿠라와의 사이도 사실 석연치 않은 구석이 있었다. 그 일이 있고 난 후 이타쿠라는 찾아오지도 않았고, 전화나 편지를 하는 것 같지도 않았다. 다에코는 하루의 대부분을 밖에서 보내니까 어디서 무슨 일을 꾸미고 있는지 알 수 없었지만 그 후로 이타쿠라가 전혀 모습을 드러내지 않는다는 게 오히려 심상치 않았고, 아무도 모르게 사귀고 있는 게 아닐까 하는 의심마저 생겼다. 사치코의 이런 의심은 아주 막연한 것이었다. 무슨 근거가 있는 건 아니었지만 날이 갈수록 그런 의심은 점점 더 짙어졌고, 아무래도 그런 것임에 틀림없다는 생각이 들기도 했다. 사치코가 볼 때, 다에코의 외모, 성품이나 표정, 행동거지, 말투 같은 것이 올봄인가부터 점차 변해 가는 것 같은 것도 그런 의심을 키우는 한 이유였다. 왜냐하면 다에코는 원래 자매 가운데 유일하게 행동거지가 분명해, 좋게 말하면 근대적이라고 할 만한 점이 있었는데 요즘에는 그런 경향이 묘하게 변해 조금씩 무례하고 품위 없는 언동을 보이기 시작했기 때문이다. 다른 사람에게 속살을 드러내는 것도 예사로 했다. 식모들이 있는 데서도 알몸에 유카타만 입은 채 오비를 풀어 헤치고 선풍기 바람을 쐬기도 하고 욕실에서 나와 여염집 아낙네 같은 모습으로 있는 일도 드물지 않았다. 앉을 때도 옆으로 비스듬히 앉거나 심할 때는 앞자락을 풀어헤치고 책상다리를 하고 앉아 있기도 했다. 위아래 순서를 지키지 않아 언니 부부보다 젓가락을 먼저 들거나 윗자리에 앉기 일쑤였다. 그래서 손님이 있을 때나 외출했을 경우 사치코는 걱정이 되어 조마조마한 적도 많았다. 올 4월 난젠지의 효테이라는 요릿집에 갔을 때도 가장 먼저 방으로 들어가 유키코보다 윗자리에 앉았고, 요리가 나오자 가장 먼저 젓가락을 들었다. 그래서 나중에 사치코는 〈다에코와 요릿집에 가기 싫어〉라고 유키코한테 귀엣말을 한 적이 있었다. 여름에 기타노 극장에 갔을 때도 식당에서 유키코가 사람들에게 차를 따라 주고 있는데도 다에코는 그것을 뻔히 보면서도 도와줄 생각은 하지 않고 잠자코 차만 마셨다. 전부터 다소 버릇이 나쁘긴 했으나 최근 들어 더욱 심해져 눈에 띌 정도였다. 얼마 전 밤에도 사치코가 무심코 부엌 앞의 복도를 지나치려니 그곳 장지문이 반쯤 열려 있고 목욕물을 데우는 아궁이에서 목욕탕으로 통하는 쪽문이 한 뼘 정도 열려 있었는데 그 틈으로 욕탕에 몸을 담그고 있는 다에코의 어깨 위쪽이 다 보였으므로,

「얘, 오하루! 목욕탕 문 좀 닫아라!」

하고 말해서 오하루가 문을 닫으려고 가자,

「놔둬, 놔둬! 그냥 놔둬!」

하고 다에코가 욕조에서 소리쳤다.

「어머! 여길 그냥 열어 두라고요?」

「그래. 라디오 들으려고 일부러 열어 둔 거야.」

그러고 보니 응접실에 있는 라디오에서 신교향악단의 연주가 흘러나오고 있었다. 다에코는 응접실과 목욕탕 사이에 있는 장지문들을 조금씩 열어 두고 욕조에 몸을 담근 채 음악을 듣고 있었다.

올 8월인가, 어느 날 고즈치야 포목점의 젊은 주인이 맞춤옷을 가져왔을 때였다. 식당에서 오후의 차를 마시고 있던 사치코는 다에코를 응접실로 가게 해 손님을 맞게 해놓고, 잠시 두 사람이 주고받는 말을 부엌에서 듣고 있었다.

「아가씨는 살이 찌셨으니까 홑옷을 입고 다니시면 엉덩이가 다 보이겠네요」

하고 포목점 주인이 말하자,

「보이진 않지만 뒤를 따라오는 사람은 많아요」

하고 다에코가 응수했다. 그러자 포목점 주인은,

「그렇겠지요」

하며 헤헤 웃었다. 이런 수작을 듣고 있던 사치코는 불쾌했다. 다에코의 말투가 점점 품위를 잃어 가는 것을 진작부터 알고는 있었으나 설마 이런 수작을 하리라고는 생각하지 못했다. 평소 포목점 주인은 단골 부인이나 아가씨에게 이런 말을 하는 사람이 아니었으므로, 오히려 다에코 쪽이 상대로 하여금 허물없이 말하게 하는 틈을 보인 것 같았다. 다에코는 사치코 등이 모르는 데서는 아무하고나 늘 이런 상스러운 말을 주고받는 게 아닐까 싶었다. 원래 다에코는 인형을 제작하고, 춤을 배우고, 양재를 배우는 등 다방면에 걸쳐 일을 하고 있고 자매 중 누구보다도 사회 각층의 사람들과 접촉하고 있기 때문에 자연스럽게 서민 사회의 실정에 밝았다. 그래서 막내인데도 세상 물정을 가장 잘 알고 있었다. 그런데 그런 것을 다소 자랑스럽게 생각하는 경향이 있어서, 걸핏하면 사치코나 유키코를 세상 물정 모르는 아가씨 취급을 하곤 했다. 지금까지는 그래도 일종의 애교로 웃어넘겼지만 이렇게 되고 보니 내버려 두어서는 안 될 듯했다. 사치코는 쓰루코처럼 옛날 기질도 아니고 또 구식 사상에 사로잡혀 있지는 않았지만, 그래도 자매 중에 이런 말투를 쓰는 동생이 있다는 게 불쾌하기 짝이 없었다. 다에코가 그런 경향을 보이는 것은 누군가 그녀에게 특별히 영향을 끼치는 사람이 배후에 있다는 것을 암시하는 것 같았다. 그런 생각을 하자니 농담을 늘어놓는 이타쿠라의 말투나 관찰 방법, 그 밖의 천한 말투와 행동이 다에코의 그것과 일맥상통하는 듯했다.

그러나 한편으로 생각해 보면, 자매 가운데 유독 다에코 혼자만 그렇게 별나게 된 데는 그럴 만한 이유가 있었다. 그래서 당사자만 비난하기에는 무리한 점도 없지 않았다. 왜냐하면 자매 가운데 막내인 그녀 혼자만, 아버지가 전성기였던 때의 혜택을 충분히 받지 못했기 때문이다. 어머니는 다에코가 겨우 소학교에 들어갈 무렵 돌아가셨기 때문에 그녀는 어머니의 얼굴만 어렴풋이 기억하고 있을 뿐이었다. 그리고 아버지는 화려한 것을 좋아하는 호사스러운 사람이었으므로 딸들에게도 갖은 사치를 다 부리도록 했는데, 다만 다에코는 자신이 그런 혜택을 얼마나 받았는지 절실하게 기억하고 있지 않다고 해도 과언이 아니었다. 다에코와 나이 차이는 얼마 나지 않지만 유키코는 아버지에 대해 이러저러한 추억을 가지고 있어서, 그때 이런 것도 해주었고 저런 것도 해주었다는 이야기를 자주 하지만, 다에코는 너무 어렸으므로 설사 뭔가를 해주었다고 해도 실제로 기억하고 있는 게 거의 없었다. 적어도 춤이라도 계속 배웠더라면 좋았을 텐데, 그것도 어머니가 돌아가시고 나서 한두 해 남짓 하다가 그만두었다. 다에코는 오히려, 아버지가 자기한테 늘 얼굴이 새까맣고 지저분하다고 한 말을 기억하고 있는데, 그도 그럴 것이 아버지 말년에는 아직 여학교에 다니고 있었으니까 입술연지도 분도 바르지 않은 채여서 사내아인지 계집아인지 분간할 수 없는 옷차림의 지저분한 소녀였음에 틀림없었기 때문이다. 당시 다에코는 빨리 학교를 졸업해서 언니들처럼 꾸미고 다닐 수 있는 나이가 되었으면 했고, 그러면 아버지가 자기한테도 예쁜 옷을 사줄 거라고 생각했다. 그러나 그 바람이 이루어지기도 전에 아버지가 돌아가시고 그와 동시에 마키오카 집안의 영화도 종언을 고하고 말았다. 그 후 얼마 안 있어 오쿠바타케와의 사이에 〈신문에 실린 사건〉이 터진 것이다.

그러므로 유키코는 〈그 사건도 부모의 애정을 가장 덜 받았고 부모가 돌아가신 뒤에는 형부와의 사이도 좋지 못해 가정적으로 무미건조한 시간을 보낸 결과, 감수성이 예민한 소녀라서 그런 식으로 발전한 것이다. 누구의 책임인지 모르겠지만, 결국 환경 탓이다. 학교 성적만 봐도 다에코는 우리에 비해 조금도 떨어지지 않았고, 수학 같은 것도 제일 잘하지 않았느냐〉라는 요지의 말을 하곤 했다. 그러나 그 사건이 다에코의 경력에 낙인을 찍음으로써 그녀를 더욱 삐딱하게 만든 것도 분명했다. 그리고 지금도 다에코는 결코 큰집 형부한테서 유키코와 동등한 대우를 받지 못하고 있었다. 일찍부터 그녀를 집안의 이단아로 봤던 형부는, 사이가 나쁜 건 마찬가지지만 유키코한테는 친밀감을 보였으나 다에코는 애물단지로 취급했다. 그 차별은 어느새 다달이 받는 용돈이라든가 의상, 소지품에서까지 확연히 드러났다. 유키코에게는 언제 시집을 가도 좋도록 옷장 가득 준비해 주었지만 다에코에게는 이렇다 할 고가의 물건을 해준 적이 없었다. 지금 가지고 있는 값나가는 물건은 대개 자신이 번 돈으로 마련했거나 아니면 사치코가 사준 거였다. 하긴 다에코에게는 별도의 수입이 있었으니까 유키코와 동등하게 대우하면 오히려 불공평하다는 게 큰집의 생각이었다. 다에코 자신도 〈나는 돈이 궁하지 않으니까 유키 언니한테나 줘라〉고 말했는데, 사실 지금 다에코가 큰집에 끼치고 있는 부담은 유키코의 반도 안 될 것이다. 그러고 보니 매달 상당히 벌고 있다고는 하나 최신 유행에 따라 옷을 사 입고 장신구 따위로 온갖 사치를 다 하는 다에코가 저금까지 하면서 잘 꾸려 나가는 것을 보고 〈어쩌면 저렇게 잘해 나갈 수 있을까〉 하고 사치코는 매번 감탄했다(사치코는 다에코의 목걸이라든가 반지 중에는 오쿠바타케 귀금속점의 진열대에서 나온 것도 있지 않을까 하고 몰래 의심한 일도 있었다). 돈의 고마움을 절실하게 알고 있는 것도 자매 가운데 다에코가 가장 출중했다. 그 점에 대해서는 아버지의 전성기에 자란 사치코가 제일 몰랐다. 그러나 다에코는 집안이 몰락했을 때의 비참함을 뼈저리게 느꼈다.

사치코는 머잖아 이 별난 동생이 또 무슨 사고라도 치지 않을까 생각하니, 자신들이 그런 일에 휩쓸릴까 봐 겁이 나 가능하면 그녀를 큰집에 보내는 것이 좋을 듯싶었다. 그러나 당사자가 그것을 받아들이지 않는 것은 물론이고 지금은 큰집도 받아들이려 하지 않을 듯했다. 실제로 이번에도, 〈그런 이야기를 듣고 보니 다에코를 그곳에 맡겨 두는 것이 걱정되니 곁으로 불러들여 감독하겠다〉고 말할 법한 상황인데도 전혀 그런 뜻은 비치지 않았다. 그도 그럴 것이 형부가 세상 사람들에 대한 체면을 생각해서 처제들이 작은집에 있고자 하는 것을 싫어한 것도 오래전 이야기이고, 지금은 그런 것도 아니었다. 거기에는 경제 문제가 얽혀 있는 게 분명한데, 요즘 큰집에서 보면 다에코는 거의 독립한 것이나 다름없기 때문에 다달이 약간의 돈만 보내 주면 되는 것이었다. 그 사정을 알고 있는 사치코에게는 일면 다에코를 측은해하는 마음도 있어서 성가시게 여기면서도 이제 와서 내버려 둘 수도 없는 형편이었다. 그렇다면 다시 한번 당사자와 부딪쳐서라도 평소 의아했던 일들을 잘 따져 볼 필요가 있었다.

해가 바뀌고 정초 대문 앞에 소나무를 장식하는 기간도 끝난 후의 일이었다. 다에코는 일부러 사치코에게 알리지 않고 다시 양재 학원에 다니기 시작했다. 그것을 눈치채고 있던 사치코는 어느 날 아침 다에코가 나가려고 할 때,

「다마키 선생님, 학원은 시작했니?」

하고 물었다. 다에코가,

「응」

하고 대답하면서 현관으로 나가 신발을 신으려고 할 때였다.

「다에코, 잠깐만. 할 얘기가 좀 있어서⋯⋯.」

사치코는 다에코를 응접실로 불러들여 난로를 사이에 두고 마주 앉았다.

「양재 일인데 말이야, 사실 그것 말고도 한번 물어볼 게 있어서. 오늘은 내가 생각하고 있는 걸 숨기지 않고 다 얘기할 테니까 너도 숨기지 말고 사실대로 얘기해 줬으면 좋겠어.」

「⋯⋯.」

다에코는 기름기가 도는 윤기 있는 뺨에 난로의 열기를 받으면서 숨을 죽이고 타오르는 장작을 가만히 지켜보고 있었다.

「그럼 오쿠바타케 일부터 물을게. 지금도 정말 오쿠바타케와 결혼할 생각인 거니?」

뭘 물어봐도 다에코는 잠자코 생각에 잠겨 있을 뿐이었다. 지난번부터 줄곧 수상히 여기던 것들을, 말을 바꿔 가며 이것저것 물어 가다 보니 절로 다에코의 눈에 눈물이 고였다.

「나, 오쿠바타케한테 속았어.」

다에코가 코맹맹이 소리로 말했다.

「언니, 언젠가 오쿠바타케한테 단골 게이샤가 있는 것 같다는 이야기 한 적 있잖아.」

「응, 응. 형부가 미나미의 고급 요정에서 들었다고 했지, 아마.」

「그거, 사실이었어.」

그렇게 말한 다에코는 질문에 띄엄띄엄 대답하며 다음과 같은 고백을 했다.

다에코는 지난 5월 사치코한테 그 이야기를 들었을 때 그런 얘기는 풍설에 지나지 않는다며 겉으로는 부정하고 지나쳐 버렸지만, 사실 그 무렵부터 그 일이 문제가 되었다. 하긴 오쿠바타케는 전부터 기생집에 출입하고 있었지만, 당사자는 〈이것도 너와의 결혼을 허락받지 못해서 기분 전환으로 간 거니까 너그럽게 봐줘. 나는 그저 여자들을 모아 놓고 순진하게 술만 마실 뿐이니까. 절대 절조를 더럽히는 일은 하지 않아, 그것만은 믿어 줘〉라고 말했으므로 그 정도 일은 이해해 주고 있었다. 그런데 그때도 말한 것처럼 그 집안은 형들이나 숙부들도 모두 상당한 방탕아였고, 그런 말을 하는 다에코도 아버지가 잘 노는 사람이었음을 어렸을 때부터 봐 와서 잘 알고 있기 때문에 그 정도는 오쿠바타케도 어쩔 수 없을 것이라고, 그래서 절조만 지켜 준다면 촌스럽게 그런 간섭은 하지 않을 생각이었다.

그런데 알고 보니 오쿠바타케의 이야기는 새빨간 거짓말이었으며, 사람들을 완전히 속여 왔다는 것이 우연한 사건으로 잇따라 드러나고 말았다. 잇따라 드러났다고 한 것은 소에몬초의 게이샤 외에도 한 댄서와 관계해 아이까지 낳게 한 일이 탄로 났기 때문이다. 오쿠바타케는 그 사실이 알려졌다는 것을 알자, 교묘한 말을 있는 대로 늘어놓고 빌면서, 〈댄서와의 일은 오래전 일이고 지금은 관계를 끊었어. 아이도 사실은 누구 자식인지도 모르는데 그냥 내가 맡게 되었을 뿐이야, 지금은 부자의 인연도 깨끗이 끊었고. 소에몬초의 문제만은 정말 미안하지만 앞으로는 맹세코 관계를 끊을게〉 하는 이야기를 했다. 그때의 태도도 어쩐지 침착하지 못하고 경망스러웠다. 다에코는 오쿠바타케가 거짓말을 아무렇지 않게 생각하는 파렴치한 사람으로 보여 이제 도저히 믿을 수가 없었다. 댄서 모자에 대해서는 절연의 표시로 돈을 주었다는 증서까지 보여 주었으므로 설마 거짓은 아니겠지만, 게이샤와의 일은 관계를 끊었다고 하지만 증거가 없으므로 알 수가 없고, 그 일 말고도 또 뭐가 있는지 모르는 상태였다. 그래도 오쿠바타케는 다에코와 결혼하고 싶다는 열의에는 변함이 없다고 말하며, 다에코에게 바치는 자신의 애정은 그런 여자들에 대한 마음과 다르다는 이야기를 했다.

다에코는 아무래도 자신 또한 한때의 노리갯감이 된 것 같아, 솔직히 말하면 그 무렵부터 혐오감을 느꼈다. 다만 그녀는 언니들을 비롯해 세상 사람들에게 〈거봐라, 그런 사내 말을 곧이들으니 결국 속은 거 아니냐〉는 말을 듣는 것이 분해서 쉽게 약속을 깰 결심을 하지 못했지만, 잠시라도 그와 떨어져 천천히 생각해 보고 싶었다.

다에코가 유럽에 가겠다는 것은 그 수단으로 생각해 낸 것이 분명하고 또 양재를 지망한 것도 사실은 훗날 혼자 살아가게 될 경우를 대비하기 위해서였다는 것은 사치코가 짐작한 대로였다.

다에코가 이렇게 오쿠바타케와의 결혼 문제에 대해 남몰래 고민하고 있을 때 일어난 일이 수해 사건이었다. 그녀는 그때까지 이타쿠라라는 사람을 충실한 하인 정도로밖에 생각하지 않았는데, 그때부터 갑자기 그 남자를 보는 눈이 달라졌다. 다에코는 〈이런 말을 하면 언니들은 나를 특이한 걸 좋아하는 별난 여자라고 생각하겠지만, 그건 실제로 그런 위험을 당해 살아날 가망이 전혀 없는 상황에서 누군가가 목숨을 구해 준 감격을 겪어 보지 않아서 그런 거야. 오쿠바타케 씨는 이타쿠라의 그날 행동을 목적이 있어서 한 일이라느니 하고 트집을 잡지만, 설사 그렇더라도 상관없어. 어쨌든 이타쿠라가 그런 위험을 무릅쓴 것은 무엇보다도 목숨을 내걸고 한 일이니까. 그런데 오쿠바타케 씨는 그때 뭘 하고 있었어? 목숨을 내걸기는커녕 무엇 하나 따뜻한 정을 보여 준 게 없잖아?〉 하고 말했다. 다에코가 진심으로 오쿠바타케에게 정나미가 떨어진 것도 그때부터였다. 사치코가 알고 있는 대로, 그날 오쿠바타케는 한신 전차가 다니게 된 뒤에야 아시야까지 찾아왔고, 걱정되니 상황을 좀 보고 오겠다고 나가서는 결국 국도변인 다나카까지 가서 물이 좀 넘쳤다고 건너지도 못하고 어슬렁거리다가 이타쿠라의 집에 들러 다에코가 무사하다는 이야기를 듣고는 그대로 오사카로 돌아가 버리지 않았던가. 그날 저녁 이타쿠라의 집에 나타났을 때 오쿠바타케는 파나마모자에 말쑥한 감색 양복을 입고 물푸레나무로 만든 지팡이에다 콘탁스 카메라를 들고 있어서, 이런 때 이런 차림을 하고 있다가는 누구한테 두들겨 맞지나 않을까 하는 생각이 들 정도였다. 다나카에서 물을 건너지 못한 것도 주름이 잡힌 바지가 젖는 게 싫었기 때문은 아니었을까? 데이노스케나 이타쿠라, 그리고 쇼키치까지 다에코를 구하려고 흙투성이가 되어 힘써 준 것에 비하면 태도가 너무 다르지 않은가. 다에코는 오쿠바타케가 멋쟁이라는 것을 알고 있으므로 흙투성이가 되어 달라는 주문을 할 리는 없지만 오쿠바타케의 행동은 보통 사람의 인정에도 미치지 못하는 것 아닌가. 만약 다에코가 무사하다는 걸 진심으로 기뻐했다면 당연히 다시 한번 아시야로 가서 얼굴이라도 보고 갈 생각이 들었을 것이다. 오쿠바타케 자신이 직접 나중에 다시 들르겠다고 말하며 나갔고, 물론 사치코도 그가 돌아갈 때 다시 들를 것이라고 예상하고 은근히 기다리고 있었다. 무사하다는 것을 확인하기만 하면 된다고 생각한 것일까? 아무리 그래도 사람의 진정한 가치는 그런 상황에서 잘 알 수 있는 법이다. 다에코는 오쿠바타케가 낭비벽이 심하다든가 바람둥이라든가 생활 능력이 없다든가 하는 정도라면 인연이니까 그냥 참자고 생각할 수도 있지만, 미래의 아내를 위해 바지를 더럽히는 것조차 싫어하는 경박함을 보고는 완전히 희망을 잃었던 것이다.

25

다에코는 내내 양 볼에 눈물 자국을 내면서 때로는 코를 풀기도 했으나 비교적 침착하고 논리정연하게 자세한 이야기를 들려주었다. 그러나 이타쿠라와의 일에 대해서는 점점 입이 무거워지고, 가능하면 사치코에게 말을 많이 하게 하면서 자신은 그것을 긍정하거나 부정하기만 하려고 애를 썼다. 그래서 사치코는 군데군데 상상으로 구멍을 데우면서 들어야 했다. 그런 까닭에 아래의 이야기는 사치코가 보충과 해석을 덧붙인 것이다.

다에코에게 이타쿠라는 여러 가지 면에서 오쿠바타케와 좋은 대조를 이루는 것으로 비쳤다. 이타쿠라에 대한 다에코의 감정은 굉장한 속도로 깊어졌다. 큰집을 비웃는 다에코에게도 역시 가문이라든가 집안이라든가 하는 관념은 있었기 때문에 이타쿠라 같은 사람을 상대하는 자신의 입장이 우스워지는 것도 생각해서 자제하려고 했지만, 자신의 그런 케케묵은 생각에 반항하는 마음이 더 강하게 작용했다. 하긴 다에코는 어떤 경우에도 냉정을 잃지 않는 성격이라서 이타쿠라를 사랑하게 되어도 그 때문에 맹목적이 되지는 않았다. 특히 오쿠바타케와의 일로 혼이 난 적이 있기 때문에 이번에는 먼 앞날까지 이리저리 생각하고 손익 계산도 해가며 빈틈없이 헤아려 본 다음에 아무래도 이타쿠라와 결혼하는 게 행복해지는 길이라고 생각한 것이다. 사실 사치코는 이타쿠라와 다에코의 관계에 대해 이런저런 억측을 해봤지만, 설마 다에코가 결혼할 각오까지 하고 있으리라는 생각은 하지 않았으므로 그 고백을 들었을 때는 이만저만 놀란 게 아니었다. 그러나 다에코는 이타쿠라가 견습 점원 출신의 교육받지 못한 사내라는 것도, 오카야마에 있는 소작농의 자식이라는 것도, 미국으로 이민 간 사람에게 공통적으로 드러나는 결점을 지닌 거칠고 세련되지 못한 청년이라는 것도 잘 알고 있었으며, 그런 것들을 다 따져 본 다음에 이런 결심을 했다. 다에코는 〈이타쿠라는 그런 사내지만 오쿠바타케 씨 같은 도련님에 비하면 인간으로서는 훨씬 나아. 어쨌든 그에게는 더없이 강인한 육체가 있고, 만일의 경우 불속에라도 뛰어들 수 있는 용기가 있고, 뭐니 뭐니 해도 스스로 자신이나 동생을 먹여 살릴 수 있는 기술을 가지고 있다는 게 가장 큰 장점이야. 나이가 어지간히 들었으면서도 어머니나 큰형한테 의지하며 사치나 하는 인간과는 근본적으로 다르지. 이타쿠라는 몸뚱이 하나만 가지고 멀리 미국까지 가서 아무런 도움도 받지 않고 스스로 돈을 벌며 기술을 배웠어. 게다가 그 기술은 상당한 두뇌를 필요로 하는 예술 사진 분야이고. 정규 교육조차 받지 못했지만 그가 그 방면에서 어엿한 실력을 키울 수 있었다는 건 그에게 상당한 이지와 감각이 있다는 걸 보여 주는 거야. 적어도 학문하는 머리로 볼 때는 간사이 대학 졸업장을 가진 오쿠바타케 씨보다는 그가 더 나은 것 같아〉라고 말했다. 다에코는 이제 집안이라든가 부모한테서 물려받은 재산이라든가 간판뿐인 교양이라는 것에는 조금도 현혹되지 않게 되었다. 〈그런 것이 얼마나 무가치한 것인가는 오쿠바타케 씨를 보고 분명히 알게 되었으니까, 나는 그런 것보다 실리주의를 택한 거야. 내 남편이 될 사람은 강건한 육체를 가져야 할 것, 기술과 직장을 가지고 있을 것, 나를 진심으로 사랑해 줄 것, 나를 위해서라면 목숨이라도 바칠 열정을 가지고 있을 것, 이 세 가지 조건만 갖춘 사람이라면 다른 것은 안 볼 거야〉 하고 말했다. 그런데 이타쿠라는 그 조건을 다 갖추고 있을 뿐만 아니라 더 좋은 것은, 시골에 형이 세 명이나 있어서 그에게는 부모나 형제를 부양해야 할 책임이 없다는 것이었다(지금 같이 살고 있는 여동생은 가사나 장사를 도와 달라며 불러들인 것이고, 결혼을 하면 돌려보내기로 되어 있었다). 다시 말해 이타쿠라는 완전한 홀몸이라서 전혀 남의 눈치를 보지 않고 마음껏 사랑을 받을 수 있는 사람인데, 다에코에게는 그것이 아무리 좋은 집안, 아무리 재산이 많은 사람의 부인이 되는 것보다 속편하고 좋다는 얘기였다.

눈치 빠른 이타쿠라는 꽤 오래전부터 이심전심으로 다에코의 마음을 알고 있는 듯 말이나 행동에서 그것을 노골적으로 드러내고 있었다. 그래도 그녀가 확실하게 속마음을 밝힌 것은 그리 오래된 일이 아니었다. 아마 작년 9월 상순, 사치코가 도쿄로 가 집을 비운 사이 오쿠바타케가 두 사람 사이를 눈치채서 한때 교제를 삼갔고, 둘이 그 문제를 의논할 때 처음으로 다에코가 마음을 털어놓았다. 결과적으로 오쿠바타케의 간섭이 두 사람을 더욱 가깝게 만들어 주었던 것이다. 이타쿠라는 그녀의 말이 단순한 연애가 아니라 결혼 신청이라는 것을 알았을 때 잠시 자신의 귀를 의심한 듯 두근두근 설레는 모습을 보였다. 그것은 그가 일부러 꾸민 것이거나 아니면 거기까지는 예상하지 못했기 때문일 것이다. 그때 그는 〈저는 그런 걸 꿈에도 생각하지 못했기 때문에 너무 갑작스러워서 뭐라 대답해야 좋을지 모르겠네요. 이삼일 생각할 말미 좀 주시겠어요?〉라고 했다. 그러나 곧바로 〈저는 너무 고마워서 좋고 말고가 없습니다만 다에코 씨가 나중에 후회하지 않으려면 좀 더 생각해 보는 게 좋지 않을까요?〉라고 말하고는 〈그렇게 하면 저는 오쿠바타케 씨 집에 출입할 수 없게 되는 건 물론이고, 다에코 씨도 큰댁이나 아시야에서 쫓겨나겠지요. 게다가 두 사람 다 사회로부터 온갖 오해와 박해를 받을 겁니다. 저는 그것과 싸워 나갈 용기가 있습니다만 다에코 씨는 잘 견딜 수 있을까요?〉라는 말도 했다. 그리고 또 〈저는 틀림없이 마키오카 집안의 아가씨를 교묘한 말로 유혹해서 신분 차이가 나는 결혼을 했다는 말을 들을 겁니다만, 세상 사람들이 그렇게 말하는 건 상관없지만 오쿠바타케 씨가 그렇게 생각하는 게 제일 괴롭습니다〉라는 말을 하고, 다시 어조를 바꿔 〈그래도 오쿠바타케 씨의 오해를 푸는 건 도저히 불가능하니까 어떻게 생각하든 이젠 어쩔 수 없습니다. 사실 오쿠바타케 씨 집안은 저의 주인댁인 것만은 분명하지만, 실제로 제가 신세를 진 것은 선대의 주인어른, 지금의 주인어른(오쿠바타케 게이자부로의 형), 그리고 마님(오쿠바타케 게이자부로의 어머니)뿐입니다. 오쿠바타케 씨는 단지 옛날 주인집 도련님일 뿐이지 직접 은혜를 받은 적은 없습니다. 제가 다에코 씨와 결혼하면 오쿠바타케 씨야 분개하겠지만, 어쩌면 마님이나 주인어른은 오히려 제가 좋은 일을 해주었다고 생각할지도 모릅니다. 왜냐하면 마님이나 주인어른은 아마 지금도 다에코 씨와 오쿠바타케 씨의 결혼을 반대하고 계신 것 같기 때문입니다. 오쿠바타케 씨는 그렇게 말하지 않지만 제가 볼 때는 아무래도 그런 것 같습니다〉 하는 말도 했다. 결국 이타쿠라는 그럴싸하게 몇 차례 주저하는 척하다가 은근슬쩍 다에코의 결혼 신청을 승낙했다.

다에코와 이타쿠라는 우선 자신들이 결혼 약속을 한 사실을 당분간 아무한테도 알리지 않기로 했다. 선결문제는 다에코가 오쿠바타케와의 약혼을 취소하는 일이었다. 그것도 성급한 수단을 피하고 오쿠바타케가 서서히 알아챌 수 있도록, 되도록 오쿠바타케가 자발적으로 포기하지 않을 수 없도록 만들기로 했다. 가장 좋은 방책으로, 다에코가 유럽으로 갈 것, 자신들이 결혼하는 것은 2~3년 뒤라도 상관없지만, 그 경우 여러 군데서 경제적 압박을 받게 될지도 모르니까 지금부터 그것에 대응할 준비를 해둘 것, 그 준비의 하나로 다에코는 양재 기술을 습득하는 데 정진할 것 등을 의논하고 그것을 실행할 생각이었다. 그러나 얼마 안 있어 갑자기 어찌할 바를 몰라 쩔쩔매게 되었다. 왜냐하면 다에코가 유럽으로 갈 계획이 큰집의 반대와 다마키 여사의 예정 변경으로 실현 불가능해졌기 때문이다. 다에코는 오쿠바타케가 자신을 쫓아다니는 것은, 무엇보다 이타쿠라에 대한 오기 때문이니까 자신이 일본에 있어서는 좀처럼 인연을 끊지 못할 것이라고 생각했다. 그래서 파리로 간 뒤에 자신을 단념해 달라는 편지를 보내고 잠시 모습을 감추면 결국 오쿠바타케도 단념할 것이라고 생각한 것이다. 그러나 유럽으로 가지 못하게 되면, 오쿠바타케는 아마 그것도 다 이타쿠라가 있어서라는 식으로 더욱 곡해해서 점점 더 자신을 따라다닐 것 같았다. 게다가 그녀는 멀리 외국에 있으면 이타쿠라와 6개월이나 1년 정도 만나지 못하는 것은 참을 수 있지만, 바로 코앞에 있으면서 게다가 끊임없이 오쿠바타케가 따라다니는 상황에서 이타쿠라와 만나지 않고 사는 것은 견디기 힘들 것 같았다. 그래서 다에코는,

「유럽에 가지 못한다면 이제 할 수 없어. 도저히 이대로는 더 이상 오쿠바타케의 눈이나 세상 사람들을 속이는 건 어려우니까 차라리 여러 마찰을 각오하고 하루라도 빨리 결혼해

버리자는 쪽으로 생각이 기울고 있어. 다만 지금은 나나 이타쿠라나 아직 경제적인 준비가 충분히 되어 있지 않다는 게 문제야. 그리고 우리야 어떤 사회적 제재라도 받을 수 있지만 유키 언니한테 불똥이 튀어 결혼하기가 더 힘들어지면 그것도 딱하니까, 어떻게 해서든 유키 언니의 결혼이 성사될 때까지 기다리려고 해. 그것 때문에 망설이고 있어」

하고 말했다.

「그럼…… 다에코, 이타쿠라와 그런 약속만 했고 그 이상은 아무 일도 없었니?」

「응…….」

「정말 그게 틀림없지?」

「응…… 그 이상은 아무 일도 없었어.」

「그렇다면 그 약속을 실행하는 건, 다시 한번 잘 생각해 줄 수 없을까?」

「…….」

「다에코…… 네가 그렇게 하면 큰댁에나 세상 사람들한테나 얼굴을 들고 다닐 수 없으니까…….」

사치코는 갑자기 눈앞에 함정이 아가리를 벌리고 있는 듯했다. 다에코는 오히려 배짱을 부리고 있고 사치코는 극도로 흥분해 들뜬 목소리를 내고 있었다.

26

그 후 이삼일 동안, 사치코는 아침마다 남편과 에쓰코가 나간 다음 다에코를 불러 결심의 정도를 타진해 봤다. 다에코의 생각은 이미 정해져 있어 꿈쩍도 하지 않았다. 사치코는,

「네가 오쿠바타케와 인연을 끊겠다는 데는 큰댁은 몰라도 우린 찬성이야. 경우에 따라서는 형부가 중간에 나서서 앞으로 오쿠바타케가 따라다니지 말도록 단단히 말해 줄 수도 있어. 양재 기술을 배우는 것도 지금은 공공연하게 찬성할 수는 없지만 그냥 못 본 체하는 것 정도는 해줄 수 있어. 그리고 앞으로 직업 부인이 된다는 것도 우리는 굳이 방해하지는 않을 거야. 큰댁에서 맡아 두고 있다는 돈도 지금 당장은 곤란하겠지만 언젠가 쓸 용도가 생기면 적당한 시기를 봐서 네 손에 들어가도록 거들어 줄게」

하는 말까지 하면서 이타쿠라와 결혼하겠다는 것만은 단념하도록 설득했다. 그러나 다에코의 말투로 보면 〈우리는 당장이라도 결혼하고 싶지만 유키 언니를 위해 기다려 주고 있으니까 아무쪼록 그것을 최대의 양보라고 생각해 주었으면 좋겠어. 그리고 하루 빨리 유키 언니의 혼담이 정해졌으면 좋겠어〉 하는 말을 하고 싶은 듯했다. 사치코는,

「신분이라든가 계급이라든가 하는 것은 그만두고 아무래도 나는 이타쿠라라는 사람을 신용할 수가 없어. 견습 점원에서 사진관 주인까지 된 사람이니 오쿠바타케 같은 도련님과는 다르겠지만, 이렇게 말하긴 좀 그렇지만 그만큼 세파에 닳고 닳은 교활함을 가지고 있는 것 같아서 말이야. 너는 이타쿠라가 머리가 좋다고 하지만 우리가 말해 본 바로는 시시한 것을 대단한 것인 양 자랑하는 버릇이 있고 또 굉장히 단순하고 저속해 보여. 취미라든가 교양이라든가 하는 방면도 그다지 갖추고 있는 것 같지도 않고. 그러고 보면 그 정도의 사진 기술은 직업적인 재능과 손기술만 있으면 할 수 있는 거잖아. 지금 너한테는 그 남자의 결점이 눈에 들어오지 않겠지만, 정말 잘 생각해 볼 필요가 있는 것 같아. 생활 수준이

전혀 다른 사람끼리 결혼해서 오래가는 사람을 못 봤거든. 솔직히 말해서 너처럼 분별 있는 애가 어떻게 그렇게 수준 낮은 사람을 남편으로 맞을 생각을 한 건지, 나로서는 신기할 따름이야. 그런 상대라면 곧 성에 차지 않아서 후회하게 되는 건 불을 보듯 뻔해. 나 같은 사람은 그렇게 수선스럽고 덜렁대는 사람은 재미는 있지만 한두 시간만 지나면 곧 지겨워지던데……」

하고 말했다. 그러자 다에코는,

「어렸을 때부터 남의 집에서 고용살이를 하고 이민을 가기도 해서 세상의 풍파를 겪어 왔기 때문에 다소 닳은 구석이 있을지도 모르지만 그런 처지에서는 어쩔 수 없는 일이야. 그래도 의외로 순진하고 정직한 구석도 있어서 속마음은 그렇게 교활하거나 약삭빠른 사람은 아니야. 시시한 것을 자랑하는 버릇이 있는 것은 사실인데, 그 때문에 사람들에게 미움을 받기도 하지만 그건 보기에 따라서는 순진하고 아이 같은 데가 있다는 증거 아니야? 교양이 부족하다거나 수준이 낮다는 것은, 어쩌면 그럴지도 모르는데, 그거야 나도 다 알고 있으니까 상관하지 말았으면 좋겠어. 나는 고상한 취미나 그럴듯한 이론을 잘 아는 사람이 아니라도 좋고, 덜렁덜렁하고 거친 사람이어도 상관없어. 오히려 나보다 저급한 사람이 다루기 쉽고 마음을 쓰지 않아도 돼서 좋아」

하는 것이었다. 그리고,

「언니는 그렇게 말하지만 이타쿠라는 나를 아내로 맞이하는 걸 대단한 명예로 생각해. 그 사람만이 아니라 다나카에 있는 여동생도 그렇고, 시골에 있는 부모나 형제들도 그런 집안의 아가씨가 와준다면 자기들도 콧대가 높아진다며 눈물까지 흘리며 기뻐하고 있다니까. 내가 다나카에 있는 집으로 가면 이타쿠라는 여동생을 붙잡고, 너는 그런 데서 다에코 씨께 인사할 신분이 아니야, 옛날 같으면 옆방에서 두 손을 짚고 말해야 했다면서 남매가 아주 융숭한 대접을 해주는걸」

하는 말을 하더니 끝내는 주책없이 이타쿠라에 대한 자랑을 늘어놓는 것이었다. 사치코는 그런 이야기를 듣자, 마키오카 집안의 다에코를 아내로 맞이한다며 예의 그 의기양양해하는 이타쿠라의 모습이 눈에 선했고, 당분간 비밀로 한다면서 벌써 시골에 가서 나발을 불었는가 하는 생각을 하니 더욱 불쾌해졌다.

그래도 사치코는 다에코가 예전에 신문에 난 사건이 유키코에게 불똥이 튀어 봉변을 당하게 했고, 그래서 이번에는 유키코가 시집을 갈 때까지 경솔한 짓은 하지 않겠다고 말했으므로 갑작스럽게 파국이 닥치는 일은 없을 거라는 생각에 다소 안심했다. 당장 억지로 누르려고 하면 반동적으로 폭발할 우려가 있고 또 어차피 유키코의 혼처가 정해지려면 아무리 빨라도 6개월 정도는 있어야 하니까 사치코는 그사이에 느긋하게 다에코를 설득하고 공작해서 서서히 마음을 돌릴 생각이었다. 그래서 지금은 일단 다에코의 뜻을 인정하고 되도록 마음에 거슬리지 않도록 하는 수밖에 없었다. 하지만 그렇게 되면 또 유키코의 입장이 딱해진다. 유키코의 심정을 헤아려 보면, 다에코가 자신을 위해 기다려 준다는 식으로 생각하고 그것에 대해 자신이 고맙게 생각해야 하는 것은 분명 싫을 터였다. 왜냐하면 원래 유키코가 혼기를 놓친 데는 여러 원인이 있겠지만, 신문 사건이 풍파를 일으켰던 것이 결정적이었다고 본다면 다에코에게 은혜를 입었다고 생각할 이유는 전혀 없었기 때문이다. 유키코는 아마〈난 절대 결혼 같은 거 서두르지 않아. 그리고 다에코 일에 연루된 걸 원망

하지도 않고. 내 운명은 그렇게 시시한 사건에 좌우되지 않을 테니까, 다에코 너는 나 신경 쓰지 말고 먼저 결혼해〉 하고 말할 것이다. 물론 다에코도 은혜를 베풀었다고 생색을 낼 생각은 전혀 없지만, 유키코의 결혼이 늦어져 기다리다 지친 것은 사실이었다. 애초에 신문에 난 그 사건 같은 경우도 그때 유키코의 혼담이 이미 정해져 있었거나 곧 정해질 것 같은 분위기였으면, 그녀가 아무리 어렸다고 해도 굳이 그런 비상수단을 쓰지는 않았을 것이다. 요컨대 이 자매들은 사이가 좋아서 결코 말다툼 같은 건 하지 않았으나 냉정하게 관찰하면 유키코와 다에코 사이에는 상당히 위태로운 이해관계의 대립이 숨어 있었다.

사치코는 그 후, 그러니까 작년 9월 이후 오쿠바타케의 편지를 받고 놀란 후부터 지금까지 다에코와 이타쿠라의 문제를 아무한테도 말하지 않았다. 그러나 이렇게 되니 자기 가슴에만 담아 두기에는 짐이 너무 무거웠다. 지금에 와서 생각해 보면 다에코를 위해 자기가 항상 동정적인 이해자임을 자처하고, 인형 제작에도 성원을 보내 주고, 슈쿠가와에 아파트를 빌려 주고, 오쿠바타케와의 교제를 묵인해 주고, 무슨 일이 일어날 때마다 큰집과의 사이에 끼어들어 두둔해 준 은혜를 모두 원수로 갚은 격이어서, 다에코의 처신에 울분을 금할 수 없었다. 그러나 어쨌든 자신이 중간에 서서 키를 잡고 있었기에 이 정도로 끝났지, 만약 그렇지 않다면 좀 더 나쁜 쪽으로 발전해 또 세상을 떠들썩하게 했을지도 모른다. 그렇지만 이것도 자신의 생각일 뿐, 세상 사람들이나 큰집 언니 부부는 그렇게 보지 않을 터였다. 사치코가 제일 두려워하는 것은, 유키코의 혼담이 들어올 때마다 흥신소 같은 데서 이쪽 신원을 조사하기 때문에 그런 때 다에코의 요즘 행실이 죄다 세상에 알려지는 일이었다. 사실대로 말하자면 사치코도 다에코의 행실, 그러니까 그녀가 오쿠바타케와 이타쿠라 사이에서 어떻게 처신하고 있는지는 구체적으로 아무것도 몰랐다. 겉으로 보기에는 상당히 불량스럽게 보였으므로 사람들이 오해하고 있을 거라는 것은 쉽게 상상할 수 있었다.

원래 마키오카 집안에서 보면 유키코가 순결하다는 것은 누구 봐도 분명했고, 아무리 조사한다고 해도 알려지면 곤란할 약점 같은 것은 없었다. 다만 다에코라는 색다른 여동생 하나가 있다는 게 사람들의 주의를 끌기 십상일 것이고, 조사하는 사람도 유키코 본인보다는 의문점이 많은 다에코를 조사할 가능성이 더 컸다. 그러므로 다에코에 대해서는 집안 사람들이 모르거나 감싸 주는 것과 달리 세상 사람들은 의외로 많이 알고 있을지도 모른다. 그러고 보면 사치코가 여기저기에 유키코의 혼담을 부탁했는데도 작년 봄 이래 아무런 혼담이 없는 것은 어쩌면 다에코에 대한 좋지 못한 소문이라도 퍼졌기 때문인지도 모른다는 생각도 들었다. 만약 그렇다면 유키코를 위해서라도 그냥 내버려 둘 수 없는 일이고, 게다가 남몰래 쑥덕쑥덕하는 소문이야 괜찮다 쳐도 돌고 돌아 그 소문이 큰집에라도 들어가는 날이면 자기 혼자 책망을 들어야 하는 것은 괴로운 노릇이었다. 데이노스케나 유키코도 일이 그 지경이 되었는데 왜 의논하지 않았느냐고 할 것이고, 자기 혼자 다에코의 마음을 돌리는 데도 역부족일 것 같았으므로 데이노스케, 유키코와 셋이서 번갈아 가며 타일러 보면 효과가 있을 것 같기도 했다.

「으음…… 그게 대체 언제 일이야?」

설도 20일이나 지난 어느 날 저녁, 데이노스케는 별채의 서재에서 신간 잡지를 뒤적거리고 있었는데, 사치코가 무슨 일이 있는 듯한 표정으로 들어와 앉았으므로 이상하다는 듯 고개를 들자 곧 그 이야기를 꺼냈다.

「그런 약속을 한 건 작년에 제가 도쿄에 가 있는 동안이래요. 그땐 저도, 에쓰코도, 오하루도 없었으니까 이타쿠라가 날마다 집으로 왔다나 봐요…….」

「그렇다면 나한테도 책임이 있는 건가?」

「그런 건 아니지만, 당신은 전혀 눈치채지 못했어요?」

「전혀…… 하지만 그 얘길 듣고 보니까 홍수가 나기 전부터 서로 마음이 잘 맞는 것 같긴 하더라고.」

「그 남잔 누구하고나 그래요. 다에코하고만 그런 게 아니에요.」

「그러고 보니 그러네.」

「물난리 때는 어땠어요?」

「그때는 정말 더할 나위가 없었지. 그렇게 친절하고 눈치 빠른 사내는 없다고 생각할 만큼 정말 감동적이었지. 처제는 아마 진심으로 그렇게 느끼고 기뻐했을 거야.」

「아무리 그렇다고 해도 다에코가 그 남자의 저속함을 모르다니, 정말 신기해요. 제가 그런 말을 하니까 다에코는 정색을 하더니, 다들 그렇게 말하지만 이런 점도 있네, 저런 점도 있네 하면서 변호까지 하더라니까요. 정말 한심해서 원……. 다에코는 곱게만 자라 사람 좋은 데가 있으니까 보기 좋게 농락당한 거예요.」

「아냐, 처제는 생각이 깊어. 우선 사람이 좀 저급해도 몸이 튼튼하고 고생을 견딜 수 있고 믿음직한 사내이기만 하면 괜찮다는 실리주의니까.」

「다에코도 자기 입으로 실리주의로 나가겠다고 하더라고요.」
「그렇다면 그것도 한 가지 생각이잖아.」
「여보! 무슨 말을 하는 거예요. 그런 남자하고 결혼해도 된다는 거예요?」
「그렇진 않지만, 오쿠바타케와 결혼하는 것보다는 그래도 낫지 않나 해서.」
「전 반대예요.」

부부는 거기까지 얘기하고는 뜻밖에도 서로 의견이 다르다는 걸 알았다. 사치코가 오쿠바타케를 싫어하게 된 것은 데이노스케의 의견에 영향을 받은 데서 시작되었다. 지금은 확실히 오쿠바타케에게 호감을 갖고 있지는 않지만, 아무리 그렇더라도 이타쿠라와 비교당하면 오쿠바타케가 불쌍한 것 같았다. 오쿠바타케가 부잣집 도련님으로 귀엽게만 자란 허랑방탕한 놈일지도 모르고 미덥지 못한 사람인 것도 사실일 터였다. 그리고 보기에도 경박하고 인상이 좋지 못한 청년이라는 것도 알고 있다. 하지만 원래 다에코와는 어렸을 때부터 친하게 지낸 사람으로 센바의 오랜 가문에서 태어난 같은 부류의 사람이고 보면, 좋고 싫은 것도 그 범위 안에서의 일이다. 오쿠바타케와 다에코를 정식으로 결혼시키면 앞으로 아무리 곤란한 일이 있다고 해도 당장은 세상 사람들에 대한 체면이 상하지는 않는다. 그러나 다에코가 이타쿠라와 자유결혼한다고 하면 분명히 사회적으로 비웃음을 살 것이다. 그러므로 오쿠바타케와의 결혼만을 떼어 놓고 생각하면 결코 바람직한 일은 아니지만, 이타쿠라와의 문제가 생기고 보니 그것을 막기 위해서는 차라리 오쿠바타케를 택하는 게 낫다는 생각이 들 정도였다. 이것이 사치코의 의견이었다. 그러나 그런 점에서 데이노스케는 진보적이어서 가문 하나만 빼면 오쿠바타케가 이타쿠라보다 나은 건 하나도 없다고 생각했다. 그래서 결혼 조건으로는 다에코의 말대로 애정, 건강, 생활력을 갖추는 것이 무엇보다도 중요하고, 이타쿠라가 그런 조건을 다 갖추고 있다면 집안이라든가 교양 같은 것에 그렇게 구애될 필요는 없다고 말했다. 하긴 데이노스케도 이타쿠라가 마음에 들어서가 아니라 오쿠바타케와 비교할 때 이타쿠라가 더 낫다는 것일 뿐이었다. 큰집이 그것을 허락할 리 없다는 것도 알고 있고, 기꺼이 큰집과의 사이에 끼어들어 중재하고 싶은 정도의 호의를 가진 것도 아니었다. 그러나 데이노스케는,

「처제는 성격으로 보나 과거의 경력으로 보나 관습적인 방식으로 결혼하는 것과는 어울리지 않는 사람이야. 자기가 좋아하는 상대를 찾아 자유 결혼하게 되어 있다고. 또 처제의 경우에는 일반적인 결혼을 하는 것보다 그러는 편이 더 유리해. 처제 자신도 그것을 알고 있어서 그렇게 말하는 거니까 굳이 우리가 나서서 간섭하지 않는 게 나을 거야. 유키코 처제 같은 경우는 도저히 세상 풍파에 내던질 수 있는 사람이 아니니까 우리가 끝까지 뒤를 봐주고 마땅한 순서를 밟아 좋은 인연을 맺어 주어야만 하겠지. 그러면 또 혈통이나 재산 같은 것도 문제 삼아야 할 거고. 하지만 다에코 처제는 달라. 다에코 처제는 혼자 내버려 두어도 어떻게든 해나갈 수 있는 사람이니까」

하고 말했다. 그런데 이런 데이노스케의 태도는 어디까지나 소극적인 것이었다.

「의견을 묻는다면 그렇게 대답할 수밖에 없지만, 이건 그냥 당신한테만 하는 얘기야. 절대 내 생각이 이렇다느니 저렇다느니 큰댁이나 다에코 처제한테 말해선 곤란해. 난 이

문제에 있어서만큼은 철저하게 국외자로 있고 싶으니까.」

「왜요?」

사치코가 따졌다.

「아무래도 다에코 처제는 복잡한 성격이라서 나로서는 잘 모르는 것도 있고……..」

데이노스케는 우물거렸다.

「정말…… 저도 오해를 받아 가면서까지 이제껏 다에코 편에 서서 도와주었다고 생각하는데, 골탕만 먹이니까요…….」

「뭐, 그렇게 말하지만, 그런 성격도 특색이 있고 재미있으니까…….」

「그렇다면 그렇다고 일찌감치 털어놓으면 좋을 텐데, 사람을 잘도 속여 왔다고 생각하면, 이번에는 화가 나서…… 정말 화가 나서…….」

울 때면 사치코는 개구쟁이 같은 얼굴이 되었다. 새빨갛게 상기되어 분한 눈물을 머금고 있는 아내의 얼굴에서 데이노스케는, 항상 이런 표정으로 자매들끼리 싸움을 했을 먼 옛날 어릴 때의 모습을 정다운 듯 그려 보았다.

〈하권에 계속〉

열린책들 세계문학 050 세설 상

옮긴이 송태욱 연세대학교 국문학과와 같은 대학 대학원을 졸업하고 문학박사 학위를 받았다. 도쿄외국어대학 연구원을 지냈으며, 2007년 현재 연세대학교에 출강하고 있다. 논문으로 「김승옥과 고백의 문학」 등이 있고, 지은 책으로 『르네상스인 김승옥』(공저)이 있다. 옮긴 책으로는 『번역과 번역가들』, 『탐구 1』, 『윤리 21』, 『일본정신의 기원』, 『형태의 탄생』, 『포스트콜로니얼』, 『천천히 읽기를 권함』, 『움베르토 에코를 둘러싼 번역이야기』, 『트랜스크리틱』, 『연애의 불가능성에 대하여』, 『은빛 송어』, 『사랑의 갈증』, 『비틀거리는 여인』 등이 있다.

지은이 다니자키 준이치로 **옮긴이** 송태욱 **발행인** 홍여빈·홍유진
발행처 주식회사 열린책들 **주소** 경기도 파주시 문발로 253 파주출판도시
전화 031-955-4000 **팩스** 031-955-4004 **홈페이지** www.openbooks.co.kr
Copyright (C) 주식회사 열린책들, 2007, 2009, *Printed in Korea.*
ISBN 978-89-329-0967-7 04830 **ISBN** 978-89-329-1499-2 (세트)
발행일 2007년 12월 20일 초판 1쇄 2009년 11월 30일 세계문학판 1쇄 2022년 5월 20일 세계문학판 10쇄

이 도서의 국립중앙도서관 출판예정도서목록(CIP)은 서지정보유통지원시스템 홈페이지(http://seoji.nl.go.kr)와 국가자료공동목록시스템(http://www.nl.go.kr/kolisnet)에서 이용하실 수 있습니다.(CIP제어번호:CIP2009003384)